HEYNE<

AF164599

ANDREAS BRANDHORST

ROMAN

WILHELM HEYNE VERLAG
MÜNCHEN

Der Verlag behält sich die Verwertung der urheberrechtlich geschützten Inhalte dieses Werkes für Zwecke des Text- und Data-Minings nach § 44 b UrhG ausdrücklich vor. Jegliche unbefugte Nutzung ist hiermit ausgeschlossen.

Penguin Random House Verlagsgruppe FSC® N001967

4. Auflage
Originalausgabe 02/2024
Copyright © 2024 by Andreas Brandhorst
Dieses Werk wurde vermittelt durch
die Textbaby Medienagentur, www.textbaby.de
Copyright © 2024 dieser Ausgabe
by Wilhelm Heyne Verlag, München,
in der Penguin Random House Verlagsgruppe GmbH,
Neumarkter Straße 28, 81673 München
Printed in the EU
Umschlaggestaltung: Das Illustrat, München,
unter Verwendung von Motiven
von Shutterstock.com
(Johan Swanepoel, freestyle images)
und iStockphoto (gremlin)
Satz: satz-bau Leingärtner, Nabburg
Druck und Bindung: CPI books GmbH, Leck

ISBN: 978-3-453-32291-2

www.diezukunft.de

»Nicht ein leises Ticken schlägt an unser Ohr,
wenn irgendwo zwei Sterne aufeinander rennen –
was mag erst außerhalb dieser Welt vorgehen,
wovon wir nicht das Geringste erfahren!«

CHRISTIAN GOTTFRIED DANIEL NEES
VON ESENBECK (1776–1858)

INHALT

DIE WELT VON MORGEN	09
ERSTER TEIL **ZETA**	11
ZWEITER TEIL **VORSTOSS INS UNBEKANNTE**	129
DRITTER TEIL **DAS PANDORA-PRINZIP**	241
VIERTER TEIL **LABYRINTH**	355
FÜNFTER TEIL **DAS KOSMIKUM**	467
EPILOG	563
ANHANG	581
KONTAKT MIT DEM AUTOR	606

DIE WELT VON MORGEN

Die Menschheit hat die Großen Wirren des einundzwanzigsten Jahrhunderts überstanden und das Jahr 2150 erreicht. Nach dem Jahrhundert der Unvernunft blühen »neue Rationalität« und Wissenschaft. Durch Fusions- und Konversionsenergie wurden die Klimakrise überwunden und das Sonnensystem erschlossen. Für die Menschen auf der Erde hat ein goldenes Zeitalter begonnen. Die weitgehende industrielle Automation produziert alle lebensnotwendigen Güter und auch genug synthetische Nahrung für den ganzen Planeten, ohne die Umwelt zu belasten. Arbeit findet weitgehend auf freiwilliger Basis statt und dient vor allem dem Erwerb von Meriten, von Bonuspunkten für die Benutzung öffentlicher Ressourcen. Aus der UNO ist das »Gremium« geworden, eine globale administrative Instanz. Unterstützt wird das Gremium von den »QIs«, den Quantenintelligenzen, die über das Wohl der Erde und ihrer Bewohner wachen. Sie helfen bei der Entwicklung der »Enhus« (enhanced humans), gentechnisch veränderter und optimierter Menschen, die physisch und psychisch leistungsfähiger sind als der ursprüngliche Homo sapiens und nach und nach zu einer eigenen Spezies heranwachsen.

Die Menschheit siedelt überall im Sonnensystem. Es gibt Städte auf dem Mars, Kolonien auf den Monden der Gasriesen

Jupiter und Saturn sowie die »Autarkien«, unabhängige Habitate weit draußen, bei Uranus, Neptun und Pluto. Sie sollen einmal zu Sprungbrettern für Reisen zu anderen Sternen werden, aber die Erde könnte den Autarkien zuvorkommen, denn in der Umlaufbahn des Mondes wird das erste interstellare Schiff, die *Excelsior*, für den Flug nach Proxima Centauri vorbereitet, mit nur 4,2 Lichtjahren Entfernung der sonnennächste Stern.

Das Gremium ist bestrebt, die Einheit der Menschheit zu wahren, aber hier bahnt sich ein Konflikt insbesondere mit der marsianischen Unabhängigkeitsbewegung MaRe an, der »Marsianischen Republik«. Bisher ist es dem Gremium und den QIs gelungen, die verschiedenen Interessen auszugleichen und Spannungen rechtzeitig abzubauen.

Leistungsstarke Teleskope haben bei den Exoplaneten in anderen Sternsystemen nach Anzeichen von intelligentem Leben gesucht, ohne jedoch Hinweise auf fremde Zivilisationen zu finden. Doch dann entdecken sie plötzlich etwas: Aus den Tiefen des Alls, aus interstellaren Fernen, kommt ein Besucher und stellt die Menschheit vor ihre größte Herausforderung.

ERSTER TEIL
ZETA

DAS SIGNAL

NIGHTINGALE LOI, ERDMOND

1

»Sie sieht gut aus«, sagte Nightingale Loi und meinte das Schiff, das im Dock der Werft Luna Drei Gestalt angenommen hatte, tausend Kilometer über dem Mond der Erde. »Sie sieht immer besser aus.«

»Der Bau der *Excelsior* ist fast abgeschlossen«, entgegnete der Leitende Konstrukteur Lukas Linraki, der die Flugkontrollen der Inspektionskapsel bediente. Sensorpunkte glänzten auf seinem kahlen Kopf, aber er gehörte nicht zu den Enhus, den gentechnisch veränderten und optimierten »enhanced humans«. »Bald beginnt die Testphase.«

»Noch einhundertvierundachtzig Tage, ein halbes Jahr.« Nightingale seufzte. »Ich kann es kaum erwarten.«

Nach der kurzen Schubphase glitt die Inspektionskapsel antriebslos an den offenen Gerüsten der lunaren Orbitalwerft vorbei. Es gab keinen Gravitator an Bord, der ein künstliches Schwerefeld bildete, dafür war die Kapsel zu klein. In der Schwerelosigkeit bildete Nightingales feuerrotes Haar eine Wolke über ihrem Kopf.

Das Schiff, die *Excelsior*, war fast siebenhundert Meter lang und ähnelte für Nightingales staunende Augen einer großen, zarten Blume, vielleicht einer Orchidee, mit Blütenblättern aus

Synth, Graphen und Stahlkeramik. Es gab keine Drehkörper oder Rotationselemente wie bei manchen interplanetaren Schiffen und den Habitaten der Autarkien im äußeren Sonnensystem. Rumpf, Ausleger und die lateralen Funktionsmodule bestanden aus starren, ineinander verschachtelten Elementen, die strukturelle Stabilität auch bei sehr hohen Geschwindigkeiten gewährleisten sollten.

Lukas' Hände strichen über die Kontrollen, das Triebwerk der Inspektionskapsel zündete, und eine weitere Schubphase brachte Nightingales Haar auf die Schultern zurück. Mit wenigen Metern pro Sekunde näherten sie sich dem Heck der *Excelsior* und den drei bereits installierten Konvertern. Ihre Abschirmung wirkte wie ein filigranes gläsernes Wurzelgeflecht.

»Es sind die leistungsstärksten Konverter, die wir jemals gebaut haben«, verkündete Lukas stolz. »Und die *Excelsior* hat gleich drei davon. Zwei genügen für volle Einsatzbereitschaft, einer für die Lebenserhaltungssysteme und Gravitation.«

»Redundanz«, murmelte Nightingale.

Der Konstrukteur an den Kontrollen der Inspektionskapsel nickte. »Sie haben eine sehr lange Reise vor sich. Die längste, die Menschen je unternommen haben. Redundanz soll Ihr Überleben selbst unter schwierigen Umständen gewährleisten.«

Ein Schiff im Schiff, dachte Nightingale, während sie die Konstruktionsdrohnen beobachtete. Sie sahen aus wie kleine Käfer im Wurzelgeflecht der Konversionsabschirmung. Doppelter Rumpf, zwei-, mitunter sogar dreifach ausgelegte Bordsysteme, spezielle Überlebenszellen.

»Proxima Centauri«, fügte Lukas hinzu und blickte zur Seite. »Sie werden in die Geschichte eingehen. Ich beneide Sie.«

»Weil meine Crew und ich in die Geschichte eingehen?«

»Nein. Weil Sie Dinge sehen werden, die nie ein Mensch zuvor gesehen hat.«

Die Inspektionskapsel flog langsam am Heck der *Excelsior* vorbei. Die Erde geriet in Sicht, dreihundertachtzigtausend Kilometer entfernt, ein blaues Juwel auf dem schwarzen Samt des Alls.

Der Konstrukteur aktivierte die Manövrierdüsen der Kapsel und gab ihr damit ein neues Bewegungsmoment. Sie drehte sich, und die *Excelsior* und der Mond unter ihr erschienen wieder vor der transparenten Pilotenkanzel.

»Ich habe mich beworben«, sagte er. »Vor zwölf Jahren, als man mit den Planungen anfing. Leider hat es mein Name nicht auf die Kandidatenliste geschafft.«

»Sie haben das Schiff gebaut«, stellte Nightingale fest. »Dafür danke ich Ihnen.«

Lukas Linraki nickte erneut, diesmal zufrieden.

Sie näherten sich dem Bug der *Excelsior*. Der Konstrukteur hob eine Hand und wies nach draußen. »Ihnen wird genug Konversionsenergie für die starken Bugschilde zur Verfügung stehen, die Sie brauchen, wenn Sie die zirkumsolare Oortsche Wolke durchqueren und außerhalb des Sonnensystems auf relativistische Geschwindigkeit beschleunigen. Mehrfach gestaffelte elektromagnetische Felder schützen Sie vor Mikrometeoriten. Objekten von Asteroidengröße müssen Sie ausweichen. Die QI des Schiffs wird sie rechtzeitig erkennen.«

Ein kurzes glockenartiges Läuten tönte aus dem Lautsprecher des Kommunikationssystems.

»Luna Drei an Inspektionsflug Linraki«, erklang eine Stimme.

Der Konstrukteur berührte eine Schaltfläche. »Hier Linraki. Ich höre.«

»Nightingale Loi ist bei Ihnen, nicht wahr?«, fragte die Stimme.

»Ja.«

»Kehren Sie unverzüglich zurück!«

Nightingale wechselte einen überraschten Blick mit Lukas. »Wir haben gerade erst begonnen, uns das Schiff anzusehen«, wandte sie ein.

»Kehren Sie *unverzüglich* zurück«, betonte die Stimme. »Luna Drei Ende.«

2

Eine halbe Stunde später saß Nightingale Loi in einem schmucklosen Besprechungszimmer an Bord von Luna Drei. Francis Lorean, Obmann der Werft, brachte zwei Becher mit heißem synthetischem Kaffee und setzte sich zu ihr an den rechteckigen Tisch.

»Wir waren gerade erst aufgebrochen, Lukas und ich«, sagte Nightingale. »Warum haben Sie uns zurückgerufen?«

»Anweisungen«, antwortete der dürre, langgliedrige Lorean knapp. Er stand wieder auf, wankte wie schwerfällig zum großen Wandbildschirm und schaltete ihn ein. Die Kraterlandschaft des Mondes erschien auf dem Schirm, wie durch ein Fenster betrachtet.

Der Obmann kehrte ungelenk zum Tisch zurück und sank vorsichtig in seinen Sessel. Er war in der dritten Generation auf Luna geboren und an eine wesentlich geringere Schwerkraft gewöhnt als Nightingale. In Luna Drei hatte man sich auf einen Kompromiss geeinigt. In den zentralen Bereichen schufen die Gravitatoren eine Schwerkraft von vierzig Prozent der Erdnorm, noch immer recht viel für jemanden von Luna, passend für Marsianer und gerade noch genug für Menschen von der Erde.

Nightingale trank einen Schluck vom kalt werdenden Kaffee. Sie war nicht verärgert, nur neugierig. »Von wem stammen die Anweisungen?«

Der wortkarge Obmann deutete mit dem Zeigefinger nach oben.
»Von der Erde?«
Lorean nickte.
»Warum?«, wollte Nightingale wissen. »Was steckt dahinter? Worauf warten wir hier?«
Die Tür öffnete sich, und zwei Sicherheitsbeauftragte in leichten Einsatzanzügen traten ein, mit Kommunikationshelmen, die über dunkle Datenvisiere verfügten, und Waffen in den Gürtelhalftern. Ihnen folgte eine Frau in mittleren Jahren, die eine türkisfarbene Hose-Jacke-Kombination trug, ein Tablet in der rechten Hand hielt und sich kurz im Besprechungszimmer umsah, bevor sie zur Seite trat und einer vierten Person mit einem Nicken bedeutete, dass sie hereinkommen konnte, einem schlanken, hochgewachsenen Mann, dessen anthrazitfarbener Anzug das Emblem des Gremiums aufwies: eine stilisierte Darstellung der Erde, umrahmt vom Schriftzug *Pax et Libertas*, Frieden und Freiheit. Nightingale schätzte ihn auf fünfzig oder sechzig, womit er in den besten Jahren war, aber in seinen Augen gab es etwas, das nicht dazu passte, eine besondere Klarheit, wie man sie vielleicht bei einem viel jüngeren Menschen erwartete. Hinzu kam ein dünner heller Streifen am Hals, der vom rechten Ohr nach unten reichte und unter dem Jackenkragen verschwand. Ein Langlebiger, schloss sie. Jemand, der genug Meriten für die teure lebensverlängernde Behandlung erworben hatte. Ein Ehrenwerter.
»Darf ich vorstellen?« Die Frau in der türkisfarbenen Kombination wandte sich dem großen Mann zu und deutete eine Verbeugung an. »Der ehrenwerte Elroy Emmon Skarabi, Gesandter des Gremiums.«
Nightingale stand respektvoll auf, ebenso Lukas Linraki.
Skarabi, der möglicherweise nicht fünfzig oder sechzig Jahre

alt war, sondern hundertzwanzig oder hundertdreißig, sah den Obmann an.»Bitte gehen Sie.«

Linraki hob die weißen Brauen.»Dies ist *meine* Werft.«

»Bitte gehen Sie«, wiederholte Skarabi.

Die Frau, die ihren Namen nicht genannt hatte, wies zur offenen Tür.

Mit einem leisen Schnaufen setzte sich Obmann Linraki in Bewegung und verließ den Raum, gefolgt von den beiden bewaffneten Sicherheitsbeamten.

Die Frau legte ihr Tablet auf den Tisch.»Niemand kann Sie sehen oder hören«, verkündete sie und verließ das Besprechungszimmer ebenfalls.

Hinter ihr schloss sich die Tür.

Skarabi deutete auf den Sessel, in dem Nightingale eben noch gesessen hatte.»Bitte nehmen Sie Platz.«

Nightingale kam der Aufforderung nach. Der ehrenwerte Gesandte des Gremiums nahm das Tablet, strich mit dem Zeigefinger übers Display und legte es wieder auf den Tisch.

»Sie fliegen nicht nach Proxima Centauri«, sagte er.

Die Enttäuschung war so immens, dass Nightingale für einige Sekunden keinen Ton hervorbrachte.

»Warum nicht?«, fragte sie schließlich.

Skarabi ging zum Wandschirm und berührte die Schaltflächen am unteren Rand. Die Kraterlandschaft des Mondes verschwand und wich einer schematischen Darstellung des Sonnensystems mit seinen acht Planeten, dem Kuipergürtel und der Oortschen Wolke. Das System schrumpfte und wich nach links, und auf der rechten Seite erschien ein Dreifachsystem, bestehend aus dem Doppelstern Alpha Centauri A und B, beide etwa so groß wie die Sonne, und dem abseits davon gelegenen Roten Zwerg Proxima Centauri. Eine grüne Linie entstand, führte zunächst von Alpha nach Beta, dann nach

Proxima und schließlich in Richtung des Sonnensystems auf der linken Seite.

»Deshalb«, sagte Skarabi. Er kehrte zum Tisch zurück und setzte sich. Die Augen mit der auffallenden Klarheit in ihnen richteten einen ernsten Blick auf Nightingale.

»Was Sie hier sehen und hören, bleibt unter uns«, sagte er. »Das Gremium verpflichtet Sie hiermit zu strengster Geheimhaltung, Expeditionsdirektorin Loi. Allein mit Ihrer Crew dürfen Sie darüber sprechen.«

»Bin ich noch Expeditionsdirektorin?«, fragte Nightingale. »Gibt es noch eine Crew?«

»Haben Sie mich verstanden?«, erwiderte der Ehrenwerte. »Wenn Sie Ihre Geheimhaltungspflicht verletzen, werden Sie als Expeditionsdirektorin abgesetzt und verlieren alle Meriten, die Ihnen bisher gutgeschrieben wurden.«

»Ja«, sagte Nightingale, »ich habe verstanden.«

»Gut.« Skarabi zeigte auf den Wandschirm. »Kennen Sie den wahren Grund für den geplanten Flug nach Proxima Centauri?«

»Den wahren Grund?«, wiederholte Nightingale verwundert.

»Es geht darum, ein fremdes Sonnensystem zu erreichen und zu erkunden. Proxima Centauri ist uns am nächsten und wird von fünf Planeten umkreist, mindestens einer davon in der habitablen Zone. Vielleicht gibt es dort Leben. Und selbst wenn nicht, Proximas Welten eignen sich möglicherweise für eine Besiedlung.«

»Proxima Centauri ist ein Flare-Stern«, erklärte Skarabi. »Es kommt immer wieder zu starken koronalen Massenauswürfen, wodurch die Helligkeit des Sterns und seine Röntgenstrahlung stark zunehmen. Das sind eher lebensfeindliche Bedingungen.«

Nightingale schwieg und wartete.

»Der eigentliche Grund für Ihre Mission ist – beziehungsweise war – das Signal.«

Nightingale beugte sich langsam vor. »Ein *Signal*?«

»Zum ersten Mal haben wir es vor zwanzig Jahren empfangen, von Alpha Centauri A«, sagte Skarabi. »Ein halbes Jahr später wiederholte es sich von Alpha Centauri B, und nach einem weiteren halben Jahr kam es von Proxima Centauri. Anschließend empfingen wir es einmal etwa alle drei Jahre, immer von Proxima. Ein moduliertes Signal, eindeutig nicht natürlichen Ursprungs.«

Lieber Himmel, dachte Nightingale. »Ein *künstliches* Signal?«

»Davon gehen wir aus.« Der ehrenwerte Elroy Emmon Skarabi sprach mit ruhiger, kühler Stimme. Er klang fast wie ein Enhu, fand Nightingale. »Das war der Grund, vor zwölf Jahren mit der Planung der Proxima-Mission und dem Bau der *Excelsior* zu beginnen.« Er blickte wieder zum Wandschirm. »Vor einem Jahr kam das Signal zum letzten Mal von Proxima Centauri. Wir rechneten mit einer Wiederholung in weiteren zwei Jahren, aber stattdessen erreichte uns ein Signal nicht von Proxima Centauri, mehr als vier Lichtjahre entfernt, sondern vom Rand unseres Sonnensystems, aus einer Distanz von acht Lichtstunden. Und knapp einen Tag später empfingen wir ein weiteres Signal von Proxima, eigentlich zwei Jahre zu früh und etwas anders moduliert als die ersten. Die Botschaft könnte ›Wir kommen‹ lauten und die Mitteilung vom Rand unseres Sonnensystems so viel wie ›Wir sind da‹.«

Nightingale dachte darüber nach und betrachtete die grüne Linie, die von Proxima Centauri zum Sonnensystem führte. »Wenn ich das richtig verstehe ...«, begann sie.

Diesmal schwieg und wartete der Ehrenwerte.

Nightingale überlegte laut. »Was auch immer das Signal während der vergangenen Jahre gesendet hat ... Es befindet sich nicht mehr bei Proxima Centauri, vier Komma zwei Lichtjahre entfernt, sondern am Rand unseres Sonnensystems, in einer Entfernung von nur noch etwa acht Lichtstunden. Und das Signal seiner Ankunft erreichte uns eher als das des Aufbruchs.«

Sie zögerte erneut und glaubte, einen Knoten in ihren Gedanken zu haben.

Einige Sekunden lang blieb es still. Skarabi saß reglos und stumm da.

»Das ist absurd«, sagte Nightingale schließlich. »Das ›Signal des Aufbruchs‹, wenn wir es so nennen wollen, bewegte sich mit Lichtgeschwindigkeit und war vier Komma zwei Jahre zu uns unterwegs. Aber der Sender traf vorher bei uns ein. Das ist unmöglich! Es würde bedeuten, dass er sich mit Überlichtgeschwindigkeit bewegt, und nichts in unserem Universum kann schneller sein als das Licht.«

Der ehrenwerte Skarabi sah sie wortlos an. Seine Miene gab nichts preis.

»Sind Sie sicher, dass die Signale in allen Fällen denselben Ursprung haben?«

»Es gibt keine absolute Gewissheit«, gestand Skarabi ein. »Doch unsere QIs gehen mit einer Wahrscheinlichkeit von neunundneunzig Komma vier Prozent davon aus, dass es sich um ein und dieselbe Signalquelle handelt.«

»Also tatsächlich Überlichtgeschwindigkeit?«

»Die Fakten sprechen eine klare Sprache. Wir müssen sie akzeptieren.«

»Aber es ist unmöglich!«, wiederholte Nightingale.

»Etwas ist nur so lange unmöglich, bis das Gegenteil bewiesen wird«, erklärte Skarabi. »Wir wissen nicht, wann genau die Signalquelle den Flug von Proxima Centauri zu uns begonnen hat. Wenn sie sofort aufbrach, lag ihre Geschwindigkeit nur ein wenig über der des Lichts.«

»Nur ein wenig«, ächzte Nightingale.

»Wenn sie sich später zu uns auf den Weg machte, ein, zwei oder drei Jahre nach Aussenden des letzten Proxima-Signals, muss sie allerdings mit einem Vielfachen der Lichtgeschwindigkeit zu uns unterwegs gewesen sein.« Nach einer kurzen Pause fügte der Ehrenwerte hinzu: »Wir halten es für denkbar, dass es sich um eine Botschaft handelt. Um eine Art von ›Seht, wozu wir imstande sind!‹«

Der Knoten in Nightingales Gedanken verschwand nicht, er lockerte sich nur ein wenig. Sie atmete tief durch. »Mit wem oder was haben wir es zu tun?«

»Das sollen Sie herausfinden«, entgegnete Skarabi. »Es wird Ihre neue Aufgabe, Ihre neue Mission. Minus zehn, Expeditionsdirektorin Loi. Die *Excelsior* startet in zehn Tagen.«

»Ausgeschlossen! Das Schiff ...«

»Wir rüsten es mit allem Notwendigen aus«, unterbrach sie der Ehrenwerte vom Gremium. »Die *Excelsior* wird raumtüchtig sein. Sie brechen in zehn Tagen auf.«

»Warum so hastig?«, fragte Nightingale und ahnte die Antwort.

»Die Marsianer bereiten ebenfalls eine Expedition vor. Sie dürfen uns nicht zuvorkommen, ebenso wenig die Autarkien bei Uranus und Neptun. Der erste Kontakt mit einer fremden Zivilisation könnte unmittelbar bevorstehen. Sorgen Sie dafür, dass die Erde Kontrolle darüber bekommt und behält.«

Der Gesandte des Gremiums nahm das Tablet und reichte es Nightingale. »Darin finden Sie alle relevanten Daten, Expeditionsdirektorin. Ihnen bleiben zehn Tage für die Vorbereitungen.«

TITAN

NORA VAN DYKE

3

Das Klettern fiel Nora nicht schwer, sie war federleicht – in der Schwerkraft des Titan wog sie nur achteinhalb Kilo anstatt knapp sechzig wie auf der Erde. Schutzanzug und Ausrüstung fügten dem eigenen Gewicht einige weitere Kilo hinzu, aber sie konnte trotzdem aus eigener Kraft fliegen.

Auf dem höchsten Punkt des Bergrückens, tausend Meter über der Ebene, blieb sie stehen. Links von ihr, im Süden, war das Terrain weitgehend flach, bestehend aus Eis hart wie Felsgestein bei Temperaturen von minus hundertachtzig Grad und bedeckt von Tholin-Ablagerungen. In der Ferne sah sie, was in den vergangenen beiden Jahrzehnten aus der ursprünglichen Forschungsstation geworden war, eine Stadt mit mehr als fünfzigtausend Einwohnern. Jemand hatte sie »Jothos« benannt, nach dem ersten Menschen, der seinen Fuß auf die Oberfläche des Titan gesetzt hatte, und bei diesem Namen war es geblieben.

Auf der rechten Seite, im Norden, lag schwarz und violett das Ligeia Mare, ein See aus flüssigem Methan mit zahlreichen felsigen Buchten und einer Fläche von mehr als hundertzwanzigtausend Quadratkilometern. Über den nördlichen Ufern hatten sich dichte Wolken gebildet, und ein dunkelbrauner Vorhang senkte sich dort herab. Ein Regen aus Methan und Ethan ging nieder, bestehend aus Tropfen, die einen Zentimeter groß wurden und in der geringen Schwerkraft eine ganze Stunde brauchten, um von den Wolken den Boden zu erreichen.

Nora blickte nach oben. Der gelbbraune Dunst lichtete sich, eine erste kleine Lücke entstand. Gleich, dachte sie. Nur noch einige wenige Minuten.

Zeit genug für den Harnisch.

Er öffnete sich, als sie ihn vom Instrumentengürtel löste. Nora nahm die Gurte, befestigte sie an Handgelenken, Armen, Schultern und Hüften. Eine zweiteilige Folie entfaltete sich, bestehend aus ultradünnem durchsichtigem Synth.

Sie streckte die Arme, breitete damit die Flügel aus und lächelte.

Normalerweise gönnte sie sich einen solchen Ausflug nur einmal im Monat, und der letzte, der sie weit nach Süden gebracht hatte, lag erst zwei Wochen zurück. Doch nun war sie wegen einer besonderen meteorologischen Konstellation hier, ein auf Titan sehr seltenes Ereignis. Erica, die Quantenintelligenz von Jothos, hatte die genaue Prognose erstellt, und Nora vertraute ihren Berechnungen.

Sie blickte erneut nach oben.

Höhenwinde trieben die Wolken auseinander. Der offene Bereich dehnte sich aus. Saturn erschien, gewaltig und prächtig mit seinen Ringen. Mehrere Monde waren erkennbar. Die KI des Schutzanzugs identifizierte sie und ließ ihre Namen im Helmvisier erscheinen: Hyperion, Rhea, Tethys und Enceladus, wo Exobiologen vor siebenundsechzig Jahren Leben im subglazialen Ozean entdeckt hatten wie zuvor auf dem Jupitermond Europa.

Eine ganze Minute lang nahm Nora den Anblick stumm in sich auf. Dann aktivierte sie ihren Kommunikator.

»Nora Van Dyke an Jothos.«

»Wir hören dich klar und deutlich, Nora«, antwortete Conrad sofort.

»Während der nächsten Stunde möchte ich nicht gestört werden.«

»Verstanden, Nora. Wir behalten deine Telemetrie im Auge, lassen dich aber ansonsten in Ruhe. Guten Flug!«

Sie lächelte erneut. »Danke.«

Unter den Ringen des Saturn sprang Nora mit ausgebreiteten Armen dem tausend Meter tiefer gelegenen Ligeia Mare entgegen.

Nora fiel nicht, sie flog. Sie brauchte nicht einmal mit den Polymer-Flügeln zu schlagen, die geringe Thermik in der Nähe des großen Methansees gab ihr Auftrieb genug. Für einen Moment schloss sie die Augen und erinnerte sich an ihren Kindheitstraum vom Fliegen: die Arme strecken und aufsteigen, von warmer Luft getragen, zu den Wolken empor oder einem herrlich bunten Regenbogen entgegen.

Auf Titan gab es keine Regenbögen, und die Luft, die zu fünfundneunzig Prozent aus Stickstoff und zu fünf Prozent aus Methan bestand, war alles andere als warm – bis auf minus zweihundert Grad konnte die Temperatur sinken. Doch der Schutzanzug wärmte, die Flügel trugen Nora, und ihre Fantasie schuf den fehlenden Regenbogen beim Vorhang aus fallenden Methantropfen nördlich des Ligeia Mare.

Die Flügel trugen sie in eine andere Welt, ohne Sorgen und ohne die Last der Verantwortung, die sie als Erste Administratorin von Titan trug. Hier kehrte die jugendliche Frische zurück, die sie schmerzlich vermisste, wenn sie sich zu oft und zu lange Verwaltungsaufgaben widmen musste, anstatt das Neue zu erforschen und Unbekanntes zu entdecken.

Nora öffnete die Augen, schlug nun doch mit den Flügeln, wurde schneller und stieg noch etwas weiter auf. Über ihr funkelten und glitzerten die Ringe des Saturn im Licht der fernen Sonne, unter ihr drehte sich ein Mond fast so groß wie ein Planet, mit Seen und Flüssen aus Methan und Ethan, mit Bergen und Klippen aus Eis und mit einem salzigen Ozean tief unter seiner eisigen Kruste.

Eine Zeit lang dachte Nora an nichts und genoss einfach nur das Fliegen. Der Bergrücken, den sie zuvor erklommen hatte, blieb hinter ihr zurück, der schwarze See mit den violetten Rändern kam näher. Sie hörte das Rauschen der Luft und manchmal ein leises Knarren und Knacken im Harnisch. Einmal legte sie die Flügel an, ließ sich fallen, mehrere Hundert Meter tief, und als sie die Synth-Schwingen wieder ausbreitete, fühlte es sich nach einem jähen Aufwind an, der sie zum Saturn tragen wollte.

Eine halbe Stunde später über den südlichen Ausläufern des Ligeia Mare klang plötzlich eine Stimme aus ihrem Kommunikator.

»Nora? Ich weiß, dass du nicht gestört werden möchtest, aber mir scheint, wir haben hier etwas Wichtiges.«

Aus einer Höhe von fünfhundert Metern blickte Nora auf den dunklen See hinab und stellte sich eine Bootsfahrt darauf vor. »Um was geht's?«

»Wir bekommen Besuch.«

Ein Schiff?, dachte sie erstaunt. Niemand hatte sich angekündigt, niemand wurde erwartet. Sie sah wieder nach oben, zum Saturn, und stellte fest, dass sich die Wolkenlücke zu schließen begann. Der gelbbraune Dunst verdichtete sich, die Ringe des Saturn verloren ihren Glanz.

»Von der Erde?«, fragte sie. »Vom Mars?« Oder vielleicht von draußen?, fügte sie in Gedanken hinzu. Von den Autarkien bei Uranus, Neptun und Pluto?

»Negativ«, entgegnete Conrad. »Das Objekt ist etwa vierhundert Kilometer groß und kommt offenbar aus dem interstellaren Raum.«

»Ein Asteroid«, sagte Nora.

»Wenn es ein Asteroid ist, dann von einer Sorte, die wir nicht kennen.« Conrad klang seltsam bei diesen Worten. »Das Objekt wird langsamer, langsam genug für eine hohe Umlaufbahn um den Saturn. Und es sendet ein Signal.«

Nora dachte darüber nach, was das bedeutete.

»Ich kehre so schnell wie möglich zu euch zurück«, entschied sie, schlug mit den Flügeln und flog nach Süden.

4

Als sie Jothos erreichte, war der Flug über Ligeia Mare kaum mehr als eine ferne Erinnerung, beiseitegeschoben von etwas viel Wichtigerem. Aufregung prickelte in ihr, aber sie ließ sich nichts davon anmerken und schlüpfte wieder in die Rolle der ruhigen, würdevollen Ersten Administratorin, einer Person mit Besonnenheit und Weitblick.

Sie nahm sich Zeit genug, im Ausrüstungsraum des »Rathauses«, wie sie die Leitstelle von Jothos nannten, den Schutzanzug gegen eine weite dunkelblaue Hose und eine fast knielange beigefarbene Hemdjacke einzutauschen, überprüfte ihr Erscheinungsbild in einem holografischen Spiegel und machte sich dann auf den Weg zum Übersichtsraum in der obersten Etage des dreistöckigen Gebäudes. Dort traf sie nicht nur Conrad an, mit dem sie während des Flugs kurz gesprochen hatte, sondern auch Eusebius, Verbindungsmann der Autarkien für den wissenschaftlichen Austausch, und die Exogeologin Rebecca DeSantis.

»Eigentlich sollte ich draußen beim Bohrloch sein.« Rebecca sprach noch schneller als sonst. Vier silberne Nadeln hielten ihr kastanienbraunes Haar auf dem Kopf zusammen. »Aber dies hier ist noch interessanter als der Ozean tief unter unseren Füßen.«

Eusebius stand vor dem Hauptschirm, kräftig gebaut für einen Autarken, die Hände auf den Rücken gelegt. Pechschwarzes Haar fiel ihm glatt bis auf die Schultern. Er drehte sich halb um und zeigte ein dunkles Gesicht mit großen jadegrünen Augen.

»Nora«, sagte er und lächelte zur Begrüßung. Seine schneeweißen Zähne schienen zu leuchten. Wie üblich trug er uniformartige Kleidung, in einem tiefen Violett wie die Ränder von Ligeia Mare und mit Abzeichen, deren Bedeutung Nora nicht kannte.

Sie nickte ihm und Rebecca zu, wandte sich dann an den jungen Conrad, der erst vor wenigen Monaten von der Erde eingetroffen war.

»Wie sieht's aus?«, fragte sie betont ruhig. »Wie ist die Lage?«

Conrad strich sich eine Strähne seines wirren blonden Haars aus der Stirn. »Das Objekt hat seine Geschwindigkeit weiter verringert. Wir gehen davon aus, dass es eine hohe Umlaufbahn über Saturn ansteuert.«

Nora trat näher zum Hauptschirm, der den Saturn, sein Ringsystem und die Monde zeigte. Ein blinkender roter Punkt wies auf die Position des Objekts hin. »Ein ... Ding, das seine Geschwindigkeit verringert, obwohl Saturns Schwerkraft es beschleunigen müsste ...«, murmelte sie.

»Außerirdische!«, rief Rebecca. »Ein fremdes Raumschiff!«

Nora hob mahnend die Hand. »Vorsicht. Keine voreiligen Schlussfolgerungen. Sind die anderen informiert, Conrad?«

»Nein. Wir haben noch keine Meldung herausgegeben.«

»Es wird nicht mehr lange dauern, bis es bekannt wird«, sagte Eusebius mit seiner seltsam glatten Stimme. »Die Forschungsstationen auf Enceladus, Rhea und Phoebe verfügen über Radar und gute Teleskope.«

»Was ist mit dem Signal?«, fragte Nora.

Rebecca wies zur Kommunikationsstation. »Es ist sehr leise, will heißen: Es hat sehr geringe Energie und verlor sich bisher im Strahlungsrauschen des Saturn. Erica hat uns darauf aufmerksam gemacht. Aus den Aufzeichnungen geht hervor, dass es sich wiederholt, alle neunundfünfzig Minuten und sechs Komma drei Sekunden.«

»Die Intervalle werden kürzer«, fügte Conrad hinzu. »Bei jeder Wiederholung um eins Komma vier sieben Sekunden.«

»Eine Art Countdown?« Nora beobachtete den blinkenden roten Punkt.

»Könnte sein.«

»Wofür?«

Conrad zuckte mit den schmalen Schultern. »Unbekannt. Die Sonden im Orbit von Iapetus weiter draußen haben uns erste Bilder geschickt. Erica ...«

»Hier sind sie«, ertönte die Stimme von Jothos' Quantenintelligenz.

Saturn und seine Ringe verschwanden vom Hauptschirm, dafür erschien ein unregelmäßig geformter Felsbrocken mit einer Länge von vierhundert und einem maximalen Durchmesser von etwas mehr als dreihundert Kilometern, wie die eingeblendeten Daten zeigten.

»Sieht aus wie ein gewöhnlicher Asteroid.« Nora betrachtete das Objekt. »Was wissen wir sonst noch?«

»Der vermeintliche Asteroid dreht sich nicht«, antwortete die QI. »Er hat keine eigene Rotation. Und trotz der Verringerung der Geschwindigkeit haben die Sensoren der Iapetus-Sonden bisher keine energetischen Emissionen gemessen, die auf ein Triebwerk hindeuten.«

»Magie?«, fragte Eusebius und zeigte erneut sein strahlend weißes Lächeln.

»›Jede hinreichend fortschrittliche Technologie ist von Magie nicht zu unterscheiden‹«, zitierte Rebecca. »Arthur C. Clarke, vor hundertfünfzig Jahren.«

Der Autarke nickte bedächtig, was ein wellenartiges Wogen durch sein schulterlanges schwarzes Haar schickte.

»Hinzu kommen mehrere Massendiskrepanzen«, fuhr Erica fort. »Das Objekt ist an manchen Stellen leichter als an anderen.«

Die Bilder auf dem Hauptschirm schienen sich in Infrarotaufnahmen zu verwandeln, die dem Objekt rote, gelbe und blaue Töne gaben. Die roten Markierungen bildeten eine Art Fleckenmuster, in dem sich keine Regelmäßigkeiten erkennen ließen. Die gelben und blauen Bereiche wirkten wie miteinander verschlungen.

»An den roten Stellen ist die Massenkonzentration sehr hoch«, erklärte Erica. »Dort wiegt das Objekt viel mehr, als eigentlich zu erwarten wäre. Gelb und Blau weisen auf geringere Masse hin. In den gelben Regionen könnte der Asteroid sogar hohl sein.«

»Hohl«, intonierte Rebecca begeistert. »Mit der Fähigkeit, die eigene Geschwindigkeit unabhängig von äußeren Einflüssen zu verändern. Ich sag's ja, ein Raumschiff!«

»Das wie ein Asteroid aussieht?«, erwiderte Nora über die Schulter hinweg. »Und vierhundert Kilometer groß ist?«

»Mein Codegenerator hat das Objekt ›Zeta‹ genannt«, verkündete Erica.

»Gibt es dafür einen bestimmten Grund?«, fragte Nora.

»Ja«, antwortete die Quantenintelligenz. »Nach dem Milesischen Zahlensystem, das im antiken Griechenland und in Byzanz verwendet wurde, entspricht Zeta der Zahl Sieben, und das Signal des Objekts besteht aus sieben Impulsen.«

Plötzlich begannen Noras Gedanken zu wirbeln.

»Wisst ihr, was das bedeutet?«, beendete Rebecca nach einigen Sekunden das Schweigen. »Erstkontakt! Hier draußen beim Saturn. Bei uns!«

Wieder folgte kurze Stille.

»Was machen wir jetzt?«, fragte Conrad.

Nora räusperte sich. »Was rätst du uns, Erica?«

»Ich schlage vor, ihr schickt der Erde einen Bericht. Ich habe ihn bereits vorbereitet, mit allen Informationen, über die wir derzeit verfügen.«

Nora blickte kurz zur Seite. Das dunkle Gesicht des Autarken verriet nichts. Eusebius und die Autarkien noch weiter draußen im Sonnensystem waren nicht an irgendwelche Anweisungen von der Erde gebunden.

»In Ordnung«, entschied sie. »Sende den Bericht. Wann können wir mit Antwort rechnen?«

»Frühestens in drei Stunden.«

Nora ging zu einer der Konsolen im Übersichtsraum, setzte sich und streckte die Hände nach den Kontrollen aus. »Auf Titan gibt es keine Geheimnisse, oder? Wir sind hier eine große Familie. Erica, gib den Bericht auch in unser Kommunikationssystem. Alle sollen Bescheid wissen.«

Eusebius beobachtete sie aufmerksam. Rebecca und Conrad nickten wohlwollend und zufrieden.

»Wir warten ab, was die Erde zu sagen hat.« Noras Finger berührten Schaltflächen. »Und in der Zwischenzeit versuchen wir, so viel wie möglich über Zeta herauszufinden.«

5

Nora saß in ihrem Büro, starrte auf den Bildschirm und las noch einmal die kurze Nachricht, die von der Erde gekommen war.

»Sammeln Sie weitere Daten über Objekt Zeta. Wir erwarten alle zwei Stunden einen ausführlichen Bericht. Unternehmen Sie nichts. Wir wiederholen: Unternehmen Sie nichts! Keine aktiven Maßnahmen, keine aktiven Sondierungen. Beschränken Sie sich darauf, zu beobachten und zu messen. Wir schicken die *Excelsior*.«

Sie hatte mehr erwartet, viel mehr, und gewiss kein Verbot.

»Nora?«, ertönte eine vertraute Stimme.

»Ja, Erica?«

»Eusebius hat unser Kommunikationssystem benutzt und den Autarkien von Uranus und Neptun eine Nachricht geschickt.«

Nora verzog das Gesicht. Hier konnte sie sich das leisten, sie war allein. »Das war zu erwarten, nicht wahr? Ich meine, dies ist eine ziemlich große Sache, und natürlich weist er die Autarken darauf hin. Du hast nicht zufällig mitgehört?«

»Er hat seine Nachricht mit einem Quantencode verschlüsselt«, antwortete Erica. »Ich habe bisher nicht versucht, sie zu entschlüsseln, denn dies erfordert eine explizite Anweisung von dir und wäre dennoch ein Verstoß gegen das diplomatische Protokoll.«

Nora schnitt eine zweite Grimasse. »Nur dann, wenn es bekannt würde«, erwiderte die Pragmatikerin in ihr, die durchaus eine Daseinsberechtigung hatte. »Wie auch immer, lass es. Wir wissen, was er gemeldet hat.«

»Wenn du mir einen Hinweis gestattest ...«

»Natürlich.«

»Die Autarkien werden ein Schiff schicken, wenn sie dazu in der Lage sind. Und es wird dauern, bis jemand von der Erde eintrifft. Das letzte Versorgungsschiff kam erst vor wenigen Monaten.«

Es hatte ihnen Conrad Conradis gebracht, einen eifrigen jungen Mann, fand Nora, Nachfolger des Koordinators Radko Aristo, der bei einem tragischen Unfall ums Leben gekommen war.

»Die *Excelsior* dürfte wesentlich schneller sein als irgendein Versorgungsschiff«, meinte sie.

»Sie ist noch nicht fertig«, wandte Erica ein. »Den mir vorliegenden Daten zufolge werden noch etwa zehn Tage benötigt, um die *Excelsior* auf einen interplanetaren Flug vorzubereiten. Sie wird uns frühestens in zwei Monaten erreichen.«

Zwei Monate!, fuhr es Nora durch den Sinn.

»In zwei Monaten kann ziemlich viel geschehen«, sagte sie vorsichtig.

»In der Tat.«

»Die Autarkien könnten uns zuvorkommen.«

»Das wäre möglich.«

»Wir sind ein Vorposten der Erde.« Nora sprach langsam. »Wir tragen Verantwortung. Es ist unsere Pflicht, die Interessen der Erde zu wahren.«

Es wohnten zwei Seelen in ihr. Die eine gehörte der ruhigen, disziplinierten, auf Ausgleich bedachten Administratorin, Oberhaupt einer Forschungsstation, die zur Stadt geworden war, zum Zentrum der wissenschaftlichen Arbeit bei den Monden des Saturn. Die andere war die Seele der Abenteurerin, die allein aufbrach und mit Synth-Flügeln über Ligeia Mare flog. Diese Nora erkannte mit klarer Deutlichkeit eine Chance, wie man sie nicht nur einmal im Leben bekam, sondern wie sie sich nur einmal in der ganzen Geschichte der Menschheit bot. Der erste Kontakt mit fremdem intelligentem Leben, mit einer extrasolaren Zivilisation! Und sie sollte einfach abwarten und den historischen Moment, direkt vor der Haustür, jemand anderem überlassen?

»Es wäre dumm, die Hände in den Schoß zu legen, während andere versuchen, das fremde Objekt zu erreichen und Nutzen aus ihm zu ziehen«, sagte sie.

»Nutzen?«, fragte Erica.

»Außerirdische Technologie«, antwortete Nora. Die Abenteurerin in ihr dachte an unbekannte Welten und die Wunder des Universums.

»Wir haben klare Anweisungen erhalten«, erinnerte sie die Quantenintelligenz.

»Die Erde ist eins Komma vier Milliarden Kilometer von uns entfernt. Dort sieht man die Dinge anders. Der Blickwinkel ist ein anderer.« Die Abenteurerin versuchte, die disziplinierte Administratorin zu überzeugen. Es gab einen letzten Widerstand.

»Nora ...«

»Ich bin immer noch hier.«

»Ich habe gerade eine Nachricht über das QI-Netzwerk erhalten. Sie ist nicht offiziell, und es fehlt eine Bestätigung, aber ich vertraue den Quellen. Der Mars will ebenfalls ein Schiff schicken.«

Nora sah vom Bildschirm auf. »Wann?«

»In wenigen Tagen«, lautete die Antwort. »Und es wird Wochen vor der *Excelsior* hier eintreffen.«

Noras Finger huschten über Tasten und Schaltflächen. »Wenn ich den aktuellen Stand der Umlaufbahnen richtig im Kopf habe ...« Sie betrachtete das Diagramm auf dem Schirm. »Derzeit ist der Mars weiter von uns entfernt als die Erde.«

»Offenbar haben die Marsianer vor, einen Erkunder von einer ihrer Mining-Basen im Asteroidengürtel zu entsenden«, erwiderte Erica. »Nach meinen Schätzungen könnte er bereits in drei Wochen hier sein.«

Nora stand langsam auf. »Wenn die Erde wartet, gerät sie vielleicht ins Hintertreffen.«

»Das wäre theoretisch möglich«, räumte Erica ein.

»Wir sind ihr verpflichtet.«

»Zweifellos.«

Eigentlich war es ganz einfach, dachte Nora.

»Eigentlich ist es ganz einfach«, sagte sie laut. »Wenn ich die Entscheidung allein treffe, kann auch nur ich allein zur Rechenschaft gezogen werden.«

»Was entscheidest du?«, fragte die QI.

»Das weißt du längst, Erica.« Nora lächelte und verließ ihr Büro.

Im Übersichtsraum des »Rathauses« trat Nora an den Konsolen vorbei zum großen Hauptschirm zwischen den beiden Fenstern, durch die man über die Stadt blicken konnte, zu der Jothos geworden war. Ihre Finger strichen über die Kontrollen und riefen erneut eine schematische Darstellung des Saturn und seiner Monde auf den Schirm, zusammen mit dem blinkenden roten Punkt, der auf die Position des Objekts hinwies.

»Es ist noch langsamer geworden«, stellte sie fest. »Langsam genug für eine fast kreisförmige Umlaufbahn, wie ich sehe. Ziemlich weit draußen. Von uns aus gesehen. Iapetus ist wesentlich näher dran.«

Nora drehte sich um, als sie keine Antwort erhielt. Der junge Conrad war da, ebenso Rebecca und Eusebius, der die Kleidung gewechselt hatte und eine ockerfarbene Uniform trug, die sein schwarzes Haar noch mehr zur Geltung brachte. Cora saß an der Kommunikationsstation, den Rücken gerade, den Kopf hoch erhoben, die Hände an den Frequenzscannern. Tiber mit dem schütteren Haar, die blasse Maya, der alte Korwain Curl und Florence mit dem Gesicht voller Sommersprossen – sie behielten die Systemanzeigen im Auge und achteten darauf, dass alles in Jothos einwandfrei funktionierte. Dies war die Koordinationsgruppe, deren Mitglieder jeweils für drei Jahre von Jothos' Bewohnern gewählt wurden. Sie bildeten den »Rat« des Rathauses.

»Wir kennen die Nachricht von der Erde.« Rebecca sprach wieder sehr schnell. »Wir sollen nichts tun.«

Normalerweise entschieden sie gemeinsam. Aber diesmal nicht, dachte Nora. Die Schuld sollte allein sie treffen. Wenn es später so etwas wie Schuld gab.

»Iapetus wird dem Objekt in wenigen Stunden recht nahe sein.« Nora deutete auf den Hauptschirm. »Wir schicken eine der Iapetus-Sonden. Einen neutralen Beobachter.« Sie blickte kurz zu Eusebius, der ihre Worte ohne erkennbare Reaktion zur Kenntnis nahm. »Wir bringen die Sonde in eine niedrige Umlaufbahn und lassen sie das Objekt *passiv* sondieren.«

Rebecca nickte zufrieden.

»Und weiter?«, fragte Conrad. Er schien etwas zu ahnen und erinnerte sich vielleicht daran, dass er als Koordinator der Gruppe eine gewisse Kontrollfunktion ausübte.

»Eine Revision der Iapetus-Anlagen wäre in zwei Wochen fällig«, sagte Nora. »Wir ziehen sie vor. Was ist mit dem Cruiser? Wie schnell kann er startklar gemacht werden?« Die letzten Worte richtete sie an Florence.

Der »Cruiser« war ein Inspektionsboot, das sowohl für Flüge in der Atmosphäre des Titan als auch für Reisen zu den anderen Saturnmonden verwendet werden konnte.

»Zwei Stunden sollten genügen«, antwortete Florence. »Kommt darauf an, was du mitnehmen möchtest.«

Nora glaubte fast zu sehen, wie die anderen die Ohren spitzten.

»Wissenschaftliche Instrumente«, sagte sie. »Was wir in den nächsten Stunden auftreiben und entbehren können. So viel, wie in den Laderaum des Cruisers passt.«

»Für Iapetus?«, fragte Eusebius von den Autarkien.

»Als Ersatz für die dortige alte Ausrüstung«, log Nora und schritt zum Ausgang. »Ich fliege selbst. Conrad, du übernimmst hier ...«

»Ich möchte mitkommen!«, bat der junge Mann.

»Ich ebenfalls!«, fügte Rebecca hinzu.

Nora zögerte an der Tür. Sie wusste nicht, was sie erwartete. Vielleicht brauchte sie Hilfe. »Na schön. Florence, du vertrittst mich hier, bis ich zurück bin.«

Eusebius trat vor. »Wenn Sie gestatten, Administratorin ... Ich begleite Sie ebenfalls, als wissenschaftlicher Emissär der Autarkien.« Er lächelte kühl. »Ich wollte mir Ihre Anlagen auf Iapetus schon immer einmal ansehen.«

Nora wollte zuerst ablehnen. Doch dann kam ihr der Gedanke, dass es vielleicht besser war, Eusebius in der Nähe zu haben. Dadurch konnte sie ihn und seine Verbindung zu den Autarkien leichter unter Kontrolle halten.

»Na schön«, sagte sie. »Bereiten wir uns vor. In zwei Stunden geht's los.«

EIN MAHNMAL

NIGHTINGALE LOI,
ERDMOND

6

Dreißig Kilometer von Imbria entfernt, der drittgrößten Stadt auf Luna, im Mare Imbrium gelegen, hielt Nightingale den Wagen an. Das Rumpeln hörte auf, und plötzlich wurde es so still, dass sie laut den eigenen Herzschlag hörte, einen dumpfen Trommelschlag in den Ohren.

Vor ihnen stand die Erde dicht über dem grauen Horizont, groß und blau, hier und dort mit weißen Wolkenschleiern. Rechts, ein Stück weiter im lunaren Norden, erhoben sich die Reste einer Konverterruine, die zum Mahnmal geworden war. Zwei kleine runde Hügel erinnerten an die Schilde der geschmolzenen Abschirmung.

»Wie lange ist es her?«, murmelte Nightingale nachdenklich.

»Achtundfünfzig Jahre, zwei Monate und dreizehn Tage«, antwortete Chen neben ihr.

»Die Erbauer sind unvorsichtig gewesen«, sagte Nightingale. »Sie hatten es zu eilig. Das größte wissenschaftliche Zentrum des Mondes sollte hier entstehen. Stattdessen kam es zu einem Tschirnow-Zwischenfall, der zu einer Katastrophe für den ganzen Mond hätte werden können, und vielleicht auch für die Erde.«

»Es geschah während des Jahrhunderts der Unvernunft.«

»Es sollte uns eine Mahnung sein, nicht wahr? Lieber dreimal überlegen als zweimal. Vorsicht immer an erster Stelle.«

Nightingale aktivierte den Zoomeffekt des hohen, breiten Panoramafensters, und der westliche Teil der Ruinen kam näher. Vor ihnen wurden die Sensorcluster der permanenten Überwachung sichtbar, die einen Alarm auslösten, wenn sich jemand oder etwas bis auf fünfhundert Meter näherte. Hinter dem Kordon aus Wächtern, deren Aufmerksamkeit nie nachließ, lag die Irregularität, geschaffen von der Tschirnow-Strahlung, als die Abschirmung des Konverters instabil geworden war: ein weißer Quader aus Pseudomaterie mit einer Kantenlänge von etwas mehr als sieben Metern und von silbernen Linien durchzogen. Der Zoom zeigte mehrere kleine Öffnungen.

Nightingale zeigte darauf. »Man hat Sonden hineingeschickt. Nicht eine von ihnen ist zurückgekehrt.«

»Vielleicht ist es noch zu früh«, sagte Chen. Seine Stimme war tief und ruhig. Nightingale hatte sie von Anfang an mit einem Felsen verglichen, dem kein Sturm und keine Flut etwas anhaben konnten. »Es könnte sich um temporale Verzerrungen handeln. Die Sonden befinden sich vielleicht irgendwo in der Vergangenheit oder erreichen uns in naher oder ferner Zukunft.«

»Vielleicht ist das, was wir sehen, nur die sprichwörtliche Spitze des Eisbergs«, spekulierte Nightingale. »Nach einer Hypothese ist die Irregularität dort drüben das Kondensat einer viel größeren Anomalie, die sich durch andere Dimensionen und fremde Zeitstrukturen erstreckt.«

»Wir haben inzwischen gelernt, mit Konversionsenergie umzugehen«, meinte Chen, »und wir brauchen sie für unsere Gravitatoren und Antriebssysteme. Aber sie bleibt gefährlich, deshalb überlassen wir die Kalibrierung der Abschirmung unseren KIs oder besser noch den Quantenintelligenzen.«

»Wir Menschen sind einfach nicht gut genug, oder?«

»Die Leistungsfähigkeit gewöhnlicher Menschen hat überschaubare Grenzen.« Chen klang weder anmaßend noch arrogant. Es war eine Feststellung, getroffen von einem Enhu.

»Wer kalibriert Zeta für uns?«, fragte Nightingale.

»Sind wir deshalb hier, an diesem besonderen Ort? Mit Ausblick auf die Erde?«

»Das ist eher ein Zufall«, erwiderte Nightingale. »Ich wusste nicht, dass man sie von hier aus sehen kann. Ihr Anblick ist durchaus symbolträchtig, wenn man die Umstände bedenkt, aber wir sind vor allem hier, weil ich ungestört mit dir reden wollte, alter Freund.«

Sie sah wieder zum blauen Planeten über dem lunaren Horizont und dachte daran, was dort alles geschehen war und was geschehen konnte.

»Konversionsenergie ...«, sagte sie noch immer sehr nachdenklich. »Ein zweischneidiges Schwert. Oder wie die beiden Seiten einer Medaille. Nützlich und gefährlich liegen manchmal dicht beieinander. Das könnte auch bei Zeta der Fall sein. Der Name stammt von Titans QI, kam mir zu Ohren.« Sie ließ zwei oder drei Sekunden verstreichen. »Was wissen die Quantenintelligenzen über das interstellare Objekt?«

»Ich glaube, sie wissen nicht mehr als wir«, sagte Chen.

»Du *glaubst*? Bist du nicht sicher?«

Nightingale musterte ihn und forschte in seinem Gesicht, als wäre er ein normaler Mensch. Seine Haut war glatt und perfekt, vollkommen makellos. Sensorpunkte und Interfacespots reichten von den Schläfen herab über den Hals und von dort aus am Rückgrat entlang, wie sie wusste. Seine dunklen Augen sahen selbst Röntgenstrahlung, und für die Ohren konnte die leiseste Stille voller Geräusche sein, wenn er wollte. Konfigurierbare Zellstränge in Muskeln und Sehnen versetzten ihn in die Lage, schneller zu laufen als der schnellste menschliche Sprinter. Er vergaß nur, was er vergessen wollte: Sein Gehirn enthielt semiorganische Speicherelemente für direkten Datenzugriff mit einer Kapazität von hundert Exabyte, und über die Interfacespots ließen sich externe Gedächtnisse anschließen. Mit seinen siebenundzwanzig Jahren wusste Chen mehr als der Gelehrteste unter den Gelehrten auf der Erde. Er dachte mit der rasenden Gründlichkeit einer KI und konnte sich mit Quantenintelligenzen verbinden, um einen direkten Dialog mit ihnen zu führen.

Chen verfügte über volles Personenrecht, so wie alle Enhus nach dem Ende der Genetischen Konflikte. Nightingale hatte das letzte Aufflammen jener Auseinandersetzungen vor zwanzig Jahren in ihrer Heimatstadt Manila erlebt. Damals war sie zweiundzwanzig gewesen, eine junge Studentin der Astrobiologie, und Chen sieben, ein Knabe, geflohen aus einem von den Puristen zerstörten genetischen Laboratorium. Sie hatte ihn versteckt, damit ihr Leben riskiert und seins gerettet. Seitdem gab es eine Brücke zwischen ihnen, ein unzerreißbares Band der Freundschaft.

»Die Denksphären der Quantenintelligenzen sind gewaltig«, entgegnete er. »Stell sie dir ebenso groß vor wie das Universum.«

»Du könntest eine direkte Frage stellen«, schlug Nightingale vor.

»Das habe ich.«

»Und?«

»Die Antwort lautete: Wir sind neugierig.«

Nightingale überlegte. »Was meinst *du*, Chen? Was hältst du von der Sache?«

Seine perfekten Lippen formten ein makelloses Lächeln. »Ich bin ebenfalls neugierig.« Das Lächeln verschwand, er wurde wieder ernst. »Bei Zeta handelt es sich um ein extrasolares Artefakt, so viel scheint sicher. Den Rest müssen wir herausfinden.«

»Das ist ein ziemlich großer Rest.«

Chen nickte.

Nightingale sah über die graue Oberfläche des Mondes hinweg. »Ich bin zwölf Jahre lang für eine Mission ausgebildet worden, die überhaupt nicht stattfindet. Zwölf Jahre! Und plötzlich wird alles über den Haufen geworfen.«

»Weil Zeta hier ist und nicht mehr bei Proxima Centauri.«

Nightingales Blick kehrte zu ihm zurück. »Hat man dir damals die Wahrheit gesagt, als du für die *Excelsior* ausgewählt worden bist? Hat man dir gegenüber auch nur etwas *angedeutet*?«

»Nein. Ich habe von Zeta ebenso spät erfahren wie du. Sogar einige Stunden nach dir.«

Nightingale zweifelte nicht eine Sekunde lang daran, dass er die Wahrheit sagte.

»Skarabi, der Gesandte des Gremiums, mit dem ich gesprochen habe … Ich glaube, mit den Hinweisen auf das Signal wollte er mich ablenken. Er hat es zu sehr betont.«

»Wovon hätte er dich ablenken wollen?«

»Ich weiß es nicht«, gestand Nightingale. »Ich hatte gehofft, du könntest mir das sagen. Du weißt mehr als ich.«

»Ich weiß sogar *viel* mehr als du.« Wieder fehlte jede Spur von Selbstüberhöhung in Chens Stimme. »Ich verfüge über so viel Wissen wie die größten Bibliotheken auf der Erde und vielleicht sogar noch mehr. Aber ich weiß nicht alles.«

»Unsere Lagrange-Teleskope haben Biosignaturen auf Dutzenden von Exoplaneten entdeckt, aber keine Spuren intelligenten Lebens«, überlegte Nightingale laut. »Zumindest keine technischen wie zum Beispiel Satelliten oder Habitate in

Umlaufbahnen, etwas in der Art. Wir scheinen weit und breit die einzige technologische Zivilisation zu sein.«

»In diesem kleinen Zeitabschnitt«, gab Chen zu bedenken. »In der schmalen Lücke zwischen zwei Wimpernschlägen des Universums. Es könnte zahlreiche Techno-Zivilisationen vor uns gegeben haben, und nach uns werden sich möglicherweise noch viel mehr in der Milchstraße und anderen Galaxien ausbreiten.«

»Vielleicht hat der ehrenwerte Skarabi deshalb so deutlich auf das Signal hingewiesen. Um den technologischen Aspekt zu betonen. Obwohl das gar nicht nötig gewesen wäre.«

»Eine denkbare Erklärung«, fand Chen.

»Und doch werde ich das Gefühl nicht los ...« Sie stockte.

»Ja?«

»Dass etwas nicht mit rechten Dingen zugeht. Chen ... Bedeutet das Signal mehr als nur ein ›Wir sind hier‹ oder ›Wir kommen zu euch‹? Ist es entschlüsselt worden? Enthält es eine Botschaft für uns?«

»Wenn es eine solche Botschaft gibt, habe ich nichts von ihr erfahren.«

Nightingale horchte in sich hinein und stellte fest, dass ihr Unbehagen nicht nachgelassen hatte.

»Kurz vor der Ankunft des Objekts beim Saturn hat sich das Signal verändert«, sagte sie. »Es wiederholt sich schneller, in kürzer werdenden Abständen. Man spekuliert, dass es sich um einen Countdown handeln könnte. Einen Countdown wofür?«

»Unbekannt«, entgegnete Chen. »Du stellst Fragen, auf die wir Antworten suchen sollen. Das ist unsere Aufgabe, unsere neue Mission.«

Nightingale nickte. »Die *Excelsior* hat eine neue Mission bekommen, ja. Und eine neue Crew. Kleiner als die alte und mit zwei Personen, die ich nicht kenne.«

Er nickte. »Newton und Floyd.«

»Wir sollten sieben sein, und jetzt sind wir vier«, sagte Nightingale. »Samanta, Xavier und die anderen ... Sie sind ebenso lange und gründlich ausgebildet worden wie wir, aber sie müssen zu Hause bleiben. Warum? Weshalb hat die Einsatzleitung entschieden, von der ursprünglich geplanten Besatzung nur uns beide zu nehmen plus Amaranth Newton, ein Enhu wie du, und Effraim Floyd, der für mich ein vollkommen unbeschriebenes Blatt ist. Ich habe nichts über ihn herausfinden können.«

»Ich auch nicht, und das ist erstaunlich genug«, kommentierte Chen.

»Geheimdienst?«, spekulierte Nightingale.

»Das wäre möglich und sogar plausibel, wenn man bedenkt, was auf dem Spiel steht.«

»Was ist mit Amaranth Newton?«

»Ich kenne ihn nicht persönlich«, sagte Chen. »Er ist neunzehn Jahre alt und gehört zu einer neuen, noch leistungsfähigeren Entwicklungslinie. Er hatte mehrmals Kontakt mit Effraim Floyd, wie ich von den QIs erfahren habe. Offenbar haben sie schon einmal zusammengearbeitet.«

Entwicklungslinie, wiederholte Nightingale in Gedanken. So nannte er es, nicht Generation. »Zusammengearbeitet wobei?«

»Unbekannt.«

Nightingale dachte darüber nach und kam zu keinem konkreten Ergebnis.

»Wie ist die Situation?«, fragte sie. »Die allgemeine Situation meine ich.«

»Da gibt es kaum etwas Neues zu berichten«, erklärte Chen. »Du kennst die Lage. Neue Kontroversen bahnen sich an, zwischen Erde und Mars.«

»Und den Autarkien.«

»Ja. Deren Stimmen sind in den letzten Jahren immer lauter geworden. Sie sehen sich als die wahren Vorposten der Menschheit im Sonnensystem, als die einzigen echten Pioniere. Die interstellare Mission der *Excelsior* war ihnen ein Dorn im Auge, weil sie sich dazu berufen fühlen, die ersten Menschen zu sein, die das Sonnensystem verlassen und fremde Welten erforschen. Jetzt kommt das Fremde aus dem interstellaren Raum zu uns, und die Autarken glauben, ein Vorrecht auf den Erstkontakt zu haben. Was Erde und Mars betrifft ...«

Chen zögerte kurz. Nightingale vermutete, dass er Daten aus seinen Erinnerungsspeichern abrief.

»MaRe und Terra Solar«, sagte Nightingale.

»Die ›Marsianische Republik‹ gewinnt auf dem Mars immer mehr Einfluss«, erklärte Chen. »Und je stärker ihre Bewegung wird, desto mehr Anhänger findet Terra Solar auf der Erde.«

»Die Puristen aus der Zeit der Genetischen Konflikte. Jene Leute, die dich fast umgebracht hätten ... Es gibt sie noch immer. Sie haben nur die Fahnen gewechselt.«

»So könnte man es umschreiben.«

»Alle Macht der Erde«, murmelte Nightingale. »Die Menschen außerhalb von ihr sind Kolonisten, mehr nicht. Keine Unabhängigkeit, für nichts und niemanden. Die Erde über alles!«

»Die Quantenintelligenzen führen entsprechende Simulationen durch«, sagte Chen in seinem ruhigen Ton. »Ich habe mehrere virtuelle Welten besucht, in denen sich MaRe auf dem Mars und Terra Solar auf der Erde durchgesetzt haben.«

»Wohin könnte das führen?«, fragte Nightingale.

»Zu neuen Nationalismen. Zu blindem Fanatismus und weiteren Jahrzehnten der Unvernunft. Vielleicht sogar zu Krieg.«

»Klingt nicht nach einer wünschenswerten Zukunft.«

»Wir sind hier«, sagte Chen. »Dies ist das Jetzt. Es liegt an uns, die Zukunft zu gestalten.«

»Genau das ist der Punkt«, erwiderte Nightingale und spürte, wie sich ihr Unbehagen verdichtete. »Du hast eben davon gesprochen, was auf dem Spiel steht. Was wir beim Saturn finden oder nicht – es könnte zu einem Wendepunkt in der Geschichte der Menschheit werden. Erde, Mars, die Habitate und Autarkien im äußeren Sonnensystem, die Niederlassungen auf den Eismonden ... Die Mission der *Excelsior* entscheidet vielleicht darüber, wie es mit uns weitergeht. Ganz abgesehen davon, dass ich gern wissen würde, was es mit Amaranth Newton und Effraim Floyd auf sich hat, die weniger für den Flug der *Excelsior* qualifiziert sind als Samanta, Xavier und die anderen.«

Sie deutete zum weißen Quader der Irregularität. »Das zweischneidige Schwert, Chen. Gefahr und Nutzen, in einer Sache vereint. Was ist Zeta? Wirklich der Gesandte einer fremden Zivilisation? Dazu imstande, schneller zu fliegen als das Licht? *Überlichtgeschwindigkeit*, Chen! Das bedeutet eine Technologie, die der unsrigen weit voraus ist.« Noch immer war ihr Blick nach draußen gerichtet. »Die Irregularität dort hätte Mond und Erde vernichten können. Wir hatten Glück. Werden wir mit Zeta ebenso viel Glück haben?«

»Ich weiß, was du meinst«, vernahm sie Chens tiefe Stimme. »Du denkst an die Inka, Maya und Azteken. An die Ureinwohner von Nord- und Südamerika. An Völker, die ›entdeckt wurden‹ und untergingen.«

»Das ist ein Aspekt, ja«, pflichtete ihm Nightingale bei. »Die Begegnung mit höher entwickelten technischen Kulturen ist auf unserem Heimatplaneten für die technisch Unterentwickelten nie gut ausgegangen.«

»Wir sind gewappnet«, sagte Chen.

»Sind wir das? Selbst wenn du recht hast und unsere Kultur durch diesen Erstkontakt keinen oder keinen schweren Schaden nimmt ... Auch der mögliche Nutzen von Zeta könnte so scharf sein, dass wir uns an ihm schneiden.«

»Gibt die Metapher wirklich so viel her?«, fragte Chen und bedachte sie mit einem humorvollen Blick.

Nightingale lachte plötzlich, und ein Teil ihres Unbehagens löste sich auf. »Vielleicht nicht. Wie dem auch sei ...« Sie wurde wieder ernst. »Angenommen, Zeta steckt voller superfortschrittlicher Technologie. Wer sie entdeckt und einzusetzen lernt, wäre allen anderen weit überlegen. Allein die Möglichkeit von Überlichtgeschwindigkeit! Stell dir überlichtschnelle Raumschiffe in den Händen der Autarken vor.«

»Sie würden aufbrechen, um die nächsten Sternsysteme zu besiedeln.«

»Die Autarkien hätten damit einen enormen strategischen Vorteil gegenüber Erde und Mars. Ihnen stünden auf fernen Welten praktisch unbegrenzt Ressourcen zur Verfügung. Innerhalb weniger Jahrzehnte würden sie zum dominanten Machtfaktor der Menschheit. Ich bin ziemlich sicher, dass Erde und Mars nicht bereit wären, das tatenlos hinzunehmen. Ähnlich sähe es aus, wenn allein die Erde oder der Mars Zetas überlegene Technik bekämen. Aus der politischen Konfrontation könnte schnell eine militärische werden.«

»Bisher sind das alles Spekulationen«, sagte Chen. »Wir haben den Auftrag herauszufinden, worum es sich bei Zeta überhaupt handelt. Vielleicht erwartet uns ja etwas ganz anderes, als wir denken.«

»Du meinst, erstens kommt es anders und zweitens als man denkt?«, fragte Nightingale.

»Wir sollten uns vor bestimmten Erwartungen hüten«, mahnte er. »Es würde unseren Blick einschränken.«

Nightingale nickte langsam. »Na schön. Noch ein letzter Punkt, bevor wir nach Imbria zurückkehren. Was ist mit *unserer*

Situation? Der Mars hat sehr schnell reagiert, es ist bereits ein Schiff unterwegs, die *Aonia*, ein Erkunder von einer Mining-Basis im Asteroidengürtel. Und dann hätten wir da noch Saturn selbst. Die Titanier sind angewiesen, nichts zu unternehmen und die Ankunft der *Excelsior* abzuwarten. Sie sollen nur Daten sammeln, weiter nichts. Aber das ist natürlich Unsinn.«

»Unsinn?«, fragte Chen.

»Und ob«, bekräftigte Nightingale. »Ein einmaliges Ereignis in der Geschichte der Menschheit, und auf Titan soll man die Hände in den Schoß legen, während andere Zeta unter die Lupe nehmen oder gar für sich beanspruchen? Wenn ich dort die Entscheidungen zu treffen hätte ...«

»Ich nehme an, du würdest dir das Objekt ansehen«, vermutete Chen. »Aber würdest du das auch tun, wenn du damit gegen strikte Anweisungen verstößt?«

»Auf Titan ist die Erde weit, weit weg. Und die Neugier dort dürfte sehr, *sehr* groß sein. Sie haben Zeta praktisch vor der Haustür! Und natürlich weiß man auch dort, was ›auf dem Spiel‹ steht, um dich zu zitieren. Die Verantwortlichen werden ein Schiff schicken, da bin ich sicher. Mit anderen Worten: Die Titanier werden Zeta als Erste erreichen.«

»Sie obliegen der terranischen Legislative«, sagte Chen förmlich. »Es würde bedeuten, dass die Erde primären Zugriff hat.«

»Wenn man rechtliche Maßstäbe anlegt«, räumte Nightingale ein. »Aber wie gesagt, beim Saturn ist die Erde weit weg. Die Autarkien sind näher, ebenso der Mars. Die Titanier werden jemanden schicken, die Versuchung ist zu groß. Und ein Autarker ist bei ihnen, ein Verbindungsmann von Uranus.«

»Eusebius«, sagte Chen.

»Was wissen wir über ihn?«

»Er vertritt die Interessen der Autarkien.«

»Eben. Was immer die Titanier und er hinsichtlich Zeta herausfinden oder entdecken, Eusebius wird es für die Autarkien nutzen wollen. Und ebenso die Marsianer, die ebenfalls vor uns da sein werden. Was wissen wir über die Besatzung der *Aonia*?«

»Sie ist ein kleines Schiff der Explorer-Klasse«, erklärte Chen, »nicht größer als sechzig Meter, ausgestattet mit einem alten Konverter, der mit seiner Abschirmung fast ein Drittel des Rumpfes ausmacht.« Offenbar rief er wieder Daten ab. »Die Crew besteht nur aus zwei Personen. Pilot Hannibal Laurentis, neunundvierzig Erdenjahre alt, ist auf dem Mars geboren. Er gilt als vernünftig und rational. Jemand, mit dem man über alles reden kann. Die Schürferin Roxa Mahwe, siebenunddreißig Jahre, wurde ebenfalls auf dem Mars geboren und gehört zu MaRe. Sie gilt als besonders eifrige Anhängerin der Marsianischen Republik.«

»Prächtig«, sagte Nightingale. »Genau das habe ich befürchtet. MaRe und Zeta. Wie lange braucht die *Aonia* bis zum Saturn? Wissen wir das schon?«

»Zwei, höchstens drei Wochen. Es kommt darauf an, mit wie viel Konversionsenergie sie fliegen. Ihr Konverter ist alt, sie sollten besser vorsichtig sein.«

»Gehen wir mal von drei Wochen aus«, meinte Nightingale. »Und dann vergehen noch einmal fünf Wochen, bis wir eintreffen.« Sie ächzte. »In fünf Wochen kann viel passieren, Chen.«

»Es lässt sich nicht ändern«, erwiderte er. »Erde und Saturn stehen ungünstig. Unter anderen Umständen könnten wir es schneller schaffen, aber wir sind an die Gesetze der Himmelsmechanik gebunden. Die können wir uns nicht zurechtbiegen.«

Nightingale hatte mehr als ein Jahrzehnt in der fast euphorischen Vorfreude darauf verbracht, ein fremdes Sonnensystem erforschen zu können, mit Welten, die nie zuvor ein Mensch betreten hatte. Stattdessen bekam sie es mit einem Objekt zu tun, bei dem es sich vielleicht um das Artefakt einer extrasolaren Zivilisation handelte und das zum Mittelpunkt eines von menschlichen Egoismen angestachelten politischen Konflikts zu werden drohte. Wissenschaft, darum ging es ihr, nicht um Politik.

»Einen Vorteil hat unsere Situation«, meinte Chen. »Wir können während des Fluges Datenmaterial von den Titaniern abfragen, falls sie sich wirklich Zeta nähern und das Objekt untersuchen, und diese Daten analysieren. Auch die Erde wird uns über Zeta auf dem Laufenden halten, und falls beim Saturn irgendeine Gefahr auf uns lauern sollte, erfahren wir rechtzeitig davon, um uns entsprechend vorbereiten zu können.«

Das war nicht ganz von der Hand zu weisen, fand Nightingale. »Wir rechnen noch einmal alles durch. Vielleicht fällt uns eine Möglichkeit ein, die Flugzeit zum Saturn zu verkürzen.«

Nach einem letzten Blick auf das Mahnmal der Konverterruine wendete sie den Wagen und fuhr in Richtung Imbria.

Seit achtundfünfzig Jahren, zwei Monaten und dreizehn Tagen ruhte der weiße Quader unbewegt neben den Resten des Konverters. Seit dem Unglück hatten die aufmerksamen elektronischen Augen der Sensorcluster nie eine Veränderung an ihm bemerkt.

Bis jetzt.

Mehrere silberne Linien, die den alabasterfarbenen Quader durchzogen, leuchteten auf, und einige der kleinen Öffnungen in ihm schlossen sich. Ein kurzes Flackern folgte, wie vom Licht einer Flamme, das für einen Moment aus dem Nichts auf die weiße Pseudomaterie fiel.

Der Boden in unmittelbarer Nähe des Quaders vibrierte. Staub stieg einige Zentimeter weit auf.

Das Licht verblasste und verschwand.
Die Vibration hörte auf, der Staub sank.
Der weiße Quader lag wieder inaktiv.

ÜBER SATURNS RINGEN

NORA VAN DYKE,
AN BORD DES INSPEKTIONSBOOTS

7

Iapetus erschien vor ihnen, dunkel auf der einen Seite, hell auf der anderen. Die Entfernung war auf eine halbe Lichtsekunde geschrumpft, auf hundertfünfzigtausend Kilometer, und nun wuchs sie wieder. Auf der Steuerbordseite wölbte sich Saturn, nah und gewaltig, umgeben von einem Ringsystem, das eine Million Kilometer durchmaß. Iapetus verdankte seine zwei unterschiedlichen Hemisphären dem äußeren und wesentlich größeren dunklen Saturnring, der nur einige Dutzend Meter dick war – ein dünnes, fragiles kosmisches Kunstwerk, bestehend aus Myriaden Eis- und Gesteinsbrocken.

»Wird es nicht langsam Zeit für eine Kurskorrektur?«, fragte Eusebius. Er saß hinten, direkt neben der Luke, und trug wie sie alle einen Raumanzug. »Ich meine, wir wollen doch nach Iapetus, oder, Nora?«

Sie blickte durchs gewölbte Bugfenster. Mit bloßem Auge war Zeta noch nicht zu sehen. Der Navigationsschirm zeigte das Objekt als hell leuchtende Markierung neben und hinter dem Eismond, in einer höheren Umlaufbahn.

Ein akustisches Signal erklang.

»Das ist die dritte Anfrage von Iapetus«, meldete Rebecca,

die an den Kommunikationskontrollen des Inspektionsboots saß. »Enceladus und Tethys haben sich ebenfalls gemeldet.«

Nora schüttelte langsam den Kopf. An diesem besonderen Ort war sie nicht die Frau, auf deren Schultern die Verantwortung für Jothos und die anderen Außenbasen des Saturn lastete, sondern die andere Nora, die sich nach dem Abenteuer sehnte, nach der Begegnung mit dem Unbekannten. Sie fühlte sich losgelöst, nicht allein wie während des Flügel-Flugs über den Seen und Bergen von Titan, doch von den Routinen des Gewöhnlichen getrennt, voller Kraft und Tatendrang. Florence würde sich auf Titan um alles kümmern, deshalb brauchte sie sich keine Sorgen zu machen.

»Ich habe nichts gehört«, sagte sie. Ihre Hände ruhten an den Navigationskontrollen, nur für den Fall. Der Kurs war programmiert, die KI des Cruisers überwachte ihn.

»Glauben Sie wirklich, dass Sie damit durchkommen?«, fragte Eusebius.

Eine neue Schubphase brachte nach der Schwerelosigkeit etwas Gewicht zurück. Im Bugfenster wich Iapetus nach links. Direkt voraus bemerkte Nora, wie einige ferne Sterne verschwanden – etwas verdeckte ihr Licht.

»Es wäre Ihnen sicher lieber gewesen, ich hätte gewartet und Zeta Ihren Autarkien überlassen«, erwiderte Nora, den Blick nach vorn gerichtet, doch es klang weder provozierend noch vorwurfsvoll. Der Schub hörte auf, die Schwerelosigkeit kehrte zurück. »Aber was, wenn ihnen der Mars zuvorgekommen wäre? Sie hätten mit uns zusammen auf die *Excelsior* warten müssen, die den Saturn erst in zwei Monaten erreicht, und hätten als Vertreter der Autarkien tatenlos zugesehen, wie die Marsianer Zeta übernehmen.« Sie sah kurz zur Seite. »Sie wissen, dass ein marsianischer Erkunder vom Asteroidengürtel unterwegs ist. Er könnte schon in drei Wochen hier sein.«

»Und Sie wollen *allen* zuvorkommen«, erwiderte Eusebius. »Beabsichtigen Sie, Zeta für die Erde zu beanspruchen? Oder für Titan?« Er lachte kurz, aber es klang ein wenig unsicher. »Erhoffen Sie sich Ruhm und einen Platz in der Geschichte?«

Die Fragen verrieten Nora seine Denkweise. Er dachte in Ideologien und klaren Grenzen zwischen den Autarkien und dem Rest der Menschheit.

»Wenn es hier wirklich Ruhm und einen Platz in der Geschichte zu gewinnen gibt, fällt auch etwas davon für Sie ab«, entgegnete sie und bemühte sich um ein freundliches Schmunzeln. »Ich bin nicht allein, wir sind zu viert. Aber in einem Punkt haben Sie recht: Es ist tatsächlich ein historischer Moment. Einen ersten Kontakt gibt es nur ein einziges Mal. Und Sie genießen das Privileg, dabei zu sein, Eusebius. Ich habe mich *nicht* geweigert, Sie mitzunehmen.«

»Weil Sie einen Konflikt mit den Autarkien vermeiden wollten?«

Jetzt fühlte sich Nora doch genervt und seufzte laut. »Können wir das einfach mal vergessen, das mit Erde, Mars, den Autarkien und was weiß ich sonst noch? Können wir einfach mal nur Menschen sein, alle miteinander? Ich bin nicht als Vertreterin von Jothos aufgebrochen, um mir einen extrasolaren Besucher anzusehen, sondern als Mensch, als Repräsentant der Spezies Homo sapiens.«

Rebecca hob die in Handschuhen steckenden Hände und klatschte demonstrativ. Conrad nickte nachdrücklich.

»Schöne Worte«, kommentierte Eusebius. »Ich gebe zu, dass sie gut klingen. Aber ...«

Ein Pfeifen unterbrach ihn, und gleichzeitig veränderten sich die Anzeigen vor Nora.

»Ein Kraftfeld«, stellte Conrad fest. »Zeta hat sich in ein Kraftfeld gehüllt.«

»Vielleicht eine Reaktion auf uns«, sagte Rebecca schnell. »Wir kommen gleich in Sichtweite.«

Die Sensoren der Fernerfassung hatten bereits genug Daten für ein Bild. Einige Sekunden lang betrachtete Nora es auf dem Monitor neben der Navigationsstation. Dann richtete sie den Blick wieder nach vorn, durchs Bugfenster hinaus ins All, und bemerkte einen größer werdenden Schemen vor dem Hintergrund der Sterne. Innerhalb von einer Minute wurde der unregelmäßig geformte, vierhundert Kilometer große Felsbrocken daraus, den sie in Jothos' Rathaus auf dem Hauptschirm gesehen hatten.

»Das ist mir schon zuvor aufgefallen«, meinte Conrad. »Es gibt nur wenige Krater, hauptsächlich an den tiefen Stellen. Und die langen Rinnen sehen aus wie Kratzer im ansonsten glatten Fels.«

Die Sensoren sammelten Daten für eine topografische Darstellung. Ein grünes Gittermuster legte sich über Zetas Oberfläche, mit kleinen Beulen und Mulden. Eingeblendete Datenkolonnen gaben Auskunft über Massenverteilung, Gravitation und physikalische Beschaffenheit.

»Wir werden langsamer«, meldete Rebecca. »Das Kraftfeld bremst uns ab.«

Auf dem Bildschirm legte sich ein hellblauer Schleier über den vermeintlichen Asteroiden, umgeben von einem Gespinst aus weißen Fäden, die weit ins All reichten.

Nora betätigte die Navigationskontrollen und schaltete auf manuelle Steuerung um. Dann zündete sie das Plasmatriebwerk und gab vorsichtig Schub.

Ein Knistern wie von statischer Elektrizität strich durch den Cruiser.

»Zetas Signal verändert sich«, berichtete Rebecca. »Und es wiederholt sich in kürzeren Abständen.«

»Auf Titan haben Sie von einem Countdown gesprochen«, erinnerte sich Eusebius. »Vielleicht ist der Countdown jetzt kürzer geworden.«

»Ein Countdown *wofür?*«, fragte Conrad.

»Möglicherweise weist er darauf hin, wie viel Zeit uns noch bleibt«, spekulierte Rebecca.

»Zeit *wofür?*«, erwiderte Conrad.

Rebecca hob die Arme und ließ sie wieder sinken. »Was weiß *ich?*«

Nora gab mehr Schub. Ein dumpfes Zischen drang vom Plasmatriebwerk im Heck des Cruisers, im All nicht zu hören, im Raumfahrzeug aber schon.

»Die Energiestärke des Kraftfelds nimmt zu«, sagte Conrad fast sofort. »Wir kommen voran, aber sehr langsam. Vor uns wächst der energetische Widerstand.«

»Zeta reagiert auf uns«, murmelte Nora.

»Zweifellos«, bestätigte Conrad.

»Der Asteroid scheint nicht zu wollen, dass wir ihn aus der Nähe ansehen«, ließ sich Eusebius erneut vernehmen und fügte mit leisem Spott hinzu: »Mir scheint, Sie müssen auf Ruhm und einen Platz in der Geschichte verzichten, Nora. Vielleicht bringt Ihnen Ihr eigenmächtiges Handeln nur Ärger ein, weiter nichts.«

»Schiff, Frage«, wandte sich Nora an die KI des Cruisers. »Wie hoch muss unsere Geschwindigkeit sein, um Zetas Kraftfeld zu durchdringen? Und bedroht der energetische Widerstand unsere strukturelle Stabilität?«

»Beginne mit der Berechnung«, lautete die Antwort.

Nora fuhr das Plasmatriebwerk herunter auf Bereitschaftsniveau und stellte fest, dass die Energieblase des Asteroiden genug Druck ausübte, um den Cruiser abzudrängen – die Entfernung nahm wieder zu.

Ein glockenartiges *Ping* erklang, und die KI verkündete: »Wenn das Schiff mit einer Geschwindigkeit von etwas mehr als tausend Kilometern pro Sekunde auf das Kraftfeld trifft, könne es dieses durchdringen, bevor die strukturelle Stabilität gefährdet wird. Anschließend ist ein sofortiges Bremsmanöver mit maximalem Schub erforderlich, um eine Kollision mit Zeta zu vermeiden.«

Nora sah die anderen an. »Was denkt ihr?«

»Klingt gut«, sagte Rebecca sofort und hielt den Daumen hoch.

»Klingt riskant«, kommentierte Eusebius.

»Conrad?«, fragte Nora.

»Wenn die KI meint, dass es klappt ...«, antwortete der junge Mann von der Erde. »Ich fände es sehr, *sehr* schade, wenn wir unverrichteter Dinge zurückkehren müssten.«

Nora nickte zufrieden. »Schiff, Anweisung. Berechne die Kursdaten. Übernimm Beschleunigung, Navigation und Bremsmanöver.«

»Bestätigung.«

»Leute ... Helme zu und Gurte anlegen.« Nora klappte denn Flexhelm nach vorn, woraufhin er sich verfestigte und die Siegel zu beiden Seiten schloss. Grüne Bereitschaftssymbole erschienen im Datenvisier. »Alles klar bei euch?«

Sie bekam ein dreifaches »Ja« zur Antwort.

»Schiff, Anweisung«, sagte Nora klar und deutlich. »Anflug durchführen.«

»Bestätigung«, erklang die Stimme der KI. »Beschleunigung in fünf Sekunden ... drei ... zwei ... eins ... *jetzt*.«

Das Plasmatriebwerk zischte nicht, es fauchte wie eine wütende Katze, und Nora wurde tief in den Pilotensitz gepresst. Die Kontrollen vor ihr leuchteten plötzlich in einem warnenden Rot, ein Ächzen und Knirschen gingen durch den Schiffsrumpf.

Der auf Nora lastende Druck wurde so stark, dass sie nicht mehr in der Lage gewesen wäre, die Hände nach den Kontrollen auszustrecken. Das Bild vor ihren Augen verschwamm. Eine Vibration begann und wurde so heftig, dass Nora befürchtete, es könnte das kleine Schiff zerreißen.

Plötzlich wich das Gewicht von ihr, und sie schnappte erleichtert nach Luft.

»Wir sind durch!«, rief Rebecca.

Eine Sekunde später schmetterte eine himmlische Faust auf den Cruiser herab.

WIR SIND SCHNELL

HANNIBAL LAURENTIS,
AN BORD DER *AONIA*

8

Einige Stunden zuvor …

Hannibal zwängte sich durch den schmalen Zugang zum Observatorium und ächzte – das Schiff schien mehr Ecken und Kanten zu haben als vorher.

»Du hast es schon wieder getan«, brummte er und schob sich an einer der beiden Sensorstationen vorbei. Roxa saß vor der anderen, ihre langen, dünnen Finger an den Schaltflächen. Es war warm, sie trug nur ein Shirt, keine Jacke, und eine dünne Hose, die bis zu den Waden reichte.

»Was?«, fragte sie geistesabwesend, den Blick auf die Anzeigen gerichtet.

»Du hast noch mehr Energie umgeleitet«, sagte Hannibal, darum bemüht, nicht vorwurfsvoll zu klingen. Er sank in den freien Sessel. »Ins Triebwerk. Es ist nicht zu überhören. Und man fühlt es. Wir sind schwerer, es war mühsam, hierher zu klettern.«

»Ich habe die Priorität des Gravitators gesenkt und die des Triebwerks erhöht«, bestätigte Roxa eher ausweichend.

»Und du hast den Konverter noch etwas höher gefahren. Er ist im kritischen Bereich.«

»Wir sind schnell«, sagte Roxa. »Aber nicht schnell genug.«

Hannibal seufzte. »Titan schickt ein Schiff.«

»Ja!«

»Das war zu erwarten. Oder hättest du dort einfach nur zugeschaut und abgewartet, was geschieht?«

»Nein«, gestand sie ein.

»Ich auch nicht«, erklärte Hannibal. »Sie haben das Objekt – sie nennen es Zeta – direkt vor der Nase. Natürlich wollen sie es sich ansehen, ganz gleich, welche Anweisungen sie von der Erde bekommen haben.«

Roxa schnaubte leise und gab damit zu verstehen, was sie ganz allgemein von Anweisungen von der Erde hielt. Hannibal kannte ihre Einstellung, in den vergangenen Jahren hatte sie dieser oft genug Ausdruck verliehen.

»Drei Stunden«, teilte sie ihm mit. »Ich habe noch einmal alles überprüft. Die Titanier werden Zeta in drei Stunden erreichen. *Lange* vor uns.«

»Und noch viel länger vor der Erde«, stimmte ihr Hannibal zu. »Weniger Energie für den Gravitator, was uns unangenehm schwer macht. Und weniger Energie für die Bugschilde, was gefährlich ist, Roxa. Sie sind viel zu dünn. Wenn uns bei dieser Geschwindigkeit ein Brocken trifft ...«

»Ausgeschlossen. Wir sind mitten in der Rosswitt-Schneise. Jupiters Schwerkraft hat diesen Sektor vor vielen Jahrmillionen leer geräumt. Hier gibt es *nichts*. Wir könnten sogar ohne die Schilde fliegen.«

»Lieber nicht«, brummte Hannibal. »Und ich möchte keine Irregularität riskieren, Roxa. Haben wir uns verstanden? Es geht hier auch um mein Leben.«

Die *Aonia* gehörte den Kooperativen von Chrysia, der größten Stadt auf dem Mars. Im Schiffsregister war Hannibal Laurentis als ihr Prospektor eingetragen und Roxa Mahwe als Assistentin. Nach den gemeinsam im Asteroidengürtel verbrachten

Jahren spielte diese Rollenverteilung allerdings kaum noch eine Rolle. Sie waren vor allem ein Team.

»Noch fast drei Wochen.« Roxa sah von den Anzeigen auf und blickte durchs gewölbte Fenster des kleinen Observatoriums hinaus ins All. Zahllose Sterne leuchteten vor ihnen, deutlich zeichnete sich das Band der Milchstraße ab. »Viel Zeit. *Zu viel Zeit.* Zeit genug für die Titanier, wichtige Dinge zu entdecken. Beim Olympus Mons, vielleicht bleibt für uns gar nichts übrig!«

»Roxa, als ich eben gesagt habe, du hättest es schon wieder getan ...«

Sie wandte den Kopf. »Ja?«

»Ich habe mir die Kommunikationsprotokolle angesehen«, erklärte Hannibal. »Du hast MaRe einen weiteren Bericht geschickt.«

Diesmal schwieg sie und sah ihn nur an. Es lag keine Herausforderung in ihrem Blick, über dieses Stadium waren sie längst hinaus.

Hannibal seufzte erneut. »Wir haben nichts mit der Marsianischen Republik zu tun, Roxa.«

»*Du* hast nichts mit ihr zu tun«, erwiderte sie und fügte sanfter hinzu: »Aber das kann sich ändern.«

»Unsere Aufgabe besteht darin, geeignete Asteroiden für den Abbau von Rohstoffen zu finden«, erinnerte Hannibal mit fast väterlicher Geduld. »Wir sind nicht in einer politischen Mission unterwegs.«

»Unsere Aufgabe *bestand* darin, neue Rohstoffquellen zu finden«, widersprach Roxa. »Jetzt sieht die Sache anders aus. Chrysia und die anderen Städte haben uns einen neuen Auftrag gegeben. Wir sind ganz offiziell Augen, Ohren und vielleicht auch Hände des Mars. Zeta könnte alles ändern. Die Karten werden neu gemischt. Und überhaupt ... Politik steckt in allem drin. Und wenn Zeta das ist, was es zu sein scheint, wird alles sogar noch viel politischer als vorher. Die Erde wird Anspruch darauf erheben, so viel steht fest, und das können wir nicht zulassen. Und die Autarkien möchten vermutlich auch noch ein Wörtchen mitreden.«

Hannibal wollte sich nicht auf eine weitere Diskussion einlassen. »Was wissen wir über Zeta?«

Roxa berührte eine Schaltfläche, und Daten scrollten über den großen Bildschirm der Sensorstation.

»Das fremde Objekt ähnelt einem Asteroiden, kommt aus dem interstellaren Raum und scheint seine Reise bei Proxima Centauri begonnen zu haben. Es sendet ein Signal, und Massendiskrepanzen deuten auf ausgedehnte Hohlräume hin.«

»Also ist Zeta künstlich?«, fragte Hannibal. »Das Artefakt einer fremden Zivilisation?«

»Davon müssen wir ausgehen. Und jetzt sag nur noch, das sei *nicht* politisch! Zeta könnte technologische Schätze bergen, die unser Vorstellungsvermögen übersteigen. Wenn die Erde sie bekommt, liegt die Unabhängigkeit des Mars in weiterer Ferne als jemals zuvor.«

Hannibal sah sich die Daten an. »Ein ausgehöhlter Asteroid ...«

»Der dazu in der Lage ist, seine Geschwindigkeit zu verändern. Er befindet sich jetzt in einer hohen Umlaufbahn des Saturn. Und die Titanier sind in drei Stunden bei ihm!«

»Bin gespannt, was passiert«, murmelte Hannibal und dachte daran, welche Folgen sich für die Machtverhältnisse im Sonnensystem ergeben konnten, wenn Zeta tatsächlich einen technologischen Schatz barg. Er stand auf. »Ich mache meine Runde durchs Schiff.«

»Ich werde weiterhin Bericht erstatten«, sagte Roxa. »Mit deiner Erlaubnis.« Sie lächelte, als wollte sie damit um Entschuldigung bitten. »Und auch ohne.«

Hannibal seufzte zum dritten Mal und verließ das Observatorium.

9

Knapp drei Stunden später kehrte Hannibal zurück. Roxa saß noch immer an ihrer Sensorstation. Er sah ihr Gesicht nur von der Seite, glaubte aber, Anspannung darin zu erkennen.

»Wie steht's?«, fragte er und sank in seinen Sitz. Das Brummen des Triebwerks zog noch immer laut durchs Schiff, aber die Bugschilde waren etwas dichter, und die Konverterlast lag nur noch an der Grenze des kritischen Bereichs. Roxa hatte ihn um wenige Prozente heruntergefahren.

»Die Titanier scheinen Probleme zu haben.« Roxa betätigte die Kontrollen, und der Saturn erschien auf dem Hauptschirm mit seinen Ringen und Monden. Das fremde Objekt in der hohen Umlaufbahn war nur etwas mehr als ein braungelber Schemen, und daneben wies ein blinkendes Symbol mit eingeblendeten Daten auf die Position des Schiffs vom Titan hin.

»Probleme?«

»Ihr erster Anflug ist gescheitert.« Roxa rief Daten ab. »Etwas hat sie aufgehalten. Ein Kraftfeld, wie es scheint. Eine elektromagnetische Barriere. Sie versuchen es erneut, ein zweiter Anflug.«

Die Entfernung war noch immer sehr groß, mehrere Lichtstunden, und die Teleskope und Sensoren der *Aonia* eigneten sich vor allem für die Nahbereichserfassung. Eine Quantenintelligenz wäre vielleicht imstande gewesen, die Daten zu einem Bild mit größerer Auflösung zusammenzusetzen, doch das Schiff war nur mit einer gewöhnlichen KI ausgestattet.

»Was gleich geschehen wird, ist längst geschehen.« Roxa beugte sich vor, als könnte sie dadurch mehr Details erkennen. »Ich wünschte, wir könnten die Ereignisse in Echtzeit beobachten. Sieh dir diese Daten an! Etwas drängt die Titanier zurück. Die Entfernung zum Asteroiden wächst ...«

»Ein Schirmfeld«, murmelte Hannibal. »Möglicherweise mit unseren Bugschilden vergleichbar.«

»Eben hat es noch nicht existiert! Ich meine, vor ein paar Minuten. Es entstand offenbar als Reaktion auf die Annäherung der Titanier.«

»Vielleicht möchte Zeta nicht besucht werden.«

»Der Besucher wünscht keinen Besuch?« Roxa schüttelte den Kopf, als hielte sie das für absurd. »Das Schiff beschleunigt. Offenbar halten es die Titanier für möglich, das Kraftfeld zu durchdringen, wenn die Geschwindigkeit groß genug ist. Ein ziemlich gewagtes Manöver, wenn du mich fragst. Ich meine, so nahe bei dem Objekt ...«

Das blinkende Symbol verschwand vom Hauptschirm. Die Datenkolonnen daneben veränderten sich schnell.

Beim Asteroiden blitzte es kurz auf.

»Eine Explosion?«, fragte Hannibal.

»Nein, nein.« Roxas Finger flogen über die Schaltflächen. »Bei einer Explosion von Reaktor oder Triebwerk hätten die Sensoren eine andere energetische Signatur erfasst. Die Emissionen passen nicht dazu, ebenso wenig die Absorptionslinien im Licht, im sichtbaren Bereich des Spektrums.«

»Das fremde Kraftfeld«, vermutete Hannibal und rekalibrierte einen Sensorcluster der *Aonia*.

Roxa lehnte sich langsam zurück, ohne die Hände von den Kontrollen zu nehmen. »Die Titanier haben es nicht geschafft. Ihr Schiff ...«

»Es ist zerbrochen«, sagte Hannibal, als Roxa nicht weitersprach. »Vom Kraftfeld des Objekts zermalmt.«

»Beim großen Mons und den roten Wüsten des Mars ...« Roxa hob beide Hände und strich sich über das kurze schwarze

Haar, das im Licht der Kontrollen wie feucht glänzte. »Zwanzig Tage.« Sie atmete tief durch. »So viel Zeit bleibt uns, nach einem sicheren Weg durch die Barriere zu finden.«

10

»Wir sind immer noch schnell«, stellte Hannibal Laurentis knapp drei Wochen später fest. »Vielleicht sogar zu schnell.«

Sie befanden sich wieder im Observatorium der *Aonia*, und diesmal schien das fremde Objekt zum Greifen nah. Selbst durch das gewölbte Fenster konnte man Einzelheiten erkennen.

»Ein gewöhnlicher Asteroid, auf den ersten Blick betrachtet«, sagte Roxa, die ebenso wie Hannibal einen leichten Einsatzanzug trug, der Flexhelm im Nacken gefaltet. »Aber wenn man genauer hinsieht ...«

»Es gibt nur wenige Krater, die auf Einschläge von Meteoriten und Mikrometeoriten hindeuten«, stellte Hannibal fest. »Vorwiegend an den tiefen Stellen. Und die langen Rinnen ...« Er zeigte auf die streifenartigen Gebilde, die den vermeintlichen Asteroiden der Länge nach durchzogen. »Es sind Spalten im Felsgestein, über hundert Meter tief und nur wenige Meter breit.«

Hannibal senke den Blick auf die Anzeigen der Sensoren. Die *Aonia* hatte sich gedreht, und das Triebwerk lieferte Bremsschub. Die Auslastung des Konverters lag bei neunzig Prozent und war damit geringer als während des dreiwöchigen Flugs. So dicht vor dem Ziel wollten sie kein Risiko mehr eingehen, und es konnte nicht schaden, eine kleine Sicherheitsreserve zu haben, fand Hannibal.

»Die kritische Entfernung liegt offenbar bei fünfhundert Kilometern«, sagte Roxa. Sie wirkte ruhig und gefasst, auf alles vorbereitet. »Titan hat zwei unbemannte Sonden geschickt, die vermutlich nach Trümmern und Überlebenden des zerstörten Schiffs suchen sollten. Als sie bis auf fünfhundert Kilometer herankamen, stießen sie auf die Barriere, und die konnten sie nicht durchdringen.«

Es gab tatsächlich ein kleines Trümmerfeld auf Zeta, sowohl in der schematischen Darstellung als auch auf dem Realbild rot markiert. Hannibal zoomte den entsprechenden Bereich heran. »Der Rumpf ist in drei Teile zerbrochen. Der Rest sieht aus wie zerrissen und zerfetzt.«

Es waren mehr als dreihundert Trümmerteile, viele von ihnen nicht größer als eine Hand, und sie lagen neben einer der Rinnen verstreut, auf einer etwa zehn Hektar großen Fläche.

»Identifizierung, Aonia!« Roxa wandte sich an die KI, die den Namen des Schiffs teilte.

»Ein Inspektionsboot, auch ›Cruiser‹ genannt«, lautete die Antwort. »Nur für Flüge innerhalb des Systems von Saturn und seiner Monde geeignet.«

»Gibt es Überlebende?«

»Unbekannt«, antwortete die KI.

»Besteht die Möglichkeit, dass Besatzungsmitglieder des Inspektionsboots das Auseinanderbrechen ihres Schiffs und den Absturz überlebt haben?«, fragte Hannibal.

»Sehr unwahrscheinlich«, antwortete die KI. »Zudem deutet nichts darauf hin. Ich empfange weder Notrufe noch Telemetrie von Schutzanzügen.«

»Das könnte am Schirmfeld liegen«, spekulierte Roxa.

»Es gibt ein Signal, das die Abschirmung durchdringt«, fuhr die Stimme fort. »Es besteht aus sieben einzelnen Impulsen und wiederholt sich in immer kürzer werdenden Abständen.«

Hannibal und Roxa wechselten einen Blick.

»Von Zeta?«, fragte Hannibal.

»Ja«, bestätigte die KI. »Es weist Merkmale eines Countdowns auf. Außerdem gibt es weitere Signale, die nicht von Zeta stammen, sondern von Titan, Iapetus und den beiden Sonden hoch über dem fremden Objekt.«

»Sie versuchen, Kontakt mit uns aufzunehmen«, vermutete Hannibal.

Roxa sah ihn an. »Und?«

»Wir antworten nicht.« Das war eine Entscheidung, die Hannibal nicht leicht fiel, denn Zusammenarbeit lag ihm viel näher als Eigennutz oder gar Konfrontation. Er rechtfertigte sich vor seinem Gewissen mit der Absicht, jede Ablenkung zu vermeiden.

Roxa nickte zufrieden. »Gut so. Wir sind für den Mars hier.«

»Glaubst du, dass man dort unten den Unterschied verstehen würde?« Hannibal zeigte auf den Asteroiden und spürte, wie sich der Bremsschub verringerte. Nur noch wenige Minuten bis zur kritischen Entfernung. »Wer auch immer ›man‹ sein könnte. Und falls sich überhaupt jemand oder etwas im Innern von Zeta befindet. Glaubst du, die Gesandten einer extrasolaren Zivilisation würden unterscheiden zwischen Terranern, Marsianern, Titaniern und Autarken? Wäre es nicht weitaus wahrscheinlicher, dass sie uns alle für Menschen halten?«

»Wir erklären ihnen den Unterschied, wenn es so weit ist«, erwiderte Roxa. »Aonia?«

»Noch eine Minute bis zur kritischen Distanz«, teilte ihnen die KI mit.

»Helme auf!« Hannibal klappte seinen Flexhelm nach vorn. Die Siegel schlossen sich von allein, und im Helmvisier erschienen Statusmeldungen. Der Einsatzanzug meldete volle Funktionsbereitschaft.

»Gurte«, fügte Hannibal hinzu und legte die Sicherheitsgurte an.

»Helm ist auf, Gurte sind angelegt«, bestätigte Roxa.

»Sie sollten einen der Räume im Innern des Schiffs aufsuchen«, riet ihnen die KI. »Dort sind Sie besser geschützt.«

»Kommt nicht infrage«, entgegnete Roxa, bevor Hannibal antworten konnte. »Von hier aus haben wir einen besseren Überblick.«

Die Bremsphase ging zu Ende, das Triebwerk verstummte. Mit geringer Restgeschwindigkeit trieb die *Aonia* dem Asteroiden entgegen. Die schematische Darstellung auf dem Schirm vor Hannibal zeigte, wie sie sich dem Rand des Schirmfelds näherten, dem die Titanier zum Opfer gefallen waren.

»Wir werden langsamer.« Roxa behielt die Anzeigen im Auge. »Die energetische Barriere bremst uns ab.«

»Wie beim ersten Versuch des Inspektionsboots von Titan«, sagte Hannibal.

Zwei Minuten verstrichen, und schließlich kam die *Aonia* knapp hundert Kilometer über dem Asteroiden zum relativen Stillstand. Die Trümmer auf seiner Oberfläche waren noch deutlicher zu erkennen als vorher.

»Und jetzt?«, fragte Roxa. »Was machen wir?«

»Das Schiff drehen, Aonia«, wies Hannibal die KI an. »Triebwerk ein mit geringem Schub.«

»Bestätigung.«

Wenige Sekunden später kehrte das Brummen zurück und mit ihm das Gefühl von Gewicht. Das Schiff bewegte sich.

Für einen Moment glaubte Hannibal, ein vages Glühen zwischen der *Aonia* und dem Asteroiden zu sehen.

»Das Schirmfeld wird stärker«, stellte Roxa fest.

»Triebwerk aus«, sagte Hannibal. Eine vage Idee formte sich in ihm.

»Triebwerk wird deaktiviert«, ertönte die Stimme der KI.

Es herrschte wieder Schwerelosigkeit. Hannibal beobachtete,

wie sich die Statusanzeigen erneut veränderten. »Wir werden abgedrängt.«

»Der Besucher scheint tatsächlich keinen Besuch zu mögen«, kommentierte Roxa. »Oder er hat etwas gegen Leute, die sich einfach so Zutritt verschaffen wollen. Vielleicht möchte er, dass man ihm eine Einladung vorzeigt.«

»Eine Einladung ...« Hannibals Idee nahm Gestalt an. »Wir müssen es anders machen als unsere Vorgänger, wenn wir Zeta heil erreichen wollen. Also ...« Er überlegte.

»Also was?«, hakte Roxa nach.

Hannibal hob die Hände zu den Kontrollen, zögerte und ließ sie wieder sinken. Es war besser, auch diesen Teil der KI zu überlassen, die viel schneller reagierte als ein Mensch. »Aonia ... alle Systeme aus.«

»Alle Aggregate bis auf die der Lebenserhaltungssysteme werden deaktiviert.«

»Die Lebenserhaltung ebenfalls«, forderte Hannibal. »Leg das Schiff komplett still.«

»Davon rate ich ab«, entgegnete die KI.

»Zur Kenntnis genommen«, sagte Hannibal. »Und jetzt ... Leg das Schiff still. Bring dich selbst in den Schlafmodus.«

»Ich wiederhole: Davon rate ich ab. Im Schlafmodus kann ich nicht mehr rechtzeitig auf Gefahren reagieren.«

»Anweisung ausführen«, entschied Hannibal. »*Jetzt.*«

Die Bildschirme wurden dunkel, die Statusanzeigen verschwanden. Das Flüstern der Bordsysteme wich vollkommener Stille.

»Hilflosigkeit?«, fragte Roxa. »Ist das die ›Einladung‹, die du Zeta präsentieren möchtest?«

Hannibal blickte durchs gewölbte Fenster des Observatoriums und hielt nach Veränderungen Ausschau. »Wir zeigen unsere leeren Hände, eine Geste des Friedens.«

»Ohne Sensoren können wir nicht herausfinden, was mit dem Kraftfeld passiert«, gab Roxa zu bedenken.

Der kleine Krater am linken Fensterrand schien einige Millimeter weit nach rechts gerückt zu sein.

»Wir bewegen uns«, sagte Hannibal. »Wir kommen dem Asteroiden näher. Das Schirmfeld hält uns nicht mehr fest.«

»Zetas Gravitation zieht uns an«, erklärte Roxa. »Im Vergleich mit einem Planeten ist die Masse sehr gering, aber sie könnte uns auf einige Meter pro Sekunde beschleunigen. Wir fallen etwa zweihundert Kilometer tief, und der Aufprall dürfte recht unangenehm werden. Unbeschädigt kommt unsere gute alte *Aonia* sicher nicht davon.«

»Die Einsatzanzüge schützen uns«, sagte Hannibal. »Und wir reaktivieren Bordsysteme und Triebwerk einige Hundert Meter über der Oberfläche. Das sollte genügen.«

Roxa drehte den Kopf. »Wie reagiert Zeta, wenn wir die Einladungskarte plötzlich zerreißen?«

Sie wurden tatsächlich schneller und näherten sich dem Asteroiden, es war deutlich zu sehen. Weitere Details wurden erkennbar: kleine Anhöhen und Hügel in der graubraunen Landschaft, Mulden mit einigen wenigen Einschlagkratern, hier und dort Felsen, die Zeta vielleicht während der Reise durch den interstellaren Raum eingesammelt hatte.

Hannibal vernahm plötzlich ein Knistern wie von statischer Elektrizität. »Hast du das gehört?«

»Ja. Was war das?«

»Vielleicht eine Auswirkung des Kraftfelds.« Hannibal sah nach draußen und versuchte, die Geschwindigkeit abzuschätzen. Es war so gut wie unmöglich, da ein Maßstab fehlte, ein Bezugspunkt.

Zuerst wurde die *Aonia* immer schneller, angezogen von Zetas Masse, und Hannibal fragte sich bereits, ob er eine Reaktivierung des Triebwerks riskieren sollte, als sich die Geschwindigkeit des Schiffs verringerte.

»Etwas bremst uns ab«, sagte Roxa. »Was für sich genommen schon erstaunlich genug wäre. Aber merkst du das?«

Hannibal wusste, was sie meinte. »Wir bleiben schwerelos. Das Trägheitsmoment macht sich nicht bemerkbar, sondern wird absorbiert.«

»Unsere Technik ist dazu nicht imstande!« Roxa klang aufgeregt. »Wir sind meilenweit davon entfernt!«

»Aber das sind wir nicht von Zeta«, erwiderte Hannibal angespannt. »Ich schätze, uns trennen nur noch wenige Dutzend Meter von der Oberfläche. Das Trümmerfeld kann nicht weit entfernt sein. Es müsste sich rechts von uns befinden.«

Immer näher kam die graubraune Landschaft aus Staub, Geröll und Felsgestein. Eine der langen Rinnen verschwand hinter einem Höhenzug.

Die *Aonia* wurde noch langsamer.

Und setzte sanft wie eine Feder auf.

Hannibal ließ den angehaltenen Atem entweichen. »Wir sind gelandet«, sagte er erleichtert. »Wir sind heil auf Zeta angekommen.«

COUNTDOWN

NIGHTINGALE LOI,
AN BORD DER *EXCELSIOR*

11

»Wir haben ein Problem«, sagte der Mann auf dem Bildschirm vor Nightingale.

Elroy Emmon Skarabi, Gesandter des Gremiums, wirkte noch ernster und distanzierter als bei ihrer Begegnung an Bord der Werft Luna Drei, tausend Kilometer über der Oberfläche des Erdmonds. Er trug wieder einen anthrazitfarbenen Anzug, und auf dem Schirm wirkte der helle Streifen rechts am Hals, Zeichen der Langlebigkeitsbehandlung, wie eine Narbe.

»Ich nehme an, dass es uns betrifft, die *Excelsior*.« Nightingale blickte aus dem Fenster ihres Quartiers und suchte im Sternenmeer nach dem kleinen blauen Lichtfleck der Erde. Sie fand ihn fast sofort, so groß war die Entfernung nach einer Woche Flug noch nicht.

»Es betrifft uns alle«, betonte Skarabi. »Dies ist auch von Ihrer Seite aus eine sichere Verbindung, nicht wahr?«

Die Zeitverzögerung bei der Übertragung der Signale machte die Kommunikation ein wenig umständlich. Noch ließen sich direkte Gespräche führen; in einigen Tagen oder gar Wochen war das nicht mehr möglich.

»Alin?«, fragte Nightingale.

»Der aktuelle Kommunikationskanal ist abgeschirmt und

verschlüsselt«, erklang eine sanfte Stimme. Die Quantenintelligenz der *Excelsior* war erst wenige Wochen alt, ein Seedling, der noch wachsen, sich entwickeln und lernen musste. Dennoch verfügte Alin bereits über volles Personenrecht, sie galt als in jeder Hinsicht gleichberechtigtes Individuum. Sie wuchs, entwickelte sich und lernte Millionen oder Milliarden Mal so schnell wie ein Mensch. Wenn die *Excelsior* Zeta erreichte, würde sie das »Erwachsenenstadium« erreicht haben, womit sie das Recht erwarb, sich einem der QI-Kollektive im inneren Sonnensystem anzuschließen und eigene Seedlinge zu erschaffen.

»Danke, Alin«, sagte Nightingale und fügte für den Mann auf dem Bildschirm hinzu: »Ich bestätige die Sicherheit dieses Kanals.«

Skarabi wartete auf ihre Antwort, und Nightingale wartete darauf, dass sein Warten zu Ende ging und er das Problem erklärte. Sie lauschte der Stimme des Schiffs, dem dumpfen Brummen des Triebwerks, das seine Energie aus drei leistungsstarken Konvertern bezog, und dem Flüstern der Bordsysteme. Auch sie lernte. Es gelang ihr immer besser, die einzelnen Systeme allein mit dem Ohr zu unterscheiden und anhand der kleinen, winzigen Geräusche auf ihren Zustand zu schließen.

»Gut«, sagte Skarabi schließlich und nickte. »Ich sende Ihnen Daten für Ihren Seedling, zusammen mit einer ersten Auswertung. Sie betreffen den Countdown des fremden Objekts. Wir befürchten, dass er zu Ende gehen könnte, bevor Sie Zeta erreichen.«

Er beugte sich ein wenig vor, wodurch das Emblem des Gremiums deutlicher zu erkennen war.

»Die QI-Kollektive der Erde haben Zetas Signale analysiert und mit jenen in Verbindung gesetzt, die wir zuvor aus dem Centauri-System empfingen«, fuhr der Ehrenwerte fort. »Ein aus sieben Impulsen bestehendes Signal, das sich in kürzer werdenden Abständen wiederholt. Zuerst kam es von Alpha Centauri A, dann von Alpha Centauri B und schließlich von Proxima Centauri. Anschließend erfolgte der Flug des Objekts, von dem die Signale ausgingen, hierher zu uns.«

Nightingale hörte aufmerksam zu, obwohl sie das schon wusste. Die Anzeigen unter dem Bildschirm wiesen auf den Empfang mehrerer Datenpakete hin. Sie berührte Schaltflächen und leitete sie an Alin weiter.

»Wir glauben, dass es sich in allen Fällen tatsächlich um einen Countdown handelte«, erklärte Skarabi. »Das Signal kommt einer Botschaft gleich, die lautet: ›Hier sind wir. Löst unser Rätsel. Wenn ihr das nicht innerhalb einer gewissen Zeit schafft, fliegen wir weiter.‹«

Bei einem normalen Gespräch hätte Nightingale geantwortet: Und Zeta ist tatsächlich weitergeflogen, von Alpha nach Beta, dann nach Proxima und schließlich zu uns.

»Hier ist die schlechte Nachricht«, sagte Skarabi. »Die Abstände zwischen den einzelnen Signalfolgen verkürzen sich schneller als zuvor. Der Countdown geht zu Ende, bevor Sie Saturn erreichen. Vielleicht setzt Zeta dann den Flug zu einem anderen Sonnensystem fort.«

Skarabi schwieg und wartete wieder.

»Das darf nicht geschehen, auf keinen Fall«, erwiderte Nightingale. Es wäre ein unvorstellbarer Verlust gewesen, für sie selbst und die ganze Menschheit. »Was können wir unternehmen?«

Wieder verstrichen die Sekunden quälend langsam. Nightingale zwang sich zu Geduld und blickte erneut aus dem Fenster. Die Geschwindigkeit der *Excelsior*, die für die erste interstellare Mission vorgesehen gewesen war, nahm immer mehr zu, aber das große Schiff hatte noch nicht einmal die Marsbahn erreicht. Bis Saturn war es noch ein sehr weiter Weg.

»Wir haben eine neue Konfiguration für Ihre drei Konverter und das Triebwerk vorbereitet«, antwortete Skarabi schließlich. »Die Abschirmung muss natürlich angepasst werden, und ich verhehle nicht, dass gewisse Risiken damit verbunden sind. Die entsprechenden Daten wurden zusammen mit der Signalauswertung übermittelt. Durch die neue Konfiguration kann die *Excelsior* erheblich schneller werden. Allerdings nimmt das Risiko einer Tschirnow-Irregularität um elf Komma zwei Prozent zu. Wir halten das für vertretbar, aber Sie an Bord des Schiffs können die damit verbundenen Gefahren präziser einschätzen als wir hier auf der Erde. Sie sind die Expeditionsdirektorin, die letztendliche Entscheidung liegt bei Ihnen.«

Es war eine falsche Freiheit, erkannte Nightingale sofort. Wenn sie sich gegen die neue Konfiguration entschied, weil damit zu große Gefahren für Schiff und Crew verbunden waren, würde man ihr das Scheitern der Mission zur Last legen. Und wenn sie die Konfiguration übernahm und es dadurch zu einer Irregularität kam, war es das Ergebnis *ihrer* Entscheidung – die Erde traf weder Schuld noch Verantwortung.

»Nach unseren Berechnungen kann die *Excelsior* mit der neuen Konfiguration Zeta wenige Tage vor Ablauf des Countdowns erreichen«, sagte der ehrenwerte Skarabi, in seinen Augen der Glanz eines langen Lebens. »Es sollte Ihnen Spielraum genug geben.«

Eine interessante Ausdrucksweise, fand Nightingale. Spielraum wofür? Wenige Tage für die Erforschung eines vierhundert Kilometer großen Artefakts, geschaffen von einer vermutlich weit höher entwickelten fremden Zivilisation? Das war nicht einmal *annähernd* genug Zeit!

»Wenn Sie keine Fragen mehr haben, Direktorin Loi, können wir uns vertagen. Bitte geben Sie mir Bescheid, sobald Sie eine Entscheidung getroffen haben, je eher, desto besser.«

Nightingale hatte gleich mehrere Fragen, sagte aber: »Sie hören von mir.«

Nach der durch die Übertragungsdauer bedingten Wartezeit nickte Skarabi würdevoll und unterbrach die Verbindung. Sein Gesicht verschwand vom Schirm und wich einem Bereitschaftssymbol des Kommunikationssystems.

»Je eher, desto besser«, murmelte Nightingale. Damit übte er noch etwas mehr Druck aus. Skarabi wollte ganz offensichtlich, dass sie die Neukonfiguration der Konverter und des Triebwerks anordnete, damit die *Excelsior* Zeta rechtzeitig erreichte.

»Direktorin Loi?«, erklang eine sanfte Stimme.

Nightingale neigte den Kopf ein wenig zur Seite. »Sie können mich Nightingale nennen, Alin.«

»Danke, Nightingale«, erwiderte der QI-Seedling freundlich. »Während Ihres Gesprächs mit dem ehrenwerten Skarabi ist mir etwas aufgefallen. Jemand hat versucht, von einem der Kommunikationsräume aus die Abschirmung des gesicherten Kanals zu durchdringen.«

»Wer?«, fragte Nightingale und glaubte, die Antwort bereits zu kennen.

»Effraim Floyd.«

EINE TÜR?

HANNIBAL LAURENTIS,
AUF ZETA

12

Über ihnen hing Saturn am Himmel, nicht nur groß mit seinen Ringen, sondern riesig – als Koloss dominierte er das Firmament. Mehrere Monde waren zu sehen, einer von ihnen Iapetus, die eine Seite hell, die andere schwarz von den Partikeln in Saturns dunklem Ring.

Hannibal hörte den eigenen Atem laut im Helm. Sie hatten die *Aonia* verlassen, die einige Meter hinter ihnen stand, sechzig Meter groß, ihre Ausleger gefaltet, die Sensorcluster wie die Fühler eines Insekts, das Observatorium eine Blase an der ihnen zugewandten Seite.

»Etwas dämpft die Telemetriesignale des Schiffs«, sagte Roxa, ihre Stimme klar und deutlich. Sie war ein Stück weiter gegangen und stand zwischen zwei kleinen Felsen, eine Silhouette vor dem nahen Horizont von Zeta.

»Vermutlich das Kraftfeld, das uns hergebracht hat«, antwortete Hannibal. Er sah erneut nach oben und glaubte, ein kurzes Schimmern vor den äußeren Ringen des Saturn zu erkennen. Aber es verschwand sofort wieder, und er fragte sich, ob es eine optische Täuschung gewesen war.

»Sehen wir uns die Trümmer des Inspektionsboots von Titan an.« Roxa stapfte los.

»Warte.«

Sie blieb stehen und drehte sich halb um. Im Licht des Saturn sah Hannibal ihr Gesicht hinter dem Helmvisier. »Was ist?«

Er ging langsam in die Hocke und richtete sich wieder auf. Der Einsatzanzug behinderte ihn kaum. Erneut beugte er die Knie, stieß sich ab und sprang.

»Unser Gewicht«, sagte er. »Was ist mit dir?«

Roxa machte einen Schritt in seine Richtung, blieb stehen und sprang ebenfalls, wenn auch vorsichtiger.

»Wie groß ist Zetas Masse?«, fragte Hannibal. »So groß wie die des Mars?«

»Natürlich nicht«, tönte Roxas Antwort aus seinem Helmlautsprecher. »Dieser Asteroid hat nicht einmal annähernd so viel Masse.«

»Eben«, sagte Hannibal. »Wir müssten leichter sein. *Viel* leichter. So leicht, dass wir mit einem kräftigen Sprung Dutzende von Metern weit aufsteigen und vielleicht sogar die Fluchtgeschwindigkeit erreichen könnten. Stattdessen ...«

»Variable lokale Gravitation?«, spekulierte Roxa. »Individuell reguliert? Maßgeschneidert für uns?«

»Oder es liegt an den Massenanomalien, die wir geortet haben.« Hannibal setzte sich wieder in Bewegung. Er ging langsam, einen vorsichtigen Schritt nach dem anderen. Sein vermeintliches Gewicht veränderte sich nicht.

»Massenanomalien, die uns genau das Gewicht geben, an das wir gewöhnt sind?«, fragte Roxa einige Meter vor ihm. Hannibal sah, dass sie Fußspuren im graubraunen Staub hinterließ. »Ist das nicht ein bisschen viel verlangt von Herrn Zufall?«

Er überprüfte noch einmal die Systeme des Einsatzanzugs und bekam ausnahmslos grüne Statusmeldungen, eingeblendet ins Visier.

»Autonomie sieben Stunden«, sagte er. »Wie sieht es bei dir aus, Roxa? Alles in Ordnung?«

»Sieben Stunden, ich bestätige. Zeit genug für die Suche nach einer Tür.«

»Tür?«, wiederholte Hannibal. Seine Schritte wurden länger, er wollte zu Roxa aufschließen.

»Um ins Innere von Zeta zu gelangen. Hier draußen gibt es nichts. Ich würde mich gern in einem der großen Hohlräume umsehen, die unsere Sensoren entdeckt haben. Aber zuerst werfen wir einen Blick auf die Trümmer.«

Die im Helmvisier eingeblendeten Daten wechselten, als Hannibal mit den Zähnen klickte. Eine neue Anzeige gab Auskunft über die ambientalen Temperaturen. Es war kalt, aber nicht so kalt, wie man es weit draußen im Sonnensystem eigentlich erwarten sollte. Die Oberflächentemperatur lag bei minus neunundneunzig Grad, nicht bei minus zweihundert oder darunter. Das von Saturn reflektierte Sonnenlicht kam als Erklärung nicht infrage, woraus folgte: Zeta musste über eine innere Wärmequelle verfügen.

»Hier haben wir Nummer eins«, sagte Roxa nach einer Weile und blieb beim ersten Trümmerstück stehen. Es war etwa zwanzig Zentimeter groß und silbergrau, mit scharfen Kanten und Dellen wie von einem kleinen Hammer.

Roxa richtete ihre Sensoren darauf. »Keine Strahlung. Wir könnten es mitnehmen, zusammen mit anderen Trümmerstücken, und in der *Aonia* untersuchen. Vielleicht finden wir dabei heraus, was das Inspektionsboot der Titanier hat auseinanderbrechen lassen.«

»Später«, entschied Hannibal und trat an Roxa vorbei. »Zuerst suchen wir nach der Crew.«

»Nach ihren Resten, meinst du wohl«, erwiderte Roxa traurig. »Wenn überhaupt etwas von ihr übrig ist.«

Bei den meisten Trümmern war kaum mehr festzustellen, von welchem Teil des Inspektionsboots sie stammten. Andere ließen sich Triebwerk, Rumpfverkleidung und Pilotenkanzel zuordnen. Nichts erweckte den Eindruck, großer Hitze ausgesetzt gewesen zu sein. Es gab keine Brandspuren, keine Hinweise auf eine Explosion. Alles sah nach einer Kollision aus, nach jeder Menge kinetischer Energie, die das kleine Raumschiff von Titan zerschmettert hatte.

Hannibal stand mitten im Trümmerfeld und sah sich um. Menschliche Überreste hatte er nirgends entdeckt, und tief in seinem Innern war er dankbar dafür. Er klickte mit den Zähnen und sah sich die Daten im Helmvisier an.

»Keine anderen Telemetriesignale«, sagte er. »Nur wir und die *Aonia*, sonst nichts.«

»Sieh dir das hier an, Hannibal.«

Er drehte sich um. Roxa stand neben einem großen Trümmerstück, offenbar einem Teil des Rumpfs. »Hast du eine Leiche entdeckt?«

»Eine Leiche?« Ihre Stimme klang seltsam. »Nein. Sieh es dir an.«

Hannibal näherte sich neugierig und wich mehreren Trümmerteilen mit messerscharfen Kanten aus.

Roxa zeigte auf den Boden.

Jemand hatte Fußspuren im graubraunen Staub hinterlassen.

13

Sie standen reglos, von den Trümmern eines auseinandergebrochenen Inspektionsboots umgeben, auf der Oberfläche eines vierhundert Kilometer großen Felsbrockens, der viel mehr war als ein gewöhnlicher Asteroid.

Roxas Stimme klang aus Hannibals Helmlautsprecher. »Jemand hat überlebt.«

»Zwei Personen, wie es scheint. Sie sind aus diesem Teil des Rumpfs geklettert, hier.« Hannibal zeigte darauf. »Und dann ... sind sie *dorthin* gegangen.«

Sein ausgestreckter Arm wies in Richtung einer der Rinnen, die Zeta durchzogen. Er klickte mit den Zähnen: »Kommunikator, Scan aller Notruffrequenzen von Titan.«

»Scan beginnt«, meldete das KI-System des Einsatzanzugs.

»Ich habe es eben selbst versucht«, sagte Roxa. »Ohne Ergebnis.«

»Scan beendet«, hörte Hannibal wenige Sekunden später. »Keine Signale.«

Er blickte auf die Fußspuren. »Jemand hat überlebt, sendet aber keinen Notruf?«

»Drei Wochen sind vergangen, seit das hier geschehen ist.« Roxa deutete in die Runde. »Viel Zeit. Wesentlich mehr Zeit, als Schutzanzüge Energie und Sauerstoff haben.«

Hannibal sah nachdenklich zur *Aonia* zurück und fragte sich, ob ein Start mit ihr möglich war. Das fremde Kraftfeld hatte sie erfasst und sanft auf Zeta abgesetzt, wahrscheinlich deshalb, weil alle Bordsysteme deaktiviert gewesen waren. Was würde bei einer Reaktivierung passieren?

»Wir bleiben hier, bis wir Zetas Rätsel gelöst haben«, sagte Roxa.

Für einen Moment regte sich Ärger in Hannibal. »Entscheidest du das?«

»Wir entscheiden gemeinsam«, gab Roxa etwas sanfter zurück. »Und ich bin dafür, dass wir dieser Sache auf den Grund gehen.«

Sie meinte die Fußspuren und ging los.

Hannibal sah, wie neue Spuren im Staub entstanden, von den anderen kaum zu unterscheiden. Langsam folgte er Roxa, klickte mit den Zähnen, aktivierte die Sensoren und sondierte die Umgebung.

»Noch immer nichts«, sagte er. »Keine Signale, kein Notruf, keine Telemetrie von Schutzanzügen.«

»Damit kommen wir hier nicht weit«, antwortete ihm Roxa. »Mit solchen Sondierungen, meine ich. Das fremde Kraftfeld täuscht unsere Instrumente.«

Und vielleicht auch uns, dachte Hannibal auf einmal. »Was ist mit unserer Wahrnehmung? Mit unseren Augen und Ohren? Mit unserem Gefühl für das eigene Gewicht?«

Roxa blieb stehen und wartete, bis er zu ihr aufgeschlossen hatte.

»Was ist, wenn wir unserer Wahrnehmung nicht mehr trauen können?«, fügte Hannibal hinzu.

Er sah ihr schnelles Lächeln hinter dem Helmvisier. Es wirkte nicht so leicht und unbeschwert wie sonst.

»Vielleicht liegen wir in Wirklichkeit in einem Simulator, in Chrysia oder Arcadia«, sagte Roxa. »Oder Terraner haben uns geschnappt und versuchen herauszufinden, was wir auf Zeta entdeckt haben. Oder wir sind tot und träumen, ohne zu wissen, dass uns das Leben verlassen hat.«

»Alles ist möglich?« fragte Hannibal. »Einfach alles?« Dieses Thema kam nicht zum ersten Mal zur Sprache. Während der langen Suche im Asteroidengürtel nach weiteren Ressourcen für den Mars hatten sie oft darüber diskutiert, über das, was Menschen als Realität wahrnahmen und die »wahre Wirklichkeit« jenseits der menschlichen Kognition.

»In einem unendlichen Universum gibt es unendliche Möglichkeiten«, entgegnete Roxa. »Zum Beispiel auch die, dass tatsächlich zwei Besatzungsmitglieder des Inspektionsboots von

Titan überlebt haben und noch immer am Leben sind entgegen aller Wahrscheinlichkeit. Finden wir es heraus.«

Hannibal vertraute seinen Sinnen und vor allem seiner Vernunft. Die Fußspuren wiesen deutlich darauf hin, dass zwei Mitglieder der Crew den Absturz ihres kleinen Schiffs überlebt hatten, doch das Fehlen von Telemetrie legte den Schluss nahe, dass es bis auf Roxa und ihm keine lebenden Menschen auf Zeta gab.

Nicht auf Zeta, dachte er. Aber vielleicht darin.

Roxa schien ein ähnlicher Gedanke gekommen zu sein, denn sie sagte plötzlich: »Vielleicht haben sie einen Weg ins Innere gefunden. Das könnte die Erklärung für das Fehlen von Telemetriesignalen sein.«

Die Fußspuren führten sie zur Rinne, einer etwas mehr als hundert Meter tiefen und nur wenige Meter breiten Schlucht, die sich über die ganze Länge des Asteroiden erstreckte.

»Hier hören die Spuren auf.« Roxa beugte sich vor und blickte in die Tiefe. »Nichts zu erkennen.«

Hannibal öffnete eine der Instrumententaschen an der Hüfte, entnahm ihr einen Sensor, aktivierte das kleine Gerät und ließ es in die Rinne fallen. Bilder erschienen, nicht nur in seinem Visier, sondern auch in Roxas, und zeigten felsige Wände.

»Gesprungen sind die Überlebenden sicher nicht«, sagte sie. »Hundert Meter sind ziemlich viel, auch bei geringer Schwerkraft. Ich nehme an, sie sind geklettert.«

Hannibal sah sich um. Weitere Fußspuren entdeckte er nicht, dafür aber einige Felsvorsprünge, wie Trittsteine für den Weg nach unten. Er sah genauer hin. An einem Stein zeigten sich Kratzer, die vom Stiefel eines Schutzanzugs stammen konnten.

Die Bilder des fallenden Sensors tief unten in der Rinne hatten bisher schroffe Felsformationen gezeigt, doch plötzlich erschien in Hannibals Helmvisier die Darstellung einer glatten Fläche, dunkel wie Obsidian und glatt wie Glas. Sie verschwand in einem Blitzen, und von einem Augenblick zum anderen übermittelte der Sensor keine Daten mehr.

»Hast du das gesehen?«, fragte Hannibal. Er beugte sich vor und spähte über den Rand der Schlucht.

Roxa näherte sich. »Sah mir tatsächlich nach einer Tür aus. Und der Sensor ...«

»Der Sensor ist verschwunden.«

»Wie die beiden Überlebenden des Inspektionsboots?« Roxa trat an ihm vorbei und begann mit dem Abstieg. »Sehen wir nach.«

Flink und agil kletterte sie in die Tiefe und schien immer ganz genau zu wissen, wo sie sich mit den Händen festhalten und mit den Füßen abstützen konnte. Hannibal folgte ihr langsamer und bedächtiger, obwohl das Klettern tatsächlich keine große Mühe bereitete.

Nach einigen Metern schaltete Roxa ihre Helmlampe ein. Licht strich über die Felswand und verschwand weiter unten in Dunkelheit, wie von ihr aufgesaugt.

»Ich bin keine Geologin, aber das hier sieht nach einzelnen Schichten von Sedimenten aus«, sagte sie. »Als wäre der Asteroid oder zumindest dieses Felsgestein einmal Teil einer planetaren Kruste gewesen.«

Ein Mantel, dachte Hannibal. Oder vielleicht ein Panzer. In jedem Fall eine gute Tarnung.

Aber was auch immer mit Zeta gekommen war: Warum hatte es beschlossen, eine Maske zu tragen? Warum zeigte es nicht sein Gesicht und seine wahre Gestalt?

Und warum hatte es das Raumschiff von Titan zerstört?

»Hannibal?«

Er verharrte in der Schluchtwand, mit den Füßen auf kleinen

Vorsprüngen aus festem Gestein und den Fingern der rechten Hand in einer Felsritze. »Hast du was entdeckt?«

»Ich werde schwerer, und zwar ziemlich schnell.« Roxa klang überrascht und besorgt. »Ich ...«

Das Licht unter Hannibal tanzte.

»Ich bin abgerutscht und falle!«, rief Roxa.

Hannibal drehte den Kopf so weit wie möglich und sah nach unten. Das Licht von Roxas Helmlampe wurde schwächer und verlor sich schließlich in der Dunkelheit tief unten.

Er dachte an die *Aonia*. Die Idee war plötzlich da.

»Schalte alles aus!«, stieß er hervor. »Alle Systeme des Einsatzanzugs. Schalte sie aus!«

Das Licht flackerte und verschwand.

»Hörst du mich, Roxa?«

Er bekam keine Antwort. Er konnte auch gar keine bekommen, wenn Roxa die Anzugsysteme, darunter den Kommunikator, deaktiviert hatte.

Hannibal starrte in die Tiefe, auf der Suche nach einem Lebenszeichen. Nichts regte sich in der Dunkelheit.

Einige Sekunden verstrichen in völliger Stille, und Hannibal fühlte sich plötzlich sehr allein.

Dann merkte er, dass er schwerer wurde.

WER BIST DU?

NIGHTINGALE LOI,
AN BORD DER *EXCELSIOR*

14

Der kleine schmächtige Mann saß im Interfacesessel des Kommunikationsraums, ohne direkt mit den Systemen verbunden zu sein. Das wäre auch gar nicht möglich gewesen. Effraim Floyd, einundfünfzig Jahre alt und geboren in Wellington, Neuseeland, war ein gewöhnlicher Mensch, kein Enhu; ihm fehlten die für einen direkten Kontakt notwendigen biodigitalen Schnittstellen.

»Was machen Sie hier?«, fragte Nightingale scharf, als sie den Raum betrat.

Ein Statushologramm umgab Floyd, eine dreidimensionale Darstellung des Sonnensystems mit seinem Daten- und Funkverkehr. Die zahlreichen Linien von aktiven Verbindungen und Telemetriesignalen bildeten ein für das menschliche Auge fast unentwirrbares Gespinst.

Floyd drehte den Sessel langsam und wirkte nicht wie jemand, den man auf frischer Tat ertappt hatte.

»Guten Tag, Direktorin«, sagte er.

Nightingale blieb vor ihm stehen und versuchte, ihren Ärger unter Kontrolle zu halten. Das gehörte vielleicht zu seiner Taktik: sie aus der Reserve zu locken.

Oder sah sie Gespenster?, ermahnte sie sich. »Taktik« erforderte einen Plan, und welchen Plan sollte Effraim Floyd verfolgen?

Möglicherweise hatte die Unterredung mit Chen auf dem Mond zu tiefe Spuren in ihr hinterlassen, sie zu sehr beeinflusst.

»Sie haben versucht, mein Gespräch mit der Erde zu belauschen, Mister Floyd«, sagte sie kühl.

Auch der Vorwurf überraschte ihn nicht. Er blieb ruhig und entspannt sitzen, die Fingerspitzen aneinandergelegt, umgeben vom holografischen Sonnensystem.

»Ich bin Kommunikationsspezialist, Direktorin«, erwiderte er. »Ich habe die Signale untersucht, die wir von Zeta empfangen. Zu meinen Aufgaben gehört auch die Überwachung des Datenverkehrs unserer Konkurrenten.«

Nightingale sank in einen der beiden anderen Sessel und musterte den Mann, über den sie kaum etwas wusste. Selbst Chen hatte nichts über ihn herausfinden können, was Spekulationen über Geheimdienste und dergleichen geweckt hatte. Floyd wirkte unscheinbar, es gab nichts Besonderes an ihm. In einer größeren Gruppe von Menschen hätte man ihn leicht übersehen. Sein aschblondes Haar wies noch keine grauen Strähnen auf, den Augen fehlte die spezielle Klarheit von Langlebigen, und nichts deutete auf eine genetische oder biotechnische Optimierung hin. Die Nase war weder zu groß noch zu klein, die Lippen nicht zu dick und nicht zu dünn. Er trug einen dunkelblauen Overall, der ihn als Besatzungsmitglied der *Excelsior* auswies, aber ohne Rangabzeichen.

Floyd hob die Brauen. »Habe ich die Prüfung bestanden?«

An Selbstbewusstsein mangelte es Effraim Floyd gewiss nicht. Manchmal sprach er wie jemand, der daran gewöhnt war, Anweisungen zu erteilen anstatt sie entgegenzunehmen.

Nightingale hob die Stimme. »Alin?«

»Analyse beendet«, antwortete der QI-Seedling. »Kommunikationsspezialist Floyd hat einen Prioritätscode benutzt, der ihm auch gesperrte Kanäle öffnet.«

»Hat er mein Gespräch mit dem ehrenwerten Skarabi mitgehört?«

»Das ist nicht auszuschließen.«

Floyd nickte. »Keine Beweise, keine Tat, kein Verbrechen.«

»So sehen Sie das, Mister Floyd?«, fragte Nightingale. »Was ist mit der Privatsphäre? Was ist mit meiner Autorität als Expeditionsdirektorin?«

Der kleine, schmächtige Mann berührte eine Schaltfläche in der Armlehne des Interfacesessels, und das holografische Sonnensystem verschwand.

»Ihre Alin hat mich überwacht?«, fragte er.

»Alin sieht und hört uns allen zu«, entgegnete Nightingale. »Außerdem ist es nicht *meine* Alin, sondern unsere. Und vor allem und in erster Linie ist sie ihre *eigene* Alin.«

»Danke, Nightingale.«

Floyd hob die Brauen. »Offenbar haben Sie sich angefreundet.«

Nightingale ließ sich davon nicht ablenken. »An Bord meines Schiffs werden keine Gespräche von Besatzungsmitgliedern abgehört«, sagte sie kategorisch. »Ist das klar?«

Floyd gab keine Antwort.

»Wer sind Sie?«, fragte Nightingale.

»Sie haben die Personaldatei bekommen und sicher auch gelesen. Sie wissen, wer ich bin.«

»Ich weiß, wer Sie zu sein vorgeben«, sagte Nightingale. »Ich möchte wissen, wer Sie wirklich sind. Warum wurde meine Crew von sieben auf vier Personen verkleinert? Warum wurden Samanta, Xavier und die anderen durch Sie und Amaranth Newton ersetzt?« Plötzlich fiel ihr etwas ein. »Alin, befand sich Amaranth Newton hier in diesem Kommunikationsraum? Hat er Floyd Gesellschaft geleistet?«

»Er hat sich für eine Minute und neun Sekunden mit den

Kommunikationssystemen verbunden«, berichtete die Quantenintelligenz der *Excelsior*.

»Was haben Sie angestellt?«, wandte sich Nightingale erneut an Floyd.

»Angestellt?« Jetzt gab er sich doch überrascht. »Ich bin meinen Pflichten nachgekommen. Und um das effizienter zu bewerkstelligen, habe ich auf die Hilfe von Amaranth Newton zurückgegriffen.«

»Sie kennen sich.«

Floyd nickte langsam. »Wir hatten schon einmal miteinander zu tun. Ich schätze Newtons Kompetenz.«

»Warum sind Sie beide an Bord?«, fragte Nightingale und wiederholte: »Wer sind Sie?«

Floyd sah sie an und überlegte vielleicht, wie viel er ihr anvertrauen durfte. »Es geht um viel mehr, als Sie ahnen.«

»Erklären Sie es mir.«

Floyd zögerte erneut.

»Sie sind Wissenschaftlerin«, sagte er schließlich. »Zwölf Jahre lang hat man Sie darauf vorbereitet, unser Sonnensystem zu verlassen und die Planeten von Proxima Centauri zu erforschen. Fremde Welten, ihre Geologie und vielleicht auch Biologie, wer weiß? Neue Erkenntnisse über die Entstehung von Planetensystemen, vor allem aber der erste Schritt der Menschheit ins interstellare All. Es wäre zweifellos ein historischer Meilenstein für die Wissenschaft gewesen. Aber jetzt ...« Floyd wandte den Blick nicht von Nightingale ab. Er sah sie die ganze Zeit über an. »Jetzt hat sich alles geändert, für Sie und für uns. Bei Ihrer Mission geht es nicht mehr um die Welten von Proxima Centauri, auf denen bestenfalls primitive Lebensformen existieren, sondern um etwas, das wir für das Artefakt einer hoch entwickelten extrasolaren Zivilisation halten.«

»Wen meinen Sie mit ›wir‹?«, warf Nightingale ein.

»Die Zukunft der Menschheit könnte auf dem Spiel stehen«, fuhr Effraim Floyd fort, ohne auf die Frage einzugehen. »Vielleicht sogar ihre Existenz. Höher entwickelte intelligente Wesen müssen nicht unbedingt über eine höhere Moral und Ethik verfügen. Sie könnten eine große Gefahr für uns sein.«

»Und Sie sind in der Lage, das zu erkennen und die mögliche Gefahr von uns abzuwenden?«, fragte Nightingale mit ein wenig Ironie.

»Ich kann sie erkennen und einschätzen«, sagte Floyd. »Und ich kann Empfehlungen aussprechen, wie man damit umgehen sollte.«

»Empfehlungen?«

In Floyds Gesicht kam es zu einer subtilen Veränderung. Hier und dort verschwand etwas, das eben noch glatt und weich gewesen war.

»Ich kann sogar entscheiden.« Er nickte in Richtung der Kommunikationskonsolen. »In der Datenbank des Expeditionsdirektorats finden Sie eine entsprechende Autorisierung.«

Nightingale glaubte, ihren Ohren nicht trauen zu dürfen. »Sie sind befugt, sich über meine Anweisungen hinwegzusetzen?«

»Ich bin beauftragt, die Interessen der Menschheit zu vertreten und Gefahren von ihr fernzuhalten, Direktorin Loi. Bitte konstruieren Sie daraus keinen Konflikt.«

Nightingales Gedanken wirbelten durcheinander. »Wenn es hart auf hart kommt, haben Sie das letzte Wort?«

»Wir sollten so gut wie möglich zusammenarbeiten, damit keine Situation entsteht, in der solche Entscheidungen getroffen werden müssen«, gab Floyd zurück.

Nightingale musterte ihn erneut. »Was wissen Sie über Zeta?«

Floyd schüttelte den Kopf. »Ich weiß nicht mehr darüber als

Sie. Lassen Sie uns gemeinsam herausfinden, was es damit auf sich hat.«

Nightingale erhob sich und ging zur Tür.

»Wir stehen unmittelbar vor etwas von epochaler Bedeutung«, sagte Floyd hinter ihr. »Persönliche Ressentiments und verletzte Gefühle sollten dabei keine Rolle spielen.«

Sie zögerte kurz, nickte dann knapp und verließ den Kommunikationsraum.

WAS ICH SEHE, WAS ICH HÖRE

HANNIBAL LAURENTIS,
AUF ZETA

15

Etwas weiter unten an der Schluchtwand hatte Hannibal einen breiteren Felsvorsprung gesehen. Er kletterte hastiger als zuvor, suchte mit Händen und Füßen nach Halt und stellte mit einem Blick nach oben fest, dass der Himmelsausschnitt mit Saturn immer schmaler wurde.

Sein Gewicht nahm weiter zu.

Uraltes Felsgestein bröckelte und gab unter ihm nach. Er atmete schneller, wünschte sich einen Gravitator und versuchte, nicht an Roxa zu denken.

Noch zwei Meter.

Etwas senkte sich auf ihn herab, so fühlte es sich an, und drückte ihn nach unten. Die Finger rutschten ab, die Füße fanden nur noch Leere, und plötzlich fiel er.

Einen Moment später erfolgte der Aufprall, hart genug, um einen Alarm auszulösen. Rote Anzeigen erschienen im Helmvisier, ein warnendes Piepen ertönte, und die synthetische Stimme des KI-Systems meldete: »Integrität des Einsatzanzugs gefährdet.«

Hannibal blieb keuchend liegen, direkt am Rand des Felsvorsprungs, und für einige Sekunden wagte er sich kaum zu rühren. Das Gestein vibrierte, trug aber sein höheres Gewicht.

Schließlich setzte er sich vorsichtig auf, leuchtete mit seiner

Helmlampe und entdeckte die glatte Fläche, die ihm der fallende Sensor gezeigt hatte. Sie befand sich ein Stück weiter unten, sieben oder acht Meter entfernt. Ein Geröllhang führte von dort zum dunklen Boden der Schlucht.

Hannibal klickte mit den Zähnen. »Status.«

»Alle Systeme funktionieren einwandfrei«, antwortete der Einsatzanzug. »Strukturelle Integrität stabil. Autonomie vier Stunden und siebzehn Minuten.«

Der letzte Hinweis erstaunte Hannibal. »Habe ich Sauerstoff verloren?«

»Ein Leck wurde geschlossen«, teilte ihm das KI-System mit. »Autoreparaturfunktion aktiv.«

»Sondierung«, sagte Hannibal und stand langsam auf. Er schien nicht noch schwerer zu werden, derzeit war das lokale Schwerefeld stabil. »Wo ist Roxa?«

Sensordaten erschienen im Helmvisier. Nichts deutete auf Telemetriedaten eines anderen Einsatzanzugs hin, und es wurden auch keine Signale von der *Aonia* empfangen.

»Kommunikationssystem überprüfen«, sagte er. »Signalaktivität verifizieren.«

Einige Sekunden verstrichen. »Kommunikationssystem überprüft und einsatzbereit«, berichtete die KI. »Keine verifizierbare Signalaktivität.«

»Wo ist Roxa?«, fragte Hannibal noch einmal. »Und wieso empfange ich keine Signale vom Schiff?«

»Unbekannt«, antwortete der Einsatzanzug.

Das Kraftfeld, dachte Hannibal. Der fremde Einfluss. Das Etwas, das auch die Gravitation für ihn erhöht hatte.

Er blickte nach oben. Im schmalen Ausschnitt des Himmels, begrenzt von den Wänden der Schlucht, war noch immer Saturn zu sehen. Einer seiner Monde, vielleicht Titan, wanderte langsam an den Ringen vorbei.

Das Gestein unter ihm vibrierte erneut. Hannibal trat so dicht wie möglich an die Felswand heran.

Welche Möglichkeiten gab es?, überlegte er und erinnerte sich an Roxas Worte: *In einem unendlichen Universum gibt es unendliche Möglichkeiten.*

Aber nicht immer und nicht überall. Hier, an diesem besonderen Ort und unter den gegenwärtigen besonderen Umständen, gab es grundsätzlich zwei: nach oben oder nach unten. Er konnte versuchen, zur *Aonia* zurückzukehren, mit ihr zur Schlucht zu fliegen, zur langen Rinne, und nach Roxa zu suchen.

Hannibal blickte erneut nach oben und fühlte sein Gewicht. Zuvor hatte er Glück gehabt und war nicht mehr als anderthalb Meter tief gefallen. Wenn er von weiter oben abstürzte, bestand die Gefahr, dass er den Einsatzanzug beschädigte und sich etwas brach. Und selbst wenn es nicht zu unliebsamen Zwischenfällen kam, der Rückweg zum Schiff hätte lange gedauert, ein oder zwei Stunden vielleicht.

Das Gestein unter Hannibal erzitterte noch deutlicher als zuvor. Seine Fantasie gaukelte ihm ein Knistern und Knirschen vor – er glaubte es tatsächlich zu hören.

Die zweite Möglichkeit bestand darin, den Abstieg fortzusetzen und nach Roxa und einem Zugang ins Innere von Zeta zu suchen, in dieser Reihenfolge.

Hannibal brauchte nicht lange zu überlegen, um sich zu entscheiden. Er schob sich an der Felswand entlang, bis zum Ende des vibrierenden Vorsprungs, fand dort einen Spalt für die Finger, schwang zur Seite und setzte den rechten Fuß in eine Mulde.

So etwas wie Zufriedenheit regte sich in ihm, doch für ein oder zwei Sekunden fühlte sie sich fremd an, als stammte sie nicht von ihm selbst. Hannibal verscheuchte den Gedanken, konzentrierte sich aufs Klettern und kam der glatten Fläche dunkel wie Obsidian immer näher. Direkt unter ihr befand sich ein weiterer Vorsprung, gerade breit genug für ihn.

Als er ihn erreichte, kehrte die Zufriedenheit zurück, und diesmal hatte sie nichts Fremdes. Er betrachtete das schwarze Areal, ein Rechteck, dreieinhalb Meter hoch und etwas mehr als einen Meter breit, wie eine etwas zu groß geratene Tür ohne Klinke. Es war tatsächlich glatt wie Glas, und im Licht der Helmlampe zeigte sich nicht ein einziger noch so kleiner Kratzer.

Er hob die Hand, um die dunkle Fläche zu berühren, zögerte und wandte sich ab. Eins nach dem anderen. Über den Geröllhang kam er recht schnell voran. Manchmal gaben Steine unter ihm nach, und dann rutschte er mehr, als dass er ging, aber er fiel nicht, es gab überall genug Halt.

Schließlich, nur wenige Minuten später, erreichte er den Grund der schluchtartigen Rinne. Die Dunkelheit war hier merkwürdig dicht wie ein diffuser schwarzer Nebel, der Licht schluckte. Hannibal suchte den Boden ab, leuchtete mit seiner Helmlampe zwischen Felsen und fand ... nichts. Nirgends lag eine menschliche Gestalt in einem Einsatzanzug. Roxas Sturz in die Tiefe hatte nicht hier sein Ende gefunden, sondern ... wo?

Das Kommunikationssystem empfing noch immer keine Telemetrie, weder von Roxa noch von den beiden Überlebenden des Inspektionsboots. Es herrschte Stille auf allen Frequenzen.

Unruhe erfasste Hannibal. Er gab die Suche am Boden der Schlucht auf und kletterte erneut über den Geröllhang, diesmal nach oben. Er erreichte das glatte Rechteck in der Felswand, und das Licht seiner Helmlampe strich darüber hinweg. Für einen Moment glaubte er, seltsame Reflexe zu sehen wie von einem Spiegel im Innern der schwarzen Fläche.

Wieder hob er die Hände, streckte sie aus und berührte die

glatte Oberfläche. Nichts geschah. Was immer er auch erwartet hatte, eine Reaktion blieb aus.

»Wo bist du, Roxa?«, fragte er laut im Innern seines Helms. »Und die beiden Überlebenden von Titan ... Wo seid ihr?«

Es blieb still auf den Kommunikationsfrequenzen.

Hannibal betrachtete seine Hände auf dem dunklen, glasartigen Material. Kognition, dachte er und erinnerte sich an die Gespräche mit Roxa. Gewöhnliche, nicht optimierte Menschen nahmen nur das wahr, was ihre Sinne erkennen konnten – ihre Wahrnehmung begrenzte den für sie erfahrbaren Horizont des Universums. Jenseits dieses Horizonts gab es noch mehr, viel mehr, aber um die Fülle der Realität abseits der menschlichen Sinne zu erkunden, waren spezielle Geräte notwendig. Und selbst mit ihnen sah, hörte und *erfuhr* man nicht alles.

Hannibal breitete die Finger auf der dunklen Fläche aus und beugte sich vor, bis sein Helm die Wand berührte. Dann schloss er die Augen und horchte in sich hinein.

Sesam, öffne dich, dachte er.

Etwas kratzte an der Innenseite seines Schädels wie ein kleiner, vorsichtiger, neugieriger Finger.

Vielleicht wurde es Zeit, den eigenen Rat zu beherzigen.

Hannibal klickte mit den Zähnen. »Prioritätsbefehl, alle Systeme aus!«

»Alle Systeme des Einsatzanzugs werden deaktiviert«, bestätigte die KI-Stimme.

Er hielt die Augen geschlossen und wartete. Das leise Zischen der mit Sauerstoff angereicherten Luft verstummte, und nach einigen Sekunden spürte er, wie es kälter zu werden begann. Wie lange mochte es dauern, bis ihm ohne die Lebenserhaltungssysteme die Sinne schwanden? Zehn Minuten? Fünfzehn?

Hannibal öffnete die Augen.

Die Helmlampe leuchtete nicht mehr, es war völlig dunkel, doch in der Finsternis vor ihm gab es ein kleines Licht im Innern der schwarzen Fläche, dort, wo er zuvor einen Spiegel vermutet hatte. Es kam etwas näher, und in seinem schwachen Schein bemerkte Hannibal wellenartige Muster, die von den Kontaktstellen seiner Hände ausgingen. Er bewegte sie, und die Wellen wurden deutlicher, als hätte sich das glasartige Material der eben noch festen Wand in Flüssigkeit verwandelt.

Hannibal lächelte plötzlich und fühlte sich ... einem Ziel nahe.

Er trat vor, und die schwarze Wand nahm ihn auf.

IRREGULARITÄT

NIGHTINGALE LOI,
AN BORD DER *EXCELSIOR*

16

Sie saßen in der Zentrale der *Excelsior*, ihrem Kontrollraum, umgeben von großen Datenschirmen und Konsolen. Seit der Rekonfiguration der Konverter war die Stimme des Schiffs lauter geworden: ein zischendes, fauchendes Brummen, das den ganzen siebenhundert Meter langen Rumpf durchdrang und in Synth, Graphen und Stahlkeramik vibrierte. Für Nightingales Ohren klang es gleichzeitig zornig und schmerzerfüllt. Die *Excelsior* litt. Die Statusanzeigen des Schiffs waren nicht mehr grün, sondern leuchteten in einem mahnenden und warnenden Orange.

Inzwischen beschleunigte die *Excelsior* nicht mehr, sondern bremste mit derselben hohen Schubkraft, um nicht in zwei Wochen am Saturn vorbeizurasen, sondern eine Umlaufbahn zu erreichen. Insbesondere für die Ausleger und seitlichen Funktionsmodule blieb die Belastung trotz des stabilen künstlichen Schwerefelds hoch.

»Wie sieht's aus, Leute?« Nightingale lehnte sich im Sessel der Direktorin zurück, die Hände auf den Armlehnen. »Was haben wir?«

»Darf ich?«, fragte Amaranth Newton förmlich.

Nightingale nickte. »Ich bitte darum.«

Der Enhu Newton, neunzehn Jahre alt und mit einem Wissen ausgestattet, das gewöhnliche Menschen nicht in hundert und vielleicht nicht einmal in tausend Jahren erwerben konnten, trug wie die anderen den blauen Overall der *Excelsior*-Crew. Ein silbernes Interfacegeflecht zog sich über seinen kahlen Kopf, und rechts und links am Hals zeigten sich biodigitale Schnittstellen. Eine von ihnen verband ihn mit den Bordsystemen der *Excelsior*, die anderen mit dem QI-Seedling.

»Alin und ich haben noch einmal alles genau untersucht und die zur Verfügung stehenden Daten ausgewertet«, begann Amaranth Newton auf seine leicht gestelzte Art und Weise.

Die Bilder auf den Schirmen wechselten, ohne dass er Schaltflächen berührte. Ein Asteroid erschien, vierhundert Kilometer lang und mit einem maximalen Durchmesser von dreihundert Kilometern, gehüllt in eine Blase, die verschiedene Farbtöne aufwies und ein Kraftfeld darstellte. Datenkolonnen scrollten so schnell, dass Nightingale keine Einzelheiten erfassen konnte.

»Langsam«, sagte sie. »Langsam genug für normale Menschen wie mich.«

»Ich bitte um Verzeihung, Direktorin. Manchmal vergesse ich die beschränkte Leistungsfähigkeit von Gewöhnlichen.«

Auch das war eine Eigenheit von Amaranth Newton. Wenn man die Interfacesysteme und biodigitalen Erweiterungen unberücksichtigt ließ, sah er aus wie ein schlaksiger junger Mann, der gerade die Pubertät hinter sich hatte. Aber manchmal sprach er wie jemand, in dessen Adern kein Blut floss.

Newton schickte eine weitere Anweisung über sein Interface, und die vertikale Wanderung der Datenkolonnen verlangsamte sich.

»Das kleine Schiff vom Titan, ein Inspektionsboot, ist weder explodiert noch auseinandergebrochen«, fuhr Newton fort.

»Diese Bilder stammen von den Observatorien auf Rhea und Iapetus. Sie zeigen, was geschah.«

Nightingale beobachtete, wie etwas – das mysteriöse Kraftfeld, das Zeta umgab – den Cruiser von Titan zerdrückte, zermalmte und zerriss. Die Bilder, aufbereitet von Alin, zeigten den Vorgang in Zeitlupe.

»Wie eine Faust«, murmelte Nightingale. »Als hätte eine kosmische Faust zugeschlagen.«

»Eine Hand«, korrigierte Effraim Floyd. »Eine himmlische Hand, die sich um das Inspektionsboot schloss und zudrückte.«

Amaranth Newton nickte ihm zu. »Eine einigermaßen korrekte Beschreibung. Es wurden erhebliche kinetische Energien freigesetzt, aber nicht wie bei einem Schlag, sondern differenzierter, durch Druck an mehreren Stellen auf den Rumpf. Das kleine Schiff wurde zerquetscht und platzte. Dort liegen die Trümmer.«

Ein weiteres Bild zeigte einen etwa hunderttausend Quadratmeter großen Bereich, in dem mehr als dreihundert Trümmerstücke verstreut waren. In der Nähe befand sich eine der Rinnen, die Zeta der Länge nach durchzogen.

»So sah es auf dem Asteroiden kurz nach der Zerstörung des Inspektionsboots von Titan aus«, sagte Chen ruhig. »Amaranth?«

Das nächste Bild auf dem großen Hauptschirm präsentierte ein intaktes Raumschiff neben den Trümmern, einen sechzig Meter großen marsianischen Erkunder der Explorer-Klasse. Nightingale kannte das Bild. In den vergangenen Tagen hatte sie es mehrmals betrachtet und sich gefragt, was die Marsianer inzwischen entdeckt haben mochten. Es gab keinen Funkverkehr mit den Mining-Basen im Asteroiden, anderen marsianischen Schiffen oder dem Mars selbst – Alin hatte nicht ein einziges Signal empfangen, das von dem Schiff auf Zeta ausgegangen war.

»Sie haben es heil durch das Kraftfeld geschafft«, stellte Floyd fest.

»Mit einer besonderen Taktik«, sagte Newton. »Sie sind nicht schnell geflogen, um das Kraftfeld zu durchdringen, sondern langsam. Und offenbar mit deaktivierten Bordsystemen.«

»Warum?«, fragte Nightingale.

»Unbekannt.«

»Spekulieren Sie, Mister Newton.«

Amaranth Newton zögerte kurz. Vielleicht beriet er sich über sein Interface mit der Quantenintelligenz. Nightingale fragte sich kurz, ob sie wie zwei Gleichgestellte miteinander kommunizierten, schob den Gedanken dann aber als irrelevant beiseite.

»Die Marsianer werden einen guten Grund dafür gehabt haben«, sagte Newton schließlich. »Vielleicht verfügten sie über Daten, die uns fehlen.«

»Sie haben uns jedenfalls gezeigt, wie wir Zeta erreichen können, ohne von der kosmischen Hand zermalmt zu werden«, meinte Chen.

»Und dann?«, fragte Nightingale. »Was geschieht dann? Die Marsianer sind gelandet, aber wie steht es um sie? Wir haben keine Kommunikationsaktivität festgestellt. Ihr Schiff ist passiv. Auf Zeta rührt sich nichts.«

»Das stimmt nicht ganz, Direktorin«, wandte Newton ein. »Bei der Datenauswertung der Bilder ist mir etwas aufgefallen. Unter meiner Anleitung hat Alin die jüngsten Aufnahmen der Observatorien auf den Monden des Saturn einer genauen Detailanalyse unterzogen. Hier ist das Ergebnis.«

Unter meiner Anleitung, dachte Nightingale. Er sprach von einer Quantenintelligenz, und der gab er Anleitung?

Das nächste Bild zeigte dünne Linien, die vom Trümmerfeld zur langen Rinne führten. Nightingale hielt sie zunächst für Risse im Gestein oder eine besondere Felsformation, doch als der Zoom die Linien heranholte, stellte sich heraus, dass sie aus einzelnen kleinen Mulden bestanden, aus Abdrücken im Staub.

»Sind das ... Fußspuren?«

»Gut erkannt, Direktorin«, lobte Amaranth Newton mit gutmütiger Herablassung. »Es sind eindeutig menschliche Spuren. Zwei mal zwei.«

»Bitte erläutern Sie das«, bat Nightingale geduldig.

»Zwei Menschen haben die Trümmer des Inspektionsboots verlassen und sind zur Rinne gegangen«, erklärte Amaranth Newton. »Zwei andere Menschen erreichten vom gelandeten marsianischen Schiff aus das Trümmerfeld und setzten den Weg zur Rinne fort. Allem Anschein nach folgten die beiden Marsianer den Spuren der beiden Überlebenden des Inspektionsboots von Titan.«

»Wo sind sie jetzt?«, fragte Nightingale sofort. »Was ist aus ihnen geworden?«

»Die Spuren verlieren sich am Rand der Rinne, der Schlucht«, antwortete Newton. »Ich nehme an, sie sind hinabgeklettert. Die Bilder, die wir davon haben, zeigen leider keine Einzelheiten in der Tiefe.«

Nightingale fühlte ein kurzes Kribbeln in den Fingerspitzen, und für einen Moment schien sich das Brummen und Zischen von Triebwerk und Konvertern zu verändern. Sie lauschte, doch es klang alles normal.

Normal kritisch, dachte sie und sah die anderen an. »Meine Herren ... Ihre Meinungen und Hypothesen.«

»Ich habe eine Situationsanalyse anzubieten, Direktorin«, verkündete Amaranth Newton. Es klang wie *Allein ich kenne die Wahrheit*, fand Nightingale.

»Ich bin ganz Ohr, Mister Newton.«

»Zwei von vier Besatzungsmitgliedern des Inspektionsboots haben überlebt, was unter den besonderen Umständen erstaunlich genug ist. Offenbar erlitten sie nur leichte Verletzungen, wenn überhaupt, denn sie waren in der Lage, das Wrack ihres kleinen Schiffs zu verlassen und zur Rinne zu gehen. Zu *gehen*«, betonte Newton und zeigte auf das Bild. »Sehen Sie sich die Fußspuren und eingeblendeten Daten genau an. Ich habe es in einem Simulationsprogramm überprüft. Es sind die Spuren von Menschen, die sich normal bewegen. Beide Beine und Füße wurden gleichmäßig belastet.«

»Die Überlebenden haben nicht gehinkt«, fügte Floyd hinzu.

»Können Sie mir auch die Namen der Überlebenden nennen, Mister Newton?«, fragte Nightingale mit leisem Spott.

»Mit zuverlässigen Informationen über die chemische Zusammensetzung des Staubs auf Zeta und insbesondere seine Dichte wäre ich dazu durchaus imstande, Direktorin«, erwiderte Amaranth Newton steif. »Das individuelle Gewicht der Besatzungsmitglieder des Inspektionsboots kenne ich aus Titans Datenbanken. Ich könnte es mit der Tiefe der im Staub hinterlassenen Abdrücke in Beziehung setzen und dadurch ...«

»Schon gut«, unterbrach ihn Nightingale. »Ich verstehe, was Sie meinen.«

»Leider stehen entsprechende Daten nicht zur Verfügung, denn Zetas Kraftfeld stört unsere Sondierungssignale«, sagte Amaranth Newton. »Die Marsianer konnten intakt landen, weil sie auf den Versuch verzichteten, das Schirmfeld gewissermaßen mit Gewalt zu durchdringen.«

»Und weil sie ihre Bordsysteme deaktiviert haben«, ließ sich Floyd vernehmen. »Das könnte ebenfalls wichtig gewesen sein.«

»Nach der Landung sahen sie sich die Trümmer des Inspektionsboots an, entdeckten die Spuren der beiden Überlebenden und folgten ihnen«, fuhr Newton fort. »Allem Anschein nach sind sie ebenfalls in die Schlucht geklettert.«

»Und dann?«, fragte Nightingale.

»Mehr wissen wir nicht«, lautete die Antwort. »Alles andere wären ... Spekulationen ohne brauchbaren Informationsgehalt.«

»Sie sind in die Schlucht geklettert und dort geblieben.« Nightingale sprach langsam und nachdenklich. »Wir haben keine weiteren Spuren gefunden, oder?«

»Nein«, bestätigte Newton. »Auf den anderen Bildern, die Alin und ich analysiert haben, zeigte sich nichts dergleichen.«

»Also?«

So etwas wie Verwunderung zeigte sich in Newtons glattem Gesicht, aber nur ganz kurz. »Mehr wissen wir nicht.«

»Wie lange ist es her?«, fragte Nightingale. »Wann sind die Marsianer gelandet?«

Amaranth Newton musste nicht einmal überlegen. »Vor elf Tagen, vier Stunden und dreizehn Minuten.«

»Also?«, wiederholte Nightingale. Erneut fühlte sie ein Kribbeln in den Fingern, wie von einer Vibration, die sich in den Armlehnen des Sessels bemerkbar machte.

»Ich nehme an, Sie meinen die Autonomie der Schutz- beziehungsweise Einsatzanzüge«, sagte Newton. »Sie beträgt etwa sieben Stunden.«

Nightingale nickte. »Mit anderen Worten: Die Überlebenden des Inspektionsboots und die beiden Marsianer müssten inzwischen tot sein.«

Amaranth Newton nickte langsam. »Davon gehe ich aus.«

»Es sei denn, sie haben einen Weg ins Innere von Zeta gefunden und dort überlebt.« Nightingale sah den anderen Enhu an, dem sie einst das Leben gerettet hatte. »Was meinst du, Chen?«

»Wir mutmaßen«, entgegnete er. »Uns fehlen konkrete Daten. Dass niemand aus der Rinne zurückgekehrt ist, könnte jedoch ein Hinweis sein.«

»Ein Hinweis auf was?«, fragte Newton fast herausfordernd.

»Darauf, dass sie auf etwas gestoßen sind, das eine Rückkehr unmöglich machte.«

»Was auch immer das sein mag«, sagte Nightingale.

»Vielleicht genau das, was wir suchen«, meinte Chen.

»Spekulationen und Mutmaßungen bringen uns nicht weiter.« Newton wechselte einen Blick mit Floyd. »Wir wissen, wie man Zeta ohne gefährliche Interaktionen mit dem Kraftfeld erreichen kann. Bevor wir mit dem Shuttle landen, schicken wir Sonden und automatische Sondierer, um möglichst viele Daten zu sammeln. Womöglich erfahren wir dann auch mehr über die Rinne. Vorausgesetzt natürlich, wir empfangen ihre Signale. Dass bei den Marsianern keine Kommunikationsaktivität festgestellt werden konnte, deutet vielleicht darauf hin, dass gewöhnliche Funksignale vom Kraftfeld absorbiert werden. Nun, ich habe einen präzisen Einsatzplan ausgearbeitet, der ...«

Er hielt mit offenem Mund inne.

Nightingale hob die zitternden Hände und betrachtete die Fingerspitzen. Winzige Lichter tanzten auf ihnen wie die Funken eines verborgenen Feuers.

Auf den Konsolen leuchteten Dutzende Anzeigen plötzlich rot auf.

»Warnung!«, erklang Alins Stimme. »Instabilität bei den Konvertern. Es droht eine Tschirnow-Irregularität.«

17

Ein öliger Glanz lag in der Luft wie die dünnen Farbschlieren auf dunklem, schmutzigem Wasser. Das Schiff brummte und fauchte nicht mehr, es heulte und schrie.

»Notabschaltung!«, ordnete Nightingale an und strich über die Kontaktflächen ihres Sessels.

»Notabschaltung der Konverter wird eingeleitet«, meldete Chen sofort. Und ein paar Sekunden später: »Energiefluss nimmt weiter zu!«

Nightingale blickte auf die Anzeigen. Die Situation wurde mit jedem verstreichenden Moment kritischer. »Alin?«

»Die Sicherheitssysteme melden volle Funktionsbereitschaft, aber sie bleiben ohne Wirkung auf das energetische Niveau der Konverter.«

Nightingale stand plötzlich mit der Vibration der Irregularität im ganzen Körper. »Chen, du bleibst als Koordinator hier. Newton, Sie übernehmen den ersten Konverter. Floyd, Nummer zwei. Ich kümmere mich um den dritten. Manuelle Abschaltung. Wir müssen den Energiefluss eindämmen und das energetische Niveau senken.«

»Ich fürchte, mit Konvertern kenne ich mich nicht besonders gut aus«, wandte Floyd ein. »Vielleicht wäre es besser, wenn Chen ...«

Nightingale hatte bereits das offene Zugangsschott des Hauptgangs erreicht, der vom Kern der *Excelsior* ausging und durch den ganzen Schiffsrumpf reichte. »Konverter Nummer zwei, Floyd. Für Sie reserviert. Alin kann Sie einweisen, falls es notwendig wird. Ich brauche Chen hier, wo alle Fäden zusammenlaufen. Alin, Notfallstatus!«

Das Licht an Bord veränderte sich sofort und bekam einen rötlichen Ton.

Sie lief los und hoffte, dass die Schwerkraft stabil blieb. Auf dem Weg zum Heck der *Excelsior* überholte Amaranth Newton sie schon nach wenigen Metern – er lief schneller als ein Sprinter, seine Füße schienen den Boden kaum zu berühren. Als Nightingale den Werkzeugraum erreichte, hatte er bereits einen Schutzanzug übergestreift, eilte weiter zum Konverter Nummer eins und verschwand durch eine Luke.

»Alin, Status!« Nightingale entnahm dem offenen Ausrüstungsschrank ganz bewusst einen Schutzanzug, der ihr eine Nummer zu groß war, denn so brauchte sie nicht erst den blauen Overall abzulegen und sparte ein wenig Zeit.

»Der Energiefluss hat sich auf hohem Niveau stabilisiert«, antwortete die Quantenintelligenz.

»Funktionieren unsere Sicherheitssysteme wieder?« Nightingale zog die Verschlüsse des Schutzanzugs zu und trat in den Gang. Wo steckte Floyd? Er brauchte ebenfalls einen Schutzanzug. Ohne einen elektromagnetischen Strahlenschutzschild konnte er sich nicht in die Nähe eines irregulären Konverters wagen – es hätte akute Lebensgefahr bedeutet.

»Sie haben nie aufgehört zu funktionieren, Nightingale«, erwiderte Alin. »Sie bewirken nur nichts. Etwas anderes scheint den Energiefluss zu kontrollieren.«

Nightingale sprang durch einen Zugang, wirbelte herum und schloss das Schott.

»Und was könnte das sein?«, stieß sie hervor. »Welche Art von Kontrolle?«

Vor ihr öffnete sich ein Maschinenkorridor mit brummenden Aggregaten und engen Wartungstunneln. Sie zwängte sich in einen von ihnen und aktivierte ihren individuellen Strahlenschutzschild. An dem Prickeln in ihr änderte das nichts. Es war wie ein innerer Juckreiz, gegen den sich nichts ausrichten ließ.

»Nightingale, hörst du mich?«, drang eine Stimme aus dem Kommunikator im Kragen des Schutzanzugs.

»Klar und deutlich, Chen. Ich bin gleich bei den Schaltbrücken des dritten Konverters. Die Strahlung wird immer stärker, trotz der Abschirmung.«

»Vielleicht wäre es tatsächlich besser gewesen, wenn Kommunikationsspezialist Floyd meinen Platz im Kern eingenommen hätte.« Chen sprach so ruhig, als wäre alles in bester Ordnung. »Wir empfangen Signale von Zeta. Sie scheinen mit der Irregularität in Zusammenhang zu stehen.«

»Signale?« Nightingale erreichte eine Schaltnische, richtete sich auf, aktivierte die Konsole und gab ihren Berechtigungscode ein. »Und sie gelten uns?«

»Ich weiß nicht, ob sie *uns* gelten, aber der Energiefluss der Konverter reagiert darauf. Es kommt zu energetischen Interferenzen.«

»Alin, könnte das die Kontrolle sein, die Sie eben erwähnt haben?« Nightingale betätigte Schalter, woraufhin der große Bildschirm vor ihr eine schematische Darstellung des Konverters Nummer drei und seiner Schilde zeigte. Konversionsenergie pulsierte in grellem Rot.

»Ich analysiere die Situation«, antwortete die Quantenintelligenz.

Hier gab es keine Schaltflächen, die auf Berührungen reagierten, nur Tasten und kleine Kippschalter, manuelle Elemente, damit sie sich auch in Notfällen bedienen ließen. Nightingale drückte mehrere weiße Tasten in einer bestimmten Reihenfolge, um das Haupttriebwerk der *Excelsior* zu deaktivieren und dadurch die energetische Last der Konverter zu verringern.

Nichts geschah.

Sie betätigte die Tasten erneut, doch wieder erfolgte keine

Reaktion. Das Triebwerk donnerte, die Konverter heulten, das ganze Schiff zitterte.

»Ich bestätige einen kausalen Zusammenhang«, teilte Alin mit. »Mit einer Wahrscheinlichkeit von einundneunzig Komma neun Prozent haben Zetas Signale die Irregularität ausgelöst.«

Für Nightingale kam das einer Gewissheit nahe genug. »Bitte rekonfigurieren Sie unsere Bugschilde, Alin«, entschied sie. »Neutralisieren Sie die Signale. Sorgen Sie dafür, dass sie unsere Systeme nicht erreichen.«

Die eigene Stimme klang plötzlich fremd, und ein seltsames Gefühl erfasste sie. Etwas stieg in ihr auf, kroch in den Brustkorb, schob mit sanftem Nachdruck Organe beiseite und beanspruchte Platz. Es kletterte weiter nach oben, erreichte den Kopf und drängte sich dort zwischen ihre Gedanken.

Bildschirm und Konsole der Schaltnische verschwanden.

Wände und Boden lösten sich auf.

RAUM UND ZEIT

NIGHTINGALE LOI,
AN BORD DER *EXCELSIOR*

18

Nightingale sah mehr, als möglich sein sollte, und sie hörte mit Ohren, die größer und empfindlicher geworden waren.

Das Schiff, die siebenhundert Meter lange *Excelsior*, hatte nicht nur eine Stimme, sondern viele, vereint zu einem melodischen Gesang, in dem es Misstöne gab. Sie wiesen auf Fehlfunktionen hin, die sich kaskadenartig in den Bordsystemen ausbreiteten wie Wellen, die an besonders wichtigen Stellen gegen Dämme und Barrieren brandeten, errichtet vom Seedling Alin. Die junge Quantenintelligenz, im digitalen Kosmos der *Excelsior* zu einer Person herangewachsen, war wie ein Ozean aus Myriaden winzigen Lichtern, von denen viele mal heller, mal schwächer leuchteten, vielleicht ein Hinweis auf hochkomplexe QI-Gedanken.

Nightingale stand inmitten des Lichtermeers und lächelte, denn was sie sah, schmeichelte den Augen, und was sie fühlte, war angenehm. Dies schien eine Welt voller Zuversicht und Optimismus zu sein, ohne die Unruhe von Zweifel und Unsicherheit. Empfanden Enhus wie Amaranth Newton auf diese Weise, wenn sie sich mit Quantenintelligenzen verbanden und in einen direkten Dialog mit ihnen traten? Fühlten sie ... Geborgenheit?

Die Perspektive veränderte sich ein wenig, vielleicht weil sie es so wollte, und sie sah Chen im Kern der *Excelsior*, umgeben von Konsolen und roten Statusanzeigen. Er blieb ruhig, was auch immer geschah. Selbst damals, als Knabe in Manila, vom Puristen-Mob bedroht, hatte er weder Sorge noch Furcht gezeigt, erinnerte sich Nightingale.

Seine Hände glitten über Schaltflächen, mit der agilen Kompetenz eines begnadeten Pianisten, dessen Finger eine Klaviatur berührten. Er versuchte zusammen mit Alin, das energetische Gleichgewicht der *Excelsior* stabil zu halten. Die bunten, pulsierenden Energiestränge, die das Schiff durchzogen, erschienen ihr wie die Leiber von Schlangen, die aus Trägheit erwachten und sich immer schneller wanden.

Der nächste Blick fand Amaranth Newton, Teil des Lichtermeers der QI-Präsenz, ein etwas matteres Leuchten an ihrem Rand. Er hatte die Schaltbrücken des ersten Konverters erreicht, kommunizierte von dort aus mit Alin und bemühte sich, den Energiefluss zu stabilisieren. Tschirnow-Strahlung ging auf ihn nieder wie der Hagel eines heftigen Unwetters. Nightingale beobachtete ihr Flirren und Flackern an der elektromagnetischen Blase des Schutzfelds, das Newton umgab.

Ein weiterer perspektivischer Wechsel erfolgte und zeigte ihr Effraim Floyd, nicht beim zweiten Konverter, wo sein Platz sein sollte, sondern bei den Triebwerkskontrollen. Nightingale erkannte, dass er ein spezielles Interface benutzte, das ihn mit den Kommunikations- und Datenbanksystemen der *Excelsior* verband. Was stellte er damit an? Wie auch immer die Antwort lauten mochte: Er befand sich nicht beim zweiten Konverter, wie von ihr angeordnet, und handelte somit einer direkten Anordnung der Expeditionsdirektion zuwider.

Kann ich zu ihm?, dachte Nightingale. Kann ich ihn fragen, was er macht?

Die Energiebänder, die sich von den Konvertern ausgehend durchs Schiff wanden, zitterten und zuckten und leuchteten so hell, dass sie blendeten.

Was geschieht mit dem Schiff?, fragte sich Nightingale. Was geschieht mit mir?

Die vielen Stimmen der *Excelsior*, untermalt vom fernen Kreischen der instabilen Konverter, wurden leiser. Die Entfernung schien zu wachsen.

Alins Lichter verdichteten sich an manchen Stellen und trieben an anderen auseinander. Sie bildeten, von oben und ein wenig von der Seite aus gesehen, die Spirale einer großen Galaxie.

Die Milchstraße, wusste Nightingale, ohne einen Hinweis darauf, woher sie ihre Gewissheit nahm. Sie glaubte sich sogar imstande, die Position des Sonnensystems zu bestimmen: dort unten, im Orionarm, zwischen Perseus- und Sagittariusarm gelegen, etwa fünfzehn Lichtjahre nördlich der galaktischen Symmetrieebene und rund siebenundzwanzigtausend Lichtjahre vom Moloch entfernt, dem Schwarzen Loch im Zentrum der Milchstraße, ein gewaltiges Gravitationsungeheuer mit fast viereinhalb Millionen Sonnenmassen.

Ein Tanz fand dort statt, viel zu langsam für die menschliche Wahrnehmung, nicht aber für Nightingales andere Augen und Ohren. Sie sah, wie sich das galaktische Rad drehte, wie die vielen Lichter – Sterne wie die Sonne, mit eigenen Planeten – um das galaktische Zentrum wanderten, darunter auch die terranische Sonne, die dafür etwa zweihundertzehn Millionen Jahre benötigte. Ein Tanz zur Sphärenmusik der kosmischen Strahlung, bestehend aus hochgeladenen Teilchen, aus Protonen, Elektronen und vollständig ionisierten Atomen, aus winzigen Geschossen, die die menschliche DNS zertrümmern konnten.

Nightingale hörte die Melodien des Universums, auch den dumpfen, lauten Trommelschlag von Gammastrahlenausbrüchen.

Gab es einen Dirigenten für dieses kosmische Orchester? Und wenn es einen gab, wo befand er sich?

Sie trat einen Schritt vor und merkte erst dabei, dass sie festen Boden unter den Füßen hatte. Vor ihr befand sich ein breites, gewölbtes Fenster, das nach rechts und links Blick auf die Module einer riesigen Raumstation gewährte. Es war eine Stadt im All, aber leer, das spürte Nightingale, unbewohnt. Eine gewaltige Anlage, von nichtmenschlicher Intelligenz erschaffen, und sie wartete. Worauf? Dass jemand zurückkehrte?

Ein Kreischen mischte sich in den Strahlungsgesang der Sterne – vielleicht stammte es vom Triebwerk und den Konvertern der *Excelsior*. Sie musste zurückkehren und sich um ihr Schiff kümmern. Sie musste dafür sorgen, dass es heil blieb und sein Ziel erreichte.

Nightingale wich vom Fenster, von der transparenten Blase, zurück, und ein Schritt zur Seite brachte sie nicht zum dritten Konverter der *Excelsior*, sondern in ein Gebäude so riesig, dass sich in seinem Innern Dunstschwaden unter einer mehrere Hundert Meter hohen Decke bildeten. Kleine flache Steine, bunt und nicht größer als der Daumennagel eines Menschen, bildeten ein Mosaik auf dem Boden mit dunkelblauen Spiralen, schwefelgelben Oktaedern und geschwungenen Linien aus glitzerndem Grün. Welche Strukturen sie formten, welche Bilder durch sie entstanden, konnte man vermutlich nur von weit oben erkennen.

Weiter vorn, bei einem pechschwarzen Block, der glatt und gerade Dutzende von Metern weit aufragte, erhoben sich zahlreiche Statuen. Nightingale näherte sich ihnen, umgeben von Stille, und merkte, dass die Statuen Lebewesen darstellten, mit kurzen, langen und manchmal wie verknotet wirkenden Gliedmaßen, mit Haut hier wie aus dunklem Stein und dort wie aus frisch gefallenem Schnee, mit farblosen Schuppen, struppigem

Fell oder dichtem Gefieder. Zahlreiche unterschiedliche Spezies waren vertreten, und alle standen so, dass der Blick ihrer starren Augen auf den schwarzen Block gerichtet war.

Mit kleinen, behutsamen Schritten trat Nightingale an den ersten Statuen vorbei, betrachtete ihre Details, berührte eine Feder und gewann immer mehr den Eindruck, dass es gar keine Statuen waren, sondern lebende Wesen, in Zeitlosigkeit erstarrte Geschöpfe. Wie die leere Stadt über der Milchstraße schienen sie auf etwas zu warten.

Schließlich erreichte sie den großen Block und sah ihr Spiegelbild im glatten Schwarz. Es lächelte ihr zu, und sie streckte die Hand danach aus.

Als sie das dunkle Material berührte, kam es darin zu wellenförmigen Bewegungen, die das Spiegelbild verzerrten. Es lächelte nicht mehr, das Gesicht wurde zu einer Grimasse.

Nightingale übte etwas mehr Druck aus und sah, wie ein Teil ihrer Hand im schwarzen Block verschwand. Sie fühlte nichts, weder Wärme noch Kälte, und es gab auch keinen Schmerz. Stattdessen kam es zu einem ... Kontakt.

Etwas kroch ihr über die Hand und erreichte von dort aus den Kopf, ohne zuvor durch Arm, Schulter und Hals zu kriechen. Erneut entstand ein Juckreiz dort, wo sie sich unmöglich kratzen konnte, hinter Stirn und Augen.

Sieben rote Punkte leuchteten plötzlich im dunklen Block vor ihr und verwandelten sich in kleine Dreiecke, aus denen erst Vierecke und dann Sechsecke wurden, bevor sie sich in andere geometrische Figuren verwandelten und schließlich in Objekte, die sich im tiefen Schwarz drehten. Linien entstanden zwischen ihnen und setzten die Körper miteinander in Beziehung. Nightingale sah genau hin, denn sie spürte, dass dieses Bild wichtig war, sie musste es sich einprägen.

Die sieben roten Figuren vor ihr im Schwarz verblassten und

verschwanden, zusammen mit den Linien zwischen ihnen, den Verbindungen. Nightingale zog die Hand zurück, wodurch wieder kleine Wellen entstanden und sich im Innern des schwarzen Blocks verloren.

Etwas Kaltes strich ihr über den Rücken.

Sie wich von dem Block zurück und sah sich um. Die vielen Statuen – die lebenden Geschöpfe, Teil eines anderen Zeitrahmens – rührten sich nicht.

Nightingale fröstelte plötzlich.

»Ich möchte weg von hier«, murmelte sie. Und lauter: »Ich möchte diesen Ort verlassen.«

Aus dem Jucken hinter Augen und Stirn wurde ein fast schmerzhaftes Kratzen. Nightingale blinzelte und stellte fest, dass sie an den Schaltbrücken des dritten Konverters saß.

In seltsamer Stille, die gar nicht zu den flackernden roten Anzeigen passte, streckte sie die Hände nach den Kontrollen aus, drückte Tasten und betätigte Schalter.

Nichts geschah.

»Alin?«, fragte Nightingale.

»Wir haben eine energetische Resonanz«, ertönte die Stimme des QI-Seedlings. Sie klang anders als sonst. »Die Konverter produzieren mehr Energie, als möglich sein sollte. Sie haben ein superkritisches Niveau erreicht.«

Nightingale saß mit den Händen an den Kontrollen. Kleine Lichtblitze tanzten über ihre Fingerkuppen, und sie spürte ein vages Prickeln, das den ganzen Körper erfasste.

»Was bedeutet das?«, fragte sie. »Für uns und das Schiff?«

»Die Notabschaltung funktioniert nicht«, erwiderte die veränderte Stimme. »Die lokalen Schalt- und Funktionssysteme sind isoliert. Etwas anderes hat die Kontrolle übernommen.«

»Was ... ist ... mit ... meinem ... Schiff?«, stieß Nightingale hervor und stand auf. Ihre Bewegungen stießen auf Widerstand wie in Wasser, und sie glaubte, einen vagen öligen Glanz in der Luft auszumachen.

Es blieb still. Sie bekam keine Antwort.

Nightingale verließ die Schaltbrücke des dritten Konverters und machte sich auf den Weg zurück zum Kern der *Excelsior*.

19

Nach und nach wich die Stille aus dem Schiff. Geräusche kehrten zurück, doch sie klangen anders, die Stimmen der *Excelsior* hatten sich verändert.

Der Widerstand, der sich Nightingales Bewegungen entgegensetzte, ließ nach und verschwand ganz, als sie den Kern erreichte. Chen und Amaranth Newton sahen nicht von ihren Konsolen auf, als sie hereinkam, und Effraim Floyd warf ihr nur einen kurzen Blick zu.

»Status.« Nightingale sank in ihren Sessel, noch immer verwirrt von dem soeben Erlebten. »Wie steht es um uns und um das Schiff?«

»Etwas hüllt die *Excelsior* ein und trennt sie vom Rest des Universums«, antwortete Newton, »von seinen Raum-Zeit-Strukturen und gefalteten Dimensionen.« Die Schirme vor ihm zeigten Datenkolonnen, die rasend schnell wechselten.

»Eine lokale Anomalie.« Chens Finger flogen über die Schaltflächen. »Wir versuchen, sie zu analysieren.«

»Geht sie von den Konvertern aus?«, fragte Nightingale. »Haben wir es noch immer mit einer Irregularität zu tun?«

»Nur ein Teil der Energie, aus der sich die Anomalie speist, stammt von unseren Konvertern«, antwortete Chen. »Außerdem gibt es eine Verbindung nach ... draußen, wo auch immer das im Augenblick sein mag.«

»Eine Verbindung wohin?« Nightingale betrachtete die Statusanzeigen ihrer Konsole.

»Wir versuchen es herauszufinden.«

»Wir haben die Konverter nicht deaktivieren können«, stellte Nightingale fest. »Die Notabschaltung hat versagt.«

»Ja«, bestätigte Chen.

Sie wandte sich an Floyd. »Warum haben Sie sich nicht an meine Anweisungen gehalten? Sie hätten beim zweiten Konverter sein sollen, stattdessen waren Sie bei den Triebwerkskontrollen. Was haben Sie dort gemacht?«

Er sah sie erstaunt an. »Ich bin nicht bei den Kontrollen für das Triebwerk gewesen. Sie müssen sich irren.«

»Nein, ich irre mich nicht«, sagte Nightingale, obwohl ihr auf einmal Zweifel kamen.

»Kognitive Verzerrungen«, erklärte Amaranth Newton knapp. »Hervorgerufen von der Anomalie. Wir haben Dinge gesehen und gehört, die nicht existieren.«

Hatte sie sich wirklich getäuscht? Hatten ihr die Sinne einen Streich gespielt? Nein, die Bilder waren viel zu deutlich gewesen, zu real, sie alle, auch die von der Raumstation über der Milchstraße, der Stadt im All, und dem riesigen Gebäude mit den Statuen lebender Wesen und dem schwarzen Block.

Eine heftige Erschütterung hinderte sie daran, Newton zu widersprechen. Die *Excelsior* erbebte, das Kreischen und Heulen der Konverter kehrte zurück.

»Meine Sensoren registrieren heftige energetische Resonanzen«, tönte Alins Stimme durch das Chaos. »Die strukturelle Integrität des Schiffs ist gefährdet.«

Die großen Sichtschirme zeigten plötzlich nicht mehr dunkle Leere ohne Sterne, sondern Saturn und seine Ringe, viel zu nah.

»Die Entfernung beträgt nur noch zwei Komma eins Millionen Kilometer«, warnte Amaranth Newton. »Wir sind viel zu schnell.«

Wie ist das möglich?, dachte Nightingale. »Alin, voller Umkehrschub! Bremsmanöver! Sorg dafür, dass die Gravitatoren stabil bleiben!«

»Etwas hat uns stark beschleunigt«, meldete Chen, der wie immer ruhig sprach. »Wir fliegen mit etwa zwei Prozent der Lichtgeschwindigkeit, mit sechstausend Kilometern pro Sekunde. Und unser Kurs bringt uns direkt zum Saturn. In knapp sechs Minuten fallen wir in seine Atmosphäre.«

Die Konverter schrien noch immer, aber im Konzert des Schiffs fehlte die Stimme des Triebwerks.

»Alin, Umkehrschub!«, wiederholte Nightingale und hatte erneut das Gefühl, von etwas Kaltem berührt zu werden. Sechs Minuten, bis die *Excelsior* den Saturn erreichte! Sie würde mit viel zu hoher Geschwindigkeit in seine dichte Atmosphäre stürzen und darin verglühen!

»Das Triebwerk ist ausgefallen«, antwortete Alin. »Umkehrschub und Bremsmanöver unmöglich.«

Nightingale starrte auf die Kontrollen.

»Uns bleiben noch etwas mehr als fünf Minuten«, sagte Chen. »Eine schnelle Entscheidung ist geboten.«

»Was können wir tun?«, fragte Nightingale laut.

»Wenn sich das Schiff nicht abbremsen lässt, müssen wir es aufgeben, um zu überleben.« Amaranth Newton klang so, als wunderte er sich darüber, dass Nightingale nicht längst zu diesem Schluss gelangt war.

Mein Schiff aufgeben?, dachte sie. Auf das ich zwölf Jahre gewartet haben? »Alin?«

»Ich empfehle einen Notstart des Shuttles, so schnell wie möglich«, riet die Quantenintelligenz.

Nightingale schloss kurz die Augen und fühlte sich wie von einer Lawine überrollt.

Dann stand sie auf. »Alin, Shuttle für den Start vorbereiten! Newton, Floyd, Chen, zum Hangar!«

20

Nightingale saß im Pilotensitz des Shuttles, vor aktiven Kontrollen und grünen Statusanzeigen. Das kleine Schiff, nur zwanzig Meter groß, war für den Start bereit, die beiden Hälften des Außenschotts glitten bereits auseinander.

»Was ist mit Ihnen, Alin?«, fragte Nightingale.

»Ich habe mich in die Datensysteme des Shuttles kopiert«, erklärte der QI-Seedling. »Zumindest den Teil von mir, der dort Platz hat. Den Rest lege ich in redundanten Speichern ab.«

Das erleichterte Nightingale, aber nur ein wenig. Der Verlust des Schiffs wog schwer.

»Wenn Sie keine Einwände haben, übernehme ich die Steuerung des Schiffs«, bot Alin an.

Nightingale zog die Hände von den Kontrollen zurück. Neben ihr saß Chen, ebenso mit den Systemen des Shuttles verbunden wie Amaranth Newton, der etwas weiter hinten die Anzeigen der Funktionsstation im Auge behielt. Auf der anderen Seite, bei der Kommunikationskonsole, legte Floyd die Sicherheitsgurte an und zog den Flexhelm seines Schutzanzugs nach vorn.

»Bestätigt«, erwiderte Nightingale auf Alins Vorschlag. »Fliegen Sie uns. Bringen Sie uns in Sicherheit.«

Der Navigationsschirm vor Nightingale zeigte die Flugbahn der *Excelsior*, eine Linie, die nicht nur direkt zum Saturn führte, sondern auch dicht vorbei an Zeta.

»Wir kommen Zeta sehr nahe«, erkannte auch Chen.

»Ein Zufall?«, fragte Nightingale, während der Shuttle in Schwerelosigkeit, vom Schub der Manövrierdüsen getragen, nach draußen glitt.

Das Weltall empfing sie, die Ringe des Saturn nah. Der Shuttle entfernte sich von der *Excelsior*, und Nightingale konnte auf den Sichtschirmen die drei deformierten Konverter des großen Schiffs sehen, gehüllt in das Glühen von Tschirnow-Strahlung.

»Es gibt nicht genug Daten, um die Wahrscheinlichkeit zu berechnen«, antwortete Newton anstelle von Alin. »Aber wenn Sie meine persönliche Meinung wissen wollen, Direktorin: Ich glaube, es besteht durchaus ein Zusammenhang.«

Wieder musste eine Entscheidung getroffen werden, und Nightingale traf sie schnell. »Maximaler Bremsschub, Alin. Kursanpassung. Bringen Sie uns nach Zeta.«

»Verstanden«, bestätigte der Seedling. »Der Shuttle verfügt nicht über einen Gravitator. Es könnte sehr unangenehm für Sie werden.«

»Ich bestätige. Helme schließen und sichern, Leute.« Nightingale zog den Flexhelm ihres Raumanzugs nach vorn und hörte das Zischen der Siegel. Die im Helmvisier eingeblendeten Anzeigen wiesen auf korrekte Funktion aller Anzugsysteme hin.

Auf den Sichtschirmen war die kleiner werdende *Excelsior* vor dem Hintergrund des Saturn zu sehen. Mit einer Blume hatte sie das Schiff verglichen, erinnerte sie sich: eine Orchidee mit Blütenblättern aus Synth, Graphen und Stahlkeramik. Sie würde gleich verblühen und verbrennen, die schöne Blume, in Saturns tiefen Wolkenmeeren. Wenn sie nicht vorher in einem der inneren Ringe geschreddert wurde, dachte Nightingale.

»Achtung, Bremsmanöver!«, warnte Amaranth Newton, und Alin fügte hinzu: »Es beginnt ... *jetzt*.«

Ein schwerer Druck legte sich auf Nightingale, als das Triebwerk des Shuttles zündete, und der weiche Pilotensessel nahm sie auf. Sie glaubte sich gut vorbereitet, aber der Andruck wurde immer stärker, bis sie kaum mehr atmen konnte und das Bild vor ihren Augen verschwamm. Eine Hand zu heben, wäre unmöglich gewesen.

»Alin ...«, begann sie.

»Strukturelle Belastung subkritisch.« Amaranth Newton klang unbesorgt. »Wir verzögern mit sieben G.«

Nightingale versuchte, den Kopf zu drehen und ihn anzusehen. Es gelang ihr nicht.

»Wir sind zu schnell und bleiben es.« Chen sprach ebenfalls in einem normalen Tonfall. »Wir müssen einmal ganz um den Saturn herum, um die planetare Gravitationsbremse für den Anflug auf Zeta zu nutzen.«

»Wie lange dauert das?«, krächzte Nightingale und bemühte sich, gleichmäßig zu atmen.

»Mehrere Stunden«, antwortete Chen.

Zeit, dachte Nightingale. Wie viel Zeit war vergangen? Wie hatten sie Saturn so schnell erreichen können? *Was genau war geschehen?*

Der Hauptschirm zeigte, wie die *Excelsior* verglühte. In der Atmosphäre des Gasriesen blitzte es auf, deutlich zu sehen im Schatten der Ringe. Ein leuchtender Fleck bildete sich, ein Grabmal für das Schiff.

Dann verschwanden Saturn und der Andruck.

Nightingale, von einem Augenblick zum anderen von einer schweren Last befreit, schnappte nach Luft.

21

Kleine Lichter wie Funken trieben durch die Pilotenkanzel des Shuttles und verblassten.

Nightingale beugte sich so abrupt vor, dass die Gurte reagierten und sie festhielten. Ihre leicht gewordenen Hände berührten die Kontrollen. Die Indikatoren leuchteten nicht mehr, die Anzeigeflächen blieben leer, ebenso die meisten Sichtschirme. Allein der Hauptschirm zeigte noch etwas: einen Asteroiden.

Zeta.

»Status!«, stieß sie hervor.

»Triebwerk ausgefallen«, berichtete Chen neben ihr mit ruhiger Stimme. »Bordsysteme ebenfalls. Minimale Energie, gerade genug für die Lebenserhaltungssysteme.«

»Helme bleiben geschlossen!«, ordnete Nightingale an. »Raumanzüge bleiben aktiv! Alin, hören Sie mich?«

»Ja, ich höre Sie, Nightingale«, erwiderte der QI-Seedling. »Leider habe ich keine Kontrolle mehr über die Shuttlefunktionen.«

»Wir sind langsamer geworden«, sagte Amaranth Newton. »Unsere Geschwindigkeit beträgt nur noch zwanzig Meter pro Sekunde und nimmt weiter ab.«

Für einen kurzen Moment sprach niemand. Ein leises Knistern zog durch den Shuttle.

»Etwas will uns auf Zeta landen lassen«, sagte Effraim Floyd.

»Was?«, fragte Nightingale herausfordernd.

»Keine Ahnung«, erwiderte Floyd. »Aber es ist wohl offensichtlich, dass hier ein fremder Einfluss am Werk ist.«

»Das bestätige ich«, pflichtete ihm Amaranth Newton bei. »Etwas hat uns abgebremst, ohne dass sich ein Trägheitsmoment auswirkte, und wir werden noch immer langsamer. Zeta holt uns zu sich.«

Der Asteroid auf dem Hauptschirm wurde immer größer und füllte ihn ganz aus. Deutlich sah Nightingale die Rinnen, die ihn durchzogen. »Können wir unseren Kurs irgendwie beeinflussen? Was ist mit den Manövrierdüsen?«

»Alle Systeme offline«, sagte Newton knapp.

Nightingale beobachtete Zetas Oberfläche. »Wo landen wir?«

»In der Nähe des Kraters in der Mitte«, sagte Chen. »Weit entfernt vom Trümmerfeld, das Titans Inspektionsboot auf Zeta hinterlassen hat. Es befindet sich auf Zetas anderer Seite.«

»Voraussichtlich fünfzig Sekunden bis zur Landung«, meldete Newton.

Nightingale schloss die Hände um die Armlehnen des Pilotensessels. »Was können wir tun?«

Chen sah sie an. »Nichts. Aber wie auch immer, gleich sind wir dort, wo wir sein wollten, nicht wahr? Und es ging wesentlich schneller als erwartet.«

»Wie viel Zeit haben wir gewonnen?«

»Nach unseren Chronometern ist nur eine Stunde vergangen«, antwortete er. »Seit Beginn der Irregularität, meine ich. Als die Konverter instabil wurden, standen uns noch zwei Wochen Flugzeit bevor, und jetzt sind wir hier, bei Saturn und Zeta. Vierzehn Tage sind auf sechzig Minuten geschrumpft.«

»Das ist subjektive Zeit«, stellte Nightingale fest. »Was ist mit der objektiven? Alin?«

»Ich empfange keine Zeitsignale«, erklärte die Quantenintelligenz, »weder von Erde und Mars noch von den Monden des Saturn oder den Autarkien im äußeren Sonnensystem. Das Kraftfeld, das Zeta und uns umgibt, scheint gewöhnliche Funksignale tatsächlich zu neutralisieren.«

»Wir empfangen überhaupt nichts«, ließ sich Floyd von der Kommunikationskonsole vernehmen.

»Landung in zehn Sekunden«, sagte Amaranth Newton. »Neun ... acht ...«

Ein kleiner Ruck, eine leichte Erschütterung, mehr nicht, und der Shuttle war gelandet.

Der Hauptschirm wurde dunkel.

»Lebenserhaltungssysteme ebenfalls offline«, meldete Newton. »Unser energetisches Niveau sinkt weiter. Es bleibt uns gerade noch genug Energie ...«

»Für die Luftschleuse«, sagte Chen.

»Das dürfte eine Aufforderung sein, von Bord zu gehen, nicht wahr?« Nightingale löste die Gurte und stand auf. »Alin?«

»Ich bin noch da«, erklang eine leise Stimme. »Ich kann noch sehen und hören.«

»Wie geht es Ihnen?«

»Danke der Nachfrage, Nightingale, es ist mir schon besser gegangen. Leider steht mir nicht viel Energie zur Verfügung, ich muss mich auf meine wesentlichen Funktionen beschränken.«

»Aber Sie sind intakt?«

»Das bin ich«, bestätigte Alin. »Der größte Teil von mir ist in nichtflüchtigen Speichern abgelegt. Es ging nichts verloren.«

Nightingale trat zur Schleuse. »Bitte kümmern Sie sich um den Shuttle, während wir draußen sind. Senden Sie einen Bericht an Titan und die Erde, falls sich eine Gelegenheit dazu ergibt.«

»Verstanden und bestätigt.«

»Chen, wir beide gehen zuerst hinaus. Newton und Floyd folgen, sobald wir das Okay geben. Alles klar, Leute? Also gut, los geht's!«

22

Der Shuttle war in einer mehrere Dutzend Meter tiefen und etwa hundert Meter breiten Mulde gelandet, die vielleicht ebenfalls einmal ein Krater gewesen war. Nach einigen vorsichtigen Schritten sagte Nightingale: »Die Gravitation, Chen ...«

»Ja«, erklang seine ruhige Stimme aus dem Helmlautsprecher. »Wir müssten federleicht sein, aber ich fühle mich fast so schwer wie auf der Erde.«

»Newton, Floyd, hören Sie mich?«, fragte Nightingale.

»Klar und deutlich.«

»Sie können den Shuttle jetzt ebenfalls verlassen.« Ein dunkles Rechteck in der Felswand ihnen gegenüber hatte Nightingales Aufmerksamkeit geweckt. Langsam näherte sie sich, blieb einige Meter davor stehen und betrachtete eine glatte Fläche dunkel wie Obsidian. Das mehrere Meter große Rechteck erinnerte sie an den schwarzen Block, den sie in dem gewaltigen, viele Hundert Meter hohen Gebäude gesehen hatte. Sie streckte die Hand aus ...

»Vorsichtig!«, mahnte Chen. Sie sah sein Gesicht hinter dem Helmvisier, als er an ihre Seite trat und einen Sensor auf die schwarze Fläche richtete.

Nightingale drehte kurz den Kopf und stellte fest, dass Newton und Floyd den Shuttle verlassen hatten. Sie waren einige Meter entfernt stehen geblieben und sondierten die Umgebung mit ihren Messinstrumenten.

»Nichts«, sagte Chen. »Der Sensor hält das Rechteck vor uns für eine gewöhnliche Felsformation, aber das kann nicht sein.«

»Er hat keine menschlichen Augen«, erwiderte Nightingale. »Und keinen menschlichen Verstand. *Unsere* Augen sehen ein spiegelglattes Material, und wir wissen, dass es sich nicht um natürlichen Fels handeln kann.«

»Die Wahrscheinlichkeit dafür ist äußerst gering«, stimmte

ihr Amaranth Newton zu. Er und Floyd standen noch immer ein Stück hinter ihnen.

Nightingale hob erneut die Hand und streckte sie der dunklen Fläche entgegen. Sie zögerte, als nur noch wenige Zentimeter ihre Fingerspitzen davon trennten, dann legte sie die Hand mit sanftem Druck auf das glatte Schwarz.

Es war fest und stabil und gab nicht nach wie die Oberfläche des schwarzen Blocks. Die Detektoren ihres Raumanzugs meldeten einen geringfügigen Temperaturunterschied – die Substanz unter ihrer Hand war einige Grad wärmer als die Umgebung.

»Noch immer nichts«, sagte Chen. »Keine Reaktion.«

Nightingale berührte die dunkle Fläche an verschiedenen Stellen, doch das Material blieb hart wie Stein.

Als sie die Hand sinken ließ, fiel ihr etwas ein. »Alin, ich brauche Ihre Hilfe.«

»Ich helfe gern, wenn ich kann«, antwortete der QI-Seedling aus dem Helmlautsprecher.

»Das ursprüngliche Signal von Zeta bestand aus sieben einzelnen Impulsen, nicht wahr?«

»Das ist bekannt«, warf Amaranth Newton ein.

»Während der Irregularität hatte ich eine ... Nennen wir es mal: eine Vision«, sagte Nightingale. »Ich habe etwas gesehen, das mir sehr real erschien.«

Chen sah sie von der Seite an, sein Blick sehr aufmerksam.

»In der Vision stand ich vor einem schwarzen Block«, fuhr Nightingale fort, ohne die Stadt im All oder das Gebäude mit den Statuen lebender Wesen zu erwähnen. Vielleicht wollte sie nicht zu verrückt klingen. »Als ich ihn berührte, gab seine Oberfläche nach, meine Hand versank darin. Sieben rote Lichter erschienen wie in dunklem Glas, verwandelten sich erst in Dreiecke, Vierecke und Sechsecke, dann in geometrische Figuren und schließlich in entsprechende Körper. Linien entstanden zwischen ihnen. Sieben Lichter«, betonte sie. »Sieben Zeichen, verbunden durch Linien wie Verknüpfungen.«

»Können Sie mir genauer beschreiben, was Sie gesehen haben, Nightingale?«, fragte Alin.

Sie versuchte es, schloss die Augen und konzentrierte sich auf das Bild in ihrer Erinnerung. Es war nicht verblasst wie die Szene eines Traums, sondern klar und deutlich wie etwas, das sie tatsächlich gesehen und erlebt hatte.

So präzise wie möglich beschrieb sie die Erscheinung im Innern des Blocks, unter seiner schwarzen Oberfläche, das siebenfache Leuchten und seine Verwandlung.

»Können Sie etwas damit anfangen, Alin?«, fragte Nightingale und blickte zum Shuttle, dessen Einstiegsluke offen stand.

»Berechnung läuft«, antwortete die Quantenintelligenz.

Amaranth Newton trat einen Schritt näher. »Das ist interessant. Man könnte davon ausgehen, dass die Linien tatsächlich Verknüpfungen sind, die auf einem mathematischen Bezugssystem basieren. Bei den sieben wechselnden geometrischen Figuren handelt es sich vielleicht um die Variablen einer Gleichung von hoher Komplexität.«

Wie musste man denken, um so etwas zu erkennen oder auch nur für möglich zu halten?, fragte sich Nightingale. »Alin?«

»Die Wahrscheinlichkeit dafür, dass es sich bei den sieben Lichtern um die visuelle Darstellung eines mathematischen Systems handelt, ist tatsächlich sehr hoch«, erklärte der QI-Seedling. »Offenbar gibt es eine Korrelation mit den sieben Impulsen des Signals.«

Auch Floyd trat vor. »Wie bringt uns das weiter?«

Eine Verbindung zum Signal, dachte Nightingale, und plötzlich war da eine Idee. »Die Gleichung«, sagte sie, »das System aus Verknüpfungen ... Lässt es sich in ein Signal oder eine Folge von Signalen umwandeln?«

»Oh.« Für einen Moment zeigte Amaranth Newtons Gesicht hinter dem Helmvisier so etwas wie Anerkennung. »Auch das ist ... interessant.«

»Mit Bezug auf das ursprüngliche Signal von Zeta, nehme ich an?«, vergewisserte sich Alin.

»Ja«, bestätigte Nightingale.

Einige Sekunden verstrichen. Alle schwiegen und warteten. Auch Amaranth Newton verzichtete auf einen Kommentar und darauf, das Ergebnis eigener Überlegungen zu nennen.

»Berechnet und bestätigt«, meldete Alin. »Ein Signal mit entsprechender Impulsfolge ist vorbereitet.«

Nightingale nickte im Innern ihres Helms. »Senden.«

»Signal wird gesendet ... *jetzt*.«

Nightingale streckte erneut die Hand aus und berührte die Wand. Auch diesmal gab das glatte Schwarz nicht nach, es blieb erneut hart und undurchdringlich.

Doch in der Mitte des dunklen Rechtecks bildete sich eine Linie, ein Spalt, der nach und nach breiter wurde. Aus einem Reflex heraus wich Nightingale zurück und stieß fast gegen Floyd.

»Energie«, sagte Chen ruhig. »Meine Sensoren registrieren eine Energiequelle im Innern des Asteroiden.«

»Im Innern des Artefakts«, korrigierte Effraim Floyd.

»Das wussten wir bereits«, stellte Amaranth Newton fest. »Es ist keine Überraschung.«

Inzwischen war die Öffnung in der Felswand breit genug für einen Menschen. Nightingale blickte hinein und glaubte, vages Licht in ferner Tiefe zu sehen.

»Aber es dürfte eine Überraschung sein, dass Zeta eine Tür für uns öffnet«, sagte sie. »Meine Herren, dies ist eine Einladung. Ich schlage vor, wir nehmen sie an.«

Sie wartete keine Antwort ab, setzte sich in Bewegung und betrat das Innere von Zeta.

ZWEITER TEIL

VORSTOSS INS UNBEKANNTE

KEIN RÜCKWEG

NIGHTINGALE LOI,
ZETA

23

Nightingale erreichte eine Höhle. Das Licht ihrer Helmlampe strich über graubraune Felswände.

Sie drehte sich um und stellte fest, dass Chen, Amaranth Newton und Effraim Floyd ebenfalls durch die Öffnung traten, die Zeta für sie geschaffen hatte. Hinter ihnen zeigte sich der Shuttle auf der Oberfläche des vermeintlichen Asteroiden, einziges Überbleibsel der siebenhundert Meter langen *Excelsior*.

»Nightingale an Shuttle«, sagte sie. »Können Sie mich hören, Alin?«

»Ja, aber der Empfang ... nicht stabil«, antwortete die Quantenintelligenz des kleinen Raumschiffs. »... stört die Signale. Aber ... verstehe Sie.«

Nightingale näherte sich einer Felswand. »Wir sind in einer Höhle. Empfangen Sie die Bilder und Sensordaten?«

»Ich bestätige ... Empfang und ... bereits mit Datenkorrelation und Auswertung begonnen.«

Amaranth Newton ging an Nightingale vorbei zu einer Art Tunnel, der tiefer ins Innere von Zeta führte. Effraim Floyd folgte ihm.

»Nicht so hastig, meine Herren«, mahnte Nightingale. »Keine

Einzelaktionen. Niemand handelt auf eigene Faust. Wir bleiben zusammen. Chen?«

Er stand an einem großen dunkelgrauen Felsen, der bis zur Höhlendecke emporreichte und den er mit einem Sensor untersuchte. »Wisst ihr, wie alt dieses Gestein ist?« Chen wartete keine Antwort ab. »Fünf Komma vier Milliarden Jahre.«

»Älter als das Sonnensystem«, erwiderte Nightingale.

»Sogar viel älter«, betonte Chen. »Dieser Asteroid, der ganz offensichtlich viel mehr ist als ein gewöhnlicher Asteroid, stammt aus einem Planetensystem, das lange vor dem unsrigen entstand.«

»Worauf warten wir?«, tönte Floyds Stimme aus dem Kommunikator in Nightingales Helm.

»Status.« Nightingale blickte erneut zum Eingang der Höhle. War er etwas schmaler geworden? »Wie ist es um unsere Autonomie bestellt? Funktionskontrolle.«

»Autonomie sieben Stunden«, meldete Amaranth Newton. »Alle Funktionen normal.«

»Zeit genug für einen Vorstoß tiefer ins Innere von Zeta.« Effraim Floyd machte einen weiteren Schritt in Richtung Tunnel.

Die in Nightingales Helmvisier eingeblendeten Daten wiesen auf die korrekte Funktion aller vier Raumanzüge hin. Doch eine Anzeige blinkte in warnendem Orange – die Telemetriesignale des Shuttles wurden schwächer.

»Alin?«

Nur ein Knistern drang aus dem Lautsprecher des Kommunikationssystems.

Chen setzte sich plötzlich in Bewegung und kehrte mit langen Schritten zum Eingang zurück. Nightingale sah, dass sie sich nicht getäuscht hatte. Zetas Tür schloss sich. Immer weniger Licht von Saturn fiel in die Höhle, es wurde dunkel.

Der zuvor breite Zugang war zu einem Spalt geworden, der kaum mehr Platz für einen Menschen ließ. Und er schrumpfte weiter.

»Sicherheitsabstand, Chen!«, rief Nightingale. »Versuch nicht, dich in den Spalt zu zwängen!«

Schatten krochen von den Wänden heran. Es dauerte nur wenige Sekunden, dann hatte sich der Zugang ganz geschlossen. Das Licht von vier Helmlampen tastete durch die Finsternis.

»Alin?«, wiederholte Nightingale.

Wieder knisterte und rauschte es, aber diesmal ließ sich auch eine leise Stimme vernehmen.

»... schlechte Verbindung ...«, hörte Nightingale. »Ich versuche es ... einer anderen Frequenz ... Signalverstärkung.«

»Verstanden«, erwiderte sie, klickte mit den Zähnen und veranlasste den Kommunikator ihres Raumanzugs damit zu einer automatischen Frequenzsondierung. Nach wenigen Sekunden hörte sie Alins Stimme erneut, diesmal etwas lauter und von weniger Störungen verzerrt.

»Der Zugang hat sich geschlossen«, teilte ihr die Quantenintelligenz mit, obwohl sich ein solcher Hinweis erübrigte. »Und Zetas Signal verändert sich. Die sieben einzelnen Impulse erhalten ... neue Modulation.«

»Bedeutung?«, fragte Nightingale.

»Unbekannt. Ich analysiere noch. Leider ... begrenzte Shuttle-Systeme ... nicht meine volle Kapazität... Die Analyse nimmt ... Zeit in Anspruch als sonst.«

Nightingale drehte sich halb um, wodurch das Licht ihrer Helmlampe durch die Höhle wanderte. Ihr Blick richtete sich auf Amaranth Newton, und es überraschte sie ein wenig, dass er schwieg und nicht anbot, die neue Situation ebenfalls zu analysieren. Normalerweise ließ der junge Enhu keine Gelegenheit ungenutzt, seinen überragenden Intellekt unter Beweis zu stellen.

Sie trat zu Chen, langsam und vorsichtig, als vertraute sie der Schwerkraft nicht, die noch immer höher war, als es angesichts der geringen Masse des Asteroiden eigentlich der Fall sein sollte.

Wo sich eben noch ein offener Durchgang befunden hatte, ragte nun eine rechteckige Fläche auf, dunkel wie Obsidian. Nightingale streckte die Hand aus und berührte die glatte Substanz.

»Materie aus dem Nichts?«, fragte sie.

»Hat den Anschein, nicht wahr?« Chen klopfte mit dem Sensor an verschiedenen Stellen gegen die Wand. Das dunkle, glatte Rechteck zeigte sich unbeeindruckt, in seiner Oberfläche blieb nicht der kleinste Kratzer zurück.

»Alin, bitte senden Sie noch einmal das Signal, das die Tür für uns geöffnet hat«, sprach Nightingale in den Kommunikator.

»Verstanden«, lautete die Antwort vom Shuttle. »Signal wird gesendet ... *jetzt*.«

Nightingale wartete gespannt, das Licht ihrer Helmlampe auf die Wand gerichtet.

Das dunkle Rechteck veränderte sich nicht. Nirgends entstand eine Öffnung.

»Haben Sie exakt das gleiche Signal gesendet, Alin?«, vergewisserte sich Nightingale.

»Ja«, bestätigte die Quantenintelligenz.

»Messen Ihre Sensoren Veränderungen bei Dichte und Beschaffenheit der Felswand, durch die wir in diese Höhle gelangt sind?«

»Nein.«

»Der Türschlüssel passt nicht mehr«, bemerkte Chen leise. »Wir brauchen einen anderen.«

»Alin, bitte versuchen Sie es mit Variationen des ursprünglichen Öffnungssignals«, entschied Nightingale. Besorgt war sie nicht, ihnen blieb noch genug Zeit. »Und vielleicht hilft es, die neuen Modulationen bei Zetas Impulsfolge zur Grundlage eines modifizierten Signals zu machen.« Sie zögerte kurz. »Probieren Sie einfach alles aus.«

»Ich entwickle ein entsprechendes Programm«, erwiderte die Quantenintelligenz.

Nightingale wandte sich den anderen zu. »Also gut, Leute. Wir haben sieben Stunden, um mehr über Zeta zu erfahren und eine Möglichkeit zu finden, zum Shuttle zurückzukehren. Chen, lässt sich einer unserer Sensoren so programmieren, dass wir ihn hier als eine Art Kommunikationsbrücke zwischen uns und Alin zurücklassen können?«

»Das ist möglich, und ich habe bereits Vorbereitungen getroffen«, sagte Amaranth Newton, bevor Chen antworten konnte. Er legte einen seiner Sensoren auf einen Felsvorsprung und aktivierte ihn.

Nightingales Kommunikator meldete den Empfang eines Bereitschaftssignals. »Sehen wir uns an, was Zeta zu bieten hat. Da Sie es gerade so eilig hatten, Mister Floyd ... Was halten Sie davon, die Führung zu übernehmen?« Sie deutete in den Tunnel.

»Sehr gern, Direktorin.« Effraim Floyd ging ohne zu zögern los, und Amaranth Newton schloss sich ihm sofort an. Chen und Nightingale folgten ihnen in einem Abstand von einigen Metern.

24

Nach zwei Dutzend Metern wurde der Felsentunnel so schmal, dass sie hintereinander gehen mussten. Das Licht der Helmlampen tanzte über schiefergraue und lehmbraune Wände. Effraim Floyd ging noch immer vorn, mit entschlossenen, zielstrebigen

Schritten, als wüsste er genau, wohin der Weg führte. Nightingale vergewisserte sich mehrmals mit kurzen Rufsignalen, dass der Sensor in der Eingangshöhle tatsächlich als Kommunikationsbrücke zum Shuttle funktionierte. Alin meldete sich in regelmäßigen Abständen und erklärte dabei auch stets, dass noch kein geeigneter Signalschlüssel für Zetas Tür gefunden war – die glatte schwarze Fläche, die ihnen zuvor Zutritt gewährt hatte, blieb geschlossen und massiv.

Nach einer Weile erreichten sie eine zweite Höhle, kleiner als die erste, aber gleichmäßiger geformt. Sie wirkte wie ein runder Raum, und in seiner Mitte ragte eine Säule aus weißem Quarz auf, der im Lampenschein funkelte und glitzerte.

Nightingale betrachtete die kleinen Kristalle aus der Nähe, strich behutsam mit der Hand über sie hinweg und spürte dabei für einen Moment das Kribbeln in den Fingerspitzen, das sie bei der Tschirnow-Irregularität an Bord der *Excelsior* gefühlt hatte.

»Wer hat diesen Raum geschaffen?«, fragte sie und drehte sich langsam. »Wer hat den Tunnel gegraben?«

»Die Schöpfer von Zeta.« Amaranth Newton schien dies für offensichtlich zu halten. »Irgendwann fanden sie den Asteroiden und bauten ihn zu einem mobilen Artefakt aus.«

Er hielt ein Sensorbündel in der Hand, und die Telemetrie zeigte, dass er auch mit den Detektoren seines Raumanzugs versuchte, weitere Daten zu gewinnen. Für einen Moment fragte sich Nightingale, was der junge Enhu in diesen Daten sah und hörte und welche Erkenntnisse er daraus zog.

Einige Meter hinter ihm wartete Effraim Floyd im Zugang eines weiteren Tunnels. Nightingale konnte sein Gesicht hinter dem Helmvisier nicht erkennen, doch seine Körperhaltung wirkte trotz des dicken Raumanzugs ungeduldig.

Chen ging langsam an der Wand entlang, einen Sensor darauf gerichtet.

»Zetas Erbauer haben uns hereingelassen«, sagte Nightingale. »Warum nehmen sie jetzt keinen Kontakt mit uns auf?«

»Vielleicht versuchen sie es«, hielt ihr Amaranth Newton entgegen. »Vielleicht erkennen wir den Kontaktversuch nur nicht.«

»Oder Zetas Schöpfer beobachten uns zunächst und entscheiden dann, ob es lohnt, mit uns zu kommunizieren«, warf Chen ein.

Die Worte berührten etwas in Nightingale. Eine noch vage Vermutung regte sich in ihr, aber sie verfolgte den Gedanken nicht weiter, denn Chen sagte plötzlich: »Seht euch das an.«

Nightingale erreichte ihn vor den anderen. Er zeigte auf eine bestimmte Stelle der Wand und richtete das Licht seiner Helmlampe darauf.

Schmale Furchen durchzogen das Gestein. Als Chen den Kopf zur Seite neigte und das Licht seiner Lampe aus einem anderen Winkel auf die Wand fiel, erkannte Nightingale ein Muster, ein Oval, durchzogen von dünnen Linien und mit fadenförmigen Erweiterungen.

»Das ist ein Fossil.« Chen deutete auf die Wände der runden Höhle. »Und das um uns herum, das sind Sedimente. Dieses Gestein hat sich am Grund eines Gewässers gebildet, vielleicht eines Meeres. Und seht, da sind noch mehr Fossilien.«

Er leuchtete nach oben, und Nightingale bemerkte weitere regelmäßige Strukturen, manche kleiner als das Oval direkt vor ihnen, andere ein ganzes Stück größer.

Chen sprach wie immer ruhig. »Auf den Eismonden von Jupiter und Saturn haben wir in den subglazialen Ozeanen extraterrestrisches Leben gefunden, und auch auf dem Mars gibt es Fossilien. Aber diese Reste von Lebewesen stammen aus einem fremden Sternsystem. Sie sind der Beweis dafür, dass Leben auch außerhalb unseres Sonnensystems existiert oder zumindest existiert hat.«

»Ein solcher Beweis ist gar nicht nötig.« Amaranth Newton breitete kurz die Arme aus. »Wo sind wir hier? Ist dies nicht das Artefakt einer extrasolaren Zivilisation?«

Nightingale war nicht ganz sicher, ob sie tatsächlich Spott in Newtons Stimme gehört hatte. Fühlte sich der junge Enhu selbst Chen überlegen?

Effraim Floyd wandte sich dem anderen Tunnel zu. »Uns bleiben noch etwas mehr als sechseinhalb Stunden. Diese Zeit sollten wir so gut wie möglich nutzen.«

»Kennen Sie den Weg, Mister Floyd?«, fragte sie ihn herausfordernd und misstrauisch zugleich.

»Natürlich nicht, Direktorin«, antwortete er ohne Zögern. »Aber wir lernen ihn kennen, wenn wir ihn beschreiten.«

25

Der zweite Tunnel war noch schmaler als der erste und an einer Stelle so niedrig, dass sie kriechen mussten. Nach den ersten hundert Metern führte er recht steil in die Tiefe.

Nightingale rief eine schematische Darstellung von Zeta auf ihr Helmvisier und forderte die KI des Raumanzugs auf, alle aktuellen Daten einzublenden. Eine violette Linie markierte den Weg, den sie genommen hatten, ein kleiner Kreis die runde Höhle mit der Quarzsäule und den Fossilien.

»Wir nähern uns einem der großen Hohlräume«, sagte sie. »Jedenfalls stimmt die Richtung.«

Floyd schritt noch immer an der Spitze und schien immer genau zu wissen, wohin er den Fuß setzen musste. Nicht ein einziges Mal hielt er inne, um mit den Sensoren seines Raumanzugs den Weg voraus zu sondieren.

»Die Gravitationsanomalien dauern an«, stellte Chen fest,

der die ganze Zeit Messungen mit seinen Sensoren vornahm. »Sie betreffen nur uns und unsere unmittelbare Umgebung. Offenbar handelt es sich um individualisierte Gravitationsfelder, die uns ein Gewicht geben, an das wir gewöhnt sind, aber es fehlen die dafür typischen Emissionen.«

»Es fehlen die Emissionen, die wir von solchen Schwerkraftfeldern aufgrund der Verwendung von Konversionsenergie erwarten«, korrigierte Amaranth Newton. »Die Existenz der Gravitationsanomalien beweist die technologische Überlegenheit der Schöpfer von Zeta.«

»Ist das nicht ein bisschen viel Spekulation?«, fragte Nightingale.

Der hinter Floyd gehende Newton drehte sich halb zu ihr um. »Die Wahrscheinlichkeit, dass meine Aussage zutrifft, beträgt neunundachtzig Komma vier Prozent.«

Nightingale hätte ihn gern gefragt, welche Gründe sich hinter den verbleibenden zehn Komma sechs Prozent verbargen, doch das Kommunikationssystem blendete eine Prioritätsmeldung in ihr Helmvisier. Die Quantenintelligenz, die sich von der *Excelsior* in den Shuttle transferiert hatte, dort aber nicht ihr volles Potenzial entfalten konnte, versuchte, sich mit ihr in Verbindung zu setzen.

»Alin?« Das Knistern und Rauschen wiederholte sich und überlagerte eine leise Stimme. Nightingale klickte mit den Zähnen und aktivierte einen Störungsfilter. »Alin?«

»Ihre Signale sind sehr schwach, Nightingale«, tönte es etwas deutlicher aus dem Helmlautsprecher. »Ich hoffe, Sie können mich verstehen. Zeta hat den Countdown beendet und beginnt zu beschleunigen. Wir verlassen die Umlaufbahn hoch über dem Saturn.«

»Wohin fliegen wir?«, fragte Nightingale schnell. »Sind Kursberechnungen bereits möglich?«

»Wenn ... Sie richtig verstanden habe, fragen Sie nach dem Kurs.« Das knisternde Rauschen wurde erneut lauter. »Zeta scheint ... zurückkehren zu wollen, woher ... kam, ins interstellare All.«

ICH BEOBACHTE UND BERICHTE

MAGELLAN EINUNDZWANZIG,
SATURN

26

Zwei Millionen Kilometer über dem Saturn und seinem System aus Ringen und Monden kreiste Orbiter Magellan Einundzwanzig, eine Beobachtungs- und Messstation, ausgestattet mit Kameras, Sensorclustern und hochempfindlichen Detektoren. Eine einfache KI überwachte die Systeme und sandte alle fünf Minuten Datenpakete nicht nur an die Stationen und Kolonien auf den Saturnmonden, sondern auch an die Erde. Zwei kleine Satelliten befanden sich nur wenige Hunderttausend Kilometer entfernt, dicht über den mittleren Ringen. Ihre Hauptaufgabe bestand darin, die regelmäßigen verschlüsselten Datenberichte von Magellan Einundzwanzig aufzuzeichnen und an den Mars und die Autarkien bei Uranus, Neptun und Pluto weiterzuleiten. Die dortigen Quantenintelligenzen hatten keinerlei Probleme damit, die von einer gewöhnlichen Künstlichen Intelligenz generierten Codes zu entschlüsseln. Was auch immer der Orbiter maß und entdeckte: Nicht nur die Saturnkolonien und die Erde erfuhren davon, sondern nur wenig später auch die Bewohner des Mars sowie die der Eisriesen im äußeren Sonnensystem.

Die Sensoren und Detektoren registrierten einen Energiepeak beim Objekt, das die Quantenintelligenz von Jothos auf

Titan »Zeta« genannt hatte, und in ihrem Bericht wies die KI von Magellan Einundzwanzig darauf hin, dass es sich nicht um energetische Emissionen handelte, wie sie für Fusionsreaktoren oder Konverter typisch waren.

Unmittelbar nach dem Peak wuchs das Bewegungsmoment des vierhundert Kilometer großen Asteroiden, der von Proxima Centauri gekommen war. Zeta wurde schneller, verließ die hohe Umlaufbahn und flog mit wachsender Geschwindigkeit durch den interplanetaren Raum jenseits von Saturn.

Zuerst hatte es den Anschein, als könnten Uranus und Neptun das Ziel sein, doch dann kam es zu einem zweiten Peak, woraufhin Zeta über die Ebene der Ekliptik aufstieg und mit Werten beschleunigte, die weit über alles hinausgingen, was von Menschen gebaute Triebwerke zu leisten vermochten. Die KI von Magellan Einundzwanzig berechnete Zetas Kurs und gelangte zu dem Schluss, dass ein siebenundsechzig Lichtjahre entfernter Stern das Ziel von Zeta war, wenn keine Kursänderungen erfolgten.

Funksignale empfingen die Detektoren des Orbiters nicht, weder von Zeta selbst noch vom Shuttle der *Excelsior* oder vom marsianischen Erkunder. Der Besucher aus dem interstellaren All schwieg ebenso wie die auf ihm gelandeten Menschen.

Sechs Stunden, dreiundfünfzig Minuten und vierzehn Sekunden nach dem ersten Energiepeak erfolgte ein dritter, und Zeta verschwand.

27

»Wie kann ein Asteroid einfach verschwinden?«, knurrte der alte Korwain Curl, der die Erste Administratorin Nora Van Dyke vertrat. Sein ungläubiger Blick galt dem großen Hauptschirm zwischen den beiden Fenstern, durch die man über die Stadt Jothos sehen konnte. Über ihr verdichteten sich Titans Dunstschwaden zu einem dichten gelbbraunen Nebel.

»Die Augen von Magellan Einundzwanzig irren sich nicht.« Cora deutete auf die Anzeigen der Kommunikationsstation. Wie immer saß sie mit geradem Rücken, den Kopf hoch erhoben, die Hände an den Frequenzkontrollen.

»Ich wünschte, ich könnte es selbst sehen.«

»Wenn du es selbst sehen könntest, würdest du *nichts* sehen.« Tiber war aufgestanden und ging langsam, eine dünne Strähne seines schütteren Haars in die Stirn, an den anderen Konsolen vorbei. »Weil es nichts mehr zu sehen gibt. Zeta ist weg.«

»Wir bekommen gerade eine Bestätigung von den Observatorien auf Iapetus, Dione und Rhea«, meldete Cora. »Zeta hat das Sonnensystem verlassen.«

»Wie?« fragte Tiber.

Cora hob wie ungeduldig eine Hand und ließ sie wieder sinken. »Keine Ahnung. Woher soll ich das wissen? Bin ich Triebwerksspezialistin?«

Der vor dem Hauptschirm stehende Korwain Curl legte die Hände auf den Rücken. »Erica?«

»Nach den mir vorliegenden Daten hat Zeta tatsächlich den Transit eingeleitet«, erklang die Stimme der Quantenintelligenz von Titan.

»Transit?«, wiederholte Cora. »Was soll das heißen, Transit?«

»Damit meine ich eine Hauptflugphase«, erklärte die QI. »Wir sehen Zeta nicht mehr, weil sich das Artefakt mit Überlichtgeschwindigkeit von uns entfernt.«

Einige Sekunden lang gab niemand einen Ton von sich, und man hörte nur das leise Summen der Konsolen. Draußen senkten sich die gelbbraunen Nebelschwaden auf Jothos herab und verschluckten die fernen Gebäude.

»Schneller als das Licht«, murmelte Tiber. »Schneller als dreihunderttausend Kilometer pro Sekunde. Ein vierhundert Kilometer großer Asteroid.«

»Wie er es anstellt, scheint mir derzeit zweitrangig.« Der alte Korwain Curl drehte sich um. »Für wichtiger halte ich Fragen wie ›Warum verlässt Zeta das Sonnensystem?‹ und ›Kehrt Zeta irgendwann zurück?‹«

»Nora«, sagte Tiber.

»Und Rebecca, Conrad und Eusebius«, fügte Cora hinzu.

Tiber räusperte sich. »Wir haben gesehen, wie das Inspektionsboot auseinandergebrochen ist.«

»Wie es *zermalmt* wurde«, korrigierte ihn Cora.

»Niemand kann überlebt haben.«

»Es gibt keine Gewissheit.«

Die Tür öffnete sich, und Florence kam herein, ebenfalls gewähltes Mitglied des Rates von Jothos. Ihre Wangen glühten, wodurch sich die vielen Sommersprossen weniger deutlich darauf zeigten. »Wisst ihr es schon?« Sie sah die Gesichter ihrer Freunde und Kollegen. »Meine Güte, natürlich wisst ihr es.«

»Zeta hat uns verlassen«, stellte Korwain Curl würdevoll fest.

Florence blickte zum Hauptschirm, der die von Magellan Einundzwanzig übermittelten Daten zeigte. »Wie sollen Nora und die anderen jetzt zu uns zurückkehren?«

WIR LEBEN

NORA VAN DYKE,
ZETA

28

Nora hob schwere Lider und erinnerte sich an das Krachen und Bersten, mit dem der Cruiser, Titans Inspektionsboot, auseinandergebrochen war. Vor dem inneren Auge sah sie die blutüberströmten Gesichter von Rebecca und Conrad, vom Tod gezeichnet, und sie hörte sich selbst schreien, als das kleine Raumschiff zerbrach.

Hier an diesem neuen Ort war alles still.

Über ihr wölbte sich eine Decke, die offenbar aus Stricken und gefalteten Pflanzenblättern bestand. Steine bildeten die Wände, so geschickt aufeinandergelegt, dass es kaum Lücken zwischen ihnen gab. Nora senkte den Blick und stellte fest, dass sie auf einem Lager aus Moosfladen ruhte, über denen jemand eine Decke ausgebreitet hatte.

Eine Hütte. Sie befand sich in einer einfachen kleinen Hütte.

Und sie trug keinen Raumanzug mehr, nur noch den dünnen orangefarbenen Einteiler, den sie darunter getragen hatte, mit gelösten Anschlüssen und offenen Kontaktstellen.

Nora atmete ruhig und gleichmäßig. Es gab Luft, die sie atmen konnte und die warm genug war, um sie nicht frieren zu lassen.

Das alles war absurd und völlig unmöglich.

Ich träume, dachte sie.

Eine zweite Möglichkeit bestand darin, dass sie sich ihr ganzes vierundfünfzig Jahre langes Leben geirrt hatte, dass Religion gleich welcher Art doch mehr war als Aberglaube, dass es tatsächlich ein Leben nach dem Tod gab und mit ihm ein Jenseits, eine Welt über der Welt.

Sie konnte unmöglich überlebt haben.

Es raschelte, und etwas mehr Licht fiel in die Hütte. Jemand strich einen aus Pflanzenfasern geknüpften Vorhang beiseite und kam herein. Ein Mensch, stellte Nora fest und staunte über ihre Erleichterung. Wen oder was hatte sie erwartet?

»Sie sind wach«, erklang die Stimme eines Mannes.

Im wieder schwächer gewordenen Licht sah Nora, dass er ebenfalls einen Einteiler trug, dunkler als der ihre.

»Eusebius?«

»Der bin ich.« Er kam näher, und sie sah ihn lächeln. »Wie geht es Ihnen, Nora?«

Sie stemmte sich halb hoch. »Was ist mit den anderen?«

»Ich habe sie nicht gefunden«, sagte Eusebius. »Vermutlich sind sie tot.«

»Wir leben.« Nora seufzte tief und schwer, sank müde zurück ... und schlief ein.

29

»Was ist das?« Nora nahm von Eusebius etwas entgegen, das nach einem Teller aus verbeultem Blech aussah und faserige Brocken enthielt, aus denen gelbe und rote Flüssigkeit rann.

»Obst«, erklärte Eusebius. »Selbst gepflückt und zerkleinert.« Auf Noras skeptischen Gesichtsausdruck hin fügte er hinzu: »Ich hab's probiert und für gut befunden. Stillt Hunger und Durst.«

Nora probierte das erste Stück, das nach Ananas schmeckte und ebenso saftig war. Sie merkte plötzlich, wie durstig und hungrig sie war, und griff nach den nächsten Stücken.

Kurze Zeit später stellte sie den leeren Teller beiseite. »Ich habe immer noch Durst.«

»Draußen gibt es Wasser«, sagte Eusebius. »Sogar mehr als genug.«

»Wo sind wir?«, fragte Nora. »Was ist geschehen?« Das schulterlange schwarze Haar des Mannes von den Autarkien bei Uranus, Neptun und Pluto war nicht mehr glatt, sondern zerzaust, und ein dünner Bartflaum lag auf Wangen und Kinn. »Wie lange sind Sie schon wach?«

»Einige Tage, schätze ich. Schwer zu sagen. Wir haben keine Möglichkeit, die Zeit zu messen. Uns fehlen Chronometer, und hier gibt es weder Tag noch Nacht.«

Nora stand auf. Sie war noch ein wenig schwach auf den Beinen, aber sonst ging es ihr gut. Für einen Moment blickte sie an sich herab, wie um sich ihrer physischen Existenz zu vergewissern.

»Wir leben«, wiederholte sie.

»Zweifellos.«

»Dies ist kein Traum.«

»Nein.«

»Der Cruiser ... Etwas hat ihn zerdrückt.«

»Ja.«

»Das war auch kein Traum.«

»Nein.«

Nora versuchte, ihre Gedanken und Erinnerungen zu ordnen. Leicht fiel es ihr nicht.

»Etwas hat uns zerquetscht und zerfetzt«, sagte sie langsam. »Ich erinnere mich an ... Schreie und Blut. An Schmerzen.«

»Ich auch«, erwiderte Eusebius.

»Aber wir leben.«

»Das ist tatsächlich der Fall, ja.«

Nora spürte, wie ihr die Knie weich wurden. Trotzdem setzte sie sich nicht, sie blieb stehen.

»Was vom Cruiser übrig war, ist abgestürzt«, erinnerte sie sich. »Und nach dem Absturz auf den Asteroiden sind wir durch ein Trümmerfeld gegangen, zu einer Schlucht.«

»Zu einer der Rinnen, die Zeta der Länge nach durchziehen, ja«, bestätigte Eusebius.

»Auch das war kein Traum.«

»Nein.«

Nora hielt das Bild vor dem inneren Auge fest. »Wir sind zu der Schlucht gegangen, unverletzt, in voll funktionsfähigen Raumanzügen, und dann ... bin ich hier erwacht. Eine ganze Weile nach Ihnen, wenn ich es richtig verstehe.«

»Ja.«

»Wie ist das möglich? Und wo sind wir?«, fragte Nora erneut.

»Im Innern von Zeta, nehme ich an.« Eusebius strich den Vorhang beiseite. »Kommen Sie, ich zeige Ihnen alles.«

Draußen taumelte Nora, von einem Augenblick zum anderen orientierungslos. Sie fühlte die Hand des Autarken an der Schulter, Eusebius stützte sie.

Um sie herum, auf allen Seiten, wölbte sich die Welt nach oben, hin zu einem Himmel, der zum größten Teil aus einem weiten graublauen Meer bestand, in dem sich hier und dort Inseln zeigten. Einige von ihnen bildeten Atolle und Archipele. Sanfter Wind wehte und trug seltsame Gerüche mit sich, die Nora nicht zu identifizieren vermochte.

Sie senkte den Blick und sah über eine felsige Landschaft, in der Bäume aufragten, violett wie die Ränder des Methansees

Ligeia Mare auf Titan. Weitere Hütten standen in der Nähe, ebenfalls aus Steinen errichtet, mit Dächern aus Pflanzengeflecht. Schiefergraue und ockerfarbene Hügel erhoben sich sanft, einige von ihnen kahl, andere von Büschen und Sträuchern in überraschenden Rot- und Blautönen bewachsen.

In der Nähe gluckerte und plätscherte es. Nora folgte Eusebius zu einem Bach zwischen kreideweißen Felsen und zu einer Stelle, wo der Autarke niederkniete, um Wasser zu schöpfen und zu trinken.

»Es ist unbedenklich«, sagte Eusebius. »Ich habe es oft genug getrunken.«

Nora tat es ihm gleich. Das Wasser war kalt und hatte einen leicht metallischen Geschmack. Als sie ihren Durst gestillt hatte, richtete sie sich wieder auf und wagte es, den Blick erneut nach oben zu richten.

Etwa auf halber Strecke zum Meer, das den Himmel über der Felsenlandschaft bildete, leuchteten Scheinwerfer wie kleine Sonnen, aber nicht so grell, um zu blenden.

»Wie eins unserer Habitate«, sagte Eusebius. »Nur viel größer.«

Etwas sprang aus dem Bach, silbrig wie ein Fisch, aber rund, eine daumennagelgroße Kugel, und verschwand zwischen den Steinen am gegenüberliegenden Ufer.

»Was war das?«

»Ich bin kein Biologe«, erwiderte Eusebius. »Ein Lebewesen, vermute ich. Wir sind hier nicht allein. Sehen Sie dort oben?« Er deutete zu den Wolken bei den künstlichen Sonnen. Einige dunkle Punkte zogen vor ihnen langsame Kreise. »Das sind Vögel. Oder Flugechsen. Eine von ihnen ist in der Nähe der Hütte gelandet, in der Sie geschlafen haben. Die Geschöpfe sind ziemlich groß und ähneln ein wenig den Galapagos-Leguanen der Erde. Ich schätze ihre Flügelspannweite auf gut vier Meter.«

»Wir sind in Zeta«, sinnierte Nora. »In einem der Hohlräume des Asteroiden. Und er ist wie eins Ihrer Habitate beschaffen.«

»Es gibt gewisse Parallelen«, räumte Eusebius ein. »Unsere Habitate rotieren, aber bei Zeta gibt es keine Rotation.«

Nora drehte sich langsam und nahm alles in sich auf. Sie hörte nicht nur das Flüstern des Winds, sondern auch noch etwas anderes, ein leises Summen und Surren im Hintergrund.

»Wer hat die Hütten gebaut?«, fragte sie. »Wer hat uns hierhergebracht?«

Eusebius vollführte eine einladende Geste. »Ich habe Ihnen noch nicht alles gezeigt.«

30

Auf einem kleinen Plateau, etwa fünf Meter höher als das angrenzende Terrain, lagen die Überreste mehrerer Raumanzüge. Von wie vielen genau, ließ sich kaum bestimmen, auf jeden Fall aber mehr als zwei.

Sie betrachtete die Isotextilfetzen, Flexhelmreste und vielen kleinen Bruchstücke, die vermutlich von Geräten und Werkzeugen stammten. »Warum nur wir beide?«

Der Wind schien ihr antworten zu wollen, er wehte etwas stärker, sein Flüstern wurde lauter. Das Summen und Surren blieb im Hintergrund, ein Geräusch wie von einem fernen Bienenschwarm.

»Ich weiß es nicht«, gestand Eusebius.

»Sehen Sie sich an, wie zerrissen unsere Raumanzüge sind.« Nora zeigte darauf. »Wie können wir überlebt haben?«

»Vielleicht wollte jemand, dass wir überleben.«

Nora sah sich um. Über ihnen wogte das Meer. Der Wind schien dort stärker zu sein, denn die Wellen hatten Schaumkronen bekommen. Nora versuchte, die Entfernung abzuschätzen. Es mochten zehn Kilometer sein, vielleicht auch fünfzehn, aber nicht viel mehr. Zeta war vierhundert Kilometer lang, mit einem maximalen Durchmesser von dreihundert Kilometern, rief sie sich ins Gedächtnis. Es konnten also viele solcher Innenwelten existieren. Die zuvor von den Sensoren gemessenen Massendiskrepanzen sprachen dafür. Doch in Zeta gab es auch Bereiche, die mehr Masse enthielten, als man es bei einem Asteroiden erwarten durfte, gewissermaßen das Gegenteil von Hohlräumen.

»Und warum ausgerechnet hier?«, fragte Nora. »Stellt dieser Ort etwas Besonderes dar? Und wie bin ich in die Hütte gelangt?«

»Ich habe Sie getragen.«

Sie musterte Eusebius. »Ich war also bewusstlos und Sie nicht. Gibt es dafür einen bestimmten Grund?«

»Keinen, der mir bekannt wäre«, antwortete der Mann mit dem langen schwarzen Haar, das nicht mehr glatt auf die Schultern fiel.

Nora wandte sich von den Raumanzugresten ab, denn sie konnte ihren Anblick plötzlich nicht mehr ertragen. »Die wichtigste Frage lautet vielleicht: *Weshalb* sind wir hier?«

»Während Sie schliefen, habe ich mich ein wenig umgesehen und nach einem Ausgang gesucht. Dabei habe ich etwas gefunden.«

Eusebius trat über einige Steine, die wie eine Treppe vom Plateau herunterführten.

Nora folgte ihm erneut und fragte: »Einen Weg hinaus?«

»Ich bin mir nicht sicher.«

Sie schritten durch die Felslandschaft, vorbei an mehreren halb eingestürzten Hütten.

»Sehr modern sehen diese Gebäude nicht aus«, bemerkte Nora. »Wer hat sie errichtet? Die Erbauer von Zeta wohl kaum.«

Eusebius hob mahnend den Zeigefinger. »Wir sollten besser keine voreiligen Schlüsse ziehen. Wer weiß, wann dieses Artefakt erschaffen wurde. Zetas Konstrukteure könnten erst degeneriert und dann ausgestorben sein. Vielleicht vergaßen sie ihr technologisches Erbe und entwickelten sich auf ein primitives Niveau zurück, bis irgendwann der Letzte von ihnen starb.«

»Und was blieb übrig?«

»Vielleicht eine Art Quantenintelligenz«, spekulierte Eusebius, »ein überlegener Maschinenintellekt.«

»Und was bedeutet das für uns?« Nora stellte die Frage vor allem sich selbst. Sie befanden sich im Innern von Zeta, also hatten sie gewissermaßen ihr Ziel erreicht, zumindest ihr erstes. Aber ohne Raumanzüge konnten sie nicht an die Oberfläche des Asteroiden zurückkehren, selbst dann nicht, wenn sie einen Weg dorthin fanden. Und ohne einen leistungsstarken Kommunikator gab es keine Möglichkeit, mit Titan oder einer der Niederlassungen auf den anderen Saturnmonden Kontakt aufzunehmen.

»Es bedeutet, dass wir uns etwas einfallen lassen müssen«, sagte Eusebius. »Vielleicht sind wir keine geeigneten Gesprächspartner für eine fremde Maschinenintelligenz. Es könnte sein, dass wir eine der großen Quantenintelligenzen oder eins ihrer Kollektive dafür brauchen. Wie dem auch sei, es gibt hier Luft, die wir atmen können. Die Temperatur ist nicht zu hoch und nicht zu niedrig. Und wir haben zu essen und zu trinken. Nach uns werden andere kommen, von Erde und Mars.«

»Und von den Autarkien.«

Eusebius nickte. »Durchaus möglich. Dort ist man ebenfalls neugierig.«

»Ich schätze, in diesem Fall geht es um mehr als nur Neugier«, entgegnete Nora. »Das gilt auch für die Erde und den Mars.«

»Technologische Überlegenheit.«

»Macht«, konkretisierte Nora. »Herrschaft. Hegemonie. Hier könnte sich die Zukunft der Menschheit entscheiden.«

Sie erreichten einen kleinen Wald. Violette Bäume wuchsen dicht an dicht, sodass ihr Geäst fünf oder sechs Meter über dem Boden ineinander überging. Darunter herrschte kühles Zwielicht. Ein Pfad so schmal, dass sie hintereinander gehen mussten, führte tiefer in den Wald. Der dunkel gewordene Himmel bestand nicht mehr aus einem Meer, sondern aus Zweigen und ovalen Blättern. Weiches Moos bedeckte den Boden, ihre Schritte blieben geräuschlos.

»Hören Sie es?«, fragte Eusebius.

Das Summen und Surren war lauter geworden.

»Ja«, bestätigte Nora. »Was ist das?«

»Sie werden es gleich sehen, wir sind fast da. Was diesen Bereich betrifft, diese habitable Zone, wenn wir sie so nennen wollen ... Sie weist genau die richtigen ambientalen Bedingungen für Lebewesen wie uns Menschen auf, von der gewohnten Schwerkraft ganz zu schweigen.«

»Schließen Sie daraus, dass Zetas Erbauer uns Menschen ähneln könnten?«

Eusebius blieb neben einem Baum mit besonders dickem Stamm stehen. Über ihnen im Dickicht aus Ästen, Zweigen, Blättern und schneeweißen Früchten raschelte es kurz.

»Das halte ich für sehr unwahrscheinlich«, erwiderte der Autarke. »Die Lebensformen in den glazialen Ozeanen insbesondere von Europa und Enceladus stellen die Theorie der parallelen Evolution zumindest infrage. Was das Meer unter dem Eis von Pluto betrifft: Erste Untersuchungen der dort lebenden Mikroorganismen deuten in eine vergleichbare Richtung. Und wenn Sie mit Ihren Bohrungen auf Titan fündig werden, stehen Ihnen vielleicht ähnliche Entdeckungen bevor.«

Nora beobachtete Eusebius, während er sprach. Es schien sich um ein Thema zu handeln, das ihm am Herzen lag, denn sein junges Gesicht schien regelrecht aufzublühen, und er unterstrich seine Worte mit knappen Gesten.

»Selbst wenn wir irgendwann eine zweite Erde finden, auf der sich Intelligenz entwickelt hat«, fuhr er fort, »die entsprechenden Lebensformen sähen nicht aus wie Menschen und würden wahrscheinlich auch ganz anders denken und fühlen. Umso erstaunlicher ist es, was wir hier vorgefunden haben. Man könnte meinen ...« Er zögerte.

»Dass es extra für uns geschaffen wäre?«, fragte Nora. »Ein ziemlicher Aufwand, nicht wahr? Welche Gestalten und Denkstrukturen Intelligenz auch haben mag: Sie sollte irgendwann gelernt haben, Kosten und Nutzen gegeneinander abzuwägen.«

Eusebius setzte sich wieder in Bewegung.

»Es sei denn, Kosten spielen dank enorm hoch entwickelter Technologie keine Rolle«, gab er über die Schulter hinweg zurück. »Vielleicht ist das alles ein Kinderspiel für Zetas Erbauer.«

»Oder Teil eines ausgeklügelten Systems«, spekulierte nun auch Nora. »Vielleicht wussten die Konstrukteure, wen sie in unserem Sonnensystem antreffen würden.«

»Warum haben sie Zeta dann nicht direkt zur Erde gebracht? Oder zum Mars?«

»Oder zu den Autarkien«, warf Nora ein.

»Oder zu uns, ja. Pluto hätte genügt. Oder Neptun beziehungsweise Uranus. Warum der Saturn?«

Nora lächelte. »Vielleicht wollte Zeta zu uns.«

»Sie meinen, Titan könnte das Ziel gewesen sein?«

»Wer weiß.«

»Ich weiß es nicht«, sagte Eusebius.

Voraus fiel das Licht der künstlichen Sonnen auf eine Lichtung mit einem Durchmesser von etwa dreißig Metern und einer tiefen Mulde in der Mitte. Schräge steinerne Stufen reichten hinab.

Das Summen und Surren kam von dort.

Eusebius trat die Treppe hinunter und in einen dunklen Durchgang. Nach einigen Schritten blieb er stehen. Die Geräusche waren so laut, dass der Boden vibrierte.

»Ich sehe nichts«, sagte Nora. »Es ist zu dunkel.«

»Haben Sie ein wenig Geduld.« Eusebius sprach lauter. »Es wird gleich hell.«

Einige Sekunden verstrichen, und tatsächlich, die Dunkelheit wich langsam zurück. Konturen erschienen von Gegenständen und Objekten, die sich bewegten und die inzwischen sehr laut gewordene summende und surrende Geräusche verursachten. Nora sah Zahnräder in allen Größen, die sich mit unterschiedlichen Geschwindigkeiten drehten, zwischen ihnen Stangen und Kurvenscheiben, kleine schlagende Hämmer und dicke Wellen. Gelegentlich fielen Gegenstände wie große Messer, wurden von gabelartigen Vorrichtungen aufgefangen und wieder nach oben befördert. Klingen schwangen, ihre scharfen Kanten in ein blutrotes Licht getaucht.

Nach und nach wurden mehr Einzelheiten sichtbar. Nora bemerkte goldgelbe Stege, die wie geschwungene Brücken durch das Räderwerk führten.

»Ein Uhrwerk«, sagte sie. »Ein komplexes Räderwerk, und es scheint ziemlich groß.«

Mehr Licht drang aus verborgenen Quellen, vertrieb die letzten Schatten und ließ erkennen, dass es nicht nur einige Dutzend Zahnräder waren, die sich vor Nora und Eusebius drehten, sondern Hunderte, Tausende.

»Eine mechanische Apparatur«, sagte Eusebius. »Und sie ist nicht nur ziemlich groß, sondern riesig. Ich bin mehrmals hier gewesen und habe es mir immer wieder angesehen. Die sichtbare Tiefe des Räderwerks schätze ich auf einige Kilometer.«

Nora lauschte dem Summen und Surren, in das sich gelegentlich ein Knacken und Knirschen mischte. »Welche Funktion hat die Maschine?«

»Ich habe nicht die geringste Ahnung.«

»Warum eine *mechanische* Vorrichtung?«

Eusebius hob und senkte die Schultern. »Irgendeinen Zweck erfüllt sie bestimmt. Die Antwort liegt vielleicht dort.« Er zeigte ins Räderwerk.

»Die Stege ...«, begann Nora.

»Wege durch die Maschine.«

»Die Messer und schwingenden Klingen ...«

»Eine gefährliche Sache, ja. Wir müssen ihnen ausweichen. Rhythmus und Geschwindigkeit sind wichtig.«

»Wollen Sie wirklich da hinein?«, fragte Nora erstaunt.

»Ich fürchte, uns bleibt keine Wahl«, sagte Eusebius. »Ich habe nach einem anderen Weg gesucht, aber keinen gefunden.«

31

Sie verbrachten die nächsten Tage mit der Suche nach einem Ausgang, nach einem Tunnel oder Portal, durch das sie die »habitable Zone«, wie Eusebius sie nannte, verlassen konnten. Doch sie fanden nichts dergleichen.

Weite Wanderungen führten sie an den Rändern der Welt empor, bis zu den Ufern des Meeres, wo sie Muscheln und kleine silberne Kugeln entdeckten, die Nora an jene daumennagelgroße Kugel erinnerte, die aus dem Bach gesprungen und zwischen den Steinen verschwunden war. Einmal sahen sie auf einem nahen Felsvorsprung eine der Flugechsen, die Eusebius mit Galapagos-Leguanen verglichen hatte. Mit halb ausgebreiteten ledrigen Schwingen saß das Geschöpf auf dem hohen Stein und blickte aus schwarzen Augen auf sie herab. Dann krächzte es, breitete die Flügel ganz aus, sprang und segelte so dicht über sie hinweg, dass Nora einen modrigen Geruch wahrnahm. Es schlug mit den Schwingen und stieg auf, den hohen Wolken entgegen.

Nora sah sich voller Unbehagen um. »Ziemlich große Biester. Gibt es hier noch andere Lebensformen, die uns gefährlich werden könnten?«

Eusebius pflückte einige kobaltblaue Früchte von einem nahen Baum, der verkrüppelt wirkte und nur wenige Blätter hatte. »Die Gefahr dürfte eher von den kleinen Organismen ausgehen. Von Mikroben, Bakterien und Viren. Wenn es hier welche gibt, haben wir sie längst in uns.«

Nora nahm eine der birnenförmigen Früchte entgegen. »Wir könnten krank werden.«

»Vielleicht nicht sofort, weil die Mikroorganismen erst lernen müssen, in unsere Körperzellen einzudringen und sie für ihre Zwecke zu nutzen. Aber bei einer ähnlich hohen Mutationsrate wie bei einigen unserer Viren könnte dieses Lernen sehr schnell gehen. Ich hoffe, unserem Immunsystem gelingt es ähnlich schnell, die Eindringlinge zu identifizieren und abzuwehren.«

Die blaue Frucht schmeckte erstaunlich gut. Nora aß sie mit Heißhunger und ließ sich von Eusebius eine zweite reichen.

»Keine Unverträglichkeiten«, sagte sie. »Unser Magen kann die Nahrung verdauen und Energie aus ihr gewinnen ohne nachteilige Nebenwirkungen.«

»Das passt zur der Vorstellung von einem ›zielgerichteten Design‹, nicht wahr?«, erwiderte Eusebius. »Wir spekulieren. Wir vermuten und mutmaßen auf Grundlage unseres derzeitigen Wissensstands, und der ist nicht besonders hoch, oder?«

»Wir wissen so gut wie gar nichts«, räumte Nora ein.

»Wenn wir die Erbauer von Zeta finden oder die Maschinenintelligenz, die sie hinterlassen haben, und wenn uns eine Kommunikation gelingt, könnten wir uns Antworten auf unsere Fragen erhoffen.«

Sie folgten dem Verlauf des Strandes, und nach einer Weile stießen sie auf eine Klippe, die sie in genaueren Augenschein nahmen. Eine Tür oder ein Portal fanden sie nicht, dafür aber etwas anderes.

An einer Stelle wies die Klippe einen fast exakt quadratischen Vorsprung auf, und darin zeigten sich kleine Rillen und Furchen, die zu Gruppen angeordnete Muster bildeten.

»Ist das nur meine Fantasie, oder könnten es tatsächlich Schriftzeichen sein?«, überlegte Nora laut.

»Der menschliche Geist ist auf Mustererkennung geeicht«, sagte Eusebius. »Unser Gehirn will es so. Wir neigen dazu, selbst dort geordnete Strukturen zu erkennen, wo gar keine existieren. Aber das hier ...« Er streckte die Hand aus und strich behutsam über den Stein. »Es könnten tatsächlich Schriftzeichen sein.«

»Von wem stammen sie?«

»Nicht von Menschen, nehme ich an. Jedenfalls habe ich solche Zeichen noch nie gesehen. Wie eine Mischung aus chinesischen Logogrammen, ägyptischen Hieroglyphen und Keilschrift.«

Nora starrte auf die Zeichen. »Jemand war vor uns hier.«

Der neben ihr stehende Autarke nickte.

»Jemand war hier und hat eine Botschaft hinterlassen«, sagte Nora.

»Die wir leider nicht entziffern können.«

Nora ging einige Schritte, fand einen Stein und kehrte damit zu dem quadratischen Vorsprung zurück. Sie überlegte kurz, dann begann sie, eigene Zeichen in den Fels zu ritzen.

Sie schrieb: *Wir waren hier.* Und darunter: *Nora Van Dyke.*

Sie reichte den Stein Eusebius. »Eine Botschaft für die, die nach uns kommen.«

Er nahm den Stein entgegen und schrieb seinen Namen unter den ihren.

32

Sie wandten sich vom Meer ab und wanderten landeinwärts durch ein lang gestrecktes Tal zwischen zwei Höhenzügen. Ein smaragdgrüner Fluss schlängelte sich hindurch, vorbei an hohen Ufern. Dort wuchs Speergras, wie Nora es nannte, silberweiße kristalline Halme, von rosaroten Dornen besetzt und mit langen Spitzen. Nora beobachtete mehrmals kleine silberne Kugeln, die aus dem Wasser sprangen und einige Meter weit flogen, bevor sie zurückfielen.

Sie sprach etwas aus, das sie schon seit einer ganzen Weile beschäftigte. »Eine der Fragen, auf die ich gern eine Antwort hätte, lautet: Warum ist Zeta zu uns gekommen?«

»Auch in diesem Punkt können wir nur spekulieren.« Eusebius überlegte kurz. »Ich schätze, die Antwort hängt davon ab, ob die Erbauer noch leben oder ihr Nachlass Zeta lenkt und verwaltet.«

»Die überlegene Maschinenintelligenz, von der Sie gesprochen haben.«

»Ja.« Eusebius löste den Haftsaum am Kragen seines Einteilers. »Vielleicht ist Zeta gekommen, um uns zu sagen: Ihr seid nicht allein.«

»Oder?«

Er zögerte. »Spekulationen, Spekulationen. Vielleicht ist Zeta ein Botschafter, der uns Mitgliedschaft in der Großen Galaktischen Gemeinschaft anbieten soll. Oder ein Späher mit dem Auftrag, die Lage vor dem Eintreffen einer Invasionsstreitmacht zu sondieren. Zwischen diesen beiden Extremen ist alles denkbar.«

Eusebius begann damit, seinen dunklen Einteiler abzustreifen. Ein athletischer Körper kam darunter zum Vorschein.

»Was machen Sie da?«, fragte Nora überrascht.

Seine Haut war blass. Narben zeigten sich an einigen Stellen.

»Eine gute Gelegenheit, um zu baden und unsere Wäsche zu waschen.« Eusebius ging zum Fluss, trat ins grüne Wasser und winkte. »Kommen Sie, Nora. Das Wasser ist angenehm warm. Die perfekte Temperatur für uns.«

Einige Tage später, am Himmel wieder das Meer, schritten sie durch einen kleinen Wald, den Nora bereits kannte. Sie erreichten die Lichtung mit der Mulde, traten die Treppe mit den schiefen Stufen hinunter und in den dunklen Zugang. Vor ihnen füllte das Summen und Surren des riesigen Räderwerks die Finsternis. Wie zuvor mussten sie nur einige Sekunden warten, bis die Dunkelheit langsam zurückwich und die Zahnräder, Wellen und Schwungscheiben daraus hervortraten.

»Wie lange würde es dauern, alle Landschaften und auch das Meer nach einem Ausgang abzusuchen und dabei wirklich alle Möglichkeiten in Betracht zu ziehen?«, fragte Nora.

»Du meinst, jeden Stein umzudrehen und darunter nachzusehen, auch auf den Inseln dort oben?«

Seit dem gemeinsamen Bad im Fluss und den überraschenden persönlichen Dingen danach gab es etwas Neues zwischen ihnen, eine besondere Art von Nähe und Freundschaft. Nora hatte den Menschen in dem Gesandten von Uranus und Neptun entdeckt, den Mann. Dass er fast zwanzig Jahre jünger war als sie, machte alles noch interessanter und angenehmer.

»Etwas in der Art, ja«, sagte sie.

»Einige Monate nach dem Zeitrahmen der Erde.« Eusebius sprach lauter, um sich im Summern und Surren des Räderwerks verständlich zu machen. »Wir könnten lange genug überleben, kein Problem. Trinkwasser und Früchte gibt es genug, das wissen wir. Die Frage ist, ob wir uns wirklich so viel Zeit nehmen wollen.«

Nora glaubte zu verstehen, was er meinte. »Du fürchtest, dass uns jemand zuvorkommt. Von der Erde oder vom Mars.«

»Wir waren zuerst hier, so viel steht fest. Wer weiß, was Zeta zu bieten hat? Wir können es herausfinden, vor allen anderen.«

Er lockte die Abenteurerin in ihr, das wusste Nora. »Und wenn wir etwas entdecken, wie teilen wir es auf?«

Eusebius lachte. »Die eine Hälfte für dich, die andere für mich.«

Er ergriff ihre Hand, und gemeinsam betraten sie einen der Stege, die durch das gewaltige Uhrwerk führten.

PANOPTIKUM

NIGHTINGALE LOI,
ZETA

33

Aus dem kleinen Kommunikationslautsprecher in Nightingales Helm drang nur noch wortloses Rauschen, das mal leiser und mal lauter wurde wie die Brandung eines Meeres.

»Habt ihr Alin gehört?«

Sie standen gebückt im schmalen, niedrigen Tunnel, umgeben von Dunkelheit und kaltem Fels. Wenn Nightingale den Kopf drehte, strich das Licht der Helmlampe über graues Gestein, und einige Male schien sich in den Schatten jenseits davon etwas zu bewegen.

Chen hantierte mit seinen Sensoren. »Nichts. Keine Daten. Was auch immer Zeta beschleunigt, wir können es weder fühlen noch messen.«

»Vielleicht hat Alin gelogen«, sagte Effraim Floyd.

»Unsinn!«, entfuhr es Nightingale. »Alin lügt nicht.«

»Vielleicht irrt sie sich«, fügte Floyd ungerührt hinzu.

Ärger stieg in Nightingale auf. »Was soll das, Mister Floyd? Halten Sie derartige Bemerkungen für konstruktiv?«

»Alles ist möglich, Direktorin. Also sollten wir auf alles gefasst sein.«

Sie richtete das Licht ihrer Helmlampe auf ihn, aber er wandte sich ab, damit sie sein Gesicht hinter dem Visier nicht sehen konnte. Was bezweckte Floyd mit seinen seltsamen Kommentaren? Welche Bedeutung verbarg sich in den letzten Worten?

»Wenn Alin *nicht* gelogen hat«, betonte Amaranth Newton, »haben wir einen Grund mehr, die Zeit, die uns die Autonomie unserer Raumanzüge gibt, effizient zu nutzen. Wir können nicht zurück.«

Es klang, wenn auch etwas gestelzt, nach einer sachlichen Feststellung, doch Nightingale hatte erneut den Eindruck, dass mehr in den Worten steckte. Für sie klang es so, als hätten sich Floyd und Newton abgesprochen.

Floyd ging weiter, geduckt wie zuvor, und Amaranth Newton schloss sich ihm sofort an. Das Licht ihrer Helmlampen erhellte den Tunnel zu beiden Seiten.

Chen hantierte noch immer mit seinen Sensoren und versuchte, Daten zu gewinnen. Einige schnelle Schritte brachten Nightingale zu ihm, und sie drückte ihren Helm an seinen, damit der physische Kontakt eine akustische Kommunikation ermöglichte.

»Was hältst du davon?«, fragte sie.

»Ich gehe davon aus, dass die Informationen, die uns Alin übermittelt hat, korrekt sind«, antwortete er ein wenig erstaunt. Hinter dem Visier zeigte sich sein glattes, makelloses Gesicht. Rechts und links, von den Schläfen abwärts, waren einige der Sensorpunkte und Interfacespots zu erkennen. »Wenn Zeta tatsächlich unser Sonnensystem verlässt und in den interstellaren Raum zurückkehrt, führt das zu einer grundlegenden Veränderung unserer Situation.«

»Lieber Himmel, du klingst fast wie er!« Sie blickte durch den Tunnel. Floyd und Newton gingen langsam, der Abstand war noch nicht sonderlich groß. Ohne Funksignale konnten sie nicht hören, worüber sie mit Chen sprach. »Floyd und Newton, wie sie sich verhalten, wie sie reden ...«

Chen sah sie stumm an.

»Sie scheinen unter einer Decke zu stecken!«

»Unter einer Decke?«

»Floyd weiß mehr, als er zugibt«, sagte Nightingale und vergewisserte sich noch einmal, dass ihre Worte nicht gesendet wurden. »Wie immer das auch möglich sein mag.« Laut ausgesprochen klang es absurd, dass musste sie zugeben. »Man könnte fast meinen, er wäre schon einmal hier gewesen.«

»Das ist unmöglich«, erwiderte Chen sofort.

»Ja.«

»Wir befinden uns in einer besonderen Situation, die bei gewöhnlichen Menschen zu starken emotionalen Belastungen führen kann«, sagte Chen mit seiner tiefen, ruhigen Stimme. »Kooperation und Zusammenarbeit, erinnerst du dich? Wir müssen zusammenhalten, wir dürfen uns durch nichts voneinander trennen lassen.« Er lächelte plötzlich. »Du bist enttäuscht gewesen, als die ursprüngliche Mission der *Excelsior* aufgegeben und das Schiff nicht wie vorgesehen nach Proxima Centauri geschickt wurde, sondern zum Saturn. Zwölf Jahre lang bist du für die erste interstellare Reise ausgebildet worden. Du wärst einer der ersten Menschen gewesen, die ein fremdes Sternsystem erreicht und ihren Fuß auf einen extrasolaren Planeten gesetzt hätten. Wenn Alin recht hat, und daran zweifle ich nicht, haben wir gerade mit einem interstellaren Flug begonnen, und wir wissen, wie schnell Zeta sein kann.«

»Schneller als das Licht«, entgegnete Nightingale.

»Hier ist sie, deine interstellare Reise«, fuhr Chen fort. »Wir müssen einander vertrauen. Wir müssen uns aufeinander verlassen können.« Er lächelte erneut. »Wir sind eine Crew.«

Nightingale nickte ernst im Innern ihres Helms. »Ich vertraue dir. Ich verlasse mich auf dich.«

Sie hörte ein leises Knistern aus dem Lautsprecher ihres Kommunikators, dann erklang Floyds Stimme. »Direktorin?«
Das von Effraim Floyd und Amaranth Newton stammende Licht war zu einem blassen Fleck im engen Tunnel geschrumpft.
»Ich höre Sie«, meldete sich Nightingale.
»Wir haben etwas gefunden, das Sie sich ansehen sollten.«

34

Nightingale eilte durch den schmalen Tunnel und musste sich an einigen Stellen noch tiefer bücken, um nicht mit dem Helm gegen das graue Felsgestein zu stoßen. Chen folgte ihr dichtauf. Als sie sich Floyd und Newton näherten, wichen Wände und Decke ein wenig zurück, und Nightingale richtete sich erleichtert auf.

Weiter vorn öffnete sich der Tunnel. Im Schein von Floyds und Newtons Helmlampen zeigten sich Treppen und steile Rampen, die zu wabenartigen Strukturen führten. Die in Nightingales Visier eingeblendete schematische Darstellung von Zeta zeigte, dass sie sich am Anfang eines großen Hohlraums befanden.

Sie trat zu Amaranth Newton, der daraufhin den Kopf drehte und das Licht seiner Helmlampe auf die erste Wabe richtete. Sie war nicht leer, etwas befand sich darin, trotz des Lampenscheins nur undeutlich zu erkennen.

»Die Wabe reagiert auf Berührung«, sagte Floyd. Er stand auf der ersten Stufe der nächsten Treppe. »Legen Sie die Hand darauf, dann können Sie Einzelheiten sehen.«

Nightingale trat vor, und Floyd wich ein wenig beiseite. Sie leuchtete ins Innere der etwa zwei Meter großen Wabe, die aus einem grauweißen, porös wirkenden Material bestand. Eine Art

Scheibe bedeckte die Wabe, eine halbtransparente wachsartige Schicht, hinter der sich dunkle Umrisse abzeichneten.

Ein Klicken mit den Zähnen aktivierte die Sensoren, und Daten erschienen nur Sekunden später auf dem Helmvisier.

»Organisches Material«, sagte sie. »Und eine geringfügige energetische Aktivität.«

»Berühren Sie die Wabe«, forderte Floyd sie auf. »Dann sehen Sie mehr.«

Nightingale streckte die Hand aus, zögerte und legte sie vorsichtig auf die Kante der Wabe.

Fast sofort kam es zu einer Veränderung. Für einen Moment schien es in der wachsartigen Deckschicht zu brodeln, kleine Blasen bildeten sich und verschwanden wieder. Dann glühte gelbliches Licht aus dem Innern der Wabe, und plötzlich war die Scheibe klar wie Glas.

Ein arachnoides, spinnenartiges Wesen ruhte darin, mit langen, zweigelenkigen Beinen, einem ovalen Zentralleib, in der Mitte wie zusammengeschnürt, und blutroten Augenbändern. An den vorderen Beinen waren Stoffbahnen befestigt, und an den von Schuppen bedeckten Flanken glaubte Nightingale, Instrumente und Werkzeuge zu erkennen.

Sie betrachtete das Geschöpf fasziniert.

»Könnte es sein, dass dieses Wesen zu den Erbauern von Zeta gehört?« Sie hob den Kopf, wodurch das Licht ihrer Helmlampe über die anderen Waben strich. »Haben sie sich hier schlafen gelegt?«

»Ich vermute, Sie denken an Hibernation oder Kälteschlaf während langer Reisen zwischen den Sternen«, drang Amaranth Newtons Stimme aus dem Helmlautsprecher. »Allerdings ist so etwas überhaupt nicht nötig bei einem Objekt, das mit Überlichtgeschwindigkeit fliegen kann. Dadurch spielt der Zeitfaktor eine wesentlich geringere Rolle als bei unseren Raumfahrzeugen.«

»Diese Geschöpfe sind tot«, erklärte Floyd. »Unsere Sensoren registrieren keine biometrischen Signale. Nichts deutet auf einen funktionierenden Stoffwechsel oder biochemische Aktivität irgendeiner Art hin.«

»Also sind wir in einer Art ... Mausoleum?«

Nightingale bekam keine Antwort. Sie stieg die nächsten Stufen hoch, erreichte die zweite Wabe und legte ihre Hand auf die wachsartige Schicht. Das brodelnde Blasenphänomen wiederholte sich, gelbes Licht stieg auf und schuf Klarheit.

In dem wabenförmigen Behälter ruhte ein Wesen wie eine Mischung aus Fisch und Ameisenbär. Auf der einen Seite gab es Schuppen wie bei dem Arachnoiden in der ersten Wabe, hier aber nicht dunkel, sondern in einem hellen Gelb. Auf der anderen bedeckte dichtes braunes Fell Arme und einen langen Rüssel. Die halbrunden Augen, blau wie Lapislazuli, waren geöffnet und schienen Nightingales Blick zu erwidern.

Sie stieg die Treppe weiter empor, gefolgt von den anderen, berührte weitere Waben und fand in jeder von ihnen ein Lebewesen vor. Ihre Vielfalt verblüffte Nightingale und erinnerte sie an einen Zoo oder ein Biologiemuseum mit Bildern von Geschöpfen, die einst auf der Erde gelebt hatten. Es gab allerdings einen wichtigen Unterschied: Die Lebensformen in den Waben stammten nicht von der Erde, nicht eine von ihnen.

»Viele von ihnen sind bekleidet, auf die eine oder andere Art und Weise«, sagte Nightingale, als sie eine Plattform erreichten, mehr als hundert Meter über dem Tunnel, umgeben von Waben, Treppen und Rampen zwischen ihnen. »Und die meisten haben Instrumente und Werkzeuge bei sich. Was schließen wir daraus?«

»Dass es sich nicht um Tiere, sondern um intelligente Lebewesen handelt«, antwortete Amaranth Newton sofort. Er stand am Rand der Plattform mit Effraim Floyd neben ihm.

Auf der anderen Seite sondierte Chen mit seinen Sensoren und drehte sich dabei langsam im Kreis. Er war damit beschäftigt, eine Karte des großen Hohlraums und der Wabenstrukturen darin anzufertigen. Eine entsprechende grafische Übersicht wuchs in Nightingales Helmvisier und gewann immer mehr an Details. Es mussten mindestens zehntausend Waben sein, schätzte Nightingale. Vielleicht sogar noch viel mehr. Ein kolossaler Bienenstock, darin keine Insektenlarven, sondern unterschiedliche intelligente Geschöpfe.

»Wenn es tatsächlich vernunftbegabte Wesen sind«, überlegte Nightingale laut, »und wenn man davon ausgeht, dass ein Planet, wenn überhaupt, nur jeweils eine intelligente Spezies hervorbringt ... dann muss Zeta Abertausende von Welten besucht haben, auf denen sich Intelligenz entwickelte.«

»Nein«, widersprach Newton. »Sie begehen einen Denkfehler.«

»Korrigieren Sie mich«, forderte Nightingale den jungen Enhu auf.

»Die Präsenz so vieler intelligenter Wesen bedeutet nicht unbedingt, dass Zeta entsprechend viele Welten besucht hat«, erklärte Newton. »In den meisten Fällen könnte geschehen sein, was auch bei uns geschehen ist.«

Nightingale verstand. »Sie meinen, Zeta könnte besucht worden sein.«

»Es hängt davon ab, ob Zetas Verhalten in unserem Sonnensystem der Norm entspricht oder die Ausnahme war. Bei uns ist das Artefakt einfach nur erschienen und hat gewartet.«

»Letztendlich spielt es keine Rolle«, warf Chen mit dem für ihn typischen ruhigen Tonfall ein. »Wichtig ist: Wir haben hier den Beweis dafür, dass der Mensch nicht die einzige intelligente Spezies ist. Es gibt oder gab zahlreiche andere.«

... *oder gab*, wiederholte Nightingale in Gedanken. »Wie alt sind die Geschöpfe in den Waben? Lässt sich das feststellen?«

»Dafür müssten wir einen der Behälter öffnen und eine direkte Untersuchung vornehmen«, antwortete Chen. »Ganz abgesehen davon, dass wir nicht wissen, wie Zeta darauf reagieren würde: Analysen von Gewebeproben oder etwas Vergleichbares würden vermutlich nichts nützen, weil sich die Wesen in einer Art Stasis befinden.«

»In der Tat«, pflichtete ihm der jüngere Enhu bei. »Die Körper, die wir bisher gesehen haben, weisen nicht die geringsten Zerfallserscheinungen auf. Ihr Zustand ist wie eingefroren. Unter solchen Umständen lässt sich kaum eine Altersbestimmung vornehmen.«

Nightingale sah sich erneut um. In dem großen Hohlraum, grün markiert in der strukturierten Darstellung auf ihrem Helmvisier, war es nicht mehr ganz so dunkel wie zuvor. Der Schein der Helmlampen reichte gut hundert Meter weit, doch jenseits davon herrschte keine völlige Finsternis, sondern ein farbloses Zwielicht, in dem sich weitere Waben, Stege und Rampen abzeichneten.

»Diese Wesen könnten also sehr alt sein«, sagte sie.

»Das halte ich für wahrscheinlich«, erwiderte Amaranth Newton. »Der Zweck solcher Stasiswaben besteht ja gerade darin, über große Zeiträume hinweg zu konservieren.«

»Es würde bedeuten, dass Zeta schon sehr lange unterwegs ist«, vermutete Nightingale.

»Und noch mehr.« Effraim Floyd sprach zum ersten Mal seit einer ganzen Weile. »Es bedeutet auch, dass unser Sonnensystem nicht das eigentliche Ziel von Zeta war.«

Nightingale dachte darüber nach. »Beziehungsweise nur ein Ziel unter vielen.« Sie betrachtete die schematische Übersicht, die ihr das Helmvisier zeigte. »Meine Herren ... Der nächste große Hohlraum ist einige Kilometer entfernt und befindet sich in der Nähe einer Massendiskrepanz, eines Bereichs mit hoher Materiedichte. Wir brauchen Ressourcen, um die Autonomie unserer Raumanzüge zu verlängern. Oder besser noch: eine Umgebung, in der wir ohne die Anzüge überleben können.«

»Falls es hier so etwas gibt«, sagte Newton.

»Das finden wir nur heraus, wenn wir nachsehen. Machen wir uns auf den Weg.«

Eine halbe Stunde später, ganz oben bei den letzten Waben, fanden sie die beiden Menschen.

35

Sie lagen in zwei nebeneinander angebrachten Waben, ein wenig krumm und auf der Seite, als wären sie gerade erst hineingeklettert und eingeschlafen. Ein junger Mann, den Nightingale auf Ende zwanzig schätzte, mit wirrem blondem Haar, und eine Frau kaum älter, das kastanienbraune Haar auf dem Kopf von vier silbernen Nadeln zusammengehalten.

Nightingale suchte in ihrer Datenbank, fand jedoch keine Übereinstimmung, was bedeutete: Die beiden Menschen gehörten nicht zu den Raumfahrtprogrammen des Gremiums der Erde. »Kennen wir sie?«

Sie hatten die Augen geschlossen, wirkten friedlich und entspannt. Und lebendig, fand Nightingale. Es hätte sie kaum überrascht, wenn sich der Mann oder die Frau plötzlich bewegt hätten. Ihre Kleidung bestand aus dünnen thermoaktiven Einteilern, wie sie unter Raum- oder Schutzanzügen getragen wurden.

»Ja.« Floyd trat etwas näher. »Conrad Conradis, seit einigen Monaten auf Titan und Nachfolger des Koordinators Radko Aristo. Und Rebecca DeSantis, Exogeologin auf Titan, maßgeblich beteiligt an den Bohrungen zum subglazialen Ozean unter Titans Eis.«

Nightingale sah ihn an. »Woher wissen Sie das, Floyd?«

»Ich bin Kommunikationsspezialist«, erinnerte er sie. »Ich habe die letzten Meldungen von der Erde empfangen und in meinem Bericht darauf hingewiesen.«

»Ich habe keinen Bericht erhalten, in dem die beiden gerade von Ihnen genannten Namen erwähnt wurden.«

»Was vermutlich daran liegt, dass wir die *Excelsior* ganz plötzlich aufgeben mussten, Direktorin.«

Es klang zu glatt, fand Nightingale. »Das Inspektionsboot von Titan.«

»Das entgegen ausdrücklicher Anweisungen von der Erde aufgebrochen ist«, betonte Floyd.

»Es zerbrach beim Anflug auf Zeta.«

»Es wurde von einem Kraftfeld zerstört, das erhebliche kinetische Energien freisetzte«, präzisierte Amaranth Newton. »Nicht wie bei einem Schlag, sondern differenzierter, durch Druck an mehreren Stellen auf den Rumpf. Darauf habe ich bereits hingewiesen, Direktorin, mit eben diesen Worten. Das kleine Schiff wurde zerquetscht und platzte.«

»Wir haben die Trümmer gesehen«, sagte Nightingale. »Und die Fußspuren. Es gab zwei Überlebende, so unwahrscheinlich das auch sein mag. Diese beiden?«

»Conrad Conradis und Rebecca DeSantis sind tot, daran besteht kein Zweifel.« Chen hob seine Sensoren. »Und wir haben auch Fußspuren der Marsianer gesehen, deren Schiff in der Nähe des Trümmerfelds gelandet ist.«

»Was schließen wir daraus?« Floyd klang fast ironisch.

»Bitte erklären Sie es mir«, forderte Nightingale in einem ähnlichen Ton.

Newton kam Floyd zuvor. »Sie könnten recht gehabt haben mit Ihrer Vermutung, dass wir uns hier in einer Art Mausoleum befinden, Direktorin. Vielleicht ist dieser Ort für Tote reserviert. Die Marsianer leben, wir haben sie hier nicht gefunden.«

»Wir haben uns längst nicht alle Waben angesehen«, wandte Nightingale ein. »Nicht annähernd.« Nightingale blickte wieder auf die beiden Menschen, die nur zu schlafen schienen. »Wenn wir sterben ... dann finden auch wir einen Platz in diesem ... Panoptikum?«

»Durchaus denkbar.«

»Wenn das stimmt ... Dann hat die Erforschung von Zeta schon lange Zeit vor uns Tausende von Opfern gefordert.«

Sie schwiegen einige Sekunde lang.

»Es sollte uns eine Warnung sein«, sagte Chen schließlich. »Zeta zu erreichen, zu landen und einen Zugang ins Innere zu finden, sind vielleicht nur ein erster, vergleichsweise einfacher Schritt gewesen.«

»Richtig gefährlich wird's tiefer im Innern«, kommentierte Floyd, und wieder glaubte Nightingale, einen seltsamen Unterton in seiner Stimme zu hören.

»Versuchen wir, am Leben zu bleiben«, sagte sie. »Ich möchte nicht in einer dieser Waben enden.«

DEN STERNEN NAH

ELROY EMMON SKARABI,
ERDE

36

Im Herzen der Sahara, mitten im einstigen Ödland, wuchsen Dattelpalmen, flossen Bäche und glänzte das Wasser kleiner Seen im heißen Sonnenschein. Niedrige weiße Gebäude erstreckten sich zwischen grünen Hügeln, die einst Dünen gewesen waren, zwischen Wiesen und Parkanlagen. Im Westen und Osten zeigte sich im Wind das goldene Wogen von Getreidefeldern, die der Forschung dienten.

Elroy Emmon Skarabi, Mitglied des Gremiums, das die ganze Welt regierte, schritt über einen Kiesweg, der zum zweistöckigen Verwaltungszentrum führte. Er trug einen thermoaktiven anthrazitfarbenen Anzug, der ihn vor der Hitze schützte, blieb aber dennoch im Schatten der Palmen und sah sich zufrieden um. Dies war sein offizielles Projekt, die »grüne Erneuerung«, die Urbarmachung der Sahara, und an Erfolgen mangelte es nicht. Neue Ökotechnologien und genug Energie ermöglichten die Verwandlung von Wüsten in fruchtbares Land. Innerhalb der nächsten siebzig oder achtzig Jahre, so die letzten Schätzungen, würde man Sahara und Sahelzone in einen Garten Eden verwandeln.

In den anderen Wüsten, unter ihnen Namib, Gobi, Taklamakan, Lut, Mojave, Sonora und Atacama, wurden ähnliche

Fortschritte erzielt. Skarabi verdankte ihnen genug Meriten für die Langlebigkeitsbehandlung, die ihm viele zusätzliche Jahre gab, und ein hohes Ansehen, das seinen Platz im Gremium sicherte.

Gute Voraussetzungen für ein zweites Projekt, das Skarabi für noch wichtiger hielt.

Er betrat das Verwaltungsgebäude, erwiderte den respektvollen Gruß des jungen Mannes beim Empfang mit einem freundlichen Nicken, ging an der Treppe vorbei und durch einen langen Flur. Hinter den gläsernen Türen zu beiden Seiten, an Terminals und Labortischen, arbeiteten Männer und Frauen, die meisten von ihnen jung oder in mittleren Jahren.

Die Tür am Ende des Korridors öffnete sich vor ihm, und er betrat das Vorzimmer seiner Bürosuite.

»Guten Morgen, Sir«, begrüßte ihn Sekretär Rupert. »Die Quartalsberichte liegen vor, Sir. Sie finden Sie auf Ihrem Schreibtisch.«

Skarabi nickte knapp. »Danke, Rupert.« Er öffnete die Tür neben dem großen mahagonibraunen Schreibtisch seines persönlichen Sekretärs. »Während der nächsten Stunde möchte ich nicht gestört werden. Von nichts und niemandem.«

»Verstanden, Sir.«

Skarabi wusste, dass er sich auf Rupert verlassen konnte. Trotzdem sicherte er die Tür, als sie sich hinter ihm geschlossen hatte, blieb in der Mitte des Hauptraums stehen und holte einen Scanner hervor. Er brauchte sich nicht zu drehen, um eine gründliche Sondierung vorzunehmen, die Suchsignale erreichten jeden Winkel des Zimmers. Er wiederholte die Kontrolle in den beiden anderen, kleineren Räumen und bekam dort ebenfalls ein negatives Ergebnis – es gab keine versteckten optischen oder akustischen Sensoren.

Er setzte sich an seinen Schreibtisch, schob die von Rupert

bereitgelegte Mappe mit den Berichten beiseite und drückte eine Taste der Computertastatur.

Das Emblem des Gremiums erschien vor ihm auf dem großen Bildschirm.

»Computer«, sagte er.

»Bereitschaft.«

»Identifizierung.«

Es folgte eine kurze Pause, dann: »Sie sind der Ehrenwerte Elroy Emmon Skarabi, Mitglied des Gremiums, Projektleiter ›Grüne Erneuerung‹.«

»Passworteingabe«, sagte Skarabi.

Auf dem Schirm erschien ein Eingabefeld. Skarabi schrieb einen aus vierundzwanzig Zeichen bestehenden Code, drückte die Eingabetaste und sagte: »Autorisierung erteilen.«

»Autorisierung ist erteilt.«

»System schützen.«

Eine Sekunde verstrich. »System ist geschützt.«

Das Eingabefeld verschwand, der Bildschirm wurde dunkel.

Skarabi stand auf, ging ins letzte und kleinste Zimmer der Bürosuite, betrat dort die Hygienezelle und schloss ihre Tür. Er blieb vor dem Spiegel stehen. Vom rechten Ohr verliefen die dünnen hellen Langlebigkeitsstreifen bis unter dem Jackenkragen.

»Elroy Emmon Skarabi«, sagte er laut und deutlich für eine neuerliche Sicherheitsüberprüfung und fügte seinem Namen einen weiteren Zugangscode hinzu.

Es summte leise wie von einem nahen Insekt, und die Hygienezelle begann sich zu drehen. Ein verborgener Zugang öffnete sich, die Stufen einer schmalen, fensterlosen Treppe erschienen.

Skarabi schritt sie hinab. Über ihm drehte sich die Hygienezelle erneut, der Zugang schloss sich.

Es war nicht völlig dunkel. In regelmäßigen Abständen leuchteten kleine Lampen und zeigten ihm den Weg. Nach sieben Treppenabsätzen erreichte Skarabi einen Lift, dessen schmale Tür sich sofort für ihn öffnete. Die Kabine trug ihn in die Tiefe, zwei Minuten lang, mit einer Geschwindigkeit von vier Metern pro Sekunde.

Fast einen halben Kilometer unter dem Verwaltungszentrum hielt der Lift an, und Skarabi betrat die Räume eines Projekts, das den Namen »Morgenröte« trug und für ihn weitaus wichtiger war als die grüne Erneuerung der Sahara.

37

In den Laboratorien, Produktionssälen und Kontrollstationen arbeiteten nur wenige Wissenschaftler und Techniker. Sie alle kannten ihn, und er kannte sie. Gemeinsame Prinzipien und Überzeugungen schufen feste Verbindungen zwischen ihnen, eine solide Basis für unerschütterliche Loyalität. Natürlich nutzte niemand von ihnen den privilegierten Zugang, der Skarabi zur Verfügung stand, sondern einen der beiden anderen, weit draußen in der Wüste gelegen, bei den Solarfarmen, die jede Menge saubere Energie für die grüne Erneuerung produzierten. Sie kamen und gingen, niemand von ihnen verbrachte mehr als jeweils höchstens zehn oder zwölf Stunden in der unterirdischen Anlage.

Der Mann mit der Maske bildete die einzige Ausnahme.

Letho, so nannten ihn alle. Er verließ die Anlage nie, hieß es. Seit fast sechzig Jahren, seit dem Zwischenfall, hatte er nicht mehr das Licht der Sonne gesehen.

Zumindest nicht das Licht unserer Sonne, dachte Skarabi und betrat das Archiv, wo Letho ihn erwartete.

Er stand am Fenster des Receivers, hinter einer elektromagnetischen Barriere, und bediente die Kontrollen, die unter anderem zur Steuerung von zwei komplexen Servomechanismen dienten.

»Vor einer halben Stunde ist etwas Neues eingetroffen, Skarabi.«

Er sagte nie »Ehrenwerter«, benutzte nie einen Titel und nannte einfach nur den Nachnamen. Bei jemand anders wäre das überaus unfreundlich gewesen, eine unerhörte Respektlosigkeit geradezu, doch solche Dinge waren Letho fremd. Ihm ging es nur darum, Informationen zu übermitteln, zu analysieren und zu planen.

Skarabi näherte sich dem Fenster. »Sind die Abstände noch immer gleich?«

Letho nickte, ohne sich umzudrehen. »Alle siebenundneunzig Tage, vier Stunden, dreizehn Minuten und neun Sekunden erscheint ein neues Objekt.«

»Was ist es diesmal?« Früher waren es mehr gewesen, erinnerte sich Skarabi. Manchmal hatte der Receiver Dutzende Artefakte auf einmal empfangen, in kürzeren Abständen.

Hinter der dicken Scheibe präsentierte sich der Receiver als eine etwa vier Meter große Kugel aus messinggelben Pseudomaterie-Bögen, jeder von ihnen nur wenige Zentimeter breit. In ihrer Mitte, auf Schirmen und durch die Lücken zwischen den Bögen sichtbar, schwebte ein blauschwarzes hufeisenförmiges Objekt, von dem gelegentlich kleine goldene Funken aufstiegen.

Die beiden Servomechanismen, die Letho mit den Kontrollen am Fenster steuerte, waren mit der Kugel verbunden und verfügten über lange, mit Sensoren besetzte Greifarme, die das Objekt erreichen konnten.

»Die Untersuchungen haben gerade erst begonnen«, ant-

wortete Letho. »Vielleicht finden wir Zweck und Funktionsweise des neuen Gegenstands heraus, vielleicht auch nicht.«
»Gehört es zu den Bauteilen?«, fragte Skarabi neugierig und betrachtete das Hufeisen. Dünne graue Linien durchzogen es wie den weißen Quader auf dem Mond, dreißig Kilometer von Imbria entfernt, im Mare Imbrium.

Es gab durchaus eine Verbindung, wusste Skarabi. Vor achtundfünfzig Jahren – 2092, kurz nachdem das Space Consortium die ersten Habitate mit zehntausend Bewohnern nach Uranus und Neptun geschickt hatte – war es auf dem Mond zu einem Tschirnow-Zwischenfall gekommen, einer Irregularität, die fast zu einer Katastrophe für Mond und Erde geworden wäre. Von einem bedauerlichen Unglücksfall war damals die Rede gewesen, von unvorsichtigem Umgang mit einer hochgefährlichen neuen Technologie, den Konvertern und ihrer Konversionsenergie. Die Wahrheit lautete: Das Space Consortium der Erde hatte Experimente mit einer neuen Antriebstechnik durchgeführt, die Raumschiffe von der Erde auf Überlichtgeschwindigkeit beschleunigen sollte, sodass sie innerhalb weniger Monate die nächsten Sterne errichten.

Das Gremium hatte die Angelegenheit damals vertuscht, um der Unabhängigkeitsbewegung auf dem Mars, der »Marsianischen Republik«, keinen zusätzlichen Auftrieb zu geben. Die entsprechenden Versuche waren eingestellt worden, da man sie für zu riskant hielt, sowohl in technologischer als auch politischer Hinsicht.

Skarabi, hundertzwölf Jahre alt, war zu jener Zeit bereits Mitglied des Gremiums gewesen und hatte die Pläne der Versuchsanlage an Terra Solar weitergegeben, eine sehr einflussreiche und noch im Hintergrund agierende Organisation, deren Ziel die absolute Dominanz der Erde im Sonnensystem war. Je stärker MaRe auf dem Mars wurde und je unabhängiger die Autarkien, desto mehr Macht gewann Terra Solar auf der Erde. Die Möglichkeit, nicht nur die Entscheidungen des Gremiums zu beeinflussen, sondern es ganz zu übernehmen, rückte allmählich in greifbare Nähe.

Zeta konnte der nächste und wichtigste Schritt sein. Ein Gesandter von Terra Solar gehörte zu jenen Menschen, die das außerirdische Artefakt im Tarnmantel eines Asteroiden erreicht hatten.

Es gab eine Verbindung zwischen der Anlage einen halben Kilometer unter der »Grünen Erneuerung« in der Sahara und dem Mahnmal auf dem Mond, im Mare Imbrium: Ein energetischer und vielleicht auch dimensionaler Tunnel erstreckte sich von Pseudomaterie zu Pseudomaterie, von der Kugel im Receiver, dem Archiv und den gefährlichen Panoramaraum, den nur Letho betreten konnte, zum weißen, von silbernen Linien durchzogenen Quader dreißig Kilometer außerhalb der lunaren Stadt Imbria.

Und es gab eine zweite Verbindung, eine zweite Brücke, zwischen dem Quader des Mahnmals und Zeta. Diese Verbindung mochte der Grund sein, warum das Artefakt von Proxima Centauri ins Sonnensystem gekommen war. Vielleicht hatte es einen »Ruf« gehört, vermuteten einige der am Projekt Morgenröte beteiligten Wissenschaftler. Wie auch immer, für Terra Solar bot sich hier eine einzigartige Chance: Der Zugriff auf weit überlegene extrasolare Technologie gab der Erde für die nächsten Jahrzehnte oder gar Jahrhunderte eine absolute Vormachtstellung.

Der Mann mit der Maske zog die Hände von den Kontrollen zurück und antwortete mit einiger Verzögerung auf die Frage, ob das neu erschienene hufeisenförmige Objekt zu den Bauteilen gehörte, die einige technische Spezialisten identifiziert zu haben glaubten.

»Vielleicht«, sagte er, »vielleicht auch nicht. Unsere Techniker werden es herausfinden. Aber deshalb sind Sie nicht hier, Skarabi, oder?«

Er drehte sich langsam um. Für einen Moment fingen die Augen hinter den Schlitzen in der cremefarbenen Maske das Licht ein, das durchs Fenster des Receivers fiel. Sie schienen zu leuchten.

»Ich möchte wissen, was geschehen ist«, sagte Skarabi ein wenig zu steif.

»Wir wissen, was geschehen ist«, erwiderte Letho. Ein raues Kratzen lag in seiner Stimme und weckte in Skarabi den Wunsch, sich zu räuspern. »Drei Schiffe haben Zeta erreicht, von Titan, Mars und der Erde. Das erste wurde zerstört, das Inspektionsboot von Titan. Das zweite, ein marsianischer Erkunder aus dem Asteroidengürtel, konnte unbeschädigt landen. Das dritte, die *Excelsior* von der Erde, ist in der dichten Atmosphäre des Saturn verglüht.«

Skarabi nickte. »Ein Shuttle von ihr befindet sich auf dem Asteroiden. Menschen sind auf Zeta, unser Mann unter ihnen. Aber wo ist Zeta jetzt?«

Der Mann mit der Maske kam einen Schritt näher. Hinter ihm, jenseits des Fensters und der elektromagnetischen Barriere, bugsierten die Greifarme das hufeisenförmige Objekt durch eine Lücke zwischen zwei Kugelbändern des Receivers und legten es in ein Wandfach.

»Nicht mehr in unserem Sonnensystem«, sagte Letho. »Die genaue Position ist unbekannt.«

»Können wir mit unserem Mann kommunizieren?«, fragte Skarabi. »Kann er uns eine Nachricht übermitteln?«

»Erwarten Sie einen Bericht von ihm?«

»Das wäre wünschenswert.«

»Vielleicht wünschen Sie sich zu viel«, sagte der Mann mit der Maske.

»Bisher ist es mir stets gelungen, alle meine Wünsche früher oder später zu erfüllen. Wollen wir es versuchen?« Skarabi sprach freundlich, aber etwas in seiner Stimme machte deutlich, dass er nicht um einen Gefallen bat.

»Der Panoramaraum?«

»Ja.«

Letho trat zur Tür und öffnete sie. »Gehen wir.«

38

Das Archiv befand sich direkt hinter dem Receiver, insgesamt fünf Säle, unterteilt in Nischen mit Sicherheitsfächern und individuellen elektromagnetischen Barrieren und Schilden, die vor Tschirnow-Strahlung schützten. Die Wissenschaftler und Techniker von Terra Solar, die dort untersuchten und analysierten, trugen trotzdem Schutzanzüge. Was auch immer der Receiver empfing: Die Gegenstände konnten ebenso gefährlich sein wie eine ausgewachsene Irregularität.

Letho war der lebende Beweis dafür, dass man mit allem rechnen musste. Trotz stabiler Abschirmungen und der strikten Einhaltung aller Sicherheitsvorschriften war er bei einem Tschirnow-Zwischenfall schwer verletzt worden. Ein ganzes Jahr lang hatte man ihn in einer kanadischen Spezialklinik behandelt, und den Ärzten war das knifflige Kunststück gelungen, alle seine Körperfunktionen wiederherzustellen. Doch das Gesicht hatten sie nicht restaurieren können. Deshalb die Maske, die Letho vermutlich nicht einmal dann absetzte, wenn er allein war, da sie die hochempfindliche Haut des Gesichts schützte. Laut der Personalakte steckte etwas Fremdes darin, das nicht entfernt werden konnte, und mit einem längeren Ablegen der Maske hätte Letho eine toxische

Reaktion riskiert, die ihn innerhalb weniger Stunden umbringen konnte.

Skarabi hatte sich vorgenommen, irgendwann einmal genaue Nachforschungen anzustellen, um herauszufinden, wer Letho früher gewesen war, vor seiner Zeit bei Terra Solar. Bisher hatte er nie Gelegenheit dazu gefunden, andere Dinge waren immer wichtiger gewesen. Es war auch nicht dringend, der Mann mit der Maske arbeitete seit vielen Jahren für das Projekt Morgenröte und galt längst als über jeden Zweifel erhaben. Mehr noch, er war unverzichtbar, denn nur er konnte sich im Panoramaraum aufhalten, ohne innerhalb weniger Minuten den Verstand zu verlieren oder der Strahlung zu erliegen.

Grund dafür war ebenfalls der Tschirnow-Zwischenfall, der ihn ... *verändert* hatte.

»Haben Sie herausgefunden, was es mit den Bauteilen auf sich hat, zu welchem Apparat sie vielleicht einmal zusammengesetzt werden könnten?«, fragte Skarabi, während sie an den Fenstern des Archivs vorbeigingen. »Wie viele Teile sind es inzwischen?«

»Eintausendeinhundertneunundneunzig.« Letho ging mit ruhigen Schritten. Seine dunklen Schuhe knarzten leise auf dem grauen Boden. »Mit dem Objekt, das Sie vorhin gesehen haben. Falls es tatsächlich ein Bauteil ist. Die energetische Signatur spricht dafür, aber Gewissheit gibt es erst morgen oder übermorgen, nach einer genauen Untersuchung. Und nein, wir wissen nicht, welche Funktion der Apparat oder die Vorrichtung haben könnte, wenn alle Einzelteile zur Verfügung stehen und es uns gelingt, sie richtig zusammenzusetzen. Wir haben weder eine Bauanleitung noch ein Handbuch. Bisher sind wir auf Mutmaßungen angewiesen. Vielleicht aber kann uns Zeta Auskunft geben. Wir vermuten einen Zusammenhang.«

Skarabi nickte versonnen. »Sie glauben, dass die Objekte, die der Receiver empfängt, von dort kommen.«

»Zumindest einige. Was die anderen betrifft ... Ich habe einige der Orte gesehen, von denen sie stammen.«

»Vom Panoramaraum aus.«

»Ja«, bestätigte Letho. »Dort kann ich sehen und hören. Dort bin ich den Sternen nah.«

Das Archiv mit den mehr als tausend Gegenständen, die das Werk einer fremden Zivilisation waren, blieb hinter ihnen zurück. Skarabi bemerkte ein dumpfes Brummen an der Schwelle des Hörbaren, Zeichen dafür, dass sich der Konverter und seine Schilde in der Nähe befanden. Der kleine Sensor, den er wie eine Anstecknadel am Jackenkragen trug, blieb jedoch stumm. Es bestand keine Gefahr, in diesem Bereich gab es keine messbare Tschirnow-Strahlung.

In zwei Sicherheitsstationen wurden Identität und Autorisierung überprüft. Skarabi stellte sich auf ein blaues Kontrollfeld und ließ sich von Scannern sondieren. Währenddessen beobachtete er den Mann mit der Maske aus dem Augenwinkel. Er musste alt sein, und er hatte keine lebensverlängernde Behandlung erhalten, soweit Skarabi wusste. Jedenfalls wurde die in seiner Personalakte nicht erwähnt. Doch seine Bewegungen wirkten glatt und geschmeidig, nichts deutete auf hohes Alter hin.

Für einen absurden Moment spielte Skarabi mit dem Gedanken, ihm die Maske vom Gesicht zu ziehen, um zu sehen, was sie bedeckte, um einen Blick darauf zu werfen, was ihn verändert hatte. Aber damit hätte er eine Kontamination riskiert, und Letho war viel zu wichtig für Morgenröte.

Hinter den beiden Sicherheitsstationen ging es eine schmale Treppe hinunter, und es wurde ein wenig wärmer – die Temperatur stieg um einige Grade, ein deutlicher Hinweis auf die Nähe des Konverters.

»Wie oft kommen Sie hierher?«, fragte Skarabi, als Letho am Ende der Treppe die Hand auf das Sensorfeld einer schmalen, unscheinbaren Tür legte.

Der Mann mit der Maske wandte ein wenig den Kopf. »Sooft ich kann. Sooft es meine anderen Verpflichtungen erlauben.«

Die Tür öffnete sich, und sie betraten eine Kammer, die Skarabi an eine Luftschleuse erinnerte, mit zwei rechteckigen Fenstern rechts und links neben der Luke auf der gegenüberliegenden Seite. Geräte ragten aus den Wänden, verbunden mit dem Instrumentarium im Panoramaraum.

»Sie sollten sich schützen.« Letho deutete auf ein Gestell mit Schutzanzügen.

»Aber die Kammer ist doch abgeschirmt«, begehrte Skarabi auf, allerdings ohne jede Leidenschaft, und nahm bereits einen der Overalls.

»Man kann nie wissen.« Es klang düster. »Man kann nie wissen.«

Letho wartete, bis Skarabi die Siegel des Schutzanzugs geschlossen und einen Individualschild aktiviert hatte, einen eigenen kleinen elektromagnetischen Schutzschirm für den Fall, dass sich in der großen EM-Barriere des Zugangsbereichs Lücken bildeten. Dann öffnete er die Luke, trat in den Verbindungstunnel und schloss den Zugang hinter sich.

Skarabi vergewisserte sich, dass sein EM-Schild funktionierte, trat zu einem der beiden Fenster und sah, wie Letho aus dem Verbindungsstutzen kam und in einen Liegesessel sank, umgeben von Konsolen. Die tentakelartigen Arme von Servomechanismen verbanden erst den Kopf und dann den Rest des Körpers mit Interfacesystemen.

Datenkolonnen wanderten über kleine Kontrollschirme, und über ihnen öffnete sich eine holografische Blase und wuchs in die Breite. Verschwommene Bilder entstanden darin, wie halb von Nebel verhüllt, und verschwanden sofort wieder, ohne Details preiszugeben.

»Können Sie mich hören?«, fragte Skarabi, seine Stimme laut im Innern des geschlossenen Flexhelms.

»Klar und deutlich. Ich überprüfe von hier aus noch einmal die Abschirmung, um Sie nicht in Gefahr zu bringen. Anschließend suche ich Zeta.«

Die Schirme präsentierten Kombinationen aus Zahlen und Buchstaben, zu bunten Gruppen angeordnet. Das große Hologramm dehnte sich auch vertikal aus, bis es oben die Decke berührte und unten die Konsole. Zwei kleine Ausläufer tasteten nach den Füßen des Mannes im Liegesessel.

»Es ist alles in Ordnung«, sagte Letho nach einigen Sekunden. »Die Reise beginnt.«

Das Hologramm wurde dunkel. Kleine Lichter leuchteten wie Sterne im All. Sie wurden schnell größer und heller, füllten die holografische Blase mit einem Glanz wie von Perlmutt. Etwas davon senkte sich auf den Mann mit der Maske herab und bildete den Strahlenkranz einer Tschirnow-Aureole, tödlich für gewöhnliche Menschen, nicht aber für Letho.

Farben wogten durch die holografische Blase, begleitet von Tönen wie von einem fernen Glockenspiel.

»Was sehen Sie?«, fragte Skarabi, als eine Minute verstrichen war.

Letho bewegte sich im Liegesessel. Seine Beine zuckten einmal, und er drehte den Kopf von einer Seite zur anderen, wie um das Blickfeld zu erweitern.

»Was sehen Sie?«, wiederholte Skarabi gespannt, fast drängend. Er war aufgeregt, wie er feststellte, und versuchte, sich zu beruhigen.

»Ich sehe den Ozean der Sterne.« Lethos Stimme klang anders. »Und ich höre das Flüstern der kosmischen Winde.«

Ein warnendes akustisches Signal erklang in Skarabis Helm und wies auf starke Tschirnow-Strahlung in der Nähe hin. Eine schnelle Sicherheitskontrolle ergab, dass die Schilde und elektromagnetischen Barrieren stabil blieben. Es bestand keine unmittelbare Gefahr.

»Soll ich Ihnen zeigen, woher viele der Objekte stammen, die der Receiver empfängt?«, fragte Letho. »Die meisten von ihnen?«

Das war ebenfalls interessant, obwohl es eigentlich um Zeta ging. »Ja, zeigen Sie es mir.«

Die Farben im Hologramm wichen dem Feuerrad einer Galaxie. Die Spiralarme drehten sich gerade schnell genug für das menschliche Auge. Etwas geriet in Sicht, eine gewaltige Konstruktion, eine Stadt über dem galaktischen Lichtermeer.

Bevor Skarabi Einzelheiten erkennen konnte, legte sich ein dichter bunter Schleier über die Sternenstadt.

»Was war das?«, fragte er.

»Eine Quelle«, antwortete Letho im Panoramaraum, in Tschirnow-Strahlung getaucht. »Eine von vielen. Hier ist eine andere.«

Im bunten Wogen bildeten sich die Umrisse eines kathedralenartigen Gebäudes. Die Größe ließ sich kaum abschätzen, da Referenzpunkte fehlten, aber etwas vermittelte den Eindruck von gewaltigen Ausmaßen. Das Auge des Beobachters glitt näher, auf das Eingangstor zu und hindurch ins Innere des riesigen Gebäudes. Der Boden bestand aus kleinen flachen Steinen, die ein Mosaik mit dunkelblauen Spiralen, schwefelgelben Oktaedern und geschwungenen Linien aus glitzerndem Grün bildeten.

Tiefer im Innern der Kathedrale erhob sich ein pechschwarzer Block, glatt und dreißig oder vierzig Meter hoch, wenn die Perspektive nicht täuschte. Statuen standen dort, einige Dutzend, vielleicht auch mehr, und als das Auge des Beobachters heranglitt, bemerkte Skarabi zweierlei: Die Statuen stellten fremde Lebewesen dar, mit wie verknotet wirkenden Gliedmaßen, farblosen Schuppen, struppigem Fell oder dichtem Gefieder. Und vor ihnen bewegte sich eine menschliche Gestalt.

Wie konnte sich ein Mensch an einem Ort aufhalten, der sich zweifellos auf einem fremden Planeten befand?

»Das ist nicht Zeta, oder?«, fragte Skarabi.

Das Warnsignal wiederholte sich, etwas lauter und eindringlicher. Im Panoramaraum leuchteten rote Indikatoren bei den Anzeigen der Konsolen.

»Gehen Sie, Skarabi«, sagte der Mann mit der Maske. Seine Beine zuckten erneut. »Es wird intensiver als erwartet. Das Ergebnis könnte eine gute Verbindung nach Zeta sein, aber für Sie ist es hier zu gefährlich. Die Strahlung wird zu stark. Es könnte zu einer lokalen Tschirnow-Irregularität kommen.«

Der Ehrenwerte wich vom Fenster zurück. »Brauchen Sie Hilfe? Soll ich eine Notabschaltung des Konverters veranlassen?«

»Es ist nur gefährlich für Sie, nicht für mich«, lautete die Antwort. »Gehen Sie. Ich suche Zeta.«

Skarabi ging.

DER STILLE LAUSCHEN

HANNIBAL LAURENTIS,
ZETA

39

Die Erinnerungen waren wie welke Blätter, aufgewirbelt von einem kalten Herbstwind.

Als Kind war er mit seinem Vater durch Valles Marineris gewandert, ein Grabenbruchsystem, neben dem sich der Grand Canyon auf der Erde wie eine kleine Ritze in der planetaren Kruste ausnahm. Ganze zwei Wochen lang waren sie dort unterwegs gewesen, zu Fuß, nur begleitet von einem Servomechanismus, der ihr Gepäck getragen und das Druckzelt aufgebaut hatte, in dem sie ohne Schutzanzug hatten schlafen können. Es war eine einzigartige Erfahrung gewesen, prägend für das damals noch kindliche Gemüt an der Schwelle der Pubertät.

Sein Vater hatte ihm erzählt, dass man die Stimmen der marsianischen Vergangenheit hören konnte, wenn man lange genug lauschte. Sie hatten abends vor dem Zelt gesessen, in der Stille des Mars, aber Hannibal hatte sie nicht gehört, die Vergangenheit und ihre Geschichten. Bis zum Ende der zweiten Woche, als er nachts aufgestanden war und das Zelt im leichten Schutzanzug verlassen hatte, um die Sterne zu sehen, unter ihnen die ferne Erde.

Vielleicht war es die Abwesenheit des Vaters, das Fehlen jeder Ablenkung, die ihm schließlich die Ohren öffnete. Eine ganze Stunde lang saß der Junge auf einem Felsen und beobachtete, wie die Sterne über ihn dahinzogen und die Erde hinter der südlichen Schluchtwand verschwand. Die Stille strömte auf ihn ein, und plötzlich glaubte er, das Rauschen von Wasser und das Zischen des Winds zu hören wie damals vor Jahrmilliarden, während der Noachianischen Periode, als es auf dem Mars Flüsse und einen riesigen Ozean gegeben hatte.

Hannibal kletterte vom Felsen und wollte zum Zelt laufen, um seinem Vater davon zu erzählen – und stellte fest, dass der Vater nicht weit entfernt saß. Er musste dort die ganze Zeit gesessen haben: ein kluger Mann, der wusste, wann es zu schweigen galt, damit die Stille genug Platz bekam.

Ein Raumschiff, dachte Hannibal, die Augen geschlossen. Die *Aonia*, ein kleiner Erkunder, der im Asteroidengürtel nach Rohstoffen gesucht hatte, nach Erzen und Mineralien, deren Abbau lohnte. Und eine Frau, Kollegin und Freundin, trotz der Differenzen und unterschiedlichen Loyalitäten: Roxa Mahwe, Mitglied von MaRe, der Marsianischen Republik, die politische Unabhängigkeit von der Erde anstrebte. Sie war gefallen, erinnerte sich Hannibal Laurentis. Sie war plötzlich schwer geworden, auf einem Asteroiden, dessen Gravitation eigentlich gering sein sollte. Sie war schwer geworden und in eine Schlucht gestürzt, in eine der tiefen Rinnen, die Zeta der Länge nach durchzogen.

Als junger Mann hatte Hannibal auf dem Olympus Mons gestanden, dem größten Berg des ganzen Sonnensystems. Sechsundzwanzig Kilometer ragte er aus der umliegenden Tiefebene, mit einem Durchmesser von sechshundert Kilometern. Ein gewaltiger Vulkan, während des Hesperian entstanden wie auch die Meere des Roten Planeten. Auf dem Gipfel hatte er gestanden, allein, nach einer mehrwöchigen anstrengenden Klettertour, die Arme ausgebreitet, um nicht nur den Mars zu umarmen, sondern das ganze Universum.

Er war ebenfalls schwer geworden und gefallen, erinnerte sich Hannibal. Aber nicht so tief wie Roxa, nicht bis hinunter zum Boden von Zetas Schlucht, sondern auf einen nahen Felsvorsprung. Von dort aus war er hinabgeklettert und hatte etwas gefunden ...

Das rechte Lid kam nach oben, und Hannibal sah etwas direkt vor dem Auge, eine Nadel mit einem kleinen Licht an der Spitze. Es blendete nicht, war aber offenbar hell genug, um durch die Pupille bis hin zum Hinterkopf zu leuchten. Dort berührte ihn etwas, er fühlte ein Kratzen an der Innenseite des Schädels.

Dies war keine Erinnerung, das war ihm sofort klar. Was auch immer geschah, es geschah wirklich.

Mit einem leisen Summen näherte sich die Nadel, doch das Licht wurde nicht etwa heller, sondern schwächer. Hinter der Nadel glänzten Linsen wie aus Metall und Glas, und Hannibal bemerkte auch Bewegungen.

Er versuchte zu sprechen, brachte aber nicht mehr hervor als ein Krächzen. Die Nadel kam noch etwas näher, sie berührte fast das Auge.

Hannibal konnte den Kopf nicht zur Seite drehen, der Nadel nicht ausweichen.

Im Weltraum war es noch stiller als auf dem Mars, erinnerte er sich. Er hatte sie gehört, diese besondere, tiefe Stille, einige Tausend Kilometer über dem Roten Planeten, außerhalb eines kleinen Orbiters. Damals, wenige Monate nach dem Erklimmen des Olympus Mons, hatte er sich auf den ersten Einsatz als Ressourcensucher im Asteroidengürtel vorbereitet und noch lernen müssen, wie man außerhalb des Raumschiffs zurechtkam, ohne Sicherheitsleinen, in einem Raumanzug mit Manövrierdüsen.

Er hatte die Luft angehalten, um nicht vom Geräusch des eigenen Atems gestört zu werden, und der Stille des Universums gelauscht. Er hatte sie gehört, die profunde Stille des Kosmos, und daran gedacht, dass das Universum eigentlich gar nicht still war, ebenso wenig wie der Mars. Es kam darauf an, mit welchen Ohren man lauschte.

In Wirklichkeit war das Universum sogar sehr laut, erfüllt von den Strahlungsgesängen der Supernovae, Neutronensterne, Schwarzen Löcher und Quasare. Seit dem ersten großen Knall, der den Kosmos geschaffen hatte, fand eine Sinfonie statt, bestehend größtenteils aus hochenergetischen Partikeln und elektromagnetischen Wellen. Doch das menschliche Ohr, auch das Ohr eines marsianischen Menschen, war nicht dafür geschaffen.

Es war eine wichtige Erkenntnis für den jungen Hannibal Laurentis. Man brauchte die richtigen Ohren, um die Stimmen der Stille zu hören.

Das Licht an der Nadelspitze wurde wieder heller, noch heller als zuvor, so hell, dass es tatsächlich blendete und selbst die Nadel kaum mehr zu erkennen war. Es gleißte durch die Pupille, leuchtete alle Winkel im Kopf aus und erfüllte ihn mit einer Neugier, die nicht von ihm selbst stammte.

Dann stieß die Nadel ins Auge.

»Hannibal, hörst du mich?«

Ja, er hörte die Stimme, mit seinen gewöhnlichen menschlichen Ohren. Sie gehörte Roxa, und vermutlich waren es ihre

Hände, die er an den Schultern spürte. Er wollte die Augen öffnen, er wollte beide Lider heben, nicht nur das rechte wie zuvor, aber noch war es nicht so weit.

In Zetas Rinne hatte er Roxa gesucht und gefürchtet, nur noch ihren Leichnam zu finden. Doch sie blieb verschwunden, am Boden der Schlucht fanden sich keine Spuren von ihr. Dafür hatte Hannibal etwas anderes entdeckt, ein glattes schwarzes Rechteck in der Felswand, wie eine Tür. Er glaubte sich daran zu erinnern, sie berührt zu haben in der Hoffnung, dass sich die Tür für ihn öffnete, aber sie blieb geschlossen.

In seiner Erinnerung wiederholte sich ein seltsames Empfinden, wie von einem kleinen, vorsichtigen Finger, der ihm neugierig über die Innenseite des Schädels strich. Sesam, öffne dich, hatte er gedacht, ohne zu erwarten, dass die Tür tatsächlich für ihn aufschwang. Dann war ihm eine Idee gekommen, und er hatte alle Systeme seines Raumanzugs deaktiviert.

Der Wind der Erinnerung blies nicht mehr ganz so heftig, die welken Blätter beendeten ihren Tanz und sanken zu Boden. Eins von ihnen blieb etwas länger in der Luft ...

»Wir haben vor wenigen Stunden einen vielversprechenden Kandidaten für eine neue Mining-Basis gefunden«, hatte Hannibal gesagt. »Für einen offiziellen Claim sind noch genauere Untersuchungen erforderlich, mit denen wir in Kürze beginnen wollten.« Er saß vor der Kommunikationsstation im Kern der *Aonia*, lehnte sich langsam zurück und wartete auf die Antwort. Aufgrund der großen Entfernung zum Mars war die Kommunikation ein wenig umständlich.

»Die *Aonia* gehört uns«, erwiderte Kaia, Obfrau der Kooperativen von Chrysia, der größten Stadt auf dem Mars, »aber Sie sind als unabhängiger Prospektor im Schiffsregister eingetragen. Es steht mir nicht zu, Ihnen Anweisungen zu erteilen. Ich übermittle Ihnen vielmehr eine dringende Bitte, und zwar von der Allianz aller Städte auf dem Mars. Fliegen Sie zum Saturn. Untersuchen Sie dort das fremde Objekt, das in unserem Sonnensystem aufgetaucht ist. Mit großer Wahrscheinlichkeit handelt es sich dabei um das Artefakt einer extrasolaren Zivilisation. Eine QI hat es Zeta genannt.«

Roxa saß beim Hauptschirm und wertete die letzten Sensordaten aus. Hannibal sah, dass sie den Kopf ein wenig zur Seite geneigt hatte – sie hörte aufmerksam zu.

»Jemand anders könnte Anspruch auf unseren Brocken erheben«, wandte er ein und wartete erneut.

»Wir schicken die *Betasa*«, sagte Kaia. »Sie wird Ihre derzeitige Position in siebenundzwanzig Stunden erreichen, rechtzeitig genug für den Claim. Sie sollten dann bereits mit maximaler Beschleunigung in Richtung Saturn unterwegs sein.«

Eine »dringende Bitte« der Obfrau konnte Hannibal nicht ausschlagen. Andernfalls hätte er kaum damit rechnen dürfen, weitere Aufträge von Chrysias Kooperativen zu erhalten.

»Es ist eine politische Sache, nicht wahr?«, fragte er.

Lange Sekunden verstrichen.

»Ja«, bestätigte Kaia. »Auch.«

Auch, dachte Hannibal in seinen Erinnerungen. Auch und vor allem. Er sah wieder, dass Roxas Hände reglos an den Sensorkontrollen geruht hatten. Sie saß wie erstarrt und lauschte nicht der Stille, sondern den Worten vom Mars.

»Die Erde wird ein Schiff zum Saturn schicken«, fügte die Obfrau von Chrysias hinzu. »Die *Excelsior*, eigentlich vorgesehen für die Reise nach Proxima Centauri. Wir haben erfahren, dass sich jemand von Terra Solar an Bord befinden wird.«

»Terra Solar«, zischte Roxa. Es klang wie ein Fluch.

»Wir gehen davon aus, dass Zeta überlegene Technologie birgt«, erklärte Kaia. »Sie könnte zu einem wichtigen neuen Machtfaktor im Sonnensystem werden. Vielleicht zum wichtigsten. Vor fünf Jahren kam es bei uns zu einem Putschversuch, und man versuchte, die Allianz der Städte zu zerschlagen. Ziel der Putschisten war eine Regierung in Diensten der Erde. Wir wissen heute auch, dass maßgeblich Terra Solar hinter den Bestrebungen steckte, die Abhängigkeit des Mars von der Erde zu erneuern. Stellen Sie sich vor, was geschehen würde, wenn Terra Solar über eine Technologie verfügt, die der unsrigen weit überlegen ist.«

Es folgte eine Pause.

»Ich verstehe«, sagte Hannibal. »Wir machen uns auf den Weg.«

Er wartete einmal mehr und musterte die ernste Obfrau auf dem Kommunikationsschirm.

»Danke«, antwortete Kaia schließlich. »Ich weiß es sehr zu schätzen, dass Sie unserer Bitte nachkommen. Das gilt für uns alle. Ich wünsche Ihnen und Ihrer Assistentin viel Glück, Prospektor Laurentis.«

Die Obfrau verschwand vom Schirm, und ein Bereitschaftssignal erschien.

Roxa drehte ihren Sessel und wandte sich den Navigationskontrollen zu. »Ich programmiere den neuen Kurs.« Ihre Finger flogen über die Schaltflächen.

Hannibal atmete tief durch und fühlte plötzlich das schwere Gewicht einer Verantwortung, von der er bis eben gar nichts geahnt hatte. »Du hast es sehr eilig.«

»Dies ist eine große Chance«, sagte Roxa. »Vielleicht die beste, die wir überhaupt bekommen können.«

»Für den Mars«, erwiderte Hannibal. »Nicht für MaRe.«

Wenige Minuten später fuhr der Konverter hoch, und das Haupttriebwerk beschleunigte die *Aonia* mit voller Konversionsenergie.

Das letzte Blatt der Erinnerung sank zu Boden, der Wind legte sich. Stille zog heran. Gab es jemanden, der ihr lauschte?

40

»Hörst du mich, Hannibal?«

»Klar und deutlich.« Diesmal fiel es ihm nicht schwer, die Augen zu öffnen, und er sah Roxas erleichtertes Lächeln. Ihr Gesicht war schmutzig, der Raumanzug, den sie trug, zerfetzt.

Sie hatte sich über ihn gebeugt und wich zurück. »Hat lange genug gedauert. Ich dachte schon, du ...« Sie sprach nicht weiter.

Hannibal setzte sich auf und stellte fest, dass auch von seinem Raumanzug nicht viel übrig war. Der Flexhelm hing ihm wie ein halb zerrissenes Tuch über die Schulter. »Ich habe Durst.«

Roxa deutete zur Seite. »Wasser gibt's dort drüben. Und noch anderen Kram.«

Sie befanden sich in etwas, das nach einer lang gestreckten Hütte mit Wänden wie aus Lehm aussah. Vorn gab es eine breite Tür mit einer Art trüben Scheibe, durch die man nicht genau erkennen konnte, was dahinter lag. Links, in einer halbrunden Nische, rann Wasser aus einer Öffnung in der Wand in ein kleines Becken.

Roxa wandte sich mit einem seltsamen Apparat einem Teil der Wand auf der rechten Seite zu. Ein silbriges Licht wanderte über die Wand und erhellte Symbole, mit denen Hannibal nichts anfangen konnte. Er stand auf, wankte mit noch unsicheren Beinen zum Becken, schöpfte mit beiden Händen Wasser und trank. Es war drückend heiß in der Hütte. Hannibal spürte, wie ihm der Schweiß ausbrach.

Unter und neben dem Becken standen kleine Behälter, manche von ihnen aus Ton oder Keramik, andere offenbar aus dünnem Polymer. Jeder von ihnen enthielt ein wenig Wasser.

»Ich habe versucht, einen Vorrat anzulegen«, erklärte Roxa. »Es fließt immer weniger Wasser aus der Wandöffnung.«

Als hätte sie damit das Zeichen gegeben, versiegte das Rinnsal ganz. Einige letzte Tropfen fielen ins Becken, dann nichts mehr.

Neben den Behältern auf dem Boden lagen andere Gegenstände: Kleidungsstücke, ebenso zerrissen wie die Raumanzüge, und Reste von Dingen, die einmal Geräte und Instrumente gewesen sein mochten, einige von ihnen zerbrochen und mit deutlichen Korrosionsspuren.

Etwas weiter hinten bemerkte Hannibal Knochen.

»Unser Vormieter«, sagte Roxa. »Wer auch immer er gewesen sein mag, offenbar hat er keinen Weg gefunden, der nach draußen führt.«

Hannibal sah sich die Knochen aus der Nähe an. Einige von ihnen waren bogenförmig und dünn wie Gräten, andere rund und dick. Der Schädel stammte gewiss nicht von einem Menschen. Er wies zu viele Mulden auf, und die Zähne waren spitz wie die eines Raubtiers.

»Lass dich nicht von den Zähnen täuschen«, sagte Roxa. »Er oder sie oder was auch immer war kein Tier. Jedenfalls nicht, wenn die Werkzeuge von ihm stammen. Und dass es sich um Werkzeuge handelt, daran besteht kein Zweifel. Ich benutze einige von ihnen.«

»Wie hast du herausgefunden, wie man mit ihnen umgeht?«
Hannibal merkte, dass er nicht nur durstig war, sondern auch hungrig. »Wie lange bin ich bewusstlos gewesen?«

»Zwei Tage«, antwortete Roxa über die Schulter hinweg und richtete ihren Apparat auf das Licht an der Wand vor ihr. »Und ich glaube, es war keine Bewusstlosigkeit. Ich hatte eher den Eindruck, dass du tief und fest geschlafen hast.«

Hannibal blickte auf die Knochen hinab.

»Er kann kein Bewohner von Zeta gewesen sein, niemand von jenen Wesen, die das Artefakt konstruiert und gebaut haben«, fügte Roxa hinzu. »Ich schätze, er oder sie war ein Besucher wie wir. Und er ist hier gestorben, weil er keinen Weg hinaus gefunden hat. Wir sitzen in der Falle. Es wird immer wärmer, und bald dürfte es so heiß sein, dass wir nicht überleben können.«

Hannibal wandte sich von den Knochen ab und ging zu ihr. Er schwitzte und hatte schon wieder Durst. »Etwas hat uns hierhergebracht, zu einem Ort, wo wir atmen können«, sagte er. »Um uns dann verdursten zu lassen? Warum? Welchen Sinn hätte das?«

»Ich hab' da eine Vermutung.« Ein neues silbernes Licht erschien und erhellte ein komplexes Zeichen aus mehreren wie verknotet wirkenden Schnörkeln. Roxa richtete ihren Apparat darauf, der aus einer Linse, zwei Energiepaketen und anderen Teilen bestand, die Hannibal nicht sofort identifizieren konnte.

»Was ist das?« Er zeigte auf die Vorrichtung. »Und was machst du damit?«

Die Wand, stellte Hannibal fest, war in zahlreiche runde und quadratische Abschnitte unterteilt, manche so groß wie eine menschliche Hand, andere ein ganzes Stück kleiner. Auf ihnen tanzte ein silbernes Licht. Die einzelnen Flächen leuchteten auf, wenn sie von dem Licht berührt wurden, und präsentierten unterschiedliche Schnörkelzeichen.

»Ich habe mir gedacht, dass das Licht und die von ihm hervorgehobenen Zeichen eine Botschaft beinhalten, mit der man uns etwas mitteilen will.« Roxa hob den Apparat und zeigte auf die einzelnen Bestandteile. »Das hier habe ich zusammengebastelt, während du geschlafen hast. Aus den Resten der technischen Ausrüstung unserer Raumanzüge. Dieser Scanner enthält zwei intakte KI-Prozessoren, einen von deinem Anzug und einen von meinem, Speicherbänke für die Datenverarbeitung, Sensoren, eine improvisierte Kamera, zwei Energiepakete und ein Display, hier leider nur monochrom und mit geringer Auflösung. Ich habe auch einige Komponenten verwendet, die bei den Hinterlassenschaften unseres Vorgängers dort drüben lagen. Was hältst du davon?« Sie hob den Apparat noch etwas höher und lächelte stolz.

»Sieht abenteuerlich aus.« Hannibal wischte sich Schweiß von der Stirn. Die Luft, die er atmete, enthielt zwar genug Sauerstoff, schien aber zu glühen.

»Ich habe mittels der KI-Prozessoren herauszufinden versucht, was die Zeichen bedeuten.« Roxa richtete den Apparat wieder auf die Wand. »Es sind Zahlen. Mathematik, Hannibal. Ich glaube, das silberne Licht benutzt die Sprache der Mathematik. Die Zahlen, die ich bisher identifizieren konnte, habe ich neben der Tür in die Wand geritzt. Sie wiederholen sich immer wieder, der Tanz des Lichts ist immer gleich, bis es die untere rechte Ecke erreicht. Dann geht es von vorn los.«

Hannibal ging zur Tür und versuchte für einen Moment, durch die dicke Scheibe etwas zu erkennen. Doch was auch immer sich jenseits davon befand, es blieb schemenhaft und undeutlich, eine Ansammlung von Hell und Dunkel, mehr nicht.

»Wenn du mit dem Gedanken spielst, die Scheibe einzuschlagen«, sagte Roxa hinter ihm, »die Mühe kannst du dir sparen. Ich hab's mehrmals versucht, es klappt nicht. Das Ding ist viel zu stabil.«

Neben der Tür fand Hannibal die von Roxa in die harte braune Wand gekratzten Zahlen. Sie lauteten:

1 1 2 3 5 8 13 21 34 55 89 144 233 377 610 987

Es folgten drei Punkte und darunter eine weitere Zahl: 50.

»Es sind keine Primzahlen, so viel steht fest.« Roxa verfolgte das Licht mit ihrem Scanner. »Sie werden erst langsam größer und dann immer schneller.«

»Mit Ausnahme der letzten Zahl«, sagte Hannibal und wandte den Kopf.

»Ja, sie scheint nicht zu den anderen zu passen.« Roxa ließ den improvisierten Scanner sinken und beobachtete, wie das Licht über die runden und eckigen Flächen tanzte. Ganz unten und auf der rechten Seite bemerkte Hannibal einen rechteckigen Abschnitt, der dunkel blieb.

Das springende silberne Licht kehrte erneut zum Anfang der Zahlenreihe zurück und erhellte aus Schnörkeln bestehende Zeichen, die Roxas Apparat für Zahlen hielt.

»Ich zerbreche mir darüber den Kopf, seit wir hier sind«, sagte sie. »Ich werde einfach nicht schlau daraus.« Schweiß rann ihr über die Schläfe. »Vielleicht ist es ein Test, eine Prüfung.«

»Du meinst ... Wenn wir das Zahlenrätsel lösen, können wir die Hütte verlassen und der Hitze entkommen?«

Roxa zuckte hilflos mit den Schultern. »Wer weiß.«

»Und wenn nicht ...« Hannibal blickte zu den Knochen, die nicht von einem Menschen stammten.

»Dann verdursten wir«, sagte Roxa. »Oder wir sterben vorher an einem Hitzschlag.«

Das Atmen fiel Hannibal schwerer. »Wie hoch ist die Temperatur, was meinst du?«

»Vierzig Grad? Vielleicht liegt sie sogar noch höher. Lange können wir das nicht überleben, nicht einmal mit genug Wasser.« Roxa fügte hoffnungsvoll hinzu: »Hast du eine Idee, was die Zahlen betrifft?«

Hannibal betrachtete sie erneut.

Für einen seltsamen Moment tanzten sie wie das Licht an der Wand, vor der Roxa stand, und er fühlte wieder ein kurzes Kratzen, wie von einem Fingernagel an der Innenseite des Hinterkopfs.

Plötzlich verstand er.

»Es sind Fibonacci-Zahlen!« Hannibal bückte sich, nahm einen kleinen Stein mit einer Kante, die ihm scharf genug erschien, und begann damit, unter den Zahlen eine Formel in die Wand zu kratzen:

$f_n = f_{n-1} + f_{n-2}$ für $n \geq 3$
Anfangswert $f_1 = f_2 = 1$

Roxa stellte ihren Apparat ab, näherte sich und betrachtete die Schriftzeichen.

»Jede Zahl ist die Summe der beiden vorhergehenden«, erklärte Hannibal. »Die Fibonacci-Folge. Benannt nach einem Mathematiker, der im zwölften Jahrhundert auf der Erde lebte, in Italien.«

Roxa rechnete. »Na schön, es scheinen tatsächlich Fibonacci-Zahlen zu sein. Bis zu 987. Dann kommt plötzlich die 50, und sie passt nicht dazu. Wo ist der Zusammenhang?«

Hannibal überlegte, in Schweiß gebadet. Es schien mit jeder verstreichenden Sekunde heißer zu werden.

»Vielleicht ...« Er schnappte nach Luft. »Könnte es sein, dass damit die fünfzigste Fibonacci-Zahl gemeint ist? Die ersten sechzehn geben uns einen Hinweis darauf, um was es sich handelt, und die letzte, die Nummer fünfzig, fordert eine Zahl als Antwort.«

»Wie lautet die fünfzigste Fibonacci-Zahl?«, fragte Roxa. »Hast du sie im Kopf?«

Hannibal begann zu rechnen und kratzte mit dem Stein erste Ergebnisse in die Wand. Schließlich hatte er das Resultat: 12 586 269 025.

»Wunderbar«, kommentierte Roxa. »Und jetzt? Wir wissen, wie die fünfzigste Zahl der Fibonacci-Folge lautet. Und weiter?«

Hannibal sah zur Wand mit dem tanzenden Licht. Sie erreichten gerade den letzten Abschnitt, die 50, leuchteten dort für zwei oder drei Sekunden und kehrten wieder zum Anfang zurück.

»Der letzte Abschnitt«, sagte er. »Das leere Rechteck. Kannst du die fünfzigste Fibonacci-Zahl in ein Schnörkelzeichen übersetzen?«

Roxa begriff sofort, was er meinte. Sie eilte zu ihrem Apparat, nahm ihn, veränderte die Einstellungen und blickte immer wieder aufs Display. »Es müsste eigentlich möglich sein. Die beiden KI-Prozessoren haben die fremden Zeichen in Zahlen übersetzt. Der Vorgang sollte auch umgekehrt möglich sein.«

Einige Minuten verstrichen, während Roxa an ihrem Scanner werkelte. Hannibal ging langsam durch den großen Raum, der ihnen zur Verfügung stand, damit der Schweiß verdunstete, was ein wenig Kühlung brachte. Als er zum zweiten Mal am Becken mit den kleinen Behältern darunter vorbeikam, sagte Roxa: »Trink ruhig.«

Er bückte sich und beobachtete, wie mehrere Schweißtropfen von der Stirn auf den staubigen Boden fielen. Vorsichtig nahm er eine kleine Keramikschüssel, setzte sie behutsam an die Lippen und trank warmes Wasser. Der Körper verlangte nach mehr, aber Hannibal widerstand der Versuchung, den nächsten Behälter zu nehmen und erneut zu trinken.

»Hier haben wir das Ergebnis.« Roxa deutete auf das monochrome Display. Es zeigte ein komplexes Symbol aus miteinander verschlungenen Schnörkeln und knotenartigen Verdickungen. »Versuchen wir's damit.«

Sie nahm einen Stein – vielleicht jenen, den sie für die Zahlen benutzt hatte –, sank vor dem rechteckigen leeren Abschnitt auf die Knie und begann damit, das komplizierte Zeichen auf dem Display in die Wand zu kopieren. Hannibal hörte das Kratzen, das ihm ungewöhnlich laut erschien, als befände sich der Ursprung des Geräuschs direkt neben seinem Ohr.

»Fertig.« Roxa lehnte sich zurück und saß auf den Fersen. »Jetzt bin ich gespannt.«

Hannibal beobachtete das silberne Licht. Es funkelte und schimmerte, glitt und sprang von einem Zahlenfeld zum nächsten, erreichte schließlich die 50, leuchtete dort heller und länger ... und verschwand.

Roxa stand langsam auf. »Ich fürchte ...«

Der rechteckige Abschnitt, in den sie das übersetzte Schriftzeichen geritzt hatte, erhellte sich wie von einer Lampe, die dahinter aufleuchtete, und gleichzeitig hörte Hannibal ein leises Knistern, das schnell zu einem lauten Knarren und Knacken wurde.

Bruchlinien durchzogen die dicke, halbtransparente Barriere in der Tür, einzelne Teile lösten sich und fielen zu Boden. Ein vertikaler Riss entstand, reichte von ganz oben bis zum unteren Ende und bekam horizontale Erweiterungen.

Die Scheibe brach.

Hinter ihr erstreckte sich eine halb von Dunst verhüllte Schneelandschaft, in der dunkle Felsen aufragten. Kalte Luft strömte in die Hütte.

Hannibal hieß sie mit ausgebreiteten Armen willkommen, lachte erleichtert und trat mit Roxa nach draußen.

WIR SIND NICHT DIE ERSTEN

NORA VAN DYKE,
ZETA

41

»Das hier ist völlig unmöglich.« Noras Stimme verlor sich fast im Surren und Knarren des riesigen Räderwerks, durch das sie, nach dem Verbrauch der Vorräte an Früchten und Wasser zu urteilen, seit etwa zwei Tagen unterwegs waren.

»Ich sehe es«, erwiderte Eusebius, den Blick auf die unerwarteten Objekte gerichtet. Er kniete nieder und strich mit den Fingern über den harten Rand eines Flexhelms. »Und ich kann es fühlen. Also muss es existieren. Es sei denn, es ist eine Sinnestäuschung, die uns beide betrifft.«

Sie befanden sich in einem etwa zehn Quadratmeter großen Raum, dessen Boden aus einem weichen, schwammigen Material bestand, an einigen Stellen zitronengelb, an anderen karmesinrot. Es veränderte die Farbe, wenn man langsam genug darüber hinwegging; dann verwandelten sich Gelb und Rot in zarte blaue Töne. Drei der vier Wände bestanden aus Abertausenden kleiner Zahnräder, die sich unablässig drehten. Die vierte Wand war glatt wie Glas und schwarz. Wenn man sie aus einem bestimmten Blickwinkel betrachtete, konnte man ein vages Wogen erkennen, wie von einem nahen Ozean. Wenn man sich etwas mehr Zeit nahm und ganz genau hinsah, offenbarten sich dünne Linien, die die Wand in drei große Rechtecke unterteilten. Deren Oberfläche wies nicht den geringsten Kratzer auf.

Der Raumanzug, den Eusebius angefasst hatte, war ein fünfunddreißig Jahre altes Modell und stammte aus irdischer Produktion. Das kleine Polymer-Etikett im rechten Ärmel gab Auskunft:

```
             SUE
  Space Utilities & Equipment
          Wellington
    New Zealand (Aotearoa)
            2115
```

»Jemand war vor uns hier?« Nora formulierte es immer noch als Frage.

»Vor uns allen«, erwiderte Eusebius und betrachtete die anderen Gegenstände: Werkzeugtaschen, ein Ausrüstungsbehälter aus verbeultem Leichtmetall, ein Gurt mit Instrumenten. »Vor uns von Titan, vor dem Schiff von der Erde und auch vor den Marsianern, die bestimmt ebenfalls hergeschickt wurden.«

Er nahm eins der Energiepakete, verband es mit einem Sensor und schaltete das kleine Messgerät ein. Nichts geschah. »Leer.«

Nora blickte noch immer auf den Schutzanzug hinab, ihre Gedanken in Aufruhr. »Wir wissen, dass Zeta aus dem interstellaren Raum zu uns kam.«

»Ja.«

»Der Asteroid, das Artefakt ... Es steuerte in eine hohe Umlaufbahn um Saturn. Unser Inspektionsboot war das erste Schiff, das sich auf den Weg zu Zeta gemacht hat.«

»Entgegen den ausdrücklichen Anweisungen von der Erde«, erinnerte Eusebius.

»Wir wollten die Ersten sein«, sagte Nora.

»Aber jemand anders war vorher hier.«

»Wie ist das möglich? Wie kann jemand vor uns Zeta erreicht haben, wenn sich das Artefakt außerhalb unseres Sonnensystems befand?«

Eusebius steckte Energiepaket und Sensor wieder in den Gürtel. »Ich weiß es nicht. Es sollte unmöglich sein. Wer auch immer den Raumanzug trug ...«

»Ein Mensch von der Erde?«, unterbrach ihn Nora.

»Sehr wahrscheinlich. Marsianer benutzen Raumanzüge aus eigener Produktion, und das gilt auch für uns, für die Autarkien. Also jemand von der Erde. Und er kam hierher ohne ein Schiff, von dem wir wüssten. Seine Reise scheint nicht sehr komfortabel gewesen zu sein. Der Raumanzug ist beschädigt, der Ausrüstungsbehälter verbeult.«

»Wann?«, fragte Nora. »Wann kam der Besucher hierher?«

»Schwer zu sagen. Vor fünfundzwanzig oder dreißig Jahren, nehme ich an. Es sei denn, er hat einen alten Raumanzug benutzt. Aber welchen Grund sollte es dafür geben?«

»Ein Vierteljahrhundert?«

»Mindestens.«

Nora hielt einen ihrer wirbelnden Gedanken fest. »Könnte das der wahre Grund sein, warum uns die Erde aufgefordert hat, auf die Ankunft ihres Schiffs zu warten? Wusste sie mehr?«

»Vielleicht«, überlegte Eusebius laut. »Aber wenn man auf der Erde etwas wusste, dann nicht genug. Es gibt keine Knochen, keine organischen Überreste. Was ist aus dem Mann von der Erde geworden? Oder der Frau?«

Das Surren um sie herum schien etwas lauter zu werden. Nora warf einen Blick zu den messinggelben und kupferroten Zahnrädern. Drehten sie sich schneller als vorher?

Sie löste eine ausgehöhlte, mit Wasser gefüllte birnenförmige

Frucht von ihrem aus Pflanzenfasern geflochtenen Gürtel und trank einen Schluck. »Wie kam der Mensch von der Erde hierher? So wie wir?«

»Wie sind *wir* hierhergekommen?«, entgegnete Eusebius.

Nora nickte. »Gute Frage. Etwas hat uns hierher versetzt.«

Eusebius sah sich noch einmal die Werkzeugtaschen an und suchte erneut nach einem Hinweis auf die Identität der Person, die den Raumanzug getragen hatte. Als er nicht antwortete, sprach Nora weiter.

»Etwas hat dafür gesorgt, dass wir den Absturz des Inspektionsboots überlebten, noch dazu unverletzt. Und nachdem wir durch das Trümmerfeld gegangen sind, brachte uns das Etwas hierher. Ich meine, nicht *hierher*, sondern in die Zylinderwelt mit dem Meer als Himmel. Etwas hat uns *transferiert*.«

»Ein anderes Wort für denselben rätselhaften Vorgang bringt uns nicht weiter«, wandte Eusebius sein.

»Vielleicht erging es dem Menschen von der Erde ähnlich«, fuhr Nora fort. »Vielleicht hat auch er einen *Transfer* erlebt. Aber es gibt einen Unterschied. Unsere Raumanzüge wurden zerfetzt, dieser blieb einigermaßen intakt.«

Eusebius richtete sich auf. »Und der Mensch von der Erde, Mann oder Frau, scheint mit der Absicht hierhergekommen zu sein, diesen Ort zu erforschen. Sieh dir die Ausrüstung an.«

Nora führte den Gedanken weiter. »Wenn das stimmt, ging die Initiative von ihm aus. Er wurde nicht einfach versetzt oder transferiert wie wir. Er wusste von Zeta und kam hierher, weil er hierherkommen wollte. Was bedeutet, dass er eine Möglichkeit kannte, diesen Ort zu erreichen. Könnte das Räderwerk etwas damit zu tun haben, diese Maschine?«

Nora näherte sich einer Wand und betrachtete die Zahnräder aus der Nähe. Das Licht in dem Raum stammte von ihnen: Die kleinen Zahnräder, die sich besonders schnell drehten, leuchteten heller als die anderen. »Was macht die Maschine? Trägt sie zur Funktion von Zeta bei? Hat *sie* uns hiergeholt?«

»Eine mechanische Vorrichtung, die einen vierhundert Kilometer großen Asteroiden in ein Raumschiff verwandelt und Objekte teleportieren kann?« Eusebius trat neben sie. »Und eine Innenwelt geschaffen hat, die einem unserer großen Habitate bei Uranus und Neptun ähnelt? Das wage ich zu bezweifeln.«

»Was tut sie dann? Welchen Zweck erfüllt sie?«

»Vielleicht erfüllt sie gar keinen«, sagte Eusebius. »Zumindest keinen technischen, für die Funktion von Zeta. Möglicherweise ist sie nur da, um uns zu verwirren.«

Er lächelte ein wenig, Zeichen dafür, dass er seine Worte nicht ganz ernst meinte.

»Ein so riesiges Gebilde?«, erwiderte Nora skeptisch. »Und es soll nur dazu da sein, Besucher vor ein Rätsel zu stellen?«

Eusebius hob und senkte die Schultern.

»Was würde passieren, wenn wir das Räderwerk anhalten, es irgendwie blockieren?«, fragte Nora.

»Ich schätze, das wäre keine gute Idee. Wir sollten alles vermeiden, das Zeta als feindselig interpretieren könnte.«

»Du glaubst, dass wir beobachtet werden?« Nora sah sich um. Verbargen sich Sensoren in der Maschine, fremde Augen und Ohren?

»Warum sollte uns jemand herbringen und dann nicht feststellen wollen, wie wir uns verhalten und was wir unternehmen?«, entgegnete Eusebius.

»Was sind wir, Versuchskaninchen?« Nora drehte sich im Kreis. Wie als Antwort wurde das Summen und Surren noch etwas lauter.

Nora wandte sich wieder der Wand vor ihr zu, streckte die Hand aus und berührte eins der goldgelben Zahnräder mit der Kuppe des Zeigefingers.

Plötzlich knackte und knirschte es im riesigen Uhrwerk. Das Zahnrad, das Nora gerade berührt hatte, drehte sich noch einige kleine Zacken weiter und blieb dann stehen. Einige weitere messingfarbene Räder folgten, doch die kupferroten Zahnräder in der Nähe rotierten schneller, und das Surren verwandelte sich in ein unangenehmes Quietschen.

Nora schnitt eine Grimasse.

Ein Windstoß fegte durch den Raum. Die Gegenstände auf dem Boden, der Raumanzug, die Werkzeugtaschen, der Ausrüstungsbehälter ... alles geriet in Bewegung und rutschte auf die dunkle Wand zu, wo sich eins der drei Rechtecke deutlich abzeichnete. Wellenförmige Bewegungen schwappten durch das zuvor glatte Schwarz.

Der Gürtel mit den Energiepaketen und Instrumenten erreichte die Wand, und ein Teil von ihr wölbte sich ihm entgegen. Mit einem kurzen Aufblitzen und einem schmatzenden Geräusch verschwand er darin, gefolgt von den Werkzeugtaschen und dem verbeulten Behälter aus Leichtmetall. Der leere Raumanzug schien etwas mehr Widerstand zu leisten, er rutschte langsamer, aber schließlich verschlang die Wand auch ihn.

Nora taumelte und stemmte sich einem Sog entgegen, der von der dunklen Wand ausging. Sie wollte zum offenen Zugang des Raums zurückkehren, aber der Sog wurde zu stark. Sie taumelte, verlor das Gleichgewicht und sank auf alle viere. Neben ihr duckte sich Eusebius und versuchte, sie festzuhalten. Seine Lippen bewegten sich, er rief etwas, doch die Worte verloren sich im ohrenbetäubend laut gewordenen Quietschen und Knarzen.

Sie rutschte, konnte es nicht verhindern, denn der schwammige Boden bot trotz der rauen Oberfläche nicht genug Halt. Es half auch nicht, sich ganz auf den Boden zu legen, der Sog war zu stark.

Etwas Kaltes umfasste Noras Füße. Sie wollte sich an Eusebius festklammern, aber ihre Hände griffen ins Leere, er war plötzlich nicht mehr da.

Es blitzte erneut, so hell, dass Nora für einen Moment nichts mehr sah. Das Quietschen schien ihr das Trommelfell zu zerreißen, sie presste die Hände auf die Ohren.

Die Kälte glitt an den Beinen empor, sprang zu Hals und Kopf.

Auf einmal war es dunkel und still.

Nora hörte das Zischen ihres Atems, laut wie eine Windbö, und an ihrer Seite fühlte sie etwas, eine vertraute Präsenz. Eusebius?

Die Dunkelheit wich Zwielicht, Wärme verdrängte die Kälte, die Luft roch modrig. Nora lag auf der Seite und sah einen Tümpel aus braunem, schlammigem Wasser, in dem gelegentlich Blasen aufstiegen und platzten.

Ein Schatten fiel auf sie.

Nora hob den Blick zu einem Geschöpf, das einer Gottesanbeterin ähnelte, zweieinhalb Meter groß und halb über sie gebeugt. Zwei Beißscheren senkten sich ihr entgegen.

UNENDLICHKEIT

DER MANN MIT DER MASKE,
ERDE

42

Wie sollte man einem Taubstummen das Hören und Sprechen schildern, ihm eine Vorstellung davon vermitteln?, überlegte der Mann mit der Maske. Er hatte versucht, es den Wissenschaftlern und auch Skarabi zu beschreiben, und vielleicht verstanden sie den kleinen Teil davon, der die Tschirnow-Strahlung, die Irregularität und sogar den exotischen Raum betraf, durch den sich die Verbindungen erstreckten. Aber niemand von ihnen konnte auch nur ansatzweise nachvollziehen, was es für die menschliche Wahrnehmung und das Empfinden bedeutete, den Phänomenen im Panoramaraum direkt ausgesetzt zu sein.

Wenn der Kontakt gut war, ohne zu viele Umwege und Knoten, und wenn ihm eine gute Synchronisation gelang, schmeckte er Unendlichkeit, ertastete mit den empfindlichen Fingerkuppen die raue Oberfläche der Ewigkeit und nahm die Aromen von Raum und Zeit wahr – er hörte, sah und schmeckte das Universum.

Das war der Bestzustand, das erstrebenswerte Ziel beim Kontakt, das sich jedoch nur selten erreichen ließ, denn es erforderte ein hohes Maß an Konzentration und gedanklicher, emotionaler Selbstdisziplin. Manchmal wurde das Feuer zu heiß, das er dort draußen berührte, in lichtjahrweiten Fernen und auch tief in seinem Innern, und dann brannte es so sehr hinter seiner Maske, dass er sich nicht mehr konzentrieren konnte. Bei anderen Gelegenheiten blieb es so kalt, dass er fröstelte und der Kosmos bitter schmeckte.

Der Mann mit der Maske wusste, dass er zugleich mehr und weniger war als vor dem achtundfünfzig Jahre zurückliegenden Zwischenfall. Die Tschirnow-Irregularität, der beinahe Mond und Erde zum Opfer gefallen wären, hatte ihm etwas genommen und gegeben. Er hielt an der Überzeugung fest, noch immer Mensch zu sein, doch darin gab es auch Platz für die Erkenntnis, dass etwas Fremdes in ihm steckte. Etwas, das seine Sinne erweiterte und ihm Fähigkeiten gab, die er vorher nicht besessen hatte, aber auch rätselhaft blieb. Was er verloren hatte, befand sich in dem Anderen, der ein eigenes Rätsel darstellte. Während der Ruhephasen dachte er oft über ihn nach, ohne das Rätsel lösen zu können.

Als Elroy Emmon Skarabi gegangen war, ehrenwerter Gesandter des Gremiums und gleichzeitig Mitglied der Riege, des Führungsstabs von Terra Solar, blieb der Mann mit der Maske im Panoramaraum und vertiefte den Kontakt. Er schloss die Augen, um mehr und besser zu sehen, fühlte das noch sanfte Brennen der Tschirnow-Strahlung und schickte sich selbst auf die Reise.

Er verließ die unterirdische Anlage, die Terra Solar vor vielen Jahren übernommen und erweitert hatte, stieg mit neuen Augen über der Sahara auf, viel schneller als ein Kopter oder Flugzeug, schneller auch als ein Orbiter auf dem Weg zu einer der Raumstationen. Er verließ die Erde und vertraute sich dem kosmischen Wind an, einem Teil von ihm, einem kleinen Strom, hinterlassen von einem Objekt, das seine hohe Umlaufbahn über dem Saturn verlassen hatte und bereits mit Überlichtgeschwindigkeit flog.

Wohin war Zeta unterwegs? Welches Ziel hatte der Asteroid, der viel mehr war als ein durchs All vagabundierender Himmelskörper? Und wo genau befand sich sein Zentrum unter all den Schichten und Schalen?

Es gab ein Zentrum, einen Kern mit Herz und Hirn, das wusste der Mann mit der Maske bereits. Er kannte auch den Namen: Konsens. Was auch immer das bedeutete. Übereinstimmung? Einigkeit? Einmütigkeit?

Auf der Erde gab es nur ein Gremium, dachte der Mann, während er das Sonnensystem von oberhalb der Ekliptik sah und beobachtete, wie die Planeten zu winzigen Lichtpunkten schrumpften, die schließlich verblassten. Ein Gremium, eine Regierung, eine Instanz, die letztendlich alle wichtigen Entscheidungen traf. Vielleicht gab es in Zeta mehrere Gremien, mehrere entscheidungsbefugte Instanzen, die Einigkeit erzielen mussten. Das erschien ihm umständlich, ähnlich ineffizient wie demokratische Strukturen, die immer wieder bewiesen hatten, dass sie nicht schnell genug auf Veränderungen reagieren konnten.

Was auch immer der Fall sein mochte, auf Namen kam es weniger an als auf Funktion. Im Konsens schlug das Herz von Zeta, der große Taktgeber, der die künstlichen Welten mit Energie versorgte und am Leben erhielt. Und dort dachte, plante und beurteilte das Hirn. Zugang bedeutete Teilhabe an diesen Prozessen und Vorgängen, und der nächste Schritt hieß Kontrolle. Für die Erde, für Terra Solar. Niemand sonst durfte Zetas überlegene Technologie bekommen.

Das war die eine Seite, der eine Aspekt, zweifellos sehr wichtig für die Machtverhältnisse im Sonnensystem und die Hegemonie der Erde. Doch es gab noch eine andere Seite, einen zweiten Aspekt.

Vor achtundfünfzig Jahren hatte ihn ein Tschirnow-Zwischenfall fast umgebracht, und seitdem war er auf der Suche nach

Antworten auf Fragen wie: Wer bin ich? Was bin ich geworden? Was werde ich sein?

Er glaubte fest daran, sie in Zetas Zentrum finden zu können, im Konsens. Oft dachte er darüber nach, ob nur Zufall dahintersteckte oder ob es noch etwas anderes gab. Ein Zufall, der ihn ausgewählt hatte, um etwas zu überleben, das eigentlich kein Mensch überleben konnte, um etwas Fremdes zu empfangen, das ihm Zeta zeigte und dem großen Artefakt das Sonnensystem? Genügte das als Erklärung?

Wo hatte sich Zeta damals befunden, beim ersten Kontakt, bei der ersten zaghaften Berührung? Nicht bei Proxima Centauri, sondern tausend Lichtjahre entfernt, im Doppelsternsystem HR 6819, das eigentlich ein Dreifachsystem war – der dritte Partner im komplexen Schwerkrafttanz war ein Gravitationsgigant, ein Schwarzes Loch mit vier Sonnenmassen. Später hatte er eine besondere Wechselwirkung bei diesem kosmischen Tanz erkannt, zwischen dem Schwarzen Loch und Zeta auf der einen und dem exotischen Raum und ihm auf der anderen Seite, dem Menschen auf der Erde, der nach dem verheerenden Unfall in einer Spezialklinik behandelt wurde.

Inzwischen wusste er, dass Pseudomaterie, die bei einer Tschirnow-Irregularität entstehen konnte – wie zum Beispiel der sieben Meter große, von silbernen Linien durchzogene Quader bei Imbria auf dem Mond –, kondensierte, materialisierte Energie des exotischen Raums war. Nach all den Jahren fiel es ihm leichter, solche Dinge zu verstehen, vielleicht deshalb, weil er sie mit den anderen Augen sehen und mit den anderen Händen anfassen konnte. Er hatte versucht, es den Wissenschaftlern von Terra Solar zu erklären, doch Worte allein genügten ihnen nicht, sie brauchten Gleichungen und Formeln, und die konnte er ihnen nicht geben.

Ein Zufall? Oder ... Bestimmung? Der Mann mit der Maske

dachte darüber nach, als die Planeten verschwunden waren, vom tiefen Schwarz des Alls verschluckt, und selbst das Licht der Sonne im großen galaktischen Sternenmeer verblasste. Die zweite Möglichkeit, befand der Mann, drohte mit Hybris, mit Selbstüberhebung und Größenwahn. Mit emotionaler Verwirrung und Verirrung, mit einem verzerrten Blick für die Realität. Die Antwort, überlegte er, hieß vermutlich Wahrscheinlichkeit. Er hatte sich, als es zu dem Zwischenfall gekommen war, zur richtigen Zeit am richtigen Ort befunden.

Oder zur falschen Zeit am falschen Ort, sinnierte der Mann und erlaubte sich ein Lächeln hinter der Maske. Es hatte ihn getroffen, das Fremde hatte ihn gefunden, hätte sich aber auch in jemand anders niederlassen können.

Schluss damit!, forderte er von sich selbst. Vergiss nicht, worum es geht.

Er folgte dem kleinen Strom, den Zeta im kosmischen Strahlungswind hinterließ, wie dem Kielwasser eines Schiffs. Das dünne Band der Verbindung half ihm, es erleichterte die Orientierung.

Es gab zahlreiche Bänder dieser Art, wie ein Spinnennetz, das jemand über die Galaxis gelegt hatte, und der Mann vermutete, dass sie von Zetas Erbauern stammten. Sie führten in und durch den exotischen Raum, in dem andere physikalische Gesetze herrschten und Geschwindigkeiten weit über der des Lichts möglich waren. Das allein erschien Terra Solar attraktiv genug. Skarabi und seine Mitstreiter dachten an Raumschiffe der Erde, die schneller als das Licht flogen, die Planeten fremder Sternsysteme besiedelten und strategische Basen errichteten. Der Mars und die Autarkien hätten innerhalb kurzer Zeit an Bedeutung verloren. Sie wären gezwungen, sich der Hegemonie der Erde zu beugen, die weit über das Sonnensystem hinausreichte.

Aber vielleicht bot Zeta noch viel, viel mehr.

Die anderen Augen folgten dem Strom, dem Kielwasser, und bemerkten ein schwaches kleines Licht zwischen den Sternen. Dort war er, der Asteroid, das Artefakt, ein vierhundert Kilometer großes Raumschiff mit künstlichen Welten in seinem Innern. Der Mann sah und fühlte den Kurs: Zeta schickte sich an, den Orionarm der Milchstraße zu verlassen; das unbekannte Ziel befand sich offenbar im weiter außen gelegenen Perseusarm des galaktischen Feuerrads.

In den vergangenen achtundfünfzig Jahren war der Mann gelegentlich auf Entdeckungsreise gegangen und hatte Orte besucht, die an Verbindungen des exotischen Raums lagen: gewaltige Monumente auf öden, verbrannten Welten; Statuen höher als Berge; Raumstationen und Städte im All, groß wie Monde oder gar Planeten; Konstrukte wie riesige Kristalle, im interstellaren Raum gelegen. Er hatte Leere geatmet und die glatten, kantenfreien Flächen von Äonen berührt, ohne die Botschaft zu verstehen, die sich in seinen Empfindungen verbarg. Es gab eine, da war er sicher. Hinter all dem, was ihm die veränderten und erweiterten Sinne vermittelten, gab es eine tiefere Bedeutung, und Zeta spielte dabei eine wichtige Rolle, das spürte er.

Der Mann stellte fest, dass seine Gedanken immer wieder abschweiften. Er konzentrierte sich auf Ziel und Aufgabe, und da war er, der Asteroid, vierhundert Kilometer lang und mit einem Durchmesser von etwa dreihundert Kilometern an der dicksten Stelle, von langen, parallel verlaufenden Rinnen durchzogen. Nur einige wenige Krater zeigten sich in der Oberfläche. Mit den anderen Augen schwebte der Mann dicht über sie hinweg und erreichte die Trümmer des zerschmetterten Inspektionsboots vom Saturnmond Titan, neben denen ein intaktes kleines Schiff stand, der marsianische Erkunder *Aonia*. Auf der anderen Seite des Asteroiden, so wusste er, befand sich ein Shuttle von der in Saturns Atmosphäre verglühten *Excelsior*.

Menschen ohne andere Augen, dachte er. Ohne sein über die Jahre gewachsenes Wissen. Sie würden es schwer haben. Er bezweifelte, ob sie auf Dauer überleben konnten.

Bis auf einen von ihnen. Oder vielleicht zwei.

Er verschaffte sich einen Überblick, indem er seine Sinne kurz durch die bekannten Außenschalen und mittleren Schichten schickte. Es gab einige geringfügige Veränderungen; der Konsens hatte Anpassungen vorgenommen, die jedoch nicht weiter ins Gewicht fielen.

Auch diesmal versuchte er, einen Blick durch den Nebel zu werfen, durch die Barriere, die ihn daran hinderte, die zentralen Regionen von Zeta zu erkennen. Und wieder sah er … nichts. Die anderen Augen genügten nicht, um Zetas Zentrum zu sehen. Dafür brauchte er *den* Anderen.

Natürlich fand er ihn sofort, immerhin bestand eine direkte Verbindung zwischen ihnen.

Der nächste Schritt, dachte der Mann. Die nächste Etappe.

Er fühlte, wie das Brennen hinter der Maske heißer wurde, als er zu dem Anderen sprach und ihm den Weg erklärte.

GEHEIMNISSE

NIGHTINGALE LOI,
ZETA

43

Die Wendeltreppe wand sich um eine zentrale weiße Quarzsäule, die Nightingale an den runden Raum mit den fremden Fossilien erinnerte. Seit mehr als zwei Stunden kletterten sie in dem engen Schacht hinab, über steinerne Stufen, die manchmal so hoch waren, dass sie sich gegenseitig helfen mussten. Das Licht ihrer Helmlampen strich über graue Wände, in denen sich gelegentlich Quarzadern zeigten, weiß wie die Säule. In unregelmäßigen Abständen fanden sie schmale Risse, und manche von ihnen schienen ziemlich tief zu sein. Doch keiner von ihnen bot Platz genug, um hinein- oder hindurchzukriechen.

Auf einer besonders breiten und hohen Stufe hob Nightingale schließlich die Hand und sprach in ihren Kommunikator. »Pause, Leute. Und Zeit für eine Grundsatzentscheidung.«

Sie klickte mit den Zähnen, fühlte das Ende eines kleinen Schlauchs und trank kühles, recyceltes Wasser. Gern hätte sie auch etwas gegessen – ihr Magen knurrte –, aber das ließ sich ohne ein Öffnen des Helmvisiers nicht bewerkstelligen. Was natürlich nicht infrage kam. Der Treppenschacht enthielt nur Spuren von Gasen, hauptsächlich Helium, Wasserstoff, Stickstoff und Argon. Sauerstoff fehlte völlig, und der Luftdruck war viel zu gering – er entsprach dem in fünfzig Kilometern Höhe auf der Erde.

»Mir tun die Knie weh.« Nightingale setzte sich und streckte die Beine. Ihre Füße reichten bis zum Rand der breiten, hohen Treppenstufe.

»Wir haben eine anstrengende Kletterpartie hinter uns.« Chen verharrte neben ihr und sondierte wieder mit seinen Sensoren. »Und außerdem schwankt die Schwerkraft um bis zu zehn Prozent. Vielleicht liegt es an der starken Massenkonzentration, in deren Nähe wir uns befinden.«

»Was ist mit Ihnen, Floyd?«, fragte Nightingale. »Sie sind ein normaler Mensch wie ich. Tun auch Ihnen die Knie weh?«

Floyd stand reglos da und blickte die nächsten Stufen hinab.

»Floyd?«

Amaranth Newton wandte sich ihm zu. Als sich Floyd noch immer nicht bewegte, berührte er ihn an der Schulter.

»Was?«, brummte er verwirrt.

»Haben Sie im Stehen geschlafen?« Nightingales Lider waren schwer. Doch sie durfte der Müdigkeit nicht nachgeben und schlafen. Das hätte wertvolle Zeit gekostet, und genau darum ging es bei der Entscheidung, die es zu treffen galt, um Zeit. »Was ist mit Ihren Knien?«

»Mit meinen Knien?« Floyd sah an sich herab. »Oh, meine Knie. Ja, Sie haben recht, Direktorin. Diese hohen Stufen sind sehr mühsam. Eine Pause, einverstanden.«

Es klang ein wenig fahrig und geistesabwesend, fand Nightingale.

»Aber wir sollten nicht zu lange rasten«, fügte Floyd hinzu. »Wir befinden uns erst wenige Kilometer unter der Oberfläche von Zeta. Bis zum Zentrum ist es noch ein weiter Weg.«

»Wer sagt, dass das Zentrum unser Ziel ist?«, fragte Nightingale.

Effraim Floyd drehte sich ganz zu ihr um. Auch Amaranth Newton sah sie an, sein glattes Gesicht von Floyds Helmlampe erhellt. »Sind Sie anderer Meinung?«

Nightingale blieb sitzen und fragte sich plötzlich, ob sie die Kraft hatte, wieder aufzustehen. »Kommt darauf an, was wir suchen.«

Floyd schwieg und schien auf eine Erklärung zu warten. Amaranth Newton sah sie ebenfalls wortlos an. Der ruhige, unerschütterliche Chen setzte seine Sondierungen fort. Einige der von seinen Sensoren ermittelten Daten erschienen auch auf Nightingales Helmvisier.

»Wir müssen eine Entscheidung treffen, Leute«, verkündete sie. »Der Faktor Zeit zwingt uns dazu.«

»Entweder setzen wir den Weg fort, oder wir kehren zurück«, sagte Chen, ohne von den Anzeigen seiner Sensoren aufzublicken.

»Genau darum geht es«, bestätigte Nightingale. »Inzwischen sind wir seit gut drei Stunden unterwegs. Die Autonomie unserer Raumanzüge betrug zu Anfang sieben Stunden, und davon sind jetzt nur noch zweihundertzwanzig Minuten übrig. Zumindest bei mir. Wie sieht's bei euch aus?«

Chen, Floyd und Newton nannten Werte, die ihren glichen.

»Uns bleiben also noch drei Stunden und vierzig Minuten«, sagte Nightingale. »Gerade genug für die Rückkehr nach oben und einen Versuch, den Shuttle zu erreichen. Wenn wir jedoch den Weg über diese alles andere als bequeme Treppe fortsetzen, gibt es kein Zurück mehr. Dann sind wir Zeta auf Gedeih und Verderb ausgeliefert.«

»Sind wir nicht hier, um mehr über Zeta zu erfahren?«, hielt ihr Floyd entgegen.

»Wenn wir jetzt, hier an dieser Stelle, nicht umkehren«, erklärte Nightingale, »müssen wir innerhalb der nächsten drei

Stunden und vierzig Minuten einen Ort finden, der warm genug ist und atembare Luft enthält, sonst erfrieren oder ersticken wir. So sieht's aus, Leute.«

»Je mehr Zeit wir hier mit unnützen Diskussionen verlieren«, sagte Floyd, »desto länger dauert es, einen solchen Ort zu erreichen.«

»Unnütze Diskussionen?« Ärger stieg in Nightingale auf. »Es geht um unser Überleben, und Sie halten Gespräche darüber für unnütz, Mister Floyd?« Mühsam kam sie auf die Beine.

»Glauben Sie vielleicht, unser Überleben würde mich nicht interessieren?«, entgegnete Floyd mit einer sonderbaren Schärfe in der Stimme. Er klang erneut wie jemand, der es eilig hatte. »Der Rückweg nach oben würde länger dauern, das Klettern wäre noch mühsamer. Und einmal oben angelangt müssten wir einen Weg an die Oberfläche finden. Dazu bliebe uns wie viel Zeit? Einige Minuten? Eine Viertelstunde? Wenn uns ein Ausgang bekannt wäre, eine Tür, ein Weg, der uns garantiert in die Nähe des Shuttles bringen würde, könnte man eine Umkehr in Erwägung ziehen. Aber das ist nicht der Fall, und deshalb führt der einzige vernünftige Weg nach unten.«

Einige Sekunden lang herrschte Stille.

»Ich gebe ihm recht«, sagte Amaranth Newton.

»Sie sind mal wieder einer Meinung!«, platzte es aus Nightingale. »Was für eine Überraschung! Chen, was denkst du?«

»Ich denke, dass unter uns etwas geschieht.« Chen deutete die Treppe hinab. »Die Sensoren registrieren energetische Aktivität einige Hundert Meter entfernt.«

44

Die Müdigkeit war nicht vergessen, aber weniger schwer, es steckte neue Kraft in den Beinen. Nightingale kletterte in die Tiefe, eine große, hohe Treppenstufe nach der anderen. Schon nach kurzer Zeit merkte sie, dass sie den Abschluss ihrer kleinen Gruppe bildete, sie war langsamer als die anderen. Chen half ihr, in der einen Hand einen Sensor.

»Was ist es?«, fragte sie und beobachtete, wie Floyd und Newton flink die nächsten Stufen hinter sich brachten. Floyd schien es mit der Agilität des jungen Enhus aufnehmen zu können, er erwies sich als ebenso schnell und geschmeidig. Wie stellte er das an?

»Die energetischen Aktivitäten unter uns nehmen stetig zu«, antwortete Chen und sondierte erneut.

Die vom Sensor ermittelten Daten erschienen erneut auch auf Nightingales Helmvisier. In einer grünen Orientierungsgrafik leuchtete die Emissionsquelle hell wie ein Scheinwerfer.

»Nicht mehr weit«, stellte sie fest. »Nur noch fünfzig Meter.«

»Etwas scheint zu erwachen.« Chen stützte sie bei einer weiteren Stufe.

»Ist das gut oder schlecht?« Nightingale suchte nach seinem Gesicht hinter dem Visier und sah es kurz im Licht ihrer Lampe.

»Wir werden es gleich erfahren, nehme ich an. Vielleicht handelt es sich um eine Reaktion auf unsere Präsenz in diesem Bereich von Zeta.«

Ein akustisches Signal lenkte Nightingale ab. Sie verharrte kurz, lehnte sich an dunklen Stein und schöpfte Atem. Ihre Knie zitterten.

»Die Detektoren meines Raumanzugs zeigen Luft an«, sagte sie überrascht. »Mehr Luft als vorher. Und nicht nur Helium, Wasserstoff, Stickstoff und einige Edelgase, sondern auch Sauerstoff.«

Chen neigte den Kopf nach hinten, wodurch das Licht seiner Helmlampe nach oben strahlte. Etwas bewegte sich über ihnen. Nightingale leuchtete mit ihrer eigenen Lampe und sah, wie Steinplatten grau wie Granit den Schacht mit der Treppe verschlossen. Sie glaubte sogar, ein dumpfes Knirschen zu hören. Das hieß, es gab bereits genug Luft für die Übertragung von Schallwellen.

»Damit erübrigt sich eine Entscheidung«, sagte Nightingale. »Der Rückweg ist uns abgeschnitten.«

Chen half ihr die nächste Stufe hinunter, und zum ersten Mal hörte sie auch die Geräusche, die er dabei verursachte.

Unten wurde das Lampenlicht plötzlich schwächer. Dunkelheit kroch über die Treppe.

»Floyd?«, fragte Nightingale. »Newton?«

»Wir haben einen kleinen Raum erreicht«, meldete sich der junge Enhu. »Mit einem Sockel, auf dem ...« Amaranth Newton unterbrach sich und fügte nach einer kurzen Pause hinzu: »Sehen Sie es sich an.«

»Zeigen Sie es mir.« Nightingale schob sich über den Rand der Stufe und tastete mit den Füßen nach der nächsten. War sie etwas schwerer geworden? So fühlte es sich an. »Schicken Sie mir ein Bild.«

Amaranth Newton lachte leise. Es klang seltsam.

»Nein«, erwiderte er. »Das würde Ihnen die Überraschung verderben, Direktorin.«

Mit Chens Hilfe erreichte sie die nächste Stufe. »Die Emissionen sind jetzt sehr stark«, sagte er mit dem Sensor in der anderen Hand. »Das energetische Niveau entspricht dem eines kleinen Konverters.«

Nightingale nahm den Hinweis zum Anlass, eine eigene schnelle Sondierung vorzunehmen.

Die letzte Treppenstufe, die sie von dem Raum trennte, war

besonders hoch. Chen kletterte ohne erkennbare Mühe hinunter, steckte den Sensor weg, hob die Arme und fasste Nightingale an den Beinen. »Du kannst loslassen. Ich halte dich.«

Er hielt sie tatsächlich, aber etwas zog sie zur Seite, und fast wäre sie gestürzt.

»Instabiles Gravitationsfeld«, sagte er. »Vielleicht hängt es mit den Emissionen zusammen.«

Die nächsten Stufen waren schmal, niedrig und schief. Nightingale trat vorsichtig über sie hinweg, darauf gefasst, dass sich die Schwerkraft erneut veränderte.

Floyd und Newton sandten noch immer keine visuellen Daten, nur Telemetrie. Das ärgerte Nightingale, aber sie schwieg und fragte sich, welche Überraschung auf sie wartete.

Ein schmaler, halb hoher Durchgang führte in den Raum, den Floyd und Newton entdeckt hatten. Nightingale duckte sich hindurch und trat in den reflektierten Schein von Helmlampen, die auf den Sockel in der Mitte des runden Raums gerichtet waren.

Eine humanoide Gestalt erhob sich dort, zart und groß, die Haut wie aus Quecksilber, das Haar wie Gold, in den langen, feingliedrigen Händen ein Gegenstand, der einer Harfe ähnelte. Die dünnen, silbrigen Finger ruhten an den Saiten, und Nightingale glaubte, einen leisen Ton zu hören, wie aus weiter Ferne.

Als sie sich dem Sockel näherte, fühlte sie sich von etwas berührt. Plötzlich schien sie in ihrem eigenen Kopf nicht mehr allein zu sein. Etwas anderes entfaltete dort eine vorsichtige Präsenz, etwas Fremdes, und beobachtete sie mit neugierigem Interesse.

Direkt vor dem schneeweißen Sockel blieb sie stehen und blickte zu der humanoiden Gestalt empor. Sie überragte einen Menschen um mindestens einen halben Meter, und es ließ sich nicht erkennen, ob es sich um einen Mann oder eine Frau handelte. Falls bei dieser besonderen Spezies solche Unterscheidungsmerkmale überhaupt existierten oder Sinn ergaben. Dennoch stellte sich Nightingale die Gestalt als eine Sie vor, als eine weibliche Entität, das Ergebnis einer fremden, extrasolaren Evolution.

Sie fragte sich, ob sie es mit einer Statue oder einem lebenden Geschöpf zu tun hatte. Ihre Visionen an Bord der *Excelsior* fielen ihr ein, während der Irregularität, an die riesige Kathedrale mit dem dreißig oder vierzig Meter hohen pechschwarzen Block in ihrem Innern, an die vor ihm stehenden Statuen, die in Wirklichkeit lebendige Wesen waren, in Zeitlosigkeit erstarrt. Oder die sich in einer anderen Zeit bewegten, viel zu langsam für die menschliche Wahrnehmung.

Die großen blauen Augen der Harfenspielerin nahmen die Hälfte des Gesichts ein und spiegelten das Licht der Helmlampen wider. Gab es Leben in ihnen? Nightingale sah genau hin, und der Ton in der Ferne schien sich in eine kleine Melodie zu verwandeln.

»Beeindruckende Augen, nicht wahr?« Floyds Stimme klang verändert.

»Wie Opale«, sagte Nightingale langsam.

»›Ihm ist ein Feuer eigen, feiner als das im Carbunculus, er besitzt den purpurnen Funken des Amethystes und das Seegrün des Smaragds und eine überhaupt unglaubliche Mischung des Lichts‹«, sagte Floyd. »Das schrieb Plinius der Ältere vor mehr als zweitausend Jahren über den Opal.«

Nightingale drehte sich erstaunt um und stellte fest, dass Floyd seinen Flexhelm deaktiviert und nach hinten gestreift hatte. Deshalb also klang seine Stimme anders.

Amaranth Newton löste gerade die Siegel des eigenen Helms, der daraufhin seine Konsistenz verlor und erschlaffte. Der junge Enhu atmete tief durch und lächelte.

»Haben Sie nicht etwas vergessen?«, fragte Nightingale scharf. Beide sahen sie an.

»Einsatzorder«, erklärte Nightingale. »Ich leite diese Expedition. Ich bestimme, ob und wann die Helme deaktiviert werden.«

»Ich bitte um Verzeihung, aber ...«, begann Floyd.

»Nein, Mister Floyd, kein ›Aber‹. Nicht von Ihnen, nicht von irgendjemandem. Es ist *meine* Entscheidung.«

»Die Luft ist atembar«, sagte Newton. »Wir schonen unsere Ressourcen, indem wir auf den Sauerstoff der Raumanzüge verzichten.«

Nightingale löste die eigenen Siegel. Sie öffneten sich mit einem leisen Zischen, und eine Sekunde später wich das Visier zusammen mit dem Flexhelm zurück. Für einen Moment hielt sie den Atem an, öffnete dann den Mund und holte tief Luft.

Etwas stach in ihrem Hals, vielleicht auch etwas tiefer, wie mit einer kleinen spitzen Nadel. Doch das Stechen verging so schnell, dass Nightingale nicht sicher war, ob sie es tatsächlich gefühlt hatte.

»Na bitte«, sagte Floyd, »Sie leben noch, Direktorin.«

Nightingale richtete den Zeigefinger auf ihn. »Niemand unternimmt etwas auf eigene Faust, Mister Floyd. Ich dachte, ich hätte mich klar genug ausgedrückt. Und wir teilen unsere Daten«, wandte sie sich an Newton. »Wir sagen nicht einfach nur ›Sehen Sie sich das an‹. Wir *zeigen* den anderen, was es zu sehen gibt. Wir machen kein Geheimnis daraus.«

»Ich habe kein Geheimnis daraus gemacht«, entgegnete Newton.

»Ich glaube, Sie haben verstanden, was ich meine.«

Der Enhu lächelte erneut. Vielleicht sollte es ein freundliches Lächeln sein, aber dahinter steckte eine Überheblichkeit, die Nightingale nicht gefiel.

»Chen ...«

»Die energetischen Emissionen nehmen weiter zu. Ihre Quelle befindet sich in unmittelbarer Nähe. Keine messbare Tschirnow-Strahlung.«

»Du kannst den Helm abnehmen, Chen«, sagte Nightingale. »Schonen wir unsere Ressourcen, wie Mister Floyd ganz richtig bemerkt hat.«

Floyd deutete eine Verbeugung an. »Danke, Direktorin.«

»Oh, nichts zu danken. Und jetzt möchte ich gern wissen, worin die Überraschung besteht, die Sie mir nicht verderben wollten, Mister Newton.«

»Ist das dort nicht Überraschung genug?« Amaranth Newton zeigte zum Sockel mit der Gestalt.

Nightingale drehte sich wieder um und hörte dabei erneut den Ton, klar und deutlich in der dichter gewordenen Luft, wie ein Klimpern oder Klirren von Glas.

»Wer oder was ist das?«, fragte sie.

Floyd kam näher. »Vielleicht sehen wir hier einen der Konstrukteure von Zeta. Oder ein Mitglied des betreffenden Volkes.«

»Oder es ist eine Statue, ein Kunstwerk«, erwiderte Nightingale, obwohl sie es besser wusste. Sie hatte plötzlich keinen Zweifel mehr daran, dass es sich um ein lebendes Wesen handelte.

»Sind Sie bereit für die eigentliche Überraschung, Direktorin? Sie besteht aus zwei Teilen. Hier ist der erste Teil.« Floyd trat ganz dicht an den Sockel heran, streckte die Hand nach oben und berührte eine Harfensaite.

Plötzlich lag eine Präsenz in dem runden Raum, viel stärker als das fremde Etwas in Nightingales Kopf. Die silberne Gestalt auf dem Sockel bewegte sich ganz langsam, wie in gedehnter Zeit. Der Glanz in den Opalaugen veränderte sich, die Brust unter der Kette aus smaragdgrünen Metallscheiben bewegte sich, als die Harfenspielerin Luft holte und zu singen begann zu den Klängen, die ihre dünnen Finger den Saiten des Musikinstruments entlockten.

Eine sanfte Melodie umfing Nightingale, so traurig, dass ihr Tränen in die Augen traten. Eine unsäglich kummervolle Geschichte verbarg sich in Musik und Gesang, ausgedrückt nicht mit Worten, sondern Tonfolgen, die direkt ihr Herz erreichten.

Die Harfenspielerin löste eine Hand von den Saiten, und die langen Finger deuteten zur Wand.

»Und hier kommt der zweite Teil«, verkündete Floyd, offenbar unbeeindruckt von der traurigen Melodie.

Zwei große Bilder entstanden an der gewölbten Wand hinter ihnen wie Fenster, die sich öffneten. Eins blieb dunkel, man sah nur vage Umrisse, die sich keinen Dingen zuordnen ließen. Das andere Bild, das andere Fenster, präsentierte ein Trümmerfeld auf der Oberfläche des Asteroiden und zwei in Raumanzüge gekleidete Gestalten, die aus einem besonders großen Trümmerstück kletterten und sich dem Rand der nahen Rinne näherten. Sie hinterließen Fußspuren im Staub.

»Zwei Überlebende«, sagte Floyd. »Wie wir vermutet haben. Conrad Conradis und Rebecca DeSantis haben wir tot im Panoptikum gefunden, wie Sie es nannten, Direktorin. Das dort sind Nora Van Dyke, Titans Erste Administratorin, und Eusebius von den Autarkien.«

Die Melodie setzte sich fort, aber leiser, verhaltener und vielleicht auch etwas weniger traurig. Die silberne Harfenspielerin auf dem weißen Sockel strich nur noch mit einer Hand über die Saiten.

Das Bild im zweiten Fenster verblasste. Konturen verschwanden in einem nebligen Grau, neue Umrisse entstanden.

Szenenwechsel, dachte Nightingale.

Schiefergraue und ockerfarbene Hügel erschienen, zwischen ihnen violette Bäume und Steinhütten, deren Dächer aus Pflanzengeflecht bestanden. Es konnte keine planetare Landschaft sein, denn darüber wölbte sich ein Himmel, der aus einem Meer mit vereinzelten Inseln und Atollen bestand.

»Ein Rotationshabitat wie bei den Autarkien?«, fragte Chen und fügte hinzu: »Energetische Aktivität bleibt auf hohem Niveau stabil.«

Bei einer Baumgruppe bemerkte Nightingale zwei Gestalten. Sie kamen näher und erwiesen sich als Menschen, eine Frau und ein Mann, gekleidet in thermische Einteiler, wie man sie unter Raumanzügen trug, der eine orangefarben, der andere dunkler.

»Da sind sie wieder«, sagte Floyd. »Nora Van Dyke und Eusebius. Im Innern von Zeta. Sie tragen keine Raumanzüge, und es scheint ihnen dennoch gut zu gehen.«

»Im Innern von Zeta?«, wiederholte Nightingale. »Sind Sie sicher?«

»Ja.«

»*Warum* sind Sie sicher?«

»Ich weiß es.«

»Verdammt, Floyd!«, entfuhr es Nightingale. »*Woher* wissen Sie es? Woher wissen Sie dies alles? Wer hat Ihnen gezeigt, was die Harfenspielerin bewerkstelligen kann?«

Floyd antwortete nicht, streckte erneut die Hand nach oben und berührte eine andere Harfensaite.

Das erste Bildfenster zeigte noch immer ein nebliges Halbdunkel, in dem sich nichts erkennen ließ. Im zweiten änderte sich die Szene, als die Melodie der Harfenspielerin neue Töne bekam. Ein Raum erschien dort, das Innere einer Hütte, mit Wänden wie aus Lehm. Und mit zwei Menschen. Einer lag reglos, ein Mann mit den Resten eines zerfetzten Raumanzugs, und eine Frau, ebenfalls in den Überresten eines Raumanzugs, die an einer Wand kniete, über die ein Licht tanzte. Sie schwitzte, Nightingale sah den Schweiß auf ihrer Stirn.

»Ich kenne sie«, sagte Amaranth Newton. »Das sind Hannibal Laurentis und Roxa Mahwe.«

»Marsianer«, zischte Floyd. »Und mir scheint, sie sind ebenfalls tiefer im Innern von Zeta. Wie haben sie den Weg dorthin gefunden?«

»Nach unseren Informationen gehört Roxa Mahwe zur Marsianischen Republik«, fügte Newton hinzu. »Laurentis fühlt sich in erster Linie der Allianz der Städte verpflichtet.«

»Sie sind weiter gekommen als wir«, knurrte Floyd. »Das hätte unmöglich sein sollen!«

Als wir, dachte Nightingale. Wen meinte er damit? Sich und Amaranth Newton?

Die Szene im zweiten Bildfenster wechselte erneut. Der Mann, Hannibal Laurentis vom Mars, stand an einer Art trüben Scheibe im Zugang der Hütte. Sie gab nicht nach, als er dagegen klopfte, der Weg nach draußen war offensichtlich versperrt. Er drehte sich um, und Nightingale sah, dass er schweißgebadet war. In der Hütte schien es sehr heiß zu sein.

Laurentis und die Frau von MaRe sprachen miteinander, sie gestikulierten, ihre schwitzenden, geröteten Gesichter zeigten deutlich Sorge. Aber es blieb alles still, man hörte nichts.

»Können wir Kontakt mit ihnen aufnehmen?«, fragte Nightingale. »Gibt es eine Möglichkeit, ihnen eine Mitteilung zukommen zu lassen?«

Floyd antwortete nicht. Er stand am Sockel, die Hand wieder unten, und starrte zum Bildfenster, wo die beiden Marsianer das tanzende Licht an der Wand beobachteten.

»Eine Prüfung«, murmelte er. »Ein Test. Wenn sie ihn bestehen, kommen sie weiter. Sie sind schneller als wir, sie sind uns voraus. Das darf nicht sein.«

Erneut hob er die Hand zum Musikinstrument der Harfenspielerin.

Nightingale war mit einigen zornigen Schritten bei ihm und stieß ihn beiseite, fort vom Sockel. Plötzliche Missklänge störten die Melodie, in ihr schien etwas zu zerreißen.

Das Bildfenster mit Hannibal Laurentis und Roxa Mahwe verschwand.

»Ich will wissen, was *Sie* wissen!«, fauchte Nightingale. »Jetzt! Sofort! Auf der Stelle! Raus damit! Und *Sie* bleiben, wo Sie sind!«, fügte sie scharf hinzu, als Amaranth Newton einen Schritt näher kam. »Chen?«

Er trat stumm neben sie, sein glattes Gesicht ruhig. Auf ihn konnte sie sich verlassen, das wusste sie.

Floyd wechselte einen Blick mit Newton. »Ich versichere Ihnen ...«, begann er.

Vor dem inneren Auge sah sich Nightingale selbst, wie ihre Hand die Harfe der silbernen Gestalt berührte.

Sie hob die Hand, der eigenen Entscheidung auf seltsame Weise gewiss.

»Das sollten Sie nicht tun!«, zischte Floyd. »Sie wissen nicht, was Sie damit anrichten könnten!«

»Aber Sie wissen es, nicht wahr?« Nightingale wartete keine Antwort ab und zupfte mit der erhobenen Hand an der nächsten Saite.

Wieder veränderte sich die Melodie, die Misstöne verschwanden. Die Dunkelheit wich aus dem ersten Bildfenster, deutlichere Konturen bildeten sich. Ein weiterer Raum wurde sichtbar, aber nicht mit Wänden aus Lehm, sondern aus zahlreichen Zahnrädern in unterschiedlichen Größen. Diesmal glaubte Nightingale, etwas zu hören, ein dumpfes Schaben und Kratzen, das vielleicht von den Zahnrädern stammte. Oder kam es aus dem Wogen und Wabern im Schwarz der einen Wand, die nicht aus Tausenden von Zahnrädern bestand? Vertikale Linien unterteilten sie in drei Rechtecke, und aus einem von ihnen streckte sich ein Arm in den Raum, gefolgt von einer menschlichen Gestalt, die einen Raumanzug trug, ein älteres Modell, wie es vor dreißig oder mehr Jahren gebräuchlich gewesen war.

Die Gestalt wankte einige Schritte, blieb stehen, hob die Hände und löste die Siegel am Kragen. Das Visier klappte nach oben, der Flexhelm erschlaffte und wich zurück.

Zum Vorschein kam ein Gesicht, das Nightingale kannte. Es war jünger und glatter, doch sie erkannte es auf den ersten Blick.

In dem Raum mit den Zahnrädern stand eine junge Version von Effraim Floyd.

»Sie waren schon einmal hier, Floyd«, sagte Nightingale. »Deshalb wissen Sie mehr als wir.«

WER ICH BIN

NIGHTINGALE LOI, ZETA

45

Das Bild trübte sich, der junge Floyd und der Raum mit den vielen Zahnrädern verloren sich in einem dichten grauen Nebel, der sich schließlich auflöste und alles mitnahm.

Die Melodie wurde leiser, wieder traurig und kummervoll. Einige letzte Töne verklangen, und dann herrschte Stille. Die Harfenspielerin hatte wieder beide Hände an den Saiten, doch die langen, dünnen Finger bewegten sich nicht mehr. Das Bildfenster wich in die steinerne Wand, es blieb nichts zurück.

Nightingale sah hoch. Die silberne Gestalt war unbewegt, die Augen blau wie Opal blickten in die Ferne.

»Es handelt sich um so etwas wie ein biometrisches Hologramm«, sagte Amaranth Newton. »Sie haben das Wesen doch nicht für echt gehalten, oder?«

»Lenken Sie nicht ab, Newton!« Nightingale senkte den Blick. »Floyd, ich bin gespannt auf Ihre Erklärung. Der Mann, den wir eben gesehen haben, der durch die Wand in den Raum mit den Zahnrädern kam und seinen Helm deaktivierte ... Das waren Sie! Eine Szene aus der Vergangenheit, eine Aufzeichnung. Sie waren schon einmal hier!«

Effraim Floyd musterte sie. Nightingale versuchte, seinen Gesichtsausdruck zu deuten. Es gelang ihr nicht.

»Es ist eine lange Geschichte«, sagte er.

»Kein Problem, Mister Floyd. Wir haben Zeit, auf unsere Sauerstoffreserven müssen wir keine Rücksicht mehr nehmen. Die Tanks unserer Raumanzüge enthalten genug recyceltes Wasser, und außerdem stehen uns jetzt, da wir unsere Helme nicht mehr brauchen, die Nahrungskonzentrate der Notrationen zur Verfügung. Mir scheint, unter den derzeitigen Umständen können wir einige Tage überleben. Und ich denke, das ist Zeit genug für eine ausreichende Erklärung, Mister Floyd.«

Die fremde Neugier blieb, fühlte Nightingale. Sie war noch immer nicht allein in ihrem Kopf, etwas leistete ihr Gesellschaft.

»Es war ein Unfall«, sagte Floyd. Amaranth Newton stand neben ihm, wie ein Freund und Partner, so wie Chen neben ihr stand. Nightingale begriff plötzlich, dass sie kein Team mehr waren. Eine unsichtbare Trennlinie verlief zwischen ihnen. »Ein Unfall in einem Forschungszentrum des Space Consortiums auf der Erde«, fuhr Floyd fort. »Man arbeitete dort an ... der Entwicklung eines Antriebssystems, das Raumschiffen Flüge ... mit Überlichtgeschwindigkeit ermöglichen sollte. Man experimentierte mit einem ... neuen, besonders leistungsstarken Konverter unter der Verwendung von Pseudomaterie. Etwas ging ... schief, es kam zu einer Irregularität. Eine Verbindung entstand, eine Art Tunnel ... durch Raum und Zeit, am einen Ende die Erde und am anderen ... Zeta.«

Er sprach seltsam, fand Nightingale, mit kleinen Pausen und Unterbrechungen an den falschen Stellen, als lauschte er einer inneren Stimme, die ihm zuflüsterte, was er sagen sollte.

»Wir schickten Sonden, und die Daten, die wir von ihnen erhielten, berichteten von einer fremden Welt. Aber sie genügten nicht. Wir wollten mehr herausfinden, und deshalb beschloss man, einen Menschen zu entsenden, einen Freiwilligen. Ich meldete mich für die Mission.« Floyd deutete zur Wand. »Eben haben Sie meine Ankunft in Zeta gesehen. Es war mein erster Einsatz von insgesamt siebenundzwanzig, im Lauf von mehr als drei Jahrzehnten. Bei der Erkundung von Zeta habe ich versucht, systematisch vorzugehen, aber das ist sehr schwierig, denn es kam immer wieder zu strukturellen Rekonfigurationen, vielleicht von meinem Verhalten verursacht.«

»Von Ihrem Verhalten?«, fragte Nightingale, obwohl sie zuvor beschlossen hatte, kommentarlos zuzuhören.

»Das Innere von Zeta ist in Dutzende von Schalen und Schichten unterteilt, und jede einzelne von ihnen kann von einem Kontrollmechanismus im Zentrum verändert werden. Besucher dieser Innenwelten müssen Aufgaben lösen und Prüfungen bestehen, um weiter ins Innere zu gelangen. Manche dieser ... Tests sind gar nicht als solche erkennbar, deshalb ist große Vorsicht geboten.«

Nightingales Gedanken machten einen Sprung. »Und wer die Tests nicht besteht ...«

»Sie haben gesehen, was mit den Betreffenden geschieht, Direktorin«, sagte Floyd. »Sie haben den Ort ›Panoptikum‹ genannt. All die Wesen in den Waben, unter ihnen zwei Menschen vom Saturnmond Titan ... Sie alle sind bei der einen oder anderen Aufgabe gescheitert, die sie vielleicht gar nicht als solche erkannt haben.« Wieder zögerte Floyd für einen Moment. »Zeta hat zahlreiche Welten besucht, es könnten Tausende sein. Denken Sie an die Anzahl der Geschöpfe in den Waben. Wie lange dieses als Asteroid getarnte Artefakt unterwegs ist, lässt sich kaum abschätzen. Ich denke, wir reden hier von Jahrhunderttausenden oder Jahrmillionen. Zeta ist in der Milchstraße von Sternsystem zu Sternsystem gereist, immer auf der Suche.«

»Auf der Suche wonach?«, warf Nightingale ein.

»Nach intelligenten Wesen, die alle Prüfungen bestehen und bis ins Zentrum gelangen.«

»Und dann?«

Floyd breitete kurz die Arme aus. »So weit sind wir noch nicht. Es liegt noch ein langer Weg vor uns mit vielen Prüfungen, die wir bestehen müssen, um das Zentrum zu erreichen.«

»Und um zu überleben«, brummte Chen.

Floyd blinzelte, wie überrascht von dem Einwand. »Ja, natürlich. Und um zu überleben.« Er wandte sich wieder an Nightingale. »Wir müssen uns beeilen, Direktorin. Jetzt noch mehr als vorher. Die anderen dürfen uns nicht zuvorkommen. Was auch immer uns in Zetas Zentrum erwartet, es darf auf keinen Fall in die Hände marsianischer Extremisten fallen.«

Nightingale hob den Blick zur silbrigen Harfenspielerin auf dem Sockel. Deren Opalaugen blickten noch immer in die Ferne, die Hände ruhten reglos an den Saiten. Konnte ein »biometrisches Hologramm« sehen und hören?

»Das war keine besonders lange Geschichte«, sagte Nightingale schließlich und sah Floyd wieder an.

»Ich habe die unwichtigen Details weggelassen.«

»Wie schade. Vielleicht wären gerade die kleinen Einzelheiten sehr interessant gewesen.«

»Ich hoffe, Sie haben alles verstanden«, sagte Floyd.

Täuschte sich Nightingale, oder lag tatsächlich eine leise Drohung in diesen Worten?

»Ich denke schon«, erwiderte sie. »Ihre Mission ist nicht nur wissenschaftlicher Natur, sondern hat auch einen ausgeprägten politischen Aspekt, nicht wahr? Die Erde über alles?«

»Sie sind ebenfalls der Erde verpflichtet, Direktorin.«

Nightingale glaubte, erneut einen leisen Ton in der Ferne zu hören. »Da irren Sie sich, Mister Floyd. Ich bin nicht in erster Linie der Erde verpflichtet, sondern der *Menschheit*, und dazu zählen auch die Marsianer und Autarken. Wir alle sind Menschen, ungeachtet der Unterschiede. Und was Ihre Geschichte betrifft ... Sie enthält gerade genug Wahrheit, um glaubhaft zu sein. Aber ich bin sicher, dass Sie uns noch längst nicht alles gesagt haben. Da ich noch immer nicht weiß, wer Sie wirklich sind und was Sie im Schilde führen, mache ich hiermit von meinen Befugnissen als Expeditionsdirektorin Gebrauch und stelle Sie unter Arrest. Natürlich kann ich Sie hier nirgends einsperren, meine Order ist hauptsächlich für das automatische Einsatzprotokoll bestimmt. Ich füge ihm hiermit die an Sie gerichtete Aufforderung hinzu, mir den Kontrollcode Ihres Raumanzugs und Ihrer Ausrüstung zu nennen. Von jetzt an, Mister Floyd, werden Sie nur noch tun, was ich anordne und zulasse. Haben *Sie* verstanden?«

Die Worte schienen Floyd nicht sonderlich zu beeindrucken. Er wechselte einen Blick mit Amaranth Newton und öffnete eine Instrumententasche seines Raumanzugs.

»Es tut mir leid«, sagte er. »Ich bedauere es wirklich sehr, aber Sie lassen mir keine Wahl.«

Er hielt plötzlich eine kleine Waffe in der rechten Hand, eine Pistole, die auch im Vakuum oder unter Wasser Projektile und sogar Mikroraketen abfeuern konnte. Nightingale starrte darauf und glaubte, ihren Augen nicht trauen zu können.

»Hiermit übernehme ich das Kommando«, erklärte Floyd. Neben ihm hielt Amaranth Newton einen wachsamen Blick auf Chen und Nightingale gerichtet. Er ließ keinen Zweifel daran, auf welcher Seite er stand. »*Sie* werden mir *Ihre* Kontrollcodes senden, Sie beide, und zwar sofort. Wenn Sie sich weigern, wird das erste Projektil Chens rechtes Knie zertrümmern. Bei einem gewöhnlichen Menschen wäre das eine sehr üble Sache, er könnte nicht mehr gehen, und wir müssten ihn zurücklassen. Vielleicht würde er in Ihrem Panoptikum enden, Direktorin.«

Es ist nicht meins, wollte Nightingale erwidern, aber sie

schwieg und befolgte damit den wortlosen Rat der Präsenz in ihrem Kopf.

»Chens regenerative Fähigkeiten sind fast so gut wie die von Newton, aber er dürfte trotzdem für zwei oder drei Stunden außer Gefecht gesetzt sein«, sagte Floyd. »Wenn Sie nach dem ersten Schuss noch immer nicht bereit sind, mir die Kontrollcodes für Ihre Raumanzüge und die Ausrüstung zu geben, werde ich Chen erschießen.«

»Ein kaltblütiger Mord?«, entfuhr es Nightingale. »Dazu wären Sie bereit?«

»Wollen Sie es darauf ankommen lassen, Direktorin?« Floyd trat einen Schritt vor und richtete die kleine Waffe aufs Chens rechtes Knie. Der rote Punkt eines Laserzielvisiers erschien dort.

Nightingale trat vor und stellte sich vor Chen. »Das lasse ich nicht zu!«

»Die Codes, Direktorin. Möchten Sie *Ihr* Knie opfern? Ich zähle bis drei. Eins ... zwei ...«

»Schon gut.« Sie gab nach, um eine gefährliche Eskalation zu verhindern. Den anderen Augen und Ohren in ihr, dem Beobachter und Lauscher, schien es zu gefallen. Sie spürte so etwas wie Zufriedenheit.

Nightingale griff nach den manuellen Kontrollen des Kommunikators und sendete den Zugriffscode. »Chen?«

Er nickte bedächtig und gab seinen Code ebenfalls preis.

Ein Warnsignal ertönte von Nightingales Raumanzug und wiederholte sich unmittelbar darauf bei Chen.

»Die Codes sind verifiziert«, wandte sich Newton an Floyd.

»Freut mich, dass Sie zur Vernunft gekommen sind, Direktorin.« Floyd steckte die Waffe ein und ging zur gegenüberliegenden Seite des weißen Sockels mit der silbernen Harfenspielerin. Dort gab es eine dunkle Öffnung in der Wand, die Nightingale erst jetzt bemerkte.

Floyd blieb davor stehen und winkte. »Kommen Sie, ich kenne den Weg zur nächsten Schale. Hoffentlich hat es dort keine Rekonfiguration gegeben, die uns aufhält. Die anderen haben einen noch größeren Vorsprung als befürchtet.«

»Als *von Ihnen* befürchtet«, entgegnete Nightingale und dachte: Früher oder später werde ich dich zur Rechenschaft ziehen.

»Eile ist geboten, Direktorin. Ich werde nicht zulassen, dass jemand anders vor uns das Zentrum erreicht, erst recht nicht die Marsianer.«

»Koste es, was es wolle, Mister Floyd?«, fragte Nightingale.

»Wir tragen Verantwortung«, erwiderte er ernst. »Wir müssen ihr gerecht werden.«

Er trat in den dunklen Zugang, gefolgt von Amaranth Newton.

Nightingale sah noch einmal zur Harfenspielerin auf dem Quarzsockel, in den Ohren ein Echo der traurigen Melodie. Dann vertraute sie sich ebenfalls dem Tunnel an, gefolgt von Chen.

Zetas Tiefen warteten auf sie.

DRITTER TEIL

DAS PANDORA-PRINZIP

PANDORA

NIGHTINGALE LOI, ZETA

46

»Kennen Sie die Geschichte der Pandora?«, fragte Floyd, der Mann, der gelogen oder zumindest nicht die ganze Wahrheit gesagt hatte.

Nightingale deutete auf die drei unterschiedlichen Schatullen auf dem sich langsam drehenden Zylinder aus weißem Quarz. »Glauben Sie, es hat etwas hiermit zu tun?«

Sie befanden sich in einem etwa dreißig Quadratmeter großen Raum, erhellt von einem diffusen Licht ohne erkennbare Quelle. Es gab eine Tür aus einem Material wie altes, hartes Holz, doch sie ließ sich nicht öffnen, obwohl Floyd, Amaranth Newton und auch Chen es versucht hatten. Doch welche Werkzeuge aus den Instrumententaschen der Raumanzüge sie auch benutzten, das Türschloss ließ sich nicht knacken.

Ein dumpfes Knirschen lag in der kälter werdenden Luft. Es stammte von den beigefarbenen rauen Wänden, die Zentimeter um Zentimeter näher rückten.

Der weiße Zylinder drehte sich lautlos. Ein kleines silbernes Licht tanzte wie ein Funke über den drei rechteckigen Schatullen, und wenn es eine der Schatullen berührte, leuchtete diese auf: die eine karmesinrot, die andere gelb wie Gold, die dritte grün wie Smaragd.

»Drei Schatullen«, sagte Floyd nachdenklich. »Drei Möglichkeiten.«

»Und eine davon halten Sie für eine Art ›Büchse der Pandora‹, Mister Floyd?«, fragte Nightingale und fühlte neuen Ärger in sich aufsteigen. »Müssten Sie es nicht wissen? Immerhin waren Sie schon einmal hier.«

»Ich weiß nicht alles, Direktorin, aber ich weiß, dass Zetas Schätze von Fallen geschützt sind. Es kommt immer darauf an, die richtigen Entscheidungen zu treffen.«

Nightingale war nicht allein in ihrem Kopf. Seit den letzten Stunden spürte sie eine Präsenz wie fremde Augen und Ohren, die sie beobachteten und ihre Gedanken belauschten. Dieses Etwas schien manchmal bestrebt, mit ihr zu kommunizieren, und nun gab es ihr zu verstehen, dass Floyd auch diesmal nicht die ganze Wahrheit sagte.

»Prüfungen und Tests«, fuhr Floyd fort. »Ich habe Ihnen davon erzählt.« Er zeigte auf die Schatullen. »Auch dies ist ein Test. Einer dieser kleinen Behälter hier enthält vielleicht den Schlüssel für die Tür.«

»Womit eine Wahrscheinlichkeit von etwas mehr als sechsundsechzig Prozent dafür besteht, dass wir die falsche Wahl treffen«, sagte Amaranth Newton.

»Das alles ist absurd!«, entfuhr es Nightingale.

»Weil es Ihnen nicht in den Kram passt, Direktorin«, erwiderte Floyd. »Was Sie für ›absurd‹ halten, könnte für die Konstrukteure von Zeta völlig normal sein.«

»Warum nehmen sie nicht einfach Kontakt mit uns auf?«, fragte Nightingale und horchte in sich hinein. »Warum sollten sie uns prüfen wollen?«

Floyds Lippen verzogen sich zu einem hintergründigen Lächeln. »Vielleicht wollen sie feststellen, ob wir würdig sind.«

»Würdig wozu? Für was?«

Er blieb stehen, sein Blick jedoch weiterhin auf den weißen Zylinder gerichtet. »Die Büchse der Pandora, Direktorin. Sie könnte sich öffnen, wenn wir die falsche Schatulle wählen. Pandora, von Hephaistos aus Lehm geschaffen, um Rache für den Diebstahl des Feuers durch Prometheus zu nehmen. So erzählt die Legende.«

»Ich kenne die Geschichte«, sagte Nightingale ungeduldig. »Pandora öffnete die Büchse, die sie von Zeus als Geschenk erhielt, woraufhin alle Laster und Untugenden aus ihr entwichen und das Schlechte die Welt eroberte. Zuvor hatte die Menschheit keine Übel und keine Mühen gekannt, weder Krankheiten noch Tod.«

Floyd lächelte erneut, kurz und schnell. »Und wenn wir die falsche Schatulle öffnen, könnte unsere kleine Entdeckungsreise hier und jetzt enden. Dann leisten wir vielleicht all den Toten, die wir im Panoptikum gesehen haben, Gesellschaft.«

»Wir sollten uns bei der Suche nach einer Antwort nicht zu viel Zeit lassen.« Chen sondierte mit seinen Sensoren. »Die Wände kommen näher, und je näher sie kommen, desto kälter wird es, obwohl die Temperatur durch eine Komprimierung der Luft eigentlich steigen müsste.«

»Der Faktor Zeit.« Floyd nickte. »Zeta setzt uns unter Druck. Wir sollen uns schnell entscheiden.«

Das kleine silberne Licht setzte seinen Tanz auf den drei Schatullen fort. Ein solches Licht hatte Nightingale schon einmal gesehen, in einem »Bildfenster«. Darin waren die beiden Marsianer Hannibal Laurentis und Roxa Mahwe erschienen. Sie hatten sich in einem offenbar sehr heißen Raum befunden, in dem ein silberner Funke über Wandtafeln gesprungen war. Um was auch immer es bei jenem Rätsel gegangen war, Laurentis und Mahwe hatten es gelöst und den heißen Raum verlassen können.

Das Knirschen schien lauter zu werden.

Nightingale trat ebenfalls zum Zylinder aus weißem Quarz, blieb Floyd gegenüber stehen und streckte die Hand nach der kleinsten Schatulle aus, der smaragdgrünen.

Plötzlich konnte sie den Arm nicht mehr bewegen. Floyd hatte die Systeme ihres Raumanzugs mit dem Kontrollcode blockiert.

Er schüttelte den Kopf. »Gerade Sie sollten nicht unüberlegt handeln, Direktorin. Sie haben doch immer wieder darauf hingewiesen, wie wichtig es ist, genau zu überlegen, bevor man eine Entscheidung trifft.«

Nightingale stand mit der Hand über der Schatulle, in ihrem eigenen Raumanzug gefangen. Es erinnerte sie deutlich daran – falls eine Erinnerung nötig gewesen wäre –, wer das Kommando führte.

Um sie herum knirschten die beigefarbenen Wände.

»Meine Sensoren registrieren eine Beschleunigung.« Chen sprach wie immer ruhig, wie ein unbeteiligter Beobachter, der von den Ereignissen nicht direkt betroffen war. »Es gibt Parallelen zwischen der Bewegung der Wände und den Signalen von Zeta in der Umlaufbahn des Saturn.«

»Dann findet ein neuer Countdown statt?«, fragte Nightingale. Sie konnte sich nicht umdrehen, der blockierte Raumanzug hielt sie fest.

»Darauf läuft es wohl hinaus, ja.«

»Wie viel Zeit bleibt uns?«

»In zehn Minuten werden wir dicht an dicht stehen müssen, direkt beim Zylinder mit den drei Behältern«, erklärte Chen. »Wenn die Wände dann nicht innehalten, zerquetschen sie uns in den nächsten zwei Minuten.«

»Haben Sie gehört, Mister Floyd?«, wandte sich Nightingale an den Mann, den das Space Consortium der Erde als

Kommunikationsspezialist ihrer Crew zugeteilt hatte. »In zehn Minuten wird es hier ziemlich eng werden. Es bleibt also nicht viel Zeit für Überlegungen.«

Vor ihr tanzte das silberne Licht über die drei Schatullen, die dann jedes Mal karmesinrot, goldgelb und grün wie Smaragd aufleuchteten.

»Vielleicht haben Sie noch immer nicht ganz verstanden«, sagte Floyd. »Es gibt ein Pandora-Prinzip in Zeta. Einen Abwehrmechanismus, wie die Antikörper eines Immunsystems. Falsche Entscheidungen identifizieren uns als unliebsame Eindringlinge, die es auszumerzen gilt. Ganz zu Anfang habe ich einmal eine solche Reaktion ausgelöst. Ich überlebte nur mit knapper Not.«

Das Knirschen wurde lauter.

»Ich schlage die gelbe Schatulle vor.« Amaranth Newton blickte auf die Anzeigen eines kleinen Scanners. »Sie weist die richtige energetische Signatur auf.«

»Treten Sie zurück, Direktorin!«, befahl Floyd.

»Dafür müssen Sie mich freigeben!«

Nightingales Raumanzug empfing ein Signal, und sie konnte sich wieder bewegen. Ihre ausgestreckte Hand fiel auf die smaragdgrüne Schatulle, über der gerade das silberne Licht schimmerte, und stieß sie von der Säule.

Der kleine rechteckige Behälter fiel zu Boden – und öffnete sich!

Ein Objekt rutschte heraus, ein Stift wie aus grünem Kristall, mit einer knotenartigen Verdickung am einen Ende.

Ein Schlüssel?

»Sie haben sich geirrt, Mister Newton«, sagte Nightingale. »Nicht *Ihre* Schatulle enthielt den Schlüssel, sondern meine.«

Sie bückte sich und hob den Stift auf.

Amaranth Newton sah erneut auf die Anzeigen seines Scanners. »Die Signatur stimmt nicht«, sagte er.

»Welche Signatur, Mister Newton?«, entgegnete Nightingale scharf. »Woher wissen Sie, welches energetische Muster dieser Gegenstand aufweisen müsste?«

Sie drehte den Stift, und ein neues silbernes Licht erschien, strich der Länge nach über das Objekt, verharrte kurz an der Verdickung und verschwand.

»Wenn Sie gestatten, Mister Floyd ...«, sagte sie mit unüberhörbarer Ironie und trat zur Tür. Dort schob sie den Stift ins »Schlüsselloch«, eine kleine Öffnung in halber Höhe, und drehte ihn.

Es klickte.

Das Knirschen hörte auf, die Wände kamen zum Stillstand.

Die Tür öffnete sich.

Eine silberne Gestalt ragte vor Nightingale auf, humanoid wie die Harfenspielerin, ebenfalls mit einer Haut wie aus Quecksilber, etwas kleiner und mit einem noch zarteren Körperbau. Die Augen, die den größten Teil des Gesichts einnahmen, zeigten das Smaragdgrün der Schatulle, die Nightingales Hand vom Zylinder gestoßen hatte.

Die Gestalt hob etwas, das wie eine Waffe aussah.

Ein Blitz traf Nightingale mitten im Gesicht und löschte ihr Denken aus.

KRIEG UND FRIEDEN?

**ELROY EMMON SKARABI,
ERDE**

47

Sieben Männer und Frauen saßen am runden Tisch in der Mitte des Saals, jeweils ein Repräsentant der sieben Kontinente: Asien, Nordamerika, Südamerika, Europa, Afrika, Antarktika und Australien. Sie bildeten den Inneren Zirkel, den Rat des Gremiums, das die Welt regierte.

Natürlich handelte es sich ausnahmslos um Ehrenwerte, die aufgrund ihrer besonderen Verdienste genug Meriten für eine Langlebigkeitsbehandlung erworben hatten. Man sah es an den hellen Streifen, die vom rechten Ohr nach unten reichten, und wenn man ihnen nahe genug war, sah man es auch in ihren Augen.

Skarabi war ebenfalls ein langlebiger Ehrenwerter wie die meisten Mitglieder des Gremiums, aber er saß nicht am runden Tisch, sondern bei den hundertvierzig anderen Delegierten der sieben Kontinente. Sie alle – und er mit ihnen – bildeten das Gremium, doch die wirklich wichtigen Entscheidungen traf der Innere Zirkel, der die Geschicke der Erde und des Sonnensystems bestimmte. Noch. Die Neuen Freisinnigen im Gremium gewannen immer mehr Einfluss und setzten sich ganz offen dafür ein, dass man den Autarkien im äußeren Sonnensystem und insbesondere dem Mars Unabhängigkeit gewährte.

Skarabi kannte ihre Namen, ebenso die persönliche Geschichte jedes Einzelnen von ihnen. Er wusste auch, wer mit ihnen sympathisierte, und verfügte über detaillierte Informationen über sie alle.

Er hatte bereits die Fortschritte bei seinem offiziellen Projekt dargelegt, der grünen Erneuerung der Sahara, und hörte zu, wie andere Mitglieder des Gremiums über ihre jeweiligen Zuständigkeitsbereiche Bericht erstatteten. Zahlen wurden genannt, Zukunftsaussichten beschrieben, Optimismus verbreitet. Skarabi ließ sich nichts anmerken. Manchmal lächelte er sogar, so wie die anderen, und fragte sich gleichzeitig, woher das Gremium diese Zuversicht nahm, während man zugleich zuließ, dass die Macht der Erde, Mutter der Menschheit, immer mehr schrumpfte. Er sah und hörte falschen Idealismus, Realitätsverweigerung, geradezu Verblendung. Wenn sich diese Leute durchsetzten, würde die Erde für immer die dominierende Rolle verlieren, die ihr zustand. Das durfte auf keinen Fall geschehen.

Eine Bewegung jenseits der breiten Fensterfront lenkte ihn ab. Eine große Frachtkapsel glitt am Graphenkabel des Weltraumlifts empor, der vor einem Jahr nordwestlich von Quito in Ecuador erbaut worden war, fast genau am Äquator gelegen. Zwei weitere Weltraumlifte sollten folgen, in Afrikas Kongobecken und in Indonesien. Das würde die Kosten für den Transport von Material aller Art in den Orbit erheblich senken.

Ein weiterer Grund für Optimismus?, überlegte Skarabi, während eine Ehrenwerte aus Norwegen sprach, deren weißblondes Haar fast hüftlang war. Durchaus, dachte er. Wenn auch nicht aus den Gründen, an die diese Freisinnigen dachten. Die Frachtkapsel dort draußen transportierte neben Konstruktionsmaterial für die beiden in Bau befindlichen großen Schiffe im Orbit einige spezielle Dinge, die sich für Terra Solar als sehr nützlich erweisen konnten.

Skarabi wandte den Blick vom Weltraumlift ab und gab vor, der Norwegerin aufmerksam zu lauschen, während er aus dem Augenwinkel den holografischen Gesandten der irdischen QI-Kollektive beobachtete, einen Menschen unbestimmbaren Alters, haarlos und ohne erkennbares Geschlecht, gekleidet in einen Kaftan aus braunem und goldenem Brokat. Er saß zwischen dem runden Tisch des Inneren Zirkels und den halbrunden Sitzreihen des restlichen Gremiums auf einem kleinen Podest, das seine Sonderrolle betonte.

Die Quantenintelligenzen bildeten ein großes Inkognito, ihr Standpunkt ließ sich kaum einschätzen. Bisher verhielten sie sich politisch neutral, aber würde es in Zukunft – in einer neuen, anderen Zukunft – so bleiben? Eine von Skarabis strategischen Gruppen arbeitete seit mehreren Jahren an Eindämmungsplänen, die besonderer Geheimhaltung unterlagen. Eins der Probleme, vielleicht das größte, bestand in der intellektuellen Überlegenheit der QIs. Gewöhnliche Menschen waren ihnen mental nicht gewachsen, nicht annähernd, weshalb Skarabi beschlossen hatte, auf die Hilfe einiger Enhus zurückzugreifen, obwohl die Führungsriege von Terra Solar ihnen gegenüber noch immer die Einstellung der Puristen aus den Genetischen Konflikten teilte.

Bei dem Projekt von Skarabis strategischer Gruppe ging es um die Entwicklung von Bewusstseinsschranken, die die Intelligenz der QIs begrenzen und Seedlinge daran hindern sollten, ein eigenes bewusstes Selbst zu entwickeln. Wenn der entscheidende Tag kam, mussten die möglichen Gefahren, die von den Quantenintelligenzen ausgingen, so gering wie möglich gehalten werden.

Eine ganze Stunde verging mit Berichten über eine Welt, der es gut ging und der es in den nächsten Jahren und Jahrzehnten noch besser gehen würde. Schließlich unterbrach der

Vorsitzende des Gremiums die Tagung mit dem Hinweis auf eine einstündige Mittagspause.

Als Skarabi sich erhob, bemerkte er den Blick des holografischen QI-Delegierten, und für einen Moment fühlte er einen Hauch von Unsicherheit, was selten genug geschah. Mit einem knappen Lächeln wandte er sich ab und schritt zum Ausgang, doch an der Tür trat ihm der Vorsitzende entgegen.

»Ich würde Sie gern in meinem Büro sprechen, Ehrenwerter.«

Skarabi zögerte überrascht. »Ich wollte mich, wenn Sie gestatten, gleich auf den Rückweg nach Afrika begeben, um dort die Arbeit an meinem Projekt fortzusetzen. Die restlichen Punkte auf der Tagesordnung betreffen nicht meine Zuständigkeitsbereiche, und ich werde mir die Zusammenfassung der entsprechenden Berichte anschließend durchlesen.«

»Es dauert nicht lange«, sagte der Vorsitzende. »Und ich denke, das Gespräch ist in Ihrem eigenen Interesse.«

48

Der Vorsitzende des Gremiums und des Inneren Zirkels war hunderteinundsechzig Jahre alt und galt als Ältester der Langlebigen. Akono Dayo Abukabar stammte aus Nigeria und hatte bei der Gründung der Gesamtafrikanischen Union Mitte des einundzwanzigsten Jahrhunderts und der aus ihr hervorgegangenen Konföderierten Republik Afrika mehr als genug Meriten erworben, um als erster Mensch überhaupt eine Langlebigkeitsbehandlung zu erhalten. Er galt als Gemäßigter und hatte es bisher mit großem politischem Geschick verstanden, Kompromisse zwischen den verschiedenen Fraktionen des Gremiums zu ermöglichen, mal zugunsten der Freisinnigen, dann eher für die Sache der Konservativen. Viele hielten ihn für neutral und unabhängig. Skarabi sah in ihm jemanden, der sich nicht festlegen wollte.

Der Vorsitzende führte ihn zu einem kleinen Tisch am Fenster eines unscheinbaren Zimmers.

»Dies ist Ihr Büro?«, fragte Skarabi überrascht.

»Für die Dauer unseres Aufenthalts hier beim Weltraumlift in Ecuador«, antwortete Abukabar mit seiner angenehm klingenden tiefen Stimme. »Ich habe mir nie viel aus Luxus gemacht. Gelegentlich brauche ich nur einen Ort, an dem ich in Ruhe nachdenken kann.«

Das Fenster bot den Blick auf die Anlagen des ecuadorianischen Weltraumlifts. Das Graphenkabel zeigte sich vage als dünner Strich in der Luft und verschwand in tief hängenden Wolken, die tropischen Regen ankündigten. Weiter im Westen lag grau und blau der Pazifik.

Fast eine ganze Minute lang saßen sie schweigend am kleinen Tisch und sahen nach draußen.

»Worüber möchten Sie mit mir reden, Vorsitzender?«, fragte Skarabi schließlich.

Abukabar deutete zum Fenster. »Ich nehme an, Sie wissen, warum die Quartalstagung des Gremiums diesmal hier stattfindet, beim Lift im Nordwesten von Quito?«

»Als Zeichen der Solidarität dem Space Consortium gegenüber.«

Abukabar nickte bestätigend. »Dass die *Excelsior* in Saturns Atmosphäre verglühte, ist ein schwerer Verlust, nicht nur in finanzieller Hinsicht. Indem wir hier tagen, an diesem Ort, demonstrieren wir Anteilnahme und Unterstützung für das Consortium.« Er sah Skarabi an. »Auf Ihre Veranlassung hin wurde die Crew der *Excelsior* ausgetauscht, beziehungsweise ein Teil von ihr. Samanta Rochier, Xavier Garrido und die anderen wurden durch Effraim Floyd und Amaranth Newton ersetzt. Warum?«

»Floyd ist Kommunikationsspezialist, und es ging um einen Erstkontakt.« Skarabi wählte seine Worte mit großer Vorsicht. Er hatte plötzlich das Gefühl, sich auf dünnem Eis zu bewegen. »Und Amaranth Newton hat schon mehrmals mit ihm zusammengearbeitet und gehört zur neuen Generation der Optimierten. Ich hielt die beiden für besonders geeignet.«

»Die Mission der *Excelsior* fiel nicht in Ihren Zuständigkeitsbereich«, hielt ihm Abukabar vor. »Warum haben Sie sich da eingemischt?«

»Es musste eine schnelle Entscheidung getroffen werden«, antwortete Skarabi, »und mir lagen alle entsprechenden Informationen vor.«

Der Vorsitzende des Gremiums nickte erneut. »Die waren leider nicht ausreichend, oder?«

Skarabi wusste nicht, worauf die Frage abzielte, darum erwiderte er nichts darauf.

Abukabar sah wieder aus dem Fenster. »Der Weltraum, unermessliche Weiten ... Wohin mag Zeta jetzt unterwegs sein?«

Einige Sekunden verstrichen.

»Wissen Sie es, Ehrenwerter?«, hakte Abukabar nach.

Skarabi hob die Brauen. »Woher sollte ich das wissen, Vorsitzender? Zeta hat mir seine Geheimnisse nicht zugeflüstert.«

»Sind Sie sicher?«

»Ich fürchte, ich verstehe nicht ganz, was Sie meinen«, sagte Skarabi vorsichtig.

»Wir haben unser erstes interstellares Schiff verloren, und Zeta hat Menschen mitgenommen, die wir vielleicht nie wiedersehen. Unter ihnen auch Effraim Floyd, den Sie für diese Mission ins Spiel brachten. Ein seltsamer Mann. Es gibt in seiner Vergangenheit größere – wie soll ich es sagen? – *Lücken*. Er scheint mehrmals verschwunden und dann, Jahre später, wieder aufgetaucht zu sein.«

Skarabi schwieg, wartete und verbarg seine Anspannung.

Abukabar lehnte sich langsam zurück. In seinem dunklen Gesicht mit den großen leuchtenden Augen veränderte sich etwas. Er wirkte plötzlich traurig.

»Sie haben viele Verdienste erworben und sind nicht von ungefähr Ehrenwerter und Mitglied unseres Gremiums«, sagte er. »Dass wir die globale Klimakrise überwinden konnten, verdanken wir nicht nur der Fusions- und Konversionsenergie, sondern auch Ihren grünen Projekten. Doch ... es gibt Hass in Ihnen.«

»Ich hasse niemanden«, widersprach Skarabi sofort.

»Sie hassen die Marsianer, die nach Unabhängigkeit streben«, sagte Abukabar ungerührt. »Sie hassen die Autarken von Uranus und Neptun, die sich ebenfalls von der Erde lösen wollen und das im Grunde längst getan haben. Sie hassen sogar die auf den Monden der Gasriesen lebenden Menschen, weil sie damit begonnen haben, eigene kleine Kulturen zu entwickeln. Sie sind der Ansicht, dass die Erde Mittelpunkt und Zentrum der Menschheit bleiben sollte, die zentrale Macht im Sonnensystem, die alles bestimmt.«

»Das ist kein Hass, sondern Vernunft«, warf Skarabi ein. »Die Menschheit muss eine Einheit bleiben.«

»Die *Excelsior* zum Saturn zu schicken, geht maßgeblich auf Ihre Initiative zurück.« Abukabar hob die Hand, als Skarabi zu einem Einwand ansetzte. »Oh, ich weiß, es gab keine konkrete Anweisung. Die konnten Sie auch nicht erteilen, weil Sie nicht für das Space Consortium zuständig sind. Aber Sie haben natürlich Mittel und Wege, und als Mitglied des Gremiums mangelt es Ihnen nicht an Autorität. Sie wollten Zeta für die Erde. Unbedingt. Um jeden Preis. Wegen der hypothetischen überlegenen Technologie der extrasolaren Zivilisation, die Zeta zu uns geschickt hat.«

Diesmal widersprach Skarabi nicht. Er hörte mit wachsendem Unbehagen zu.

»Ich bin alt«, sagte Abukabar. »Ich bin vermutlich der älteste lebende Mensch. Ich erinnere mich an die vielen Jahre der Unvernunft, ich habe es miterlebt, das ganze Jahrhundert: die Kriege, das Leugnen, die Irrationalität und das Elend als Folge davon. Ich weiß, was es bedeutet, wenn einzelne Menschen glauben, für alle entscheiden zu können. Es ist ein gefährlicher Weg, der oft genug ins Verderben geführt hat.«

Der Vorsitzende legte eine Pause ein. Skarabi schwieg ebenfalls. Abukabar hatte noch nicht alles gesagt, das Wichtigste kam wahrscheinlich noch.

»Terra Solar ist ein Kind jenes Jahrhunderts, ein Erbe der Unvernunft«, erklärte das Oberhaupt des Gremiums. »Was würde ich finden, wenn ich in Ihrer Vergangenheit suche, Ehrenwerter, und vielleicht auch in Ihrer Gegenwart?«

»Engagement für die Zukunft«, entgegnete Skarabi und bemühte sich um einen ruhigen, überzeugenden Tonfall. Und für die Erde, fügte er in Gedanken hinzu.

»Dies ist eine Warnung an Sie, Ehrenwerter Skarabi«, sagte Abukabar langsam, und das Traurige verschwand aus seinem Gesicht. »Und auch ein Appell. Vergessen Sie nicht die Lehren des Jahrhunderts der Unvernunft. Wiederholen Sie nicht die alten Fehler, die uns teuer zu stehen kamen. Ich würde es sehr bedauern, einen Verdienstvollen wie Sie aus dem Gremium entfernen zu müssen.«

Der Vorsitzende blickte auf seine Uhr und erhob sich. »Ich werde jetzt in die Mittagspause gehen, bevor die Tagung fortgesetzt wird. Ich wünsche Ihnen einen guten Flug zurück zur Sahara und zu Ihrem Projekt.«

Skarabi stand ebenfalls auf, verabschiedete sich respektvoll und ging.

Wie viel wusste Abukabar? Im VIP-Wagen, auf dem Weg zum Orbitalspringer beim Weltraumlift, dachte Skarabi darüber nach. Der Vorsitzende wusste oder ahnte jedenfalls genug, um ein Gespräch mit ihm zu führen und ihn zu warnen. Ein dummer Mann war er gewiss nicht, und ihm standen genug Informationsquellen zur Verfügung, um mehr zu erfahren. So vorsichtig Skarabi in den vergangenen Jahren und Jahrzehnten auch gewesen sein mochte, wenn Abukabar tief genug grub, würde er früher oder später tatsächlich etwas finden.

Ein Wettlauf mit der Zeit hatte begonnen, begriff Skarabi. Um ihn zu gewinnen, musste er eher handeln als beabsichtigt. Die speziellen Dinge, die mehrere Frachtkapseln des Lifts zu den in Bau befindlichen großen Raumschiffen im Orbit transportiert hatten, sollten eigentlich gegen den Mars eingesetzt werden. Aber man konnte sie auch für bestimmte Angelegenheiten auf der Erde verwenden.

Skarabi lächelte plötzlich, beobachtet nur von den Sensoren des Autopiloten. Abukabar hatte eine Tür zu neuen Möglichkeiten geöffnet.

GRAUER KERKER

CHEN,
ZETA

49

Es blieb Chen nicht einmal Zeit genug, die Muskeln für einen Sprung zu spannen – die silberne Gestalt vor Nightingale, humanoid wie die Harfenspielerin, schoss mit einer Waffe auf sie und traf sie mitten im Gesicht!

Chens Plus, ein kleiner zusätzlicher Teil des Gehirns mit hoher Neuronendichte, verarbeitete die neuen Informationen nicht so geschwind wie eine QI, aber fast so schnell wie eine Künstliche Intelligenz und teilte ihm mit, dass er nicht in der Lage gewesen wäre, Nightingale vor dem Treffer zu bewahren.

Vorsicht, signalisierte das Plus. Bereitschaft. Eskalation.

Die Frau, die ihn vor zwei Jahrzehnten in Manila vor dem Puristenmob gerettet hatte, verschwand in einem Lichtblitz, der einen normalen Menschen geblendet, ihm vielleicht sogar das Augenlicht geraubt hätte. Chens Plus registrierte Beeinträchtigungen der Netzhaut und stimulierte eine sofortige Regeneration der entsprechenden Zellen.

Das Bild vor Chens Augen verschwamm kurz und klärte sich dann wieder.

Er nahm mehrere Dinge gleichzeitig wahr, und das Plus verknüpfte sie für ihn zu einem Situationspaket: Nightingale war verschwunden; die Wände schoben sich so schnell aufeinander zu, dass nur noch wenige Sekunden bis zu einem mit hoher Wahrscheinlichkeit fatalen Kontakt blieben; Floyd holte halb blind die Pistole hervor, mit der er zuvor Nightingale bedroht hatte; und der silberne Humanoide richtete seinen schusswaffenartigen Gegenstand auf Amaranth Newton.

Die Tür, die Nightingale mit dem anscheinend falschen Schlüssel aufgeschlossen hatte, stand noch offen. Sie bot den einzigen Ausweg.

Das begriff natürlich auch Newton, vermutlich noch eher als Chen. Er warf sich nach vorn, fort von der Wand, die ihn bereits am Rücken berührte, prallte gegen Floyd und stieß ihn durch die Öffnung. Dabei löste sich ein Schuss aus der Pistole. Chen hörte den Knall, einen Ton mit Dutzenden von Untertönen; er hätte die einzelnen Frequenzen und ihre Länge benennen können. Mit seiner beschleunigten visuellen Wahrnehmung wäre er sogar in der Lage gewesen, die Flugbahn des Projektils zu verfolgen. Stattdessen aber konzentrierte er sich auf das eigene Bewegungsmoment und gab ihm Richtung, unterstützt von der heranrückenden Wand, ebenfalls auf die offene Tür zu.

Das kleine Geschoss traf den Humanoiden – und die silberne Gestalt explodierte!

Chen beschränkte seinen Sehsinn auf den infraroten und ultravioletten Bereich, damit seine Wahrnehmung nicht erneut beeinträchtigt wurde und er alle notwendigen Details erkennen konnte. Er fiel durch grelles, heißes Licht, das einen Teil seines Raumanzugs verbrannte und wie Magma über die Sensorpunkte und Interfacespots seines Körpers rann, die ihm von der Schläfe über den Hals bis weit den Rücken hinunter reichten. Der eigene Zustand erforderte kaum bewusste Aufmerksamkeit, das Plus kümmerte sich um die notwendige Wiederherstellung von Zellverbänden. Chen versuchte zu erkennen, wo er sich befand und was geschah.

Das gleißende, glühende Licht verblasste und wich grauer Gleichförmigkeit. Chen hielt nach Orientierungspunkten darin Ausschau, nach Umrissen und Konturen, nach irgendetwas, das dem Auge Halt gab, doch bevor ihm das gelang, kam es zu einem Aufprall, der so heftig war, dass sein linker Arm brach.

Stechender Schmerz durchzuckte ihn.

Das Plus neutralisierte ihn, indem es die Weiterleitung entsprechender bioelektrischer Impulse blockierte, begann mit einer Analyse der Kortikalis und des trabekulären Knochengewebes, der Spongiosa, und leitete Reparaturen ein.

Beim Aufstehen stellte Chen überrascht fest, dass auch das linke Knie verletzt war. Das Plus selbst schien beeinträchtigt zu sein, denn es erkannte normalerweise sofort, wann und wo in seiner physischen Struktur etwas nicht wie vorgesehen funktionierte.

Das Bein gab nach. Fast wäre er gefallen.

Zwei Gestalten zeigten sich vor ihm im uniformen Grau. Eine lag auf dem Boden, der allem Anschein nach aus grauem Stein bestand, die andere beugte sich über diese Gestalt. Chen humpelte näher. Einige Fetzen des verbrannten Raumanzugs fielen von ihm ab.

»Er hätte nicht schießen sollen.« Es war Amaranth Newton, der sich über Floyd gebeugt hatte und nun Chen ansah. »Ich wollte ihn daran hindern, aber es ging selbst für mich zu schnell. Wie dumm von ihm. Er ist nicht zum ersten Mal hier, er weiß Bescheid, und trotzdem machte er einen solchen Fehler. Er ist und bleibt ein gewöhnlicher Mensch.«

Auch der Raumanzug des jungen Amaranth Newton hing in Fetzen, und er hatte ebenfalls Verbrennungen erlitten, aber sie heilten schnell. Das Gesicht glättete sich bereits wieder, die Sensorpunkte und Interfacespots wirkten nahezu unversehrt.

Floyd stöhnte.

Amaranth Newton beugte sich erneut über ihn und versuchte, ihn auf die Beine zu ziehen. In Floyds Gesicht ließen sich erstaunlicherweise keine Brandwunden ausmachen, aber er schien trotzdem verletzt oder zumindest sehr geschwächt zu sein.

»Es geht nicht«, brachte Floyd mühsam hervor. »Ich schaffe es nicht.« Er sank zurück.

Newton sah sich um. »Wo sind wir?«

»In einem grauen Kerker«, ächzte Floyd. »Pandora. Zeta hat uns ausgesondert und separiert. Wir ...« Er keuchte und hustete. Chen bemerkte einen fiebrigen Glanz in seinen Augen. »Wir müssen den verborgenen Transferpunkt erreichen. Hier werden wir nicht lange überleben. Absorption. Wir ...«

Er hustete erneut, und als er wieder sprach, war seine Stimme leise.

Chen humpelte zwei Schritte näher und empfing Meldungen von seinem Plus, die kaum einen Sinn ergaben. Es schien tatsächlich beschädigt zu sein.

»Wir werden absorbiert«, krächzte der auf dem steinernen Boden liegende Floyd. »Die Energiepatronen unserer Raumanzüge, unsere eigene Kraft ... Zeta saugt alles auf. Bis ... nichts mehr von uns übrig ist.«

Er schloss die Augen und rührte sich nicht mehr.

Amaranth Newton bückte sich, schob die Arme unter den Reglosen und hob ihn hoch.

»Sie müssen allein zurechtkommen«, sagte er zu Chen und stapfte los.

Chen stand still und sah dem jungen Enhu nach, als der sich mit Floyd in den Armen entfernte, seine Schritte gleichmäßig, nicht zu lang und nicht zu kurz. Was auch immer es mit dem »Transferpunkt« auf sich hatte, Amaranth Newton schien zumindest zu wissen, in welche Richtung er sich wenden musste.

Chen gelangte zu dem Schluss, dass er mit dem verletzten Knie zu langsam war, um Newton zu folgen. Er hätte ihn irgendwann im Grau aus den Augen verloren. Darum wies er das Plus an, die im Fettgewebe gespeicherte Energie für zellulare Regeneration zu nutzen, als er sich in Bewegung setzte.

Allerdings ergab sich schon nach kurzer Zeit ein Problem. Das Plus begann tatsächlich damit, die verletzten Zellen seines Körpers, insbesondere im linken Arm und im Knie, zu restrukturieren oder, wo das nicht möglich war, durch neue zu ersetzen. Doch Chen war nie fettleibig gewesen, und die in den Adipozyten des Bindegewebes gespeicherte Energie reichte nicht für eine vollständige Regeneration. Das bedeutete, dass er auf das Muskelgewebe zurückgreifen musste. Es waren klare Gedanken, beschleunigt vom Plus und von zerebraler Optimierung.

Amaranth Newton schien nicht bereit zu sein, Hilfe zu leisten, ihm ging es nur um Floyd. Der Abstand zu den beiden wuchs bereits. Chen konnte nur humpeln und nicht schneller gehen.

Er überprüfte noch einmal seine Situationsanalyse und fand darin keinen Fehler. Er musste einen Teil seines Muskelgewebes opfern, um handlungsfähig zu bleiben, zumindest für eine gewisse Zeit. Das bedeutete allerdings auch, dass seiner physischen Leistungsfähigkeit schon sehr bald enge Grenzen gesetzt sein würden, wenn er keine energiereiche Nahrung fand.

Die Entfernung zu Newton und Floyd war bereits auf mehrere Hundert Meter gewachsen, als Chen das linke Knie stärker belasten konnte, ohne dass es unter ihm nachgab. Er ging schneller und spürte dabei, wie die vom Plus vorangetriebene Regeneration seine Muskeln fraß.

EIN HALBER TOD

NIGHTINGALE LOI,
ZETA

50

Ich bin tot, dachte Nightingale, doch wie konnte ein Toter denken? Wie konnte er sich an sein Leben erinnern?
Sie erinnerte sich an Manila vor zwei Jahrzehnten, im letzten Jahr der Unruhen, die als Genetische Konflikte in die Geschichte der Erde eingegangen waren. Damals war sie zweiundzwanzig gewesen, eine junge Studentin der Astrobiologie, mit Träumen von fernen Sternen und dem Leben auf ihren Planeten. Sie erinnerte sich an Flammen, die aus großen Gebäuden mit genetischen Laboratorien schlugen, an die schreiende, feiernde Menge der Puristen, an Männer und Frauen mit Fackeln. Und sie erinnerte sich an einen Knaben im Schatten zwischen den Trümmern, das Gesicht rußgeschwärzt, die Augen groß und seltsamerweise ohne Angst.
Sieben Jahre jung war Chen gewesen. Nightingale hatte nicht lange überlegt und ihn versteckt, womit sie das eigene Leben riskierte. Zwei Tage war er stumm geblieben, während seine Wunden schneller heilten, als es bei einem gewöhnlichen Menschen möglich gewesen wäre. Am dritten Tag schließlich hatte er laut und deutlich »Danke« gesagt.
Ein einzelnes Wort, und es war all die Mühe wert gewesen.

Es hatte eine Verbindung zwischen ihnen geschaffen, das unzerreißbare Band einer tiefen Freundschaft.

Daran erinnerte sich Nightingale mit der Hitze des Energieblitzes im Gesicht, und sie dachte: Chen, ich brauche dich. Vielleicht ist es jetzt umgekehrt, vielleicht musst du *mich* retten.

Nightingale schnappte nach Luft, das Atmen fiel ihr schwer, es schmerzte in Hals und Brust. Vielleicht lebe ich, dachte sie, erstaunt vom eigenen Gedanken.

Sie steckte in etwas, in öliger Flüssigkeit, die ihr in den Mund geriet. Sie spuckte und hustete, streckte die Arme und fühlte eine Art Membran.

Sie erinnerte sich auch an eine Hoffnung, verbunden mit einer Sehnsucht aus ihrer Kindheit. Acht Jahre nach Feuer und Gewalt in Manila hatte man sie für das *Excelsior*-Programm ausgewählt, für die erste interstellare Mission der Menschheit. Sie würde, wenn alles nach Plan lief, zu den ersten Menschen gehören, die ihren Fuß auf einen Planeten außerhalb des Sonnensystems setzten.

Das war mehr, als sie in ihren kühnsten Träumen erwartet hatte.

Schließlich gelang es Nightingale, die Augen zu öffnen.

Auf der einen Seite sah sie eine Ansammlung von Scheren, Zangen und Facettenaugen, auf der anderen ein Büschel aus Federn und Schuppen, aus dem ein langer, krummer Schnabel ragte. Sie wandte den Blick zur Seite und sah eine weitere Gestalt, wie eine Mischung aus Krüppelkiefer und Tiger. Das Wesen hatte den Rachen voller nadelspitzer Zähne weit aufgerissen, doch es rührte sich nicht, ebenso wenig wie die erste Kreatur.

Nightingale drehte sich. Wohin sie auch sah, überall erkannte sie erstarrte Geschöpfe in zellenartigen Behältern, gerade groß genug, um die jeweiligen Wesen aufzunehmen. Und auch sie selbst steckte in einem derartigen Behälter, gefüllt mit trübem Öl, das ihr bis zum Kinn reichte.

Im nächsten Moment wurde ihr klar, wo sie sich befand: im Panoptikum, in einer der vielen Waben, die tote, konservierte Besucher von Zeta enthielten.

Aber ich bin nicht tot, dachte sie erstaunt. Zeta hat mich zu den Toten gebracht, doch ich lebe. Warum?

Die Antwort auf diese Frage war weniger wichtig als die Suche nach einem Weg hinaus. Die ölige, schleimige Flüssigkeit stieg, und Nightingale musste den Kopf recken, damit ihr Mund darüber blieb.

Sie bemerkte, dass sie noch immer ihren Raumanzug trug. Mit der einen Hand tastete sie nach dem Siegel am Kragen, um den Flexhelm zu aktivieren, und mit der anderen öffnete sie eine Werkzeugtasche. Sie brauchte ein scharfes Instrument, um die Wabe aufzuschneiden, in der sie sich befand.

Der Helm reagierte nicht und blieb schlaff im Nacken, statt sich ihr über den Kopf zu wölben. Ein Defekt? Oder lag es an dem Kontrollcode, mit dem Floyd die Systeme des Raumanzugs zuvor blockiert hatte?

Die ansteigende Flüssigkeit, die vielleicht der Konservierung des Wabeninhalts diente, zwang Nightingale, den Mund zu schließen. Sie musste die Luft anhalten, während sie weiter nach einem geeigneten Instrument suchte.

Sie erinnerte sich an ihre Begeisterung beim ersten Anblick der *Excelsior* im Dock von Luna Drei, tausend Kilometer über dem Erdmond. Das größte jemals gebaute Raumschiff, fast siebenhundert Meter lang, nicht klotzig und klobig, sondern wie eine Blume, zart wie eine Orchidee, die Blütenblätter aus Synth und Stahlkeramik.

Wir schicken eine Blume nach Proxima Centauri, hatte sie gedacht und die Vorstellung passend gefunden. Es kam einer Botschaft gleich, sollten sie auf eine extrasolare Zivilisation treffen. Kein Kriegsschiff, keine Geschütze und Soldaten, sondern eine Blume, Zeichen des Friedens.

Die Luft wurde knapp. Nightingale fand ein Kombimesser, öffnete es in der öligen Flüssigkeit, die ihren Bewegungen erstaunlich großen Widerstand entgegensetzte, und bohrte seine Spitze in die Wabenwand, die wie Gummi nachgab.

Was würde geschehen, wenn sie den Atemreflex nicht mehr unter Kontrolle halten konnte und nach Luft schnappte? Würde sie sterben, ertrinken in Öl und Schleim? Hatte man sie leben lassen, damit sie in diesem Behälter starb? Ergab das einen Sinn?

Vielleicht musste es gar keinen Sinn ergeben. Vielleicht geschah einfach, was geschah.

Nightingale drückte das Kombimesser noch fester gegen die Wand, aber sie riss nicht, dehnte sich nur.

Sie war darauf vorbereitet, auf die Begegnung mit extraterrestrischer Intelligenz. Im System des Roten Zwergs Proxima Centauri war ein Erstkontakt eher unwahrscheinlich, denn dort hatten die Teleskope der Erde keine Anzeichen einer technisch orientierten Zivilisation entdeckt. Aber vielleicht auf anderen Welten in einem anderen Sternsystem, hatte sie sich gesagt. Beim nächsten Flug der *Excelsior* oder beim übernächsten. Wenn sie genug Verdienste erwarb, genug Meriten, konnte sie mit einer lebensverlängernden Behandlung einige Jahrzehnte hinzugewinnen, um noch mehr vom Universum außerhalb des Sonnensystems zu sehen.

Und dann die Enttäuschung, kurz vor dem großen Flug nach Proxima Centauri. Die *Excelsior* wurde für eine andere Mission gebraucht. Es galt, ein Objekt zu untersuchen, das ausgerechnet von Proxima Centauri gekommen war, ein Artefakt im Tarnmantel eines vierhundert Kilometer großen Asteroiden.

Es funktionierte einfach nicht. Die Wabenwand, ihre Membran, war zu elastisch. Und Nightingale konnte den Atemreflex nicht länger unterdrücken. Ihr offener Mund füllte sich mit zähflüssigem Öl.

Eine Blume für den Frieden, dachte sie, halb verträumt und halb in Schrecken. Eine Chance, eine Möglichkeit, eine Perspektive für die kommenden Äonen. So hatte sie beim ersten Anblick der *Excelsior* gedacht, so hatte sie sich die Zukunft vorgestellt.

Kontakt mit einer hoch entwickelten extrasolaren Zivilisation, vielleicht noch zu ihren Lebzeiten. Aufnahme in die galaktische Völkergemeinschaft, falls eine existierte. Möglicherweise konnte Nightingale einen entscheidenden Beitrag dazu leisten, indem sie mit eigenem Beispiel auf die Reife der Menschheit verwies. Eine große Verantwortung, zweifellos, sogar immens groß.

War sie ihr gewachsen? Sie hatte es Jahre zuvor bewiesen, in Manila, mit der selbstlosen Rettung von Chen.

Aber die Blume, die sie zu den Sternen hatte tragen sollen, existierte nicht mehr. Sie war in Saturns dichter Atmosphäre zerbrochen und verglüht.

Jähe Bewegung kam in das schleimige Öl. Nightingale hustete, was bedeutete, dass es wieder Luft gab, dass sie atmen konnte.

Eine silberne Hand, schmal und mit langen Fingern, öffnete die Membran der Wabe, und die ölige Flüssigkeit strömte hinaus.

Eine zweite Hand wie aus Quecksilber erschien in Nightingales Blickfeld, und beide ergriffen sie mit sanftem Nachdruck und zogen sie aus der Wabe.

Sie rutschte und glitt, aber die beiden Hände hielten sie fest und richteten sie behutsam auf. Nightingale keuchte, hustete und spuckte Öl und Schleim. Um sie herum erstreckte sich das Panoptikum im matten gelblichen Licht: Tausende von Waben, die meisten von ihnen gefüllt mit fremden Wesen.

Zwitschernde Laute ertönten. Nach einigen Sekunden begriff Nightingale, dass der silberne Humanoide zu ihr sprach!

»Tut mir leid«, brachte sie hervor, »ich verstche kein Wort. Aber ich bin Ihnen sehr dankbar dafür, dass Sie mich gerettet haben.«

Die silbrige Gestalt stützte sie noch immer und beugte sich ein wenig näher.

Nightingale blickte in ein ovales Gesicht mit großen Augen, nicht grün wie Smaragd oder blau wie Opal, sondern türkisfarben. Der Mund, ein schmaler Schlitz, öffnete sich ein wenig, und erneut ertönten die zwitschernden Laute.

Nightingale schüttelte den Kopf. »Tut mir leid«, wiederholte sie. »Ich ...«

Der Humanoide schlang einen offenbar etwas länger gewordenen Arm um Nightingale. Mit dem anderen vollführte er eine Bewegung, die ihn zusammen mit ihr aufsteigen ließ.

Das Licht wurde etwas schwächer und gewann einen blaugrünen Ton, fast wie die Augen des Fremden. Es reichte aus, um zu erkennen, dass das Panoptikum noch viel größer war als vermutet. Es erstreckte sich kilometerweit durch einen riesigen Saal, ein gewaltiger Bienenstock, gefüllt mit Toten.

Nach einer halben Minute Flug erreichten sie eine runde Plattform, die ohne erkennbare Haltevorrichtungen dicht unter der felsigen Decke schwebte. Ihre Oberfläche bestand aus weißem

Quarz, und als Nightingales Füße sie berührten, stiegen kleine silberne Lichter auf. Zuerst waren es nur einige Dutzend, doch es wurden schnell mehr, und jedes einzelne zog eine dünne weiße Linie wie einen Faden hinter sich her.

Die Lichter spannen ein Gebilde wie ein komplexes holografisches Modell: Räume und Säle, Korridore und Tunnel, langsam rotierende horizontale und vertikale Zylinder, die sich an bestimmten Stellen trafen. Nightingale erkannte, dass sie eine schematische Darstellung von Zeta sah.

Der Humanoide ließ sie vorsichtig los, und sie stand allein, mit weichen Knien und das Haar noch voller Öl und Schleim. Einige Schritte brachten das Wesen zu dem leuchtenden dreidimensionalen Bild, das mindestens zehn Meter durchmaß und die Innenräume des Artefakts im Mantel eines Asteroiden zeigte. Der Humanoide bewegte Hände und Finger, und einige Bereiche der Darstellung wurden heller als die anderen und zeigten mehr Details.

Neugierig geworden trat Nightingale näher und fragte sich, ob die silberne Gestalt tatsächlich lebte. Oder handelte es sich um ein »biometrisches Hologramm«, wie Amaranth Newton die Harfenspielerin genannt hatte? War es einer der Konstrukteure von Zeta oder ein Nachkomme von ihnen? Das war ein aufregender Gedanke. Wenn sie eine Möglichkeit fand, mit ihm zu kommunizieren ...

»Können Sie semantische Analysen durchführen, vielleicht mithilfe von Maschinenintelligenz?«, wandte sich Nightingale hoffnungsvoll an die silberne Gestalt. »Sind Sie in der Lage, fremde Sprachen zu lernen, sie zu verstehen, wenn Ihnen genug Daten zur Verfügung stehen? Vielleicht muss ich nur lange genug sprechen, damit Sie ...«

Nightingale unterbrach sich, weil der Humanoide die Hand hob, dann öffnete er den kleinen Mund und zwitscherte erneut.

Gleichzeitig hörte sie noch etwas anderes, leise Töne wie in weiter Ferne, die eine traurige Melodie zu bilden schienen. Musik als direktes Kommunikationsmittel?, überlegte sie. Beziehungsweise akustische Signale, die von der menschlichen Wahrnehmung als Musik interpretiert wurden?

»Ich bedauere sehr, aber leider verstehe ich Sie nicht«, sagte Nightingale.

Das von den vielen silbernen Lichtern geschaffene Hologramm schwebte ihr plötzlich entgegen und nahm sie auf, vielleicht ein Zeichen dafür, worum es dem Humanoiden ging: nicht um Sprache oder verbale Kommunikation irgendeiner Art, sondern um Zeta, um die innere Struktur des Artefakts und vielleicht sogar einen Weg ins Zentrum.

Nightingale drehte sich langsam im Innern des großen, von Lichtern gesponnenen Bilds und versuchte, möglichst viele Einzelheiten in sich aufzunehmen, während sie weiterhin das Zwitschern des Humanoiden hörte, untermalt von den leisen, melancholischen Klängen der fernen Melodie. Tunnel und Schächte huschten an ihr vorbei, zylindrische Welten wie die Habitate der Autarkien von Uranus und Neptun, Maschinensäle, Räume mit glühenden oder schimmernden Gespinsten, deren Zweck sich ihr nicht erschloss. Farbige Symbole erschienen, und etwas versetzte sie in die Lage, zumindest bei einigen von ihnen die Bedeutung zu erahnen – die bunten Zeichen wiesen offenbar auf Gefahrenzonen hin.

Von einem Augenblick zum anderen wirbelten ihre Gedanken durcheinander. Floyd hatte von einem »Pandora-Prinzip« gesprochen, einer Art Abwehrmechanismus, vergleichbar mit einer Immunreaktion. Das Wesen, das auf sie geschossen hatte, war vielleicht Teil dieses Systems. Sie hatte es nur ganz kurz gesehen, doch in ihrer Erinnerung war es kleiner und zarter gebaut als die Harfenspielerin, und dieser Humanoide, der ihr bereitwillig Zeta zeigte, wirkte noch dünner und zerbrechlicher, war aber größer. Vielleicht handelte es sich bei ihm um eine Art Subspezies, ein Individuum, das sie aus der Wabe gerettet hatte, weil es nicht mit dem Pandora-Prinzip in Verbindung stand. Gab es bei den silbernen Wesen verschiedene Gruppen, Fraktionen mit unterschiedlichen Interessen und Aufgaben?

Der Humanoide vor ihr schien Nightingale jedenfalls helfen zu wollen. Würde er ihr den Weg ins Zentrum von Zeta zeigen, wo es möglicherweise tatsächlich Antworten auf alle Fragen gab, wie Floyd glaubte?

Sie wandte sich ihm zu, umgeben von Zetas Innenwelten.

»Wir sollten versuchen, uns irgendwie zu verständigen«, sagte sie, die Stimme von einem Rauschen gedämpft, das seinen Ursprung irgendwo in dem Hologramm hatte. »Verstehen Sie, dass ich versuche, mit Ihnen zu kommunizieren?«

Ihr Raumanzug, dachte sie plötzlich. Die KI-Prozessoren und Datensubstrate. Die Energiepakete waren noch nicht völlig leer, es existierte ein kleiner Rest von Autonomie. Ließen sich die vorhandenen Programme so modifizieren, dass eine semantische Analyse mittels der Prozessoren durchgeführt werden konnte?

Das Rauschen wurde lauter und ein bestimmter Teil des Hologramms größer. Eine Landschaft aus Schnee und Eis öffnete sich vor ihr, von dunklen Felsen durchsetzt und voller Dunst, der Konturen verwischte. Darin zeichneten sich zwei Gestalten ab, die durch den Schnee stapften. Zwei Humanoiden, nicht silbern, sondern ...

Menschen!

Nightingale bewegte sich, und dadurch kamen die beiden Gestalten wie durch einen Zoom näher. Nahe genug, um ihre Gesichter zu erkennen.

Hannibal Laurentis und Roxa Mahwe vom Mars.

Sie streckte die Hand nach ihnen aus, und vielleicht war das ein Fehler. Die weiße Landschaft schwoll abrupt an und nahm sie auf ...

... und aus einem dreidimensionalen Bild wurde Realität!

Nightingale fiel, aber nicht tief, nicht einmal einen halben Meter, und landete in weichem Schnee. Als sie sich auf den Rücken drehte, erschienen zwei menschliche Gesichter über ihr.

Sie rang sich ein Lächeln ab. »Hannibal Laurentis und Roxa Mahwe, nehme ich an. Gestatten? Nightingale Loi, Direktorin der *Excelsior*.«

WIR HELFEN EUCH

NORA VAN DYKE,
ZETA

51

»Wir könnten versuchen, uns zu befreien!«, rief Eusebius, getragen von der zweiten Mantide. So dachte Nora Van Dyke inzwischen von den Geschöpfen, die Gottesanbeterinnen ähnelten – sie nannte sie Mantiden.

»Und dann?«, fragte sie und blickte nach unten. Sie flogen in einer Höhe von mehr als hundert Metern über einer Landschaft, die aus Tümpeln mit schlammigem braunem Wasser und Felsen bestand. Ein Sturz aus dieser Höhe hätte mit ziemlicher Sicherheit den Tod bedeutet, obwohl die lokale Schwerkraft hier offenbar etwas geringer war als auf der Erde.

Die Mantide, die Nora in einen Kokon gesponnen hatte, in ein lockeres Gespinst aus klebrigen Fäden, drehte den dreieckigen Kopf erstaunlich weit zur Seite und neigte mehrere Augenstiele in ihre Richtung. Die Beißscheren, die Nora nach ihrem Erscheinen in diesem Teil von Zeta erschreckt hatten, rieben aneinander und erzeugten dadurch ein lautes Knarren, Knirschen und Kratzen.

Nora winkte mit der rechten Hand. »Tut mir leid, ich verstehe dich nicht.«

»Glaubst du, sie versuchen, mit uns zu kommunizieren?«, fragte Eusebius.

Das schulterlange schwarze Haar des Autarken wehte im Wind. Er hatte den Kopf zur Seite geneigt und die Augen halb zusammengekniffen. Irgendwie, fand Nora, wirkte er wie eine exotische Version von Peter Pan, und der Gedanke ließ sie lächeln.

Seine Mantide flog nur wenige Meter neben der ihren. Die langen, halb durchsichtigen Flügel der beiden Wesen, durchzogen von violetten Adern, berührten sich fast. Nora fand es bemerkenswert, dass die etwa zweieinhalb Meter großen insektoiden Geschöpfe die Last eines Menschen tragen konnten.

»Ich bin mir nicht sicher!«, rief sie Eusebius zu. »Sie haben uns jedenfalls nicht gefressen, als wir in einen ihrer Tümpel gefallen sind.«

»Was nicht ist, kann noch werden.«

»Und ich habe tatsächlich den Eindruck, dass meine Mantide mit mir reden will«, fuhr sie fort. »Wenn wir doch nur eine in semantischer Analyse erfahrene KI hätten! Oder besser noch eine QI!«

Die Mantide rieb noch einmal die Beißscheren aneinander und streckte sie dann nach unten und ein wenig zu den Seiten, um das Gespinst zu stabilisieren.

»Sie hindern uns nicht daran, miteinander zu sprechen«, stellte Nora fest. »Und bisher waren sie im Umgang mit uns recht sanft.«

»Wir sind gefangen!«

Nora die Abenteurerin lächelte erneut. Das alte Leben als Erste Administratorin des Saturnmonds Titan fiel immer mehr von ihr ab, und das gab ihr ein erstaunlich gutes Gefühl. »Vielleicht hatten sie keine andere Möglichkeit, uns zu transportieren.«

»Und wohin bringen sie uns? Das mit dem Fressen ist vielleicht nur verschoben. Möglicherweise steht ein großes Festmahl bevor, mit uns als Hauptgang!«

Es klang dramatisch, aber Eusebius lächelte ebenfalls und zeigte seine schneeweißen Zähne.

Zwischen den vielen großen und kleinen Schlammtümpeln unter ihnen waren nicht mehr nur Felsen und steinige Landschaften zu sehen, sondern auch Objekte, die Nora zunächst nicht zu deuten wusste. Dann wurde ihr klar, dass es sich um Trümmerteile handelte, aus Metall und geborstenem Gestein. Sie wurden größer, je weiter sie flogen, als näherten sie sich dem Zentrum einer gewaltigen Absturzstelle.

Die Tümpel wurden seltener, die Felsformationen häufiger. Nora fühlte, wie es kälter wurde, bis sie schließlich fröstelte.

Ihre Mantide wandte erneut den Kopf, klickte mit den Kiefern und ging tiefer. Mit einem raschen Blick vergewisserte sich Nora, dass das zweite Geschöpf in der Nähe blieb.

Aus einer Höhe von nur noch zwanzig oder dreißig Metern sah Nora plötzlich etwas, das ihr vertraut erschien. Sie hatte es schon einmal gesehen, unter anderen Umständen und in einer anderen Umgebung, auf Zetas Asteroidenoberfläche.

»Siehst du das dort unten?«, rief sie Eusebius zu. »Täusche ich mich, oder sind das tatsächlich Trümmerteile unseres Inspektionsboots?«

Eusebius spähte zwischen den Fäden seines Kokons hindurch. »Du hast recht. Ich glaube kaum, dass hier sonst jemand irdische Schriftzeichen verwendet.«

Nora erkannte sie ebenfalls: Zahlen und Buchstaben einer ID-Kennung an einem größeren Rumpfteil des Inspektionsboots. Nein, sie konnten nicht von »sonst jemandem« stammen, von Geschöpfen, die nichts mit Erde und Menschen zu tun hatten.

Eine Drehung der Mantide gab Nora Gelegenheit, nach oben zu sehen, zum Himmel dieser Welt innerhalb von Zeta. Er schien nur wenige Kilometer entfernt und bestand nicht aus einem Meer, sondern aus einer Steppenlandschaft mit hohen bleigrauen Felsnadeln, zwischen ihnen Netze, an denen eiförmige Gespinste hingen.

»Vielleicht sind unsere Entführer dort oben zuhause!«, rief Eusebius.

Entführer? Aus irgendeinem Grund glaubte Nora nicht an eine Entführung oder Gefangennahme, eher an ... Hilfe.

Voraus geriet ein Berg in Sicht, ein geborstener Koloss, aufgerissen und voller Löcher, viel größer als die weit verstreuten Trümmerteile. Ein Wrack, fast ein ganzes Schiff. Auf der einen Seite ragten Türme daraus hervor, untereinander durch Fäden verbunden. Auf der anderen wölbten sich mehrere intakt gebliebene Kuppeln glatt wie Glas. In der Mitte des Riesen, direkt über dem Boden, klaffte eine große Öffnung, die Ränder bedeckt von etwas, das wie eine Ansammlung von Schnee und Eis aussah.

Kleine Mantiden drängten sich dort, wie Nora sah, als sie näher kamen. Mehrere von ihnen stiegen auf und trugen ein Objekt an ihren Fäden, einen rubinroten Ring, von dem plötzlich ein Pfeifen nahe am Ultraschallbereich ausging. Es hallte weit über die Felsen- und Sumpflandschaft mit den Raumschifftrümmern und war so unangenehm, dass Nora eine Grimasse schnitt.

»Dort drüben tut sich was!«, rief ihr Eusebius zu und deutete nach links.

Sie wandte den Kopf und beobachtete, wie ein oder zwei Kilometer entfernt mehrere silbrig glänzende Objekte aufstiegen. Zuerst hielt Nora sie für weitere Bewohner dieser kleinen Welt, doch sie näherten sich viel zu schnell, noch dazu ohne erkennbare Flügel. Das ließ nur einen Schluss zu: Es waren Flugapparate.

Das Pfeifen wiederholte sich, so schrill, dass es Nora in den

Ohren schmerzte. Die kleineren Mantiden mit dem rubinroten Ring flogen einen engen Bogen und kehrten dorthin zurück, woher sie gekommen waren, zur großen Öffnung in der Flanke des mehrere Hundert Meter weit aufragenden Wracks.

Noras Mantide beschleunigte ihren Flügelschlag, sie schien es plötzlich sehr eilig zu haben. Das Geschöpf, das Eusebius trug, fiel einige Meter zurück und schloss dann wieder auf.

Etwas jagte dicht an ihnen vorbei, so schnell, dass Nora nicht erkennen konnte, um was es sich handelte. Eine heiße Druckwelle traf sie. Die klebrigen Fäden, die sie hielten, dehnten sich, und für einen Moment befürchtete sie, dass sie reißen konnten.

»Wird auf uns *geschossen*?«, entfuhr es ihr.

»Sieht so aus!«, rief Eusebius zurück.

Die beiden Mantiden legten ihre Flügel an, fielen und streckten ihre dünnen Schwingen dann wieder, so dicht über dem Boden, dass ein Faden von Noras Gespinst über einen Felsen strich und riss. Sie schloss die Hände um zwei andere und hielt sich fest. Wieder drehte sich kurz der dreieckige Kopf, und Nora vernahm ein Krächzen.

Entschuldigte sich das Wesen bei ihr?

Der Berg, das Wrack mit seinen zahlreichen Löchern und Rissen, nahm ihr ganzes Blickfeld ein, und wenige Sekunden später erreichten sie die große Öffnung. Die kleineren Mantiden wichen zurück und schufen genug Platz für die Landung der größeren.

Kaum hatten die beiden Geschöpfe aufgesetzt, drängten einige der kleinen an ihnen vorbei, um hastig lange, dünne Stangen aus der Öffnung nach draußen zu tragen und in einem Halbkreis darum herum aufzustellen. Nora sah nicht alles, was geschah, denn die beiden großen Mantiden drehten sich, offenbar um nicht im Weg zu sein. Jedenfalls entstand vor dem Zugang des Wracks eine Barriere aus hohen Stangen, die jeweils etwa einen halben Meter Abstand voneinander hatten, und zwischen ihnen spannten sich dünne Fäden. Auch Noras und Eusebius' Mantiden befanden sich innerhalb dieses offenbar geschützten Bereichs.

Die kleinen Mantiden wichen zirpend und knarzend zurück in die Öffnung, und nur wenige Sekunden später trafen die ersten silbrigen Flugkörper ein.

Allem Anschein nach bewegten sie sich mittels lokaler Schwerkraftfelder, denn es gab weder Propeller noch Tragflächen oder Düsen. Gravitatoren brauchten enorm viel Energie, doch nichts an den etwa vier Meter großen konischen Objekten deutete auf die Präsenz von leistungsstarken Konvertern hin.

Flexible Erweiterungen, vielleicht Werkzeug- oder Waffenarme, richteten sich auf die große Öffnung im Rumpf des Wracks. Noras Mantide knarrte kurz mit den Beißscheren, und plötzlich erstarrten alle. Niemand rührte sich, von einem Augenblick zum anderen herrschte Stille.

Nora wagte kaum mehr zu atmen. Aus dem Augenwinkel sah sie Eusebius, dessen rechte Hand auf halbem Weg nach oben erstarrt war. Auch er hatte begriffen, dass sich niemand bewegen durfte.

Die konischen Flugapparate kamen noch etwas näher und schwebten leise summend vor der Barriere. Ihre biegsamen Arme schwangen langsam von einer Seite zur anderen, als suchten sie nach einem Ziel. Über welche Sensoren die fliegenden Maschinen auch immer verfügten, ihre Sondierungssignale schienen die halbrunde Stangenwand nicht durchdringen zu können.

Die Mantiden und die beiden Menschen blieben unentdeckt – solange sich niemand von ihnen bewegte.

Erneut ertönte ein schrilles Pfeifen, diesmal aber nicht annähernd so laut. Es kam aus der Ferne, vom Himmel, von einem der Netze zwischen den bleigrauen Felsnadeln. Die Flugapparate reagierten sofort und stiegen auf.

Die Mantiden rührten sich noch immer nicht.

Erst als die konischen Maschinen fast die Steppenlandschaft des Himmels erreicht hatten, rieb Noras Mantide ihre Scheren aneinander, und es knarrte und knackte laut. Die kleineren Insektoiden eilten daraufhin unverzüglich zu den Stangen, verharrten dort und hielten Wache.

Die Fäden des Gespinsts, das Nora umschloss, verloren plötzlich ihre Klebrigkeit und lösten sich.

»Das war ein Ablenkungsmanöver.« Eusebius trat aus den Resten des eigenen Kokons. »Die Mantiden dort oben haben die Aufmerksamkeit der Roboter auf sich gezogen.«

Roboter, dachte Nora und sah zum nahen Himmel hoch. Mechanische Gesandte. Und nicht unbedingt Botschafter des Friedens – mindestens einer von ihnen hatte geschossen.

Die beiden großen Mantiden neigten die Köpfe, klickten mit den Kiefern, hoben die vorderen Beine und deuteten mit ihnen ins dunkle Innere des Wracks.

»Ich glaube, sie wollen uns etwas zeigen«, sagte Nora.

52

Tief im Innern des Raumschiffwracks, das vor langer Zeit in einem Sternsystem fern von der Erde auf Zeta gestürzt und dabei halb zerbrochen war, gab es einen sechseckigen Raum mit einem Rest von Energie. Ovale Leuchtkörper an den gewölbten Wänden verströmten ein mattes Licht, das auf geborstene Aggregate fiel und auf ein rundes Loch im Boden mit einem Durchmesser von etwa fünf Metern, offenbar gegraben von Apparaten, die kleinen Baggern ähnelten und improvisiert wirkten, wie aus Teilen erbaut, die eigentlich nicht zusammengehörten. Zwei von ihnen standen links und rechts auf schmalen Rampen, die an den Innenwänden des Schachts in die Tiefe führten. Einige Dutzend Meter weiter unten ließ sich ein dritter ausmachen. Sie rührten sich nicht, standen still.

Mantiden hatten sich in dem Raum versammelt. Die kleinen – vielleicht jüngere Exemplare oder Angehörige einer Subspezies, vermutete Nora – saßen mit geknickten Beinen auf Plattformen, die in unterschiedlichen Höhen aus den Wänden ragten. Die großen warteten beim Loch, in respektvollem Abstand zu Krir und Krar. So hatte Nora die beiden Mantiden genannt, die Eusebius und sie aus dem Sumpfloch geholt und hergebracht hatten, wegen der charakteristischen Laute, die sie von sich gaben.

Krir klickte mit den Kiefern und strich mit einer Schere Linien in den weichen Boden. Nora beugte sich vor und betrachtete das Bild: zwei große Kreise, umgeben von kleineren.

»Das sieht nach einem Sternsystems aus«, sagte sie.

Eusebius saß neben ihr und nickte langsam. »Ein Doppelstern, der eine etwas größer als der andere. Umkreist von insgesamt vier Planeten, der vierte ziemlich weit draußen.«

Krir, die Mantide, die Nora getragen hatte, neigte den dreieckigen Kopf, der etwas dunkler war als der von Krar, streckte erneut die gefährlich aussehende Beißschere und fügte der Darstellung eine weitere Linie hinzu, die vom zweiten Planeten ausging und zu einem Punkt in der Nähe des vierten, äußeren Planeten führte.

»Ich glaube, ich verstehe, was sie uns damit sagen will«, murmelte Nora. »Was meinst du?«

Eusebius nickte erneut. »Wir sehen das Heimatsystem der Mantiden. Und vielleicht die Flugbahn eines Raumschiffs, das vom zweiten Planeten ... *wohin* flog?«

»Nach Zeta.«

»Das denke ich auch«, pflichtete ihr Eusebius bei. Er saß dicht bei ihr; Nora fühlte seine nahe Präsenz und war dankbar dafür.

Krir und Krar rieben die Beine aneinander. Waren sie ungeduldig? Wollten sie nicht unterbrochen werden? Oder freuten sie sich darüber, dass die beiden Menschen sie verstanden hatten?

Krir strich mit ihrer Beißschere über den Boden, glättete ihn damit und begann mit einem neuen Bild.

Nora vertiefte sich in die Darstellungen und erfuhr nach und nach die Geschichte der Mantiden. Nicht alle von Krir und gelegentlich auch von Krar gezeichneten Bilder waren so leicht verständlich wie das erste, aber nach und nach entwickelte sie ein Gespür für die Art der Darstellungen und ihre Bedeutung. Bei einigen abstrakteren Zeichnungen blieb sie größtenteils auf Mutmaßungen angewiesen, die eingebettet in den Kontext der übrigen Bilder jedoch Sinn ergaben.

Dieses Wrack, in dem sie sich befanden, musste das Raumschiff der Mantiden beziehungsweise ihrer Vorfahren gewesen sein. Wann sie damit von ihrer Heimatwelt, dem zweiten Planeten des Doppelsternsystems, aufgebrochen waren, blieb für Nora unklar, denn es fehlte jeglicher Bezug zum Zeitsystem der Erde und ihrer Kolonien. Sie vermutete aber, dass jene fatale Reise Jahrtausende zurücklag. Den Absturz auf Zeta hatten nur wenige Mantiden überlebt, die meisten von ihnen kleine Schläfer, die den langen Flug nach Zeta offenbar in Hibernationszellen oder entsprechenden Vorrichtungen verbracht hatten. Die Einzelheiten verstand Nora nicht ganz. Es hatte etwas mit Lebenszyklen, Detailbegabung und Schnelllebigkeit zu tun. Von den größeren, wachen und offenbar langlebigeren Individuen, die den kleinen gegenüber einen mit Eltern vergleichbaren Status einnahmen, hatten nur drei überlebt. Eins von ihnen starb, als die »Zetaner« – gezeichnet als käferartige Wesen mit mehreren Armen und Beinen – die Schiffstrümmer von der Oberfläche ins Innere des Asteroidenartefakts brachten.

»Ich wünschte, wir könnten mehr darüber erfahren«, sagte Eusebius, als Krir das aktuelle Bild fortstrich und durch ein neues zu ersetzen begann. »Wie die Zetaner die Reste des Schiffs und auch die Trümmer des Inspektionsboots hierhergeschafft haben. Es könnte uns einen Hinweis auf die hiesigen Transportmöglichkeiten geben. Wenn wir darüber Bescheid wüssten, kämen wir vielleicht schneller voran.«

Die nächsten Bilder machten deutlich, dass die Überlebenden immer wieder angegriffen wurden, wenn sie das Wrack verließen. Mithilfe der Geräte und Instrumente, die intakt geblieben waren, fanden die Mantiden schließlich eine Möglichkeit, sich zu schützen, mit Barrieren aus Stangen, die spezielle Störsignale sendeten. Das gab ihnen mehr Bewegungsfreiheit, und einige der kleinen hatten nach und nach das Wrack verlassen und die Höhle mit den Sumpflöchern und Felsnadeln besiedelt. Es ging ihnen vor allem darum, einen Weg zurück zu ihrem Heimatplaneten zu finden oder zunächst einmal aus dem Inneren von Zeta, aber damit provozierten sie immer wieder Angriffe des unbekannten Gegners. Sie gründeten kleine Siedlungen, geschützt von Barrieren, die sie für die Sensoren der Zetaner unsichtbar machten, und schließlich gewöhnten sie sich an ihr neues Leben.

Die Kurzlebigen pflanzten sich durch Parthenogenese fort, und jede neue Generation vergaß etwas mehr, bis schließlich kam mehr etwas anderes übrig blieb als das Wissen um Herkunft und wie sie in Zeta überleben konnten.

Von den kleineren Mantiden auf den Plattformen an den Wänden des sechseckigen Raums kam ein lautes Knarren und Knacken, als Krir entsprechende Bilder in den Boden zeichnete.

Vielleicht brachten sie auf diese Weise Bedauern zum Ausdruck. Sie hatten das alte Wissen bewahrt, zumindest einen Teil davon, was sie den beiden Großen verdankten, Krir und Krar. Aber sie konnten nicht mehr viel damit anfangen, denn die letzten energetischen Reserven des Wracks gingen zur Neige, und es gab kaum noch funktionierende Systeme an Bord. Auch die Grabmaschinen hatten längst ihren Dienst eingestellt.

Krir und Krar kam eine besondere Bedeutung zu, erkannte Nora in den nächsten Bildern. Sie schienen sehr alt zu sein, selbst nach den besonderen Maßstäben ihres Volkes. Vor langer Zeit hatten sie zwei Nachkommen gezeugt, zwei Kinder, die nach dem Heranreifen damit begonnen hatten, dieses Loch zu graben. Der Rückweg nach oben war durch den Gegner versperrt, also blieb nur der Weg nach unten. Sie hatten die letzten Ressourcen für den Bau der Grabmaschinen verwendet und mit ihnen den Schacht ausgehoben, um die Höhle verlassen zu können und den Ort zu finden, von dem aus das große Artefakt kontrolliert und gesteuert wurde.

Wieder ertönte lautes Klicken und Knarren. Nora wartete gespannt auf die nächsten Bilder.

Krar kratzte sie in den Boden. Krir wich ein wenig zurück und senkte wie traurig den dreieckigen Kopf.

Die beiden Kinder, groß geworden, hatten Abschied genommen und waren in die Tiefe geklettert. Sie hatten die Gemeinschaft des Wracks verlassen, mit dem Versprechen zurückzukehren, sobald das Rätsel von Zeta gelöst war.

Seither hatte es jedoch keine Nachricht von ihnen gegeben.

Nora wechselte einen Blick mit Eusebius, der wie sie verstanden hatte. Sie wusste nicht, wie viel Zeit seit dem Aufbruch der beiden jungen Großen, Kinder von Krir und Krar, vergangen war, aber ihrem Gefühl nach mussten es Jahrhunderte sein.

»Dass sie uns gerettet haben, hatte auch eigennützige Motive«, vermutete Eusebius. »Es steckt nicht nur ... Menschenfreundlichkeit dahinter.«

Stille herrschte in dem sechseckigen Raum. Die kleinen Mantiden auf den Wandplattformen und die beiden großen schienen zu warten.

»Sie erhoffen sich Hilfe von uns«, stimmte Nora ihrem Begleiter zu. »Krir und Krar wollen, dass wir ihre Kinder suchen.«

»Sie selbst können nicht nach unten«, fügte Eusebius hinzu. »Inzwischen sind sie zu alt. Und sie müssen sich hier um die Kleinen kümmern.«

Mit der flachen Hand strich Nora das letzte Bild vom Boden, nahm einen Stein und begann ihrerseits damit, Linien in den Boden zu kratzen und Figuren zu zeichnen: auf der einen Seite Krir und Krir, neben ihnen zwei Kleine, die ihre Kinder darstellen sollten, und anschließend eine Linie, die sie mit zwei menschlichen Gestalten am Rand der Schachtöffnung verband.

Augenstiele neigten sich dem Bild entgegen.

Nora gab den Mantiden einige Sekunden lang Gelegenheit, die Bedeutung des Bilds zu erfassen, strich den Boden dann wieder glatt und schuf mit dem Stein eine zweite Zeichnung, die die beiden menschlichen Gestalten beim Abstieg im Schacht zeigte.

Sie legte den Stein beiseite und stand auf. »Ihr habt uns geholfen, und wir helfen euch.«

Eusebius erhob sich ebenfalls und ergriff Noras Hand. »Ehrensache.«

Ein lautes Knarren und Knistern erfüllte den Raum, als die Mantiden ihre Beine rieben, die kleinen wie die großen. Sie hatten verstanden.

Zwei Stunden später kletterten Nora und Eusebius vorsichtig über eine Grabmaschine hinweg, die ihnen den Weg auf einer der schmalen Rampen versperrte. Die Rampen bestanden aus Gestein und verliefen spiralförmig in die Tiefe.

Auf ihren Rücken trugen die beiden Menschen Beutel aus einem dünnen Kunststoff, gefüllt mit Proviant: Früchte und kleine Packungen mit braunem Pulver, das sich mit Wasser in einen Brei verwandeln ließ, der wahrscheinlich nahrhaft und hoffentlich für Menschen verträglich war. Einige Meter hinter der Maschine blieben sie noch einmal stehen, sahen nach oben und winkten zum Abschied.

Dutzende von Mantiden hatten sich am Rand des Schachtes versammelt und klickten und klackten einen letzten Gruß.

Nora machte einen behutsamen Schritt nach dem anderen. Dicht neben ihr ging es in die Tiefe. Wie weit, ließ sich nicht feststellen – Dunkelheit verbarg Einzelheiten vor ihren Blicken.

»Auch wir helfen nicht ohne Eigennutz«, erklang nach einer Weile die Stimme von Eusebius hinter ihr.

»Nein«, gestand Nora.

»Wie weit sind sie gekommen, was meinst du?«

»Die Kinder von Krir und Krar? Keine Ahnung. Weit genug, um nie zurückzukehren.«

»Könnten sie noch am Leben sein?«, fragte Eusebius. Er folgte ihr in einem Abstand von zwei oder drei Metern über die steile spiralförmige Rampe, ohne dass einer von ihnen wusste, wann und wo sie enden würde.

»Nach all der Zeit? Nach so vielen Jahren? Ich bezweifle es.« Nora sah nach unten und starrte in eine Finsternis, die nichts preisgab. »Aber sie könnten etwas gefunden haben, einen Weg. Wenn wir ihren Spuren folgen, erreichen wir vielleicht das Zentrum von Zeta und können das Rätsel dieses Artefakts lösen.«

ICH ENTSCHEIDE

ELROY EMMON SKARABI,
ERDE

53

Das Herz der Sahara, in dem es einst nur Sand, Felsen und Hitze gegeben hatte, war grün geworden. Dattelpalmen reckten sich dem wolkenlosen Himmel entgegen, Bäche flossen, reichlich vorhandenes Wasser bildete kleine Seen. Die Klimakrise, die ihren Höhepunkt während des Jahrhunderts der Unvernunft erreicht hatte, war überwunden, und das Projekt Grüne Erneuerung verwandelte Wüsten in blühende Landschaften.

Den Namen Elroy Emmon Skarabi brachte man damit stets in Verbindung, mit dem Sieg über die Wüsten, die sich zuvor immer weiter ausgebreitet und fruchtbaren Boden in Staub verwandelt hatten. Seine Langlebigkeit und auch den Sitz im Gremium verdankte er nicht zuletzt den Erfolgen beim Neuen Grün.

Aber in Wirklichkeit ging es ihm um etwas ganz anderes.

Er schritt im zweistöckigen Verwaltungsgebäude durch den Flur mit den gläsernen Türen zu beiden Seiten, hinter denen vorwiegend junge Männer und Frauen arbeiteten, alle mit großem Engagement, davon überzeugt, an einer besseren Zukunft für die Erde mitzuwirken. Von dem anderen Projekt, das viel wichtiger war, wussten sie nichts.

Im Vorzimmer seiner Bürosuite begrüßte ihn Rupert.

Skarabi nickte ihm freundlich zu, öffnete die Tür neben dem breiten mahagonibraunen Schreibtisch seines Sekretärs und betrat den Hauptraum. Für einen Moment verharrte er in der Stille, sicherte dann wie immer die Tür und holte einen kleinen Scanner hervor. Ein Blick auf das Display zeigte ihm, was er erwartet hatte: nichts. Er wiederholte die Untersuchungen in den beiden anderen Räumen und auch in der Hygienezelle, erneut mit negativem Ergebnis – es gab keine versteckten Sensoren.

Auf seinem Schreibtisch lag nur eine schwarze Mappe mit den neuesten Berichten, von Rupert für ihn gesammelt. Er schob sie beiseite, nachdem er sich gesetzt hatte, drückte eine Taste und weckte den Computer damit aus der Bereitschaft. Auf dem großen Bildschirm erschien das Emblem des Gremiums, eine stilisierte Darstellung der Erde, umrahmt vom Schriftzug *Pax et Libertas*, Frieden und Freiheit.

Tasten klickten unter seinen Fingern, als er eine sichere Verbindung herstellte, vom automatischen Log nicht protokolliert. Anschließend öffnete er das verschlüsselte Postfach. Es enthielt keine neuen Nachrichten

Das überraschte ihn.

Er lehnte sich langsam zurück, die Hände an der Tastatur, blickte stumm auf den Schirm und überlegte. An Bord des Orbitalspringers, während des Flugs von Ecuador nach Afrika, hatte er der Riege, dem Führungsstab von Terra Solar, eine Analyse der gegenwärtigen Situation übermittelt und dieser auch einen Vorschlag hinzugefügt, wie man darauf seiner Überzeugung nach reagieren sollte. Es musste sofort gehandelt werden, darauf hatte er in aller Deutlichkeit hingewiesen. Ein Zögern konnte das andere, wichtigere Projekt in Gefahr bringen, das sich einen halben Kilometer unter dem Verwaltungsgebäude entwickelte und den Codenamen »Morgenröte« trug.

Eine Zeit lang saß er unbewegt, den Blick auf den großen Bildschirm gerichtet, als könnte dort jeden Moment eine Antwort erscheinen. Dann wandte er langsam den Kopf und sah aus dem Fenster. Palmwedel wiegten sich im Wind, der die Oberfläche eines nahen Sees kräuselte. Gärtner arbeiteten an den Beeten, Spaziergänger schritten über die Wege.

Skarabi saß mit den Ellenbogen auf den Armlehnen, die Fingerspitzen aneinander, und fragte sich, was die Riege daran hinderte, ihm zu antworten. Für einen schrecklichen Moment erwog er die Möglichkeit, dass sie bereits aufgeflogen war und das Gremium unter Abukabar weltweit gegen Terra Solar vorging. Auszuschließen war das nicht, wenn auch eher unwahrscheinlich. Immerhin saß er noch hier, im Sessel des Direktors, unbehelligt, von nichts und niemandem infrage gestellt.

Doch man durfte den Gegner nie unterschätzen, wie er in seiner Empfehlung betont hatte. Stattdessen musste man ihm stets zuvorkommen.

Zehn Minuten lang saß Skarabi fast völlig reglos. Bis der Kommunikator mit einer kurzen Vibration und einem leisen Signalton seine Aufmerksamkeit verlangte.

Er holte das kleine Gerät hervor und stellte fest, dass eine verschlüsselte Nachricht eingetroffen war, von einem nur mit einem Symbol gekennzeichneten Absender. Vielleicht stammte sie von Pretorius, dem legendären Oberhaupt von Terra Solar. Es wäre der Situation angemessen gewesen.

Skarabi gab einen Code ein, entschlüsselte die Nachricht und las:

Nein.

Mehr nicht. Nur dieses eine Wort. *Nein.* Es bedeutete, dass die Riege – Pretorius – seinen Vorschlag ablehnte. Ohne eine Begründung.

Die Riege wollte nicht, dass Terra Solar schon jetzt den entscheidenden Schlag gegen das Gremium führte, die Regierung der Erde zerschlug und die Kontrolle an sich riss. Man wollte warten und im Verborgenen bleiben, das so verborgen gar nicht mehr war. Abukabar, langlebiger Vorsitzender des Gremiums und seines Inneren Zirkels, wusste genug, um ihm, Skarabi, gegenüber eine Warnung auszusprechen.

Er sah wieder auf den Bildschirm, der weiterhin ein Bereitschaftszeichen präsentierte. Waren seine Analysen fehlerhaft? Hatte er nicht eindringlich genug auf das Risiko einer Entdeckung hingewiesen? Er ließ sich noch einmal alles durch den Kopf gehen und gelangte zu dem Schluss, dass er nichts unberücksichtigt gelassen hatte. Sein Bericht enthielt alle notwendigen Details und Analysen, um zur einzig richtigen Entscheidung zu gelangen.

Das *Nein* zum Vorschlag einer sofortigen Aktion war dumm und durch nichts zu rechtfertigen.

Es sei denn ...

Plötzlich fiel ihm eine andere Möglichkeit ein.

Wollte man ihn opfern, ihn als möglichen Rivalen aus dem Weg räumen?

Der Gedanke elektrisierte Skarabi. Eine ganze Minute lang saß er wie erstarrt, den Kopf voller wilder Gedanken.

Dann stand er auf.

Wenn es in der Führungsriege von Terra Solar tatsächlich Personen gab, die sich gegen ihn verschworen hatten und nun eine günstige Gelegenheit sahen, ihn loszuwerden, würden sie eine Überraschung erleben.

54

Knapp fünfhundert Meter unter dem Verwaltungszentrum hatte Skarabi mit Letho reden wollen, dem Mann mit der Maske, doch das erwies sich als unmöglich.

»Was ist los mit ihm?«, fragte Skarabi besorgt.

Der in einen Patientenkittel gehüllte Letho lag auf einer Behandlungsliege, umringt von Ärzten und medizinischen Robotern. Am Kopfende und zu beiden Seiten der Liege erhoben sich Gestelle mit Lebenserhaltungsgeräten.

»Wir versuchen gerade, es herauszufinden«, antwortete der Chefarzt, ein hagerer und ernster Mann aus Libyen namens Qasim. Sie standen am Fenster des Besucherzimmers. »Er lag bewusstlos im Panoramaraum. Einer der Techniker wagte sich hinein und holte ihn hierher. Die Tschirnow-Strahlung war ziemlich stark. Natürlich trug er einen Schutzanzug, aber er hat trotzdem eine ziemlich hohe Dosis abbekommen.«

Skarabi starrte durchs Fenster zur Behandlungsliege. Der Mann mit der Maske lag reglos, der Kopf unter der Wölbung eines Hirnscanners.

»Ich meine den Techniker«, fügte Qasim hinzu.

»Wird er es überleben?«, fragte Skarabi. »Ich meine Letho.«

»Wir geben uns Mühe.«

»Er ist wichtig«, betonte Skarabi.

»Ich weiß, dass er wichtig ist«, sagte Qasim. »Er hat einen Schock erlitten.«

»Wodurch?«

»Während er draußen war?« Die Worte des Arztes klangen nach einer Frage. »Während er die Sterne beobachtet hat? Er hat Ihnen sicher davon erzählt, von den Dingen, die er vom Panoramaraum aus sehen kann.«

Skarabi wandte den Blick von der Behandlungsliege ab und musterte den libyschen Arzt. Wie viel wusste er? Was hatte Letho ihm anvertraut? Die an Morgenröte Beteiligten galten als loyale, über jeden Zweifel erhabene Mitglieder von Terra Solar. Aber vielleicht wusste Qasim dennoch zu viel. Skarabi machte sich eine gedankliche Notiz.

»Hat er nicht gesprochen?«, fragte er.

»Er hat kein Wort gesagt«, erklärte Qasim. »Nicht einen einzigen Ton hat er von sich gegeben.«

Skarabi dachte an Zeta. »Er darf nicht sterben, Doktor. Unter gar keinen Umständen.«

»Wir versuchen alles«, versicherte ihm der Chefarzt. »Wenn Sie mich jetzt bitte entschuldigen würden ...« Qasim ging und kehrte in den Behandlungsraum zurück.

Skarabi sah den Ärzten und ihren Robotern zu und dachte dabei an die Zeit, an die Dauer des Flugs mit dem Orbitalspringer, die Geschwindigkeit des Weltraumlifts, der den beiden im Bau befindlichen Raumschiffen neben der offiziellen auch eine geheime Fracht brachte, und die Frist, die ihnen noch blieb, bevor Abukabar beschloss, erste Maßnahmen zu ergreifen. Je mehr Zeit verging, desto größer wurde das Risiko.

Die Riege wollte nicht handeln, vielleicht um dem Vorsitzenden des Gremiums Gelegenheit zu geben, ihn, Skarabi, aus dem Verkehr zu ziehen. Oder ihre Mitglieder hatten trotz all seiner Erklärungen nicht verstanden, wie wichtig es war, sofort zu agieren.

Und er, Skarabi, stand hier am Fenster des Besucherzimmers und wartete – worauf?

Ich kann entscheiden, dachte er. Er wusste, wie sehr die Zeit drängte, er wusste es besser als alle anderen, und ihm war auch klar, was auf dem Spiel stand.

Er konnte entscheiden und etwas unternehmen.

Skarabi lächelte kurz, bevor er sich umdrehte und sich auf den Weg zum Archiv machte.

55

Der Mann mit der Maske hätte ihm helfen können. Letho wusste um die Bedeutung der Artefakte, die der Receiver empfing, und wäre vermutlich in der Lage gewesen, zwei oder drei der noch offenen Fragen zu beantworten. Aber Letho hing irgendwo zwischen Leben und Tod und konnte nicht sprechen.

Im Gegensatz zu dem Techniker namens Gunnar, der wie ein Wasserfall redete, so schnell, dass die einzelnen Worte kaum voneinander zu trennen waren.

»Wir alle bedauern sehr, was mit Letho geschehen ist und natürlich auch mit Erikson, der ihn aus dem Panoramaraum geholt hat, wir wissen leider nicht, wie es dazu kam, zu dem Schock, meine ich, aber wir glauben, wenn Erikson nicht sofort reagiert hätte, wäre der Mann mit der Maske nicht mehr am Leben ...«

Sie befanden sich im Archiv hinter dem Receiver, in einer der Aufbewahrungsnischen mit Sicherheitsfächern und individuellen Schilden. Mehrere Bildschirme zeigten Darstellungen der empfangenen, untersuchten und archivierten Artefakte. Skarabi hatte bereits die Nummern der beiden Objekte herausgesucht, die er benötigte. Gunnar, wie Skarabi sicherheitshalber in einen Schutzanzug gekleidet, öffnete die entsprechenden Fächer. Ein blassgelbes Leuchten drang heraus und strich über die Decke.

»Gestern ist ein hochinteressantes neues Artefakt eingetroffen«, fuhr der Techniker fort. »Letho hat es selbst in Empfang genommen, er schien es für sehr wichtig zu halten, eine Spindel, nur so groß.« Er hob die Hand und hielt Daumen und Zeigefinger etwa zwei Zentimeter weit auseinander. »Und nein, falls Sie sich jetzt fragen, ob die Spindel etwas mit dem Schock zu tun hat, so lautet die Antwort: Nein, hat sie nicht, dazu kam es später, nachdem er in den Panoramaraum zurückgekehrt ist ...«

Gunnar holte Luft, und Skarabi nutzte die kurze Pause. »Was hat es mit dem neuen Artefakt auf sich? Wurde es bereits einer Kategorie zugeordnet?«

»Letho hielt es für sehr, sehr wichtig«, betonte der Techniker noch einmal. Er trat zu den geöffneten Sicherheitsfächern, überprüfte die beiden Objekte darin mit einem Scanner und nickte zufrieden, während er weitersprach. Offenbar wurde nur wenig Tschirnow-Strahlung freigesetzt. »Er sprach von einem Schlüssel, wenn ich mich richtig erinnere, aber vielleicht meinte er ein Schlüsselelement für die ›Mitte‹ oder das ›Zentrum‹. Wir vermuten, dass sich der Begriff auf den Mittelpunkt der Baugruppe bezieht, es finden noch Untersuchungen und Analysen statt, die energetische Signatur passt auch in diesem Fall zu einem Bauteil, allerdings gibt es einen wichtigen Unterschied ...«

Gunnar schnappte erneut nach Luft.

»Und der wäre?«, warf Skarabi ein.

»Das Potenzial ist viel größer, hat Letho gesagt, es steckt viel, viel mehr Energie in der Spindel als in den anderen Artefakten, obwohl sie so klein ist, Letho meinte, es könnte ein Katalysator oder Initiator sein ...«

Für einen Moment war Skarabi abgelenkt. »Wann wird es möglich sein, den Apparat zusammenzusetzen, dem all die Bauteile zugeordnet werden? Gibt es bereits eine Simulation von Struktur, Leistung und Zweck?«

Der Techniker nahm die beiden Gegenstände mit einer Zange aus den Fächern und legte sie vorsichtig auf den Tisch, direkt neben den Scanner. Einer erwies sich als dünner Stab, etwa zehn Zentimeter lang, goldgelb und mit runenartigen, wie eingraviert wirkenden Zeichen. Der zweite Gegenstand war ein hellblaues, halb durchsichtiges Oval, in dem kleine silberne Lichter umherglitten.

»Wofür brauchen Sie ausgerechnet diese beiden Artefakte?«, fragte Gunnar. »Oh, bitte entschuldigen Sie, Ehrenwerter, ich will nicht allzu neugierig wirken oder gar unverschämt erscheinen, es ist natürlich Ihre Angelegenheit, aber wir führen detaillierte Protokolle, und es wäre nützlich für unsere Forschungen, wenn wir wüssten, wozu und unter welchen Umständen die einzelnen Objekte eingesetzt werden und ...«

»Bitte legen Sie die beiden Artefakte in den Behälter.« Skarabi sah demonstrativ auf die Uhr. »Ich habe nicht viel Zeit.«

Der Techniker namens Gunnar, seit vielen Jahren Mitglied von Terra Solar, sprach noch immer, als sie das Archiv wenige Minuten später verließen. Skarabi hatte den Behälter mit den beiden Artefakten in einem dunklen Aktenkoffer bei sich, hörte nicht einmal mehr mit halbem Ohr zu und dachte an die nächsten Schritte.

Kurze Zeit später verließ er die unterirdische Anlage, wieder in einen anthrazitgrauen Anzug gekleidet, ohne noch einmal nach dem Zustand des Mannes mit der Maske gefragt zu haben.

56

Seit etwa zehn Jahren empfing der Receiver alle siebenundneunzig Tage, vier Stunden, dreizehn Minuten und neun Sekunden ein neues Objekt. Zuvor waren es mehr gewesen, erinnerte sich Skarabi, manchmal Dutzende auf einmal, in kürzeren Abständen. Niemand wusste, was die Veränderung ausgelöst hatte, vielleicht nicht einmal der Mann mit der Maske, aber seitdem waren die Intervalle konstant geblieben. Einige Artefakte stammten offenbar von Zeta, andere kamen von viele Lichtjahre entfernten Orten, die nur Letho kannte und die er manchmal mit seltsamen Worten beschrieben hatte. Mehr als tausend von ihnen schienen so etwas wie einen »energetischen Kontext« zu teilen, wie es die Techniker nannten, und deshalb vermuteten sie, dass es sich um Komponenten eines größeren Apparats handelte, um seine Bauteile. Noch war unklar, um was für eine Art Apparat es ging, und deshalb hätten die entsprechenden Objekte eigentlich der Kategorie »Unbekannt« zugeteilt werden müssen, wie nahezu die Hälfte aller Artefakte. Stattdessen hatte man sie unter »Zweckgebunden« aufgelistet.

Einige der anderen Kategorien hießen zum Beispiel »Instrumente«, »Werkzeuge« und »Spekulativ«, mit Subrubriken wie »Frequenzmodulation«, »Kommunikation«, »Tschirnow« und »Deko«. Skarabi gab nicht viel auf solche Einteilungen, die seiner Meinung nach zu sehr dem menschlichen Hang entsprachen, allem ein Etikett zu geben, um sich selbst weiszumachen, man würde es verstehen. Auch der Mann mit der Maske war in dieser Hinsicht immer sehr skeptisch gewesen, obwohl viele der Bezeichnungen von ihm selbst stammten. So auch der Begriff »Waffe«.

Gelegentlich empfing der Receiver etwas, das besondere

Vorsicht erforderte, mehr noch als die übrigen Artefakte. Letho hatte jene Objekte »Waffen« genannt, was bedeutete: Sie konnten lokal begrenzte Zerstörungen oder großräumige Verwüstungen anrichten. Ob Absicht hinter diesem destruktiven Potenzial steckte, ob das der eigentliche Zweck der betreffenden Artefakte war, ließ sich nicht feststellen. Vielleicht wären sie unter anderen Umständen, in einem anderen »energetischen Kontext«, weniger destruktiv gewesen.

Die Techniker und Waffenspezialisten von Terra Solar hatten Experimente durchgeführt, hinter mehrfach gestaffelten Schilden und elektromagnetischen Barrieren, die »Waffen« in Gefährlichkeitsstufen von minimal eins bis maximal zehn eingeteilt und Computersimulationen mithilfe von angepassten KI-Programmen durchgeführt. Quantenintelligenzen hätten innerhalb wesentlich kürzerer Zeit weitaus mehr Erkenntnisse gewinnen können, doch darunter hätte die Geheimhaltung gelitten – von den unabhängigen QIs war es nicht weit bis zu den Kollektiven und dem Gremium.

Eine schrittweise Verbesserung der Simulationsalgorithmen hatte den Technikern und Spezialisten von Terra Solar die Möglichkeit gegeben, schließlich ganz auf Praxistests zu verzichten und allein mit den für jedes Artefakt ermittelbaren individuellen Parametern zu berechnen, welches Potenzial die einzelnen Objekte hatten und wie sie kombiniert mit anderen wirkten.

Eine hundertprozentige Garantie dafür, dass die Berechnungen stimmten, gab es nicht, aber sie galten als zuverlässig genug. Die geheime Fracht des ecuadorianischen Weltraumlifts bestand aus mehreren Artefakten, aus den Grundbestandteilen einer »kritischen Masse«. Zusammen mit den beiden Gegenständen im Aktenkoffer ergab sich daraus eine Waffe, die an Bord eines der beiden neuen Raumschiffe gegen die Marsianische Republik hatte eingesetzt werden sollen.

Diese Gedanken gingen Skarabi durch den Kopf, als er in der luxuriösen VIP-Kabine des Orbitalspringers saß, aus dem Fenster blickte und beobachtete, wie die flache Erde rund wurde, eine Kugel blau von Meeren und grün von Wäldern. Nordafrika war nicht mehr gelbbraun, sondern in weiten Teilen von dichter Vegetation bedeckt. Glitzernde Kreise und Quadrate wiesen auf ausgedehnte Solarfarmen hin, die Strom für das energiehungrige Europa produzierten. Anbauflächen bildeten viele Kilometer lange Rechtecke; dort wuchsen Obst, Gemüse und Getreide für die Menschen aller Kontinente.

Die Erde, Wiege der Menschheit. Von hier aus war das Sonnensystem besiedelt worden, hier liefen noch immer alle Fäden zusammen. Und so sollte es auch bleiben. Die Vergangenheit hatte gezeigt, wie gefährlich Zersplitterung war. Einheit und eine straffe Führung, das brauchte die Menschheit, wenn sie sich in den kommenden Jahrhunderten den interstellaren Herausforderungen stellen wollte.

In der Umlaufbahn kam es zu einer unangenehmen Phase der Schwerelosigkeit, denn der Orbitalspringer war zu klein für einen Gravitator. Skarabi holte noch einmal seinen Kommunikator hervor und überprüfte die verschiedenen verschlüsselten Nachrichtenkanäle. Es waren keine Mitteilungen für ihn eingetroffen, und die Lage auf der Erde schien ruhig, soweit er das beurteilen konnte. Nichts deutete darauf hin, dass Dienststellen des Gremiums gegen Terra Solar vorgingen.

Durch das Fenster war bereits die Orbitalwerft zu sehen, größer als Luna Drei tausend Kilometer über dem Mond. Sie war nach Neil Armstrong benannt, dem Mann, der als erster Mensch einen fremden Himmelskörper betreten hatte, und präsentierte sich als filigranes Gespinst aus Streben und Verbindungsbrücken, mit Dutzenden von zylinderförmigen Modulen, in denen Menschen wohnten und arbeiteten.

Skarabi sah die Stahlkeramikblasen von Konvertern und Gravitatoren. Darüber wölbten sich Gerüste, in denen zwei Riesen Gestalt annahmen: Raumschiffe der neuesten Generation, mit siebenhundert Metern Länge ebenso groß wie die *Excelsior*, aber viel schneller. Ihre Namen lauteten *Sirius* und *Antares*, und angeblich waren beide für interstellare Missionen vorgesehen. Aber Terra Solar hatte von Anfang an geplant, sie zum Kern einer Streitmacht zu machen, die die Vorherrschaft der Erde im Sonnensystem sichern sollte.

»Achtung«, ertönte die Stimme eines automatischen Warnsystems, »Gravitationsübergang voraus.«

Skarabi schloss die Hände etwas fester um die Armlehnen des Flugsessels. Die Schwerelosigkeit machte ihm immer zu schaffen, manchmal so sehr, dass ihm übel wurde. Die Rückkehr der Gravitation und damit ein deutliches Gefühl von oben und unten war dann jedes Mal eine Erleichterung für ihn. Durch das Fenster beobachtete er, wie sich der Springer dem Besuchermodul der Werft näherte. Die von Konversionsenergie geschaffene Gravitation nahm und zu und sorgte dafür, dass immer mehr von Skarabis gewohntem Gewicht zurückkehrte.

Als der Orbitalspringer anlegte und sich mit der Schleuse verband, sah Skarabi noch einmal auf die Uhr. Eine weitere Stunde war vergangen, und die Regeln der Höflichkeit würden ihn noch mehr Zeit kosten: ein Gespräch mit dem Direktor, der ihn als Ehrenwerten und Mitglied des Gremiums persönlich in Empfang nehmen und vielleicht sogar eine Besichtigungstour für ihn veranstalten würde, außerdem Begegnungen mit hochrangigen Vertretern der Werftverwaltung und natürlich ein Besuch der beiden Schiffe, die im nächsten Jahr fertiggestellt werden sollten. Das wiederum war für Skarabi durchaus von Interesse, denn dabei konnte er feststellen, ob die *Sirius* und die *Antares* bereits flugfähig und zumindest begrenzt einsatzbereit waren, wie die *Excelsior*, als Space Consortium und Gremium sie zum Saturn gesandt hatten. Dann konnte man sie gegebenenfalls bereits zum Mars schicken, sollte das erforderlich werden.

Geduld, dachte Skarabi. Noch einmal zwei oder drei Stunden. Anschließend kam der Moment, der in die Geschichte der Menschheit eingehen würde.

Es liegt bei mir, dachte er. *Ich* entscheide.

57

Es vergingen nicht zwei oder drei, sondern vier Stunden, bis Skarabi Gelegenheit bekam, den Raum aufzusuchen, wo die Fracht lagerte, emporgebracht vom Weltraumlift bei Quito. Doch dann dauerte es nicht lange, die gesuchten Gegenstände zu finden. Dabei waren sie gut getarnt und würden sich erst durch ihre Tschirnow-Strahlung verraten, die entstand, wenn sie sich in unmittelbarer Nähe zueinander befanden, sodass sie eine kritische Masse bildeten.

Er nahm sie an sich, beobachtet von Sicherheitskameras und Frachttechnikern. Doch niemand sprach ihn darauf an, niemand stellte seine Berechtigung infrage – immerhin war er ein Ehrenwertes Regierungsmitglied.

Auf dem Weg zu seiner VIP-Suite im Panoramasegment der Werft wurde ihm bewusst, dass es in wenigen Minuten kein Zurück mehr geben würde, weder für ihn persönlich noch für die Erde und das ganze Sonnensystem. Nichts würde mehr so sein wie zuvor – er schickte sich an, den politischen Status quo zu zertrümmern.

In seiner Suite angelangt, sicherte er die Tür, legte die Behälter aus dem Frachtraum auf den Tisch und holte die jeweiligen Objekte daraus hervor. Es waren insgesamt sieben, das größte nicht länger als eine menschliche Hand und kaum breiter, das kleinste etwa so groß wie die Spindel, von der ihm der wortreiche Gunnar erzählt hatte. Erstaunlicherweise war es auch das schwerste, es wog fast ein Kilogramm.

Skarabi nahm einen Schutzanzug aus dem Schrank mit der Notausrüstung. Spezielle Strahlenschutzanzüge gab es hier nicht, nur solche, wie sie auch von Astronauten und Raumfahrern getragen wurden, die sich ins lebensfeindliche Vakuum des Alls begaben oder auf Himmelskörper, deren Umweltbedingungen für Menschen normalerweise tödlich waren. Doch auch sie schirmten vor Strahlung ab.

Skarabi streifte ihn über, öffnete dann seinen Aktenkoffer und fügte den sieben Gegenständen auf dem Tisch die beiden Artefakte aus dem Archiv der unterirdischen Anlage hinzu: den goldgelben Stab mit den runenartigen Gravuren und das hellblaue Oval.

Eine Waffe, dachte Skarabi. Die mächtigste, die bisher identifiziert werden konnte, klassifiziert mit der höchsten Gefahrenstufe.

Die einzelnen Komponenten reagierten bereits aufeinander, obwohl sie noch nicht zusammengefügt waren. Der goldgelbe Glanz des kleinen Stabs wurde stärker, legte sich auf die anderen Artefakte und bildete eine Art Glocke über dem Tisch.

Die Suite schickte ihm ein Warnsignal, denn ihre Sensoren registrierten die freigesetzte Tschirnow-Strahlung. Skarabi holte seinen Kommunikator hervor, öffnete die Datei, die er vorbereitet hatte, und verband das kleine Gerät mit dem Kommunikationssystem der Werft. Sein Prioritätscode als Ehrenwertes Gremium-Mitglied erwies sich dabei als wertvolle Hilfe.

Weitere Warnsignale erklangen, gefolgt von einer Anfrage der Sicherheitsabteilung, doch Skarabi achtete nicht darauf. Er schloss den Helm des Schutzanzugs und machte sich daran, die sieben Artefakte zusammenzusetzen.

Funken stoben, winzige silberne Lichter stiegen auf, verblassten und verschwanden. Zwei Objekte sträubten sich gegen die Montage wie Magnete, deren gleiche Pole einander abstießen. Sie gaben ihren Widerstand erst auf, als Skarabi Stab und Oval in die entstehende Vorrichtung einsetzte.

Der goldene Glanz breitete sich weiter aus.

Skarabi griff nach seinem Kommunikator und sendete die geöffnete Datei ins Kommunikationsnetz der Werft, von wo aus sie in die globalen Netzwerke der Erde gelangte.

»Bildschirm ein!«, sagte er laut genug, damit das Interface der Suite trotz des Helms reagierte.

Der große Bildschirm an der Wand wurde hell und zeigte ihn, Elroy Emmon Skarabi, wie er in einem schlichten Zimmer an einem ebenso schlichten Schreibtisch saß. Ernst und souverän forderte der Skarabi auf dem Bildschirm das Gremium auf, die Macht unverzüglich Terra Solar zu übergeben. Sollte das nicht sofort geschehen, würde er eine Regierungsniederlassung nach der anderen mit einer neuartigen Waffe vernichten, die sich in seinem Besitz befand. Um zu zeigen, dass er nicht bluffte, würde er die Wirkungsweise dieser Waffe demonstrieren, und zwar in einem Gebiet unweit der ehemaligen Salzmine Taoudenni im Norden von Mali, hundert Kilometer westlich des Neuen Grüns in der Sahara.

Skarabi blickte aus dem breiten Aussichtsfenster auf die Erde hinab. Das Timing war perfekt – die Werft befand sich genau über Afrika.

Was für die Waffe aber eigentlich keine Rolle spielen sollte. Ausrichtung, Entfernung und Sichtlinie waren nicht wichtig, es kam einzig und allein auf die Zieldaten an, basierend auf dem Koordinatensystem des Apparats. Auch von der Rückseite des Mondes aus wäre es möglich gewesen, das ausgewählte Ziel zu treffen, mit einer Toleranz von nur wenigen Metern. Vielleicht hatte es etwas mit Quantenverschränkung zu tun, aber Skarabi war weder Mathematiker noch Physiker. Für ihn kam es nur darauf an, dass die Vorrichtung, von der nun ein intensives gelbes Schimmern ausging, ihren vorgesehenen Zweck erfüllte, wie auch immer.

Sieben Ziele waren programmiert, zwei von ihnen harmlos, ohne die Gefahr, dass Menschenleben ausgelöscht und wichtige Einrichtungen zerstört wurden. Die fünf anderen befanden sich auf verschiedenen Kontinenten und betrafen tatsächlich Einrichtungen des Gremiums, nicht aber des Militärs. Das sollte verschont bleiben, denn viele hochrangige Offiziere sympathisierten mit Terra Solar und wurden später noch gebraucht, für Einsätze gegen den Mars und die Autarkien.

Es gab noch einen achten Modus, und zwar zur Selbstverteidigung: Zerstörung im Umkreis von hundert Metern, ohne ein konkretes Ziel. Skarabi rechnete nicht damit, dass er davon Gebrauch machen musste. An Bord der Orbitalwerft wäre das nicht unproblematisch gewesen.

Er berührte eine Schaltfläche seines Kommunikators und sendete das Signal für Ziel Nummer eins.

Etwas Unerwartetes geschah.

Der goldene Glanz breitete sich aus, strömte über die Wände, löste sie ebenso auf wie das breite Aussichtsfenster. Es kam nicht zu einer explosiven Dekompression, aber etwas zog Skarabi langsam hinaus ins All.

Er drehte sich, sah die Werft, ihre großen zylindrischen Module von einem Spinnennetz aus Bruchlinien durchzogen, ebenso die Rümpfe der *Sirius* und *Antares*. Von den Konvertern ging ein fahles silbergraues Licht aus, das sich mit dem goldgelben Glanz vereinte.

Ein breiter Strom aus Licht, wie Gold und Silber. Und er konzentrierte sich nicht auf einen bestimmten Punkt im nördlichen Afrika, sondern floss um den ganzen Planeten.

Skarabi begriff mit einem Mal, was er sah: eine globale Irregularität!

BITTE EINSTEIGEN

NORA VAN DYKE,
ZETA

58

»Wie tief sind wir inzwischen, was glaubst du?« Nora biss in eine Frucht aus ihrem Proviantbeutel und saugte Saft aus dem weichen Fruchtfleisch. Wie lange sie seit dem Verlassen der Mantiden unterwegs waren, ließ sich nicht genau bestimmen. Es mussten einige Standardtage sein, nach der Zeitrechnung der Erde, denn sie hatten mehrmals geschlafen, und ihre Vorräte gingen allmählich zur Neige.

Nora saß auf einem runden Keramiksockel in einem Hub, wie Eusebius den länglichen Raum genannt hatte. Sechs Tunnel gingen von ihm aus, jeder von ihnen mit einem Durchmesser von etwa vier Metern, die glatten Wände von lehmbraunen Streifen durchzogen. An der gewölbten Decke etwa zehn Meter über Nora glühten mehrere große Ringe, weiß auf der einen Seite und violett auf der anderen. Sie hatten zu leuchten begonnen, als Nora und Eusebius hereingekommen waren.

»Zehn Kilometer?«, rief Eusebius von der gegenüberliegenden Seite. Er suchte in einem weiteren Tunnel nach Spuren, die vielleicht von Krirs und Krars Kindern stammten. »Oder zwanzig? Wir befinden uns nach wie vor dicht unter Zetas

Oberfläche, mehr oder weniger. Bis ins Zentrum sind es noch etwa hundertfünfzig Kilometer.« Er deutete nach unten.

Nora aß das Fruchtfleisch und fröstelte ein wenig. Es war kalt geworden, und ihr dünner orangefarbener Einteiler hatte längst seine Thermofunktion verloren.

Sie stand auf. »Es wird unangenehm kühl, wenn man sich nicht bewegt.«

»Ich glaube, ich habe etwas gefunden.« Eusebius deutete auf Boden und Wände eines Tunnels. »Hier sind Kratzer, die von Beißscheren stammen könnten. Und die Abdrücke im Boden sind vielleicht Fußspuren.«

Diese Bereiche gehörten längst nicht mehr zu jenem Loch, das die Mantiden gegraben hatten, sondern waren von den Erbauern von Zeta geschaffen worden, zu welchem Zweck auch immer.

Nora schlang sich den Proviantbeutel wieder auf den Rücken, trat zu Eusebius und sah sich die Kratzer aus der Nähe an. »Na ja, mit ein wenig Fantasie ...« Sie lächelte schief. »Die Wahrheit lautet: Wir haben keine Ahnung, ob die Kinder von Krir und Krar tatsächlich diesen Weg genommen haben.«

Eusebius richtete sich auf und strich sein langes schwarzes Haar zurück. Er schien nicht zu frieren, und für einen Moment fragte sich Nora, wie warm oder kalt es in seiner Heimat war, in den Autarkien von Uranus und Neptun.

»Aber es könnte sein, nicht wahr?«, erwiderte er. »Und wäre es nicht schön, daran zu glauben?«

Nora lächelte erneut. In der Stadt Jothos auf dem Saturnmond hatte sie als Erste Administratorin den Gesandten der Autarkien oft für recht distanziert gehalten, manchmal sogar für ein wenig arrogant. Inzwischen wusste sie, wie sehr sie sich in ihm getäuscht hatte. In den vergangenen Tagen hatte sie einen neuen Eusebius kennengelernt, einen Mann voller Verständnis und Anteilnahme, jemanden, der sich nicht vor Abenteuern fürchtete, sondern sie wie sie selbst willkommen hieß. Eusebius war ein Mann, der mit offenen Augen und Ohren durchs Leben ging, der sah und hörte, dem Neuen gegenüber aufgeschlossen und immer bereit zu lernen.

In Zeta fiel nicht nur das alte Leben mehr und mehr von Nora ab, es öffneten sich auch Fenster für sie, die es ihr ermöglichten, alles aus einem neuen Blickwinkel zu sehen. Manche Dinge verloren an Bedeutung, andere gewannen welche hinzu. Ein neues Leben hatte für sie begonnen, und Eusebius war ein Teil davon.

Sie folgten dem Verlauf der Kratzspuren, die manchmal wie Markierungen wirkten. Nora wies darauf hin.

»Vielleicht haben die beiden jungen Mantiden Kennzeichnungen angebracht, um den Rückweg zu finden«, sagte sie.

»Möglich«, räumte Eusebius ein. »Aber sie sind nie zurückgekehrt.«

Das Licht blieb bei ihnen, als sie durch den Tunnel schritten. Kleine Ringe, nicht größer als eine menschliche Hand, leuchteten direkt vor ihnen an der Tunneldecke und erloschen einige Meter hinter ihnen.

»Etwas reagiert auf uns«, stellte Nora fest.

Eusebius nickte. »Sensoren. Ich nehme an, man beobachtet uns, und zwar schon die ganze Zeit über.«

Nora sah sich um. Der größte Teil des Tunnels lag im Dunkeln. »Könnte das ebenfalls ein Test sein?«

»Alles könnte ein Test sein«, sagte Eusebius. »Jeder Schritt, den wir gehen, jedes Wort, das wir sprechen, jede kleine Geste.«

»Wir werden beobachtet und beurteilt.«

»Ja.«

»Und wir wissen noch immer nicht, zu welchem Zweck.«

»Wer die Prüfungen besteht, kann den Weg fortsetzen.«

»Den Weg zum Zentrum«, sagte Nora.

»Zur Mitte von Zeta, ja«, bestätigte Eusebius.

»Und wenn wir alle Tests und Prüfungen erfolgreich hinter uns bringen, wenn wir das Zentrum tatsächlich erreichen«, fragte Nora, »was dann? Was erwartet uns dort?«

»Eine große Überraschung, nehme ich an.«

»Hoffentlich keine unangenehme.« Sie blieb stehen, weil etwas unter ihrem Fuß knisterte.

Sie bückte sich und hob einen dunklen, ledrigen Stofffetzen auf. Als sie Staub fortstrich und das Objekt ins Licht hielt, kamen rote Stickereien zum Vorschein.

»Ob das von Krirs und Krars Kindern stammt?«, fragte sie.

»Oder jemand anders könnte hier unterwegs gewesen sein«, gab Eusebius zu bedenken. »Wer weiß, wie viele Wesen diesen Tunnel im Lauf der Jahrtausende durchschritten haben. Doch hat eines von denen je das Ziel erreicht?«

Nora ließ den Stofffetzen nicht einfach fallen. Sie legte ihn behutsam auf den Boden und fragte sich, ob sie gerade einen weiteren Test erlebt hatte.

Einige Stunden später, bei einer Rast im Licht eines Leuchtrings, zeigte sie auf den abgelegten Proviantbeutel. »Viel bleibt uns nicht mehr. Wir sollten uns nach einer weiteren Innenwelt umsehen wie der mit dem Meer. Wir brauchen Wasser und Nahrungsmittel.«

»Bisher hatten wir erstaunlich viel Glück.«

Nora verstand, was Eusebius meinte. »Die Schwerkraft. Atembare Luft, einigermaßen erträgliche Temperaturen.« Sie fröstelte erneut. »Früchte, mit denen unser Magen etwas anfangen kann.«

»Das ist eine ganze Menge«, sagte Eusebius nachdenklich. »Die nächste ambientale Zone könnte weniger günstige Bedingungen aufweisen. Und wir haben nur das hier.« Er zupfte an seinem etwas dunkleren Einteiler.

»Für einen historischen Erstkontakt sehen wir darin nicht sonderlich würdevoll aus, oder?«

Eusebius schmunzelte. »Nein.«

»Ein Transportmittel wäre nicht schlecht. Die Zetaner waren in ihrem Artefakt sicher nicht immer zu Fuß unterwegs.«

»Vielleicht haben sie ihre Portale benutzt«, vermutete Eusebius. »Doch selbst wenn wir hier welche finden: Wir wissen nicht, wie sie funktionieren und auf welche Weise man bestimmte Ziele mit ihnen erreicht.«

Nora seufzte, stand auf und nahm ihren Proviantbeutel. »Noch zwei Saftfrüchte für Hunger und Durst. Dann halten wir nach dem nächsten Supermarkt Ausschau.«

Einen Tag später, als ihr Proviant aufgebraucht war, fanden sie die Reste von Krirs und Krars Kindern.

59

Ihre hohlen und teils zerfallenen Exoskelette lagen inmitten eines Durcheinanders aus geborstenen Aggregaten, zerfetzten Maschinen und geplatzten Wandverkleidungen.

Nora stand ratlos und auch ein wenig traurig inmitten der Trümmer. »Was mag hier geschehen sein?«

Eusebius blickte sich um. Auf allen Seiten ragten aufgerissene Aggregattürme und halb zerschmetterte Maschinenblöcke empor. »Vielleicht hat ein Kampf stattgefunden.«

Nora betrachtete die Exoskelette. Bei einem war der dreieckige Kopf aufgerissen, als wäre er von innen heraus geplatzt. »Zwischen den Kindern von Krir und Krar und wem?«

»Und Zeta. Zwischen den beiden Mantiden und dem Abwehrmechanismus, dem wir in ihrer Welt begegnet sind und vor dem uns Krir und Krar in Sicherheit gebracht haben.«

»Aber ...« Nora sah von den Knochen auf. »Könnten zwei Mantiden solche Schäden angerichtet haben?«

»Nicht mit bloßen Händen beziehungsweise Beißscheren. Von ihrer Ausrüstung wissen wir nichts, und hier liegt auch nichts herum, das wie Ausrüstung aussieht. Vielleicht kamen auch noch andere Faktoren ins Spiel, von denen wir ebenfalls nichts wissen.«

»Ich hatte gehofft, sie lebend zu finden.« Nora überlegte. »Sollen wir ...« Sie verstummte.

»Denkst du daran, zurückzukehren und Krir und Krar Bericht zu erstatten?«, fragte Eusebius. »Es ist ein ziemlich weiter Weg.«

Nora hatte den Kopf schräg gelegt. »Hast du das gehört?«

Sie lauschten beide. Hatte sich das Licht der Leuchtringe über ihnen ein wenig getrübt? Nora war nicht ganz sicher.

Plötzlich hörte sie es erneut, ein leises *Klick-klack*, wie von einem mechanischen Verschluss.

»Es kommt von da drüben.« Nora zeigte über die Knochen hinweg in die Lücke zwischen zwei dunklen Aggregaten. Sie wartete einige Sekunden, bis sich das Geräusch erneut wiederholte, dann trat sie so leise wie möglich an den Resten der beiden Mantiden vorbei.

Klick-klack.

Diesmal war das Geräusch lauter. Nora setzte vorsichtig einen Fuß vor den anderen und spähte in die Schatten.

»Was die Kinder von Krir und Krar getötet hat, könnte noch immer hier sein«, flüsterte Eusebius hinter ihr.

Neugier trieb Nora an. Sie verharrte kurz und schwankte; als es unter ihr knackte und etwas nachgab, ging sie weiter. Ein weiterer Leuchtring reagierte auf ihre Präsenz, und sein Licht drängte die Dunkelheit zurück.

Zum Vorschein kam ein lang gestrecktes gelbes Ellipsoid,

das einige Zentimeter über dem Boden schwebte, vor einem weiteren Tunnel mit glatten Wänden. Es war gut und gerne drei Meter hoch und etliche Meter länger.

Klick-klack. Das Geräusch kam aus dem Innern des Objekts, und Nora beobachtete, wie eine Stelle an der Seite kurz aufleuchtete.

Sie näherte sich ihm langsam und vorsichtig. »Was ist das?« Eusebius bückte sich, warf einen Blick unter das etwa acht Meter lange Ellipsoid und richtete sich dann wieder auf. »Kein Bodenkontakt. Es schwebt, völlig lautlos. Ein lokales Gravitationsfeld. Bei uns wären die dafür nötigen Gravitatoren und Konverter um ein Vielfaches größer.«

Die Außenflächen des Objekts schienen ebenso glatt zu sein wie die Tunnelwände. *Klick-klack* machte es, und wieder leuchtete eine Stelle auf, so weit oben, dass Nora sie selbst auf Zehenspitzen nicht erreicht hätte.

»Wofür hältst du es?«

Eusebius kam näher. »Ich glaube, wir haben den gleichen Gedanken, nicht wahr? Es könnte ein Fahrzeug sein, eine Transportkapsel. Hast du dir nicht ein Transportmittel gewünscht?«

»Sie ist unbeschädigt«, stellte Nora fest.

»Sieht so aus, ja.«

Erneut klickte und klackte es, und eine andere Stelle leuchtete für zwei oder drei Sekunden auf.

Nora trat noch etwas näher und streckte die Hand aus.

»Ich weiß nicht, ob das klug ist«, mahnte Eusebius.

Nora zögerte. »Es könnte ein weiterer Test sein. ›Erkennen sie, was getan werden muss?‹ Und vielleicht: ›Wagen sie es, das Objekt zu berühren, oder sind sie zu vorsichtig?‹«

»Vielleicht haben wir es hier mit dem Verursacher all der Schäden zu tun.« Eusebius deutete in die Runde.

»Oder«, sagte Nora hoffnungsvoll, »Zeta bietet uns eine

Möglichkeit, das Zentrum viel schneller zu erreichen, als es uns zu Fuß möglich wäre.«

Klick-klack. Direkt vor Nora leuchtete es auf, und ihre Hand schien sich von ganz allein zu bewegen, erreichte das Licht und berührte die kalte Außenfläche des Ellipsoids.

Klick-klick. Das Licht breitete sich aus, und eine Öffnung entstand, ein Zugang zum Innern des Objekts.

»Das dürfte eine Einladung sein«, meinte Nora.

Eusebius blieb skeptisch. »Aber wozu?«

»Finden wir es heraus.«

Nora trat durch die Öffnung.

In gewisser Weise staunte sie über sich selbst. Sie wusste nicht, was sie erwartete, und eigentlich war es dumm, sich einer schwer kalkulierbaren Gefahr auszusetzen. Die Erste Administratorin von Titan hatte vor ihren Entscheidungen gründlich nachgedacht und sorgfältig alles gegeneinander abgewogen. Doch die Abenteurerin namens Nora Van Dyke drängte die Administratorin immer mehr zurück. Sie wollte leben und erleben, gab Neugier und Faszination nach.

Einen Schritt im Innern des Objekts blieb sie stehen und breitete die Arme aus. »Alles in Ordnung. Es ist nichts passiert.«

»Noch nicht.« Eusebius ließ einige Sekunden verstreichen, bevor er Nora ins Innere des Ellipsoids folgte.

Klick-klick machte es. *Klack-klack.*

Der Zugang schloss sich, und für einen Moment herrschte völlige Finsternis. Nora fühlte sich von etwas berührt und schnappte erschrocken nach Luft.

Dann durchschnitt ein Lichtstreifen die Dunkelheit. Er zog sich über Boden, Wände und Decke, kaum breiter als ein Strich, und er bewegte sich, als Nora zur Seite trat. Versuchsweise ging sie einige Schritte und stellte fest, dass ihr der Lichtstreifen folgte.

Eusebius sah sich um. »Es ist alles leer.«

Nora trat zur Innenwand. Der Streifen aus mattem Licht wurde etwas breiter und heller. Wieder streckte sie die Hand aus und legte sie auf die Stelle an der Wand, von der ein Teil des Lichts kam.

Sofort wich die Dunkelheit ganz aus dem Innenraum. Bilder huschten über die Wände, wie geschaffen von silbernen und goldenen Funken, die ihnen vorauseilten. Plötzlich ließ sich ein leises Summen vernehmen.

Nora zog die Hand zurück.

Die Bilder verschwanden, das Licht wurde schwächer. Von links und rechts krochen Schatten heran.

Eusebius trat zu ihr, ohne dass sich der Lichtstreifen bewegte. Er streckte ebenfalls die Hand aus und berührte die Wand, doch nichts geschah.

»Interessant«, kommentierte Nora. »Was auch immer auf mich reagiert, es reagiert *nur* auf mich.«

»Vielleicht weil du die leuchtende Stelle an der Außenfläche berührt hast«, vermutete Eusebius.

Nora unternahm einen weiteren Versuch und hob die Hand erneut zum Leuchtstreifen. Wieder erschienen Bilder an den Wänden, Tausende von ihnen. Sie zeigten Maschinen und dunkle Räume, Treppen und Tunnel, Säle, Gebäude und Landschaften, hier und dort auch abstrakte Darstellungen, die Nora nicht zu deuten wusste, und offenbar Szenen aus dem All: ein Doppelsternsystem, bestehend aus einem Roten Riesen und einem Weißen Zwerg; einen Gasriesen mit zahlreichen Monden, zwischen ihnen Materiebrücken aus Staub und Eiskristallen; das große Spiralrad einer Galaxie; und eine Raumstation groß wie eine Stadt über galaktischen Spiralarmen.

Als Nora den Kontakt mit der Wand löste, verschwanden die Bilder sofort.

»Ich glaube, ich habe eben Menschen gesehen in einer der gezeigten Szenen«, sagte Eusebius.

»Wo?«

»Dort drüben.« Er wies zur linken Seite. »Fast am Ende der Wand.«

Nora drückte ihre Hand wieder auf den Lichtstreifen, und die Bilder kehrten zurück.

Eins von ihnen, direkt vor Nora, zeigte einen gewaltigen Wasserfall und tief unten, hinter den Gischtschleiern, Gebäude aus filigranem Kristall.

»Ich sehe sie nicht mehr.« Eusebius ging an der Wand entlang. »Oh, hier sind sie, an einer anderen Stelle. Ein Mann und zwei Frauen. Eindeutig Menschen. Der Mann ist dünn und drahtig, ebenso eine der beiden Frauen. Dem Körperbau nach sind sie an eine geringere Schwerkraft gewöhnt. Sie könnten aus einem der Venus-Habitate stammen. Oder vielleicht vom Mars. Die zweite Frau ist kräftiger und erscheint mir irgendwie ... vertraut. Ich glaube, ich habe sie schon einmal gesehen.«

»Berühr das Bild«, sagte Nora. »Halt es fest.«

»Wie denn?« Eusebius strich mit den Fingern über das Bild, das die drei Menschen in einer Landschaft aus Felsen und Schnee zeigte. Er drückte beide Hände darauf, doch es nützte nichts. Das Bild glitt weiter, ebenso wie die anderen. Sie alle waren in Bewegung, veränderten immer wieder ihre Position.

»Hier ist noch ein Bild mit Menschen.« Eusebius trat zur gegenüberliegenden Seite. »Drei Männer. Zwei von ihnen mit Sensorpunkten und Interfacespots an Schläfen und Hals. Optimierte. Ihre Raumanzüge, was davon übrig ist, scheinen halb verbrannt zu sein. Einer der beiden Optimierten ist offenbar verletzt, er hinkt.«

Nora wandte den Kopf und beobachtete, wie das Bild mit den drei Männern fortglitt, wie es schrumpfte und sich zwischen all den anderen kaum mehr ausmachen ließ.

»Nightingale Loi!«, entfuhr es Eusebius. »Die Frau, die mir bekannt vorkam! Die Direktorin der *Excelsior*, vorgesehen für die erste interstellare Mission! Wo sind sie?« Er suchte inmitten der wandernden Bilder. »Nimm nicht die Hand von der Wand!«

»Ich denke nicht mal dran!« Nora drückte sie noch etwas fester auf den Leuchtstreifen.

»Hier!« Eusebius fand das Bild. »Nightingale Loi, ja, ich bin mir sicher. Begleitet von zwei anderen, an geringere Schwerkraft angepasste Menschen!«

»Sie sind hier?«, fragte Nora.

»Nicht direkt *hier*«, antwortete Eusebius. Schritt für kleinen Schritt trat Eusebius zur Seite und folgte damit dem Bild. »Zumindest gibt es keine Gebirgslandschaften in unserer Nähe. Offenbar befinden sie sich in einer anderen Innenwelt.«

»Bist du sicher, dass sie in Zeta sind?«

»Eine Garantie dafür gibt es nicht, aber ...« Eusebius unterbrach sich. »Das Bild kommt auf dich zu. Wenn es seinen Kurs fortsetzt, gerät es gleich in deine Reichweite.«

Nora sah es, streckte die freie linke Hand, so weit sie konnte ... und berührte das Bild.

Ein *Ping* ertönte. Wieder verschwanden die Bilder, bis auf das mit den drei Menschen umgeben von Felsen und Schnee. Es wurde größer, pulsierte mehrmals und verblasste dann.

An den gelben Innenwänden des acht Meter langen Ellipsoids erschienen schematische Darstellungen, begleitet von bunten Symbolen, untereinander durch dünne Linien verbunden. Fenster entstanden und boten Blick auf die geborstenen Aggregate und die Mantiden-Skelette zwischen ihnen.

Das leise Summen wurde zu einem tiefen Brummen, und draußen gerieten die dunklen Trümmer in scheinbare Bewegung.

Direkt vor ihnen wölbte sich der Boden des Ellipsoids nach oben, und zwei lange Sitze entstanden, wie eine Mischung aus Sessel und Liege.

Nora ließ beide Hände sinken, doch die gelben Wände blieben nun unverändert. Durch die Fenster ließ sich beobachten, wie aufgerissene Maschinenblöcke glatten Tunnelwänden wichen.

»Offenbar handelt es sich tatsächlich um ein Transportmittel«, sagte Eusebius. »Wir sind unterwegs, und es ist sogar für Komfort gesorgt.« Er deutete auf die beiden Liegesessel.

»*Wohin* sind wir unterwegs?«, fragte Nora.

Eusebius setzte sich auf eine der beiden Liegen. »Vielleicht hast du eben das Fahrtziel gewählt.«

DAS ANDERE IN MIR

NIGHTINGALE LOI,
ZETA

60

Beim Erreichen der Schneegrenze etwa eine halbe Stunde später waren alle Geschichten erzählt. Nightingale wusste, wie es Hannibal und Roxa seit ihrer Ankunft auf und in Zeta ergangen war, und umgekehrt verhielt es sich ebenso.

»Drei Gruppen«, sagte Roxa, die fast so dünn und feingliedrig war wie die silbernen Humanoiden, die Nightingale gesehen hatte. »Und offenbar sind wir tiefer in Zeta als die anderen. Was seltsam genug ist, wenn man bedenkt, dass wir eine ganze Weile *nach* den Titaniern beim Saturn eingetroffen sind.«

»Vielleicht liegt es an der bestandenen Prüfung mit den Fibonacci-Zahlen.« Hannibal Laurentis, wie Roxa Mahwe in die Reste eines Raumanzugs gekleidet, bückte sich an einem kleinen Bach und trank kaltes, von der Schneeschmelze stammendes Wasser. »Roxa vermutete, dass es sich um einen Test gehandelt hat. Wenn wir ihn nicht bestanden hätten, wenn es uns nicht gelungen wäre, das Rätsel zu lösen, hätte uns die Hitze in der Hütte umgebracht.« Nachdem der durstige Hannibal noch etwas mehr Wasser getrunken hatte, fügte er hinzu: »Und anschließend hätten wir den vielen anderen Toten im Panoptikum Gesellschaft geleistet.«

Roxa richtete einen forschenden Blick auf Nightingale. »Warum haben *Sie* überlebt? Warum hat der silberne Humanoide Sie gerettet?«

Nightingale hatte darüber nachgedacht und keine Antwort gefunden. »Ich weiß es nicht. Vielleicht hatte ich einfach nur Glück.«

»Oder Sie haben einen Test bestanden, von dem Sie gar nichts wissen.« Roxas Blick bekam etwas Nachdenkliches. »Wieso hat der Humanoide Sie hierhergebracht, zu uns?«

Nightingale zuckte hilflos mit den Schultern.

Dichte Dunstschwaden zogen träge an ihnen vorbei und begrenzten die Sichtweite auf wenige Meter. Der Weg, dessen Verlauf sie gefolgt waren, führte nach unten, vielleicht aus einer hohen Gebirgszone in ein Tal.

»Ihr Floyd scheint ein richtig netter Typ zu sein«, meinte Roxa ironisch. »Er war schon einmal hier. Er weiß mehr als wir. Und er hasst uns Marsianer. Ich würde ihn gern kennenlernen, ein wenig mit ihm plaudern und ihm von der Marsianischen Republik erzählen.«

»Floyd ist ein Mistkerl«, sagte Nightingale mit Nachdruck.

Roxa Mahwe grinste. »Halleluja!«

Hannibal hatte sich erhoben. »An Wasser mangelt es zum Glück nicht, aber ich könnte auch etwas zu essen vertragen.« Er klopfte auf die zerrissenen Taschen an seinem Gürtel. »Meine Notrationen scheine ich irgendwo verloren zu haben.«

Nightingale öffnete ihre Taschen. »Meine sind noch da. Hier, nehmen Sie.«

Sie teilte ihren Proviant mit Hannibal und Roxa, die ebenfalls aus dem Bach trank. Anschließend setzten sie den Weg fort, vorbei an grauen Felsen und Schneeresten in kleinen Mulden. Die Dunstschwaden schienen noch dichter zu werden.

Eine Zeit lang schwiegen sie. Stille herrschte um sie herum.

»Wenn ich alles richtig verstanden habe«, sagte Roxa schließlich, »befindet sich Zeta nicht mehr im Sonnensystem.«

Nightingale nickte. »Darauf hat uns Alin hingewiesen, als noch Kontakt zu ihr bestand. Ich meine die Quantenintelligenz der *Excelsior*, die sich in den Shuttle transferiert hat.«

»Aber wir wissen nicht, wohin Zeta fliegt.«

»Genau.«

»Wohin auch immer«, warf Hannibal ein, »wir wären und sind wahrscheinlich schon viel zu weit von unserem Sonnensystem entfernt, um dorthin zurückkehren zu können.«

»Nicht mit normalen Mitteln«, entgegnete Roxa. »Nicht mit unserer *Aonia* und auch nicht mit dem Shuttle der *Excelsior*. Aber vielleicht mit Zeta. Wenn wir es bis ins Zentrum schaffen.«

Nightingale fiel plötzlich etwas ein. Sie klopfte auf ihre Werkzeugtaschen, aber Stift und Papier gehörten nicht zur Ausrüstung des Raumanzugs. Nach kurzer Suche nahm sie einen kleinen spitzen Stein, und etwas länger dauerte es, eine geeignete Stelle am Rand des Weges zu finden, ein etwa einen Quadratmeter großer Bereich mit weniger Geröll zwischen zwei schiefergrauen Felsnasen. Sie räumte die Steine beiseite und begann, Linien in den freigelegten Boden zu ritzen.

Hannibal und Roxa traten näher.

»Floyd hat die Systeme meines Raumanzugs mit dem Kontrollcode blockiert«, erklärte Nightingale. »Es gibt also keine Aufzeichnungen. Ich hoffe, mein Gedächtnis funktioniert gut genug.«

»Meinen Sie das Hologramm, das der Humanoide Ihnen gezeigt hat?«, fragte Hannibal.

»Ja. Eine Karte von Zeta. Er wollte mir den Weg weisen.« Nightingale hielt kurz inne und konzentrierte sich. »Ich nehme an, er hat mich vor dem Pandora-Humanoiden gerettet. Und dann hat er mich aus der Wabe geholt und mir Zeta gezeigt, mit allen Einrichtungen und allen Wegen.«

»Warum?«, fragte Roxa.

»Ich weiß es nicht.« Nightingale schüttelte den Kopf. »Weil er will, dass ich das Zentrum erreiche?«

»Oder es ist eine weitere Prüfung«, spekulierte Hannibal, »ein weiterer Test.«

»Mir ist jede Hilfe recht, woher sie auch kommt.« Roxa blickte auf die Linien im Boden. »Hauptsache, wir erreichen das Zentrum vor Floyd. Wir müssen verhindern, dass Zeta einem Mann wie ihm in die Hände fällt.«

Einem Mann wie ihm, dachte Nightingale und hockte sich auf die Fersen. »Ich habe zuerst vermutet, dass er von einem Geheimdienst ist. Aber inzwischen glaube ich ...«

»Terra Solar«, zischte Roxa.

»Ja«, bestätigte Nightingale und betrachtete den spitzen Stein in ihrer Hand, als könnte er ihr Auskunft geben. »Terra Solar ist seit dem Ende der Genetischen Konflikte vor zwanzig Jahren eine verbotene Organisation. Wenn es ihnen gelang, jemanden beim Space Consortium einzuschleusen und meine Crew angesichts einer so wichtigen Entdeckung wie der von Zeta auszuwechseln ...«

»Das würde bedeuten, dass der Einfluss von Terra Solar trotz Verbots ziemlich groß ist«, sagte Hannibal.

»Gefährlich groß«, stimmte ihm Nightingale zu.

»Zu groß«, betonte Roxa. »Viel zu groß. Zeta darf auf keinen Fall unter die Kontrolle solcher gewissenlosen Extremisten fallen! Wir müssen das Zentrum vor Floyd erreichen und Zeta für den Mars übernehmen!«

»Nein«, widersprach Nightingale. »Nicht nur für den Mars. Für die *ganze* Menschheit. Wenn überhaupt. Es steht keineswegs fest, dass wir uns Zeta einfach so ›nehmen‹ können. Nach dem, was wir bisher gesehen und erlebt haben, ist Zetas Technik der unsrigen tatsächlich weit überlegen. Man denke nur an die Portale oder Tore oder wie auch immer man sie nennen will.«

»Transfer von einem Ort zum anderen«, sagte Hannibal. »Offenbar selbst über sehr große Entfernungen hinweg. Immerhin war Floyd schon einmal hier, und zu jener Zeit befand sich Zeta noch gar nicht in unserem Sonnensystem.«

»Materietransmitter«, sagte Roxa. »Allem Anschein nach mit einer Verbindung zur Erde. Das könnte vielleicht eine Rückkehrmöglichkeit für uns sein.«

»Terra Solar wird dich zweifellos mit offenen Armen empfangen«, sagte Hannibal.

Roxa schnitt eine Grimasse.

»Wir wissen nicht, wie die Transmitter funktionieren«, gab Nightingale zu bedenken. »Es wäre viel zu riskant, einen aufs Geratewohl zu benutzen.«

»Wenn wir ihn überhaupt aktivieren könnten«, sagte Hannibal. »Und dafür müssten wir erst mal einen finden. Mir scheint, bisher haben diese Apparate *uns* gefunden.«

Nightingale zeichnete weitere Linien und merkte, dass es heller wurde. Der kalte Dunst lichtete sich.

»Kommunikation«, überlegte sie laut. »Das scheint mir der zentrale Punkt zu sein. Der Humanoide, der mich aus der Wabe des Panoptikums geholt hat, wirkte sehr real, aber vielleicht war er tatsächlich nur ein ›biometrisches Hologramm‹, wie Amaranth Newton es nannte. Was auch immer er damit meinte, es könnte ein Geschöpf aus dem Volk sein, das Zeta erbaut und auf die Reise geschickt hat, einer der Konstrukteure. Und ob es lebte oder nicht, ich hatte den Eindruck, dass direkte Kommunikation bei einer besseren Daten- und Interpretationsbasis möglich gewesen wäre.« Sie sah zu den beiden Marsianern auf. »Kommunikation ist der Schlüssel.«

»Fragen stellen und Antworten bekommen«, sagte Roxa.

Nightingale nickte. »Es gibt viele Fragen, und ich hoffe, die Antworten sind nicht zu kompliziert. Wir müssen einander verstehen lernen, die Konstrukteure und wir. Wir müssen einen Weg finden, Kontakt mit ihnen aufzunehmen.«

»Eins habe ich bereits verstanden«, erklärte Roxa. »Nämlich was Floyd und seine Kumpane vorhaben. Sie wollen Zetas Technik nutzen, um sich zu den Herrschern des ganzen Sonnensystems aufzuschwingen. An erster Stelle die Erde, immer und überall!« Sie schnaubte. »Aber ich werde nicht zulassen, dass so etwas geschieht! Nicht wenn ich es verhindern kann!«

Nightingale antwortete nicht und fuhr damit fort, Linien in den harten Boden zu kratzen. Sie konzentrierte sich ganz darauf und blendete alles andere aus. Auf jedes Detail kam es an, auf jede noch so unbedeutend scheinende Einzelheit. Ein von den Sensoren des Raumanzugs aufgezeichnetes Bild wäre zweifellos besser gewesen, aber sie verfügte über ein hervorragendes Gedächtnis, das schon bei ihrer Eignungsprüfung im Space Consortium aufgefallen war und das sie seitdem beständig trainierte.

Als sich Nightingale schließlich erhob und das Ergebnis ihrer Bemühungen betrachtete, nickte sie zufrieden.

»So sah es aus, das von den silbernen Lichtern geschaffene Hologramm«, sagte sie. »So ... ungefähr.«

»Was ist das hier?« Roxa zeigte auf eine Stelle. »Und das? Und dort drüben?«

»Wo sind wir?«, fragte Hannibal. »Und welchen Weg sollen wir nehmen, um die Mitte zu erreichen, das Zentrum?«

Es fehlte etwas, begriff Nightingale, den Blick auf die schematische Übersicht gerichtet.

»Es fehlt etwas«, sprach sie ihren Gedanken laut aus. »Beim Hologramm hatte ich ein Gefühl für die Proportionen, dafür, was die Markierungen bedeuten und welchem Zweck bestimmte Sektionen dienen. Wenn ich mich richtig erinnere ...« Sie zeigte auf einen rechts gelegenen Bereich, auf halbem Weg zwischen Zentrum und Oberfläche. »Das dort hat etwas mit der Bewegung von Zeta zu tun.«

»Der Antrieb?«, vermutete Roxa.

»Vielleicht«, erwiderte Nightingale unsicher. »Beim Anflug haben unsere Sensoren an dieser Stelle eine Massenanomalie registriert. Und hier ...« Ihr Zeigefinger deutete auf eine Sektion mit doppelten Linien. »Ich glaube, damit verband sich ein Gefühl von Gefahr. Vielleicht wollte mir der Humanoide zu verstehen geben, dass wir den Bereich besser meiden sollten. Und wo wir sind ...«

Der Zeigefinger suchte nach einem neuen Ziel und entschied sich für einen kleinen ovalen Bereich, dem Zentrum von Zeta nicht annähernd so nahe, wie Nightingale gehofft hatte.

»Was bedeutet die Markierung daneben?«, wollte Roxa wissen. Ein kleines Viereck zeigte sich dort, mit zwei schrägen Strichen darin.

»Ich weiß es nicht«, gestand Nightingale.

»Wir mögen einen Vorsprung haben, aber besonders groß ist er nicht«, kommentierte Hannibal. »Zetas Mitte ist noch immer ziemlich weit entfernt. Welchen Weg sollen wir nehmen?«

Nightingale ging wieder in die Hocke und versuchte, nicht bewusst über die Frage nachzudenken, sondern ihrer Hand mit dem Stein die Initiative zu überlassen. Sie fügte dem Bild mehrere Linien hinzu, manche von ihnen geschwungen, in kurzen und längeren Bögen, andere ein dicht gedrängtes Zickzack wie bei der Darstellung einer Treppe.

»Beim Olympus Mons!«, entfuhr es Roxa. »Das sieht nicht einfach aus!«

Nightingale legte den Stein beiseite und richtete sich auf.

»Prägen Sie sich alles ein, jedes Detail. Wenn einem von uns etwas zustößt ...«

»Kennen die anderen trotzdem den Weg«, sagte Roxa. »Klingt vernünftig.«

Ein oder zwei Minuten standen sie vor dem Bild und versuchten, sich alles zu merken. Dann wandte sich Nightingale ab, kehrte auf den Weg zurück und stellte fest, dass sich der Dunst noch weiter gelichtet hatte.

Über ihnen leuchtete etwas, das wie eine gelbe Sonne aussah, aber keine sein konnte. Jenseits davon blieb alles grauweiß und unbestimmt, ein Himmel aus Nebel oder nebelartigen Wolken.

Unten hingegen ...

Hier und dort lagen noch vage Nebelschleier über dem Tal am Ende des kurvenreichen steinigen Wegs, doch sie waren nicht dicht genug, um die Stadt zu verbergen.

Pastellfarbene Gebäude, quadratisch und rechteckig, umgaben Dutzende von dünnen elfenbeinweißen Spiraltürmen, die sich unweit der Ufer eines sternförmigen Sees erhoben.

Roxa trat neben Nightingale. »Ich glaube, dort unten bewegt sich etwas.«

Bunte Objekte glitten zwischen den Gebäuden umher und schwebten über ihnen. Manche von ihnen glänzten und schimmerten, als das Licht der künstlichen Sonne sie ungefiltert vom Dunst erreichte.

»Fahrzeuge und Flugkörper«, stellte Nightingale fest. »Mit Passagieren?«

»Das lässt sich von hier aus nicht erkennen«, sagte Hannibal. »Aber wenn es dort unten jemanden gibt, der Transportmittel benutzt ...«

»Vielleicht ist es jemand, mit dem wir reden können.« Nightingale setzte sich in Bewegung. »Sehen wir nach.«

61

»Warum wir?«, fragte Hannibal, als der Weg weniger steil wurde und die unangenehme Kälte hinter ihnen blieb. »Warum hat der Humanoide beim Panoptikum Sie zu uns gebracht und nicht zu den beiden überlebenden Titaniern? Falls tatsächlich jenes silberne Wesen dahintersteckt und nicht ein anderer, bisher noch unbekannter Faktor.«

»Und wieder lautet die Antwort: Ich weiß es nicht«, sagte Nightingale. »Vielleicht gibt es keinen besonderen Grund dafür.«

»Zufall?«

Nightingale zuckte mit den Schultern und beobachtete die Stadt. Die Fahrzeuge und Flugkörper ließen sich inzwischen deutlicher ausmachen: ovale und pfeilförmige Gebilde in allen Farbschattierungen, manche mit aerodynamischen Erweiterungen wie für hohe Geschwindigkeiten, andere klobiger, vielleicht für den Nahverkehr bestimmt. Ob sich jemand in ihnen befand, ließ sich noch immer nicht feststellen. Andere Bewegungen gab es nicht, weder in der Stadt noch am See.

Die letzten Dunstschwaden lösten sich auf. Die silberweißen Turmspitzen glühten im Licht der künstlichen Sonne, als würden sie in Flammen stehen.

»Von Herrn Zufall habe ich noch nie etwas gehalten«, meinte Roxa. »Der Typ ist mir zu unberechenbar, zu unzuverlässig. Übrigens, ich habe vergessen zu fragen, wo sich die Titanier befinden.«

»Nora Van Dyke, Erste Administratorin von Titan, und Eusebius, Gesandter der Autarkien von Uranus und Neptun«, sagte Nightingale. »Ich weiß, dass sie hier irgendwo sind, in Zeta, aber wo genau ...« Sie schüttelte den Kopf. »Der Humanoide hat mir ihren Aufenthaltsort nicht gezeigt.«

Abrupt blieb sie stehen. Aus der Ferne erreichte sie ein leiser

Ton, kein Läuten oder Klirren wie zuvor, nicht der Beginn einer traurigen Melodie, sondern ein tiefes Brummen an der Schwelle zum Infraschall.

Sie drehte den Kopf von einer Seite zur anderen und suchte nach dem Ursprung des Geräuschs. »Hören Sie das?«

»Ich höre nichts«, sagte Roxa, nachdem sie einige Sekunden lang gelauscht hatte.

Hannibal verneinte ebenfalls.

Nightingale ging weiter, das Knirschen kleiner Steine laut unter ihren Füßen. Das seltsame Brummen war wieder verschwunden, aber sie fühlte sich auf einmal von Unbehagen erfasst.

»Ich habe über Zetas Prüfungen nachgedacht«, sagte Roxa nach einigen Schritten, während Nightingale noch versuchte, die Ursache ihrer plötzlichen Beklommenheit zu ergründen. »Der erste Test war vielleicht der Anflug. Die Titanier hatten Pech. Sie stießen auf eine Barriere, auf ein Kraftfeld, das sie abgedrängt hat. Sie haben gewissermaßen Gewalt angewendet, indem sie versuchten, das Kraftfeld mit vollem Triebwerksschub zu durchdringen. Ihr kleines Schiff, das Inspektionsboot, wurde zerschmettert, und zwei Besatzungsmitglieder starben, nicht wahr?«

»Wir haben sie gesehen«, sagte Nightingale. »Floyd, Newton, Chen und ich. Sie befanden sich im Panoptikum: Conrad Conradis und Rebecca DeSantis.«

»Wir haben die Systeme der *Aonia* stillgelegt«, erinnerte sich Hannibal.

Roxa nickte ihm zu. »Ich weiß noch, was du gesagt hast. ›Wir zeigen unsere leeren Hände, eine Geste des Friedens.‹«

»Bei uns war es anders.« Nightingale dachte an die große, prächtige *Excelsior*. »Etwas hat uns in kurzer Zeit zum Saturn gebracht, ich habe Ihnen bereits davon erzählt.«

»Eine Irregularität«, sagte Hannibal.

»Eine irreguläre Irregularität, sozusagen«, fügte Roxa hinzu.

»Hinter der vermutlich Zeta gesteckt hat.«

»Vielleicht.« Erinnerungsbilder stiegen in Nightingale auf, zeigten ihr eine gewaltige Raumstation, wie eine Stadt über der Milchstraße, und ein riesiges Gebäude auf einem fremden Planeten. »Unsere Geschwindigkeit war zu hoch, wir mussten die *Excelsior* aufgeben und sie mit einem Shuttle verlassen, der unter fremdem Einfluss geriet.«

»Wieder Zeta«, vermutete Roxa.

»Das Kraftfeld brachte uns dorthin«, bestätigte Nightingale.

»Welchen Test haben Sie dafür bestanden?«, fragte Hannibal.

»Für den Transfer zum Saturn und die Landung auf Zeta? Keinen. Zumindest keinen, der als Test oder dergleichen erkennbar gewesen wäre. Aber nachher, als wir in der Schlucht eine Art Portal erreichten ... Während der Irregularität hatte ich Visionen. In einer von ihnen stand ich im Innern eines Bauwerks so hoch, dass sich unter seiner Decke Wolken bildeten. Vor mir befand sich ein schwarzer Block, und als ich ihn berührt habe, gab seine Oberfläche nach, und meine Hand versank darin. Sieben rote Lichter erschienen wie in dunklem Glas. Sie haben sich erst in Dreiecke, Vierecke und Sechsecke verwandelt, dann in andere geometrische Figuren und schließlich in entsprechende Körper. Linien sind zwischen ihnen entstanden. Sieben Lichter, sieben Zeichen. Amaranth Newton hielt die Linien für Verknüpfungen, die auf einem mathematischen Bezugssystem basieren, und die sieben wechselnden geometrischen Figuren für die Variablen einer sehr komplexen Gleichung. Die Quantenintelligenz der *Excelsior*, die sich in den Shuttle transferiert hatte, erkannte eine Korrelation mit den sieben Impulsen des Zeta-Signals und errechnete ein Antwortsignal, das uns ins Innere von Zeta brachte.«

»Der Schlüssel für die Tür«, kommentierte Roxa. »Der *richtige* Schlüssel. Klingt ganz nach einer bestandenen Prüfung. Uns haben Fibonacci-Zahlen hierhergebracht. Die Frage lautet: Wie geht es weiter? Womit müssen wir rechnen? Ich meine, wir kennen den Weg, so einigermaßen. Irgendwo links von der Stadt dort unten müsste es eine Verbindungsstelle geben, die uns eine Ebene tiefer bringt, wenn ich das Bild richtig in Erinnerung habe, und eigentlich ist auf mein Gedächtnis Verlass. Aber was erwartet uns dort? Und danach?«

»Ich habe nicht die geringste Ahnung. Manche Tests sind gar nicht als solche erkennbar, hat Floyd gesagt, und der muss es ja wissen.«

»Das macht es nicht einfacher«, fand Hannibal.

Eine Zeit lang gingen sie schweigend und erreichten schließlich ebenes Gelände. Nightingale sah nach oben und fragte sich, wie der »Himmel« jenseits des Hochnebels über der künstlichen Sonne aussehen mochte. Im Bildfenster bei der Harfenspielerin hatte sie Nora Van Dyke und Eusebius in einer Art Habitatzylinder gesehen, mit einem Meer als Firmament.

»Ich habe an eine Blume des Friedens gedacht«, sagte sie plötzlich. »So habe ich mir die *Excelsior* vorgestellt, bevor ich in der Wabe zu mir kam. Ich dachte von ihr als eine Botschafterin des Friedens.«

Inzwischen waren sie der Stadt so nahe, dass sie weniger als ein Kilometer von den ersten niedrigen Gebäuden trennte, und der Weg wurde breiter.

»Ich habe gedacht: kein Kriegsschiff, keine Geschütze und Soldaten, sondern eine Blume, Zeichen des Friedens«, erinnerte sich Nightingale.

»Ein freundlicher Gedanke ...« Hannibal wirkte plötzlich sehr nachdenklich. »Sie haben vorhin Visionen erwähnt, während der Irregularität, als Zeta die *Excelsior* zum Saturn geholt hat. Als ein Kontakt bestand, von welcher Art auch immer. Hat es seitdem ähnliche Erlebnisse gegeben?«

Nightingale zögerte, aber nur kurz. Warum nicht darüber reden? Es konnte wichtig sein und vielleicht einen Hinweis liefern. »Ich hatte mehrmals das Gefühl, in meinem Kopf nicht allein zu sein.« Sie suchte nach geeigneten Worten. »Etwas schien mich zu beobachten und zu belauschen, mit Augen und Ohren in meinem Innern.«

»Fühlte es sich manchmal an wie ... ein Kratzen an der Innenseite des Hinterkopfs?«

Nightingale musterte den dünnen, drahtigen Mann vom Mars. »Sie auch?«

Er nickte langsam.

Nightingale wandte sich an Roxa. »Was ist mit Ihnen?«

Hannibal sah sie ebenfalls an. »Ja, was ist mit dir?«

»Ich bin allein in meinem Kopf und möchte es auch bleiben, herzlichen Dank«, sagte Roxa. »Und es kratzt auch nichts an der Innenseite meines Schädels.«

»Telepathie?« Nightingale horchte in sich hinein, ohne allerdings etwas Fremdes zu spüren. Lag es daran, dass sie sich an die sonderbare Präsenz gewöhnt hatte und sie nicht mehr als fremd wahrnahm?

»Wohl keine direkte«, antwortete Hannibal. »Vielleicht der Versuch einer Kontaktaufnahme.«

»Floyd hat nichts davon erwähnt«, sagte Nightingale. »Was auch immer ihn mit Zeta verbindet, es muss anderer Natur sein. Und Chen und Newton scheinen ebenfalls nicht betroffen zu sein. Warum nur wir beide?«

»Weil die Frequenz stimmt?«, spekulierte Hannibal. »Vielleicht verfügen wir über eine besondere Begabung, von der wir bisher nichts wussten. Das könnte der Grund sein, warum Sie aus der Wabe gerettet wurden.«

»Sie meinen, weil ich nicht verloren gehen durfte? Weil ich für den Kontakt gebraucht werde?«

»Es wäre denkbar«, meinte Hannibal.

»Denkbar ist alles«, entgegnete Nightingale. »Gedanken sind keine Grenzen gesetzt.«

»Vielleicht gibt es in Zeta eine Art mentales Interface. Möglicherweise ist es Teil der Tests und Prüfungen.«

Gedanken sind keine Grenzen gesetzt, dachte Nightingale und fragte sich für einen Moment, ob eine wichtige Erkenntnis darin lag, etwas, das sie weiterbringen konnte, vielleicht der Schlüssel zu einer anderen Tür.

»Könnte es sein, dass mich Zeta deshalb zu Ihnen gebracht hat?«

»Weil wir beide in gewisser Weise ›empfangsbereit‹ sind?«, hakte Hannibal nach.

»Vielleicht möchte Zeta wissen, ob es uns beiden gelingt, einen Kontakt herzustellen.«

»Und wenn nicht?« Sorge erschien in Hannibals Gesicht. »Werden wir dann ... aussortiert? Ins Panoptikum gesteckt?«

»Ich störe euch nur ungern bei eurer interessanten Diskussion«, schaltete sich Roxa ein. »Aber ich glaube, wir bekommen Besuch.«

Ein Fahrzeug gelb wie Schwefel hielt aus der Stadt kommend auf sie zu.

ICH KENNE DICH

**ELROY EMMON SKARABI,
ERDE**

62

Hinter Skarabi brach die Armstrong-Orbitalwerft wie in gedehnter Zeit auseinander.

Er sah sie alle zehn Sekunden, da er sich um die eigene Achse drehte, und wenn er den Kopf wandte, konnte er sie etwas länger beobachten, bevor erneut die Erde unter ihm sein Blickfeld dominierte.

Die Streben und Verbindungsbrücken knickten und zerfransten, die zylindrischen Module blähten sich auf, und Licht glühte an Dutzenden von geöffneten Stellen. Die Konverter schimmerten wie Perlmutt, die Gravitatoren trugen Kronen aus Myriaden Funken.

Es sah nach einer langsamen Explosion aus, fand Skarabi und betrachtete seine Arme und Hände, um festzustellen, ob sein Raumanzug ebenfalls von der Veränderung betroffen war. Doch selbst wenn er ebenfalls auseinandergefallen wäre oder sich aufgelöst hätte: Etwas sagte Skarabi, dass ihm keine Gefahr drohte, dass er *hier* und *jetzt* nicht ersticken oder erfrieren würde. Weil er nicht Teil dieser neuen Realität war.

Er entfernte sich von der Orbitalwerft mit den beiden Raumschiffen, ohne Einfluss auf sein Bewegungsmoment oder die eigene Rotation nehmen zu können. Sein Helmvisier zeigte rote Warnsymbole, aber sie veränderten sich ebenso wenig wie die eingeblendeten Daten.

Eine Irregularität. Eine Raum-Zeit-Anomalie, von ihm ausgelöst, von dem Apparat, den er aus insgesamt neun Artefakten zusammengesetzt hatte.

Für einen absurden, grotesken Moment überlegte Skarabi, ob er versuchen sollte, einen Notruf abzusetzen. Selbst wenn das Kommunikationssystem des Schutzanzugs funktioniert hätte, vermutlich gab es niemanden, der ihn hören und reagieren konnte.

Ich bin allein, dachte er seltsam emotionslos, als hätte die Irregularität einen Teil von ihm betäubt. Fasziniert beobachtete er, wie silbernes und goldenes Tschirnow-Licht die ganze Erde in einen funkelnden Kokon hüllte, und fragte sich, wie es darunter aussah, auf der Oberfläche des Planeten, was dort mit den Städten und den Menschen geschah.

Er erreichte die obersten Ausläufer der Atmosphäre. Seine Flugbahn veränderte sich, er drehte sich schneller, um Längs- und Querachse, wodurch er schon nach kurzer Zeit die Orientierung verlor. Wie schnell war er? Etwa achtundzwanzigtausend Kilometer pro Stunde beziehungsweise knapp acht Kilometer pro Sekunde entsprachen der Geschwindigkeit von Satelliten in einer Umlaufbahn dreihundert Kilometer über der Oberfläche. Skarabi nahm an, dass er etwas langsamer war, immerhin fiel er zur Erde. Die dichteren Atmosphärenschichten würden ihn abbremsen, aber ohne einen Schutzschild würde er wie ein Mikrometeorit hoch über der Erde verglühen.

Unter normalen Umständen.

Das silberne und goldene Licht nahm ihn auf. Es strömte durchs Helmvisier und strich ihm mit einem sanften, warmen Prickeln über die Wangen. Es war ein sehr angenehmes Gefühl, das eine besondere Art von Geborgenheit vermittelte. Nichts schien mehr gefährlich zu sein, nichts riskant, es gab überall Sicherheit.

Wenn er keine Fehler machte.

Fehler?, dachte Skarabi müde und schloss die Augen. Welche Fehler? Als er die Lider wieder hob, eine Sekunde oder eine Stunde später, schwebte er dicht über dem Meer. Weit und breit war kein Land zu sehen. Dicht unter ihm türmten sich die Wellen, aufgepeitscht von einem Wind, der ihn nicht betraf. Er breitete die Arme aus, wie um mit ihnen zu fliegen, doch das blieb ohne Einfluss auf seine Bewegung.

Er sank tiefer.

Die Wellen gehorchten den Gesetzen der gedehnten, verlangsamten, fast erstarrten Zeit. Sie rollten so langsam, dass man länger hinsehen musste, um zu erkennen, dass sie sich tatsächlich bewegten. Wie träge bauten sie sich auf und wuchsen höher, ihre Kuppen zerstoben im Wind.

Skarabi tauchte ins Meer ein und hielt unwillkürlich den Atem an.

Er sank tiefer und spürte dabei noch immer die sanfte Wärme im Gesicht. Das Wasser berührte ihn nicht. Es schloss sich um ihn, es umgab ihn von allen Seiten, aber es kam nicht zu einem Kontakt. Nach und nach schwand das Licht, in der Tiefe wurde es dunkler.

Der Helm und seine Siegel blieben intakt. Skarabi wagte es, den Mund zu öffnen und wieder zu atmen.

Unter ihm zeichnete sich in der Düsternis etwas ab, ein lang gestreckter Körper mit großer Schwanzflosse. Ein Wal, begriff Skarabi. Ein Riese, vielleicht ein Blauwal, das größte und schwerste Tier der Erde. Er glitt daran vorbei, nahe genug, um das gewaltige Geschöpf mit ausgestreckter Hand zu berühren.

Das letzte Licht blieb über ihm zurück. Skarabi sank in die Tiefsee, ins Reich ewiger Finsternis.

Es war dennoch nicht völlig dunkel. Wenn er sehen wollte, wenn er sich ganz darauf konzentrierte, verwandelte sich die Dunkelheit in eine Welt voller Schatten, hier und dort mit dem Glühen von Biolumineszenz. Das bot Skarabi einen interessanten Hinweis. Konnte er allein mit der Kraft seines Willens Einfluss auf die Wahrnehmung und vielleicht sogar die Bewegung nehmen?

Er probierte es aus und stellte fest, dass er sich drehte, als er sich drehen *wollte*. Der Felsenhang eines maritimen Gebirges erschien als Schemen innerhalb der Schatten ... und dann ein Auge, halb so groß wie er.

Skarabi erschrak, verlor die Konzentration und sank schneller als zuvor, fort von dem Riesenkalmar, der, gefangen in der langsamen Zeit, ihn gar nicht gesehen hatte.

Der Druck in diesen Tiefen musste enorm sein, überlegte er, ein gewöhnlicher Raumanzug hätte ihm nicht standhalten können. Trotzdem blieb das Helmvisier stabil, und er fühlte noch immer angenehme Wärme trotz des eiskalten Wassers.

Die Irregularität, erinnerte er sich. Er musste zur Waffe zurück, die er selbst gebaut hatte, um die Erde unter die Herrschaft von Terra Solar zu zwingen. Er musste sie deaktivieren, vielleicht indem er die neun Artefakte demontierte, aus denen sie bestand. Eine Irregularität, groß wie ein ganzer Planet.

Das Wohlbehagen verflog. Die Dunkelheit der Tiefsee schloss sich um ihn, und für einen Moment glaubte Skarabi sogar, den immensen Wasserdruck zu spüren, als eine warnende Last, die sich ihm auf die Brust legte.

Er hatte gesehen, wie sich die beiden Schiffe *Sirius* und *Antares* in einer extrem verlangsamten Explosion aufblähten. Er erinnerte sich auch an die spinnennetzartigen Bruchlinien in den Zylindermodulen der Werft. Ihre physische Integrität war bedroht, sie brachen auseinander.

Konnte das auch mit der Erde geschehen? War die Irregularität imstande, einen ganzen Planeten zu zerbrechen?

Skarabi versuchte, sich zu konzentrieren, doch das Atmen fiel ihm plötzlich schwer, der Druck auf seiner Brust nahm zu. Außerdem machte sich neue Müdigkeit bemerkbar.

Ihm fielen die Augen zu.

63

Als Skarabi die Augen wieder öffnete, stand er mitten in einer Stadt, auf einem großen Platz unweit einer Verkehrsstation, in der autonome Transporter Passagiere aufnahmen. Er trug noch immer den Schutzanzug, drehte sich langsam, getrieben von Willenskraft, und sah überall Menschen, die meisten von ihnen leicht bekleidet. Offenbar war es warm, die Sonne leuchtete hoch an einem wolkenlosen Himmel, aber sie schien auf eine sonderbare Weise, ihr Licht wirkte ölig.

Skarabi ging einige Schritte, langsam und vorsichtig, um sein Bewegungsvermögen auf die Probe zu stellen. Er spürte keinen Widerstand, und der Boden unter seinen Füßen fühlte sich stabil an.

Die Fahrzeuge um ihn herum, gesteuert von KI-Systemen und überwacht von einer urbanen Quantenintelligenz, bewegten sich Millimeter für Millimeter. Auch die Menschen standen nicht still, wie es zunächst den Anschein hatte, sie waren nicht erstarrt, nur langsam, so langsam, dass ein Blinzeln bis zu zwanzig von Skarabis Sekunden dauerte.

Er trat zu einem jungen Mann mit Sensor-Tattoos auf den Armen und Augmented-Reality-Linsen in den Augen. Sein Gesicht war glatt, ohne Falten, aber als Skarabi ganz genau hinsah, bemerkte er haarfeine Linien in den Wangen. Einige Meter entfernt, bei einer älteren Frau, die den rechten Fuß zu einem Schritt gehoben hatte, zeichneten sich die Bruchlinien sogar noch deutlicher ab.

Skarabi wich zurück, in einen offenen Bereich ohne Fußgänger und Fahrzeuge, und sah sich um. Wenn man wusste, wonach es Ausschau zu halten galt, konnte man es erkennen. Ein hauchdünnes Netz schien sich über alles gelegt zu haben, über Gebäude, Bürgersteige, Straßen, Fahrzeuge und Menschen.

Zeit, dachte er. Für ihn verging sie normal, aus seiner eigenen Perspektive. Doch auf, über und für die Erde war ihr Fließen und Strömen zu einem Rinnsal geworden, zu einem Tröpfeln. Wie viel Zeit blieb ihm, um den Planeten zu retten? War das überhaupt noch möglich? Konnte die Irregularität ohne eine Katastrophe für das lokale Raum-Zeit-Gefüge beendet werden?

Skarabi ging einige Schritte zwischen fast reglosen Männern, Frauen und Kindern und überlegte, ob er versuchen sollte, zur Orbitalwerft zurückzukehren – als sich plötzlich auf der anderen Seite des Platzes einer der Menschen ebenso schnell bewegte wie er selbst!

Skarabi lief, vorbei an langsamen Menschen, die ihn nicht sahen, und an Fahrzeugen, deren Sensoren ihn nicht erfassten. Die Luft schien etwas dichter zu werden, aber er kam trotzdem gut voran. Im Laufen hob er die rechte Hand zum Siegel am Kragen, doch der Flexhelm reagierte nicht, er blieb geschlossen.

Die Luft, die er atmete, enthielt offenbar noch immer genug Sauerstoff, obwohl die Systeme des Raumanzugs nicht funktionierten und das Visier unverändert rote Warnsymbole zeigte.

Nach etwa dreißig Metern begann er allerdings zu keuchen, spürte ein Brennen in den Beinen, und dann stellte er fest, dass seine Füße in den Boden zu sinken begannen.

Er lief langsamer, mit mehr Konzentration, und näherte sich dem Menschen, der sich deutlicher als alle anderen bewegte. Es war ein Mann in einer weiten beigefarbenen Hose und einem leichten lindgrünen Hemd. Mit langen, eiligen Schritten ging er über den Bürgersteig auf den breiten gläsernen Eingang eines Gebäudes zu.

»Bleiben Sie stehen!«, rief Skarabi in seinem Helm und fragte sich, ob man ihn außerhalb davon hören konnte.

Der Mann reagierte nicht, erreichte den Eingang und betrat das Gebäude.

Skarabi lief schneller und geriet fast sofort wieder außer Atem. Er ignorierte das Brennen in den Beinen, zwang die Füße mit Willenskraft, auf dem Boden zu bleiben, sah die große gläserne Tür vor sich, die das ölige Licht der Sonne spiegelte, und wollte sie öffnen.

Seine Hand glitt hindurch, ohne auf Widerstand zu treffen!

Er brauchte die Tür nicht zu öffnen – er konnte einfach hindurchgehen.

Ein Foyer erwartete ihn, mit einem breiten Empfangstresen auf der gegenüberliegenden Seite, einer Sitzgruppe links, mehreren großen Topfpflanzen rechts und einem Kronleuchter an der hohen Decke.

Menschen saßen in den Sesseln und auf der Couch, in Gesprächen erstarrt. Die beiden Männer hinter dem Tresen, in rostroten Livreen, rührten sich nicht.

Die Gestalt mit der beigefarbenen Hose und dem lindgrünen Hemd eilte zur Treppe.

»Bleiben Sie stehen!«, rief Skarabi erneut und hastete durchs Foyer.

Die Gestalt, der Mann, wurde langsamer und blieb tatsächlich stehen, jedoch ohne einen Ton von sich zu geben.

Skarabi schnappte nach Luft. »Wer sind Sie?«, stieß er atemlos hervor. »Was machen Sie hier? Können Sie mich verstehen?«

Erneut langte er nach dem Helmsiegel, und diesmal gab es nach. Der Flexhelm erschlaffte und wich in den Nacken zurück. Doch an der Luft, die Skarabi atmete, änderte sich nichts. Er nahm keinen Unterschied wahr.

»Verstehen Sie mich?« Er trat etwas näher. »Wer sind Sie?«

Die Gestalt vor ihm bewegte sich, und noch bevor sie sich ganz umgedreht hatte, wusste Skarabi plötzlich, mit wem er es zu tun hatte.

Der Mann mit der Maske stand vor ihm und sagte: »Pandora.«

BEGEGNUNGEN

NIGHTINGALE LOI,
ZETA

64

Während sich das fremde Vehikel näherte, ein schwefelgelbes, dicht über dem Boden schwebendes Ellipsoid von etwa acht Metern Länge, stiegen in der nahen Stadt mehrere silbrig glänzende Objekte auf und flogen mit hoher Geschwindigkeit dem Gebirge entgegen. Ihr Anblick erfüllte Nightingale mit tiefem Unbehagen, und plötzlich fühlte sie wieder in aller Deutlichkeit die fremde Präsenz wie ein zweites Ich in ihrem Kopf.

»Das gefällt mir nicht«, murmelte sie.

»Es scheint sich noch jemand für uns zu interessieren«, kommentierte Roxa. »Die Dinger fliegen direkt auf uns zu.«

Das gelbe Vehikel hatte sie fast erreicht und wurde langsamer. Es war noch nicht ganz zum Stehen gekommen, als sich in seiner Flanke eine Öffnung bildete und eine Frau herausschaute und winkte. »Steigen Sie ein, schnell!«

Hannibal und Roxa waren so verblüfft, dass sie reglos dastanden und starrten. Nightingale teilte ihre Überraschung, obwohl sie die Frau kannte. Sie hatte sie schon einmal gesehen, in einem Bild bei der Harfenspielerin, zusammen mit dem Gesandten der Autarkien auf Titan, Eusebius.

Schnell. Keine Zeit für lange Überlegungen.

Nightingale sprang zwischen Hannibal und Roxa, packte sie an den Armen und zerrte sie mit sich zum gelben Fahrzeug.

Ein Mann erschien neben Nora Van Dyke, der Autarke. Hände streckten sich ihnen entgegen.

Etwas strich mit einem dumpfen Fauchen dicht an ihnen vorbei, schlug in einen Felsen am Wegesrand und ließ ihn bersten.

Es krachte, Gesteinssplitter flogen.

Die Druckwelle gab Nightingale, Hannibal und Roxa das richtige Bewegungsmoment. Nightingale ergriff die Hand der Frau, die einen schmutzigen Einteiler trug, und einen Moment später befanden sich die drei in dem gelben Fahrzeug.

Der Zugang schloss sich. Wo eben noch eine Öffnung gewesen war, wölbte sich eine Wand, über die hieroglyphenartige Symbole wanderten, und abrupt war nichts anderes mehr zu hören als ein leises Summen.

Es gab Fenster zu beiden Seiten, und durch zwei davon sah Nightingale, wie die Angreifer herankamen: konische Objekte, etwa vier Meter groß, mit flexiblen Erweiterungen, bei denen es sich offenbar um Waffen handelte.

»Kampfmaschinen«, sagte sie.

»Ja«, bestätigte die Frau, die ihr an Bord geholfen hatte. Sie war Anfang oder Mitte fünfzig und wirkte trotz der schmutzigen dünnen Kleidung und des struppigen Haars würdevoll wie eine Aristokratin. »Gestatten, Nora Van Dyke.« Sie zeigte auf den Mann mit dem langen schwarzen Haar, der ebenfalls einen dünnen Einteiler trug. »Das ist Eusebius, Gesandter der Autarkien.«

»Wir haben Sie gesehen, bei einer Harfenspielerin«, sagte Nightingale. »Das heißt, *ich* habe Sie dort gesehen.« Sie lächelte, als sie die Verwunderung in den Gesichtern von Nora und Eusebius sah. »Ich erkläre Ihnen alles, sobald wir Zeit dafür haben. Zunächst einmal ... Ich bin Nightingale Loi von der Erde, und das sind Hannibal Laurentis und Roxa Mahwe vom Mars. Wir waren unterwegs zu der Stadt, als sich uns Ihr Fahrzeug genähert hat. Und als der Angriff erfolgt ist.«

Drei schnelle Schritte brachten Nightingale zum nächsten Fenster. Die konischen Objekte, die Kampfmaschinen, schwebten draußen, ohne ihre Waffenarme auf das Fahrzeug zu richten.

»Keine Sorge, sie schießen nicht auf uns«, sagte Eusebius. »Wir haben die Erfahrung gemacht, dass unser Taxi unbehelligt bleibt.«

»Ihr Taxi?« Nightingale wandte den Kopf. »Ich würde mich trotzdem besser fühlen, wenn wir die unfreundlichen Maschinen dort draußen hinter uns lassen könnten. Ich nehme an, Sie haben eine Möglichkeit gefunden, dieses Vehikel zu steuern?«

Nora und Eusebius wechselten einen Blick.

»Es ist ein bisschen kompliziert«, sagte die Frau vom Saturnmond Titan.

65

Die vielen Bilder, wie geschaffen von tanzenden silbernen und goldenen Funken, verschwanden eins nach dem anderen. Das letzte, von Nora ausgewählt, wurde etwas größer und löste sich dann ebenfalls auf. Abstrakte Muster erschienen neben den Fenstern an den Wänden, darin Zeichen und Symbole, die niemand von ihnen verstand.

»Jetzt verstehe ich, was Sie eben mit ›kompliziert‹ meinten«, sagte Nightingale. »Gibt es keine einfachere Methode, ein Ziel zu bestimmen?«

»Wir haben noch keine gefunden«, erwiderte Nora.

Das Fahrzeug hatte auf sie reagiert und drei weitere Sitze aus dem Boden wachsen lassen. Hannibal und Roxa streckten sich müde darauf aus. Nightingale blieb an einem Fenster stehen und beobachtete, wie sie aufstiegen, wie die Stadt unter ihnen am sternförmigen See immer kleiner wurde.

Sie kamen an der künstlichen Sonne vorbei, einem etwa dreißig Meter großen leuchtenden Ball, und glitten weiter empor, bis sie nebelartige grauweiße Wolken erreichten.

»Die Stadt war unser Ziel«, sagte Nightingale nachdenklich. »Wir hatten gehofft, dort jemanden zu finden, mit dem wir sprechen können.«

»Die Stadt ist leer.« Nora trat zu ihr ans Fenster. »Niemand lebt dort, trotz der in Betrieb befindlichen Fahrzeuge. Wenn es jemals Bewohner in ihr gab, haben sie nichts zurückgelassen.«

»Wir sind Wesen begegnet, mit denen man sprechen konnte«, fügte Eusebius hinzu, der auf einer der Liegen saß. »In gewisser Weise.«

Nora erzählte mit knappen Worten von den Mantiden, die sie gerettet hatten. Als sie die Entdeckung des Fahrzeugs schilderte, wurde Nightingale noch nachdenklicher. Sie blickte erneut aus dem Fenster, ohne Stadt und Sonne zu sehen.

»Seltsam«, murmelte sie und erinnerte sich an ihre jüngsten Erfahrungen. »Ein Teil von Zeta will uns eliminieren.«

»Das Pandora-Prinzip?«, fragte Eusebius.

»So nannte es Floyd, der schon einmal hier war.« Nightingale nahm die erstaunten Blicke von Nora und Eusebius zum Anlass, noch einmal die Geschichte zu erzählen, die bereits Hannibal und Roxa von ihr zu hören bekommen hatten. Sie nahm sich die Zeit, alle Details zu schildern. Es war wichtig, dass sie ihr Wissen teilten, dass alle gleichermaßen Bescheid wussten.

»Das Pandora-Prinzip«, wiederholte sie. »Ein Abwehrsystem, das vielleicht von mir selbst aktiviert wurde, wer weiß? Der falsche Schlüssel.«

»Ein nicht bestandener Test«, sagte Nora.

»Oder das Zünglein an der Waage«, warf Hannibal ein. »Vielleicht hat sich ein bis dahin bestehendes Gleichgewicht ein klein wenig verschoben, und das gab den Ausschlag.«

Nightingale seufzte. »Wie auch immer die Erklärung lauten mag: Seitdem ist Zeta gegen uns. Zumindest ein Teil von Zeta. Ein anderer versucht allem Anschein nach, uns zu helfen.«

»Der silberne Humanoide, der Sie aus dem Panoptikum befreite«, sagte Eusebius.

»Ja. Und dieses Fahrzeug, das Sie bei den beschädigten Aggregaten gefunden haben«, sagte Nightingale. »Es befand sich vermutlich aus gutem Grund dort.«

»Um uns hierherzubringen?«, fragte Eusebius. »Zu Ihnen?«

Sie zuckte mit den Schultern. »Vielleicht. Oder ganz einfach, um Sie zu befördern. Oder um Sie in Sicherheit zu bringen.«

»Zwei Fraktionen von Zetanern?« Nora klang skeptisch.

»Wäre das so überraschend?«, hielt ihr Nightingale entgegen. »Bei uns Menschen gibt es weitaus mehr Gruppen mit unterschiedlichen Interessen.«

»Die Fraktion, die es auf uns abgesehen hat, scheint ziemlich stark zu sein«, fand Eusebius. »Solange wir uns hier in diesem Transportfahrzeug befinden, sind wir offenbar sicher, vielleicht weil uns die Eliminationsmaschinen hier drin nicht wahrnehmen können. Oder weil es ihnen verboten ist, auf zetanische Transportmittel zu schießen. Aber irgendwann müssen wir raus. Jedenfalls haben wir bisher an Bord noch kein Vorratslager mit Nahrungsmitteln und Trinkwasser entdeckt.«

»Und auch keine Hygienezelle«, fügte Nora hinzu.

Nightingale sprach ihre Gedanken laut aus. »Es könnte sich

um einen Automatismus handeln, um ein automatisch agierendes, nicht bewusst von jemandem gesteuertes System. Darauf deutet Floyds Ausdrucksweise hin. Und wenn uns ein anderes System – oder gar lebende Zetaner – zu helfen versucht, bedeutet das vielleicht, dass hier gewisse Dinge außer Kontrolle geraten sind. Es passt auch ein bisschen zu unseren Beobachtungen, nicht wahr? Leere Städte, Schäden, die nicht repariert wurden, Nachkommen von Geschöpfen, die Zeta vor langer Zeit in fernen Sternsystemen aufgenommen hat und die sich einen Ort suchen mussten, wo sie einigermaßen sicher überleben konnten ... Und gleichzeitig Systeme, die noch immer gut funktionieren, überwachen und steuern. Eine Mischung aus Alt und Neu, aus Defekt und Funktionstüchtig. Vielleicht ist Zeta eine Art ... Relikt.«

Nein, dachte Nightingale im Anschluss an ihre eigenen Worte, doch dieser Gedanke stammte nicht von ihr selbst, er fühlte sich fremd an.

»Hilft uns das irgendwie weiter?«, fragte Eusebius.

Nightingale antwortete nicht. Sie horchte in sich hinein.

»Dieser Floyd ...«, begann Nora. »Wer ist er? Ich meine, wenn er schon einmal hier war ...«

»Terra Solar«, zischte Roxa.

»Oh.«

»Was auch immer geschieht«, sagte Roxa, »Floyd darf auf keinen Fall vor uns das Zentrum von Zeta erreichen und Gelegenheit erhalten, dort die Kontrolle zu übernehmen.«

»Wenn das überhaupt möglich ist«, sagte Nightingale leise.

Einige Sekunden lang sprach niemand. Zu hören war nur das leise Summen des schwefelgelben Vehikels. Es schien darauf zu warten, dass man ihm ein neues Fahrtziel nannte.

»Wie geht es jetzt weiter?«, fragte Hannibal. »Was machen wir?«

Darauf gab es nur eine Antwort, fand Nightingale.

»Wir haben einen Wagen oder ein Flugzeug, was auch immer«, sagte sie. »Damit kommen wir viel schneller voran. Fahren oder fliegen wir zum Zentrum von Zeta.«

ES BRICHT UND SPLITTERT

**ELROY EMMON SKARABI,
ERDE**

66

»Was geschieht hier?«, fragte Skarabi den Mann mit der Maske, obwohl er die Antwort kannte.

»Eine Anomalie.« Die Stimme klang seltsam, wie verzerrt.

»Und sie ist verbunden mit der auf dem Mond, im Mare Imbrium, bei der Stadt Imbria. Vor achtundfünfzig Jahren, erinnern Sie sich? Damals waren Dummheit und unvorsichtige Eile der Grund. Und so ist es auch diesmal. *Sie* waren dumm und unvorsichtig. Sie hatten es zu eilig.«

Die Vorhaltungen gefielen Skarabi nicht. »Wie hätte ich ahnen können ...«

»Ahnen?«, unterbrach ihn Letho, der Mann mit der Maske. »Nicht ahnen, Skarabi – *wissen!* Sie hätte es wissen müssen!«

Zorn kochte in Skarabi hoch. »Vergessen Sie nicht, mit wem Sie reden!«

Letho kümmerte das nicht. »Raum und Zeit brechen. Das Kontinuum splittert wie Glas. Die beiden Anomalien verbinden sich miteinander, und es entsteht eine Wellenfront, die die Stabilität des ganzen Sonnensystems bedroht.« Er zögerte. »Vielleicht wird sie sich sogar noch weiter ausbreiten, über den Kuipergürtel und die Oortsche Wolke hinaus bis hin zu anderen Sternsystemen. Möglicherweise gewinnt sie interstellare oder gar galaktische Ausmaße. Das ganze Universum könnte bedroht sein.«

»Und was ... was können wir dagegen tun?«

Der Mann mit der Maske, in beigefarbener Hose und lindgrünem Hemd, ging die Treppe hoch. So hatte es zumindest den Anschein. Aber als Skarabi genauer hinsah, erkannte er, dass Lethos Füße die Treppenstufen gar nicht berührten. Er konzentrierte sich auf den Wunsch, Letho zu folgen, und daraufhin schwebte er ebenfalls die Treppe hinauf.

»Es ist Ihre Schuld!«, rief Skarabi.

»Meine Schuld?« Der Mann mit der Maske erreichte einen Flur, trat an mehreren Türen vorbei und blieb dann vor einer stehen. »Wieso sollte es meine Schuld sein? Ich habe das Gerät – die Waffe – nicht zusammengesetzt. Ich habe es nicht aktiviert.«

»Sie hätten mich warnen können!«, platzte es aus Skarabi hervor.

»Ich wusste nichts von Ihren Absichten.« Letho deutete auf die Tür. »Hier spielt sich ein kleines Drama ab, eingebettet im großen. Möchten Sie es sehen?«

»Es ist *Ihre* Schuld!«, wiederholte Skarabi. Die Worte schienen ihm Halt zu geben. »Sie wissen, wozu die Objekte fähig sind, die der Receiver empfängt.« Ihm fiel etwas ein, das ihn noch etwas mehr entlastete, wie er glaubte. »Sie haben die Verbindung überhaupt erst geschaffen. Ohne Sie hätten wir gar keine Artefakte!«

Die Augen hinter den Schlitzen in der Maske glänzten wie Eis. »Und deshalb bin ich verantwortlich? Weil ohne mich die Einzelteile der Waffe, die Sie für Ihr dummes Ultimatum verwendet haben, gar nicht zur Erde gelangt wären? Sind Sie auch der Ansicht, dass der Hersteller der Pistole schuldig ist und nicht die Person, die damit schießt?«

Er trat durch die geschlossene Tür, und Skarabi folgte ihm, ob er wollte oder nicht.

Sie erreichten den Wohnraum einer Hotelsuite, in der sich das angekündigte Drama abspielte. Eine Frau stand dort, hoch aufgerichtet, das schwarze Haar lang und glatt, die Augen groß in einem schmalen Gesicht. Sie trug einen dunkelgrünen Hosenanzug und hielt eine Pistole, die für ihre zarte Hand zu groß und zu schwer wirkte. Die Waffe war auf einen Mann gerichtet, der im Sessel beim Fenster saß und offenbar aufspringen wollte – er hatte sich zur Seite geneigt, Arme und Beine waren angewinkelt.

Er würde den angefangenen Sprung nicht vollenden können. Der Tod war bereits zu ihm unterwegs.

Ein weißgrauer Ring zeigte sich vor dem Pistolenlauf, kein Rauch, sondern eine Druckwelle. Einige Zentimeter dahinter sah Skarabi die Kugel, ein silbergraues Projektil, das mit sichtbarer Bewegung durch die Luft kroch, einen Zentimeter nach dem anderen.

Ein Schritt zur Seite brachte Skarabi in einen besseren Blickwinkel. Das Geschoss würde den Kopf des Mannes treffen. Er war viel zu langsam, es gab kein Entrinnen für ihn.

Skarabi handelte instinktiv. Er trat vor, mit der Kraft seines Willens, griff nach der Kugel und fühlte für einen Moment sogar einen leichten Widerstand. Doch dann glitt seine Hand durch das Projektil hindurch, das seinen Flug zum Kopf des Mannes ungehindert fortsetzte.

Ein kleines Drama, hatte Letho es genannt. Und vielleicht spiegelte sich darin das große Drama wider.

»Sie haben den Abzug gedrückt«, sagte Letho. »Wenn es so etwas wie Schuld und Verantwortung gibt, so liegt sie bei Ihnen.«

Die Kugel hatte einige weitere Zentimeter zurückgelegt. »Was können wir tun?«

»Um den Mann dort im Sessel zu retten? Nichts. Um die Erde und das ganze Sonnensystem vor dem Kollaps durch die Irregularität zu bewahren? Nun, vielleicht gibt es eine Möglichkeit.«

Der Mann mit der Maske ging am Sessel mit dem zum Tod verurteilten Mann vorbei und trat durchs Fenster nach draußen. Skarabi folgte ihm erneut ohne eine bewusste Entscheidung. Unter ihm erstreckte sich die Stadt, erstarrt in einem irregulären Moment.

»Sie haben ›Pandora‹ gesagt«, erinnerte er sich. »Wie war das gemeint?«

»Zeta ist der Schlüssel«, sagte Letho, ohne auf die Frage einzugehen. Seine Stimme klang erneut leicht verzerrt. »Von dort kamen die Objekte, die Sie benutzt haben. Von dort aus können sie vielleicht unschädlich gemacht werden. Falls das noch möglich ist.«

Er streckte die Arme, und die Welt drehte sich um sie herum. Skarabi war sicher, dass er selbst stationär blieb. Es musste tatsächlich die Stadt unter ihnen sein, die mit einer Rotation begann ebenso wie Himmel und Horizont.

»Ich muss zurück in den Panoramaraum«, sagte der Mann mit der Maske. »Von dort sehe ich nicht nur die Sterne, sondern auch Zeta.«

Die Stadt glitt unter ihnen hinweg. Ein Waldland folgte, durchzogen von Straßen und kleinen Ortschaften, dann ein Ozean.

»Wie sollen wir vorgehen?«, fragte Skarabi.

»Wir?«

»Wie kann ich Ihnen helfen?«

»Sie können mir nicht helfen«, sagte Letho. »Sie sind verloren, so wie der Mann im Sessel.«

Er flog weiter, vielleicht so schnell wie eine Pistolenkugel in

Echtzeit, und diesmal folgte ihm Skarabi nicht, obwohl er seine ganze Willenskraft bemühte.

In einer Höhe von mehreren Hundert Metern schwebte er über dem Meer und hob die plötzlich juckende rechte Hand.

Und dann sah er sie – die dünnen Bruchlinien auf seiner Haut!

WER TRÄGT DIE MASKE?

CHEN,
ZETA

67

Chen wusste nicht, wie lange er schon durch das Grau wankte. Er hatte jedes Zeitgefühl verloren, und die Instrumente des Raumanzugs funktionierten nicht mehr, zu viel davon war verbrannt und verkohlt.

Hunger und Durst wären für einen normalen Menschen unerträglich gewesen, aber Chen spürte nichts davon, denn er hatte sein Plus angewiesen, entsprechende sensorische Meldungen zu filtern. Das galt auch für den Schmerz im verletzten Arm und im Knie, das nur sehr langsam regeneriert werden konnte mit der Energie seiner Muskelmasse. Der Knochen im linken Arm hatte allerdings inzwischen neue Stabilität gewonnen.

Er wusste, dass die Schmerzen existierten, er konnte sie messen und bestimmten Stellen zuordnen, doch in seinem allgemeinen Empfinden spielten sie kaum eine Rolle und belasteten ihn nicht. Er wollte *funktionieren*, nur darauf kam es an. Um zu überleben, musste er in Bewegung bleiben und den »Transferpunkt« erreichen, von dem Floyd gesprochen hatte.

Absorption. Eine Zeit lang dachte Chen darüber nach, während er durch den endlosen grauen Raum stapfte, in dem es keine visuelle Orientierung gab. Ein »grauer Kerker«, so hatte

Floyd diesen besonderen Ort genannt. Er absorbierte alle Arten von Energie, was einer der Gründe für die langsame Regeneration war. Je mehr Energie Chen aus seiner Muskelmasse gewann, um das linke Knie zu heilen, desto mehr davon verlor er an die Absorption.

Der graue Kerker kam einem Magen gleich, der ihn nach und nach verdaute, bis nichts mehr von ihm übrig war.

Es galt, einen Ausgang zu finden, so bald wie möglich. Chen wies sein Plus an, mit allen zur Verfügung stehenden Sinnen nach einer Möglichkeit zu suchen, den scheinbar endlosen Raum zu verlassen.

Er hatte Amaranth Newton, der den bewusstlosen Floyd trug, schon vor einer ganzen Weile aus den Augen verloren, aber vielleicht gab es auch für den jungen Enhu Orientierungsprobleme, denn nach einer Weile bemerkte Chen eine Bewegung.

»Newton?«

»Noch immer auf den Beinen?«, tönte es aus dem Grau, in dem sich vage Umrisse abzeichneten.

»Wo ist der Ausgang?«, krächzte Chen und versuchte, schneller zu gehen. »Wir sterben, wenn wir ihn nicht bald finden.«

»Sie sterben, Chen, nicht ich. Und ebenso wenig Floyd. Ich werde dafür sorgen, dass er überlebt. Wir brauchen ihn, obwohl er zu den alten Menschen gehört.«

»Wir?«, erwiderte Chen. Er hinkte näher und stellte fest, dass sich rechts und links von ihm etwas veränderte. Der graue Raum schien dort mehr Substanz zu gewinnen, es bildeten sich die Konturen von Mauern. Wenn er den Blick darauf richtete, verschwammen die Umrisse, vielleicht weil das Plus den größten Teil seiner Wahrnehmung nutzte.

Das Knie gab nach, fast wäre er gefallen. Dass er sich kaum noch auf den Beinen halten konnte, lag nicht nur an der Verletzung, sondern vor allem an einer allgemeinen Schwächung. Er verlor immer mehr Kraft.

»Genesis«, antwortete Amaranth Newton.

Nein, widersprach Chens Plus. Nicht Genesis. Nicht ganz. »Ihr Teil von Genesis.«

»Die Neuen. Die Besten.« Newtons Stimme kam aus der Ferne. »Doch Sie, Chen, Sie sind fast so obsolet wie die Alten.«

Chen hatte Mühe, die Worte zu verstehen und in den richtigen Zusammenhang zu bringen. Vielleicht hörte er auch nur einen Teil von dem, was Amaranth Newton sagte.

Sein Plus unterlag keinen derartigen Beschränkungen. Genesis und Terra Solar, teilte es ihm mit, während es noch immer nach einem Ausgang suchte. Die Mauern rechts und links kamen und gingen wie flüchtig projizierte Schattenbilder.

Terra Solar, dachte Chen und erinnerte sich an Floyds Bemerkungen und Gebaren.

Es ergab einen Sinn.

»Und Sie, die Neuen und Besten, haben sich ausgerechnet mit den Alten und Obsoleten von Terra Solar verbündet?«, fragte er.

»Wir alle brauchen Werkzeuge«, lautete die Antwort aus dem Grau.

Die schattenhafte Gestalt war etwas deutlicher geworden. Vielleicht konnte Chen auch wieder besser sehen. Offenbar hatte Newton den reglosen Floyd auf den Boden gelegt. Er hantierte mit etwas.

Ideologie, dachte Chen. Gift für den Geist.

Er machte längere Schritte mit dem rechten Bein und zog das linke nach. Die Entfernung schrumpfte. Aus den beiden Schemen, der eine aufrecht, der andere auf dem Boden, wurden Menschen.

Energetische Emissionen, meldete das Plus, das auch Daten

von den wenigen noch funktionierenden Raumanzugsensoren empfing. Zunehmende Aktivität.

Newton wandte sich ihm zu. Er hielt etwas in der Hand – ein Energiepaket?

»Zeit für den Abschied«, sagte der junge Enhu. »Es erstaunt mich, dass Sie es so weit geschafft haben. Aber Ihr Weg endet hier. Ich kann und will Sie nicht mitnehmen, es würde zu viel Energie kosten. Ich wünsche Ihnen einen schnellen Tod.«

Ein Blitz zuckte durchs Grau, und für einen Moment gab es nichts als grelle Helligkeit. Als Chen wieder sehen konnte, waren Newton und Floyd verschwunden.

Materietransfer, teilte ihm das Plus mit und fügte Daten über Frequenz, Modulation, Energiestärke und Quantenmatrix hinzu.

Chen verstand nicht alles, dafür hätte er mehr Zeit und zusätzliche geistige Kapazität gebraucht, doch er begriff zwei zentrale Dinge, die ihn veranlassten, sofort zu handeln: Newton hatte eine Verbindung zum Draußen geschaffen, wo auch immer sich das befand, und sie würde nur noch wenige Sekunden existieren.

Das Plus trieb ihn an, noch bevor er Gelegenheit bekam, eine Entscheidung zu treffen. Seine Hände bewegten sich bereits, holten die beiden intakt gebliebenen Energiezellen aus den verbrannten Resten des Raumanzugs. Fliegende Finger fügten ihnen Teile des Kommunikators hinzu und improvisierten eine Kontaktbrücke.

Wie viel Zeit blieb noch?

Verbindung wird instabil, meldete das Plus. Energiestärke nimmt ab, Quantenmatrix kollabiert.

Chen fragte sich, ob er Newton und Floyd folgen konnte, ob es ihm möglich war, denselben Ort zu erreichen wie sie. Für Koordinaten und dergleichen reichte die Zeit nicht. Nur ein Richtungsimpuls war möglich, dem energetischen Fluss folgend.

Jetzt. Sofort. Keine Sekunde verlieren.

Chen stellte den Kontakt her, und die beiden Energiezellen entluden sich. Das Ergebnis bestand aus einem hochfrequenten Signal und einem zweiten Lichtblitz.

Etwas packte Chen und riss ihn fort.

Er stand, er hatte festen Boden unter den Füßen, das Zerren und Reißen war vorbei. Schwaches Licht vertrieb die Dunkelheit, zumindest einen Teil von ihr, und Chen sah, dass er sich in einem medizinischen Raum befand.

Medo-Roboter umgaben eine Behandlungsliege, auf der ein Mann ruhte, verbunden mit Lebenserhaltungsgeräten. Monitore zeigten Datenkolonnen, die aus vertrauten Zeichen bestanden und über Hirn- und Körperfunktionen Auskunft gaben.

Chen hinkte näher.

Gelegentlich zuckten die Hände des halb liegenden Mannes, als wollten sie nach etwas greifen. Seltsamerweise trug er eine Maske.

Chen blieb neben dem nach hinten gekippten Sessel stehen und streckte die rechte Hand nach der Maske aus. Er wollte das Gesicht des Mannes sehen.

VIERTER TEIL
LABYRINTH

IN DEN TIEFEN

NIGHTINGALE LOI,
ZETA

68

Tief im Innern eines vierhundert Kilometer großen Artefakts, geschaffen vor Jahrtausenden oder gar Jahrmillionen von einer extraterrestrischen Zivilisation, glitt ein ellipsoides Fahrzeug durch eine Innenwelt nach der anderen. An Bord befanden sich fünf Menschen, fünf Überlebende.

Zeta konnte erbarmungslos sein. Ein falscher Schritt, eine falsche Entscheidung konnte den Tod bedeuten. Nightingale Loi dachte darüber nach, über den Tod, als sie, die Lider halb gesenkt, dem leisen Summen des Ellipsoids lauschte.

»Ich möchte nicht sterben«, sagte sie laut, ohne es laut sagen zu wollen. Ihre Gedanken waren schneller gewesen, der Mund bewegte sich von allein.

Die anderen sahen sie überrascht an. Auch sie saßen beziehungsweise lagen halb in Sitzen, die das Fahrzeug für sie geschaffen hatte.

»Wir bleiben am Leben«, erwiderte Hannibal, der dünne, drahtige Mann vom Mars. Mit seiner ruhigen Besonnenheit erschien er Nightingale wie ein Seelenverwandter. »Wir erreichen unser Ziel, finden Antwort auf alle Fragen und kehren heim.« Er ließ den Worten ein kleines zuversichtliches Lächeln folgen.

»Halleluja!«, bekräftigte Roxa Mahwe, die Frau von der Marsianischen Republik.

Ihr Raumanzug hing in Fetzen, ebenso wie der von Hannibal. Nightingale blickte kurz an sich herab. Um ihren eigenen Schutzanzug stand es nicht viel besser. Es bedeutete, dass sie für Menschen geeignete ambientale Bedingungen benötigten, um zu überleben. Es durfte nicht zu kalt oder zu heiß sein, und die Luft musste genug Sauerstoff enthalten.

»Niemand von uns wird sterben«, sagte Nora Van Dyke, in einem anderen Leben Administratorin des Saturnmonds Titan. Sie und der Autarke Eusebius existierten in einer eigenen Welt, fand Nightingale. Wer und was auch immer sie vorher gewesen waren, in Zeta hatten sie zueinander gefunden. Kleine Gesten und Blicke verrieten eine beneidenswerte Harmonie. Und ganz gleich, was geschah, Nora und Eusebius blieben immer optimistisch. Sie trugen keine Raumanzüge, nicht einmal Reste von ihnen, sondern schmutzige dünne Einteiler. Zum Glück war es an Bord des Vehikels warm genug.

»Ich bleibe ganz gewiss am Leben«, stellte Roxa fest.

»Damit Zeta nicht Terra Solar in die Hände fällt«, kommentierte Nora.

»Das werde ich verhindern. Und wenn es das Letzte ist, was ich tue.« Roxa schnaufte leise, hob die Hand und ließ sie langsam sinken. »Ich fühle mich schwerer.«

Eusebius nickte. »Es ist mir schon vor einer halben Stunde aufgefallen.«

Nightingale wiederholte Roxas Geste. »Ich merke nichts.«

»Vielleicht betrifft es nicht uns alle«, meinte Eusebius. Der große Autarke mit dem schulterlangen schwarzen Haar stand auf und ging einige Schritte. »Bisher hat irgendetwas in Zeta für individuelle Schwerkraft gesorgt. Jeder von uns fühlte das vertraute Gewicht. Doch das scheint sich zu ändern.«

Roxa sah sich argwöhnisch um und erwartete offenbar etwas Unangenehmes. »Und was bedeutet das?«

Eusebius blieb in der Mitte des Passagierraums stehen und sah aus einem der beiden Fenster, die gelegentlich verschwanden und an anderer Stelle zurückkehrten. Draußen schwammen Wesen, die Quallen ähnelten, in einem blaugelben Meer oder vielleicht in einer Atmosphäre so dicht, dass sie sich unter ihrem eigenen Druck verflüssigt hatte. Ein Unterschied ließ sich nicht feststellen, ihnen standen keine einsatzfähigen Sensoren oder Detektoren zur Verfügung. Und durch die wechselnden Fenster hatten sie in den vergangenen Tagen genug exotische Welten gesehen, um alles für möglich zu halten.

»Es könnte bedeuten, dass Zeta entschieden hat, uns aus unserer Komfortzone zu entlassen«, spekulierte der Autarke. »Oder dass das, was uns bisher die Schwerkraft geschenkt hat, an die wir gewöhnt sind, nicht mehr funktioniert.«

»Alles deutet darauf hin, dass Zeta sehr, sehr alt ist«, sagte Nightingale. »Es könnte tatsächlich zu einem weiteren Defekt gekommen sein.«

»Wir spekulieren wieder«, stellte Hannibal fest. »Gewissheit erlangen wir erst, wenn wir das Zentrum von Zeta erreichen. Wie weit ist es noch?«

Er richtete die Frage an Nora, die Einzige von ihnen, die das ellipsoide Vehikel steuern konnte. Vielleicht handelte es sich um eine Art Prägung, weil sie die Lichtstreifen, die gelegentlich an den Wänden und auch in Boden und Decke erschienen, als Erste berührt hatte. Bei einem solchen Kontakt präsentierten die Innenflächen des Fahrzeugs zahlreiche Bilder, und wenn Nora eins von ihnen auswählte, bestimmte sie damit ein neues Ziel.

Sie hatten versucht, sich mithilfe von Zetas Karte zu orientieren, die der silberne Humanoide Nightingale gezeigt hatte.

Doch es gab keine Garantie dafür, dass sie tatsächlich zum Zentrum des Artefakts unterwegs waren. Vielleicht veranstaltete das Ellipsoid eine Art Besichtigungstour für sie. Möglicherweise hatten sie mit einer Rundreise durch Zeta begonnen.

Wir wissen nicht einmal, ob das Zentrum wirklich der Ort ist, den wir uns vorstellen, dachte Nightingale, behielt diesen Gedanken aber für sich. Vielleicht gab es gar keine zentrale Instanz, von der aus alle Welten und Systeme von Zeta gesteuert wurden.

Nightingale verspürte einen plötzlichen Druck im Unterleib und stand auf. »Entschuldigt bitte.« Sie trat zum zweiten Abteil, das sich einige Stunden nach Beginn der Reise gebildet hatte. Es war kleiner als der Passagierraum und enthielt drei Kammern, eine von ihnen mit einer Mulde im Boden, die sie als Toilette benutzten. Was sich darin befand, verschwand nach einigen Minuten. Der Zweck der beiden anderen Kammern, gerade einmal zwei oder drei Quadratmeter groß, blieb ein Rätsel. Dort gab es keine Bodenmulden und auch keine Leuchtstreifen, die Zielbilder herbeiriefen.

Sie erleichterte sich mit geschlossenen Augen, noch immer auf der Suche nach der Ursache für die Unruhe, die ihr inneres Gleichgewicht störte. Als sie sich wieder aufrichtete, glaubte sie, leise Töne zu vernehmen wie von einem Windspiel in der Ferne. Die einzelnen Laute schienen sich erneut zu einer Melodie aneinanderreihen zu wollen, aber etwas dämpfte sie und schuf Lücken.

Plötzlich ging ein Ruck durch das Vehikel, so heftig, dass Nightingale taumelte und mit der Schulter gegen die Wand stieß.

Rasch kehrte sie in den Hauptraum zurück.

»Wir haben angehalten.« Nora stand neben Eusebius an einem der beiden Fenster und deutete nach draußen. Offenbar hatten sie eine Art Bahnhof erreicht. Ihr Fahrzeug stand neben einer in mehrere glatte Segmente unterteilten Plattform, in der Nähe anderer ellipsoider Vehikel. Alles wirkte sauber, nirgends gab es Trümmer oder Anzeichen von Verfall.

Das Licht schwand. Es wurde dunkler.

Die Fenster schrumpften.

»Wo sind wir?«, fragte Nightingale.

»Unbekannt«, antwortete Hannibal. Er war aufgestanden, ebenso Roxa, doch beiden fiel das Stehen schwer, man sah es ihnen an. Nightingale fühlte noch immer keinen Unterschied, aber für Hannibal und Roxa vom Mars hatte die Schwerkraft zugenommen.

Eusebius stützte sich mit einer Hand an der Wand neben dem Fenster ab. Auch für ihn schien es unangenehm zu werden, und Nightingale fragte sich kurz, an welche Schwerkraft er gewöhnt war. Stammte der Autarke aus einem der Habitate im Orbit von Uranus und Saturn oder von einem Mond der Eisriesen? »So etwas ist bisher noch nicht passiert. Ich meine, seit wir in Richtung Zentrum aufgebrochen sind, haben wir nicht ein einziges Mal angehalten.«

»Oh, es gibt für alles ein erstes Mal«, äußerte Nora lapidar, dann wurde sie wieder ernst. »Vielleicht haben wir die Endstation erreicht.«

»Oder die anderen Vehikel blockieren die Weiterfahrt«, überlegte Hannibal laut.

Nightingale blickte neben Nora und Eusebius durch das schmaler werdende Fenster. »Wie warm oder kalt ist es dort draußen? Gibt es genug Luft, und wie ist sie beschaffen?«

Wie als Antwort auf ihre Fragen hörte sie ein Klimpern, gefolgt von einem lauten, für sie alle zu vernehmenden *Klickklack*.

Dieses Geräusch kannten sie. Es bedeutete, dass sich eine Öffnung bildete.

Die Fenster verkleinerten sich weiterhin. Bald waren sie nur noch schmale Schlitze, die sich dann schlossen. Das letzte Licht verließ den Passagierraum. Schatten krochen heran und verdichteten sich zu Finsternis.

Klack-klack, machte es in der Dunkelheit, und dann: *Klick-klick*.

Neben der Stelle, an der sich eben noch das Fenster befunden hatte, öffnete sich die Wand. Kalte Luft drang herein.

Nightingale atmete vorsichtig.

»Scheint so weit in Ordnung«, sagte sie erleichtert. »Finden wir heraus, warum wir an diesem Ort angehalten haben.«

Sie traten nach draußen.

69

Alles deutete auf einen Verkehrsknotenpunkt tief im Innern von Zeta hin. Dutzende von ellipsoiden Fahrzeugen standen zwischen Plattformen, die Nightingale mit Bahnsteigen verglich. Runde Kapseln, blau und rot, ruhten in türkisfarbenen Gerüsten. Auf Sockeln erhoben sich dunkle Rechtecke, dreieinhalb Meter hoch und etwas mehr als einen Meter breit, vielleicht Portale, Zugänge zu Materietransmittern, die es gestatteten, große Entfernungen innerhalb von Sekunden zurückzulegen. Das alles wirkte nicht unbedingt wie neu, schien sich jedoch in einem guten Zustand zu befinden.

Doch nirgends regte sich etwas. Sie waren allein, es gab keine anderen Passagiere.

»Es klappt nicht.« Nora strich mit den Händen über die gewölbte Außenfläche eines schwefelgelben Vehikels etwas kleiner als jenes, das sie zum »Bahnhof« gebracht hatte. »Vielleicht war es bei unserem Fahrzeug nur ein glücklicher Zufall.«

»Oder es wurde speziell für uns ausgesucht«, vermutete Hannibal.

»Um uns hierherzubringen?«, fragte Eusebius, der eins der inaktiven und offenbar nicht aktivierbaren Portale untersuchte.

Nightingale hörte nur mit halbem Ohr hin. Ein leises Klimpern, das vielleicht nur sie hörte, lockte sie über eine der Plattformen, fort von den Vehikeln. Ein kleines Licht begleitete sie unter der Decke und hielt die Schatten auf Distanz. Langsam fraß sich die Kälte durch ihre dünne Kleidung. Sie schätzte die Temperatur auf nicht mehr als zehn Grad. Daraus konnte sich schnell ein Problem ergeben, insbesondere für Nora und Eusebius. Zum Glück enthielt die Luft genug Sauerstoff; es bestand also nicht die Gefahr, dass sie erstickten.

Das Klirren wurde ein wenig lauter, und das Licht über Nightingale flackerte kurz.

Auch darin konnten sich Hinweise verbergen, vielleicht darauf, welchen Weg sie einschlagen sollte. Sie hob den Kopf, beobachtete das kleine Licht, das nach rechts glitt, und beschloss, ihm zu folgen. Nach etwa hundert Metern erreichte sie die letzte Plattform, den letzten Bahnsteig, neben dem zwei Vehikel standen, eins keilförmig und dunkel, von silbernen Linien durchzogen, das andere sechs oder sieben Meter groß und tropfenförmig, mit Außenflächen durchsichtig wie Glas. Nightingale berührte beide, aber nichts geschah, eine Reaktion blieb aus.

Das Licht an der Decke flackerte erneut.

Nightingale ging weiter, vorbei an zwei glatten schwarzen Säulen, in denen Symbole und Zeichen aufleuchteten, als sie ihnen nahe genug kam. Dahinter gelangte sie zu einer mehrere Meter tiefen Nische aus dunkelgrauem Gestein. Die Rückwand war glatt wie die Säulen, und rechts und links gab es jeweils eine schmale, hohe Tür.

Genau zwischen den beiden Türen verharrte das kleine Licht an der Decke und leuchtete gleichmäßig.

Das Klirren fand ein Ende. Plötzlich war es vollkommen still.

Nightingale sah kurz zu den anderen zurück, die noch immer versuchten, eins der Fahrzeuge zu öffnen, bisher ohne Erfolg.

Sie wandte sich der rechten Tür zu.

Es gab weder Knauf noch Klinke, keine sichtbare mechanische Vorrichtung, um sie zu öffnen. Aber als Nightingale die Hand darauf legte, fühlte sie eine kurze Vibration, und die schmale Tür schwang auf.

Dahinter erstreckte sich in diffusem Licht eine Art Lagerhalle, mehrere Hundert Meter groß und mit zahlreichen Regalen, die bis zur zwanzig oder dreißig Meter hohen Decke emporreichten. Nightingale ging langsam an den ersten Ablageflächen entlang und sah Geräte, Instrumente und andere Gegenstände, die nicht von Menschen angefertigt waren. Die meisten schienen ziemlich alt, mit einer Patina aus Staub und Anzeichen von Korrosion.

Nightingales Schritte wurden schneller, als sie zu ahnen begann, wo sie sich befand. Wohin sie auch sah, überall lagen Ausrüstungsgegenstände aller Art, keine Trümmerteile wie auf Zetas Oberfläche und in der Welt der Mantiden, sondern unbeschädigte Apparaturen, manche von ihnen kleiner als eine menschliche Hand, zusammengesetzt aus fingernagelgroßen Modulen, andere fast halb so groß wie das Ellipsoid, mit dem sie unterwegs gewesen waren, vielleicht Aggregate oder Maschinenblöcke.

Vor einem Fach blieb sie abrupt stehen und starrte auf einen Flexhelm, der die Insignien des Saturnmonds Titan trug – vermutlich stammte er von dem Inspektionsboot, mit dem Nora Van Dyke, Eusebius, Rebecca DeSantis und Conrad Conradis nach Zeta aufgebrochen waren.

Sie berührte den Flexhelm, und er reagierte. Das schlaffe Material verfestigte und versteifte sich, wölbte sich nach vorn.

Nightingale ging weiter, nicht mehr ganz so schnell, blieb an einer Stelle stehen, wo sich mehrere Gänge zwischen den Regalen trafen, und drehte sich um die eigene Achse. Sie versuchte abzuschätzen, wie viele Objekte die Lagerhalle enthielt. Es mussten Hunderttausende sein, und darunter befanden sich auch welche, die von Menschen benutzt werden konnten.

Sie lächelte plötzlich, als ihr klar wurde, was sie gefunden hatte: eine riesige Schatzkammer, die all das enthielt, was sie und die anderen brauchten.

Mit wieder schnellen Schritten machte sie sich auf den Rückweg und eilte an den hohen Regalen entlang. Sie konnte es kaum erwarten, den anderen von ihrer Entdeckung zu berichten.

Für einen Moment befürchtete sie, sich verirrt zu haben, doch dann fand sie die offene Tür und erreichte die Nische.

Dort zögerte sie, anstatt sofort zu Nora, Eusebius, Hannibal und Roxa zurückzukehren.

Wieder klimperte und klirrte es in der Ferne, die Anfänge einer zarten Melodie. Das kleine Licht an der Decke flackerte kurz.

Nightingale trat zur Tür auf der linken Seite der Nische, und wie zuvor legte sie die Hand darauf. Einige Sekunden lang geschah nichts, und sie glaubte schon, dass die Tür geschlossen blieb. Doch als sie die Hand zurückziehen wollte, spürte sie eine leichte Vibration in den Fingerspitzen, und der Zugang öffnete sich für sie. Die Tür schwang nicht auf, sie glitt langsam beiseite, begleitet von einem Klirren wie von zerbrechendem Glas.

Goldenes Licht strömte ihr entgegen, so hell, dass Nightingale geblendet die Augen zukniff. Sie wartete, bis sie wieder sehen konnte, und zwei Schritte brachten sie durch die offene Tür.

Sie fand sich auf einer Art Sockel wieder, von dem mehrere bogenförmige Treppen ausgingen. Er bestand aus weißem Quarz und erinnerte Nightingale an die Plattform, zu der sie der silberne Humanoide gebracht hatte, um ihr eine dreidimensionale Karte von Zeta zu zeigen, eine schematische Darstellung aller Innenräume, geschaffen von silbernen Lichtern, die aus dem Quarz aufstiegen und die dünnen Linien eines vielschichtigen holografischen Modells hinter sich herzogen.

Hier erstrahlten die Lichter in einem weichen goldenen Ton, und weiter vorn und unten, am Ende der Treppen, glitzerte ihr Schein an zahllosen Spiegeln, zwischen ihnen Pfade, Stege und Brücken, die sich mit zunehmender Entfernung in einem milchigen Dunst verloren. Es sah nach einem riesigen, gewaltigen Durcheinander aus, in dem man schon nach einigen Hundert Metern die Orientierung verlieren konnte.

»Ein Labyrinth«, erklang Noras Stimme hinter ihr.

Nightingale drehte sich um.

Angelockt vom hellen goldenen Licht drängten sie sich bei der Tür: die Administratorin vom Titan, der Autarke und die beiden Marsianer.

Nightingale rief sich die Karte ins Gedächtnis und betrachtete sie vor dem inneren Auge.

»Es könnte das letzte große Hindernis sein«, sagte sie und blickte dabei zu den glitzernden und funkelnden Spiegeln.

»Die letzte Prüfung.«

»Ein Labyrinth«, wiederholte Nora und trat neben Nightingale. »Wer es durchqueren kann, wer es schafft, den richtigen Weg zu finden und nicht die Orientierung zu verlieren, erreicht Zetas Zentrum auf der anderen Seite?«

»Das wäre durchaus möglich«, sagte Hannibal. »Vielleicht sind wir dem Ziel näher, als wir dachten.«

»Es ist nicht nur möglich, sondern sogar sehr wahrscheinlich«, entgegnete Nightingale mit fester Stimme. »Ich erinnere mich an die Karte. Dies ist die letzte Hürde, die wir überwinden müssen. Dahinter liegt das Zentrum von Zeta.«

»Gehen wir.« Roxa hatte es sehr eilig und wollte zur ersten Treppe, aber Nightingale hielt sie zurück.

»Überstürzen wir nichts«, sagte sie. »Erst rüsten wir uns aus.«

»Und womit?«, fragte Roxa herausfordernd.

Nightingale lächelte. »Ich möchte euch etwas zeigen.«

DER MANN OHNE MASKE

CHEN,
ERDE

70

Das medizinische Behandlungszimmer, in dem sich Chen befand, schien zu schwanken. Dann merkte er, dass es an ihm selbst lag. Er neigte sich von einer Seite zur anderen wie ein Baum in heftigem Wind, und für einen Moment glaubte er, eine Dunstwolke zu sehen, die über dem Mann mit der Maske auf der Liege entstand und sich ausdehnte, grau wie das Absorptionsfeld in Zeta, dem er im letzten Augenblick entkommen war.

Der Mann auf der Liege war an leise summende Lebenserhaltungsgeräte angeschlossen, und gelegentlich zuckten seine Hände, als wollten sie nach etwas greifen. Chen erinnerte sich daran, dass er selbst die rechte Hand ausgestreckt hatte, um dem Mann die Maske abzunehmen, denn er wollte dessen Gesicht sehen. Oder war es nur ein Wunsch gewesen, eine Absicht, nicht in die Tat umgesetzt?

Er empfing eine Warnung von seinem Plus. Es wies ihn darauf hin, dass sein Körper dringend Nahrung brauchte, eine Erneuerung seiner Energiereserven.

Chen versuchte, gerade zu stehen, ohne das Torkeln, das den Wänden um ihn herum ein scheinbares Bewegungsmoment gab. Er erinnerte sich daran, dass er sein Plus angewiesen hatte, Hinweise auf Hunger und Durst aus den sensorischen

Meldungen zu filtern. Er wusste von der angeschwollenen Zunge und dem staubtrockenen Gaumen, aber durch den Filter blieben ihm belastende Empfindungen erspart.

Die Warnung des Plus erklärte das Taumeln. Er war inzwischen so schwach, dass er sich kaum mehr auf den Beinen halten konnte.

Chen senkte den Kopf und blickte an sich herab. Der Raumanzug, an vielen Stellen verkohlt und verbrannt, schien ein ganzes Stück größer geworden zu sein. Der Eindruck täuschte natürlich. Die Erklärung lautete: Er selbst war geschrumpft, er hatte an Körpermasse verloren. Das Plus hatte die in Fett- und Muskelgewebe gespeicherte Energie genutzt, um Verletzungen zu heilen.

Die Knochen des linken Arms waren zusammengewachsen und konnten wieder belastet werden, ebenso das Knie. Die physische Integrität war weitgehend wiederhergestellt, aber die Regeneration hatte ihn geschwächt. Seine körperliche Leistungsfähigkeit war sehr eingeschränkt und die geistige vermutlich ebenfalls, denn die eigenen Gedanken erschienen ihm langsam, und mit dem Gedächtnis stimmte etwas nicht. Er glaubte nach wie vor, dem Mann auf der Liege die Maske abgenommen zu haben, aber das konnte nicht sein, denn er trug sie noch.

Vom Plus kam eine weitere Warnung. Sie lautete: Achtung, kognitive Dissonanz.

Es bedeutete, dass er seiner Wahrnehmung nur noch bedingt vertrauen konnte. Lag es an ihm selbst, an einer gestörten zerebralen Datenverarbeitung? Hatte sein Hirn im Absorptionsfeld des »grauen Kerkers« Schaden genommen? Oder gab es unbekannte externe Faktoren?

Chen sah sich um und stellte erstaunt fest, dass alles – Wände, Decke und Boden, die Liege mit dem Mann, die summenden Lebenserhaltungsgeräte – von länger werdenden Rissen durchzogen war, jeder von ihnen nicht dicker als ein menschliches Haar. Wie ein Spinnennetz legten sich die feinen Risse über alle Oberflächen, und Chen hatte plötzlich das Gefühl, dass ein falscher Ton oder eine falsche Bewegung genügte, um die Welt, die ihn umgab, zerbrechen zu lassen.

Ein Blinzeln brachte ein kurzes Wabern, in dem die Haarrisse verschwanden.

Sein Plus versuchte, die Situation zu analysieren und zu bewerten. Instabile Quantenmatrix? Verbindung nach Zeta? Energetische Fluktuationen durch Ereignistunnel?

Chen hörte die Worte wie gesprochen von einer kleinen Stimme in seinem Kopf, und er verstand sie, er wusste, was sie bedeuteten. Aber die Zusammenhänge erschlossen sich ihm nicht, die Gedanken waren noch immer zu langsam.

Sein Blick kehrte zu dem Mann auf der Liege zurück, und erneut fragte er sich, welches Gesicht sich unter der Maske verbarg.

Er streckte die rechte Hand erneut aus, wie schon einmal, wenn er sich richtig erinnerte.

Die Finger ertasteten etwas, dicht über der Maske, ein unsichtbares Hindernis, das nachgab, als er ein wenig mehr Druck ausübte. Winzige Lichter stoben wie Funken davon und verschwanden so schnell, dass Chen nicht sicher war, sie wirklich gesehen zu haben.

Seine Hand erreichte die Maske.

Der Mann lag still. Seine Brust hob und senkte sich langsam, der Atem war ein leises Zischen.

Chen ergriff die Maske und zog. Mit einem saugenden Geräusch löste sie sich.

Darunter kam ein blasses, farbloses Gesicht zum Vorschein. Chen kannte es.

Es war das Gesicht von Effraim Floyd.

WER FÜHRT?

NIGHTINGALE LOI, ZETA

71

»Ich frage mich, was das hier sein könnte.« Eusebius drehte einen violetten Würfel, der mehrere Vorwölbungen und dornenartige Erweiterung aufwies. Auf der einen Seite zeigten sich kleine Vertiefungen, wie geschaffen für menschliche Finger.
»Spielen Sie nicht damit herum!«, entfuhr es Nightingale. Eusebius wölbte eine Braue und deutete auf die Regale der großen Lagerhalle. »Ohne Experimente kommen wir nicht weiter.«
»Nicht hier«, erwiderte Nightingale sofort. »Nicht an diesem Ort. Nicht unter den gegenwärtigen Umständen. Die ›Experimente‹, die Sie vorschlagen, wären nur unter kontrollierten Laborbedingungen sinnvoll, in einer sicheren Umgebung. Hier könnte die Betätigung eines falschen Schalters genügen, um eine fatale Kettenreaktion auszulösen.«
»Ich glaube, wir müssen eine Sache klären.« Roxa kam aus dem nächsten Quergang. Sie trug eine bunte, aus unterschiedlichen Stoffen bestehende Hose mit drei Beinen, zwei weiten und einem schmalen; das dritte, enge Bein hatte sie sich wie einen Gürtel um die Hüften geschlungen. Sie streifte eine Jacke über, die über zwei zusätzliche Ärmel verfügte und wie

die Hose aus verschiedenen Stoffen bestand. Vor Nightingale blieb sie stehen. »Bevor wir ins Labyrinth aufbrechen.«

Eusebius legte den violetten Würfel beiseite, der für die schmalen Hände plötzlich zu schwer zu werden schien. Der Autarke hatte ein besonderes Kleidungsstück gefunden, eine Art Rüstung aus Tausenden von münzgroßen Lederfacetten, die imstande waren, sich jeder beliebigen Körperform anzupassen. Sie reichten ihm bis fast zum Kinn und knisterten leise, wenn er sich bewegte.

Nora gesellte sich an seine Seite. Sie trug etwas, das wie ein Sari aussah und aus mehreren Tüchern bestand, die wie blauer Samt glänzten.

»Ich glaube, ich habe etwas gefunden, das unseren marsianischen Freunden helfen könnte. Und auch dir«, fügte sie an Eusebius gerichtet hinzu und hob einen roten Stift. Als sie das eine Ende drehte, in dem sich mehrere unterschiedlich lange Kerben erkennen ließen, stieg sie langsam auf, bis in eine Höhe von etwa einem Meter. Eine erneute Drehung des Stifts ließ sie wieder zu Boden sinken.

»Beim Olympus Mons!«, stieß Roxa hervor. »Wo haben Sie das gefunden?«

Nora griff in eine Tasche ihres Saris und holte mehrere rote Stifte hervor. Zwei von ihnen reichte sie Roxa und Hannibal, einen weiteren erhielt Nightingale, und das Exemplar, dessen Funktion sie demonstriert hatte, bekam Eusebius.

»Ein paar Regalreihen weiter hinten«, beantwortete sie Roxas Frage. »Ein Kasten war voll davon.«

»Und wie haben Sie herausgefunden, was es damit auf sich hat?«

»Ich hab die Betriebsanleitung gelesen.«

Nightingale nahm die Worte kommentarlos hin, probierte ihren Stift aus und spürte, wie sie leichter wurde.

»Ein Mikrogravitator«, sagte sie verblüfft. »Absurd klein. Und ohne erkennbare Energiequelle.«

Die auf der Erde und im Sonnensystem gebräuchlichen Gravitatoren waren groß und benötigten erhebliche Mengen an Konversionsenergie für die Erzeugung von Schwerkraftfeldern. Der Stift hingegen, den Nightingale von Nora erhalten hatte, war kaum zwanzig Zentimeter lang, etwa einen Zentimeter dick und wog nicht mehr als ein paar Hundert Gramm.

»Vielleicht befindet sich die Energiequelle im Innern«, vermutete Nora.

Hannibal, Roxa und auch Eusebius machten Gebrauch von ihren neuen Gravitatoren. Man sah ihnen die Erleichterung an, als sich ihr Gewicht verringerte.

»Es ist ein weiterer Hinweis auf Zetas überlegene Technik.« Nightingale steckte den Stift in eine Tasche ihrer dicken Pulloverjacke, wie sie das Kleidungsstück nannte, das sie in einem der vielen Regale gefunden hatte. Darunter trug sie die Reste ihres Raumanzugs.

»Vielleicht stammen die Mikrogravitatoren gar nicht von den Zetanern, sondern von einer der fremden Zivilisationen, die mit ihnen in Kontakt geraten sind.« Hannibal zeigte auf die Regale. »Was wir hier sehen, was in all den Fächern abgelegt ist ... Ich nehme an, es handelt sich vor allem um Dinge, die Besucher mitgebracht haben.«

»Extrasolare Forscher«, sagte Nightingale.

Hannibal nickte. »Leute wie wir. Die Geschöpfe, die hierherkamen und es nicht geschafft haben, all die Prüfungen zu bestehen. Die Wesen im Panoptikum.«

»Könnte es sein, dass Zeta unterwegs ist, um Technologie zu sammeln?«, fragte Eusebius. »Das Artefakt lockt mit seiner Präsenz Gesandte fremder Völker an und nimmt ihre Technik auf.«

Eine Spekulation unter vielen, fand Nightingale. Und warum sollten Zeta und die Zetaner fremde Technologie sammeln und dann in einem Lager ablegen, wo all die gesammelten Dinge sich selbst überlassen blieben? Andererseits ... Sie hatten immer wieder Hinweise darauf gefunden, dass Zeta nicht mehr so funktionierte, wie es einst, vor vielen Jahrtausenden, der Fall gewesen sein musste. Seit geraumer Zeit beschäftigte sie der Gedanke, dass es vielleicht noch lebende Zetaner gab, dass es sich bei den silbernen Humanoiden, denen sie begegnet waren, nicht um »biometrische Hologramme« handelte, sondern um organische, lebendige Geschöpfe, möglicherweise um die Nachfahren der Konstrukteure, die jedoch einen Großteil ihres kulturellen und technologischen Erbes vergessen hatten so wie die Mantiden, und dass es bei ihnen womöglich verschiedene Fraktionen gab, Gruppen mit unterschiedlichen Interessen.

Ein anderer Gedanke drängte in den Vordergrund. Nightingale sah sich argwöhnisch um. »Was ist mit Pandora?«

Nichts rührte sich zwischen den langen Regalreihen. Alles blieb still. Hunderttausende von Geräten, Instrumenten, Werkzeugen, Kleidungsstücken und anderen Gegenständen ruhten unbewegt in ihren Fächern.

»In dem Vehikel waren wir sicher vor Angriffen«, fügte Nightingale hinzu.

Roxa ging einige Schritte, leichtfüßiger als zuvor, die Schultern gerade, den Kopf erhoben. Der Mikrogravitator, den sie von Nora bekommen hatte, befreite sie von einer schweren Last.

»Wie lange waren wir unterwegs?«, fragte sie. »Einige Tage, nicht wahr? Wir haben eine ziemlich große Strecke zurückgelegt und sind inzwischen weit von den Orten entfernt, wo wir Angriffen der Pandora-Systeme ausgesetzt waren. Vielleicht bleibt hier alles friedlich.«

»Dafür gibt es keine Garantie«, mahnte Nightingale.

Roxa blieb neben einem Regal stehen, das bis zur hohen Decke aufragte. Oben leuchteten winzige Lichter wie Sterne an einem dämmrigen Himmel.

»Hier in Zeta gibt es für *nichts* eine Garantie«, sagte die Frau vom Mars. »Wir sollten endlich damit aufhören, jedes kleine Ereignis und jede Entscheidung so lange hin und her zu drehen, bis es keine Kanten mehr gibt und alles hübsch glatt geworden ist. Wir sind hier mit großer Wahrscheinlichkeit in der Nähe des Zentrums. Wir leben und haben das Problem mit Schwerkraft und Kälte gelöst.« Roxa zog an einem der beiden zusätzlichen Ärmel ihrer Jacke. »Ich schlage vor, wir verlieren keine Zeit mehr und durchqueren das Labyrinth.«

»Ich habe im Panoptikum gesehen und erfahren, was ein einziger falscher Schritt bewirken kann«, gab Nightingale zu bedenken. »Wo auch immer wir sind und was auch immer wir tun, wir sollten das Für und Wider sorgfältig gegeneinander abwägen.«

Sie bemerkte, dass Nora und Eusebius sehr aufmerksam zuhörten. Hannibal wirkte besorgt, vielleicht befürchtete er einen Streit. In seinem silbergrauen Overall mit den vielen Taschen, Schlaufen und Verschlüssen wirkte er fast wie einer der humanoiden Zetaner.

Nightingale seufzte leise. Sie konnte der Konfrontation nicht ausweichen, früher oder später würde es ohnehin dazu kommen.

»Sie möchten so schnell wie möglich ins Zentrum von Zeta, um Floyd zuvorzukommen«, sagte sie ruhig.

»Ja! Jede Sekunde, die wir verlieren, ist eine mehr für ihn!«

»Wir wissen nicht, wo er sich befindet ...«, begann Nora vorsichtig.

»Das macht es nicht besser, sondern nur noch schlimmer!«,

stieß Roxa hervor. »Er könnte vor uns sein, dem Zentrum noch näher als wir. Wir wissen inzwischen, dass er im Auftrag von Terra Solar unterwegs ist. Auf keinen Fall dürfen wir zulassen, dass er Kontrolle über Zeta erlangt! Das wäre eine Katastrophe für uns alle!«

»Politik«, murmelte Nora.

Politik, dachte Nightingale. Die Hegemonie der Erde auf der einen und die Unabhängigkeit des Mars, die Marsianische Republik, auf der anderen Seite. Sie warf Eusebius einen Blick zu, denn es ging auch um die Autarkien von Uranus und Neptun. Wenn die Extremisten von Terra Solar Zetas überlegene Technologie in die Hand bekamen, konnte nichts und niemand sie daran hindern, die Macht im ganzen Sonnensystem zu übernehmen.

»Ich bin alles andere als ein Freund von Terra Solar.« Nightingale erinnerte sich an die Zeit des Chaos auf der Erde, an den Knaben, den sie damals gerettet hatte. Chen, dachte sie. Wo bist du? Was ist aus dir geworden? Ich könnte deine Hilfe jetzt gut gebrauchen. »Ich weiß, wozu jene Leute fähig sind und was sie tun würden, wenn sie freie Bahn hätten. Aber ich würde auch gern am Leben bleiben, und es wäre mir lieber, wenn auch Sie, Sie alle, am Leben blieben. Wir müssen vorsichtig sein, und Vorsicht kostet Zeit.«

Roxa setzte zu einer Erwiderung an, aber Nightingale hob die Hand. »Bitte, wenn Sie gestatten, Roxa ... Wir tragen Verantwortung, nicht nur für uns selbst, sondern für die gesamte Menschheit. Dies ist der Erstkontakt. Zum ersten Mal hat es die Spezies Mensch mit einer extrasolaren Zivilisation zu tun. Wir müssen alles vermeiden, was dazu führen könnte, dass es zwischen uns und den Zetanern zu einem Konflikt kommt. Auch aus diesem Grund wäre es sehr gefährlich, überstürzt zu handeln. Wir haben Glück, dieses Lager bietet uns eine einzigartige Gelegenheit. Ich schlage vor, wir suchen noch etwas gründlicher. Zum Beispiel nach Waffen, mit denen wir uns gegen Pandora-Angreifer wehren können. Und nach Sensoren oder Detektoren für die Orientierung im Labyrinth. Außerdem brauchen wir Vorräte. Ohne Trinkwasser und Nahrungsmittel kommen wir nicht weit.«

Das Vehikel hatte ihnen in Abständen von einigen Stunden lauwarmen Brei und eine rosarote Flüssigkeit geboten, und beides hatte sich als verträglich erwiesen. Konnten sie das Fahrzeug benutzen, um das Labyrinth zu durchqueren? Nightingale bezweifelte es. Selbst wenn es möglich gewesen wäre, es wieder in Betrieb zu nehmen und von dort fortzusteuern, wo es sich derzeit befand: Es passte nicht in die Nische, von der schmalen Tür ganz zu schweigen, und einen anderen Zugang zum Labyrinth schien es nicht zu geben.

Roxa atmete tief durch; offenbar versuchte sie, sich zu beruhigen. »Damit wären wir genau bei dem Punkt, den es zu klären gilt. Sie machen immer ›Vorschläge‹, aber eigentlich läuft es darauf hinaus, dass Sie bestimmen, was getan wird und was nicht. Wer hat Sie zum Anführer ernannt?«

Roxa wandte sich an die anderen, aber die reagierten nicht.

»Ich kann mich nicht daran erinnern, dass eine Abstimmung stattgefunden hat«, fuhr sie fort. »Wer gibt Ihnen das Recht und die Autorität, Entscheidungen für uns zu treffen? Zu allem Überfluss kommen Sie auch noch von der Erde.« Roxa schnaubte. »Ich lasse mir von jemandem von der Erde nicht vorschreiben, was ich zu tun und zu lassen habe!«

»Roxa ...«, begann Hannibal in einem besänftigenden Ton.

Die Marsianerin achtete nicht auf ihn. »Wir sind fast am Ziel, uns trennt nur noch ein Labyrinth aus Spiegeln, Wegen und Brücken vom Zentrum. Ich bin nicht bereit, noch mehr Zeit zu vertrödeln und Floyd Gelegenheit zu geben, Zetas Technologie für Terra Solar zu erbeuten.«

Roxa ging einige schnelle Schritte in Richtung Tür, blieb dann jedoch noch einmal stehen. »Wer kommt mit?«

Als sie keine Antwort erhielt und sich niemand rührte, setzte sie den Weg zur Tür mit langen Schritten fort.

»Wir können sie nicht allein gehen lassen«, sagte Hannibal.

Nightingale seufzte. »Natürlich nicht. Darf ich vorschlagen, dass wir ihr folgen?«

»Vorschlag angenommen.« Nora ergriff Eusebius' Hand. »Gehen wir.«

Hannibal und Nightingale schlossen sich ihnen an.

DIE WELT RETTEN

CHEN,
ERDE

72

Chen starrte auf den Mann hinab, der unmöglich Floyd sein konnte. Effraim Floyd, der Mann von Terra Solar, hatte Zetas Absorptionsraum zusammen mit Amaranth Newton verlassen, als Bewusstloser in den Armen des jungen Enhus. Dieser Mann, der ebenso aussah, trug einen Patientenkittel und war offenbar bereits seit einer ganzen Weile an die Lebenserhaltungsgeräte angeschlossen.

Das Plus meldete sich mit einem Hinweis: Faktor Zeit, Diskrepanz.

Chen fragte sich, ob Newton vor ihm das Behandlungszimmer erreicht und Floyd auf der Behandlungsliege zurückgelassen hatte. Wenn der Inhalt seines Gedächtnisses nicht völlig durcheinandergeraten war, hatte er den Absorptionsraum nur wenige Minuten nach Newton und Floyd verlassen – nicht genug Zeit, um einen Bewusstlosen zu entkleiden, ihm einen Patientenkittel überzustreifen und an mehrere Lebenserhaltungsgeräte anzuschließen.

Diskrepanz, wiederholte das Plus. Abweichung. Missverhältnis.

Ein Unterschied zwischen subjektiver und objektiver Zeit?, überlegte Chen, die Maske in der rechten Hand. Aber selbst wenn das der Fall war, wenn die Zeit an zwei verschiedenen Orten unterschiedlich schnell vergehen konnte – warum die Maske? Es gab keine Entstellungen im Gesicht des Mannes, nichts, das die Maske erklärte.

Chen räusperte sich. »Hören Sie mich? Verstehen Sie mich? Sind Sie wirklich Floyd?«

Der Mann öffnete die Augen.

Chen hatte in seinem Leben viel gesehen, Angst und Schmerz in den Augen anderer Menschen, Trauer und Hoffnung, Hass, Zorn und Verzweiflung. Er hatte mehr als einmal Gelegenheit erhalten, in die dunklen Tiefen menschlicher Seelen zu blicken.

Hier sah er etwas, das kaum noch etwas Menschliches hatte.

Es war kein Wahnsinn, zumindest nicht von der Art, mit der er als Kind konfrontiert gewesen war. Etwas völlig Fremdes lag in den Augen des Mannes, der die Maske getragen hatte. Ein Wesen, das nichts Menschliches an sich hatte, schien seinen Blick zu erwidern und ihn zu taxieren wie auf der Suche nach Geheimnissen und Schwachstellen, die man ausnutzen konnte.

Chen wich unwillkürlich einen Schritt zurück.

Das Fremde wohnte nicht nur in den grauen Augen, sondern auch darunter in den weißen Wangen, unter denen sich etwas bewegte.

Der Mann setzte sich langsam auf, ohne den Blick von Chen abzuwenden. »Das gehört mir«, sagte er mit Floyds Stimme und deutete auf die Maske.

Chen gab sie ihm.

Der Mann stand auf und löste die Sensoren und Kabelverbindungen von seinem Leib, seine Bewegungen erst ruckartig und dann immer geschmeidiger. Die Geräte neben und hinter der Behandlungsliege begannen mit einem Konzert aus Warnsignalen. Mit sicheren Schritten ging er zu einem Schrank, öffnete ihn und griff nach Kleidungsstücken. Für einige Sekunden stand er nackt da, nachdem er den Patientenkittel abgelegt hatte, dünn und schmächtig, wie abgemagert – die Knochen zeichneten sich deutlich unter der Haut ab, die nur dort ein wenig Farbe aufwies, wo sie nicht bedeckt gewesen war.

»Wer sind Sie?«, fragte Chen.

Der Mann zog sich an, Unterwäsche und Strümpfe, dann eine olivgrüne Hose mit Werkzeugtaschen und ein cremefarbenes Hemd.

»Es ist gut, dass Sie da sind.« Der Mann sah kurz auf, während er sich das Hemd zuknöpfte. »Sie können mir helfen.«

»Wobei?«

»Sehen Sie nicht, was geschieht?« Der Mann mit der Maske zeigte auf Wände und Geräte. Die Haarrisse waren zurückgekehrt und breiteten sich aus. »Wir müssen die Welt retten.«

»Die Welt?«

»Die Erde«, sagte der Mann. »Das Sonnensystem.«

»Das Sonnensystem?«

Der Mann hielt kurz inne. »Für einen Enhu sind Sie ziemlich schwer von Begriff. Wir haben es mit einer Irregularität zu tun, die den ganzen Planeten Erde erfassen und sich anschließend im Sonnensystem ausbreiten könnte.«

Chen beobachtete, wie dünne Risse durch den Boden krochen, genau auf ihn zu.

»Wir müssen das Universum retten.« Der Mann trat zur Tür.

»Das *Universum*?«, erwiderte Chen.

»Ja!«

»Das ist nicht gerade wenig«, meinte Chen.

»Deshalb brauche ich Ihre Hilfe.« Der Mann mit der Maske öffnete die Tür und winkte. »Kommen Sie!«

ES GEHT ALLES VIEL ZU LANGSAM

NIGHTINGALE,
ZETA

73

Es war so kalt geworden, dass Diamantstaub in der Luft zu schweben schien – die Luftfeuchtigkeit gefror. »Wo sind wir?«, fragte Roxa, und wie immer klang sie ungeduldig. »Wie weit sind wir gekommen?« Nightingale rieb sich die Hände, um die Kälte aus ihnen zu vertreiben. Dann ergriff sie erneut den Stein und versuchte, das Bild von Zeta zu ergänzen und zu komplettieren, das sie in den Boden gekratzt hatte. Um sie herum glitzerte und funkelte Eisstaub in der Luft, im kalten Licht von etwas, das wie eine Sonne aussah, aber gewiss keine war, denn der gelbweiße Ball schwebt vermutlich nicht weiter als einige Kilometer über ihnen. Er war umgeben von Dunstschwaden, die keinen Blick auf das gestatteten, was sich hinter ihm befand.

Nightingale kratzte weitere Linien in den harten Boden und bemühte sich, alle Einzelheiten des Bilds wiederzugeben, das ihr der silberne Humanoide nach der Befreiung aus dem Panoptikum gezeigt hatte. Aber seitdem waren viele Tage vergangen, und sie war nicht sicher, ob sie sich noch an jedes Detail erinnerte. Einen Bereich hatte sie mit einem Kreis markiert: die Stelle, an der sie das Labyrinth vermutete. Es befand sich tatsächlich in der Nähe des Zentrums, doch in der Darstellung aus gekratzten Linien wirkte es viel kleiner als in der Realität.

Nora zog die Tücher ihres blauen Saris enger um Schultern und Oberkörper, weil sie zu frieren begann. Eusebius schlang den Arm um sie und zog sie an sich.

Nightingale blickte über den Weg, den sie gekommen waren, ein schmales lehmbraunes Band, das sich an Dutzenden von großen und kleinen Spiegeln vorbeischlängelte und sowohl vor als auch hinter ihnen im Dunst verschwand. Nach ihrer Schätzung waren sie seit sieben oder acht Stunden unterwegs. Sie brauchten bald eine längere Ruhepause. Aber nicht an diesem Ort, hier war es zu kalt.

Sie konzentrierte sich wieder auf die Zeichnung des Labyrinths und fügte der langen Linie, die ihren Weg markierte, einige kleinere hinzu: schmalere Pfade, die sie erkundet hatten und die entweder zum Hauptweg zurückführten oder an Spiegeln endeten, die sich nicht durchdringen ließen.

Das war eine ihrer ersten Feststellungen im Labyrinth gewesen: Die Spiegel reflektierten nicht nur und zeigten manchmal seltsame Zerrbilder, sondern boten Zugang zu anderen Teilen des Labyrinths und separaten Innenwelten von Zeta. Manchmal versperrten sie den Weg und mussten *durchquert* werden, um in andere Teile des Labyrinths zu gelangen. Das große Problem: Niemand von ihnen wusste vorherzusagen, was sich auf der anderen Seite der Spiegel befand.

Nightingale zögerte, den Stein in der Hand. Die Kälte machte ihre Finger taub.

»Die Wahrheit lautet, wir wissen nicht, wo wir sind«, sagte sie. »Wir hätten mehr Zeit in der Lagerhalle verbringen und Sensoren suchen sollen.«

»Was soll das heißen?«, fragte Roxa angriffslustig.

»Ich mache niemandem einen Vorwurf«, betonte Nightingale.

»Aber Tatsache ist, dass wir bisher keinen Weg durch das Labyrinth gefunden haben. Von Orientierung kann überhaupt keine Rede sein. Wir vertrauen auf Glück, und das hat, wie wir wissen, in Zeta wenig Sinn.«

»Es wäre tatsächlich besser gewesen, Sensoren, Detektoren und andere nützliche Instrumente zu suchen«, meinte Hannibal.

Roxa warf ihm einen verärgerten Blick zu. »Ach, schlägst du dich auf ihre Seite?«

»Das könnte ein weiterer Test sein«, bemerkte Eusebius. Seine Lederrüstung war offenbar warm genug, denn er schien nicht zu frieren. »Ob wir zusammenhalten oder nicht.«

»Wir kommen nur gemeinsam weiter«, bekräftigte Nightingale.

»Das ist es ja gerade: Wir kommen *nicht* weiter!«, zischte Roxa. »Dauernd wird diskutiert und überlegt und sondiert. Darüber vergehen Stunden, und wir kommen nicht voran!«

»Vielleicht ist es sogar die wichtigste Prüfung«, mahnte Nora. »Zusammenarbeit. Kooperation als Schlüssel zum Erfolg.«

»Rhetorik«, schnaubte Roxa abfällig. »Ihr legt euch die Argumente so zurecht, wie sie euch passen.«

Sie stand auf und wandte sich dem großen Spiegel direkt vor ihnen zu. Er war zwei Meter breit, mehrere Meter hoch und ragte halb über den Weg.

Hannibal erhob sich ebenfalls. »Immer mit der Ruhe, Roxa.«

Sie griff nach dem Strick, den sie vor einigen Stunden bei einer Quelle gefunden hatten, zusammen mit zwei transparenten Behältern. Der kleinere diente ihnen als primitiver Sensor: Mit dem Strick verbunden stießen sie ihn durch den Spiegel, warteten anschließend ein oder zwei Minuten und zogen ihn dann zurück. Wenn der Behälter noch intakt war, das Wasser weder gefroren noch verdampft, erwarteten sie auf der

anderen Seite des Spiegels weder zu große Kälte noch extreme Hitze.
Mehr ließ sich damit nicht herausfinden.
»Es geht alles viel zu langsam. Vielleicht hätten wir das Zentrum längst erreicht, wenn wir nur entschlossen genug gewesen wären.« Roxa band sich den Strick um die Hüften. »Vielleicht ist *das* die Prüfung – der Mutige gewinnt.«
»Mut ist eine Sache«, wandte Nora vorsichtig ein, »törichte Waghalsigkeit eine andere.«
»Töricht?«, fauchte Roxa. »Ich?« Sie schnaubte und näherte sich dem Spiegel. »Wir werden sehen.«
»Warten Sie!«, rief Nightingale und sprang auf.
Doch Roxa trat bereits in den Spiegel und verschwand.

74

Der Strick bewegte sich wie eine Schlange, kroch erst langsam und dann immer schneller in den Spiegel, der Roxa verschluckt hatte. Hannibal langte danach und versuchte, ihn festzuhalten, aber er wurde zum Spiegel gezogen. Nightingale griff ebenfalls nach dem Strick, dann auch Nora und Eusebius.

Vier Personen auf der einen Seite des Spiegels und eine darin. Und doch spürte Nightingale, wie der Strick ihren Händen zu entgleiten begann.

Und dann verlor Nightingale das Gleichgewicht und fiel, als von der anderen Seite plötzlich nicht mehr gezogen wurde.

Hannibal hob das Ende des Stricks. »Gerissen.«

Nightingale war mit einem Satz wieder auf den Beinen, eilte zum Spiegel und starrte hinein. Er zeigte ihr das eigene Gesicht, gesäumt von feuerrotem Haar, mit Raureif auf den Brauen. Hinter ihr kamen Nora, Eusebius und Hannibal näher.

»Nichts zu sehen.« Nightingale streckte die Hand aus, bis ihre Fingerkuppen den Spiegel berührten. Kleine Wellen entstanden auf der Oberfläche und breiteten sich aus.

In der Ferne klirrte es.

Nightingale schob die Hand in den Spiegel, wartete einige Sekunden und zog sie zurück. Die Finger trugen eine dünne graue Patina.

Sie roch daran. »Warme Asche.«

Hannibal hob das Ende des Stricks. »Verbrannt. Deshalb ist er gerissen.«

Nightingale traf eine schnelle Entscheidung, lief zu den beiden Wasserbehältern, nahm den größeren und kehrte damit zum Spiegel zurück.

»Was haben Sie vor?«, fragte Hannibal besorgt.

»Ich hole Roxa.«

»Warten Sie ...«

»Nein.« Nightingale schüttelte den Kopf, ihr rotes Haar flog. »Manchmal bleibt einem tatsächlich nichts anderes übrig, als die Vorsicht außer Acht zu lassen.«

Sie holte tief Luft und trat in den Spiegel.

Düsternis erwartete sie, erfüllt von trockener Hitze und dem Geruch von Feuer und Asche. Flammen loderten in der Ferne, züngelten an den verkohlten Gerippen von Bäumen und den rußgeschwärzten Ruinen zerstörter Gebäude. Rauchschwaden trieben umher.

Nightingale machte einen Schritt, und fast wäre es ihr letzter gewesen, denn direkt vor ihr hob sich Glut aus dem Boden und versuchte, ihr Bein zu ergreifen. Sie wich zur Seite und sah eine glühende Kralle, die kratzend und knisternd zwischen den heißen Steinen kroch und in etwas überging, das aussah wie ein verkohlter Arm.

Erde und Gestein gerieten in Bewegung, dem Arm folgte eine Schulter.

Ein monströses Wesen, wie halb verbrannt, kletterte aus dem Boden, verharrte halb geduckt und drehte den Kopf von einer Seite zur anderen. Es knurrte und schnüffelte, nahm Witterung auf und wandte das Gesicht Nightingale zu.

Sie lief zwischen Felsen, den Behälter mit dem Wasser in einer Hand, und wich weiteren Feuerkrallen aus, die sich ihr entgegenstreckten. Jeder Atemzug schmerzte, Hals und Lunge brannten.

»Roxa?«

Weiter vorn bewegte sich etwas vor dem Hintergrund der Flammen am Horizont. Eine der Kreaturen mit den brennenden Krallen beugte sich über eine auf dem Boden liegende Gestalt.

»Roxa!«

Rechts und links streckten sich weitere Krallen aus dem Boden, es wurden immer mehr.

Ein Test, dachte Nightingale plötzlich mit sonderbarer Klarheit. Eine weitere Prüfung. Können wir uns gegenseitig helfen, um zu überleben? Sind wir klug genug, um herauszufinden, *wie* man überlebt?

Das Wasser!

Feuer und Wasser ...

Nightingale wusste plötzlich, worauf es ankam. Als nur noch wenige Meter sie von der am Boden liegenden Gestalt und dem dunklen Wesen trennten, das sich über die Gestalt beugte, öffnete sie mit fliegenden Fingern den Behälter und schwenkte ihn in Richtung der Kreatur.

Wasser spritzte.

Einige Tropfen trafen das Geschöpf, das Roxa gepackt und den Strick verbrannt hatte, andere die aus dem Boden ragenden

Krallen und Schultern. Ein Kreischen zerriss die gespenstische Stille der düsteren Welt, untermalt von lautem Zischen, als das Wasser die kleinen Flammen löschte und sich wie Säure in das Fleisch von schwarzen Armen und Schultern fraß.

Nightingale trat nach dem monströsen Wesen und stieß es fort von der reglos liegenden Roxa. Sie verspritzte noch mehr Wasser, um die Geschöpfe von sich fernzuhalten und ein wenig Zeit zu gewinnen, ging dann neben der Marsianerin in die Hocke und berührte sie an der Wange.

»Roxa?«

Es waren keine Verletzungen zu erkennen, aber die Marsianerin rührte sich noch immer nicht.

Nightingale sah auf.

Die Kreatur, die sich eben noch über Roxa gebeugt hatte, stand gekrümmt einige Meter entfernt, die Krallen ohne Feuer. Dampf stieg von den verätzten Schultern auf. Rote Augen glühten.

Der Boden geriet erneut in Bewegung, und weitere Geschöpfe kamen zum Vorschein. Nightingale schwang den Behälter, mehr Wasser spritzte, und erneut hallte schmerzerfülltes Kreischen durch die Düsternis.

Sie hob den Kopf und blickte in die Richtung, aus der sie gekommen war. Ein dunkles Rechteck erhob sich neben den Resten eines ausgebrannten Gebäudes, die Rückseite des Spiegels. Nightingale hoffte, dass sie durch ihn zu Hannibal, Nora und Eusebius zurückkehren konnte.

Sie hob den Behälter und schwenkte ihn im Kreis, der Rest des Wassers flog, und das Kreischen wurde noch lauter. Dann stellte sie den leeren Behälter beiseite, schob die Arme unter Roxa und versuchte, sie hochzuheben.

So zart die Marsianerin auch gebaut war, sie erwies sich als zu schwer. Nightingale konnte sie unmöglich einige Dutzend Meter weit tragen.

Ihre Gedanken rasten.

Roxa hätte leichter sein müssen. Der Mikrogravitator gab ihr ein geringeres Gewicht.

Nightingale suchte in den Taschen von Roxas Hose, in allen drei Beinen, nahm sich dann auch die Jacke mit den beiden zusätzlichen Ärmeln vor. Schließlich fand sie ihn, den zwanzig Zentimeter langen Stift, ertastete die Kerben und drehte das Ende.

Etwas Schweres senkte sich auf sie herab und drückte sie nach unten. Nightingale schnappte nach Luft und hustete.

Erneut drehte sie das mit den Kerben versehene Ende des Stifts, diesmal in die andere Richtung. Sofort verringerte sich die Last, sie wurde leichter.

Ein kehliges Knurren lenkte sie für einen Moment ab. Eine der Kreaturen näherte sich, wieder mit kleinen orangefarbenen Flammen an den Krallen.

Nightingale ergriff Roxa an den schmalen Schultern, hob sie hoch und zog sie über den steinigen Boden vorbei an gefährlichen Feuerkrallen. Sie hörte ihr Kratzen auf den Steinen und das Knistern der kleinen Flammen.

Die Rauchschwaden wurden dichter. Nightingale verlor das dunkle Rechteck bei der Ruine aus den Augen.

Einige schreckliche Sekunden lang befürchtete sie, die Orientierung verloren zu haben. Ihre Kräfte schwanden, Roxa schien wieder schwerer zu werden. Dann erspähte sie die Rückseite des Spiegels zwischen zwei Rauchwolken, schlang die Arme fester um Roxa und zog.

Irgendwie schaffte sie es über das Geröll, das immer wieder unter ihr nachgab, und vorbei an den feurigen Krallen. Als sie in das dunkle Rechteck hineinzutreten versuchte, fühlte sie einen Widerstand wie von einer dünnen Schicht Gummi. Sie nahm ihre ganze Kraft zusammen, stemmte sich mit Roxa in den Armen dem trennenden Etwas entgegen, das sie nicht passieren lassen wollte, und sah aus dem Augenwinkel, wie eine der Kreaturen hinter ihr aufragte und ihre Krallen nach ihr ausstreckte.

Plötzlich fiel sie nach vorn, in eine helle Welt, deren Luft zwar kalt war, aber nicht voller Rauch und Asche. Erschöpft ließ sie Roxa los und blieb auf einem schmalen Weg zwischen Spiegeln liegen.

Hannibal erschien an ihrer Seite. »Wo sind Sie gewesen?«

»Im Hades«, krächzte Nightingale.

GESPLITTERTE WELT

CHEN,
ERDE

75

Der Mann mit der Maske – ein Floyd, den man hier, an diesem besonderen Ort, Letho nannte, wie Chen inzwischen wusste – blieb im Korridor stehen, von dem aus man Dutzende von Sicherheitsnischen erreichen konnte.
»Spüren Sie es?«, fragte er wie in einem Traum. »Fühlen Sie es?«
»Was meinen Sie?«, fragte Chen vorsichtig.
»Die Welt.« Der Floyd mit der Maske breitete kurz die Arme aus. »Sie ist gesplittert. Weil jemand sehr, sehr dumm war.« Für zwei oder drei Sekunden schien er nach etwas zu lauschen, das nur er hören konnte. »Ich kenne seinen Namen. Er war hier, er besuchte mich, wir haben miteinander geredet.«
»Von wem sprechen Sie?« Schwäche ließ Chen taumeln. Kritische Phase, warnte das Plus. Nahrung erforderlich. Energie.
Wenn er nicht bald etwas zu essen fand, vorzugsweise sehr kalorienreiche Nahrung, drohte ein physischer und psychischer Kollaps, begriff Chen. Er würde das Bewusstsein verlieren und damit nicht mehr handlungsfähig sein. Das durfte nicht geschehen.
»Skarabi«, antwortete Floyd bereitwillig. »Elroy Emmon Skarabi, ein Ehrenwerter und nicht nur Mitglied des Gremiums, sondern auch von Terra Solar. Wussten Sie das?«

»Nein«, sagte Chen. »Nein, das wusste ich nicht.«

»Sie wissen wenig. Viel weniger als die Menschen, die hier gearbeitet haben und ebenfalls gesplittert sind, wie die Welt, die sie geboren hat.«

»Woran wurde hier gearbeitet?«, fragte Chen.

»An der Zukunft.« Der Mann mit der Maske setzte sich wieder in Bewegung. »Ich habe sie gefunden, die Zukunft. Vor vielen Jahren. Ich habe sie gesehen, ganz deutlich, und ich habe sie gehört.«

»Ich fürchte, ich verstehe nicht ganz, was Sie meinen.« Chen wankte und hatte Mühe, mit Floyd Schritt zu halten.

Der Mann vor ihm ging wortlos weiter und murmelte vor sich hin, wie im Zwiegespräch mit einem Unsichtbaren. Schließlich blieb er vor einer der Nischen stehen. Chens Plus bemerkte die Nähe eines Schilds, einer elektromagnetischen Barriere, und meldete: Phasenverschoben? Existent und dennoch durchdringbar? Dimensionale Diskrepanz?

Das Plus war sich seiner Analyse nicht sicher und benutzte erneut das Wort »Diskrepanz«, das es bereits mehrfach verwendet hatte. Chen bedauerte, sich ihm in seinem gegenwärtigen Zustand nicht ganz öffnen zu können, um nicht nur die Meldungen zu empfangen, sondern auch den Vorgang der zusätzlichen Erkenntnisgewinnung in sein Bewusstsein zu integrieren.

Er fragte sich, ob der andere Floyd, unter dessen Maske etwas Fremdes steckte, einen Rest von menschlicher Vernunft bewahrt hatte. Vermutlich handelte es sich nicht um eine gewöhnliche Form von Wahnsinn, die ihn befallen hatte, falls es so etwas überhaupt gab. Aber das machte diesen anderen Floyd nicht weniger gefährlich. Chen bedauerte, die Hintergründe nicht zu kennen.

»Was ich damit meine, fragen Sie?«, erwiderte der maskierte Mann und schien den Klang der eigenen Worte zu prüfen.

Plötzlich hob er die Hand, mit dem Zeigefinger nach oben.

»Ein Zauberstab«, verkündete er.

Chen sah ihn stumm an.

»Ein Zauberstab, mit dem man alles verändern kann. Ein Zauberstab, der Wunder wirkt. Wäre es nicht schön, ein solches Werkzeug zu haben?«

»Schön?«, wiederholte Chen.

»Ich meine nützlich«, sagte Floyd. »Überaus praktisch. Wie auch immer, stellen Sie sich diesen Zauberstab vor. Man kann *alles* damit machen, was man sich auch wünscht.«

»Ein sehr wirkungsvolles Machtinstrument«, kommentierte Chen behutsam.

»In der Tat«, bestätigte Floyd. »Ein Zauberstab, der die Grenzen der Wissenschaft verschiebt, mit dem Dinge möglich wären, die der Mensch bisher für undenkbar hielt.«

Zeta, vermutete das Plus.

»Ich nehme an, Sie meinen Zeta«, sagte Chen.

»Eine weit überlegene Technologie, die uns wie Magie erscheint. Das Artefakt, von einer Quantenintelligenz Zeta genannt ... Ich habe es gefunden. Eine Tschirnow-Irregularität hat erst ein Fenster und dann eine Tür für mich geöffnet. Ich habe den Konsens gehört. Und deshalb änderte er den Kurs. Deshalb kam er von Proxima Centauri zu uns. Andernfalls hätte er seine lange Reise durch die Milchstraße fortgesetzt, ohne uns zu besuchen. Wir hätten den Zauberstab nie bekommen.«

»Haben wir ihn?«, fragte Chen.

Floyd trat durch den Schild in die Nische. Chen zögerte, bevor er ihm folgte. Die elektromagnetische Barriere, auf die das Plus hingewiesen hatte, schien gar nicht zu existieren, sie machte sich für ihn nicht bemerkbar. Und doch war sie da.

»Hier lagert er, der Schlüssel.« Floyd sprach nun in einem anderen Ton. Oder vielleicht benutzte etwas anderes seinen

Mund. »Ich habe ihn vor kurzer Zeit empfangen. Sie kamen all die Jahre lang, immer wieder. Kleine Artefakte, nicht nur von Zeta, sondern von überall dort, wo die Zetaner einst gewesen sind. Sie waren viel auf Reisen, die Großen von einst. Vielleicht aus Neugier oder Abenteuerlust. Möglicherweise gab es Philosophen unter ihnen, die vor Jahrmillionen aufbrachen, um nach dem Sinn zu suchen. Haben Sie sich jemals nach dem Sinn gefragt, Chen?«

Hatte er dem Mann mit der Maske seinen Namen genannt? Chen erinnerte sich nicht daran, deutliches Zeichen der Schwäche. Seine geistige Leistungsfähigkeit nahm ab.

»Nach dem Sinn des Lebens?«, entgegnete er und beobachtete, wie Floyd eins der Sicherheitsfächer öffnete und ihm einen eiförmigen Behälter entnahm.

»Nach dem Sinn von allem«, sagte der Mann mit der Maske. »Warum existieren wir? Welcher Platz im Universum ist uns bestimmt? Woher kommt der Kosmos?« Er legte den Behälter aus dem Fach auf einen nahen kleinen Tisch.

Chen stellte eine andere Frage, die ihn mehr beschäftigte. »Wieso gibt es zwei von Ihnen? Wie kann so etwas möglich sein?«

»Sagen wir, es ist ... irregulär.« Seltsame Laute folgte diesen Worten, vielleicht ein Lachen. »Die Tschirnow-Irregularität hat mich geteilt. Oder verdoppelt. Und sie hat mir etwas gegeben, das ich vorher nicht hatte.«

»Was hat sie Ihnen gegeben?«, fragte Chen, als Floyd wieder einmal reglos blieb und zu horchen schien.

»Einen neuen Blick auf die Dinge«, antwortete der seltsame Mann nach einigen Sekunden. »Einen Blick ins Universum. Vom Panoramaraum aus habe ich Dinge gesehen, die Sie sich nicht einmal vorstellen können, Chen. Vor allem habe ich gesehen, was uns gehören könnte.«

Floyd neigte den Kopf ein wenig zur Seite, und wieder gewann Chen den Eindruck, dass er lauschte. »Ob ich dankbar für das bin, was mit mir passiert ist? Aber ja. Sonst hätte ich Zeta nicht gefunden. Sonst hätte es *mich* nicht gefunden.«
»Was hat Sie gefunden?«
»Der Konsens«, erklärte Floyd. »Wir sprechen miteinander. Besser gesagt, wir versuchen es zumindest. Es ist nicht immer ganz einfach.«
»Wen oder was meinen Sie mit ›Konsens‹?«, fragte Chen.
»Das Zentrum von Zeta, das Herz und Hirn, die steuernde, lenkende, evaluierende Mitte.«
»Der andere Floyd hat versucht, das Zentrum zu erreichen.«
»Ich habe ihn geschickt.« Die Fingerkuppen des Mannes mit der Maske strichen über den eiförmigen Behälter aus dem Sicherheitsfach und berührten ein Siegel. Chen hörte ein Klicken, leise und dumpf, von etwas gefiltert. Für den Bruchteil einer Sekunde lag ein sonderbarer Glanz in der Luft, wie von Myriaden winziger Funken. »Er hat für mich gesucht und geforscht. Wir müssen ihn finden. Ich brauche sein Wissen. Es ist an der Zeit, dass ich wieder ganz werde.«
»Ich dachte, wir müssten die Welt retten«, sagte Chen. »Sogar das ganze Universum.«
»Das klingt dramatisch, nicht wahr? Nach einer Übertreibung.« Ganz langsam, wie in Zeitlupe, hoben die Finger den Deckel des Behälters. »Und doch ist es wahr. Die Gefahr ist real. Alles könnte splittern und brechen. Die Realität so, wie wir sie kennen, könnte sich auflösen in einem Meer aus Möglichkeiten. Aber eins nach dem anderen.«
Es klang sonderbar und schien doch mehr zu sein als Rhetorik.
Licht strahlte aus dem kleinen Behälter auf dem Tisch. Floyd nahm etwas heraus. Er hielt einen nur zwei Zentimeter großen

Gegenstand zwischen den Fingern, eine schneeweiße Spindel, deren Leuchten alle Schatten aus der Nische vertrieb. Er hob das kleine Artefakt, hielt es vor die Maske und drehte es langsam hin und her.

»Was ist das?«, fragte Chen.

»Ein Schlüssel«, sagte Floyd. »Vielleicht der Schlüssel zur letzten Tür, hinter der das Zentrum von Zeta liegt.«

»Der Schlüssel zur Tür des Zauberstabs?«

»So könnte man es ausdrücken«, erwiderte Floyd. »Zuerst habe ich diese Spindel für einen Katalysator oder Initiator gehalten, aber inzwischen glaube ich, dass es sich um eine Art Universalschlüssel handelt. Ich vermute, dass wir mit ihr das interne Transportsystem von Zeta nutzen können, um den Konsens zu erreichen. Vielleicht erkennt uns das Zentrum damit als zugangsberechtigt an.«

Das hörte sich interessant an, fand Chen, zumal Floyd »wir« gesagt hatte.

»Zeta ist vielleicht schon Lichtjahre entfernt«, sagte Chen, während sein Plus rechnete und analysierte. »Wie wollen Sie dorthin gelangen?«

Floyd wandte sich ihm zu, und das Licht der weißen Spindel in seiner Hand umhüllte ihn wie mit einer Aureole. »Entfernungen spielen keine Rolle. Offenbar haben Sie noch immer nicht verstanden, worum es geht und was die Menschheit erreichen könnte.«

»Kommt hier erneut der Zauberstab ins Spiel?«, fragte Chen und wankte. Nahrung, teilte ihm das Plus mit. Dringend erforderlich.

»Der technologische Zauberstab der Zetaner, ja. Oder des Konsens.« Die Augen hinter der Maske musterten ihn. »Geht es Ihnen nicht gut?«

»Sind Sie an meinem Wohlergehen interessiert? Oh, das hatte

ich vergessen«, behauptete Chen mit unüberhörbarer Ironie. »Sie brauchen meine Hilfe, um die Welt zu retten und das ganze Universum obendrein.«

Vorsicht, mahnte das Plus. Wahnsinn. Unberechenbarkeit. Reaktionen kaum vorhersehbar. Gefahrenfaktor.

Floyd starrte ihn stumm an.

»Wenn ich Ihnen helfen soll, brauche ich etwas zu essen«, sagte Chen und wählte seine Worte mir mehr Bedacht. »Ich wurde verletzt und habe mich geheilt, doch das hat viel Energie gekostet, die ich erneuern muss.«

»Sie sind ein Enhu«, stellte Floyd fest.

»Ich gehöre zu den neuen Menschen, ja.«

»Sie haben mich geweckt«, sagte der Mann mit der Maske nicht ohne eine gewisse Anerkennung. »Und Sie können mir tatsächlich helfen, falls es ... Schwierigkeiten geben sollte.«

»Schwierigkeiten?«

»Wenn aus zwei wieder eins werden soll«, orakelte der Mann mit der Maske. »Wenn wir uns auf den Weg machen.«

»Nach Zeta?«

»Ein Schritt über Lichtjahre hinweg. Oder vielleicht auch zwei Schritte. Auch dafür ist viel Energie nötig, aber die haben wir.« Floyd vollführte eine vage Geste. »Sie steckt nicht in fossilen Materialien, auch nicht in den Kernkräften von Atomen. Nein, sie ist überall. Sie durchdringt alles. Es ist die Energie von Raum und Zeit, der Spannung im Gewebe des Kosmos.«

Das Plus zeigte großes Interesse an diesen Worten. Vakuumenergie?, vermutete es und begann mit neuen Analysen. Dunkle Energie? Die Inflationsenergie des Raums?

Chen dachte darüber nach, nicht annähernd so schnell, wie es ihm vor der Schwächung möglich gewesen wäre, aber schneller als ein gewöhnlicher Mensch. War es den Zetanern gelungen, die Energie der beschleunigten Ausdehnung des

Universums anzuzapfen? Dann standen ihnen Energiemengen zur Verfügung, die sich kaum in Zahlen ausdrücken ließen.

»Ich bin schwach«, sagte Chen. »Wenn ich Ihnen helfen soll, muss ich stark werden.«

Der Mann mit der Maske zögerte, und für einen Moment befürchtete Chen, dass er es sich anders überlegt hatte. War er zu dem Schluss gelangt, dass er doch keine Hilfe benötigte? Kontinuum-Rückkehr, warnte das Plus. Gefahr!

Chen verstand den Hinweis. Er hatte die Bruchlinien gesehen, die alles durchzogen bis auf einen wenige Meter durchmessenden Bereich mit Floyd in der Mitte. Er wusste um die Splitterung der Realität. Wenn er allein in ihr zurückblieb oder wenn sich Floyd zu weit von ihm entfernte, wurde er vermutlich Teil der gebrochenen Welt. Außerdem bot ihm der Maskierte die einzige Möglichkeit, nach Zeta zurückzukehren. Dieser Chance war alles andere unterzuordnen.

Floyd traf eine Entscheidung, hob die kleine Spindel und drehte sie. »Besuchen wir einen Ort, wo Sie bekommen können, was Sie brauchen.«

76

Nicht alle Fächer des großen runden Büfetts waren gefüllt, und es saßen nur wenige Personen an den Tischen, Männer und Frauen in weißen Kitteln und Overalls, Techniker und Spezialisten für die Artefakte. Niemand von ihnen rührte sich.

Chen beobachtete eine junge Frau, die den Löffel halb zum Mund gehoben hatte. Ein Tropfen hatte sich vom Löffel gelöst, war aber nur einige Zentimeter tief gefallen. Goldgelb hing er in der Luft, ebenso reglos wie die von dünnen Linien durchzogene Hand, die den Löffel hielt.

Floyd deutete auf das Büfett. »Nehmen Sie sich, was Sie brauchen.« Er trat näher zum runden Tisch mit den Fächern, die verschiedene Speisen enthielten. Das Licht der weißen Spindel fiel darauf. »Jetzt ist alles hier bei uns. Bedienen Sie sich.«

Nahrung, drängte das Plus. Energie. Gelegenheit!

Chen nahm einen großen Teller und füllte ihn mit Curryreis, Nudeln, Kartoffeln, Fleischstücken und Gemüse. Die ersten Bissen nahm er bereits im Stehen. Als er zu einem der freien Tische gehen wollte, spürte er nach wenigen Schritten einen sonderbaren Widerstand. Es fühlte sich an, als verdichtete sich die Luft, als gewänne sie die Konsistenz von Wasser.

Der Widerstand ließ nach und verschwand, als sich Floyd näherte. Chen setzte sich an den Tisch und begann, den großen Teller zu leeren, schlang alles in sich hinein. Floyd beobachtete ihn schweigend und begleitete ihn wenige Minuten später zurück zum Büfett, damit Chen seinen Teller erneut füllen konnte.

Beim dritten Teller aß Chen langsamer. »Und Sie?«, fragte er Floyd auf der anderen Seite des Tisches. »Haben Sie keinen Hunger?«

Der Mann mit der Maske schüttelte stumm den Kopf.

Das Plus erstellte sofort neue Hypothesen. Energetische Absorption? Metabolische Veränderung?

War es möglich, dass dieser Floyd keine Speisen mehr zu sich nehmen musste? Ernährte er sich auf eine ganz andere Art und Weise? Wie viel von seiner ursprünglichen menschlichen Natur steckte noch in ihm? Füllte ihn das Fremde, das Chen in den Augen und unter den Wangen gesehen hatte, ganz aus?

Floyd neigte den Kopf. »Hören Sie das?«

Chen kaute. »Was?«

»Wenn Sie ganz still sind, hören Sie es vielleicht. Als Enhu sollten Sie dazu in der Lage sein.«

Chen saß reglos wie die Männer und Frauen an den anderen Tischen. Stille dehnte sich aus und ließ gerade genug Platz für ein Knistern, noch leiser als Chens Herzschlag. Und in dem Knistern, wie darin verpackt, hörte er ein gelegentliches dumpfes Knacken.

»Sie hören es, nicht wahr?«, fragte Floyd.

»Es knistert und knackt.«

»Es ist die Welt, die splittert und bricht.«

Chen aß wieder. Schnell und systematisch schaufelte er das Essen in sich hinein.

»Warum retten Sie die Welt nicht mit Ihrer Spindel?«, fragte er zwischen den Bissen. »Mit dem Schlüssel, Katalysator, Initiator oder was auch immer. Sie haben damit die Speisen aus der gebrochenen Welt *hierher* geholt, damit ich sie essen kann. Wäre es nicht möglich, die Welt mit der Spindel zu heilen?«

»Dazu müsste die Spindel viel, viel größer sein«, antwortete Floyd. »Oder mit mehr Kraft verbunden. Mich hätte die Verbindung fast verbrannt, als sie entstand. Nein, wir müssen zu ihrer Quelle. Oder präziser: Wir müssen den Ort aufsuchen, wo diese Kraft kontrolliert wird.«

Zeta, folgerte das Plus.

»Zeta«, sagte Chen.

Floyd stand plötzlich auf. »Sie haben genug gegessen!« Die Stimme klang wieder anders, strenger als zuvor. »Lassen Sie uns aufbrechen.«

Chen legte die Gabel beiseite und erhob sich. »Wohin gehen wir?«

»Wir müssen den Anderen zu mir holen.«

Chens Blick schweifte über die Tische mit den reglosen Personen. »Was geschieht mit diesen Menschen? Werden sie sterben?«

»Sie sind bereits tot.« Floyd hielt die Spindel bereit. »Und sie leben trotzdem noch. Es ist eine Frage der Wahrscheinlichkeit.«

»Schrödingers Katze«, murmelte Chen.

»Wir müssen den Kasten öffnen, um ihn sicher verschließen zu können«, sagte Floyd. »Darin besteht das eigentliche Paradoxon.«

Er drehte die Spindel, weißes Licht strahlte, und die Welt veränderte sich.

ZWISCHEN DEN SPIEGELN

NIGHTINGALE, ZETA

77

»Sie ist einsilbig geworden seit ihrem kleinen Ausflug«, sagte Nightingale und meinte Roxa, die an einem der kleineren Spiegel saß und mit mehreren Stöcken und einer der Früchte experimentierte, die sie vor einer Weile gefunden hatten. Inzwischen war sie viel vorsichtiger und drängte nicht mehr dazu, einfach loszustürmen, allen Risiken und Gefahren zum Trotz. Nightingale beobachtete, wie sie die blaugrüne Frucht am längsten Stock befestigte und ihn dann in den Spiegel hielt. Als sie ihn wenige Sekunden später zurückzog, war die Frucht gelb und verschrumpelt.

»Roxa weiß, dass sie einen Fehler gemacht hat«, erwiderte Hannibal. »Ohne Ihr Eingreifen wäre sie jetzt tot.«

»Das scheint ihr nicht in den Kram zu passen«, sagte Nightingale. »Sie hat seitdem kaum ein Wort mit mir gesprochen.«

»Roxa kann manchmal recht ... schwierig sein.« Hannibal schmunzelte bei diesen Worten und trank einen Schluck Wasser aus einer ausgehöhlten giftgrünen Frucht, die wie die anderen aus der »Plantage« stammte, einer kleinen Spiegel-Welt mit einigen Dutzend Bäumen und Büschen und einer Quelle. Dieser Ort war ihnen wie eine Oase des Friedens inmitten von Chaos erschienen, und sie hatten ihn für eine längere Ruhepause genutzt.

»Sie denkt in ideologischen Bahnen«, gab Nightingale zu bedenken.

»Sie setzt sich für das ein, was sie für richtig hält«, meinte Hannibal.

»Das war damals auch bei den Puristen der Fall. Auch sie glaubten, sich für das Richtige einzusetzen. Was für viele Menschen den Tod bedeutet hat.«

Hannibal wurde wieder ernst. »Roxa bringt niemanden um.«

»Auch nicht für ihre Sache? Wenn sie wählen muss zwischen dem Mars auf der einen Seite und dem Leben von Menschen auf der anderen?«

»Ich nehme an, damit meinen Sie uns«, vermutete Hannibal.

»Ja, zunächst einmal uns. Denn wir sind hier, bei ihr. Stellen Sie sich vor, Roxa muss sich entscheiden, zwischen Zeta für den Mars und uns.«

Hannibal musterte sie. »Was ist mit Ihnen? Stellen Sie sich vor, Sie müssten entscheiden, zwischen Zeta für den Mars oder für die Erde.«

Nightingale schüttelte den Kopf. »Eine solche Frage stellt sich für mich nicht. Erde und Mars, Jupiter und Saturn, die Autarkien von Uranus und Neptun ... Wir sind alle Menschen, und allein darauf kommt es an. Mir geht es um die Menschheit. Wenn wir das Zentrum erreichen und dort Zugang zur zetanischen Technologie erlangen, werde ich alles mir Mögliche tun, damit sie Fortschritt für die ganze Menschheit bedeutet.«

Hannibal sah sie an. »Was würden Ihre Vorgesetzten dazu sagen?«

»Glauben Sie, das spielt eine Rolle für mich? Solche Dinge haben längst ihre Bedeutung verloren.« Nightingale ließ zwei oder drei Sekunden verstreichen. »Was ist mit Ihnen?«

»Mit mir?« Hannibal seufzte. In den vergangenen Stunden hatte sein silbergrauer Overall Flecken bekommen, aber er hatte darin noch immer Ähnlichkeit mit einem der humanoiden Zetaner. »Was spiele *ich* für eine Rolle? Ich bin nur ein einfacher Schürfer, der mit seinem Schiff zum Saturn geschickt wurde, als Zeta im Sonnensystem aufgetaucht ist.«

»Sie mögen einmal ein einfacher Schürfer gewesen sein, aber das war in einem anderen Leben. *Dieser* Hannibal Laurentis ist viel mehr. Sie vertreten den Mars. Und Sie haben Einfluss auf Roxa. Sie könnten ihn gegebenenfalls nutzen, um das Schlimmste zu verhindern.«

»Gegebenenfalls?«

»Falls es zum Schlimmsten kommt.« Nightingale seufzte ebenfalls. »Was hoffentlich nicht der Fall sein wird. Es könnte die letzte Prüfung sein. Zerbrechen wir an uns selbst oder nicht? Kommt es zum Konflikt, oder erzielen wir Einigung?«

»Und dann?«, fragte Hannibal. »Wenn wir die letzte Prüfung bestehen, was dann?«

Ein kurzes Lächeln huschte über Nightingales Lippen. »Dann öffnen wir die große Schatztruhe.«

»Die vielleicht gar nicht existiert«, wandte Hannibal ein. »Was, wenn wir von völlig falschen Annahmen ausgehen?«

»Es wird sich zeigen. Hoffe ich jedenfalls. Zuerst müssen wir einen Weg durch das Labyrinth finden. Wie lange sind wir schon unterwegs?«

»Zwei Tage?«, erwiderte Hannibal. »Vielleicht auch drei. Die zeitliche Orientierung fällt mir ebenso schwer wie die räumliche.«

Orientierung, dachte Nightingale. Um sie herum standen die Spiegel dicht gedrängt, manche hoch und breit wie Tore, andere klein und schmal. Es gab noch immer keine Erklärung dafür, warum sie unterschiedlich beschaffen waren – offenbar existierte kein Zusammenhang mit den Welten und Räumen hinter ihnen. Das war ein interessanter Punkt. Manche Spiegel boten Zugang zu Orten mit sehr begrenzter Ausdehnung, etwa die Plantage; durch andere konnten Gebiete ohne erkennbare Begrenzungen erreicht werden, möglicherweise andere Innenwelten von Zeta oder Regionen auf fernen Planeten. Nora und Eusebius hielten die Spiegel für Materietransmitter, vergleichbar mit den dunklen Rechtecken, die sie bereits kannten.

Eine dieser Welten, hinter einem der größeren Spiegel gelegen, erforschten die Frau vom Titan und der Autarke gerade. Die aus mehreren zusammengebundenen Stricken bestehende Leine, die in den Spiegel führte, lag schon seit einer ganzen Weile ruhig. Nora und Eusebius ließen sich Zeit.

»Sie genießen es«, sagte Hannibal, der Nightingales Blick bemerkt hatte. Sie saßen neben einem lehmbraunen, von rosaroten Quarzadern durchzogenen Felsen, der Schutz vor dem kühlen Wind bot, umgeben von Spiegeln. Bisher hatten sie keinen Weg aus dem Labyrinth gefunden; sie wussten nicht einmal, in welchem Teil davon sie sich befanden.

Orientierung, wiederholte Nightingale in Gedanken. Auch das war ein Test, eine Prüfung, die sie bestehen mussten, wenn sie weiterkommen und das Zentrum erreichen wollten. Fanden sie einen Weg durch das Labyrinth der Spiegel und auch durch das ihrer Wünsche und Erwartungen? Nora und Eusebius gaben vielleicht der Versuchung nach, sich in einer der Welten niederzulassen und ihr neues Leben zu leben. Das war die Wahl, vor die sie sich bald gestellt sehen mochten: entweder weiter die verschlungenen Wege des Labyrinths beschreiten, einen Spiegel nach dem anderen ausprobieren und dabei riskieren, in eine tödliche Welt zu geraten – oder sich in einer der angenehmen Welten niederlassen, die nicht sehr zahlreich waren, die es aber durchaus gab. Irgendwann, wenn der Weg zu mühsam oder gefährlich wurde, zogen sie vielleicht einen endgültigen Schlussstrich unter ihr bisheriges Leben und beschlossen, sich in einer angenehmen Umgebung eine neue, gemeinsame Zukunft aufzubauen im Innern eines vierhundert Kilometer großen Artefakts, das sie durch die Galaxis trug.

Nightingale konnte es ihnen nicht verdenken. Sie alle hatten nur ein Leben, und jeder von ihnen sollte versuchen, das Beste daraus zu machen. Für sie selbst kam Verantwortung an erster Stelle, und manchmal fragte sie sich, ob es richtig war, immer vor allem an andere zu denken, an das größere Wohl. Möglicherweise lief es darauf hinaus, dass jeder seinen eigenen Weg gehen musste, bestimmt von den eigenen Fähigkeiten und der eigenen Moral.

»Das war ein ziemlich langes Schweigen«, stellte Hannibal fest.

»Mir gehen da so einige Gedanken durch den Kopf.« Nightingale atmete die kühle Luft tief ein. »Womöglich haben Nora und Eusebius gefunden, was sie suchten.«

»Vielleicht sogar, ohne dass sie zuvor wussten, was das war.«

»Das sind die besten Entdeckungen!« Nightingale lachte und fühlte, wie ein Teil der Anspannung von ihr abfiel.

»Und Sie?«, fragte Hannibal sanft. Sein silbergrauer Overall knisterte leise, als er sich bewegte. »Was ist mit Ihnen? Was wünschen Sie sich in Ihrem Leben? Und was haben Sie entdeckt?«

Eigentlich waren es harmlose Fragen, wie man sie vielleicht bei einer Plauderei in einem Café stellte. Aber dies war Zeta, das Artefakt einer fremden Zivilisation. In *dieser* Umgebung klangen die Fragen seltsam.

»Ich habe mir die Entdeckung fremder Welten gewünscht«, sagte Nightingale. »Darauf habe ich mich viele Jahre lang vorbereitet.«

»Sie meinen die *Excelsior*.«

»Das erste interstellare Raumschiff der Menschheit. Der erste

Flug zu einem anderen Sternsystem. Der erste Mensch, der seinen Fuß auf einen extrasolaren Planeten setzt.«

»Sie wollten dieser Mensch sein?«, fragte Hannibal.

Nightingale schmunzelte bei dem Gedanken. »Ich wäre in die Geschichte eingegangen, nicht wahr? So wie Neil Armstrong, der erste Mensch, der den Mond betrat, und wie die anderen Entdecker, die den Mars und die Planeten und Monde im äußeren Sonnensystem erreichten.«

Hannibal lächelte ebenfalls. »Ruhm?«

»Nein. Vielleicht ein wenig Eitelkeit, nur ein kleines bisschen. Ich bin auch nur ein Mensch.«

Sie sah, wie die Leine erzitterte, die Nora und Eusebius hinterlassen hatten. Sie zuckte und wand sich kurz, wie von plötzlichem Leben erfüllt, und lag dann wieder still. Der große Spiegel, in den sie führte, veränderte sich nicht. Er reflektierte die anderen Spiegel und deren Spiegelbilder, wodurch weitere Labyrinthe entstanden, immer kleinere, bis hinab in fraktale Tiefen.

Roxa bemerkte es ebenfalls, legte ihre Stöcke beiseite und stand auf. »Ich glaube, der hier ist sicher.« Damit trat sie in den Spiegel, mit dem sie experimentiert hatte, und verschwand.

»Wird sie wieder unvorsichtig?«, fragte Nightingale.

Hannibal seufzte einmal mehr. »Wir können ihr nicht dauernd auf die Finger schauen.«

Nightingale sah sich um. Nach Roxas Verschwinden waren sie allein. Nichts rührte sich um sie herum, und es war nur das leise Zischen des Winds zwischen den zahllosen Spiegeln zu hören.

»Stimmt was nicht?«

»Ich dachte, mich hätte etwas an der Schulter berührt.« Erneut wanderte Nightingales Blick durch das Labyrinth, das sich auf allen Seiten nach etwa hundert Metern im Dunst verlor.

Der Wind sorgte für ständige Veränderungen. Manche Spiegel schienen in dichter werdenden Dunstschwaden an Substanz zu verlieren und sich aufzulösen. Andere erschienen dort, wo sich der dünne Nebel lichtete. Das fügte dem Labyrinth einen weiteren verwirrenden und desorientierenden Aspekt hinzu.

»Sie sind nicht auf einem fremden Planeten, sondern in einer künstlichen Welt, geschaffen vor langer Zeit von einer außerirdischen Intelligenz«, sagte Hannibal. »Ist das nicht mehr, als Sie sich bei der Ausbildung für die Mission der *Excelsior* erträumt haben? Und wahrscheinlich sind wir weiter von der Erde entfernt als die vier Lichtjahre, die Sol von Proxima Centauri trennen.«

»Sehr beruhigend«, kommentierte Nightingale sarkastisch und beobachtete die Spiegel.

»Wenn wir ins Zentrum gelangen, finden wir vielleicht eine Möglichkeit zur Rückkehr«, stellte Hannibal in Aussicht.

Nightingale schloss kurz die Augen und öffnete sie wieder, vielleicht in der Hoffnung, besser sehen zu können. Sie hatte das Gefühl, dass sich ihnen etwas näherte.

»Wir sprechen immer wieder davon, das Kontrollzentrum von Zeta zu erreichen, mit all seinen technologischen Wundern«, sagte sie. »Aber wir sitzen hier fest. Wir kommen nicht voran. Wir finden keinen Weg durch das Labyrinth, und nichts deutet darauf hin, dass wir einen finden werden. Unsere Situation verbessert sich nicht, sie wird immer schlimmer.«

»Das klingt nicht sehr optimistisch.«

»Ich sage es nur ...«

»Weil die anderen nicht da sind?«

Nightingale nickte und vernahm plötzlich ein leises, klimperndes Geräusch wie fernes Glockengeläut, vom Wind über die Landschaft getragen.

78

Sie spitzte die Ohren. »Haben Sie das gehört?«

Hannibal lauschte einige Sekunden lang und schüttelte den Kopf. »Nein, ich höre auch diesmal nichts. Aber ...«

»Ist etwas in Ihrem Kopf?«

Er verzog andeutungsweise das Gesicht. »Das klingt, als ob ...«

»Nein«, kam ihm Nightingale zuvor. »Ich weiß, dass Sie nicht verrückt sind, und das sollten Sie auch von mir wissen. Zeta versucht, Kontakt mit uns aufzunehmen, wir fühlen es nur auf unterschiedliche Art und Weise.«

Das Klingeln und Klimpern wiederholte sich, etwas lauter als zuvor.

»Rekapitulieren wir noch einmal«, sagte sie schnell und nutzte die eigenen Worte, um ihre Gedanken zu ordnen und sich zu konzentrieren. »Nicht zuletzt Pandora hat uns gezeigt, dass es offenbar verschiedene Fraktionen von Zetanern gibt, mindestens zwei von ihnen. Die eine wollte uns eliminieren, die andere versuchte, uns zu helfen. Wir wissen nicht genau, ob diese Fraktionen aus lebenden Wesen oder ›biometrischen Hologrammen‹ bestehen, aber klar ist: Die eine Seite hat mehrmals versucht, Kontakt mit uns aufzunehmen. Sie spüren diesen Versuch als ein Kratzen im Hinterkopf, und ich höre eine Art Glockenspiel in der Ferne.«

»Ihre Visionen nicht zu vergessen«, warf Hannibal ein.

»Ja, meine Visionen. Ich habe Bilder gesehen, von Raumstationen und fernen Welten, von einem gewaltigen Gebäude mit sonderbaren Wesen in seinem Innern. Aber nichts von dem zeigt uns einen Weg durch das Labyrinth.«

Der Wind schien frischer zu werden. Weiter vorn teilte sich der Dunst zu beiden Seiten des schmalen Wegs, und weitere

Spiegel wurden sichtbar, doch ein Ende des Labyrinths war nach wie vor nicht in Sicht. Nightingale hielt es sogar für möglich, dass sie sich wieder in der Nähe der Stelle befanden, wo sie ihre Reise begonnen hatten. In diesem Punkt hatte Roxa zweifellos recht: Sie verloren wertvolle Zeit.

In der Ferne ertönten die Anfänge einer Melodie.

»Vielleicht können wir uns gegenseitig helfen«, sagte Nightingale hoffnungsvoll. »Wenn wir uns gemeinsam bemühen, gelingt es uns möglicherweise, einen Kontakt herzustellen. Oder mehr zu verstehen, genug für eine Durchquerung des Labyrinths.«

»Wie?«

Nightingale ergriff Hannibals Hände. »Indem wir uns konzentrieren? Indem wir einen Kontakt *wollen* mit der ganzen Kraft unseres Geistes?«

»Die Macht des Wunsches?«

»Warum nicht?« Sie drückte mit ihren Fingern zu, schloss die Augen und dachte: Ich bin bereit. Hallo, Zetaner, hört ihr mich?

»Es ist fast wie bei einer Séance«, sagte Hannibal. »Aber in diesem Fall beschwören wir keine Geister. Oder?«

Die Worte klangen scherzhaft, doch Nightingale dachte ernsthaft darüber nach. Geister, wiederholte sie in Gedanken. Ein riesiges Artefakt, das aussah wie ein vierhundert Kilometer großer Asteroid, ein Reisender durch Zeit und Raum, seit Jahrmillionen durch die Milchstraße unterwegs, auf der Suche nach ... was? Nach intelligenten Geschöpfen, die es schafften, sein Zentrum zu erreichen, Herz und Hirn von Zeta? Aber wozu? Ganz gleich, woraus Zetas ursprüngliche Mission bestanden haben mochte, nach Millionen von Jahren konnte dieses Missionsziel keinen Bestand mehr haben.

Vielleicht haben wir es tatsächlich mit Geistern zu tun, dachte Nightingale und wartete.

Nichts geschah. Sie hörte nicht einmal mehr das Klimpern in der Ferne, nur den kalten Wind, der sie frösteln ließ.

»Hannibal?«

»Die Geister, die ich rief«, sagte er, »sie antworten nicht.«

Nightingale öffnete die Augen. Einer der Spiegel zeigte ein Zerrbild von ihr, eine kleine Fratze, die sie zu verspotten schien.

»Wir machen etwas falsch.«

»Was?«

»Keine Ahnung. Sind wir fokussiert genug gewesen? Haben wir uns richtig konzentriert?« Plötzlich erkannte sie ihren Fehler. »Nein, wir sind *zu* fokussiert gewesen, wir haben uns *zu sehr* konzentriert. Die Visionen kamen, wenn ich nicht mit ihnen gerechnet habe, wenn meine Gedanken trieben wie Blätter im Wind.«

Sie ließ Hannibals Hände nicht los, hielt sie aber nicht mehr ganz so fest.

»Wir müssen ruhig sein«, fügte sie hinzu. »Ruhig und offen.«

»Empfangsbereit.«

»Ja. Anstrengung ist kontraproduktiv. Wir müssen uns entspannen.«

Sie schloss erneut die Augen und gab ihre Gedanken frei, damit sie ungelenkt treiben konnten. Eine Zeit lang beobachtete sie sich selbst, bis sie begriff, dass es sich dabei um eine Art Selbstkontrolle handelte. Sie öffnete die inneren Türen und Fenster und trat im Haus ihres Geistes zurück, ohne zu warten oder etwas zu *er*warten.

Sekunden verstrichen und wurden zu Minuten.

Dann geschah es.

Etwas berührte sie, erst an der einen und dann an der anderen Schulter. Nightingale widerstand der Versuchung, die Augen zu öffnen. Sie blieb entspannt und *offen*, sie wartete, ohne bewusst zu warten.

Kalter Wind strich ihr übers Gesicht. Sie atmete tiefer ein und aus.

Ihre Finger spürten Hannibals Hände – und noch etwas anderes.

Wärme kroch über Zeige- und Mittelfinger der rechten Hand, erreichte den Handballen und breitete sich dort aus.

Öffne die Augen, flüsterte ein Gedanke, der vielleicht nicht ganz ihr gehörte.

Nightingale hob die Lider.

Ein kleines Licht funkelte zwischen ihren Fingern. Sie hob die rechte Hand und drehte sie, sodass die Innenfläche nach oben zeigte. Aus dem Licht wurde ein Funken, der dicht über ihrer Hand tanzte. Sie betrachtete ihn, und während sie sich noch fragte, was es damit auf sich hatte, stieg der Funken auf, leuchtete etwas heller, glitt den Spiegeln entgegen, verharrte für einige Sekunden und kehrte dann zu Nightingales Hand zurück.

»Ein Wegweiser.« Sie stand auf. »Das Licht weist uns den Weg.«

Hannibal erhob sich ebenfalls. »Sind Sie sicher?«

»Ob ich sicher bin?« Nightingale horchte in sich hinein. Vertrauen?, raunte ein Gedanke, und wieder wusste sie nicht genau, ob er von ihr stammte. Ging es darum? Um Vertrauen? »Ich bin *fast* sicher.«

Hannibal lächelte knapp. »Das genügt mir.« Er deutete zur Leine, die Nora und Eusebius hinterlassen hatten, und zu dem Spiegel, in dem Roxa verschwunden war. »Wir müssen warten, bis die anderen zurückkehren.«

»Nein«, widersprach Nightingale, »wir warten nicht, das könnte zu lange dauern, insbesondere bei Nora und Eusebius. Wir holen sie.«

AUS ZWEI MACH EINS

CHEN,
ERDE

79

»Das ist er«, sagte der Mann mit der Maske. »Der Dumme, dessen Vermessenheit die sich immer weiter ausdehnende Irregularität geschaffen hat. Elroy Emmon Skarabi, Ehrenwerter des Gremiums und Mitglied von Terra Solar. Jemand, der noch mehr sein wollte, als er ist.«

Er hing mitten in der Luft, der Mann im anthrazitfarbenen Anzug, die Augen weit aufgerissen, auf dem Gesicht ein Ausdruck nicht von Angst oder Entsetzen, sondern von ungläubiger Fassungslosigkeit. Floyd, beziehungsweise Letho, ging langsam um ihn herum, obwohl es nichts gab, das ihn trug oder ihm Halt gab. Einige Hundert Meter unter ihnen türmten sich Meereswellen in einem beginnenden Sturm.

Chen folgte dem Mann. Auch er ging ohne einen sichtbaren Boden unter den Füßen.

»Sehen Sie sich ihn an, den arroganten Träumer, der Dinge benutzt hat, von denen er nicht mal wusste, wie sie funktionieren und was sie anrichten können.« Floyd blieb direkt vor Skarabi stehen und richtete den Zeigefinger auf ihn. »Betrachten Sie seine Gedanken, in denen sich alles um Einfluss und Macht dreht.«

»Ich kann nicht in seinen Kopf schauen«, entgegnete Chen

und blickte in die Tiefe. Unter ihnen wogte der graue Ozean, die Wellen von Schaum gekrönt. Ein Sturz aus dieser Höhe wäre tödlich gewesen.

»Oh, das könnten Sie. Mit den richtigen Augen. Und wenn Sie wüssten, worauf es dabei ankommt. Ich helfe Ihnen ein wenig.«

Floyd hob die kleine Spindel, von der noch immer weißes Licht ausging, und Skarabis Kopf schien einen Teil seiner Substanz zu verlieren, wurde durchsichtig, und das Gehirn ließ sich erkennen. Es war mit einer Vielzahl von Buchstaben und Zahlen gefüllt.

»Was wird mit ihm geschehen?«, fragte Chen.

»Er splittert und bricht wie alles andere«, antwortete Floyd. »Er ist verloren. Ich habe es ihm gesagt. ›Sie sind verloren, so wie der Mann im Sessel.‹ So lauteten meine Worte.«

»Sie waren schon einmal hier?«, fragte Chen verwundert.

»Ja und nein. In einem Splitter dieser Welt bin hier gewesen, bei ihm. Vielleicht habe ich ihn sogar hierhergebracht, ich bin nicht ganz sicher. Er hat mich gefunden oder ich ihn.«

Wieder hatte sich Floyds Tonfall verändert, und Chen glaubte, eine Andeutung von Unsicherheit und Ungewissheit zu hören. Sein Plus warnte ihn erneut: Diskrepanz. Unberechenbarkeit.

»Ich erinnere mich«, sagte Floyd. »Ich habe ihm das Unvermeidliche gezeigt, eine Pistolenkugel und ihr Ziel, der Mann im Sessel, beide gefangen in ihrer eigenen Zeit, in ihrem eigenen Fragment der Wirklichkeit. Ich erinnere mich, obwohl nicht *ich* es gewesen bin, der ihm begegnet ist.«

Chen sah die Bruchlinien, die den schwebenden, ungläubig und fassungslos starrenden Mann durchzogen. Und mithilfe des Plus sah und erkannte er noch mehr. Floyd hatte von einem »Meer aus Möglichkeiten« gesprochen und erinnerte sich an Dinge, die jemand anders, ein alternatives Selbst, erlebt hatte.

Chen versuchte, die einzelnen Teile seines Wissens und seiner Erkenntnisse zusammenzufügen, damit sich ein einheitliches, kohärentes Bild daraus ergab. Es fiel ihm alles andere als leicht. Das Essen hatte geholfen, er fühlte sich nicht mehr ganz so schwach, aber Körper und Geist funktionierten noch immer nicht wie gewohnt.

»Wenn Sie wissen, was andere Floyds und Lethos gedacht und getan haben ...«, sagte er, sich auf sehr unangenehme Weise der Leere unter seinen Füßen bewusst. »Könnten dann die anderen auch wissen, was Sie denken und tun?«

Floyd richtete den Zeigefinger der freien Hand auf Chen. »Gut überlegt. Es geht Ihnen besser. Und Sie haben recht, die anderen könnten auf dumme Gedanken kommen, beziehungsweise *der Andere*. Sie, Chen, werden mir helfen, *ich* zu bleiben.«

Das Plus zog neue Schlüsse aus diesen Worten. Vereinigung, sprach es leise in Chens Hinterkopf. Verschmelzung. Rückführung zur Individualität.

Und dann?, fragte sich Chen.

Handeln, erwiderte das Plus. Aktionen. Die Realisierung von Plänen.

Floyd drehte sich langsam um die eigene Achse, den Kopf zur Seite geneigt. »Es ist unterwegs, mein anderes Selbst, mit dem Sie in Zeta gewesen sind. Er versucht, sich zu orientieren. Oh, da ist er.« Mit ausgestrecktem Arm wies er übers aufgewühlte Meer. »Tausend Kilometer entfernt. Vielleicht auch zwei- oder dreitausend. Solche Entfernungen spielen kaum eine Rolle. Jemand begleitet ihn.«

Amaranth Newton, vermutete das Plus.

»Sie sitzen im Waggon einer Hyperbahn und reisen von Kapstadt nach Norden, durch Afrika«, verkündete Floyd in einem sehr zufriedenen Tonfall. »Ihr Ziel ist ein ganz bestimmter Ort im Herzen der Sahara, wo es früher nur Sand und Hitze gab.« Wieder folgten seltsame Laute, die vielleicht ein Lachen waren. »Wir hätten bleiben können, wo Sie mich geweckt haben, Chen, denn genau dort befindet sich ihr Ziel. Sie wollen zurück nach Zeta, und wo sonst gibt es eine Möglichkeit dazu?«

»Die Artefakte«, sagte Chen.

»Natürlich. Und sie haben es eilig. Sie *müssen* es eilig haben, denn sie stehen nicht wie wir neben dem Bruch. Hier sind sie Teil davon und können nur eine bestimmte Zeit überleben. Wenn diese Frist verstreicht, sterben sie wie all die anderen. Es sei denn ...« Die Augen hinter der Maske sahen Chen an.

»Es sei denn, wir retten die Welt und das ganze Universum«, sagte Chen.

»Genau so ist es«, bestätigte der Mann mit der Maske. »Kommen Sie. Gehen wir zu ihnen, bevor sie sterben.«

Chen zögerte und deutete auf Skarabi. »Können wir etwas für ihn tun?«

»Sie erstaunen mich, Chen«, sagte Floyd. »Er ist ein Extremist von Terra Solar. Er hasst die Enhus, obwohl er mit einem von ihnen zusammenarbeitet. Und Sie wollen ihm helfen?«

»Er ist ein Mensch«, sagte Chen. »Ich bin ebenfalls einer.«

»Und das ist Grund genug?«

»Ist es nicht der beste aller Gründe, wenn man die Dinge aus der richtigen Perspektive sieht?«

Nach kurzem Zögern wandte sich Floyd kommentarlos ab und schritt durch leere Luft, fort von Elroy Emmon Skarabi, der die gewaltige Tschirnow-Irregularität ausgelöst hatte. Chen folgte ihm.

Weißes Strahlen nahm sie auf.

80

Der Hyperbahnwaggon raste zusammen mit siebzehn anderen durch eine Vakuumröhre und legte in jeder Sekunde etwas mehr als dreihundert Meter zurück, was fast der Schallgeschwindigkeit entsprach, doch in seinem Innern deutete nichts auf die enorm hohe Geschwindigkeit hin. Die Fenster zeigten nicht die aktuelle Umgebung, sondern typische Landschaftsszenen, die sich langsam veränderten, und mehr als ein leises Zischen war in den bequemen offenen Abteilen nicht zu hören.

Der Mann mit der Maske ging langsam durch den Mittelgang und wich einem Kellner aus, der mit sicherem Geschick ein Tablett voller Sektgläser trug. Seine Bewegungen waren verlangsamt, ebenso die der Männer, Frauen und Kinder auf den Sitzen und an den Tischen. Ihre Hände hoben und senkten sich wie in Zeitlupe, wenn sie gestikulierten, und ihre Stimmen waren ein tiefes Brummen, in dem sich kaum einzelne Worte ausmachen ließen.

Weder Passagiere noch Personal achteten auf Floyd und Chen, als sie durch den Waggon schritten. Nur ein kleines Mädchen, nicht älter als vier Jahre, drehte langsam den Kopf, sah sie an und schien sie tatsächlich zu *sehen*.

»Kinderaugen lassen sich weniger leicht täuschen«, erklärte Floyd. Er winkte dem Mädchen kurz zu und ging weiter. »Sie sehen, was tatsächlich da ist. Der Filter der Vernunft hat bei ihnen noch große Löcher.«

Chen blickte nach rechts und links, als er langsam an den Abteilen entlangging. Die Menschen wirkten entspannt und sorglos. Niemand von ihnen ahnte, was geschah, kein Gesicht zeigte Furcht. Er hielt nach Bruchlinien Ausschau und bemerkte sie erst, als er stehen blieb: ein Netz aus Fäden dünner als Haar, das auf allem lag, auf Lebendigem wie Unbelebtem. Es war schwer zu erkennen, selbst wenn man wusste, wonach es zu suchen galt.

Örtliche Diskrepanz?, fragte das Plus.

»Gibt es Orte, die vom Bruch verschont bleiben oder glimpflich davonkommen?«, wandte sich Chen an den Mann mit der Maske.

»Nein«, antwortete der sofort. »Nicht einen einzigen. Weder hier noch im ganzen Sonnensystem. Nirgends im Einflussbereich der Irregularität, die sich immer weiter durch Zeit und Raum ausbreitet. Dem Anderen und seinem Begleiter bleiben nur wenige Stunden, bis die Splitterung auch sie erfasst. Oh, da sind sie ja!«

Floyd blieb neben einem offenen Abteil stehen, in dem eine kleine, zart gebaute Frau um die achtzig saß und ein offenbar freundliches Gespräch mit den beiden Männern ihr gegenüber führte. Der eine war sehr jung, nur neunzehn Jahre alt, wie Chen wusste. Ein silbernes Interfacegeflecht reichte über seinen kahlen Kopf, ging rechts und links am Hals in biodigitale Schnittstellen über. Amaranth Newton, Enhu der neuen Generation. Er wirkte ein wenig mitgenommen, noch hohlwangiger als sonst; der Wechsel von Zeta zur Erde und der Bruch schienen ihm zugesetzt zu haben.

Der zweite Mann war um die fünfzig, schmächtig und nur wenig größer als die Frau. Effraim Floyd, von Skarabi der Crew der *Excelsior* hinzugefügt.

Chen musterte ihn interessiert. Der Floyd dort neben Amaranth Newton wirkte jünger als jener, der die Maske trug, weil sich unter seinem Gesicht etwas Fremdes verbarg, das niemand sehen sollte. Er war der Mann, den Chen als Floyd kennengelernt hatte, ohne zu ahnen, dass es noch eine andere Version von ihm gab. Er hatte viel über Zeta gewusst, dieser

Floyd, so viel, dass Nightingale schon bald misstrauisch geworden war.

Beide Männer trugen die dunkelgrüne Kleidung von Technikern. Vielleicht hatten sie wegen der »Diskrepanz«, wie es das Plus nannte, mehr Zeit auf der Erde verbracht, Tage oder gar Wochen. Zeit genug, die Kleidung zu wechseln und sich auf den Weg nach Afrika zu machen, zu den unterirdischen Laboratorien von Terra Solar in der Sahara.

»Sind sie sich darüber im Klaren, was mit ihnen passiert?«, fragte Chen. Es sah nicht danach aus, fand er. Die zwei Männer wirkten recht entspannt und schienen ganz jovial mit der alten Dame zu sprechen.

»Spielt es eine Rolle?«, erwiderte der Mann mit der Maske und trat näher.

Newton wandte langsam den Kopf, und Chen beobachtete, wie sich in seinen Augen etwas veränderte. »Er nimmt uns wahr.«

»Gleich können Sie mir helfen, Chen«, sagte der Maskierte. Wieder hatte sich seine Stimme verändert, sie klang jetzt erwartungsvoll, vielleicht auch ein wenig angespannt.

»Wobei?«, fragte Chen. »Was wird geschehen? Was *soll* geschehen?«

Kritischer Moment, meldete sein Plus, das bereits mehr sensorische Daten verarbeitet hatte.

»Sie werden mir helfen, wieder eins zu werden«, sagte Floyd.

Das Plus bescherte Chen eine wortlose Erkenntnis. Alternativwelten, begriff er. Geschaffen von der ersten Irregularität vor vielen Jahren, als es nur einen Effraim Floyd gegeben hatte. Eine Anomalie, die zu einem ersten Bruch geführt und Floyd einen Letho hinzugefügt hatte, der dann Zeta entdeckte. Um etwas gegen die viel größere, von Skarabi ausgelöste Irregularität zu unternehmen und nach Zeta zurückzukehren, musste Floyd wieder eins werden.

Konkurrenz?, flüsterte das Plus und deutete damit eine weitere Möglichkeit an. Rivalität?

Auch das war denkbar. Dass es in diesem Zusammenhang kein *Muss* gab, keine zwingende Notwendigkeit, sondern ein *Ich möchte* oder *Ich will*, einen Wunsch nach Einheit und Kontrolle.

Das war ein wichtiger Punkt, erkannte Chen. Wenn die beiden Floyds zusammenfanden, bei wem lag dann die Kontrolle? Wer nahm wen auf? Wer war das Original und wer die Kopie?

Auch der sitzende, jüngere Floyd merkte nun, dass er und Amaranth Newton neben ihm Besuch bekommen hatten. Das Freundliche und Joviale beim Gespräch mit der alten Dame verschwand aus seinem Gesicht, als ihm klar zu werden schien, was sich anbahnte. Zusammen mit dem jungen Enhu an seiner Seite stand er auf, wie träge und schwerfällig. Aber beide arbeiteten sich aus der langsamen Zeit heraus wie Wanderer, die aus dem Nebel kamen und dabei immer deutlichere Konturen gewannen, und ihre Bewegungen wurden schneller.

»Das erspart uns Zeit und Mühe«, sagte der andere Floyd und hob die Hand. »Komm zu mir.«

Amaranth Newton beäugte Chen neugierig und fasziniert. »Sie haben überlebt.« Die Worte waren kein tiefes Brummen mehr, sie klangen fast normal.

»Obwohl ich ›obsolet‹ bin«, entgegnete Chen.

»Und Sie haben *ihn* hierhergebracht«, fügte Newton hinzu, an den Floyd mit der Maske gerichtet.

Jemand würde sterben. Das wusste Chen plötzlich mit einer Gewissheit, die jeden Zweifel ausschloss. Sie waren vier, aber nur drei würden diesen Ort verlassen und – vielleicht – nach Zeta zurückkehren. Drei oder ... nur zwei.

Konfrontation, analysierte das Plus. Unvermeidbarkeit. Unheilbarer Antagonismus.

Ja, es war tatsächlich unvermeidlich, erkannte Chen. Die Gegensätze waren zu groß, sie ließen sich nicht überbrücken. Es gab nichts, auf dem man einen Kompromiss gründen konnte. Die Pläne der einen Seite widersprachen allem, was sich die andere wünschte.

Plötzlich verstand er, welche Hilfe der Mann mit der Maske von ihm erwartete, wie Chen ihm helfen sollte und konnte. Er, der vor allem Mensch sein wollte, musste einen anderen Menschen töten, damit er selbst am Leben blieb und die Welt noch eine Chance bekam.

Er hatte weder Messer noch Pistole, aber seine Hände konnten zu tödlichen Waffen werden. Er wusste, wo und wie man zuschlagen musste, um das Leben eines Menschen zu beenden.

Ihm blieb keine andere Wahl, als Newton zuvorzukommen. Der junge Enhu, der sich für überlegen hielt, der glaubte, Teil einer neuen, besseren Spezies zu sein, würde ihn umbringen, weil er ein Hindernis in Chen sah, ein Problem, das es zu beseitigen galt. Und vielleicht auch eine Gefahr. Er half dem Floyd von Terra Solar nur deshalb, weil er glaubte, über ihn an Zetas Technologie zu gelangen. Aber wenn Chen dafür sorgte, dass sich der andere Floyd durchsetzte, Letho, den Newton nicht kannte und mit dem ihn nichts verband ... In dem Fall musste er befürchten, all das zu verlieren, was er sich erhoffte.

Zweifellos hatte Amaranth Newton bereits ähnliche Überlegungen angestellt. Chen durfte keine Zeit mehr verlieren. Es galt, den winzigen Vorteil zu nutzen, den ihm ein Rest von Newtons Verlangsamung bot.

Chen holte nicht aus. Er beugte den Oberkörper etwas und stieß dabei die Faust nach vorn.

Der junge Enhu duckte sich bereits, um dem Schlag auszuweichen. Er war nicht so geschwächt wie Chen, Geist und Körper funktionierten mit nahezu voller Leistungsfähigkeit. Aber er hatte die Welt des Bruchs nicht ganz verlassen, er hatte sich noch nicht völlig aus dem Nebel gelöst. Er war zwar nicht langsam, alles andere als das, aber er war ein kleines bisschen langsamer als Chen – der plötzlich improvisierte, weil er doch noch einen Kompromiss fand, mit dem Newton sicher nicht rechnete.

Menschliches Leben verdiente Respekt und Achtung, was auch immer sich im Kopf des Betreffenden abspielte, und die Vorstellung, nicht töten zu müssen, zumindest nicht direkt, brachte Genugtuung in eine schwierige Situation. Chen öffnete die Faust und winkelte den Arm ein wenig an, damit er Newton nicht am Hals traf, wie zunächst beabsichtigt, sondern an der Schulter. Es war gewiss kein tödlicher Treffer, der Stoß genügte nicht einmal für eine Prellung, doch er reichte aus, um den überraschten Newton in den Mittelgang taumeln zu lassen, zurück in den Nebel, zurück in die langsame Zeit.

Zwischen den beiden nächsten Abteilen blieb er stehen, nicht weil er dort stehen bleiben wollte, sondern weil die Verlangsamung ihn dazu zwang. Vielleicht sah er Chen noch, nicht deutlicher als einen flüchtigen Schatten, denn er hatte trotz seiner jungen Jahre längst nicht mehr die Augen eines Kindes.

Chen beobachtete, wie sich das subtile, engmaschige Netz der Bruchlinien wieder auf ihn legte. Die Konsequenzen waren klar. In wenigen Stunden, wenn die Splitterung der Welt hier auf der Erde die kritische Phase erreichte, würde er wie alles andere brechen. Er würde sterben, nach Skarabi, der ins Meer stürzte, zusammen mit den anderen Passagieren der Hyperbahn. Selbst wenn er durch eine glückliche Fügung der Umstände die unterirdische Station in der Sahara erreichte: Dort gab es nichts für ihn, das ihm eine Rückkehr nach Zeta ermöglichte, denn ohne Floyd wusste er nicht mit den Artefakten umzugehen.

Unschärfe, dachte Chen. Ein Zustand von Leben und Tod. Eine Frage der Wahrscheinlichkeit hatte es der Floyd genannt, der auch Letho war. Wenn es nicht gelang, die Irregularität zu besiegen, wie auch immer, würde Newton sterben. Aber wenn sie es schafften, den endgültigen Bruch der Welt zu verhindern – und vielleicht des ganzen Universums, wenn der Mann mit der Maske recht hatte –, würde der junge Enhu leben mit dem Wissen, dass er seine Ziele nicht erreicht hatte.

Eine zufriedenstellende Lösung, fand Chen. Er löste den Blick von Newton und wandte sich den beiden Floyds zu.

Die Hilfe, die der Mann mit der Maske brauchte, hatte er geleistet. Er hatte verhindert, dass Newton den Floyd, der mit Nightingales *Excelsior* unterwegs gewesen war, unterstützen konnte.

Die beiden Floyds standen sich direkt gegenüber, im weißen Licht, das von der Spindel ausging und leicht zu flackern schien, wenn man das kleine Artefakt aus dem Augenwinkel betrachtete. Um sie herum brummten tiefe, verlangsamte Stimmen. Lider senkten und hoben sich beim Blinzeln, das bis zu einer halben Minute dauerte. Die Bilder in den Pseudofenstern des Hyperbahnwaggons wirkten statisch.

Die Welt stand fast still. Sie schien den Atem anzuhalten.

Der Floyd ohne Maske lächelte siegesgewiss, aber es war ein falsches Lächeln, erkannte Chen. Er fühlte nicht die Gewissheit, die er zu zeigen versuchte.

»Komm zu mir«, sagte er.

Der Mann mit der Maske hob die kleine Spindel. Ihr weißes Licht wurde intensiver und glänzte in den Augen der Passagiere, die es gar nicht bemerkten. Er schwieg, er sprach kein Wort, er gab nicht einmal einen kleinen, leisen Ton von sich, und sein Gesichtsausdruck blieb hinter der Maske verborgen.

Dominanz, meldete das Plus. Autorität.

Chen fühlte es ebenfalls, die Verschiebung eines Gleichgewichts, die Veränderung einer Balance. Der Mann mit der Maske streckte die Hand aus, und für einen Moment hatte es den Anschein, als wollte der jüngere Floyd zurückweichen. Doch dann ergriff er die Hand, vielleicht blieb ihm gar nichts anderes übrig.

Nur einen Augenblick später begann eine seltsame Verwandlung. Ein mattes Glitzern umgab die beiden Hände, und eine von ihnen schien sich in Glas zu verwandeln, sie wurde durchsichtig. Der Floyd ohne Maske starrte darauf hinab, und sein Lächeln verschwand, denn es war seine Hand, die plötzlich Knochen, Sehnen und Adern zeigte. Es war seine Hand, die an Festigkeit verlor und in die andere hineinströmte, die sie ergriffen hatte.

»Das ist unmöglich!«, stieß er verblüfft hervor. »Du bist aus mir entstanden, nicht ich aus dir!«

»Wir sind wir«, erwiderte der Mann mit der Maske, in seiner Stimme ein kleines Kratzen wie von einer Anstrengung, die man ihm körperlich nicht ansah.

Der jüngere Floyd schwankte, von jäher Schwäche erfasst. »Ich will ich bleiben!«

Er verlor an Substanz, wurde kleiner und schmaler und floss in die größere Gestalt. Chen beobachtete den Vorgang fasziniert, während sein Plus analysierte.

Kombination, teilte es ihm mit. Überlagerung gebrochener, geteilter Wirklichkeiten. Verschmelzung von Quantenrealitäten.

Chen empfing die Daten von seinem Plus und stellte fest, dass er sich gut genug erholt hatte, um wenigstens einen Teil davon zu verstehen. Das spindelförmige Artefakt der Zetaner konnte nicht nur kleine Bereiche einer Irregularität ins stabile Kontinuum zurückführen, sondern auch Brüche überlagern und verschmelzen. Das machte die Kopie stärker als das Original, sofern solche Begriffe hier etwas bedeuteten.

Der Mann mit der Maske veränderte sich nicht. Er stand ruhig da, die Hand noch immer erhoben, das Gesicht verborgen. Er schwankte nicht, er blieb reglos wie ein Teil der gebrochenen Welt.

Chen beobachtete, wie der andere Floyd den Mund öffnete, um noch etwas zu sagen oder zu rufen, doch er bekam keine Gelegenheit dazu. Er löste sich auf, zerfiel zu Gas oder Staub, aufgesaugt von der Hand, die eben noch eine andere Hand gehalten hatte.

Das matte Glitzern verschwand mit den letzten Resten des jüngeren Floyd, und das weiße Licht der Spindel schrumpfte.

Der Mann mit der Maske rührte sich noch immer nicht.

»Und nun?«, fragte Chen nach einigen verstrichenen Sekunden. »Ist alles in Ordnung?«

»In Ordnung?«, wiederholte der eine Floyd. »Wie kann alles in Ordnung sein, wenn Dummheit Zeit und Raum brechen lässt?«

Abrupt drehte er sich um und ging mit langen Schritten durch den Mittelgang. Das Mädchen bemerkte ihn erneut, die Kinderaugen noch immer sehr wach und aufmerksam, von Vernunft ungetrübt, doch diesmal winkte ihm Floyd nicht zu. Er eilte weiter, zum Ende des Waggons, dorthin, wo sie in der Hyperbahn erschienen waren. Chen folgte ihm eilig, um nicht aus dem Wirkungsbereich der Spindel zu geraten.

»Wohin jetzt?«, fragte er. »Zurück in die unterirdischen Laboratorien von Terra Solar?«

»Warum?«, erwiderte Floyd erstaunt. »Was könnten wir dort tun?«

Zeta, vermutete das Plus.

»Zeta?«

»Welches andere Ziel gäbe es für uns?« Floyds Stimme hatte einen ganz neuen Klang gewonnen. Sie war tiefer und voller, erfüllt von Zuversicht, Entschlossenheit ... und noch etwas anderem, das Chen nicht zu identifizieren vermochte. Es schien eine zweite Stimme zu geben, irgendwo hinter der ersten, eine fremde Stimme, und sie flüsterte Worte, die nur Floyd verstehen konnte.

Unbekannter Einfluss, diagnostizierte das Plus. Zusätzliche Aufnahme.

Das bestätigte Chens Einschätzung. Der Floyd, der auch Letho gewesen war, hatte noch etwas anderes in sich aufgenommen, etwas ohne menschlichen Ursprung.

Am Ende des Waggons blieb Floyd stehen und hob die kleine Spindel. Ihr weißes Licht veränderte sich erneut.

»Ich brauche Sie nicht mehr«, verkündete er.

Das alarmierte Chen. Wenn er zurückblieb, würde es ihm ergehen wie Amaranth Newton, dann wurde er Teil der gebrochenen Welt.

»Sie wissen nicht, was Sie in Zeta erwartet«, sagte er schnell. »Sie haben einen Weg zum Zentrum gesucht, doch Sie sind noch nie dort gewesen. Vielleicht brauchen Sie meine Hilfe noch einmal.«

Floyd zögerte. Um ihn herum verdichtete sich das Licht der Spindel.

»Also gut«, entgegnete er schließlich. »Kommen Sie. Vielleicht können Sie mir tatsächlich noch einmal nützlich sein.« Chen trat vor.

Der Mann mit der Maske drehte die Spindel, das weiße Licht wurde heller, und sie fielen durch Raum und Zeit.

DIE TIEFE DES UNIVERSUMS

NIGHTINGALE,
ZETA

81

Roxa stand am Rand eines Abgrunds, der so tief war wie das Universum. »Seht euch das an«, sagte sie, als Nightingale und Hannibal näher kamen. »Ich meine, seht es euch an!«
Der Abgrund konnte tiefer kaum sein – das Universum lag vor ihr, Milliarden von Lichtjahren tief. Sterne strahlten, die Feuerräder von Galaxien hingen im dunklen Nichts.
Nightingale trat vorsichtig neben Roxa, ihre Füße auf grauem Fels. Es war so kühl wie im Labyrinth der Spiegel, aber es gab genügend Luft, sie geriet nicht in Atemnot.
»Passen Sie auf, was geschieht!« Roxa streckte den linken Arm aus, und eine der Galaxien in Form einer weißroten Spirale glitt ihnen entgegen, bis einzelne Sterne sichtbar wurden und schließlich auch ihre Planeten und Monde. »Man kann sich anschauen, was man möchte!«
Nightingale hob den Kopf und drehte ihn anschließend von einer Seite zur anderen. Wohin sie auch blickte, überall sah sie Sterne: einzelne Wanderer in der ewigen Nacht oder vereint in lang gezogenen Filamenten und Galaxien, die in gewaltigen Clustern mit Durchmessern von Hunderten Millionen Lichtjahren zueinander gefunden hatten.

»Der Blickwinkel ist beliebig, und das scheint auch für die Auflösung zu gelten«, erklärte Roxa. »Man kann alles sehen, selbst Details auf einzelnen Welten.« Sie hob beide Arme zu den Galaxien über ihnen. »Ich habe die Milchstraße gesucht. Ich würde mir gern den Mars ansehen. Oder meinetwegen auch die Erde«, fügte sie mit einem Blick auf Nightingale hinzu. »Wer weiß, was sich von hier aus erkennen ließe?«

»Ein Observatorium«, sagte Nightingale. »Wir können hier nicht wirklich auf einem Felsen stehen, das ganze Universum sehen und einzelne kosmische Regionen mit einem Wink herbeirufen. Es muss ein Observatorium sein.«

Hannibal räusperte sich. »Was würde passieren, wenn der Fels unter uns bricht? Oder bei einem weiteren Schritt nach vorn?«

Roxa senkte den Blick. »Ich hab es nicht ausprobiert.«

»Wie tief würden wir fallen?« Hannibal starrte in den schwarzen Abgrund.

»Wie tief ist das Universum?« Nightingale wandte sich um. Etwa ein Dutzend Meter hinter ihnen zeichnete sich vage ein transparentes Rechteck ab, groß genug für einen Menschen – die Rückseite des Spiegels. »Wir müssen zurück«, sagte sie.

Roxa wandte den Blick nicht von den Galaxien ab. »Warum?«

Nightingale hob die rechte Hand und zeigte das kleine Licht darin. »Deshalb.«

»Was ist das?«, fragte Roxa wenig beeindruckt. Den Anblick des Universums fand sie offenbar viel imposanter.

»Ein kleiner Helfer, der uns den Weg weist«, antwortete Hannibal. »Davon gehen wir jedenfalls aus.«

»Wollen Sie nicht noch immer das Zentrum von Zeta erreichen?«, fragte Nightingale. »So schnell wie möglich, vor Floyd und Newton?«

Roxa atmete tief durch und straffte die Gestalt. »Und ob ich das will!«

»Dann sollten wir uns besser auf den Weg machen.«

Als sie über den Felsen schritten, sagte Roxa: »Allein das hier ist all die Mühen wert. Direkte Beobachtung ferner Welten, mit all ihren Einzelheiten. Was könnten wir lernen und herausfinden!«

»Sind Sie plötzlich zur Wissenschaftlerin geworden?«, fragte Nightingale gutmütig.

Roxa setzte zu einer scharfen Erwiderung an, wie es ihrem Temperament entsprach, aber sie hatte dazugelernt und überlegte es sich rechtzeitig anders. Sie antwortete erst, als sie das Rechteck erreichten, die Rückseite des Spiegels.

»Ich trete für die Marsianische Republik ein, für unsere Unabhängigkeit von der Erde«, sagte sie, ohne dass es zornig oder zu hitzig klang. »Aber das bedeutet nicht, dass ich andere Dinge aus den Augen verliere. Ich weiß sehr wohl, was Wissenschaft bedeutet und zu leisten vermag.«

Hannibal nickte ihr anerkennend zu.

Nightingale klopfte ihr kurz auf die Schulter, bevor sie durch den Spiegel trat.

82

Die Leine, die Nora und Eusebius hinterlassen hatten, reichte durch das warme, klare Wasser eines offenbar tropischen Meers zum nahen Strand aus rubinrotem Sand. Eine Pseudosonne leuchtete gelb und weiß, und der Himmel darüber bestand aus blaugrünem Wasser. Einen Horizont gab es nicht. Das Meer wölbte sich nach oben, mit einigen Inseln und Atollen direkt über ihren Köpfen.

Nightingale, Hannibal und Roxa wateten an Land.

»Eine hübsche Welt«, fand Hannibal. »Angenehm warm, die

Luft mit genug Sauerstoff.« Er zeigte zu den Büschen und Sträuchern jenseits des Strands, an denen massenweise gelbe und rote Früchte hingen. »Und wenn das dort für Menschen genießbar ist, gibt es hier genug zu essen. Kein Wunder, dass sich Nora und Eusebius Zeit gelassen haben.«

Die aus mehreren langen Stricken bestehende Leine endete weiter oben am Strand und war mit einem Stein beschwert. Ein schmaler Pfad führte zwischen den Büschen ins Landesinnere. Nightingale blieb am Strand stehen. »Nora!«, rief sie. »Eusebius!«

»Hoffentlich ist dies eine Insel und keine größere Landmasse.« Roxa stand mit den Händen in den Hüften da und wirkte wieder sehr energisch. »Das würde die Suche erleichtern.«

Nightingale rief erneut und wartete noch einige Sekunden länger, bevor sie über den Pfad schritt, vorbei an den hohen, dichten Büschen und Sträuchern mit ihren Früchten. Roxa nahm eine gelbe Frucht, schnupperte daran und biss versuchsweise hinein.

»Oh, nicht übel.« Sie kaute und schluckte. »Schmeckt ein bisschen wie eine Mischung aus marsianischer Ananas und einer Grapefruit von den Plantagen in Hellas Planitia. Nein, ganz und gar nicht übel. Saftig genug, um auch den Durst zu stillen.«

»Vorsichtig«, mahnte Nightingale. »Die Früchte könnten toxische Substanzen enthalten, die erst nach einigen Minuten oder sogar Stunden wirken, so wie bei giftigen Pilzen.«

Roxa biss erneut in die Frucht. »Wenn ich plötzlich umfalle, wissen Sie Bescheid«, gab sie mit vollem Mund zurück.

Südsee, dachte Nightingale, als sie durch einen Wald schritten, in dem es nach Leben und fruchtbarem Boden duftete. Wie eine Insel in der Südsee. Aber dort wäre der Himmel blau gewesen oder hätte Wolken gezeigt, keine große schwebende

Lampe, die vorgab, eine Sonne zu sein, und kein Meer mit weiteren Inseln. Ein Paradies im Innern von Zeta, groß genug für ...
Für was?, fragte sich Nightingale. Für eine menschliche Kolonie fernab des heimatlichen Sonnensystems? Ein Ort, wo Kinder heranwachsen konnten, die nie Erde und Mars gesehen hatten und wahrscheinlich nie sehen würden? Hatte das irgendeinen Sinn?

Es kam darauf an, welche Maßstäbe man anlegte und aus welchem Blickwinkel man die Dinge sah. Für Nightingale war das Leben selbst Sinn genug. Sie stellte sich Kinder vor, die Zeta erforschten, sich der Gefahren in anderen Innenwelten bewusst und auf sie vorbereitet, die nach und nach alle Orte erkundeten, die sich erreichen ließen, und dabei ein Rätsel nach dem anderen lösten.

Vielleicht sollten wir unsere Mission langfristiger sehen, dachte sie. Vielleicht sollten wir in Generationen denken anstatt an uns selbst und unsere Ziele.

Möglicherweise war es ihren Kindern vorbehalten, das Zentrum von Zeta zu erreichen und dort Antworten auf alle Fragen zu finden.

Andererseits ... Vielleicht hatten die Mantiden ähnlich gedacht, und sie waren letztendlich gescheitert.

Die Büsche und Sträucher wichen zurück, der Abstand zwischen den türkisfarbenen Bäumen mit ihren gewundenen Stämmen wuchs. Sie näherten sich einer Lichtung.

»Ich lebe noch«, erklärte Roxa, die eine weitere Frucht gepflückt hatte.

»Was erfreulich ist.« Nightingale blieb stehen und hob die rechte Hand. Das kleine Licht schien an ihrem Handballen zu kleben, unbewegt und unverändert, seit sie den Spiegel durchschritten hatten. »Ich glaube, ich habe etwas gehört. Stimmen«, fügte sie hinzu, als sie Hannibals Blick bemerkte.

Die Lichtung durchmaß siebzig oder achtzig Meter und präsentierte ein seltsames Gebilde, das wie eine halbrunde Korallenbank aussah, mit Farbtönen zwischen dem Türkis der Bäume und einem Grün wie Smaragd. Es umgab halbseitig einen Tümpel aus grauem Schlamm, in dem Gasblasen aufstiegen und mit gurgelnden Geräuschen zerplatzten.

Zwei Gestalten lagen dicht beieinander in dem Tümpel und nahmen ein Schlammbad. Nur die Köpfe ragten aus der träge brodelnden Masse.

Nightingale trat näher. »Äh, ich störe nur ungern ...«, begann sie.

»Oh!«, entfuhr es Nora. »Na so was! Wir haben gerade darüber gesprochen, ob es nicht langsam an der Zeit wäre, ins Labyrinth zurückzukehren.«

»Sieht eher danach aus, als hättet ihr länger bleiben wollen.« Roxa deutete zur anderen Seite des Tümpels, wo zwischen zwei dichten Sträuchern eine behelfsmäßige Hütte stand, errichtet aus aufgehäuften Steinen, langen Zweigen und breiten Blättern.

Nora und Eusebius standen auf. Eine dünne Schicht aus grauem Schlamm bedeckte ihre nackten Körper.

Der Autarke vollführte eine vage Geste. »Hier gibt es nichts, das uns gefährlich werden konnte.«

»Und es herrscht kein Mangel an Nahrungsmitteln.« Roxa biss erneut in ihre zweite Frucht.

»Ein kleines Stück entfernt gibt es eine Süßwasserquelle«, fügte Nora hinzu. »Es ist alles da, was Menschen brauchen.«

Das war eine Einladung, begriff Nightingale und stellte überrascht fest, dass sie für ein oder zwei Sekunden tatsächlich in Versuchung geriet.

»Wir sind zu Ihnen gekommen, weil wir nicht auf Sie warten wollten«, sagte sie und fühlte ein kleines Bedauern tief in ihrem Innern. »Wir verlassen das Labyrinth.«

»Haben Sie einen Weg hinaus gefunden?« Nora ging zur Hütte, wo ihre Kleidung auf einem flachen Stein lag, der wie blauer Samt glänzende Sari aus der Lagerhalle mit den zahlreichen vollen Regalen. Die dünne Schlammschicht, die ihren Leib bedeckte, trocknete schnell und fiel von ihr ab, als sie begann, sich mit einem schwammartigen Gegenstand abzureiben.

»Vielleicht«, antwortete Nightingale, ohne ihr Licht zu zeigen. Für Erklärungen war später noch Zeit.

Eusebius griff nach seiner Rüstung aus Tausenden von münzgroßen Lederfacetten. Als er sie überstreifte, nachdem er sich von den Schlammresten befreit hatte, passte sie sich ihm perfekt an.

»Wir haben etwas entdeckt«, sagte er.

»Was?«, fragte Roxa neugierig.

Nora zeigte zu einem Weg, der auf der anderen Seite des Tümpels in den Wald führte. »Sie sollten es sich selbst ansehen.«

RÜCKKEHR

CHEN,
ZETA

83

»Wo sind wir?«, fragte Chen. Grauer Dunst umgab sie, ein langsames Wogen und Wallen, in dem sich gelegentlich Konturen zeigten, die Umrisse von Dingen. Er glaubte, festen Boden unter den Füßen zu haben, aber ganz sicher war er nicht. Unbehagen erfasste ihn. Befanden sie sich in einem weiteren »grauen Kerker«?
»Wir sind unterwegs.« Floyd stand neben ihm, in der rechten Hand die kleine Spindel, die nur noch schwach leuchtete. »Mit hoher Geschwindigkeit. Oder vielleicht auch nicht. Möglicherweise sind wir stationär, und der Raum bewegt sich, damit wir das Ziel erreichen.«
»Zeta?«
»Natürlich. Welches andere Ziel gäbe es für uns?« Floyd neigte den Kopf, wie schon einige Male zuvor, und hielt stumme Zwiesprache mit jemandem oder etwas. »Zeta ist der Schlüssel. Beziehungsweise das Schloss für den Schlüssel in meiner Hand.« Er lachte, und diesmal klang es nicht ganz so seltsam wie zuvor. Offenbar hatte er wieder eine redselige Phase, denn er fuhr fort: »Sie möchten sicher wissen, *wo* wir unterwegs sind, und die ehrliche Antwort lautet: Ich bin mir nicht sicher. Es könnte sein, dass wir Teil des Quantenschaums zwischen

den Dimensionen sind, aber das klingt ein bisschen nach hochtrabender Rhetorik, nicht wahr? Wenn Sie meine Vermutung hören wollen: Ich nehme an, wir reisen in Form von Hypersignalen, schneller als das Licht.«

Chen blickte an sich herab. Alles wirkte normal, abgesehen davon, dass sich das wogende, wallende Grau auch direkt unter seinen Füßen befand. Er sah wieder auf. »Ich fühle meinen Körper.«

Floyd hob den Zeigefinger. »Sie *glauben*, ihn zu fühlen, Chen. Ihr Sinnesapparat mag besser sein als der eines gewöhnlichen Menschen, aber Ihr Gehirn gaukelt Ihnen Vertrautes vor, damit Sie nicht den Verstand verlieren, obwohl nichts hier vertraut ist.« Er breitete die Arme aus. »Wir sind mitten im Nichts, und ich bezweifle, dass wir hier, an diesem besonderen Ort, einen Körper haben oder überhaupt eine nennenswerte physische Struktur.«

»Wir sind Energie?« Chen sah sich um und versuchte, das graue Wogen mit seinen Blicken zu durchdringen. Manchmal zeigten sich nicht nur Andeutungen von Dingen, sondern auch Gestalten mit zahlreichen Armen und Beinen.

»Ist nicht alles letztendlich Energie?« Floyd ließ die Arme sinken. Sein Tonfall hatte etwas Verträumtes. »Sind Energie und Materie nicht äquivalent, umwandelbar in das eine oder andere?«

»Sind wir wieder bei Rhetorik?«, erwiderte Chen.

»In gewisser Weise«, pflichtete Floyd ihm bei. »Unsere Worte reichen für eine präzise Beschreibung der gegenwärtigen Situation nicht aus. Schon der Ausdruck ›gegenwärtig‹ trifft es nicht, er ist nicht genau genug. Das gilt auch für Bezeichnungen wie ›hier‹. Wir sind in allen Zeiten und an allen Orten.«

Abstrus, urteilte das Plus. Absurd. Kein Sinn, kein Inhalt. Daher belanglos.

»Das ergibt keinen Sinn«, sagte Chen. »Mit solchen Worten könnte man alles beschreiben.«

Floyd streckte die rechte Hand in den grauen Dunst und bewegte die Finger. Zahlen und Symbole entstanden, bestehend aus winzigen Lichtern, und reihten sich zu einer langen, sehr komplexen Formel aneinander. Nach einer Weile wich er einen Schritt zurück und betrachtete sein Werk, den Kopf wieder ein wenig zur Seite geneigt.

»Dies beschreibt einen Teil davon«, erklärte er. »Einen Teil unserer aktuellen Wirklichkeit. Können Sie damit etwas anfangen, Chen?«

Es war keine spöttische Frage, sie klang ernst gemeint.

Das Plus begann mit einer neuen Analyse.

»Einige der Symbole sind mir unbekannt«, bestand Chen. »Und offenbar enthält die Gleichung zahlreiche Variablen.«

Floyd deutete auf das mathematische Konstrukt. »Was Sie hier sehen, ist nur das Wesentliche, der Kern von etwas viel Größerem.«

»Von etwas, das so groß ist wie das Universum?«, fragte Chen, einer plötzlichen Eingebung folgend.

Der Mann mit der Maske wandte sich ihm kurz zu. »Gut erkannt. Sie sind nicht dumm. Ja, wir haben es mit etwas zu tun, das so groß ist wie das Universum. Wir reisen im Gewebe von Raum und Zeit, als Teil seiner Struktur. Wir können uns frei darin bewegen, ebenso ungehindert wie die Inflation des Raums, seine immer schneller werdende Ausdehnung.«

Weltformel?, flüsterte das Plus. Teil davon?

Eine sehr interessante Hypothese, fand Chen. War die komplizierte Gleichung, die Floyds Finger in den Dunst geschrieben hatten, Bestandteil einer Formel, die das ganze Universum erklärte, alle seine Kräfte und ihr Zusammenwirken? Wenn das stimmte, ließen sich damit nicht nur die kausalen Zusammenhänge von Vergangenheit und Gegenwart berechnen, sondern auch die Zukunft. Wer genau wusste, was warum geschah, wer alle Energien und ihre Wechselwirkungen kannte, konnte vorhersagen, was warum geschehen würde.

»Ihr Plus sollte in der Lage sein, das Potenzial zu erkennen«, fuhr Floyd fort. »Allein diese mathematischen Errungenschaften wären es wert, alles zu riskieren, um in ihren Besitz zu gelangen.«

»Sie sind zetanischen Ursprungs?«, fragte Chen.

Floyd ächzte. »Da haben wir es wieder, die Unzulänglichkeit der menschlichen Sprache. Was genau bedeutet ›zetanisch‹? Das Wort geht auf einen von einer Quantenintelligenz geprägten Begriff zurück und bezieht sich auf die Zetaner. Womit die Schöpfer von Zeta gemeint sind. Bei dieser Definition lautet die Antwort: Ja, die Gleichung stammt aus dem mathematischen Fundus der Zetaner. Allein davon könnten Wissenschaft und Technik der Menschheit enorm profitieren.«

Neuer Hinweis, meldete das Plus. Multiple Identität?

Chen sah Floyd an und versuchte, die Augen hinter der Maske zu erkennen. »Wer sind Sie? Floyd oder Letho? Oder jemand anders?«

Das Glühen und Funkeln der winzigen silbernen Lichter, die Zahlen und Zeichen bildeten, verblasste allmählich. Die Gleichung bekam Lücken und verschwand schließlich ganz.

Zum ersten Mal spürte Chen eine Bewegung. Etwas schien ihn sanft zur Seite zu ziehen.

»Wer ich bin?«, entgegnete Floyd und lauschte den eigenen Worten, als würden sie nicht von ihm selbst gesprochen. »Ich bin Effraim Floyd. Ich bin ganz und noch mehr als das. Ich bin in Zeta gewesen und habe Dinge gesehen, von denen die meisten Menschen nicht einmal zu träumen wagen. Und jetzt«, er hob die Stimme, »kehren wir dorthin zurück.«

Im grauen Dunst flackerte es, aus dem sanften Ziehen wurde ein plötzliches Zerren. Chen verlor das Gleichgewicht, kippte und fiel.

84

Sand empfing ihn, weich und feucht. Für einige Sekunden blieb er liegen, die Augen geschlossen und auf das Gefühl des weichen Bodens an Händen, Wange und Leib konzentriert. Ein Rauschen, das mal leiser und mal lauter wurde, drang an seine Ohren.

Physische Realität, stellte das Plus fest. Restrukturierung. Mutmaßliches Ende des Transits.

»Wollen Sie da liegen bleiben und schlafen?«, erklang eine scharfe Stimme.

Chen hob die Lider.

Das Rauschen stammte von nahen Wellen, die an einen flachen Strand rollten und ihn fast erreichten, weniger als ein Meter trennte ihn vom Wasser. Der weiche Boden, den er an der Wange fühlte und in den sich seine Finger gebohrt hatten, bestand aus Sand.

Floyd stand in der Nähe und blickte auf ihn herab. »Auf die Beine mit Ihnen!«, rief er fast fröhlich. »Wie wollen Sie mir helfen, wenn Sie faul herumliegen?«

Chen bewegte Arme und Beine und stand auf. Über dem Meer, das keinen Horizont hatte, sich nach oben wölbte und am »Himmel« fortsetzte, strahlte keine Sonne, wie das Plus sofort erkannte, sondern eine etwa fünfzig Meter große leuchtende Kugel.

»Zeta?«

»Natürlich, was sonst?«, bestätigte Floyd, dann deutete er

nach oben zum Meereshimmel. »Das hier ist bestimmt nicht die Erde.«

Chen bemerkte einen dunklen Steinblock, nicht mehr als ein Dutzend Meter entfernt und direkt an der Wassergrenze. Der Block war quadratisch, ein nahezu perfekter Würfel. Dem Plus, immer ein aufmerksamer Beobachter, war bereits etwas aufgefallen. Chen ging los.

Als er sich dem Steinblock näherte, sah er Rillen und Furchen in der einen Seite. Sie bildeten Muster, und mit ein wenig Fantasie konnte man Ähnlichkeiten mit chinesischen Logogrammen, ägyptischen Hieroglyphen und der Keilschrift erkennen.

Darunter hatte jemand vertraute Zeichen in den Stein geritzt: *Wir waren hier.* Und noch etwas tiefer: *Nora Van Dyke. Eusebius.*

Chen berührte die eingeritzten Buchstaben, als könnte er auf diese Weise eine Verbindung schaffen. »Wo sind sie jetzt? Nora Van Dyke, Nightingale und die anderen.«

Floyd trat an seine Seite. Die Maske auf seinem Gesicht zitterte, vielleicht bewegte sich etwas darunter. »Sie sind im Labyrinth gefangen.«

»Gefangen?« Chen starrte noch immer auf die eingeritzten Worte.

»Sie stecken dort fest«, erklärte Floyd. »Sie haben sich verirrt. Sie kommen nicht weiter.«

»Könnten wir zu ihnen? Könnten wir ihnen helfen, das Labyrinth zu verlassen?«

»Oh, das könnten wir durchaus«, sagte Floyd. »Aber wir haben Wichtigeres zu tun. Und so müssen wir keine Konkurrenz fürchten. Umso besser, nicht wahr?«

Er lachte ein seltsames Lachen, hervorgerufen von mehr als einer Stimme, so kam es Chen vor.

»Das Zentrum von Zeta wartet auf uns«, fügte Floyd hinzu. »Es wartet schon seit einer ganzen Weile auf jemanden, der den Weg findet und den es empfangen kann.«
»Kennen Sie den Weg?«
»Ich finde ihn.« Floyd hob die Spindel.

SPUREN

NIGHTINGALE,
ZETA

85

Sie schritten über den Weg, vorbei an Sträuchern, in denen es manchmal raschelte. Einmal sah Nightingale ein kleines Tier, ein pelziges Bündel aus Armen und Beinen, das flink wie ein Eichhörnchen am wie verdreht wirkenden Stamm eines Türkisbaums emporflitzte.

Sie waren etwa eine Viertelstunde unterwegs, als Büsche und Bäume erneut zurückwichen und sie einen anderen Strand erreichten, nicht rubinrot wie der erste, sondern weiß wie Schnee, und er reflektierte das Licht der falschen Sonne so sehr, dass Nightingale geblendet die Augen zukniff.

»Es ist nicht mehr weit«, sagte Nora. »Dort drüben.«

Am Rand einer kleinen Bucht ragte ein dunkler Steinblock auf, dort, wo der weiße Sand in weichen, lehmigen Boden überging. Nightingale fiel sofort auf, dass er einen nahezu perfekten Würfel bildete. Als sie näher kamen, bemerkte sie Muster bildende Rillen und Furchen in der einen Seite und darunter Schriftzeichen, die einen vertrauen Eindruck machten. Sie bildeten mehrere Worte: *Wir waren hier.* Und darunter zwei Namen: *Nora Van Dyke. Eusebius.*

»Sie haben sich in einem Stein verewigt«, sagte Roxa. »Was ist daran so Besonderes?«

»Es war als eine Art Botschaft gedacht«, erklärte Nora. »Als eine Mitteilung für Sie, für alle, die nach uns kamen. Sie sollten erfahren, dass wir noch leben.«

Nightingale glaubte zu verstehen. »Sie waren schon einmal hier?«

»Nein«, antwortete Nora. »Wir befanden uns in einer anderen Welt, am Strand eines anderen Meers. Und als wir unsere Namen in diesen Stein ritzten, befand er sich in einer steilen Klippenwand.«

»Zeta hat ihn hierhergebracht.« Hannibal strich mit den Fingerkuppen über die Schriftzeichen. »Vielleicht deshalb, weil Sie hier sind. Möglicherweise hat Zeta eine Verbindung zwischen Ihnen geschaffen.«

»Dass sich der Stein mit unseren Worten hier befindet, ist nicht die große Überraschung«, sagte Eusebius.

Nightingale sah ihn fragend an. »Was dann?«

Er trat zur Seite und an dem quadratischen Felsblock vorbei, zu der Stelle, wo der Sand in weichen Boden überging.

Mulden zeigten sich darin.

Nightingale ging in die Hocke und sah sich die Spuren aus der Nähe an. Sie stammten von menschlichem Schuhwerk, daran konnte kaum ein Zweifel bestehen, und sie schienen nicht mehr ganz frisch zu sein.

»Jemand von uns kommt dafür nicht infrage.« Sie richtete sich wieder auf. »Niemand von uns war schon einmal hier, oder?«

Alle schüttelten den Kopf.

»Floyd!«, zischte Roxa.

»Ich fürchte, darauf läuft es hinaus«, sagte Nightingale.

»Die Spuren stammen nicht nur von einem Menschen.« Nora deutete auf die Abdrücke im weichen Boden. »Es müssen zwei gewesen sein.«

»Floyd und Newton!«, fauchte Roxa.

Und Chen?, dachte Nightingale. Was ist mit ihm?

Schnelle Schritte brachten Roxa zehn oder zwölf Meter weiter, wo sie auf einen anderen Felsen, nicht würfelförmig und ohne Schriftzeichen, kletterte und Ausschau hielt.

»Sie sind nicht hier!«, rief Nora ihr zu. »Wir haben die ganze Insel erkundet! Sie ist nicht besonders groß!«

Roxa kehrte zurück und schien wieder mehr ihr ungeduldiges altes Selbst zu sein. »Sie müssen nach ihnen hier angekommen sein. Aber wie sind Floyd und Co. hierhergekommen? Und wenn sie fort sind, wie haben sie die Insel verlassen?«

»Vielleicht auf dem gleichen Weg, wie wir uns zwischen den Welten von Zeta bewegen«, vermutete Nightingale.

Die junge Marsianerin ächzte. »Wir müssen los! Sofort! Sagen Sie Ihrem Licht, dass es uns den Weg zeigen soll!«

»Ihrem Licht?« Nora sah Nightingale überrascht an. »Haben wir etwas verpasst?«

»Könnte durchaus sein.« Nightingale hob ihre rechte Hand und zeigte das kleine Licht am Handballen.

Wenig später kehrten sie durch die Rückseite des Spiegels im seichten, warmen Wasser auf der anderen Seite der Insel ins Labyrinth zurück. Kühle und grauer Dunst erwarteten sie.

»Dies ist *kein* angenehmer Ort«, stellte Nora fest und zog ein Tuch ihres Saris bis zum Kinn hoch.

Das kleine Licht, der Funke, löste sich von Nightingales Hand, schwebte empor und leuchtete etwas heller. Gleichzeitig ertönte ein Klimpern und Klingeln, das nur sie hörte.

»Und jetzt?«, fragte Roxa, erneut ungeduldig.

Das Licht glitt fort und blinkte mehrmals.

»Wir folgen unserem Wegweiser«, entschied Nightingale und ging los.

86

Die ersten Stunden führte das Licht sie über den Weg, der sich durch das Labyrinth wand, gelegentlich durch so schmale Lücken zwischen den Spiegeln, dass sie Mühe hatten, sich hineinzuzwängen. Immer wieder ging es auch durch die Spiegel hindurch, nicht nur durch solche, die hoch genug waren, dass sie aufrecht hindurchschreiten konnten, sondern auch durch kleinere, die nicht mehr als einen halben Meter aus dem Boden ragten und aussahen wie Splitter von größeren, irgendwann zerbrochenen Spiegeln. In einigen Fällen gelangten sie durch die Spiegel offenbar in weitere Teile des Labyrinths, in anderen erwarteten sie fremde Welten, die manchmal nur aus leeren Räumen ohne Türen und Fenster zu bestehen schienen, voller Unrat oder Schutt. Oder sie kamen in Grotten und Höhlen heraus, in denen es so dunkel war, dass sie ohne das kleine Licht überhaupt nichts gesehen hätten.

Andere Orte waren größer: endlos scheinende Wüsten mit karmesinroten Dünen, über die unablässig der Wind hinwegstrich, oder Kristallwälder, in denen jede Bewegung ein Klirren verursachte, das dem von Nightingale wahrgenommenen fernen Klimpern ähnelte. Wenn man auf eine bestimmte Art und Weise ging, die Bewegungen gut aufeinander abgestimmt, wurde aus dem Klirren eine Melodie. Vielleicht war auch das ein Test: Erkannten sie den Zusammenhang zwischen Bewegungen und Klangmuster? Und schafften sie genug Synchronizität, um aus den einzelnen Klängen eine Melodie zu formen?

Wenn es ein Test war, fanden sie nicht die Zeit, ihn zu bestehen, denn das kleine Licht führte sie wieder durch einen Spiegel und damit hinaus aus der Kristallwelt.

Es wies ihnen weiterhin den Weg, leuchtete und tanzte und führte sie zu Ausgängen, die sie ohne Hilfe vielleicht gar nicht gefunden hätten, zu den Rückseiten von Spiegeln, deren vage Konturen nur erkennbar waren, wenn man sie aus dem Augenwinkel sah.

Wohin sie auch kamen, es war nie zu kalt oder zu heiß, und die Luft erwies sich immer als atembar, auch wenn sie gelegentlich seltsam roch. Das kleine Licht schien zu wissen, was für Menschen schädlich war und was nicht.

Einmal fanden sie sich auf einem Felsplateau wieder, neben einem einzelnen Baum mit birnenförmigen Früchten, die sich als essbar erwiesen – die hungrige Roxa probierte sie als Erste.

Sterne zeigten sich am dunklen Himmel. Zwei Monde zogen langsam ihre Bahn, der eine fast voll, der andere eine schmale Sichel.

Nightingale trat zu Hannibal, der den dunklen Himmel betrachtete.

»Man könnte fast meinen ...«, begann er leise.

»Es sieht echt aus, nicht wahr?« Sie blickte zu den Sternen empor und suchte vergeblich nach vertrauten Konstellationen.

»Es könnte echt *sein*.«

»Sie meinen, wir könnten uns tatsächlich auf einem Planeten befinden, außerhalb von Zeta?« Nightingale dachte über diese Möglichkeit nach und auch über die Konsequenzen, die sich daraus ergeben konnten.

»Ein einziger Sensor aus einem unserer Schiffe würde genügen, um Gewissheit zu erlangen«, sagte Hannibal. »Oder ein einfaches Teleskop.«

»Leider haben wir weder das eine noch das andere.« Nightingale sah zurück zu dem Baum. Roxa, Nora und Eusebius waren im matten Schein der beiden Monde damit beschäftigt, aus einigen abgefallenen Zweigen des Baums Tragkörbe für die Früchte zu flechten – Proviant für den weiteren Weg. Das kleine Licht, das sie hierhergebracht hatte, schwebte neben dem Baum, wie ein vom Nachthimmel gefallener Stern, und schien zu warten.

»Wir wissen bereits, dass Zetas Erbauer Materietransmitter verwendet haben.« Hannibal sprach noch immer leise, als wollte er die anderen nicht stören. »Wir benutzen sie selbst, die Spiegel sind nichts anderes als das. Ein sehr komfortables Transportsystem, wie auch immer es funktionieren mag. Besser und wesentlich effizienter als die Vehikel, die wir kennengelernt haben. Aber wenn solche Transmitter auch interplanetare oder gar interstellare Verbindungen schaffen können ... Stellen Sie sich vor, uns stünde eine solche Technologie zur Verfügung!«

»Man könnte auf der Erde in einen Spiegel treten und mit einem Schritt den Mars erreichen.«

»Oder einen der Monde im äußeren Sonnensystem, Noras Titan zum Beispiel. Oder einen Planeten von Proxima Centauri.«

»Ein Schritt über Lichtjahre hinweg?«

»Klingt fantastisch, nicht wahr? Denken Sie nur daran, was das für die Errichtung von Kolonien im All bedeuten würde.«

Nicht nur darüber dachte Nightingale nach. Wer würde eine derart revolutionierende Technik kontrollieren? Die Erde? Der Mars? Oder vielleicht die Autarkien von Uranus und Neptun?

»Damit verbunden ist eine sehr politische Frage«, sagte sie.

»Roxa und Floyd sind vermutlich nur die sprichwörtliche Spitze des Eisbergs.« Nach einer kurzen Pause fügte Hannibal hinzu: »Das ist noch nicht alles.« Er deutete in die Nacht und ging los.

Nightingale folgte ihm etwa hundert Meter weit zum Rand des steil abfallenden Plateaus. Unten, im Tiefland, leuchteten die Lichter einer Stadt.

»Wir sind hier nicht allein«, sagte sie und blickte in die Tiefe.

»Nein. Auf diesem Planeten gibt es intelligentes Leben. Geschöpfe, die eine Stadt erbaut haben.«

Nightingale sprach ihren ersten Gedanken aus. »Wir könnten versuchen, sie um Hilfe zu bitten.«

Der neben ihr stehende Hannibal, ein Schatten in der Nacht, nickte. »Das wäre eine Möglichkeit, ja. Aber mit nicht unerheblichen Risiken verbunden. Wir wissen nichts über die Bewohner dieser Welt. Sind sie friedfertig? Begegnen sie Fremden mit Argwohn oder gar feindselig? Könnten sie uns überhaupt helfen? Wären sie technologisch dazu in der Lage?«

Einige der Lichter tief unten in der Ebene bewegten sich, bildeten eine lange Reihe und näherten sich dem Berg mit dem Felsplateau.

»Da scheint jemand die Absicht zu haben, uns einen Besuch abzustatten«, sagte Nightingale. »Wissen sie von uns?«

Hannibal hob und senkte die Schultern. »Schwer zu sagen.«

Nightingale beobachtete die Lichter. »Wenn einige der Stadtbewohner tatsächlich hierher unterwegs sind ... Wie lange dauert es, bis sie uns erreichen, was meinen Sie?«

»Es lässt sich nicht erkennen, ob sie Fahrzeuge oder Reittiere verwenden. Ich denke, ein oder zwei Stunden Zeit sollten wir noch haben.«

Nightingale drehte sich um. »Es ist der einzige Baum weit und breit. Vielleicht ist er den Stadtbewohnern heilig. Der sakrale Baum auf dem Hochplateau. Und wir haben von seinen Früchten gegessen. Man könnte es für Blasphemie halten, die streng bestraft werden muss.«

»Womit wir wieder beim Spekulieren wären.« Hannibal drehte sich ebenfalls um und legte ihr die Hand auf die Schulter, was sich gut anfühlte. »Alles ist möglich, auch dass sie uns als Götter verehren.« Die Hand wich zurück. »Helfen wir den anderen. Anschließend sollten wir uns wieder auf den Weg machen.«

»So unser Wegweiser will«, sagte Nightingale.

87

Das wegweisende Licht wollte nicht, jedenfalls nicht sofort. Die Körbe waren geknüpft und gefüllt, sie hatten hinter einigen Felsen in einem kleinen Erdloch ihre Notdurft verrichtet, alles war bereit. Aber das funkelnde Licht – wie ein Stern, der seinen Platz am Himmel verloren hatte – rührte sich nicht von der Stelle. Neben dem Baum mit der hohen, ausladenden Krone schwebte es etwa zwei Meter über dem Boden und leuchtete seit mehreren Stunden ruhig und gleichmäßig.

Hannibal kehrte vom Rand des Plateaus zurück. »Es scheint eine ziemlich große Gruppe zu sein«, berichtete er. »Ich habe dreißig Lampen gezählt.«

»Wie lange noch?«, fragte Nightingale.

»Eine halbe Stunde, schätze ich.«

»Vielleicht könnten Sie unserem Wegweiser ein bisschen gut zureden«, schlug Roxa voller Unbehagen vor. »Wir verlieren wertvolle Zeit. Stunden! Und ich weiß nicht, ob ich mir eine Begegnung mit den Einheimischen wünsche. Womit sollen wir uns verteidigen, wenn wir angegriffen werden? Mit bloßen Händen?«

Nightingale trat zum Licht und betrachtete es. Auch die anderen näherten sich.

»Vielleicht gibt es keinen Weg zurück«, sagte Nora vorsichtig.

»Oder die Rückseiten der Spiegel sind nicht immer erreichbar«, überlegte Eusebius laut, »möglicherweise nur zu bestimmten Zeiten.«

»Es gibt noch eine andere Möglichkeit«, meinte Roxa. Nora wandte sich ihr halb zu, den warmen Schein des Lichts auf Stirn und Wangen. »Und die wäre?«

»Pandora«, sagte Roxa. »Vielleicht ein subtiles Subsystem der Abwehrmechanismen, von denen wir angenommen haben, dass wir ihnen entkommen sind. Vielleicht ist das Licht gar kein Wegweiser, sondern dient ganz im Gegenteil dem Zweck, uns in die Irre zu führen, in eine Falle.«

Dumpfe Stimmen drangen zu ihnen.

Nightingale lauschte in die Nacht, aber da war kein Klimpern in der Ferne, es erklangen nicht die Anfänge einer Melodie. Nichts und niemand versuchte, Kontakt mit ihr aufzunehmen oder ihr etwas mitzuteilen.

Sie hob die rechte Hand und pflückte das Licht wie eine Frucht aus der leeren Luft.

»Das habe ich vorhin auch probiert«, gestand Nora. »Als ihr dort drüben gewesen seid, am Rand des Plateaus. Ich habe die Hand nach oben gestreckt und versucht, das Licht zu ergreifen, aber meine Hand glitt einfach hindurch, und es hat sich keinen einzigen Millimeter bewegt.«

Das kleine Licht tanzte über Nightingales Handballen, den Daumen und die vier anderen Finger, blinkte dann mehrmals und huschte davon, zur anderen Seite des Plateaus.

»Es weist uns wieder den Weg«, sagte Nightingale zufrieden.

Sie folgten dem Licht, das weniger hell leuchtete als zuvor, fort von dem Baum, dessen Früchte sie gegessen und gesammelt hatten. Hinter ihnen wurden die fremden Stimmen allmählich lauter, Lampenschein kroch durch die Nacht.

Nach wenigen Minuten erreichten sie das andere Ende des Hochplateaus, eine Felskante, an die sich ein fast vertikaler

Hang anschloss. Mitten im dunklen Nichts, kaum einen halben Meter von der Felskante entfernt, bildeten dünne Linien ein vages Rechteck, gerade groß genug für einen Menschen. Das kleine Licht verharrte darüber.

»Was soll das bedeuten?«, fragte Roxa voller Argwohn. »Direkt vor uns geht es viele Hundert Meter in die Tiefe. Wenn etwas nicht funktioniert, stürzen wir in den sicheren Tod.«

Nightingale wollte antworten: Wir können dem Wegweiser vertrauen, er würde uns nicht in Gefahr bringen. Aber sie schwieg, denn sie war sich dessen nicht sicher.

»Bisher ist alles gut gegangen«, äußerte Hannibal vorsichtig.

Roxa kommentierte bissig: »Sagte der Mann, der aus dem fünfzigsten Stock des Wolkenkratzers gestürzt war, als er am zehnten Stock vorbeifiel.«

Das kleine Licht blinkte wie eine Signallampe, als wollte es sagen: Worauf wartet ihr?

Nightingale nahm ihren ganzen Mut zusammen. »Ich mache den Anfang.«

Sie trat nach vorn.

Und fiel.

KONFIGURATOR

CHEN,
ZETA

88

»Sind Sie schon wieder schwach?«, fragte Floyd mit leisem Spott. »Sollten Sie nicht ein überlegener Mensch sein, ein *Homo superior*?«

»Ich glaube, Sie verwechseln mich mit jemandem.« Chen ging weiter, obwohl ihm jeder Schritt Mühe bereitete. Floyd schien nicht bereit zu sein, eine Pause einzulegen, damit er neue Kraft schöpfen konnte.

Energetische Reserven minimal, warnte das Plus. Dringend Nahrung erforderlich. Zunehmende funktionelle Einschränkung.

»Ich brauche ...«

»Essen, nehme ich an«, unterbrach ihn der Mann mit der Maske. »Schon wieder.« Er warf einen Blick über die Schulter, ohne langsamer zu werden. »Was für eine Art Hilfe sind Sie, wenn Sie dauernd schwach sind?«

Das Bild vor Chens Augen verschwamm. Er blinzelte mehrmals und konzentrierte sich darauf, einen Fuß vor den anderen zu setzen. »Ich habe Ihnen bereits geholfen.«

»Das stimmt«, pflichtete ihm Floyd bei, »ich kann es nicht leugnen. Ohne Sie wäre ich vielleicht nicht einmal hier. Aber was bedeutet das schon?«

Sie waren durch einen Korridor unterwegs, der in manchmal

recht engen Kurven durch Zetas Tiefen führte, gelegentlich über steile Treppen mit ungewohnt hohen Stufen, die Chen vor eine große Herausforderung stellten, und vorbei an Tunnelöffnungen, denen Floyd keine Beachtung schenkte. Manche Bereiche des langen Gangs lagen im Dunkeln, andere wurden von Leuchtstreifen in der Decke erhellt. Die Wände bestanden aus einem Material, das Synth-Keramik ähnelte und aussah wie gebürstetes Metall.

»Wir sind am Labyrinth vorbei, in dem Ihre Freunde feststecken, Chen«, sagte Floyd, auf einmal wieder redselig. »Es ist nicht mehr weit. Wir haben das Ziel fast erreicht.«

Entscheidungen, flüsterte das Plus. Kritische Phase. Kontrolle von Zeta?

»Sie kommunizieren, nicht wahr?«, fragte Chen mit rauer Stimme, während das Plus Körpergewebe, die nicht unmittelbar für das Überleben notwendig waren, für die Energiegewinnung nutzte. »Mit wem oder was stehen Sie in Verbindung?«

Floyd gestikulierte ungeduldig. »Haben Sie es nicht begriffen? Habe ich es nicht schon gesagt? ›Das Zentrum von Zeta, das Herz und Hirn, die steuernde, lenkende, evaluierende Mitte.‹ So habe ich es ausgedrückt, oder? Hören Sie nicht zu?« Seine Stimmungen schwankten stark. Manchmal wirkte er euphorisch, und nur wenige Sekunden später wurde er zornig.

Der Konsens, erklärte das Plus. Semantische Analyse. Übereinstimmung? Einmütigkeit? Eintracht?

Es klang nach Fragen, nicht nach möglichen Erklärungen.

Chen stolperte, wankte und stützte sich an einer überraschend warmen Wand ab, sonst hätte er das Gleichgewicht verloren.

Ein dumpfes Stampfen begleitete sie seit einer Weile, wie von den Kolben einer gewaltigen Maschine. Floyd schien den Geräuschen zu lauschen.

»Ich spreche mit dem Konsens«, bestätigte Floyd die Analyse von Chens Plus. »Ich höre ihn, ich rede mit ihm, aber leider verstehe ich nicht alles, was er mir sagt. Doch das wird sich bald ändern.« Er zeigte nach vorn. »Das Ziel, es ist ganz nahe. Vielleicht halten Sie lange genug durch, um es zu sehen.«

Kurze Zeit später erreichten sie einen großen, runden Raum, dessen Wände aus zahllosen sich immer wieder neu anordnenden Elementen bestanden. Kleine spitze Vorsprünge, unterschiedlich lange Zylinder, Rechtecke und Quadrate, runde Flächen und sternförmige Komponenten – alles bewegte sich, verharrte kurz in neuen Anordnungen und setzte sich dann wieder in Bewegung.

Nicht homogen, stellte das Plus fest. Uneinheitlich, keine Symmetrie.

Chen verstand, als er genauer hinsah. Hier und dort an den Wänden gab es Stellen, wo sich nichts veränderte.

»Ist dies das Zentrum?«, fragte er.

Unwahrscheinlich, antwortete ihm das Plus. Zugang? Letzte Zwischenstation? Peripherie?

Floyd breitete die Arme aus. »Nein. Nein, natürlich nicht. Dies ist der Konfigurator. Oder ein Teil davon.«

»Ein *mechanischer* Konfigurator?«, wunderte sich Chen. »Und was konfiguriert er?«

Floyd trat zur anderen Seite des Raums, ging langsam an der Wand entlang und berührte einige kleine Segmente. Offenbar reagierten sie auf seine Finger und folgten ihren Bewegungen.

»Ich wusste, dass dieser Raum existiert«, sagte er, »aber ich habe ihn nie gesehen. Ach, ich bin nie so weit gekommen! Was Sie hier sehen, Chen, ist die gegenwärtige Konfiguration von Zetas Innenwelten. Oder einiger von ihnen. Einige Teile des Konfigurators scheinen nicht mehr zu funktionieren. Vielleicht ein Defekt. Oder der Konsens hat sie stillgelegt, aus welchen Gründen auch immer.«

Für einen Moment vergaß Chen seine Schwäche. »Von hier aus lässt sich bestimmen, wie die inneren Welten von Zeta beschaffen sind?«

»Interessant, nicht wahr? Wir könnten die Innenräume neu gestalten, nach unseren Vorstellungen und Wünschen.« Floyd strich mit den Fingerkuppen über ein sternförmiges Element, etwa einen halben Meter groß. Es öffnete sich, und mehrere silbrig glänzende Zylinder schoben sich daraus hervor. »Wer weiß, was jetzt geschehen ist, irgendwo in Zeta. Vielleicht ist es in einer Innenwelt Tag geworden und in einer anderen Nacht.« Er wandte sich ab. »Aber deshalb sind wir nicht hier, oder? Uns geht es um mehr.«

Kritische Phase, wiederholte das Plus noch etwas drängender als zuvor. Zentrum? Kontrolle?

»Was noch viel wichtiger ist als die Möglichkeit, Zetas Innenräume zu konfigurieren: Hier gibt es einen Empfänger für den Schlüssel.«

»Für welchen Schlüssel?«, fragte Chen, dem es mittlerweile nicht nur schwerfiel, sich auf den Beinen zu halten, sondern auch, sich auf das Gespräch zu konzentrieren.

Noch während das Plus die Frage beantwortete, hob Floyd das kleine Artefakt, die Spindel, die sich in seiner Hand langsam drehte. »Für diesen hier natürlich, ich habe es Ihnen doch erklärt!«

Wieder neigte er den Kopf ein wenig zur Seite und schien einer Stimme zu lauschen. Dann ging er zu einer anderen Stelle der Wand und berührte dort ein handtellergroßes Dreieck, das daraufhin aufklappte.

»Dies ist ein historischer Moment, Chen, ich hoffe, das ist Ihnen bewusst. Mit diesem Schlüssel öffne ich Zeta für uns.«

455

»Für uns?«

»Für mich«, sagte Floyd. »Für die Menschheit.«

Reihenfolge, flüsterte das Plus. Priorität.

Chen wankte näher.

Floyd legte die Spindel vorsichtig in die Öffnung. »Der Schlüssel für das Schloss. Zeta, öffne dich.«

Das Dreieck schloss sich und wich in die Wand zurück.

Es summte und surrte, und mehrere Wandsegmente vereinten sich zu einem großen Rechteck, das wie eine Tür aufschwang.

Vor ihnen lag das Zentrum von Zeta.

EINE BRÜCKE

NIGHTINGALE, ZETA

89

Nightingale fiel, aber nicht in einen bodenlosen Abgrund, nicht vorbei an einer fast vertikalen Felswand, sondern durch ein dichtes Blätterdach, das den Sturz abfederte, und durch ein Gespinst aus dünnen Zweigen, die plötzlich aus dichtem Nebel erschienen und über ihr wieder darin verschwanden. Weiche moosartige Gewächse dämpften den Aufprall. Sie blieb liegen, außer Atem und erstaunt darüber, noch am Leben zu sein, und unendlich dankbar dafür.

Sie hörte es rascheln und knacken, dann ein Schnaufen.

»Hannibal?«, fragte sie.

»Ich muss Sie enttäuschen«, ertönte es aus dem Nebel. »Ich bin's nur.«

»Roxa!«

»Ich schätze, die anderen kommen auch gleich.«

Nightingale hob den Kopf. »Sie sind nach mir über die Felskante getreten?«

»Ja. Als Sie nicht in die Tiefe gestürzt sind, sondern verschwanden.«

Das Rascheln und Knacken wiederholte sich. Als wieder Stille herrschte, fragte Nightingale: »Hannibal? Nora? Eusebius? Sind Sie das?«

Drei Stimmen bestätigten.

Nightingale richtete sich auf. Direkt neben ihr ragte ein dicker und sonderbar glatter Baumstamm auf, wie eine Säule. Einige Meter weiter oben verschluckte ihn der Nebel.

»Man sieht kaum die Hand vor Augen«, hörte sie Nora laut sagen, fast rufen. »Sprechen Sie, Nightingale, damit wir Sie finden. Ist Roxa bei Ihnen?«

»Bin ich, ja«, meldete sich die Marsianerin.

Nightingale erhob sich, als Gestalten aus dem Nebel kamen. Hannibal, Nora und Eusebius wirkten ein wenig mitgenommen, schienen aber ebenso wenig verletzt wie sie selbst und Roxa. Auch die beiden geflochtenen Körbe mit den Früchten hatten alles heil überstanden.

Nora fröstelte ein wenig in ihrem Sari. »Hier ist es ebenso kühl wie im Labyrinth. Wo sind wir?«

Sie sahen sich um, doch in dem dichten Nebel reichten ihre Blicke nur wenige Meter weit. Nightingale bemerkte einige andere Bäume, ihre Stämme so glatt wie die des ersten. Stille herrschte.

In der Ferne, so leise, dass sie die – inneren – Ohren spitzen musste, klimperte und klirrte es. Sie hob die rechte Hand und drehte sie. Das kleine Licht erschien, es kam aus dem Handballen, als hätte es darin gewartet.

»Kein sehr sanfter Transfer«, beschwerte sich Roxa und klopfte ihre weite Hose ab, deren drittes Bein sie sich um die Taille geschlungen hatte.

»Aber auch nicht tödlich. Wir sind weich genug gefallen.« Nora wiederholte ihre Frage: »Wo sind wir? Warum hat uns der Wegweiser hierhergebracht?«

Es stieg auf, das kleine, gleichmäßig leuchtende Licht, glitt langsam fort und verschwand fast im Nebel.

»Wo immer wir auch sind, es geht weiter«, sagte Nightingale und setzte sich in Bewegung. Die anderen schlossen sich ihr an.

Etwa eine Viertelstunde lang waren sie durch den nebligen Wald unterwegs, und mehrmals befürchtete Nightingale, das kleine Licht aus den Augen zu verlieren. Es bewegte sich schneller als zuvor und schien es plötzlich eilig zu haben.

Schließlich verzogen sich die dichten Schwaden, die Abstände zwischen den glatten Säulenbäumen wuchsen, und sie erreichten eine Schlucht, mehr als zweihundert Meter breit und mindestens einen Kilometer tief. Unten, eingerahmt von ockerfarbenen Felsen, strömte ein Fluss, brach sich an Felsen, und das Wasser gischtete.

Das kleine Licht tanzte über einer im leichten Wind schaukelnden Hängebrücke.

»Wir sollen die Schlucht überqueren«, sagte Nightingale und zögerte. Die Hängebrücke schien ziemlich alt, bestand aus verwitterten Holzplanken, zusammengehalten von Stricken. Zwei halbhohe Seile dienten als Handlauf.

»Wäre es nicht einfacher gewesen, der Transmitter hätte uns auf der anderen Seite der Schlucht abgesetzt?«, ächzte Roxa.

»Einfacher schon.« Hannibal lächelte schief. »Aber weniger spannend, oder?«

»Auf diese Art von Spannung kann ich gern verzichten, herzlichen Dank!«

Das Licht glitt über die Brücke, kehrte nach einigen Metern zurück und schwebte erneut davon.

»Was machen wir?«, fragte Nora. »Der Schritt ins Nichts von der Felskante war schlimm genug, aber hier scheint es kein Tor zu geben, keine Rückseite eines Spiegels.«

»Vielleicht befindet sich eine auf der anderen Seite der Schlucht«, sagte Hannibal.

»Die Brücke sieht nicht sehr vertrauenerweckend aus«, gab Nora zu bedenken.

»Sie sieht aus, als könnte ein Windstoß genügen, um sie einstürzen zu lassen!«, urteilte Roxa.

Sie war allein, stellte Nightingale fest. Eusebius stand dicht neben Nora, und Hannibal stand, etwas weniger dicht, neben ihr. Aber Roxa war allein. Das wurde Nightingale zum ersten Mal richtig bewusst und erklärte vielleicht die neue Bitterkeit, die sie seit einer Weile bei der jungen Marsianerin fühlte. Hannibal wandte sich immer mehr ihr zu, und sie fragte sich, ob Roxa deshalb so etwas wie Eifersucht empfand. Waren sie ein Paar gewesen, oder fast ein Paar? Bahnten sich hier neue Probleme an?

Nightingale trat zur Brücke und setzte den Fuß auf die erste Planke. Einige Meter vor ihr blinkte das Licht und schwebte wieder etwa zur Mitte der Brücke. Die Aufforderung war klar: Sie sollte über die Brücke gehen.

»Sie kommt mir vor, als könnte sie kaum das Gewicht eines Menschen tragen«, gab Nora zu bedenken, »geschweige denn das von fünf.«

Nightingale betrachtete die Brücke. »Vielleicht täuscht der Eindruck.«

»Und wenn nicht?«

»Dann stürzen wir in die Tiefe«, sagte Roxa. »Und diesmal wirklich. Ich meine, seht ihr hier irgendwo einen Transmitter?«

Hannibal verzog plötzlich das Gesicht und fasste sich an den Kopf.

»Das Kratzen?«, fragte Nightingale.

Er nickte.

In der Ferne läuteten kleine Glocken. Nightingale schloss kurz die Augen, und das leise Geläut wurde zu einer traurig klingenden Melodie.

»Die Töne?«, fragte Hannibal.

Nightingale nickte.

»Ihr habt eure eigene Sprache entwickelt, wie?«, fragte Roxa.

»Unser Wegweiser will uns über die Brücke führen«, sagte Nightingale mit fester Stimme. »Ich vertraue ihm.«

Langsam trat sie auf die Planken und hielt sich dabei mit beiden Händen an den Seilen fest.

90

Das alte, verwitterte Holz knirschte und knarrte unter Nightingale, aber es brach nicht, die Planken gaben nicht nach. Dennoch kam sie nur langsam voran, denn die Hängebrücke schwankte im Wind, der stärker zu werden schien. Als Nightingale etwa die Mitte erreicht hatte, verharrte das kleine Licht neben ihr. Sie setzte den Weg fort, zur anderen Seite der Schlucht. Nach einigen Metern warf sie einen Blick über die Schulter und sah, dass das Licht noch immer neben der Brücke schwebte. Es folgte ihr nicht.

Verwundert machte sie kehrt, blieb in der Brückenmitte stehen, betrachtete das nahe Licht und horchte. In der Ferne hörte sie noch immer die winzigen Glocken, und es hörte sich an, als bestünden sie aus Glas, denn in ihrem zarten Läuten ließ sich auch ein zerbrechlich klingendes Klirren vernehmen.

Das Licht bewegte sich, glitt dorthin, wo die anderen am Ende der Brücke standen, schwebte dann wieder zur Mitte.

»Wenn ich das richtig verstehe ...«, begann Nightingale.

»Wir sollen zu Ihnen kommen!«, rief Roxa. »Ihr Gewicht scheint die Brücke zu tragen, in Ordnung, kein Problem, aber was ist mit uns? Zusammen sind wir fünf, ich meine *fünf*.«

Hannibal schob sich an ihr vorbei, betrat die schwankende Brücke und ging langsam zu Nightingale, beide Hände an den

Führungsseilen. Roxa sah ihm nach, die Hände in die Hüften gestemmt.

»Die Brücke scheint stabil zu sein!«, rief er, als er Nightingale erreicht hatte.

Eusebius wölbte die Hände am Mund. »Können Sie ein Tor erkennen? Oder etwas, das nach der Rückseite eines Spiegels aussieht?«

»Nein, nichts dergleichen!«, antwortete Nightingale, dann beobachtete sie wieder das Licht. Es blinkte mehrmals und fiel einige Dutzend Meter weit in die Schlucht, leuchtete dann etwas heller und stieg wieder auf.

»Wenn ich *das* richtig verstehe ...«, murmelte Nightingale voller Unbehagen.

»Wir sollen die Brücke verlassen?«, fragte Hannibal. »Hier?«

»Will das Licht, dass ihr *von der Brücke springt?*«, rief Roxa.

»Ich fürchte, darauf läuft es hinaus«, murmelte Nightingale und rief dann Roxa, Nora und Eusebius zu: »Ich weiß nicht. Ich bin mir nicht sicher.«

»Ich fühle es noch immer, das Kratzen an der Innenseite meines Hinterkopfs«, sagte Hannibal leise. »Und Sie ...?«

»Ich höre die Melodie«, sagte Nightingale. »Sie klingt fast so traurig wie die Musik der Harfenspielerin.«

»Das Licht will, dass wir die Hängebrücke hier verlassen? Dass wir springen?«

»So scheint es.«

»Was soll das sein? Ein letzter Test?«

Das kleine Licht fiel erneut, verharrte fünfzehn oder zwanzig Meter unter ihnen und stieg dann wieder auf, aber nur wenige Meter.

»Ein letzter Test«, murmelte Nightingale. »Vielleicht. Ein Vertrauensbeweis ...«

»Wie schon beim Schritt über die Felskante.«

»Ja, aber dort konnten wir auf einen Transfer hoffen. Hier hingegen gibt es *nichts*.«

»Was macht ihr?«, rief Roxa. »Ihr denkt doch wohl nicht im Ernst darüber nach, ob ihr tatsächlich springen sollt, oder? Ich meine, ihr seid doch nicht übergeschnappt, *oder*?«

»Oder eine Mutprobe«, murmelte Nightingale.

Hannibal blickte ebenfalls zum Fluss in der Tiefe.

Nightingale hatte beide Hände um ein Seil geschlossen, spürte den Wind im Gesicht und hörte die Melodie, die immer trauriger wurde.

»Wir könnten scheitern«, sagte sie. »Nach allem, was wir hinter uns haben. Hier und jetzt, an dieser Stelle. Weil wir nicht genug Mut aufbringen.«

»Und wenn es ein Test unserer Vernunft ist?«, entgegnete Hannibal. »Wer so dumm ist, einem kleinen Licht zu vertrauen und in die Tiefe zu springen, hat es nicht verdient, das Zentrum von Zeta zu erreichen!«

Nightingale holte tief Luft. »Es gibt nur eine Möglichkeit, es herauszufinden.«

Dies war der entscheidende Augenblick, erkannte sie, dann duckte sie sich unter dem Seil hinweg und ...

Nightingale sprang.

Das Licht empfing sie.

WARTEN

KONSENS, ZENTRUM VON ZETA

91

Gedanken trieben träge durch die Sphäre des Wartens. Der Konsens schlief seit langer Zeit, um sich selbst zu bewahren, um von Bestand zu bleiben und nicht zu brechen wie fragiler Kristall. Nur ein kleiner Teil von ihm blieb wach, gerade genug, um den Boten zu verwalten, um seine Systeme zu erhalten und zu regenerieren, wo es möglich war, während er durch die Galaxis reiste, von Sternsystem zu Sternsystem.

Besucher kamen und scheiterten, manche von ihnen fast sofort, an den ersten Hindernissen, die auf das Konzept der Konstrukteure zurückgingen. Andere verstanden genug, um behutsam ins Innere des Boten vorzudringen. Der Wartende beobachtete sie, in der Hoffnung, dass sich Kandidaten unter ihnen befanden, aber auch sie scheiterten schließlich, spätestens im Labyrinth, das sich als undurchdringlich erwies. Die Besucher starben, einer nach dem anderen, und füllten die Memorialien, die an sie gedachten.

Der Bote setzte seine lange Reise fort, und es verging so viel Zeit, dass selbst die wache Instanz müde zu werden begann.

Weitere Besucher trafen ein, und einige von ihnen scheiterten ebenfalls, noch bevor sie Gelegenheit bekamen, das Innere des Boten zu erreichen. Doch andere erwiesen sich als geschickter, umsichtiger und vernünftiger. Sie fanden einen Weg nach innen und bestanden die ersten Prüfungen.

Der Wartende beobachtete sie mit neuer Aufmerksamkeit. Fünf Individuen schafften es bis zum Labyrinth, zwei weitere fanden den alten Konfigurator – und benutzten dort einen Schlüssel, der ihnen direkten Zugang zum Kern erlaubte.

Das war so überraschend, dass der Wartende die empfangenen Sensordaten mehrmals überprüfte, um ganz sicher zu sein. Kein Zweifel, die Besucher verdienten tatsächlich Kandidatenstatus.

Die Instanz, die seit undenklichen Zeiten gewartet hatte, schickte ein Wecksignal durch den Konsens.

Zeta erwachte.

FÜNFTER TEIL

DAS KOSMIKUM

LANGER SCHLAF

KRYSAL,
ZETA

92

Die sanfte Weckmelodie klang durch den Kern des Boten und erreichte den Schläfer.

Sein Netz aus Gedanken erstreckte sich über zahlreiche Welten. Erinnerungen verbanden ihn mit seinen früheren Leben, mit zweiundneunzig von hundert, wenn die memorialen Aufzeichnungen korrekt waren. Er zählte im nicht mehr ganz so tiefen Schlaf, um Gewissheit zu erlangen, und ja, es schien zu stimmen. Acht Leben blieben ihm, hoffentlich genug, um seiner Aufgabe gerecht zu werden und die Mission zu erfüllen.

Ein Name, dachte der Schläfer. Er hatte einen Namen. Ein Name bedeutete Identität, und wie konnte er wach sein, ohne er selbst zu werden?

Krysal. So hieß er. Diesen Namen hatte er erhalten, als Entwurf und Konzept zu einem Individuum geworden waren. Wie weit im Strom der Zeit lag das zurück?

Der Schläfer überlegte im nicht mehr ganz so tiefen Schlaf.

Sehr lange, lautete die Antwort, die er in seinen Träumen fand. So lange, dass es ihm schwer fiel, die immensen Zeiträume zu benennen. Mindestens ein Äon, so viel Zeit musste vergangen sein. Und vielleicht noch mehr. Noch viel, viel mehr.

Das Wecksignal streichelte ihn mit sanfter Musik.

In den Tiefen seiner Subsysteme wurde eine automatische Prozedur aktiv und begann mit der Integritätsprüfung. Das Lied des Erwachens bekam erste Dissonanzen.

Der Schläfer bewegte sich und streckte Arme, die in seinen früheren Leben Flügel, Klauen, Flossen und Greifknochen gewesen waren. Schlaf und Träume hielten noch immer seine Gedanken fest, obwohl das Signal ihn in die Sphären des Wachen holen sollte.

Die Gurra von Okkzaran fielen ihm ein, insbesondere Lahai, eine der Begnadeten, die mehr sah, hörte und verstand als ihre Artgenossen. In seinem Traum, der aus Erinnerungen bestand, berührte er ihre Haut aus winzigen Schuppen und vernahm ihre melodische Stimme. Er hatte sie für eine aussichtsreiche Kandidatin gehalten, damals, in seinem vierten Leben. Doch dann war etwas geschehen, das seine Hoffnungen zunichtegemacht hatte. Andere Erinnerungen zeigten ihm ein Feuer, das den ganzen Planeten verbrannte und den Boten zwang, seine Reise fortzusetzen.

Krysal fragte sich, ob er damals zusammen mit den Gurra verbrannt war, und dass er nicht sofort Antwort darauf fand, verwunderte ihn. War es möglich, dass die Erinnerungen an seine früheren Leben nicht vollständig waren, dass er etwas *vergessen* hatte?

Für einen Moment sah er das rote Feuer des zur Nova aufgeblähten Sterns, dem vielleicht auch er zum Opfer gefallen war, während er noch versucht hatte, zum Boten zurückzukehren. Das mochte die Erklärung sein, dachte er im nicht mehr ganz so tiefen Schlaf. Die Lücke zwischen zwei Leben, zwischen dem Ende einer Erinnerungsphase und dem Beginn einer neuen.

Eine Stimme erreichte ihn. Erwache, mahnte sie ihn.

Es gab mehr Dissonanzen, stellte er überrascht fest. Die Melodie klang halb zerrissen.

Integritätsprüfung abgeschlossen, meldete die Subsystemprozedur, die seinen Zustand kontrolliert und analysiert hatte. Integrität beeinträchtigt.

Das war so ungewöhnlich, dass der noch immer halb schlafende, halb träumende Krysal einen Fehler in der Kommunikation vermutete. Er fühlte sich eins und heil. Er erinnerte sich an seine früheren Leben und wusste, dass ihm nur noch acht zur Verfügung standen, was bedeutete, dass er vorsichtig sein und Risiken meiden musste.

Der Kern ist kompromittiert, flüsterte es.

Die Grauen Höhen fielen ihm ein, eine ausgedehnte interstellare Wolke aus kaltem Gas und Staub über der galaktischen Ekliptik, darin eine selbst nach den Begriffen des Boten seltsame Welt namens Plimmer, bewohnt von Schattenwesen, die zwischen den Dimensionen wanderten, an der schmalen Grenze zwischen Leben und Tod, Phantome, die manchmal selbst nicht wussten, ob sie lebten oder längst tot waren. Krysal erinnerte sich an die Erkenntnis, dass die Übergänge zwischen dem Belebten und Unbelebten nicht als klare Linie definiert werden konnten, eher als eine breite Zone des Ungewissen, wie die Quantenräume geprägt von Unschärfe und Unbestimmtheit.

Dort war er gleich zweimal gestorben, dass erste Mal beim Versuch der Kontaktaufnahme und das zweite Mal bei der Abwchr einer Intrusion, was ungewöhnlich genug war, denn normalerweise gelang es nichts und niemandem, die Schutzbarrieren des Boten zu durchdringen. Kontakte waren immer problematisch, erinnerte sich Krysal. Oft führten sie zu Missverständnissen mit fatalen Konsequenzen. Zu Anfang war er oft unvorsichtig gewesen und hatte seine Unerfahrenheit mit dem einen oder anderen Leben bezahlt. So wie bei den Ytah unweit des galaktischen Kerns, die ihn in ihren Mahlstrom gelockt hatten, mit der Absicht, sich in ihm einzunisten und auf diese Weise Kontrolle über den Boten zu erlangen. Als er das erkannt hatte, war es zu spät gewesen, das eigene Leben zu bewahren. Er hatte seine elfte Existenz geopfert, um als zwölfter Krysal den Boten erneut auf die Reise zu schicken, wieder und noch immer auf der Suche nach denkenden, fühlenden Wesen, die als Kandidaten infrage kamen.

Unfälle und Aggressionen waren die häufigste Todesursache, und hinzu kamen drei Fälle von toxischer Kontamination, hervorgerufen von Mikroorganismen, die durch Lücken im biologischen Immunschirm geschlüpft waren. Krysal hatte immer mehr dazugelernt, mit dem Ergebnis, dass seine einzelnen Leben länger und länger wurden. Und dann ...

Ein Gedanke drängte in den Vordergrund. Warum hatte er so lange geschlafen? Nicht eine Phase, Spanne oder Ära, was lang genug gewesen wäre, sondern mehr als ein Äon! Und er schlief noch immer, die Träume ließen ihn nicht los.

Ein schriller Ton durchdrang die Erinnerungswolken des Schlafenden, gefolgt von einer eindringlichen Stimme: *Hast du nicht verstanden? Der Kern ist kompromittiert!*

Krysal empfing die Worte und begriff plötzlich, was sie bedeuteten!

Etwas Fremdes befand sich im Kern und hatte von einem Teil des Boten Besitz ergriffen. Auch er selbst war betroffen, wie die warnende Meldung der Integritätsprüfung zeigte.

Das Schlafen und Träumen musste aufhören. Der Bote brauchte ihn.

Krysal machte sich daran, sein dreiundneunzigstes Leben zu beginnen.

HIER GIBT ES MEHR, ALS UNSER AUGE SIEHT

NIGHTINGALE LOI,
ZETA

93

Nightingale sprang von der im Wind schwankenden Hängebrücke, dem kleinen Licht vertrauend, das ihnen den Weg gezeigt hatte, und stürzte in die tiefe Schlucht, dem Fluss entgegen, einem von Felsen gesäumten glitzernden Band. Nichts griff nach ihr, um sie in leerer Luft festzuhalten. Nichts dämpfte ihren Fall. Nur noch einige wenige Sekunden, und der Aufprall inmitten der Felsen würde ihren Leib zerschmettern. Es gab keinen Übergang, keinen Transfer – sie fand sich nicht plötzlich in einer anderen Umgebung wieder.

Das kleine Licht verschwand, als hätte es seine Aufgabe erfüllt.

Ein Schrei erklang, und für einen Moment fragte sich Nightingale, ob er von ihr selbst stammte. Aber ihr Mund war geschlossen, die Lippen zusammengepresst. Sie fiel stumm, ohne einen Laut.

Mit gnadenloser Klarheit erinnerte sie sich an Roxas Warnung: *Vielleicht ist das Licht gar kein Wegweiser, sondern dient ganz im Gegenteil dem Zweck, uns in die Irre zu führen, in eine Falle.*

Dort war der Fluss, kein schmales Band mehr, sondern breit, mit schaumgekrönten Wellen und Strudeln, seine Stimme ein Donnern, das von den Talwänden widerhallte.

Die Felsen am linken Flussufer sprangen ihr entgegen. Nightingale kniff die Augen zu, heftiger Schmerz durchzuckte sie.

Sie stand auf dunklen sechseckigen Fliesen, die Fugen zwischen ihnen erfüllt von einem matten Licht weiß wie Schnee.

Ich lebe, dachte sie, und ihr Mund öffnete sich und sprach die Worte: »Ich lebe.«

Ein Klimpern und Klingeln erreichte sie, nicht leise und fern, sondern laut und nah. Nightingale wollte sich umdrehen, und ihr unversehrter Körper kam dem Wunsch nach.

Um sie herum war alles dunkel, doch sie war sich sicher, sich in einem Raum zu befinden. Obwohl seine Wände in der Schwärze nicht auszumachen waren, konnte sie ihre nähere Umgebung deutlich sehen.

Ein silberner Humanoide stand nur wenige Meter entfernt, schlank und groß, größer als ein Mensch, das Haar wie aus Gold, mit ovalem Gesicht und türkisfarbenen Augen. Er bewegte sich, er kam einen Schritt näher, deutete mit einer silbernen Hand auf sie.

Aus klimperndem Klirren wurde eine Melodie klar wie Glas, ohne einen einzigen falschen Ton, untermalt von zwitschernden Lauten, die Nightingale schon einmal gehört hatte. Sie wusste nicht, ob es sich um den Zetaner handelte, der sie aus dem Panoptikum gerettet hatte, aber sie erkannte die Gelegenheit, die sich ihr hier bot.

»Ich verstehe Sie leider nicht«, sagte sie langsam. »Es ist wichtig, dass wir miteinander kommunizieren und dass es keine Missverständnisse zwischen uns gibt.«

Der Humanoide schien ihr aufmerksam zuzuhören. Sein Zwitschern brach ab, und die aus klimpernden Geräuschen bestehende Melodie wich ein wenig in den Hintergrund zurück.

»Verfügen Sie über technische Hilfsmittel zur linguistischen Analyse?«, fuhr Nightingale fort. »Vielleicht können wir damit eine Basis für Verständigung schaffen. Wenn ich lange genug spreche, wenn Sie genug Worte von mir empfangen ...« Ihr kam ein Gedanke, und sie zeigte auf sich selbst. »Mein Name lautet Nightingale.«

Der silberne Humanoide antwortete mit weiteren zwitschernden Lauten, und die Melodie wurde ein wenig lauter. So etwas wie ein Name ließ sich jedoch nicht heraushören.

»Ich bin Nightingale«, wiederholte sie und betonte den Namen. »Wo sind die anderen, die Menschen, die mich begleitet haben?«

Waren sie ihrem Beispiel gefolgt und ebenfalls von der Brücke gesprungen? Der Schrei, den sie noch im Fallen gehörte hatte und der nicht von ihr stammte ... In der Erinnerung glaubte sie, Roxas Stimme zu erkennen.

Nightingale blickte sich um. Sie war mit dem Zetaner allein; niemand sonst befand sich in der Nähe.

»Wir sind gekommen, um das Geheimnis von Zeta zu ergründen«, wandte sie sich erneut an den silbernen Humanoiden. »Des vierhundert Kilometer großen Artefakts, das aussieht wie ein Asteroid. Wo sind wir hier? Ist dies das Zentrum von Zeta?«

Der Humanoide hörte zu und wartete noch einige Sekunden, als sie nicht mehr sprach. Dann begann er wieder mit seinem Zwitschern, in dem Nightingale keine einzelnen Worte erkennen konnte. Eine Quantenintelligenz, dachte sie. Eine QI wäre vermutlich in der Lage gewesen, die zetanische Sprache zu analysieren und eine Kommunikationsbasis zu schaffen.

Aber die Erde und ihre QI-Kollektive waren viele Lichtjahre entfernt.

In der Melodie, die wieder in den Hintergrund gewichen war,

während der Zetaner sprach, gab es plötzlich eine Dissonanz, einen kleinen, fast schrillen Unterton.

Der Humanoide unterbrach sich und trat einen Schritt zurück. Es sah ganz danach aus, als ob er gehen wollte.

»Nein, bitte bleiben Sie!«, sagte sie schnell, doch der Zetaner drehte sich um und ging tatsächlich mit langen Schritten davon. Sie versuchte, ihm zu folgen, aber etwas stemmte sich gegen ihre Bewegungen, ein Widerstand, der umso stärker wurde, je mehr sie dagegen ankämpfte.

Der silberne Humanoide verschwand im diffusen Halbschatten jenseits des Fugenlichts.

Enttäuscht erinnerte sich Nightingale an ein anderes Licht, wie der Funken eines Feuers. Sie hob die Hände und drehte sie, aber der kleine Wegweiser zeigte sich nicht. Er hatte sie hierhergebracht – zu welchem Zweck?

Sie blinzelte, länger als sonst, wie müde, als würde sie gleich einschlafen. Als sie die Lider wieder hob, stand sie nicht mehr auf dunklen sechseckigen Fliesen, sondern lag auf einer weichen, warmen Unterlage. Direkt über ihr schwebte ein aus mehreren Komponenten bestehender mechanischer Arm mit einer langen, dünnen Nadel, die auf ihr rechtes Auge gerichtet war.

Als Nightingale begriff, was geschehen würde, war es bereits zu spät.

Der mechanische Arm bewegte sich.

Die Nadel stieß zu und bohrte sich ihr in den Kopf.

94

»Seht euch das an!« Roxa hatte das Visier einer Rüstung hochgeklappt. »Seht es euch an!« Sie wich beiseite und wies mit der rechten Hand auf den offenen Kopfteil der Rüstung.

Sie hatte die Worte schon einmal gehört, erinnerte sich Nightingale vage, auch damals gesprochen von der jungen Marsianerin. Eine weitere Erinnerung schickte ihr Schmerz durch den Kopf, so heftig, dass sie das Gleichgewicht verlor und zu Boden sank. Hannibal war sofort zur Stelle und half ihr beim Aufstehen.

»Was ist los?«, fragte er besorgt. »Was ist passiert?«

»Ich ...« Nightingale atmete erleichtert auf, als der Schmerz nachließ und sie feststellte, dass sie klar sehen konnte. Ihr rechtes Auge existierte noch, es war nicht von einer Nadel durchstochen.

»Ich bin ihm erneut begegnet«, erzählte sie mit rauer Stimme. »Dem silbernen Humanoiden. Er hat zu mir gesprochen und ich zu ihm, aber wir haben uns nicht verstanden.«

Hannibal sah sie an. »Wann?«

»Gerade eben. Und dann ... bin ich auf einer Liege aufgewacht, und etwas Mechanisches, vielleicht ein Roboter, hat mir eine Nadel ins rechte Auge gestoßen.«

»Alles in Ordnung mit dem Auge. Von einer Nadel ist nichts zu sehen.« Hannibal schüttelte den Kopf. »Und Sie waren die ganze Zeit bei uns.«

»Ich bin gefallen«, sagte sie und gab sich mit den eigenen Worten Halt. »Ich bin auf die Felsen tief unten in der Schlucht gestürzt ...«

»Nein, sind Sie nicht«, widersprach Nora. Sie und Eusebius standen bei Roxa, nahe einer der Nischen des Arkadengangs, der um einen Innenhof führte. Die Nische enthielt eine Ritterrüstung aus blitzblankem Metall. Sie wirkte nicht alt, sondern wie neu, und offenbar enthielt sie etwas, das Roxa in Erstaunen versetzt hatte.

Eine Burg, dachte Nightingale, noch immer verwirrt und an eine Säule gestützt, weil sie ihrem Gleichgewichtssinn nicht ganz traute. Sie befanden sich in einer Burg, die unmöglich existieren konnte.

»Wir haben gesehen, wie Sie kurz vor dem Aufprall verschwanden«, sagte Eusebius.

Nora nickte. »Ein Transfer hat stattgefunden.«

»Und dann sind Sie mir gefolgt.« Die letzten Reste des Schmerzes in Nightingales Kopf lösten sich auf, und ihre Gedanken wurden klarer. »Weil Sie gesehen haben, dass uns das Licht des Wegweisers nicht in eine Falle gelockt hat.«

Sie blickte zu Roxa, die diese Befürchtung ausgesprochen hatte, vor einiger Zeit, in einer der Subwelten von Zeta. Aber die Marsianerin schien Nightingale gar nicht gehört zu haben und spähte erneut ins offene Visier der Rüstung.

»Wir sind Ihnen gefolgt, weil uns keine Wahl blieb«, sagte stattdessen Nora.

»Ich wäre niemals freiwillig von der Brücke gesprungen«, ließ sich Roxa nun doch vernehmen. »Auf. Gar. Keinen. Fall.«

»Ein heftiger Windstoß hat die Hängebrücke zur Seite gekippt«, erklärte Eusebius. »Wir haben versucht, uns festzuhalten, aber ...« Er zuckte mit den Schultern.

»Wir sind in die Tiefe gestürzt«, sagte Nora. »Aber wir sind nicht gesprungen wie Sie.«

»Wir wollten es ganz sicher *nicht*.« Roxa deutete ins offene Visier. »Die Rüstung ist mit Sternen gefüllt. Vielleicht sogar mit dem ganzen Universum.«

Nightingale konnte es kaum fassen. Neugierig wankte sie zu der Marsianerin, die Knie noch immer weich. Bei der Rüstung angekommen, stellte sich auf die Zehenspitzen und blickte in die Öffnung unter dem Visier.

Sterne leuchteten in der endlosen Nacht des Kosmos. Die Feuerräder von Galaxien hingen in Milliarden von Lichtjahren tiefer Finsternis.

Nightingale wich zurück, wechselte einen Blick mit der wissend lächelnden Roxa, sah erneut ins Innere der Rüstung und betrachtete Filamente, Hunderte von Millionen Lichtjahren lange Bänder aus Galaxien.

»Wie das Observatorium«, murmelte sie und trat zur Seite, damit auch Hannibal in die Rüstung sehen konnte.

»Welchen Sinn hat ein astronomisches Observatorium im Innern einer Ritterrüstung?«, fragte Roxa.

»Keinen«, antwortete Nightingale.

»Hier gibt es mehr, als unser Auge sieht.« Eusebius stand drei oder vier Meter entfernt mit den Händen an der Brüstung des Arkadengangs. Hinter ihm im Innenhof wucherten ineinander verschlungen wirkende Gewächse mit elfenbeinfarbenen trompetenförmigen Blüten. »Eine mittelalterliche Burg in Zeta? Wie sollte so etwas möglich sein?«

Nightingale klappte das Visier der Rüstung nach unten. Das Metall fühlte sich sehr real an und glänzte wie gerade poliert. Dann ließ sie den Blick durch den Arkadengang schweifen. Auch in den anderen Nischen standen Rüstungen, alle wie neu.

»Wir haben keine Vorräte mehr«, sagte Eusebius. »Trinkwasser und Früchte sind beim Sturz verloren gegangen.«

Nightingale wandte sich den anderen zu. »Was ist mit Ihnen? Was haben Sie erlebt, bevor Sie hierherkamen?«

»Nichts«, erwiderte Roxa. »Wir sind gefallen und können froh sein, dass wir noch leben, offenbar weil uns Zeta hierhergebracht hat.«

»Wobei sich die Frage stellt, wo und was ›hier‹ ist«, warf Eusebius ein.

»Das Zentrum von Zeta?« Nightingale sah sich erneut um. Roxa breitete die Arme aus. »Und wo sind die Kontrollsysteme, mit denen Zeta gesteuert wird?« Als niemand antwortete, fügte

479

sie ein wenig bissig hinzu: »Die Rüstung enthält nur das Universum, keine Schalter und Knöpfe.«

»Vielleicht gehen wir von falschen Erwartungen aus«, meinte Hannibal. »Vielleicht gibt es im Zentrum von Zeta gar keine Schalter und Knöpfe.«

Roxa stand erneut wie herausfordernd mit den Händen an den Hüften da. »Sondern?«

Die Blicke von Nightingale und Hannibal trafen sich.

»Schon wieder Geheimsprache?«, fragte Roxa noch etwas bissiger.

»Sprache«, sagte Nightingale. »Ich glaube, genau darum geht es. Um Sprache, um Kommunikation.« Sie zeigte durch den Arkadengang. »Sehen wir uns die Burg an. Vielleicht finden wir etwas, das uns weiterhilft.«

95

Sie wanderten durch lange Flure, über sechseckige Fliesen, die fast so dunkel waren wie jene, auf denen Nightingale bei ihrer Begegnung mit dem silbernen Humanoiden gestanden hatte. Offene Türen gewährten Blick in kleine leere Kammern mit schmalen Betten, einfachen Tischen und unbequem aussehenden Stühlen. In größeren Räumen standen Schränke aus altem, dunklem Holz und Regalwände, die aber völlig leer waren.

Eine Wendeltreppe, so schmal, dass sie hintereinander gehen mussten, führte in einen Turm hinauf, und in einem Zimmer ganz oben gab es ein Fenster, durch das man nach draußen sehen konnte.

Sie drängten sich davor zusammen.

Graue Mauern erhoben sich aus einer grauen Landschaft mit Tümpeln und Gräben.

»Die Gräben scheinen sich immer mehr zu füllen«, sagte Roxa. »An einigen Stellen schwappt das Wasser bereits über.« Hannibal stand direkt neben Nightingale, ihre Schultern berührten sich. »Flut?«

»Sieht danach aus«, meinte sie. »Auflaufendes Wasser.« Roxa beobachtete, was draußen geschah. Die Tümpel wuchsen in kürzester Zeit an, vereinten sich und wurden zu einer geschlossenen Wasserfläche, die schon bald bis zu den Außenmauern der Burg und ihrer Nebengebäude reichte. »Warum sollte jemand eine Burg an einem Ort erbauen, der bei Flut von Wasser umschlossen wird?«

Nora hob die Brauen. »Oh, das erinnert mich an etwas.«

Nightingale nickte ihr zu. »Mich auch.«

»Mont-Saint-Michel.«

»Genau. Das ist eine Abtei in Frankreich, vor der Atlantikküste gelegen«, erklärte sie, als sie Roxas fragenden Blick bemerkte. »Vielleicht ist dies gar keine Burg, sondern auch eine Abtei, ein Kloster.«

»Wo ist der Abt?«, fragte Eusebius.

Vielleicht habe ich ihn gesehen, dachte Nightingale. In meiner Vision.

Sie kehrten über die Wendeltreppe nach unten zurück und setzten die Erkundung der Burg beziehungsweise des Klosters fort. Immer wieder öffneten sie Türen, doch dahinter entdeckten sie nur weitere leere Räume. Nichts deutete darauf hin, dass sich irgendwo in der Nähe lebende Geschöpfe aufhielten.

Schließlich kehrten sie in einen Saal zurück, an dessen Wänden übergroße Porträts von ernst blickenden Männern mit Perücken und würdevollen Frauen in Ballkleidern hingen, wie die Gemälde eines Thronsaals. Ein runder Tisch stand in der Mitte des Raums mit fünf hochlehnigen Stühlen. Darüber hing ein schmiedeeiserner mittelalterlicher Kronleuchter, jedoch ohne Kerzen.

»Wie für uns gemacht«, sagte Eusebius, als er sich setzte und die Hände auf den Tisch legte, der aus dunkelbraunem gemasertem Holz bestand.

Nightingale und die anderen nahmen ebenfalls Platz.

»Die Tafelrunde«, sagte Nora und legte ihre linke Hand auf Eusebius' rechte. »Camelot?«

»Camelot?«, wiederholte Roxa. »Was soll das sein?«

»Die Burg des sagenumwobenen König Artus. Eine mehr als tausend Jahre alte Legende, in der es um Ehre, Ritterlichkeit und Verrat geht.« Nightingale betrachtete die großen Bilder an den Wänden. Nicht eine der dargestellten Personen erschien ihr vertraut. Noch etwas fiel ihr auf: Die Gemälde passten nicht in die Zeit von König Artus, dafür erschienen sie ihr zu modern.

»Wir haben nichts zu trinken oder zu essen«, sagte Roxa. »Und wir sitzen in einer Burg fest – oder meinetwegen in einem Kloster –, die von Wasser umgeben ist. Unsere Situation hat sich nicht verbessert, sondern verschlechtert.«

»Wenn man davon absieht, dass wir von einer hohen Hängebrücke gestürzt und noch am Leben sind«, kommentierte Nora.

»Das hier kann nicht das Zentrum von Zeta sein«, erklärte Eusebius. »Wir haben nirgends Kontrollmechanismen oder etwas in der Art entdeckt.«

Hannibal teilte diese Ansicht. »Wenn wir nicht das Zentrum von Zeta erreicht haben, wo sind wir dann?« Er wartete einige Sekunden. »Nightingale?«

»Ich habe ihn gesehen«, sagte sie. »Den silbernen Humanoiden. Den Zetaner. Ich habe versucht, mit ihm zu sprechen.«

»Aber ihr konntet einander nicht verstehen, hast du gesagt«, erinnerte sich Roxa.

»Und genau da liegt das Problem. Wir müssen einen Weg finden, mit den Zetanern zu kommunizieren.« Nightingale deutete in die Runde. »›Hier gibt es mehr, als unser Auge sieht.‹ So haben Sie es ausgedrückt, Eusebius. Und Nora hat Mont-Saint-Michel erwähnt. Ich nehme an, Zeta hat etwas aus unseren Erinnerungen genommen und daraus eine vertraute Umgebung für uns geschaffen.«

Roxa verzog missmutig das Gesicht. »Es würde bedeuten, dass Zeta Zugriff auf unser Bewusstsein hat.«

»Das wissen wir bereits«, entgegnete Nightingale. »Wir haben darüber gesprochen. Zeta hat sich mehrmals mit Hannibal und mir in Verbindung gesetzt oder es zumindest versucht.«

»Bei Ihnen funktioniert es besser als bei mir«, sagte Hannibal.

Roxa schnitt erneut eine kleine Grimasse. »Soll das heißen, dies hier ...«, sie klopfte auf den Tisch, »... ist eigentlich gar nicht da?«

Nightingale dachte darüber nach. »Neuronale Stimulation. Was wir sehen und fühlen ...«, sie strich mit der Hand über den Tisch, »... ist für unser Gehirn real. Zeta hat eine vertraute Umgebung für uns geschaffen, damit wir ...« Sie suchte nach geeigneten Worten. »Damit wir ruhig bleiben und nicht in Panik geraten.«

Auf der anderen Seite des Tisches versteifte sich Roxa. »Gäbe es denn einen Grund, in Panik zu geraten?«

Nightingale ging nicht auf die Frage ein. »Ich vermute, dass wir uns in einer Art Interfacesystem befinden. Versetzen wir uns für einen Moment in die Lage von Zeta und der Zetaner. Wir haben Anhaltspunkte dafür gefunden, dass dieses riesige Artefakt, ein gewaltiges Raumschiff im Tarnmantel eines Asteroiden, seit langer, langer Zeit in der Milchstraße unterwegs ist, wahrscheinlich seit Jahrmillionen. In dieser Zeit bekam Zeta

Kontakt mit zahlreichen fremden Lebensformen und Zivilisationen. Das Panoptikum enthält einige jener Wesen.«

»Es waren Hunderte oder Tausende, nicht wahr?«, warf Roxa ein. »Und sie sind alle tot.«

»Wir leben«, stellte Nightingale fest. »Zeta muss es schon in einer frühen Phase seiner langen Reise mit einem grundsätzlichen Problem zu tun bekommen haben: Kommunikation. Wie verständigt man sich mit fremden intelligenten Lebewesen, die einen völlig anderen biologischen, historischen und kulturellen Hintergrund haben und vielleicht ganz besondere Formen der Kommunikation verwenden? Man stelle sich Sprache auf der Basis von Duftstoffen oder Farben vor ...«

»Oder Musik«, sagte Hannibal.

»Oder Musik, ja. Melodien und ihre Variationen, um Informationen zu vermitteln. Die Zetaner müssen eine Technologie entwickelt haben, die es ihnen gestattet, mit den kontaktierten Zivilisationen zu kommunizieren.«

»Vielleicht begehen Sie hier einen Denkfehler«, wandte Eusebius ein. »Die Tests und Prüfungen, die wir hinter uns haben, erforderten keine direkte, unmittelbare Kommunikation. Ihre Botschaft war klar genug: Wer sie nicht besteht, kommt nicht weiter. Und wir wissen nicht, ob es jemals Besuchern gelungen ist, tatsächlich das Zentrum von Zeta zu erreichen. Vielleicht bestand für die Zetaner nie eine Notwendigkeit, mit Besuchern zu sprechen.«

»Wo bleibt da der *Sinn*?«, hielt ihm Nightingale entgegen. »Zeta ist nicht ohne Grund seit langer Zeit in der Milchstraße unterwegs. Die Erbauer müssen sich auf den Kontakt mit anderen Zivilisationen vorbereitet haben.«

»Hier gibt es ein Problem, nicht wahr?« Roxas Blick ging in die Runde. »Ein klitzekleines Problem. Wir haben keine Ahnung, was Sinn, Zweck und irgendwelche Gründe betrifft.«

»Was sie meint ...«, begann Hannibal, als die Marsianerin eine kurze Pause einlegte.

»Herzlichen Dank, ich weiß, was ich meine«, unterbrach sie ihn. »Meine Meinung lautet: Wir dürfen nicht den Fehler machen, menschliche Maßstäbe anzulegen. Wir gehen von unserer Logik aus, wir legen uns Erklärungen zurecht, die unserer Denkweise entsprechen. Doch damit könnten wir falschliegen. Vielleicht ...« Roxa gestikulierte vage. »Vielleicht hatte Zeta nie die Aufgabe, Kontakte mit fremden Zivilisationen zu knüpfen. Möglicherweise ist dieses Artefakt, der ausgehöhlte Asteroid mit seinen zahlreichen Innenwelten, im Auftrag eines exzentrischen Sammlers unterwegs, dem es nur darum geht oder ging, eine Kollektion fremder Lebensformen zusammenzustellen aus Freude am Spaß oder was auch immer. Wir *wissen* es einfach nicht. Das gilt auch für das, was wir bisher für Tests und Prüfungen gehalten haben. Auch in diesem Fall sehen wir die Dinge zu sehr aus der menschlichen Perspektive. Vielleicht waren es gar keine Prüfungen, sondern Fehlfunktionen. Dass hier nicht alles rundläuft, wissen wir längst. Nach Jahrmillionen wäre es kein Wunder, wenn es hier und dort zu Defekten gekommen ist, und wenn solche Defekte nicht repariert werden, sind weitreichende Fehlfunktionen die Folge. Das kennen wir von automatischen Schürfanlagen im Asteroidengürtel, nicht wahr, Hannibal? Wer an Wartung spart, fordert das Unheil geradezu heraus. Vielleicht aber auch«, Roxa machte erneut eine ausholende Geste, »steckt hinter Zeta jemand mit einem ausgeprägten Sinn für schwarzen Humor. Ein Alien, der sich einen Spaß daraus macht, andere Leute in die Irre zu führen.«

Alle sahen Roxa verwundert an. Einen so langen Vortrag hörten sie zum ersten Mal von ihr.

»*Das* meine ich«, fügte sie an Hannibal gerichtet hinzu.

»Vielleicht irren wir uns in allem, was wir bisher angenommen haben.«

Nightingale dachte über die Worte nach, von plötzlicher Stille umgeben, dann schüttelte sie langsam den Kopf. »Nein«, sagte sie und hob schnell die Hand, um einen Einwand von Roxa abzuwehren. »Was Sie sagen, ist durchaus vernünftig, aber ich glaube, dass mehr hinter Zeta steckt als nur ein abstruser galaktischer Sammler oder eine Anhäufung defekter Maschinen, die ihren ursprünglichen Zweck nicht mehr erfüllen können. Ich denke, dass wir tatsächlich geprüft wurden und uns jetzt in unmittelbarer Nähe des Zentrums befinden. Ein Zetaner – oder möglicherweise eine von mehreren zetanischen Fraktionen – hat mehrmals versucht, sich mit Hannibal und mir in Verbindung zu setzen und ...«

»Warum ausgerechnet mit Ihnen?«, warf Roxa ein. »Warum nicht mit mir, Nora und Eusebius?«

»Ich weiß es nicht«, antwortete Nightingale geduldig. »Auch darüber haben wir bereits gesprochen ...«

»Eine Erklärung fehlt noch immer!«

»Ich habe auch jetzt keine. Vielleicht wurden Hannibal und ich zufällig ausgewählt. Oder wir verfügen über eine besondere Begabung.«

»Sender und Empfänger«, sagte Nora, ihre linke Hand noch immer auf Eusebius' rechter. »Zeta sendet, und Hannibal und Nightingale empfangen einige der Signale, weil etwas in ihren Gehirnen zufällig auf die richtige Frequenz eingestellt ist.«

»In meinem Fall nicht ganz«, erwiderte Hannibal. »Bei mir kommen die ›Signale‹ nur als eine Art Kratzen an der Innenseite des Hinterkopfs an. Ich verstehe nichts. Ich sehe und höre nichts.«

»Ohne die Hilfe des silbernen Humanoiden, der mich aus dem Panoptikum gerettet und mir eine Karte von Zeta gezeigt hat, wäre ich jetzt tot«, erklärte Nightingale. »Er hat versucht, sich mit mir in Verbindung zu setzen, mit mir zu kommunizieren. Ich bin ihm erneut begegnet, vor kurzer Zeit ...«

»In einer Ihrer Visionen«, sagte Roxa. »In Ihrem Kopf.«

»Ich glaube, dass er erneut helfen will«, fuhr Nightingale unbeirrt fort, denn sie spürte auf einmal Gewissheit in den eigenen Worten. »Deshalb sind wir hier, in einer vertrauten Umgebung, die uns beruhigen soll.«

»Und die in Wirklichkeit ein Interfacesystem ist«, sagte Roxa. »Das uns womöglich scannt und sondiert. Uns in die Köpfe schaut und unsere Gedanken betrachtet.«

Nightingales innere Ohren vernahmen ein leises Klimpern.

»Ja«, bestätigte sie und wusste plötzlich, dass sie recht hatte. »Wir werden untersucht. Vielleicht will uns der Zetaner, der mir geholfen hat, auf den Kontakt mit dem Zentrum vorbereiten.«

»Das waren in den letzten paar Minuten ziemlich viele Vielleicht«, fand Roxa. »Wenn ein solches Interfacesystem tatsächlich existiert, warum wird es erst jetzt aktiv? Wäre es nicht wesentlich effizienter gewesen, uns gleich zu Anfang damit zu untersuchen? Und wenn wir wirklich in einem solchen System stecken, was sollen wir tun? Was erwartet Ihr Zetaner von uns?«

Wieder hörte Nightingale die Anfänge einer Melodie und eingebettet in die einzelnen leisen Klänge ein Wort: Kandidat.

»Lieber Himmel«, flüsterte sie.

Alle sahen sie fragend an.

»Ich habe zum ersten Mal ein Wort verstanden!« Nightingale lauschte mit den inneren Ohren, während sie sprach. »Kandidat.«

»Und was bedeutet dieses Wort?«, fragte Roxa verwundert.

»Dass wir Kandidaten sind?«, vermutete Nora.

»Ja, klar. Aber Kandidaten *wofür?*«

Nightingale hörte ein zweites Wort, weniger deutlich, die beiden Silben in die Länge gezogen: Kooon-taaakt.

»Für den Kontakt«, antwortete sie. »Wir sind Kandidaten für den Kontakt.«

Ihr Stuhl vibrierte, der Tisch knarrte, und ein dumpfes Donnern hallte durch die Flure und Säle der Burg, gefolgt von langsamen, schweren Schritten.

»Was ist das?«, hauchte Roxa.

Nightingale stand auf. »Wir sind nicht mehr allein.«

NAVIGATION

CHEN,
ZETA

96

»Sie sehen nicht gut aus, Chen«, sagte Floyd. »Nein, ganz und gar nicht. Sie bieten einen abscheulichen Anblick.«

Das Plus warnte Chen nicht mehr, über dieses Stadium war er längst hinaus. Dass er noch einen Fuß vor den anderen setzen konnte, verdankte er besonderen Notfallmaßnahmen, die im wahrsten Sinne des Wortes an die Substanz gingen. Er hatte beschlossen, auf eine seiner beiden Nieren zu verzichten und einen Teil der Leber und des Lungengewebes in Energie zu verwandeln, die er brauchte, um am Leben zu bleiben, zu denken und sich zu bewegen. Die verschiedenen Hautschichten – Subkutis, Dermis und Epidermis – hatte er fast ganz geopfert und nur eine dünne Schicht behalten, die ihn vor möglichen Infektionen schützte. Darauf bezogen sich vermutlich Floyds Worte – er sah aus wie jemand, den man enthäutet hatte.

»Können Sie noch sprechen?«, fragte der Mann mit der Maske. Er blieb stehen und sah Chen an, wobei die Augen hinter den Maskenschlitzen zu leuchten schienen. »Sind Sie noch bei Verstand?«

Das war eine interessante Frage, fand Chen, der an Floyds Verstand zweifelte, besser gesagt: an seiner geistigen Integrität. Er sprach mit verschiedenen Stimmen, mal sanft und mal zornig, und gelegentlich ging er wie jemand, in dem mehrere Personen steckten, die seine Beine zu kontrollieren versuchten.

»Ich ... kann ... sprechen«, brachte Chen mühsam hervor und überlegte, ob er Magen und Darm aufgeben sollte, um zusätzliche Kraft zu erhalten. Aber dann wäre er nicht mehr in der Lage, Energie aus Nahrung zu gewinnen.

»Und wie Sie sprechen!«, höhnte Floyd. »Es ist nur ein Krächzen und Ächzen!«

Er blieb plötzlich stehen, zwischen zwei kantigen Segmenten des Maschinenkerns von Zeta, umgeben von Aggregaten, die immer wieder Form und Anordnung veränderten, wie die Komponenten des Konfigurators, den sie inzwischen hinter sich gelassen hatten. Überall summte und brummte es, und in der Ferne ließ sich manchmal ein Stampfen und Hämmern vernehmen. Chen versuchte, Einzelheiten zu erkennen, aber das Bild vor seinen Augen verlor immer wieder an Kontrast und Schärfe.

»Wo ... sind ... wir?«, fragte er, jedes einzelne Wort eine Anstrengung.

Floyd stand noch immer reglos da und gab einige Laute von sich, die Chen keiner menschlichen Sprache zuordnen konnte. Er sah ihn von der Seite und glaubte zu erkennen, wie sich seine Maske bewegte, als wollte etwas darunter hervorkriechen.

Ein Ruck ging durch Floyd, und für einen Moment schienen seine Beine den Weg in unterschiedliche Richtungen fortsetzen zu wollen. Dann ging er los, vorbei an einer Maschine, die aus mehreren schwarzen und silbergrauen Keilen bestand. Neben ihr erhoben sich zwei Säulen wie aus Glas, und darin wanden sich träge Schlangen aus aneinandergereihten kleinen Lichtern.

»Herz und Hirn«, erklärte Floyd. »Wir haben darüber gesprochen, erinnern Sie sich? Herz und Hirn des Boten.«

Das Zentrum von Zeta, dachte Chen, während sein Plus nach Energiequellen suchte. Eine Welt aus veränderlichen Maschinen, aber ohne erkennbare Kontrollen. Und offenbar ohne ein einziges lebendes Wesen. Wo waren die Zetaner? Wo befanden sich die Mechanismen, mit denen das riesige Artefakt kontrolliert und gesteuert werden konnte?

»Des ... Boten?«, wiederholte Chen.

Floyd blieb erneut stehen. »Ja«, erwiderte er mit rauer, tieferer Stimme. »Das ist Zeta, ein Bote. So wird dieses Artefakt genannt, und als solcher wurde es auf seine lange Reise geschickt, als Bote.«

Chen erhoffte sich eine Gelegenheit, mehr Informationen zu erhalten. »Wer ... hat ... Zeta ... so ... genannt?«

»Wer wohl?« Floyd zischte plötzlich. »Die Konstrukteure. Die Erbauer. Die Ihala.«

»Iha... la?«

Floyd hob die Hand zur Maske, als wollte er sie abnehmen. Aber er rückte sie nur zurecht und drückte sie etwas fester auf Nase und Wangen.

»Ihala. Die Zetaner. So nannten sie sich.«

»Woher ... wissen ... Sie ... das?«

»Sie bleiben neugierig«, sagte Floyd. »Sie sind dem Tod nahe, doch die Neugier verlässt Sie nicht. Ich kenne den Namen der Konstrukteure, weil ...« Er zögerte und horchte. »Weil er ihn mir genannt hat. Oder sie. Oder es. Oder was auch immer. Der Begleiter.«

Das Wesen unter Ihrer Maske?, wollte Chen fragen, doch das Plus hinderte ihn daran. Energie sparen, flüsterte es ihm zu. Dringlichkeit. Oberste Priorität. Existenz gefährdet.

»Navigation!«, rief Floyd plötzlich und erbebte am ganzen Leib. »Ja, Navigation, das ist eine gute Idee. Was halten Sie davon, wenn wir Zeta zur Erde bringen, Chen? Ja, das *ist* eine gute Idee!«

Mit langen Schritten eilte Floyd durch eine breiter werdende Lücke zwischen den Maschinen. Chen folgte ihm langsam.

97

Streiflichter aus der Vergangenheit blitzten in Chen auf, ungewollt und ungelenkt, Erinnerungen an seine Kindheit in den Lernlaboren des Genzentrums, wo man ihn geschaffen hatte: Gesichter von Wissenschaftlern und Technikern, einige von ihnen bemüht, Eltern zu ersetzen. Und Bilder aus der Zeit der Genetischen Konflikte: Wut und Feuer, Zerstörung und Tod.

Während er mühevoll einen Fuß vor den anderen setzte, umgeben von hoch aufragenden Maschinen, die ihm gelegentlich zylindrische Komponenten Armen gleich entgegenstreckten, während sein Plus nach Energie für notwendige Körperfunktionen suchte, sah er Nightingale Loi als Studentin der Astrobiologie, eine junge Frau, die ihr eigenes Leben riskiert hatte, um ihn zu retten. Sie war bereit gewesen, ihre Träume aufzugeben, um ihm, dem Enhu, eine Zukunft zu geben.

Schon als Siebenjähriger hatte Chen die tiefe, große Menschlichkeit verstanden, die darin zum Ausdruck gekommen war.

Wie erging es ihr jetzt? Wo befand sie sich? Steckte sie noch immer im »Labyrinth« fest, wie der Mann mit der Maske gesagt hatte, zusammen mit den anderen?

Chen erinnerte sich an ihre Entschlossenheit, die jeden Zweifel ausklammerte, an ihr energisches Agieren in albtraumhaften Situationen. Nightingale Loi, ein gewöhnlicher Mensch, ohne die Erweiterungen und besonderen Fähigkeiten der Enhus, und doch jemand, der ihm als Beispiel diente, dem es nachzueifern galt, der zu einem Vorbild für ihn geworden war.

Ein weiterer Schritt. Den Fuß heben, so schwer er auch geworden war, und ihn vor den anderen setzen, den Körper nach vorn neigen und dabei das Gleichgewicht wahren. Eine Zeit lang – einige Sekunden oder Minuten, vielleicht auch Stunden – konzentrierte sich Chen vor allem darauf, während seine Gedanken in einem Strudel aus Erinnerungsbildern trieben. Er musste am Leben bleiben, lautete einer dieser Gedanken, denn vielleicht brauchte Nightingale seine Hilfe.

Aber wie sollte er ihr helfen, so schwach, dass er sich kaum auf den Beinen halten konnte?

Chen bemerkte plötzlich einen Tisch zwischen zwei Aggregaten. Mehrere gefüllte Teller standen darauf. Er sah die Speisen ganz deutlich: würziger Maisbrei, verschiedene Sorten Gemüse, zartes, rosarotes synthetisches Fleisch, daneben zwei Schalen mit Brot und Obst. Er nahm die verschiedenen Düfte wahr, intensiver und verlockender als je zuvor.

Illusion, meldete das Plus. Halluzination.

Chen wankte auf den Tisch zu. Sein Gaumen war nicht mehr trocken. Speichel rann ihm über die Unterlippe.

Gefährliche Ablenkung, teilte ihm das Plus mit. Drohende Dominanz des Unbewussten. Weitere Notfallmaßnahmen erforderlich.

Es wurde dunkel für Chen.

Der Tisch verschwand, auch die Maschinen verschwanden in konturloser Finsternis, und er roch nichts mehr und fühlte nur noch prickelnde Kühle.

Was ist passiert?, wollte Chen fragen, doch das Plus hinderte ihn daran, die Worte laut auszusprechen. Er vergaß den Tisch mit den Speisen, das Plus tilgte den Gedanken aus seinem Bewusstsein.

Chens Rationalität begriff den Grund dafür. Wunschdenken gaukelte ihm Dinge vor, die nicht existierten, was zu neuen

Belastungen für ihn führte, zu noch mehr Stress, und das wiederum bedeutete Energieverlust.

Fokussierung, mahnte das Plus. Konzentration auf das Wesentliche.

Die Dunkelheit verwandelte sich in ein Zwielicht mit blassen Farben und unscharfen Umrissen. Die Maschinen waren kleiner geworden, stellte Chen fest, die Abstände zwischen ihnen ein wenig größer. Floyd zeigte sich als schemenhafte Silhouette in der Ferne – der Abstand zu ihm war auf mehrere Hundert Meter gewachsen.

Chen versuchte, schneller zu gehen. Schmerz kroch ihm von den Füßen ausgehend durch Waden und Knie, erreichte kurz darauf Oberschenkel und Hüften und wurde zu einem Stechen, das Gelenke zu blockieren und Muskeln zu lähmen drohte.

Weit vorn, wo es offenbar mehr Licht gab, blieb Floyd stehen. Chen schlurfte und torkelte.

»Sie werden sterben, Chen«, sagte der Mann mit der Maske, als die Entfernung auf ein Dutzend Meter geschrumpft war. »Sie sind schon mehr tot als lebendig.«

Floyd stand vor einem halb offenen Gerüst, wie aus mehreren mannsgroßen Kugeln zusammengesetzt. Ein Teil davon wirkte wie organisch gewachsen, mit Adern aus Glas, in denen Lichter flackerten, und dicken schiefergrauen Strängen wie Muskeln oder Sehnen. Ein halbrundes Segment schwang auf, und Chen dachte an eine Luke, die sich öffnete.

Hinter und über dem Gerüst schwebte eine dunkle Wolke in einem Hohlraum, der der *Excelsior* genug Platz geboten hätte. Sie war nicht statisch, sondern veränderte sich ständig wie ein riesiger Vogelschwarm, der sich mal in die eine Richtung wandte und dann in die andere.

Kollektiver Organismus, flüsterte das Plus, seine Stimme noch leiser als zuvor, und schickte ein Datenbild, aus dem hervorging, dass sich die Einzelwesen der Wolke ihrerseits aus zahlreichen kleineren Geschöpfen zusammensetzten.

Fraktaler Organismus, analysierte das Plus. Zentrum? Hirn? Lenkender, steuernder Faktor von Zeta?

Chen war noch lebendig genug, das interessant zu finden, und unter anderen Umständen hätte er darüber nachgedacht, um zu weiteren Erkenntnissen zu gelangen. Aber seine Gedanken drehten sich vor allem ums Überleben.

»Ich bin am Ziel«, verkündete Floyd. »Oder an *einem* Ziel. Ich brauche Sie nicht mehr, Chen. Und selbst wenn wir noch unterwegs wären, Sie würden mich nur aufhalten. Ach, wenn Sie selbst sehen könnten, in welchem Zustand Sie sich befinden!« Er wandte sich dem halbrunden Eingang des Gerüsts zu.

Chen öffnete den Mund. Wo sind wir hier?, wollte er fragen. Was haben Sie vor?

Doch er brachte nicht mehr als ein kurzes Krächzen zustande.

Floyd hörte es und wandte sich ihm noch einmal zu. »Wir sind da, Chen, wir sind im Zentrum.« In seiner Stimme lag ein Knarren wie von brechendem Holz. »Was haben Sie erwartet? Eine Kommandozentrale mit Konsolen, Bildschirmen und bequemen Sesseln? Wir sind im *Boten*, Chen, nicht in einem Raumschiff von der Erde. Und *dies* ist der Navigator beziehungsweise einer davon. Ich werde den Boten steuern, Chen.« Floyd setzte einen Fuß in die Öffnung. »Ich werde ihn zur Erde bringen, damit wir seine Technologie nutzen können.«

Wir, dachte Chen in einem Moment plötzlicher gnadenloser Klarheit. Terra Solar.

Er sank auf die Knie.

»Sterben Sie in Frieden, Chen«, sagte Floyd, und in seinen Worten lag tatsächlich so etwas wie Anteilnahme. »Sie haben Ihren Zweck erfüllt.«

Der Mann mit der Maske stieg ein, und hinter ihm schloss sich das halbrunde Segment. Chen beobachtete, wie Floyd durchs Innere des Gerüsts kletterte, in seiner Mitte verharrte, umgeben von tanzenden Lichtern, eine Hand hob und die Maske abnahm.

Etwas kroch aus seinem Gesicht.

Mehr sah Chen nicht. Die Augen fielen ihm zu, er kippte zur Seite.

Und starb.

EIN KLEINER TOD
FÜR EIN GROSSES LEBEN

KRYSAL,
ZETA

98

Manchmal sank Krysal der Dreiundneunzigste wieder in den weichen, warmen Schlaf, wo ihn die Erinnerungen an seine früheren Leben erwarteten. In einer solchen Phase kehrte er trotz des Wissens um Intrusion und Kontamination zurück in den Kosmischen Garten der Residenten.

Nialia, so lautete ihr Name, erinnerte er sich. Oder einer ihrer Namen. Sie war eine Kandidatin gewesen, so hatten Krysal und der Konsens sie eingeschätzt und klassifiziert. Die lange Suche des Boten hätte bei ihr enden können, wenn Nialia bereit gewesen wäre, ihren Garten aufzugeben, um sich ganz der Kandidatenmission zu widmen. Doch sie hatte nur kurz überlegt und sich dann dagegen entschieden, ohne die Möglichkeit tatsächlich in Betracht zu ziehen. Die eigene Aufgabe als Hüterin des Kosmischen Gartens war ihr wichtiger gewesen.

Nialia, die Ewige und Vielgestaltige, die sich jedes beliebige Erscheinungsbild geben konnte und seit dem Anbeginn der Zeit existierte. Oder *fast* seit dem Anbeginn, wie sie gern betonte. Was die eigenen Ursprünge betraf, blieb sie ein wenig nebulös in ihren Aussagen und Anmerkungen, vielleicht deshalb, weil sie nicht genau darüber Bescheid wusste. Oder weil sie es vergessen hatte nach all den Äonen.

In der sanften Umarmung des Schlafs erinnerte sich Krysal an eine seiner Wanderungen mit Nialia, über einen der vielen Wege, die durch Wälder und Seen, über Berge und Ozeane führten, alle Einzelheiten der jeweiligen Umgebung angeordnet in einem Präsentationsmuster, das Besonderheiten hervorhob und die »Grundprinzipien des Vitalen«, wie Nialia sie nannte, zum Ausdruck brachte.

Bei einem Springbrunnen mit Wasser wie Quecksilber bohrte Nialia Wurzeln in den Boden, als wollte sie für längere Zeit an diesem Ort verweilen. Ihre Arme verwandelten sich in Äste und Zweige mit einer Vielzahl von kleinen Blättern, die das Licht des nahen Neungestirns empfingen, einer Konstellation von sieben Roten Zwergen und zwei gelbweißen Sternen, die einander auf komplizierten Umlaufbahnen umkreisten. Die langfristige Stabilität der orbitalen Vektoren und der Sterne selbst spielte für Nialias Kosmischen Garten eine untergeordnete Rolle, denn sie konnte damit nahezu jeden beliebigen Ort im Universum ansteuern. Transformer, die Energie in Materie und Materie in Energie verwandelten, machten sie unabhängig.

Krysal hatte zum Boten aufgesehen, der nur den Bruchteil einer Lichtlänge über dem Bereich des Gartens geschwebt hatte, in dem sie sich befanden. Bald würde er seine Reise fortsetzen, der Konsens hatte ihn bereits gerufen.

Um sie herum erstreckten sich Landschaften und Meere aus Flüssigkeiten und Gas, keine Nachbildungen, sondern gewachsen aus Originalen. Die schiere Größe beeindruckte Krysal. Mit den Innenwelten des Boten ließ sich dieser Garten nicht vergleichen. Er erstreckte sich über unzählige Lichtlängen. Ohne technische Hilfsmittel hätte er eine ganze Ära, vielleicht sogar ein Äon gebraucht, um ihn zu durchqueren.

»Ein Monument des Lebens«, sagte Krysal.

Nialia drehte den Kopf, damit ihr Gesicht das Licht der neun Sterne empfing.

»Gesammelt und gebaut von meinen Vorfahren«, erwiderte sie in der Sprache, auf die sie sich geeinigt hatten. »Gehegt und gepflegt von mir.«

»Ein Kunstwerk.«

»Ein Monument der Vitalität«, pflichtete Nialia ihm mit raschelnden Blättern bei.

Eine geeignete Kandidatin, zweifellos, dachte Krysal in seinem Schlaf, der von Warnsignalen gestört wurde.

Intrusion, wiederholten die Stimmen einiger Subprozeduren. Kontamination breitete sich aus.

Die weiche Wärme des Schlafs war angenehm. Er hatte sich an sie gewöhnt, sie schien mittlerweile ein Teil von ihm zu sein, und es widerstrebte ihm, sie zu verlassen.

»Du bist die Letzte deiner Art«, wandte er sich an Nialia.

»Gilt das nicht auch für dich?«, erwiderte Nialia. »Ich hüte den Kosmischen Garten, die Saat meiner Vorfahren. Und du hütest den Boten, der von deinen Ahnen auf die Reise geschickt wurde.«

Krysal hatte geantwortet, erinnerte er sich. Sie hatten lange darüber gesprochen, über Vergleiche, die so nicht gezogen werden konnten, weil die zeitlichen Maßstäbe zu verschieden waren. Die Residente stammte aus den Anfängen des Universums, und sie konnte ihren Kosmischen Garten überallhin bringen, in jede beliebige Galaxie. Ihm waren weitaus engere Grenzen gesetzt.

»Es ist schade«, sagte er schließlich.

Nialia sah ihn fragend an, obwohl sie, davon war er überzeugt, wusste, was er meinte.

»Dass wir uns trennen müssen«, erklärte Krysal dennoch und dachte an seine Mission. »Was ich suche ...«

»Ich weiß, was du suchst«, unterbrach sie ihn. »Irgendwann wirst du es finden. Aber nicht hier. Nicht bei mir.«

Ein scharfer Ton durchdrang Krysals Erinnerungen, wie schon einmal. Er dehnte und streckte sich im weichen Schlaf. »Du könntest bei mir bleiben«, schlug Nialia vor. Ihre Blätter raschelten erneut in einem Wind warm wie der Schlaf.

Die Mission aufgeben?, dachte Krysal. Das kam nicht infrage. Es war ... *undenkbar?*

»Nein, ich muss die Suche fortsetzen«, sagte er. »Der Bote braucht mich. Ich bin ein Teil von ihm.«

»So wie ich, die ewige Residente, Teil des Kosmischen Gartens bin«, entgegnete Nialia. »Aber hier gibt es Platz genug, wie du siehst. Schenk mir etwas von dir für das Monument des Lebens.«

Krysal überlegte. »Was soll ich dir geben? Was möchtest du?«

»Schenk mir dein derzeitiges Leben«, bat Nialia. »Das wievielte ist es?«

Krysal zählte. »Das neunundzwanzigste.«

»Etwas von dir würde bleiben, was auch geschieht«, sagte Nialia. »Für immer, das verspreche ich dir.«

Krysal wusste, er hörte die Stimme der Ewigkeit.

»Du möchtest, dass ich für dich sterbe?«

»Für mich und den Kosmischen Garten«, erklärte Nialia. »Ein kleiner Tod für ein großes, langes Leben. Dein genetischer Code würde eingehen ins immense Genom des Gartens.«

Ein kleiner Preis, fand Krysal, der Gefallen gefunden hatte am Kosmischen Garten und seiner Hüterin. Ein individuell schmerzhaftes Opfer, das jedoch kaum eine Rolle spielte, wenn man an das genetische Erbe dachte. Etwas von den Ihala würde weiterexistieren, in anderer Form und nicht allein, als Teil einer großen Gemeinschaft des Lebens.

»Ich muss mit dem Konsens Rücksprache halten«, sagte Krysal, doch er hatte seine Entscheidung bereits getroffen.

»Ich warte in Zuversicht«, entgegnete Nialia.

Er sprach mit Kern und Konsens, er beriet sich mit den Subprozeduren und den Stimmen des Erbes, er erklärte seinen Wunsch und seine Entscheidung.

Kurze Zeit später, nicht weit vom Springbrunnen mit dem Wasser wie Quecksilber, starb er einen bewussten, beabsichtigten Tod. Er gab sein neunundzwanzigstes Leben und mit ihm all seine Erfahrungen und Erlebnisse, er ging ein in Nialias Kosmischen Garten

Und im Boten, der seine Reise fortsetzte, erlangte der dreißigste Krysal kognitive Existenz mit dem gesamten Wissen seines Vorgängers und der Erkenntnis, dass etwas von ihm und den Ihala weiter reisen würde, als es für den Boten jemals möglich sein würde.

Der Schlaf hatte klebrige Finger, die Krysal festzuhalten versuchten. Er streifte sie ab, einen nach dem anderen, dehnte sich in den Subsystemen aus, sah und hörte mit zahlreichen Sensoren und empfing Meldungen.

Etwas stimmte nicht mit ihm, erkannte er, als er die Daten der Autodiagnose überprüfte. Er war immer noch zu schläfrig, selbst nach dem Kontaminationsalarm, er verlor sich zu bereitwillig in seinen Erinnerungen. Es konnte bedeuten, dass nicht nur der Kern kompromittiert war, sondern auch er selbst.

Voller Sorge und umgeben von warnenden Signalen wandte er sich an den Konsens. Soll ich sterben und das vierundneunzigste Leben beginnen, um meine Integrität wiederherzustellen?

Der Konsens antwortete ihm mit seiner mächtigen Stimme, mit dem Brodeln und Brummen, das den ganzen Boten erfüllte.

Dazu haben wir keine Zeit und keine Gelegenheit. Außerdem sind deine Leben rar geworden, wir müssen vorsichtig damit umgehen.

Navigation!, rief eine Subsystemprozedur. Kursänderung!

Nein, entschied der Konsens.

»Nein«, sagte Krysal, und er sprach das Wort wach und laut.

»*Nein!* Ich übernehme, ich entscheide, ich steuere und lenke!«

Der Fremde, der irgendwann und irgendwo in den Boten eingedrungen war, hatte einen Navigator übernommen und versuchte, den Kurs des Boten zu beeinflussen.

Krysal, vom Schlaf befreit, verlangte Priorität von allen Systemen. Er veränderte die Daten des aktiv gewordenen Navigators und dachte fast mit der Geschwindigkeit des Kerns, als er eine Strategie entwickelte, die es ihm erlauben sollte, mehrere Ziele zu erreichen.

Die Kontamination musste beendet, der Eindringling isoliert werden. Und vielleicht gab es eine Chance, die Mission des Boten zu einem erfolgreichen Ende zu bringen.

Es gab Kandidaten, gleich mehrere! Einer von ihnen hatte sich in Gesellschaft eines Individuums befunden, das mit dem Eindringling in enger Verbindung stand. Er hatte nur ein Leben, soweit Krysal feststellen konnte, und dieses eine Leben ging zu Ende.

Krysal schickte Anweisungen in die Datenräume der Subsysteme und gab dem Boten ein neues Ziel. Anfang und Ende der Reise hatten einen Namen: das Kosmikum.

Anschließend wandte er sich dem endenden Leben zu. Er benötigte Informationen und Artikulation.

AM SCHMALEN RAND DES LEBENS

NIGHTINGALE LOI, ZETA

99

Nightingale öffnete die Tür des Saals mit der Tafelrunde. Aus den Tiefen der Burg beziehungsweise des Klosters kam erneut ein Donnern wie von einem nahen Gewitter, gefolgt von den Geräuschen schwerer, wuchtiger Schritte.

»Das klingt nicht gut«, flüsterte Roxa dicht hinter ihr.

Nightingale trat in den Flur. Das Donnern wiederholte sich nicht, aber die Schritte kamen näher. Sie fühlte, wie der Boden unter ihr erzitterte. Plötzlich herrschte Stille.

Nightingale verharrte reglos und lauschte. Sie glaubte, ein Brummen zu hören, untermalt von der klirrenden Melodie, die ihre inneren Ohren hörten.

»Hannibal?«, fragte sie leise.

Er erschien an ihrer Seite. »Ja. Es kratzt, ziemlich stark und sehr unangenehm.«

Nightingale hörte die Musik in der Ferne, mal leiser, mal lauter, wie von einem Wind getragen. Für einige wenige Sekunden schien die Musik klarer und deutlicher zu werden, dann störten Misstöne die Melodie.

Mit geschlossenen Augen dachte Nightingale: Können Sie mich hören? Bitte zeigen Sie sich. Lassen Sie uns versuchen, miteinander zu kommunizieren.

Sie hob die Lider in der Hoffnung, den silbernen Humanoiden zu sehen, den Zetaner, aber vor ihr erstreckte sich nur der leere Flur mit der Treppe am Ende, halb in Dunkelheit gehüllt.

Aus dem Augenwinkel sah Nightingale, wie Nora zu einem Fenster ging und nach draußen blickte.

»Das Wasser ist abgelaufen«, sagte sie. »Wir könnten die Burg verlassen und versuchen, das Festland zu erreichen.«

»Und dann?«, fragte Roxa herausfordernd. »Und dann?«

»Die Entscheidung fällt hier, in diesem Gemäuer«, sagte Nightingale und blickte noch immer zur Treppe. Die Geräusche waren von dort gekommen. Was verbarg sich in den Schatten?

»Die Entscheidung worüber?«, hakte die Marsianerin ungeduldig nach.

»Ob Zeta mit uns sprechen kann und mit uns sprechen will.« Nightingale deutete nach vorn. »Vielleicht wurde jemand hierhergeschickt, um mit uns zu reden.«

»Es gibt nur eine Möglichkeit, es herauszufinden, nicht wahr?«, sagte Hannibal neben ihr.

»Ja.« Sie gab sich einen Ruck und ging los.

100

Düsteres Zwielicht empfing Nightingale, als sie die Treppe erreichte und langsam eine Stufe nach der anderen hinter sich brachte. Die anderen folgten, Hannibal dicht hinter ihr, Roxa, Nora und Eusebius mit etwas mehr Abstand.

»Es hat aufgehört«, flüsterte Hannibal, als sie auf dem Weg nach unten den ersten Treppenabsatz erreichten. »Es kratzt nichts mehr an der Innenseite meines Hinterkopfs.«

Nightingale lauschte. »Ich höre keine Musik mehr. Es ist alles still.«

»Was bedeutet das?«

»Es bedeutet hoffentlich nicht, dass Zeta aufgehört hat, eine Kommunikation mit uns zu versuchen.« Sie hob die Hand und drehte sie, doch das kleine Licht, das ihnen zuvor den Weg gewiesen hatte, erschien nicht.

Sie ging weiter, langsam und vorsichtig. Bisher war genug Licht durch die Rundbogenfenster und die schmalen Schießscharten des Gemäuers gefallen, doch nun brach draußen die Nacht herein, die Schatten verdichteten sich. Sie kamen an einem der Fenster vorbei, und Nightingale sah mit eigenen Augen, dass die Burg nicht mehr von Wasser umgeben war. Eine weite Ebene aus Schlick und Schlamm erstreckte sich vor den Außenmauern und verschmolz nach ein oder zwei Kilometern mit der einbrechenden Nacht. Nichts regte sich dort.

Am Ende der Treppe zögerte Nightingale und horchte. Vor ihr erstreckte sich der Arkadengang mit dem Innenhof auf der einen Seite und den Nischen mit den wie neu aussehenden Ritterrüstungen auf der anderen. Vor einer dieser Nischen ragte etwas auf, ein Schatten größer und massiver als die anderen.

»Was ist das?«, hauchte Hannibal.

Nightingale setzte sich wieder in Bewegung. Ein Schritt, dann noch einer ...

»Ich ... bin ... hier«, krächzte eine Stimme aus der Dunkelheit.

Nightingale erkannte sie sofort. »Chen?«

Sie lief los und erreichte eine fünf oder sechs Meter große Maschine, einen Roboter mit mehreren Armen und Beinen, der geduckt vor der Nische stand, in einem halb offenen Innern ein Tragegestell mit den Resten eines Menschen.

Motoren brummten leise. Dünne, flexible Sensormasten neigten sich ihr entgegen. Einer der Arme, ausgestattet mit mehreren Gelenken, kam von der Seite, öffnete laterale Segmente und formte eine Art Steg.

Nightingale achtete nicht darauf. Sie sprang an dem Arm vorbei, ergriff eine Strebe, die beim Kontakt mit ihrer Hand aufleuchtete, und kletterte ins Innere des Roboters. Dort lag Chen in einem Gestell, beziehungsweise das, was von ihm übrig war: eine in Größe und Breite geschrumpfte Gestalt, bedeckt nur von einigen wenigen Raumanzugfetzen, ohne Haut, Sehnen und Knochen, wie deutlich zu erkennen war. Das eingefallene, hohlwangige Gesicht wirkte greisenhaft und wies kaum noch Ähnlichkeit mit dem Chen auf, den sie kannte.

»Ich ... bin ... hier«, wiederholte er, der Blick seiner tief in den Höhlen liegenden Augen ins Leere gerichtet.

»Chen!« Nightingale beugte sich über ihn und wollte ihn berühren, doch im letzten Moment zuckten ihre Hände zurück. Ein Kontakt mit dem ungeschützten Körper hätte Chen vermutlich Schmerzen bereitet.

»Lieber Himmel!«, flüsterte sie. »Lieber Himmel, Chen, was ist mit dir passiert?«

»Floyd ...«, stöhnte Chen. »Der ... Mann ... mit ... der ... Maske.«

»Hat er dir das angetan? Wo steckt der Mistkerl?«

Nightingale wandte den Kopf, sah aber nicht Floyd, sondern Hannibal, der ebenfalls in die Maschine geklettert war. Roxa, Eusebius und Nora standen nur wenige Meter entfernt bei dem langen ausgestreckten Arm des Roboters.

»Fass ihn nicht an«, warnte Nightingale.

»Oh, ich verstehe.« Hannibal starrte auf das blutige menschliche Wrack. »Jemand scheint ihm die Haut abgezogen zu haben, am ganzen Körper.«

»Plus«, ächzte der geschrumpfte Chen im Tragegestell der Maschine. »Energie. Kraft.« Jedes Wort erforderte eine enorme Anstrengung von ihm. »Er ... Floyd ... übernimmt ... Kontrolle.« Er sprach leise, mit einer Stimme nicht viel mehr als ein Flüstern. Aber Roxa, die in unmittelbarer Nähe der Maschine stand, hatte ihn gehört.

»Das darf nicht geschehen!«, entfuhr es ihr. »Auf keinen Fall. Wir müssen es verhindern!«

»Chen ...« Nightingale beugte sich etwas näher.

»Kontakt«, sagte er plötzlich, zwei klare Silben, nicht von einem Krächzen verzerrt. Und dann: »Kandidaten.«

»Ich verstehe nicht«, begann Hannibal. »Was ...«

Nightingale hob die Hand. »Ich glaube, das war nicht Chen, der gerade zu uns gesprochen hat.«

Sie sah in die Augen und versuchte zu erkennen, wer ihren Blick erwiderte. Chen lag nicht nur in einem Tragegestell, er war auch mit der Maschine verbunden. An Rumpf, Armen und Hals hatten sich ihm rostrote Kanülen in den Körper gebohrt, und an anderen Stellen krochen fingernagelgroße, käferartige Objekte, vielleicht Sensoren, über offenes, wie zerfranst wirkendes Muskelgewebe.

»Chen?«, fragte sie. »Hörst du mich?«

»Navigation«, lautete die undeutliche Antwort. »Floyd. Er ... bringt ... Zeta ... zur ... Erde.«

»Zur Erde ...«, wiederholte Hannibal leise.

»Ich bin mir nicht sicher, ob das eine gute Nachricht ist!« Roxa sprach fast schmerzhaft laut. Ihre Worte füllten Nightingales Ohren und schienen für etwas anderes keinen Platz zu lassen. »Wir wissen, was er mit Zeta anstellen will!« Die Marsianerin machte Anstalten, ins Innere der Maschine zu klettern, hielt dann aber inne und fragte: »Wo ist er? Wie können wir ihn aufhalten?«

Bei den letzten Worten wurde die Stimme leiser, und eine Melodie kam aus der Ferne, wie von einer Harfe, klar und deutlich, ohne einen einzigen Missklang. Gleichzeitig veränderte sich Chens Blick auf subtile Weise. Nightingale hatte plötzlich das Gefühl, keinen Menschen vor sich zu haben, sondern ein fremdes Wesen.

»Kontakt«, sagte Chen, und das Wort klang so deutlich wie die Melodie in Nightingales inneren Ohren. »Kommuni...kation. Ja?«

»Ja«, bestätigte Nightingale. »Kommunikation. Ich verstehe Sie.«

Chens Mund bewegte sich lautlos.

»Können Sie auch mich verstehen?« Nightingale sprach langsam. »Wer sind Sie? Können Sie uns helfen?« Wie seltsam, dachte sie, jemanden um Hilfe zu bitten, der selbst dringend Hilfe benötigte. »Können Sie dem Menschen helfen, der Ihnen als Kommunikationsbrücke dient?« Sie hörte den Klang der eigenen Worte und zwang sich, weiterhin ruhig und langsam zu sprechen, als sie hinzufügte: »Der Mensch, über den Sie mit uns kommunizieren, unser Artgenosse ... Wenn er keine Hilfe bekommt, wird er sterben. Dann endet seine Existenz. Seine organischen Systeme werden versagen, und dann steht er nicht mehr als Kommunikationsmittel zur Verfügung.«

Kommunikationsmittel, wiederholte sie in Gedanken. Verzeih mir, Chen.

»Mir ... kann nicht mehr ... geholfen werden«, krächzte Chen. »Floyd ... du musst ihn aufhalten! Er ...«

Der blutige Körper erbebte im Beginn eines Hustenanfalls. Arme und Beine zuckten, die Körpermitte wölbte sich nach oben. Die käferartigen Sensoren mit ihren Beinen dünner als ein Haar krochen schneller über den Leib, und Nightingale hoffte, dass sie Chens Schmerzen lindern konnten.

»Halleluja!«, rief Roxa halb in der Maschine. »Wir müssen ihn aufhalten, ganz meine Meinung!«

»Terra Solar ...«, brachte Chen hervor. Blutiger Schleim quoll ihm aus den Mundwinkeln.

»Ja, ich weiß«, sagte Nightingale sanft. »Wir wissen Bescheid.«

»Das ist ... noch nicht ... alles«, ächzte Chen. »Etwas ... Fremdes ...« Erneut wurde er von Krämpfen geschüttelt. »Er ist ... nicht allein.«

Nightingale wartete. Sie hätte Chen gern gesagt, dass er nicht mehr sprechen, dass er schweigen und seine Kräfte schonen sollte, aber sie brauchte jede Information, die er ihr geben konnte.

»Etwas steckt ... in ihm«, krächzte Chen. »Etwas sehr ... Gefährliches ... Floyd ist ... nicht mehr ... er selbst.« Der Enhu schnappte nach Luft und versuchte, tief durchzuatmen. Es klang nach dem Röcheln eines Sterbenden. »Die Erde ...«

»Wo ist Floyd?«, rief Roxa. »Wo steckt er?«

Nightingale richtete einen zornigen und warnenden Zeigefinger auf die Marsianerin.

»Die Erde ...«, wiederholte Chen mühsam. »Floyd ... Skarabi ... Irregularität. Gefahr ... für die ... Erde ... und vielleicht ... das ganze ... Universum. Zetanische Waffe ... Skarabi ... Terra Solar ...«

Er schloss die Augen, er senkte das, was von den Lidern noch übrig war, und als er sie wieder hob, sah etwas anderes Nightingale an.

»Kontakt«, erklang die deutlichere Stimme. »Kontamination. Ich bin, wir sind ... kompromittiert. Das Fremde ist auch ...« Es folgte ein kratzender Laut, begleitet von einer Dissonanz in der Melodie, die Nightingale noch immer vernahm. »Es ist auch in uns.«

Einige Sekunden lang war nur das leise Brummen der Maschine zu hören.

»Wer sind Sie?«, fragte Nightingale.

»Ich habe geschlafen und geträumt«, antwortete die klare Stimme, die Chens Sprechapparat benutzte. »Manchmal schlafe und träume ich noch immer. Ich bin ... Krysal. Ich bin der Letzte. Navigation! Ich weile im Konsens, ich wache über den Kern, ich habe Priorität. Ich steuere den Boten zum Kosmikum.«

Nicht zur Erde, dachte Nightingale. Floyd wollte Zeta zur Erde bringen, aber das schien nicht im Sinne von Krysal zu sein. »Was ist das Kosmikum?«

»Schluss damit!« Roxa war ebenfalls in die Maschine geklettert. »Wir vergeuden schon wieder wertvolle Zeit! Chen könnte jeden Moment sterben, und dann verlieren wir vielleicht unsere Kommunikationsverbindung mit ... Krysal. Wo ist Floyd? Kann er uns zu ihm bringen?«

Nightingale setzte zu einer scharfen Antwort an, begriff dann aber, dass dies tatsächlich Zeitvergeudung gewesen wäre.

»Wir können helfen«, sagte sie, einer plötzlichen Eingebung folgend. »Bitte bringen Sie uns zu Floyd, zu dem anderen Menschen, zu unserem Artgenossen, der ... ebenfalls kontaminiert ist.«

Nightingale hoffte, dass sie sich richtig ausgedrückt hatte und Krysal sie verstand. Doch einige Sekunden lang geschah gar nichts, und Chen lag so still, dass sie schon fürchtete, das Leben hätte ihn ganz verlassen. Dann aber brummte die Maschine lauter, streckte einige ihrer Arme und Beine und setzte sich in Bewegung. Nora und Eusebius blieb gerade noch Zeit genug, festen Halt an einem der langen Arme zu finden, bevor der große Roboter schneller wurde als ein menschlicher Sprinter.

EINE FRAGE DER IDENTITÄT

FLOYD,
ZETA

101

Floyd berührte Zetas Navigationssysteme wie die dünnen Fäden eines Spinnennetzes und spürte, wie sie zitterten und vibrierten. Kleine Dellen entstanden an den Kontaktstellen, und ihre Form, Tiefe und Länge bestimmten Flugrichtung und Geschwindigkeit. Es erwartete ihn keine Überraschung, die Interfacesysteme des Navigators reagierten wie vorgesehen.

Floyd erinnerte sich genau daran, wie der Navigator funktionierte, auf welche Weise die Kurssignale übertragen wurden und was sie bewirkten. Die Prozeduren aller Haupt- und Subsysteme lagen offen vor ihm, mit all ihren Knotenpunkten und Verzweigungen, wie das Nervensystem eines lebenden Organismus. Er sah die feinen Strukturen von Zetas Herz und Hirn und fühlte tief in seinem Innern, wo er nicht mehr ganz er selbst war, dass er Einfluss auf sie nehmen und sie verändern konnte.

Nein, dachte Floyd. Nicht ich. *Er.* Oder *es.*

Er war nicht allein in Kopf und Körper. Etwas anderes steckte in ihm, etwas so Fremdartiges, dass er es nicht benennen konnte. Erst war es leise und klein gewesen, ein zurückhaltender Helfer, der nicht zu erkennen gab, jemals Dominanz erringen zu wollen. Er hatte ihm geholfen, Zeta zu erreichen und zu erkunden, einen Teil des Weges zum Zentrum. Und je länger die Verbindung dauerte, desto tiefer wurde sie auch, desto dichter das Wurzelgeflecht, das die fremde Entität in ihm wachsen ließ. Er, Floyd, hatte es begrüßt, er war zufrieden gewesen, denn der Begleiter erweiterte seine Fähigkeiten, er machte ihn zu mehr. Doch inzwischen regten sich Zweifel in ihm.

Eine der erstaunlichen Erkenntnisse in jüngster Zeit lautete: Er war mehr Letho als Floyd. Zwei Personen, vor vielen Jahren eine einzige, kehrten zu sich selbst zurück und verschmolzen wieder miteinander. Floyd von Terra Solar hatte angenommen, er selbst zu bleiben. Er war davon überzeugt gewesen, dass sich *der Andere* nicht seinem Willen widersetzen konnte. Aber er hatte sich geirrt. Er hatte die Macht der fremden Entität unterschätzt, durch die Letho immer stärker geworden war.

Wer bin ich?, dachte Floyd. Dieser Gedanke stammte von ihm, und er war umgeben von vielen anderen, deren Ursprung sich nicht so eindeutig feststellen ließ.

Eine weitere Erkenntnis lautete: Das fremde Geschöpf war nicht nur ein Eindringling in ihm, sondern auch in Zeta. Es handelte sich nicht um einen Teil des Artefakts, wie er zunächst angenommen hatte, sondern um etwas, das Kern und Konsens erst später erreicht hatte. Das Wissen der Entität stammte aus fremden Erinnerungen, gestohlen im Kern von Zeta.

Kontamination ...

Floyd staunte über dieses Wort und fragte sich, woher es kam. Zeta war »kontaminiert«, und die Kontamination betraf auch ihn selbst.

Es gab etwas *Toxisches*, und es *lebte*.

Er ruhte im Innern des Navigators, verbunden mit Zetas Systemen und Subprozeduren, und merkte plötzlich, wie das Navigationsgespinst erneut erzitterte, obwohl er keinen neuen

Kontakt damit hergestellt hatte. Das vierhundert Kilometer große Artefakt, mit einem Vielfachen der Lichtgeschwindigkeit durch die Galaxis unterwegs, in einem Quantenspalt zwischen den Dimensionen, änderte erneut den Kurs.

Die Fäden des spinnennetzartigen Geflechts, das durch die Milchstraße reichte, bewegten sich wie von anderen Händen und anderen Gedanken berührt. Floyd betrachtete sie mit den Augen des Navigators und versuchte zu verstehen.

Eine Vibration, dachte er, über das Fremde in ihm verbunden auch mit Zetas Sensoren und kognitiven Systemen. Winzige Erschütterungen der Raum-Zeit, vergleichbar mit der Ausbreitung von Gravitationswellen bei der Kollision von Schwarzen Löchern.

Er kannte die Ursache, und diesmal stammte das Wissen darum von ihm selbst: die Irregularität, die von der Erde Besitz ergriffen hatte und sich immer weiter ausbreitete.

Wie dumm Skarabi gewesen war!

Denk nicht daran, sprach das Fremde. Was ist schon die Erde?

Meine Heimat, dachte Floyd.

Die Erde ist nur eine Welt von vielen, teilte ihm die Entität mit. Unsere Heimat ist das Universum.

Die Erde, sie bröckelt und bricht ...

Es ist nicht meine Schuld.

Vielleicht doch, dachte Floyd, mit den Händen – oder was er im Interfacesystem des Navigators für seine Hände hielt – am Spinnennetz der Navigation. Du bist zu mir gekommen. Du hast die Verbindung geschaffen. Du hast den Kanal geöffnet, der die kleinen technischen Wunderwerke zur Erde gebracht hat ...

Unsinn!, unterbrach ihn das Fremde. Du beschäftigst dich mit Unsinnigkeiten.

Floyd hob die Hände, seine richtigen, physischen Hände, und tastete nach seinem Gesicht. Er erinnerte sich daran, die Maske abgenommen zu haben, und er trug sie tatsächlich nicht mehr. Warum hatte er sie abgelegt?

Wolltest du mich loswerden?, fragte das Fremde, der Eindringling.

Wollte ich das?

Weißt du es nicht mehr?

Floyds Finger betasteten sein Gesicht und fühlten Bewegung unter den Wangen. Es war noch da, es hatte ihn nicht verlassen. Die Maske abzunehmen hatte nicht genügt, dadurch hatte er sich nicht von dem Fluch befreien können.

Fluch?, dachte Floyd erstaunt.

Fluch?, fragte das Fremde. Dafür hältst du mich, nach allem, was ich für dich getan habe?

Was *hast* du für mich getan? Ich bin kein Mensch mehr.

Du bist viel mehr als das, hielt ihm die Entität entgegen.

»Warum bist du zu mir gekommen?« Floyd sprach laut, vielleicht um die eigene Stimme zu hören. Sie klang seltsam, als gehörte sie jemand anders.

Weil du mich gefunden hast, antwortete das Fremde. Weil du mir helfen kannst.

»So wie Chen mir geholfen hat?« Er hatte ihn nicht zurücklassen wollen, nicht einfach so, und doch war genau das geschehen.

Hier klaffte eine Lücke zwischen Wünschen und Absichten auf der einen und tatsächlichem Agieren auf der anderen Seite, begriff Floyd.

»Die Erde.« Er sprach erneut laut und sah mit den Augen der Navigation vorbeigleitende Sterne. Wie schnell war Zeta, wenn die Sterne selbst für die langsamen Sinne eines Menschen in Bewegung gerieten? Und welche Gefahr stellten Hindernisse

dar, auf die das riesige Artefakt bei seinem rasenden Flug traf?
Der interstellare Raum war nicht vollkommen leer. Es gab Gesteinsbrocken, von gravitationellen Gezeitenkräften aus Sternsystemen geschleudert, Asteroiden und Kometen. Eisfragmente klein wie eine menschliche Daumenkuppe oder selbst Staubpartikel konnten bei so enormen Geschwindigkeiten verheerende Schäden anrichten.

Trug Zeta deshalb einen Panzer aus Felsgestein? Nein, dachte Floyd, selbst eine Hunderte von Kilometern dicke Schicht aus Granit hätte Zeta bei einer Kollision mit Überlichtgeschwindigkeit nicht vor der Zerstörung bewahren können. Es musste etwas anderes geben, das Schutz gewährte und fatale Kollisionen vielleicht ganz verhinderte. Floyd dachte darüber nach, sagte sich dann aber, dass es eigentlich wichtigere Dinge gab, über die er nachdenken musste.

»Du lenkst mich ab«, warf er der Entität vor.

Ich gebe dir Gelegenheit, neue profunde Erkenntnisse zu gewinnen. Wie kannst du da von Ablenkung sprechen?

Hinter den Worten steckte Zufriedenheit, eine tiefe Genugtuung.

»Die Erde«, wiederholte Floyd. »Wir müssen Zeta zur Erde bringen.«

Er streckte die Navigationsfinger wieder nach dem Netz aus und berührte die Fäden, doch diesmal reagierte Zeta nicht darauf. Etwas anderes hatte die Steuerung übernommen.

Er versuchte, weitere Kontaktstellen im Navigator zu erreichen, doch das Wissen um ihre Bedeutung und Funktion verließ ihn plötzlich. Das Fremde zog sich ein wenig zurück und nahm die Kenntnis von Zetas Systemen mit.

Floyd spürte, wie sich seine Wangen glätteten.

»Du steuerst Zeta nicht und bist dennoch zufrieden«, sagte er verwundert.

Wir gelangen bald zu dem Ort, den ich immer erreichen wollte, erwiderte das Fremde.

Floyd starrte auf die Kontrollen, die ihn umgaben. Nur noch einige wenige davon ergaben einen Sinn für ihn. »Und der wäre?«

Das Kosmikum, erklärte die Entität. Dorthin fliegen wir. Weil der Konsens seine Mission zum Abschluss bringen will. Das hat Priorität für ihn.

»Das Kosmikum?« Diesen Begriff vernahm Floyd zum ersten Mal.

Der größte aller Schätze, du wirst sehen, Mensch, freute sich die Entität. Ja, du wirst es bald mit eigenen Augen sehen und verstehen, warum die Erde unwichtig ist.

Das fremde Wesen wich noch etwas weiter fort. Floyds Gesicht wurde kalt, wie von Frost berührt.

Er streckte die Hände nach den Kontrollen aus, obgleich ihm klar war, dass er ohne das gestohlene Wissen der Entität nichts mit ihnen anfangen konnte.

Chen, dachte er, nur für sich allein. Ich hätte Sie nicht zurücklassen sollen. Jetzt könnte ich Ihre Hilfe gebrauchen.

ICH SEHE DEINEN SCHMERZ

NIGHTINGALE LOI,
ZETA

102

»Er stirbt«, sagte Eusebius. »Er lebt nur noch, weil ihn diese Maschine am Leben erhält. Sonst wäre er längst tot.«
Nightingale blickte auf den blutigen, geschrumpften Chen hinab, der in einem Haltegestell lag. Die Maschine, der Roboter mit mehr Armen und Beinen als ein Mensch, lief mit einer Geschwindigkeit von etwa hundert Stundenkilometern durch Flure, Räume und Säle, die nicht mehr zur Burg gehören konnten. Seine Bewegungen blieben die ganze Zeit über glatt und geschmeidig, es gab kaum Erschütterungen.
»Wer hat ihn so zugerichtet?«, fragte Nora voller Anteilnahme. »Floyd?«
Es wurde dunkel um sie herum. Über Roxa, die auf der anderen Seite von Chen zwischen zwei Streben hockte, glühten mehrere Lichter und drängten die Schatten zurück. Die Maschine lief und lief, mit summenden, brummenden und manchmal auch leise knackenden Beinen.
Der Mann mit dem mumienartigen Kopf öffnete die Augen. Nightingale beugte sich sofort näher. »Chen ...«
»Das ... Plus.« Die Worte klangen so mühsam wie zuvor. »Ich war ... erschöpft. Das Plus ... Energiereserven ...«
Nightingale verstand, was er meinte.

»Er hat sich selbst aufgezehrt«, murmelte Hannibal. Nightingale nickte. »Um zu überleben.« Mit schnellen Worten erklärte sie den anderen, was es mit dem Plus auf sich hatte. »Er hat aus der eigenen Körpermasse Energie gewonnen.«

»Und Floyd hat ihm nicht geholfen«, sagte Nora.

Roxa zischte etwas, das Nightingale nicht verstand, und spähte in die Finsternis vor ihnen. »Ich hoffe, wir erwischen den Mistkerl, bevor er sich Zeta unter den Nagel reißt!«

»Er will Zeta ... zur Erde bringen«, stammelte Chen, »aber ...«

Aber jemand hindert ihn daran, dachte Nightingale und sah den Schmerz in Chens Augen. Jemand namens Krysal. Wer oder was auch immer sich hinter dem Namen oder der Bezeichnung verbarg.

Der Schmerz verschwand aus Chens Augen und wich einer sonderbaren Tiefe. Für einen Moment hatte Nightingale das Gefühl, in Abgründe von Raum und Zeit zu blicken.

»Das Kosmikum.« Chen sprach wieder mit der anderen Stimme. »Anfang und Ende. Ich habe Priorität. Ich steuere den Boten.«

»Bringen Sie uns zu Floyd«, bat Nightingale noch einmal. »Zu unserem Artgenossen, der mit Zeta – dem Boten – zur Erde wollte, zu dem Planeten, von dem wir stammen.«

»Ich habe Priorität. Ich steuere. Aber ... Kontamination. Toxischer Einfluss.«

Es blitzte, die Dunkelheit wich zurück, und der Roboter wurde langsamer.

Maschinen umgaben sie, turmhohe Aggregate und Apparaturen nicht größer als ein Mensch, umgeben von Geräteringen und Halbschalen voller goldener Leiterbahnen. Hier und dort strahlte oder flackerte etwas Licht aus dem Innern der Maschinen wie von Feuern, die in ihnen brannten. Je weiter der Roboter in den gewaltigen Maschinenpark lief, desto mehr wichen die Schatten zurück. Es wurde heller – sich hin und her windende Lichtschlangen in Säulen wie aus Glas verströmten einen matten Schein.

Nightingale sah nach oben. Hundert oder zweihundert Meter über den höchsten Aggregattürmen wogte eine dunkle Wolke wie ein riesiger Schwarm aus Millionen Vögeln, der sich mal zur einen Seite wölbte und dann zur anderen.

»Ich habe es ... schon einmal gesehen«, krächzte Chen. »Ich bin hier ... gewesen. Es ist ein ... kollektiver Organismus ... bestehend aus ... unzähligen ... Einzelwesen, die sich ... ihrerseits aus kleineren ... Geschöpfen zusammensetzen.«

Um Himmels willen, Chen, sprich nicht!, dachte Nightingale. Jedes Wort bringt dich dem Tod näher! Aber sie behielt den Gedanken für sich und versuchte, sich deshalb nicht zu schuldig zu fühlen.

»Ein fraktales ... Wesen.« Jede einzelne Silbe war eine enorme Anstrengung für Chen. Blutiger Schaum sammelte sich in den Mundwinkeln. »Vielleicht das ... Hirn von Zeta.«

»Warum haben wir angehalten?« Roxa kletterte etwas höher. »Wo ist Floyd? Befindet er sich in der Nähe?«

Wieder stieg Zorn in Nightingale auf, doch sie rang ihn erneut nieder. »Was können wir tun, Chen?«, fragte sie sanft und vorsichtig. »Um dir zu helfen. Um Floyd das Handwerk zu legen. Um Zeta für die *gesamte* Menschheit zu bekommen.«

Der geschrumpfte Mann im Haltegestell schien sie nicht zu hören.

»Ihr seid ... am Ziel«, krächzte er. »Das fraktale Wesen ... ist der Konsens ... bestehend aus Myriaden einzelner Geschöpfe ... Ihr müsst ...«

Nightingale beugte sich noch etwas näher, hörte aber nur ein leises Stöhnen.

Die Lichtschlangen in den gläsernen Säulen leuchteten heller.
»Ich sehe etwas!«, rief Roxa von oben. Sie zog sich auf einen Bogen neben etwas, das vielleicht der Kopf des Roboters war, und zeigte mit ausgestrecktem Arm in eine Lücke zwischen zwei Maschinenblöcken. »Eine Art offenes Gerüst. Und darin ... Das ist er! Das ist Floyd! Ich bin mir sicher!«

Nightingale sah nicht von Chen auf.

»Für mich ... keine Hilfe ... zu spät«, ächzte der blutige Mann. »Aber ihr ... der Konsens ... Zeta ...«

»Chen ...«

»Habt ihr gehört?«, rief Roxa. »Ich sehe ihn!« Sie kletterte über die Seite des Roboters, der stehen geblieben war. »Hannibal, kommst du mit?«

Er sah Nightingale an.

»Oh, entschuldige, dass ich gefragt habe«, sagte Roxa spitz. »Nora, Eusebius, was ist mit euch?«

Als weder die Frau vom Titan noch der Autarke reagierten, holte Roxa ihren Mikrogravitator hervor, veränderte seine Einstellung und machte sich offenbar leichter, denn einen Moment später sprang sie zu Boden und lief allein los.

103

»Wir können sie nicht allein gehen lassen«, sagte Nightingale. »Wenn sie wirklich Floyd entdeckt hat ... Hannibal, Nora, Eusebius ...«

Hannibal machte sich daran, nach unten zu klettern. Nora und Eusebius folgten ihm.

»Was ist mit dir?«, fragte Hannibal.

»Ich bleibe bei Chen«, erwiderte sie und sah lange genug von dem Sterbenden auf, um zu beobachten, wie die anderen in der Lücke zwischen den Maschinenblöcken verschwanden.

In den transparenten Säulen zwischen den Aggregaten wanden sich die Schlangen aus Licht, mal hell genug, um alle Schatten aus ihrer Nähe zu vertreiben, mal klein und dünn, halb verloren in der Finsternis. Nightingale hörte die Stimmen der Maschinen, während sie Chen betrachtete, ein Brummen und Summen, in der Ferne ein dumpfes Stampfen, vielleicht der Herzschlag von Zeta.

»Wie kann ich dir helfen, Chen?«, flüsterte sie.

Damals hatte sie den verletzten Knaben vor dem Puristen-Mob versteckt und dann in ein Krankenhaus gebracht. Aber hier gab es keine Hospitäler, wo man medizinische Hilfe erwarten konnte.

Es sei denn ...

»Krysal«, sagte Nightingale langsam und deutlich. »Können Sie mich hören? Der Mensch, mit dem Sie zu uns gesprochen haben, braucht dringend Hilfe.«

Chen rührte sich nicht mehr. Seine Augen waren halb geschlossen, die Reste der Lider bedeckten sie nicht ganz. Blutiger Schaum verklebte den Mund.

Nightingale beugte sich tiefer, um festzustellen, ob er noch atmete.

In der Ferne erklang ein Schrei, vielleicht von Roxa. Nightingale sah kurz auf und spähte in die Lücke zwischen den großen, klobigen Maschinen, konnte aber nichts erkennen. Als sie den Blick wieder senkte, hatte Chen die Augen geöffnet.

»Ich ... sterbe«, ächzte er.

»Nein«, widersprach Nightingale sofort. »Nein, wir helfen dir! Wir ...«

»Ich bin ... nur noch am Leben ... weil mich Krysal ... am Leben erhält.« Arme und Beine zuckten kurz. »Sonst wäre ich ... bereits tot ...«

»Kann dich Krysal zu einem Ort bringen, wo es medizinische Hilfe für dich gibt?« Nightingales Gedanken rasten plötzlich. »Kann er dir helfen?«

»Nightingale ...«

Sie hätte ihn gern an der Wange berührt oder seine Hand ergriffen, aber das wäre schmerzhaft für ihn gewesen. »Ich bin hier.«

»Es gibt so viel ... zu erklären.« Das Zittern wurde stärker.

Das Sprechen macht es schlimmer für dich, alter Freund, dachte Nightingale. Du solltest besser still sein.

Doch auch diesmal behielt sie den Gedanken für sich.

»Es gibt ... eine Möglichkeit«, krächzte Chen. »Sie bedeutet ... Tod.«

»Chen ...«

»Ich sterbe, aber ... ich kann trotzdem leben. Was ich ... dir erklären will ... hat auch mit euch zu tun. Es ist ... wichtig. Opfer müssen ... gebracht werden.«

Ein Hustenanfall schüttelte den ganzen Körper. Blutiger Schaum spritzte.

»Verstehst du?«, krächzte Chen.

»Ja, ja, ich verstehe dich«, versicherte ihm Nightingale.

»Du meinst, du hörst ... meine Worte. Aber ... du verstehst nicht. Du ... kannst noch nicht verstehen. Hör mir ... gut zu ...«

DER EINDRINGLING

KRYSAL,
ZETA

104

Der Schlaf war noch immer klebrig und versuchte, ihn festzuhalten. Er lockte mit wohliger Wärme, mit Sorglosigkeit und melancholischen Erinnerungen. Er zeigte ihm die Vergangenheit, nicht Gegenwart und Zukunft. Mit zäher Geduld befreite sich Krysal aus dem Sicherheit vortäuschenden Kokon und fand sich erneut mit einer bedrohlichen Situation konfrontiert.

Die fremde Entität in Kern und Konsens schickte sich an, Keimzellen zu bilden, um sie ins Kosmikum zu schicken. Es durfte ihr auf keinen Fall gelingen, sich auch dort auszubreiten.

Wo und wie war es zur Kontamination gekommen?, fragte sich Krysal kummervoll. In welchem Leben hatte er es an Wachsamkeit mangeln lassen?

Vielleicht im dreiundsechzigsten, bei der Begegnung mit dem Bruch im Zentrum eines Kugelsternhaufens zahlreiche Lichtlängen über der Galaxis. Eine aufstrebende Zivilisation war dort an einer der Hürden gescheitert, die vor der Entwicklung zur interstellaren, galaktischen und intergalaktischen Kultur überwunden werden mussten. Sie hatte sich selbst zerstört mit einer Anomalie, von der sie sich unendlich viel Energie erhofft hatte.

Übrig geblieben waren nur Schatten, Echos in Raum-Zeit-Falten, Stimmen in knisternden Dimensionsspalten, für immer verloren. Von dieser Annahme war Krysal ausgegangen und deshalb vielleicht nicht vorsichtig genug gewesen. Er hatte damals beschlossen, den Bruch zu schließen, allein mit den begrenzten Mitteln des Boten. Er hatte sein dreiundsechzigstes Selbst hineingeschickt in die gebrochenen Tiefen, um sie zu heilen, für die Sicherheit des Lebens, das sich irgendwann in anderen Sternsystemen des Kugelhaufens entwickeln würde.

Er war gebrochen zurückgekehrt, und vielleicht hatte er dabei schon den Keim des Eindringlings in sich getragen, den Anfang der schleichenden Kontamination, von der er erst mehrere Leben später erfuhr, als der Schlaf tiefer und klebrig zu werden begann. Ein Wesen ohne eigene Gestalt, aber imstande, fremde Gestalten zu benutzen, in sie hineinzukriechen, Wurzeln in Fleisch zu bohren. Ein Geschöpf mit Gedanken, die es so gut tarnte, dass sie wie eigene erschienen.

Der Konsens war stark und gut geschützt. Die Konstrukteure hatten vor mindestens einem Äon zahlreiche redundante Sicherheitssysteme installiert, die ihn vor Übernahme schützen sollten, doch ihre Risikobewertungen und Gefährdungsprognosen waren vor allem von äußeren Einflüssen ausgegangen, nicht von einem heimtückischen Angriff aus dem Innern, nicht von einem langsamen toxischen Fraß, der Widerstand aushöhlte und bröckeln ließ wie die Raum-Zeit im Bruch.

Die Kontamination betraf auch den Maschinenkern mit seinen organischen Komponenten; dort gab es kaum verschont gebliebene Systeme und Subprozeduren. Was den Flug zum Kosmikum sehr gefährlich machte. Der Eindringling würde sich dort zweifellos ausbreiten, wenn es nicht gelang, ihn vorher unschädlich zu machen. Es hätte das große Erbe der Ihala ruiniert – eine unerträgliche Vorstellung.

Krysal fragte sich plötzlich, ob es wirklich die eigene Entscheidung gewesen war, den Boten nach all der Zeit zum Kosmikum zu bringen, oder ob der Eindringling sie suggeriert hatte. Wie weit durfte er den eigenen Gedanken noch trauen? Es gab Kandidaten. Es gab unabhängige individuelle Wesen, die für einen erfolgreichen Abschluss der äonenlangen Mission des Boten infrage kamen. Und sie konnten helfen, die Kontamination zu beenden, den Eindringling zu vertreiben.

Aber er brauchte Gewissheit, nicht kompromittiert zu sein. Andernfalls bestand die Gefahr, dass auch die Kandidaten kontaminiert wurden, und das hätte ein Scheitern des Boten bedeutet.

Krysal führte eine genaue Analyse durch, an der auch ein Teil des Maschinenkerns beteiligt war. Er vergeudete keine Zeit und Mühe an den Versuch, sein Vorhaben zu verheimlichen und seine Absichten zu tarnen. Dem Eindringling würde es ohnehin nicht verborgen bleiben. Es lief letztendlich darauf hinaus, wer schneller war.

Selbstreinigung, dachte Krysal. Er musste nicht nur ein Leben opfern, sondern gleich mehrere, schnell genug hintereinander, damit der Eindringling keine Gelegenheit erhielt, seine neuen Existenzen zu erreichen.

Nummer Vierundneunzig, Fünfundneunzig und Sechsundneunzig. Tod und Neuerschaffung, dreimal innerhalb kürzester Zeit. Genügte das? Wie schnell konnte der Eindringling seinen toxischen Einfluss erweitern? Wie schnell reagierte er auf Veränderungen?

Keine Reserven, entschied Krysal. Er musste alles einsetzen, worüber er verfügte, er durfte nichts zurückhalten. Das war der einzige Weg zum Erfolg.

Schnell sein.

Sofort handeln.

Dem Eindringling nicht genug Zeit lassen, Pläne zu erkennen und eine Möglichkeit zu finden, sie zu vereiteln.

Wie intelligent war das fremde Wesen?, fragte sich Krysal, als er das Ende seiner dreiundneunzigsten Existenz einleitete, bei einem der Aufbereiter, der ähnlich wie Nialias Transformer Energie und Materie wandeln konnte. Wie gut konnte es seine Gedanken erkennen, interpretieren und beeinflussen? Von der Antwort auf diese Frage hing viel ab.

Schmerz und Kummer, Verlust und Trauer ... Der Tod war nie angenehm, auch dann nicht, wenn er nicht endgültig war, wenn man ihn beobachten und sich in einer neuen Existenz an ihn erinnern konnte. Nummer Vierundneunzig und Fünfundneunzig, so schnell, dass die energetische Matrix des Aufbereiters eine kurze Phase der Instabilität erfuhr.

Bist du noch bei mir?, dachte Krysal.

Nummer Sechsundneunzig und Siebenundneunzig.

Kurze Leben, nicht lange genug für eine separate Identität mit eigenen Erinnerungen.

Bin ich sauber?, fragte sich Krysal. Bin ich rein?

Der Aufbereiter empfing und gab. Energie wurde zu Materie und Materie zu Energie.

Nummer Achtundneunzig und Neunundneunzig, so schnell, dass Krysal in seinen neuen Leben nichts sah und nur das tiefe Brummen der Aufbereitung hörte.

Hundert.

Das letzte Leben.

Krysal kehrte zu dem Individuum zurück, mit dem er Kontakt aufgenommen hatte, und übermittelte Daten.

EIN HAUCH EWIGKEIT

CHEN,
ZETA

105

Es fiel Chen immer schwerer, einen Eindruck von der Realität der Personen zu gewinnen, mit denen er sprach. Eine von ihnen existierte in Fleisch und Blut, das wusste er: Nightingale. Manchmal sah er sie sogar wie durch einen Schleier, der kleine Details filterte. Er vernahm ihre Stimme und erkannte die Sorge darin. Sie wollte ihm helfen, sie wollte ihm erneut das Leben retten so wie damals, doch diesmal konnte sie nichts für ihn tun.

Ich kann dir helfen, sagte die andere Stimme, die sich keiner realen Person zuordnen ließ. Er hörte sie, seit Floyd ihn zurückgelassen hatte. Du musst dich mir ganz öffnen.

Psychische und physische Realität, meldete das Plus. Stoffliche und metaphysische Wirklichkeit.

Es sind keine Halluzinationen?, vergewisserte sich Chen.

Das Plus verneinte. Mentales Interface. Geistige Kommunikation, ermöglicht durch Abbau natürlicher Barrieren.

Chen dachte darüber nach hinter den Kognitionssperren, die ihn vor den Schmerzsignalen des Nervensystems schützten.

Zeta spricht zu mir?, fragte er.

Auch zu mir, zu uns, bestätigte das Plus. Ein Vorschlag. Wichtige Erkenntnisse. Selbstaufopferung. Ende der einen Existenz, Beginn einer anderen.

Etwas trug ihn, stellte er fest. Eine große, mobile Maschine. Seine Augen, seine physischen Augen, empfingen schnell wechselnde Bilder.

Ich spreche, sagte das Plus, die Worte so klar und deutlich wie schon lange nicht mehr. Ich führe einen Dialog.

Ich brauche mehr Daten, um zu verstehen, erwiderte Chen. Was geschieht mit mir? In ihm regte sich fast so etwas wie Hoffnung. Habe ich etwas übersehen? Gibt es noch eine Möglichkeit des Überlebens?

Drei Phasen, erklärte das Plus und übermittelte bereits analysierte und verarbeitete Daten. Eins: metabolische Beschleunigung für notwendige Weitergabe von Informationen. Zwei: Tod durch multiples Organversagen. Drei: Existenzwechsel, neues Leben.

Ewigkeit, ertönte die andere Stimme, fast so klar wie die eines menschlichen Sprechers. Das biete ich dir. Nicht die ganze Ewigkeit, denn nichts ist wirklich ewig, nicht einmal Raum und Zeit. Aber ein kleines Stück davon.

Ein Hauch Ewigkeit, dachte Chen.

Ja, bestätigte die Stimme, die einen Namen hatte, der ihr Identität gab: Krysal. Das biete ich dir, einen Hauch Ewigkeit.

Und der Preis dafür?, fragte Chen, der von seinem Leben auf der Erde wusste, dass man nichts umsonst bekam, dass man immer einen Preis zahlen musste. Was verlangst du als Gegenleistung?

Ich verlange nicht, ich bitte, sagte Krysal. Sei mein Sprachrohr. Erlaube mir, mich den Kandidaten mitzuteilen. Und vielleicht kannst du mir helfen, den Eindringling zu eliminieren. Das wäre ein großer, wichtiger Dienst.

Welchen Eindringling?, fragte Chen und fühlte, wie sein Plus neue Aktivität entfaltete. Es schien Vorbereitungen zu treffen.

Ein Wesen, dem ich in einem meiner früheren Leben begegnet bin und das ich zu spät als gefährlichen Parasiten erkannt habe, erklärte Krysal. Eine Entität, die sich in fremden Gedankensphären einnistet. Es suggeriert und manipuliert, es kriecht unter allen Schutzwällen hindurch und bringt Schlaf und Träume. Selbst ich bin betroffen.

Chen stellte sich ein solches Geschöpf vor, und plötzlich war ein Name da. Ein ... Crawler?, dachte er.

Gib ihm diesen Namen, wenn du möchtest, sagte Krysal traurig. Ich hätte wachsamer sein müssen. Wenn man Bescheid weiß, wenn man die Gefahr erkennt, kann man sich wehren.

Der Beginn eines Plans wurde sichtbar. Chen sah und hörte, was geschehen sollte.

Direkte Kommunikation, analysierte das Plus. Neuronale Stimulation? Interessantes Phänomen. Verständigung über linguistische Schranken hinweg.

Chen erfuhr auch von der Mission des Boten, von Zeta. Ein weiterer Hauch von Ewigkeit.

Ich warte, flüsterte ihm das Plus zu. Bereitschaft. Deine Entscheidung.

Ich muss sterben, um zu leben, sprach Chen in den Gedankenraum. Ich muss mich selbst fressen, damit etwas von mir übrig bleibt.

Energie notwendig, erläuterte das Plus. Für letzte Kommunikation mit Nightingale Loi. Sie muss wissen und verstehen.

Chen begriff. Das Plus würde die restlichen Bestandteile seines Körpers aufzehren und in Energie umwandeln, damit er mit Nightingale sprechen und ihr alles erklären konnte. Das war unverzichtbar, eine absolute Notwendigkeit. Sie musste die Hintergründe kennen, um die richtigen Entscheidungen zu treffen. Falls sie ihrerseits die Kraft dazu hatte. Und auch die anderen. Hier gab es ein großes Fragezeichen, von dem

Erfolg und Misserfolg nicht nur ihrer eigenen Mission abhingen, ihres Vorstoßes ins Zentrum von Zeta, sondern auch der viel größeren Aufgabe des Boten. Nightingale musste Bescheid wissen und überzeugt sein, nur dann konnte sie die anderen überzeugen.

Es gab tatsächlich keine andere Möglichkeit, erkannte Chen. Und sie bot eine neue Perspektive. Der gewöhnliche Tod wäre das unwiderrufliche Ende gewesen, die vollkommene Auslöschung seiner Existenz, Nichtdenken und Nichtkognition bis zum Ende von Raum und Zeit. Was Krysal ihm bot, war ein Leben ganz anderer Art, als Teil einer großen Gemeinschaft.

Wie oder was immer das sein mochte, fand Chen, es war besser als gar nichts.

Beginn?, vergewisserte sich das Plus.

Chen zögerte ein letztes Mal.

Was bleibt von mir?

Deine Erinnerungen, antwortete Krysal. Und vielleicht auch deine Gedanken, wie ein Tropfen in einem Ozean.

Fang an, sagte Chen. Friss mich. Gib mir letzte Kraft.

DAS ERBE

NIGHTINGALE LOI,
ZETA

106

Die Lichterschlangen in den gläsernen Säulen zwischen den Maschinenblöcken wuchsen und strahlten heller, die Schatten wichen noch weiter zurück. Hundert oder zweihundert Meter über den höchsten Aggregaten wogte die dunkle Wolke, größer als die *Excelsior*, bestehend aus zahllosen kleinen Geschöpfen, die ihrerseits aus noch kleineren Organismen bestanden. Ein fraktales Wesen, so hatte Chen die Wolke genannt.

In der Ferne ertönten Stimmen, aber Nightingale sah nicht auf. Ihre Aufmerksamkeit galt allein dem Mann im Tragegestell des Roboters.

Chens Stimme war klar und deutlich. »Mir bleiben nur einige wenige Minuten. Ich verbrenne meine Körperzellen, um genug Kraft zu haben, dir die Situation zu erklären.«

»Chen ...«

»Nein, nein, unterbrich mich nicht. Das Erbe der Ihala, darum geht es.« Chen lag ruhig, seine Arme und Beine zuckten nicht mehr, aber sie verloren an Masse. »Zeta, der Bote, ist nur ein kleiner Teil davon. Seine Aufgabe bestand darin, geeignete Erben zu finden. Wir sind Kandidaten, wir haben alle Prüfungen bestanden, wir sind im Zentrum. Das Erbe ...«

Er unterbrach sich kurz, die Augen verloren ihren Glanz.

»Das Kosmikum, Nightingale. Eine kosmische Stadt über der Milchstraße, das letzte Konstrukt der Ihala, die Zeta schufen, ihr letztes Werk. Eine gewaltige Bibliothek mit dem gesammelten Wissen einer Jahrmillionen alten Zivilisation. Der größte aller Schätze. Wie damals die verloren gegangene Bibliothek von Alexandria in der Antike, aber im kosmischen Maßstab und damit noch viel, viel wertvoller. Sie darf nicht in falsche Hände geraten, und deshalb machten die Ihala ihre Sternenstadt, ihre Bibliothek, zu einer uneinnehmbaren Festung, versteckt im Leerraum über der Milchstraße.«

Ich habe sie gesehen, dachte Nightingale und erinnerte sich an eine ihrer Visionen.

»Krysal, der Letzte seiner Art, brach mit Zeta auf. Er ist so etwas wie eine personifizierte, individualisierte Erinnerung, ausgestattet mit einem begrenzten Vorrat an eigener, unabhängiger Vitalität, eingeteilt in hundert Lebensphasen. Geht dieser Vorrat zu Ende, wird er Teil des Konsens, der Lebenswolke hier im Zentrum von Zeta.«

Chens Brustkorb bekam tiefe Dellen. Die Stiefel rutschten ihm von Füßen, die kaum größer waren als eine Kinderfaust. Sein Atem wurde zu einem rauen Zischen.

»Wir könnten das Erbe der Ihala antreten, Nightingale«, sagte er mit einer Stimme, die wieder mehr zu einem Krächzen wurde. »Wir könnten Zugang ... zu Erkenntnissen erhalten, die weit über das hinausgehen, was sich ... menschliche Wissenschaftler jemals erträumt haben, zu einer Technologie, die uns ... wie Magie erscheint. Wir sind nahe dran, ganz nahe!«

Chen hustete erneut. Mehr blutiger Schaum bildete sich in seinen Mundwinkeln.

»Stell dir das vor.« Er sprach schneller, vielleicht weil er begriff, dass ihm weniger Zeit blieb als zunächst gedacht. »Uns stünde eine Technologie zur Verfügung, für deren Entwicklung ... wir Jahrmillionen benötigen würden! Falls unsere Zivilisation ... so lange überleben wird! Wir könnten ... nicht nur die nächsten Sterne erreichen und uns in der Milchstraße ausbreiten. Das ganze Universum stünde uns offen! Mit den Wissenschaften der Ihala könnten wir verstehen, was uns ... heute noch rätselhaft und unerklärlich erscheint. Und ... und ...«

Chen rang nach Atem. Seine Beine waren so dünn wie Nightingales Unterarme.

»Wir könnten ... alle unsere Probleme lösen«, fuhr er fort. »Auf der Erde, auf dem Mars, bei den Autarkien. Wir könnten ... eine friedliche Entwicklung der Menschheit garantieren, ohne Krieg, ohne neue Jahrhunderte der Unvernunft, ohne ... Extremismus und Fundamentalismus in der Art von Terra Solar und teilweise auch der Marsianischen Republik. Wir könnten ... wirklich ein Volk sein und Kolonien überall im All gründen, um den Fortbestand unserer Spezies zu sichern. Wir könnten ... Garanten der Zukunft sein.«

In den letzten Worten lag mehr. Nightingale horchte auf.

»Wir?«, fragte sie, obwohl sie sich fest vorgenommen hatte, zu schweigen und Chen nicht noch einmal zu unterbrechen. »Du meinst ... *uns*?«

»Ich habe dir geschildert, was wir bekommen könnten.« Chens Augen waren so trüb geworden, dass er vielleicht gar nichts mehr sah. »Das Erbe der Ihala. Ein kolossales Geschenk, das größte ... und wertvollste, das man sich erhoffen kann. Aber ...«

Er zögerte. Nightingale wartete voller Anspannung und beobachtete, wie er sich selbst aufzehrte und immer mehr schrumpfte.

»Aber alles ... hat seinen Preis.« Chen sprach mit letzter Kraft. »Das Geschenk ... ist nicht umsonst. Opfer ... müssen gebracht werden. Ich bringe das erste, obwohl es in meinem Fall eigentlich ... gar kein Opfer ist.«

Chen erklärte auch den Rest.

Nightingale hörte ihm aufmerksam zu und wurde immer trauriger.

107

Stimmen ertönten und kamen näher.

»Wir haben ihn!«, rief jemand. »Wir haben den verdammten Mistkerl erwischt!«

»Es war gar nicht schwer«, sagte jemand anders. »Er hat sich überhaupt nicht gewehrt.«

»Er hat sich nicht mehr gewehrt, als ihr eingetroffen seid!«, erwiderte die erste Stimme. »Ich war vorher bei ihm, und da sah die Sache anders aus.«

»Nightingale?«

Das war Hannibals Stimme. Sie sah von Chens kärglichen Resten auf. »Er ist tot.«

»Oh.« Hannibal kletterte zu ihr in den großen Roboter, der noch immer reglos zwischen den Maschinenblöcken stand. »Es ... es ist nicht viel von ihm übrig.«

Die anderen folgten ihm. Roxa und Eusebius zogen Floyd mit sich, der einen verwirrten Eindruck machte und gar nicht zu verstehen schien, was mit ihm geschah. Nora blieb bei ihnen, für den Fall, dass sie Hilfe brauchten. Einige Flecken in Roxas Gesicht und eine lange blutige Schramme auf Floyds linker Wange wiesen auf eine Auseinandersetzung hin.

»Er hat sein Körpergewebe in Energie verwandelt, um lange genug am Leben zu bleiben«, sagte Nightingale. »Um mir alles zu erklären.«

Ihre inneren Ohren hörten die Melodie, so traurig wie die Musik der Harfenspielerin. Sie spürte: Krysal wartete.

Floyd starrte auf Chens Reste, schien sie aber gar nicht zu sehen.

»Ich brauche Hilfe«, sagte er unvermittelt und sah Nightingale an. »Ich brauche Ihre Hilfe.«

»Das ist gut«, spottete Roxa. »Er braucht Hilfe, na so was.«

Nightingale musterte ihn. »Es wird zu ihm zurückkehren. Sobald es begriffen hat, was sich anbahnt. Es wird versuchen, uns daran zu hindern.«

»Wovon sprechen Sie?«, fragte Hannibal. »Was hat Ihnen Chen erklärt?«

Um sie herum summte und knackte es plötzlich. Der Roboter streckte Arme und Beine, setzte sich in Bewegung und stapfte durch den Maschinenpark, den Kern von Zeta.

Nightingale kannte sein Ziel.

»Bitte ...« Floyd reckte den Kopf, sein Hals schien länger zu werden. Nightingale betrachtete sein Gesicht, doch noch zeigte sich nichts darin. »Bitte helfen Sie mir.«

»Passen Sie gut auf ihn auf«, wandte sie sich an Roxa, Eusebius und Nora. »Er könnte uns gefährlich werden.«

»O nein«, erwiderte die junge Marsianerin. »Jetzt nicht mehr.«

Nightingale seufzte. »Wir sind am Ziel. Wir sind im Zentrum von Zeta.« Im Schein der hell leuchtenden Lichterschlangen deutete sie auf Maschinen und Aggregate. »Dies ist der Kern. Von hier aus wird Zeta durch die Milchstraße gesteuert, schneller als das Licht. Von hier aus können Struktur und Beschaffenheit der verschiedenen Innenwelten bestimmt werden. Die dafür notwendigen Signale kommen von hier.«

Nightingale zeigte nach oben, zur dunklen Wolke über dem Maschinenpark. Sie veränderte sich ständig, wogte noch immer wie ein riesiger Vogelschwarm.

»Das ist der Konsens, ein Zusammenschluss aus zahllosen Lebewesen, die sich ihrerseits aus kleineren Organismen zusammensetzen«, erklärte Nightingale. »Es handelt sich um eine fraktale Schwarmintelligenz. Sie ist das Gehirn von Zeta. Sie lenkt und steuert und trifft alle Entscheidungen.«

Hannibal und die anderen hörten aufmerksam zu.

Floyd drehte immer wieder den Kopf und schien nach etwas zu suchen. Nightingale wusste, wonach er Ausschau hielt.

»Wir sind nicht mehr zur Erde unterwegs, sondern zum Kosmikum«, sagte sie und versuchte, die richtigen Worte zu wählen. Es hing viel davon ab, mehr als sie jemals für möglich gehalten hätte. Es ging um die Zukunft der Menschheit, nicht nur für die nächsten Jahrzehnte und Jahrhunderte, sondern vielleicht für Hunderttausende von Jahren. Konnte ein einzelner Mensch so viel Verantwortung tragen? Nightingale musste damit fertigwerden, ob es ihr gefiel oder nicht.

Wie viel Zeit blieb noch? Zwanzig Minuten? Eine halbe Stunde? War das genug für die Beantwortung einer Frage, bei der es im wahrsten Sinne des Wortes um Leben und Tod ging?

»Ich habe das Kosmikum gesehen, in einer meiner Visionen.« Nightingale sprach nicht mehr ganz so langsam. »Es beinhaltet das Erbe der Ihala, der Konstrukteure von Zeta. Ihr gesamtes Wissen. Alle wissenschaftlichen Erkenntnisse einer Zivilisation, die der unsrigen um viele Millionen Jahre voraus ist. Oder war. Denn die Ihala existieren nicht mehr. Sie sind ausgestorben bis auf einen von ihnen, den Letzten namens Krysal, versehen mit genug Vitalität für hundert Leben.«

Vorsicht, ermahnte sie sich selbst. Sie durfte Hannibal und die anderen nicht mit zu vielen Details verwirren, die den Blick auf das große Bild verzerrten.

»Ein Hüter und Wächter«, sagte sie. »Nachdem wir alle Prüfungen bestanden haben, hat er uns den Status von Kandidaten gegeben. Für das Erbe der Ihala. Wir können es antreten. Wir erhalten Zugang zum Kosmikum und der weit überlegenen Technologie der Ihala, wenn ...«

Die Trauer, zuvor halb besiegt, kehrte mit ihrem ganzen Gewicht zurück und legte sich schwer auf sie.

»Wenn ...?«, fragte Hannibal sanft.

Floyd schrie, und fast wäre es ihm gelungen, sich von Roxa, Eusebius und Nora loszureißen. Er trat und schlug, er heulte wie eine Furie. Eine Faust traf Roxa am Kopf, und ihr fester Griff lockerte sich ein wenig. Sofort war Nora zur Stelle und schlang von hinten beide Arme um ihn.

Seine Wangen blähten sich auf, die blutige Schramme wurde grauweiß wie eine Narbe. Die Nase stand plötzlich schief, wie von etwas zur Seite gedrückt. Am Kinn erschienen gelbe Flecken.

Ein zweites Gesicht legte sich über das erste, eine Grimasse, nicht die von einem Menschen. Nightingale betrachtete sie, ohne auch nur einen einzigen Millimeter zurückzuweichen.

Hannibal keuchte laut auf. »Was ist das?«

»Der Crawler, wie Chen die fremde Entität nannte«, antwortete Nightingale. »Ein parasitäres Wesen, das sich irgendwann in Zeta eingenistet hat. Kern und Konsens sind kompromittiert, zumindest teilweise. Darin besteht unsere erste Aufgabe: Wir müssen die Kontamination beseitigen, wenn wir nicht riskieren wollen, dass sie auf das gesamte Erbe der Ihala übergreift.«

Hannibal starrte sie an, sein Blick hatte sich verändert, vielleicht begann er zu verstehen.

»Das Wesen, der Crawler, hat Floyd übernommen, als es vor vielen Jahren durch eine Tschirnow-Irregularität zum Kontakt mit Zeta kam«, führte Nightingale aus. »Es wollte ihn zum Kern bringen, ins Zentrum, damit er Kandidatenstatus bekommt. Floyd – und damit die fremde Entität in ihm – sollte Zugang zum Kosmikum erhalten.«

Sie legte eine kurze Pause ein, und Hannibal nutzte sie, indem er sagte: »Aber das hat nicht funktioniert.«

Floyd schrie erneut und versuchte noch immer, sich loszureißen. Roxa, Eusebius und Nora hielten ihn weiterhin fest.

»Das Wesen kann uns nichts anhaben, solange es nicht zu einer Irregularität kommt«, sagte Nightingale. »Für uns gefährlich ist es nur indirekt, durch Floyd. Solange wir hier sind.«

Vielleicht ahnte auch Roxa etwas, denn sie fragte: »Was müssen wir tun, um das Erbe der Ihala zu bekommen?«

»Sterben«, sagte Nightingale traurig. »Wir müssen sterben.«

HUNDERT

KRYSAL,
ZETA

108

Der Schlaf verlor seine Klebrigkeit, er hielt ihn nicht länger fest.

Hundert Leben, und dieses letzte aus seinem Reservoir an Vitalität würde kaum länger sein als die anderen des schnellen, reinigenden Wechsels. Die Kandidaten wussten Bescheid, sie verfügten über alle notwendigen Informationen und mussten nun ihre Entscheidung treffen. Viel Zeit blieb ihnen dafür nicht, darauf hatte er hingewiesen. Die fremde Entität war zwar abgelenkt, würde aber bald Verdacht schöpfen und das Geschehen mit erneuerter Aufmerksamkeit beobachten.

Krysal, der Hundertste und wahrhaft Letzte, hatte eine Falle vorbereitet, einen Köder. Er hoffte nicht, die Kontamination von Kern und Konsens dadurch vollständig beseitigen zu können. Wahrscheinlich würden kleine Reste der Entität zurückbleiben, filigrane Wurzeln, die ihr Halt gaben und vielleicht auch dazu dienten, ihr den Weg zurück zu zeigen. Die Versuchung musste groß genug sein, um sie zu veranlassen, den größten Teil ihrer Ressourcen einzusetzen. Was übrig blieb, konnte nach und nach beseitigt werden, denn allein waren die Wurzeln zu schwach. Krysal wusste, wo er ansetzen musste, und bei seiner Säuberung hatte er zwei große Vorteile auf seiner Seite: Er selbst war nicht mehr kompromittiert, er war rein, ohne eine einzige noch so kleine Wurzel des fremden Wesens. Und er hatte Helfer, die ebenfalls rein waren und das Erbe antreten würden mit allem, was es bedeutete, mit all der Macht, die es verkörperte.

Wenn sie entschieden, das Erbe anzutreten.

Der Eindringling, davon ging Krysal aus, würde versuchen, erneut das Werkzeug zu benutzen, das er schon mehrmals benutzt hatte, er würde versuchen, mit ihm ins Kosmikum zu gelangen. Er sollte glauben, dass sich eine entsprechende Gelegenheit bot, wenn Krysal ganz heimkehrte in den Konsens.

Und wenn der Plan gelang? Wenn der Eindringling weitgehend isoliert war in seinem Werkzeug, wenn sich sein Einfluss auf Kern und Konsens auf ein Minimum reduzierte ... Wie dann mit ihm verfahren?

Krysal dachte darüber nach, während er letzte Vorbereitungen traf. Sollte das Wesen beseitigt, eliminiert, getötet werden? Das war eine Möglichkeit, und vielleicht die effizienteste. Aber es würde auch das Ende des Individuums bedeuten, in dem sich die Entität eingenistet hatte. Hinzu kam: Sie war ein Parasit, der von fremden Erinnerungen und Gedanken lebte, der gelernt hatte, sie für eigene Zwecke zu nutzen. Wie sie agierte und wie sie sich verhielt, entsprach ihrer Natur. Sie war gefährlich, aber nicht »schuldig«. Die Evolution hatte sie zu dem gemacht, was sie war.

Neutralisierung durch Isolation, befand Krysal und empfing die Zustimmung des Konsens. Wir töten nicht, lautete seine Prinzipienbotschaft.

Krysal sandte seine vorbehaltlose Zustimmung und begann mit der Suche nach einem geeigneten Isolationsort. Er schickte die Gedanken seiner hundertsten Existenz ins Gedächtnis des Boten, betrachtete das Muster der Reisen, die ihn durch die Galaxis geführt hatten, und beschränkte die Suche auf Welten, die sich für den infizierten Wirt eigneten. Höhere Lebensformen durfte es dort nicht geben, keine Organismen, die dem Eindringling als neuen Nährboden dienen konnten. Er sollte sein Leben leben und mit dem von ihm übernommenen Individuum sterben, wenn dessen Zeit gekommen war.

Schließlich fand Krysal einen geeigneten Planeten, im Orbit eines Roten Zwergs am Rand des inneren Spiralarms, eine Welt mit vielen Sternen des galaktischen Zentrums am Himmel. Dort gab es das »Monument der Zwietracht«, von den letzten Überlebenden einer intelligenten Spezies errichtet, die ihre eigene Zivilisation zerstört und sich selbst ausgelöscht hatte. Ein Mahnmal für die Folgen von Streit und Konflikt. Vielleicht, dachte Krysal, verhalf es der fremden Entität zu neuen Erkenntnissen.

Er schickte eine letzte Anweisung als Hundertster in den Kern: Konstruiere ein Kind des Boten, lautete sie, eine Kapsel mit genug Maschinen für sicheren Transport und die Herstellung von ausreichend Lebensmitteln für den infizierten Wirt.

Er bekam eine Bestätigung, beobachtete den Beginn des Baus und gönnte sich dann einen letzten individuellen Moment vor dem Ende seines hundertsten und letzten Lebens und der endgültigen Rückkehr in den Konsens. Er holte besondere Erinnerungen aus den Tiefen seines Gedächtnisses, mit Empfindungen ausgestattete Bilder von Physis und Körperlichkeit. Er fühlte ihn wieder, den Leib, den er einst besessen hatte, den doppelten Kopf mit Ober- und Unterhirn, die Membranen an den Seiten, ledrige Schwingen für Fliegen und Tauchen, die Nesselfäden und Pseudopodien, mit denen er sich einst fortbewegt hatte. Süße Wehmut lag in dieser Reminiszenz, aber nichts, was ihn behinderte oder ihm Bedauern brachte.

Ich bin, was ich bin, dachte er zufrieden. Ich habe meine Aufgabe erfüllt.

Fast. Noch nicht ganz.

KOSMIKUM

NIGHTINGALE LOI, ZETA

109

»Wir müssen den Weg gehen, den Chen gegangen ist«, erklärte Nightingale. »Er ist jetzt dort oben, in Zetas ›Himmel‹, könnte man sagen.« Sie deutete erneut hoch zur Wolke. »Seine Erinnerungen, seine Gedanken, alles, was er gewesen ist, lebt im Konsens weiter.«
Das klang gut, fand sie. Vielleicht sogar ein wenig zu gut.
Floyd war in den Armen von Roxa, Nora und Eusebius erschlafft, als wäre er betäubt worden. Nightingale wusste nicht, ob das fremde Wesen ihn verlassen hatte; sie konnte sein Gesicht nicht sehen, da sein Kopf nach unten hing.
»Aber haben Chens Erinnerungen und Gedanken noch Individualität?« Die Frage stammte von Roxa, was Nightingale nicht überraschte. Von ihr erwartete sie den größten Widerstand. »Existiert Chen noch als Individuum?«
»Nein«, antwortete Nightingale aufrichtig. »Er ist Teil eines größeren Ganzen.«
»So wie eine Ameise Teil des Ameisenhaufens ist«, sagte Roxa aufsässig.
»Nicht des Haufens. Des Ameisenstaats. Chen lebt im Konsens.«

Alle sahen nach oben bis auf Floyd, der den Kopf weiterhin hängen ließ.

»Und Sie wollen, dass wir seinem Beispiel folgen?«, vergewisserte sich Roxa. »Dass wir einfach alles aufgeben? Dass wir sterben?«

Nightingale seufzte tief und schwer. »Es ist die einzige Möglichkeit.«

Roxa schüttelte den Kopf. »Nicht mit mir. O nein. Nein und noch einmal *nein*. Ich verzichte auf dieses ›Erbe‹, wie Sie es genannt haben. Ich bleibe lieber so, wie ich bin, herzlichen Dank.«

»Wir müssen uns einig sein«, betonte Nightingale. »Niemand von uns darf sich dagegen entscheiden.«

Das war der Punkt, der ihr am meisten Unbehagen bereitete. Sie gab den Anstoß, sie schlug vor, und deshalb lag mehr Verantwortung bei ihr als bei den anderen. Konnte, *durfte* sie von den anderen verlangen, für etwas zu sterben, das sie für richtig hielt? War der Versuch, die anderen davon zu überzeugen, moralisch vertretbar?

»Konsens«, murmelte Hannibal. »Übereinstimmung. Einmütigkeit.«

»Wenn wir uns nicht einig sind, wenn wir die Entscheidung nicht gemeinsam treffen«, sagte Nightingale, »dann geht das Erbe verloren!«

Vor ihnen wichen die Maschinen und Aggregate auseinander, und eine breite Schneise entstand, mit etwas an ihrem Ende, das wie ein mindestens hundert Meter großes Fenster aussah. Als der Roboter einige Dutzend Meter davor verharrte, entpuppte es sich als dreidimensionales Projektionsfeld.

Das Weltall schien sich vor ihnen zu öffnen und zeigte einen Asteroiden, einen einsamen Reisenden in der Leere des Alls. Der Blickwinkel verschob sich ein wenig, und die Spiralarme der Galaxis gerieten in Sicht, bestehend aus Millionen und Milliarden von Sternen. Über ihnen erschien ein Schatten, und als ihm ein neuerlicher perspektivischer Wechsel genug Licht brachte, erwies er sich als eine gewaltige Raumstation, eine Stadt im intergalaktischen Raum, Zehntausende von Lichtjahren über der Milchstraße.

»Wir sind da«, sagte Nightingale. »Das ist das Kosmikum der Ihala.«

110

Eine Stadt nicht in den Sternen, sondern über ihnen, über den Spiralarmen der Galaxis, die sich unmerklich langsam unter ihr drehte. Eine Festung, eine Bastion, so wusste Nightingale, unerreichbar für jeden und alles, das keinen Kandidatenstatus hatte, geschützt von Quantenschilden, kaum zu ortenden Dimensionsfalten und großräumigen Transmitterfeldern, die jedes auf kritische Distanz herankommende Objekt transferierten. Die verstreichende Zeit war nicht ohne Wirkung auf das Kosmikum geblieben, aber die meisten Sicherheitssysteme funktionierten noch. Die Bibliothek mit ihren wissenschaftlichen und technologischen Schätzen war mit sich selbst überwachender und reparierender Redundanz für die Ewigkeit geschaffen.

Kuppeln und Drehkörper, lange Zylinder und spinnennetzartige Anordnungen aus Streben und Stegen, kantige Blöcke unter Kugeln und Ovalen, dazwischen langsam wandernde bunte Lichter, umgeben von weiten Bögen wie aus Silber ...

Nightingale versuchte, alles in sich aufzunehmen. Auf diese Weise sah sie das Kosmikum der Ihala vielleicht zum ersten und letzten Mal.

Der Bote identifizierte sich und nahm Kurs auf eine Andockbucht, vorbei an einem der großen Bögen. Die Sicherheitssysteme des Kosmikums ließen ihn passieren.

»Wann müssen wir uns entscheiden?«, fragte Hannibal leise.

»Jetzt«, sagte Nightingale. »Die Entscheidung muss jetzt getroffen werden.«

Nora und Eusebius wechselten einen stummen Blick.

»Beim Olympus Mons!«, entfuhr es Roxa. »Das kann doch nicht Ihr Ernst sein! Ich meine ... Was ist, wenn Sie sich irren? Wenn Sie irgendetwas falsch verstanden haben? Oder wenn Chen etwas falsch verstanden hat? Wie hat sie überhaupt funktioniert, seine Kommunikation mit diesem ... Krysal?«

Sie wollte Zeit gewinnen, sie fürchtete sich. Nightingale konnte es ihr nicht verdenken.

»Krysal benutzte ein mentales Interface. Er ...«

»Warum hören *wir* ihn nicht? Warum spricht er nicht zu *uns*?«

»Weil wir keine Enhus sind«, antwortete Nightingale. »Weil wir kein Plus haben. Bei gewöhnlichen Menschen wie uns ist offenbar ein besonderes Talent nötig. Ich habe Krysal gehört, ohne ihn zu verstehen, als leise Musik, als eine Melodie in der Ferne.«

»Und ich habe ihn gefühlt«, erklärte Hannibal, »als ein Kratzen an der Innenseite meines Hinterkopfs.«

»Aber was, wenn ihr euch *irrt*?«, beharrte Roxa. »Dann wäre alles umsonst. Ich meine ...« Sie unterbrach sich kurz, als sich Floyd regte, den Kopf hob, etwas Unverständliches brummte und den Kopf wieder senkte. »Verdammt, ich will nicht sterben.«

»Wer will das schon?«, murmelte Hannibal.

Nightingale bemerkte, dass Nora und Eusebius sich erneut ansahen. Wie schwer musste es für sie sein? Sie hatten in

Zeta zueinandergefunden und sich immer weiter von ihrem früheren Leben entfernt in der Hoffnung, ein neues, gemeinsames beginnen zu können. Und jetzt sollten sie gemeinsam sterben?

Als Zeta, der Bote, die Andockbucht erreichte, veränderte sich das große Projektionsfeld vor ihnen. Es wurde kleiner, die Seiten rückten näher, bis nur noch ein schmaler Spalt übrig war, der dann in einem kurzen Aufblitzen verschwand.

Um sie herum ragten die Maschinenblöcke und Aggregattürme des Kerns von Zeta auf. Darüber wogte die Wolke des Konsens, bestehend aus mehr einzelnen Organismen, als ein Mensch zählen konnte.

»Wir leben weiter«, sagte Nightingale mit brüchiger Stimme, als wollte sie sich selbst davon überzeugen. »Der Tod ist nicht endgültig.«

»Warum können wir nicht als Menschen weiterleben und trotzdem das Erbe antreten?«, rief Roxa.

Der Roboter, der sie bisher getragen hatte, streckte erneut Arme und Beine. Er entfaltete sich, klappte auseinander und bildete eine Rampe, die zu einem großen, nahen Maschinenblock führte. Eine Öffnung bildete sich dort, etwa drei Meter hoch und zwei Meter breit. Schwaches gelbrotes Licht fiel aus dem Zugang.

»Das sieht nach einer Einladung aus«, sagte Nora.

»Wir könnten der Menschheit zu einem enormen Entwicklungssprung verhelfen«, war Nightingale überzeugt. »Wir könnten alle ihre Probleme lösen.«

»Aber wir wären tot!«, hielt Roxa dagegen.

»Wir wären Teil einer Schwarmintelligenz.« Nightingale zeigte nach oben. »Wir wären im Konsens. Unsere Erinnerungen blieben erhalten, nichts ginge verloren.«

»Abgesehen von unserer Identität«!, wandte Eusebius ein.

»Lieber Himmel!«, platzte es aus Nightingale hervor. »Wie soll ich euch überzeugen, wenn ich nicht einmal mich selbst überzeugen kann?«

Einige Sekunden lang war nur das Summen der Maschinen und Aggregate zu hören.

»Niemand von uns kann dem Tod entkommen«, sagte Hannibal schließlich. »Irgendwann begegnen wir ihm alle, die meisten von uns am Ende eines langen Lebens und einige mit der religiösen Hoffnung auf Wiederauferstehung oder eine wie auch immer beschaffene Existenz im Jenseits. Ich habe nie an einen Gott geglaubt, für mich war der Tod immer das eine, vollständige, unwiderrufliche Ende. Hier aber könnte er etwas anderes sein.«

»Wir wissen es nicht!«, klagte Roxa. »Wir haben keine Gewissheit!«

»Gewissheit gibt es nie«, erwiderte Hannibal. »Aber es gibt Chancen.«

Nightingale erhob sich mit einem letzten Blick auf Chens sterbliche Reste und begriff plötzlich, dass sie ihre Entscheidung getroffen hatte. Ich komme zu dir, dachte sie. Wir sehen uns wieder.

»Was haben Sie vor?«, fragte Roxa alarmiert.

Nightingale schritt langsam die Rampe hinunter, dem offenen Zugang mit dem gelbroten Licht entgegen. Unten blieb sie stehen und drehte sich halb um. »Konsens«, sagte sie. »Übereinstimmung. Einmütigkeit. Wir müssen uns einig sein. Entweder alle oder niemand.«

Hannibal trat bis an die Rampe. »Ein Opfer für die Menschheit?«

»Das größte, das wir bringen können«, bestätigte Nightingale. »Und für die ganze Menschheit, nicht nur für die Erde oder den Mars. Oder die Autarkien.« Bei den letzten Worten sah sie Eusebius an.

»Und Floyd?«, fragte Roxa.

»Zeta wird sich um ihn kümmern.«

Als hätte man ihre Worte vernommen, wanden sich im nächsten Moment kleinere Roboterarme um Floyd, flexibel wie Tentakel. Nora, Eusebius und Roxa ließen ihn los.

Zwei weitere Schritte brachten Nightingale noch etwas näher zum gelbroten Licht. Es lockte mit angenehmer Wärme.

»Warten Sie!«, rief Roxa. »Ich ... ich brauche noch etwas mehr Zeit.«

»Die haben wir nicht«, sagte Nightingale.

Hannibal kam die Rampe hinunter. »Es ist vielleicht die größte Chance, die die Menschheit je hatte. Und ... ich bin neugierig.«

Nora und Eusebius folgten ihm Hand in Hand.

»Es wäre mir lieber, wir könnten am Leben bleiben«, sagte Nora.

Eusebius legte den Arm um sie und zog sie an sich. »Mir auch.« Und an Nightingale gerichtet: »Ich hoffe, dass Sie recht haben, dass unsere Erinnerungen erhalten bleiben.«

Das hoffe ich auch, dachte sie. »Roxa?«

»Bei den dunklen Höhen von Tyrrhena Terra, ich ...« Sie stand oben am Ende der Rampe und rang mit sich selbst. »Ich ...«

Hinter ihr heulte Floyd, den Kopf wieder erhoben, das Gesicht voller gespenstischer Bewegung.

Dies ist der richtige Augenblick, dachte Nightingale. Das fremde Wesen, der Crawler, ist beschäftigt.

»Die Entscheidung liegt bei Ihnen«, sagte sie. »Ich kann Sie nicht zwingen, und selbst wenn ich es könnte, würde ich es nicht. Aber bitte bedenken Sie: Es hat nur einen Sinn, wenn wir alle zusammen gehen.«

»Die Menschheit«, betonte Hannibal. »Es betrifft nicht nur

den Mars, sondern die ganze Menschheit und ihre Zukunft im Universum.«

»O ja, ich soll mich schuldig fühlen, was?« Wütend geworden schritt Roxa die Rampe hinunter. »Roxa die Ängstliche. Roxa die Zögerliche. Roxa, die nicht mitmacht, wobei auch immer. Roxa die Eigensinnige und Dickköpfige. So siehst du mich, nicht wahr? So seht ihr mich alle, hab ich recht?« Am Ende der Rampe blieb sie stehen und stemmte wieder die Fäuste in die Hüften. »Ich habe stets nur das Beste gewollt, und das will ich immer noch. Und ich werde euch zeigen, dass ich keine Angst habe, das Notwendige zu tun. Oder nicht genug Angst, um es *nicht* zu tun.«

Sie setzte sich wieder in Bewegung, marschierte an Nightingale vorbei, dem feurigen Licht entgegen.

»Ich zeige euch, dass ich mutig genug bin. Ich hoffe nur, dass es nicht zu weh tut, verdammt!«

»Roxa ...«, begann Hannibal.

Sie winkte noch einmal und verschwand in dem großen Maschinenblock, der sich für sie alle geöffnet hatte.

»Konsens«, sagte Nightingale. »Wir sind uns einig.« Sie trat hinter Roxa in den Aufbereiter und starb.

RÜCKKEHR

KRYSAL,
ZETA

111

Nach den nostalgischen Erinnerungen an die eigene ursprüngliche Körperlichkeit wandte sich Krysal erneut den Kandidaten zu. Sie hatten sich entschieden, stellte er zufrieden fest. Ihnen war klar geworden, dass die Zeit drängte, deshalb setzten sie ihre Entscheidung bereits in die Tat um.

Beschützt und behütet von seinem letzten, nicht kompromittierten Leben traten sie den Weg zum Konsens an. Krysal sorgte dafür, dass es nicht wehtat, dass keine Schmerzen mit dem Übergang verbunden waren.

Der Konsens hieß sie willkommen. Aus den Kandidaten wurden Erben.

Krysal hörte ihre überraschten und auch erleichterten Melodien, Teil der Musik einer großen Gemeinschaft, in der nur noch ein kleiner Ton fehlte: sein eigener.

Eine Mission länger als ein Äon ging zu Ende.

Noch eine letzte Aufgabe, klein in der viel größeren. Auf sein Signal hin wurde der Wirt des fremden Wesens, Artgenosse der Kandidaten, freigegeben, und es geschah, was geschehen sollte. Der Eindringling erkannte eine Chance und konzentrierte mehr von sich in Körper und Geist des Wirts, um mit ihm das Kosmikum zu erreichen. Eine Rekonfiguration des Maschinenkerns bewirkte, dass der Weg, den er einschlug, direkt zur vorbereiteten Kapsel führte.

Mit den Augen des Boten beobachtete Krysal, wie die Kapsel ihren Passagier nicht zum Kosmikum brachte, sondern in einen viele Lichtjahre tiefen Tunnel durch Raum und Zeit.

Es ist vollbracht, signalisierte er.

Dann komm zu uns, sprach der Konsens. Kehr zu uns zurück und lass dich umarmen.

KONSENS

Energie zu Materie, Materie zu Energie, ein ewiger Kreislauf, in dem nichts verloren ging. Der Tod war ein Übergang, Kraft kehrte zu ihrer Quelle zurück. Das atmende Universum schien tief Luft zu holen.

Ich bin eine Erinnerung, dachte Nightingale. Ich erinnere mich an mich selbst.

Sie sah ein buntes Wogen, nicht mit ihren Augen, die existierten nicht mehr; der Aufbereiter hatte ihre Materie in Energie verwandelt. Andere, neue Sinne, die es noch zu erforschen galt, vermittelten ihr etwas, das sie für einen visuellen Eindruck hielt.

Ich bin ich, dachte sie. Auch das war eine Erinnerung, und sie stimmte nicht, wie sie wusste. Sie war viel mehr als nur sie selbst. Die sanfte, unaufdringliche Musik, die Nightingale vernahm, bewies es. Sie erklang nicht mehr in der Ferne, von Dissonanzen durchsetzt, sondern um sie herum, sanft und unaufdringlich, sie selbst ein kleiner Ton darin wie Teil einer riesigen Sinfonie.

Umrisse bildeten sich in dem bunten Wogen, die Konturen eines kathedralenartigen Gebäudes, das sie schon einmal gesehen hatte mit den inneren, visionären Augen eines Menschen. Sie kannte die genauen Ausmaße, sie wusste auch, wie, woraus und unter welchen Umständen das Gebäude errichtet worden war. Die Daten strömten ihr zu, sobald sie mehr Informationen wünschte. Es war zu Ehren der Ihala erbaut worden, zu Ehren ihres Lebensbunds.

Im Innern der Kathedrale bestand der Boden aus kleinen flachen Steinen, die ein Mosaik mit zahlreichen geometrischen Figuren bildeten, durchsetzt von dunkelblauen Spiralen, die Verbindungen herstellten, und den geschwungenen Linien mathematischer Operatoren. Nightingales Schritte, die ebenfalls aus Erinnerungen bestanden, führten über die Formeln der Vitalität.

Die Gestalten vor ihr, die sie in einem anderen Leben, in einer anderen Existenz, zunächst für Statuen gehalten hatte, erwiesen sich als Geschöpfe aus verschiedenen Völkern. Sie hatten sich an diesem Ort versammelt, um zu gedenken, um sich daran zu erinnern, was einst gewesen war. Sie umringten einen schwarzen Block, fast vierzig Meter hoch: das Memorial der Ihala, darin ihre Stimmen, bewahrt für die Ewigkeit.

Die vielen unterschiedlichen Geschöpfe – einige von ihnen mit wie verknotet wirkenden Gliedmaßen, farblosen Schuppen, struppigem Fell oder dichtem Gefieder – wichen beiseite, als Nightingale sich dem dunklen Block näherte. Sie hatte ihn berührt, erinnerte sie sich, und seine Oberfläche hatte nachgegeben, ihre Hand war darin versunken.

Sie hob ihre silberne Hand und sah an ihrem wie Quecksilber glänzenden Körper herab. Hier bin ich, hier sind wir, dachte sie und streckte die Hand in den schwarzen Block.

Die feste Oberfläche gab für sie nach, der schwarze Block öffnete sich für Nightingales Erinnerungen, und sie trat hinein und lauschte den Stimmen, die ihr die Geschichte der Ihala erzählten.

Zeit und Raum wie eine Knetmasse, der man beliebige Formen geben konnte? Quantenschaum und Vakuumenergie, Unschärfe und das Reich der Wahrscheinlichkeiten, Geburtsstätte von Möglichkeiten?

Worte reichten nicht, und Chen, dem sterbenden Chen, hatten nur Worte zur Verfügung gestanden, um das Notwendige zu erklären. Es gab viel, viel mehr zu wissen und zu verstehen. Die Musik der Ihala erzählte davon.

Nightingale blickte in die Struktur des Universums, in seinen Unterbau, in das Fundament des Seins, das alles trug, auf dem alles balancierte. Sie sah, wie man das Gleichgewicht des Existierenden auf subtile Weise verändern konnte, um schnell, schneller als das Licht, von einem Ort zu einem anderen zu gelangen; wie man die Energie ganzer Sterne nutzte und in Dimensionsfalten die ersten Töne des Universums hörte; wie man die Kraft des Lebens erkannte, das Prinzip der Vitalität, das den ganzen Kosmos durchzog; und was es zu tun galt, um die Unverletzlichkeit dieses Prinzips zu garantieren.

Mit den neuen Augen erkannte sie eine Störung dieses Gleichgewichts, eine Erschütterung der kosmischen Balance. Die Erinnerungsstimmen der Ihala sangen davon, was geschehen konnte, geschehen würde und nicht geschehen durfte.

Eine Irregularität?, fragten Hannibals Erinnerungen, kleine Töne in der Melodie, die Konsens und Kosmikum durchdrangen.

Dort stand er, bei einer der vielen Bibliotheken, deren Datenschwärme leuchteten wie die Sterne einer Galaxie. Eine humanoide Gestalt, silbrig wie Nightingale. Als sie sich ihm zuwandte, erschienen auch die anderen: Nora, Eusebius und Roxa.

Sind wir gestorben?, fragte die Marsianerin. Sind wir wirklich tot?

Ja, sagte Eusebius.

Nein, sagte Nora.

Sowohl als auch, sagte Hannibal.

Nightingale hörte ihre Stimmen als winzigen Teil der Melodie. In der Nähe sangen die Bibliotheken des Kosmikums mit lauten, lockenden Unter- und Obertönen.

Habt ihr es gesehen?, fragte der Teil des Konsens, der Nightingale aufgenommen hatte.

Wir haben es gesehen und gefühlt, antwortete Nora, die so dicht neben Eusebius stand, dass sie ihn berührte. Das Gleichgewicht ist gestört, die Realität bricht.

Eine Tschirnow-Irregularität, fügte Hannibal hinzu. Größer als alle, zu denen es jemals auf und nahe der Erde gekommen ist.

Sie bedroht das Leben, sagte Nightingale. Wir müssen zurückkehren.

Nicht als Menschen, sandte Roxa.

Nein, nicht als Menschen, bestätigte Nightingale. Als Erinnerungen an die Menschen, die wir waren. Als Teil des Konsens. Als Gesandte des Kosmikums.

Als Erben der Ihala, sagte Hannibal.

Wir bringen den Menschen das Geschenk der Zukunft, sprach Nightingale. Aber zuerst müssen wir die von ihnen angerichteten Wunden heilen.

Wann brechen wir auf?, fragte Roxa.

Jetzt, erwiderte Nightingale.

AUSSICHTEN

FLOYD UND *ES*

112

Floyd blinzelte im Schein der kleinen roten Sonne, die tief über dem Horizont stand, und klappte den Kragen seiner dicken Jacke hoch. Es wurde kühl. Die Nächte, das wusste er längst, waren so kalt, dass er sie besser an Bord der Kapsel des kleinen Raumschiffs verbrachte, das ihn zu dieser namenlosen Welt gebracht hatte. Es stand nicht weit entfernt auf der Kuppe eines Hügels, mit kantigen Flanken und offenem Triebwerksschacht.

Er blickte über den nahen See, der ebenso karmesinrot war wie das Licht der Sonne, und fragte sich, ob ihm der Nahrungsspender des kleinen Schiffs genug Lebensmittel und Trinkwasser für eine mehrtägige Entdeckungstour zur Verfügung stellen konnte. Wenn er genug Proviant mitnahm, konnte er vielleicht die Berge im Westen erreichen oder dem Verlauf des roten Flusses nach Süden folgen. Die nahen Ruinen im Norden kannte er bereits, die Reste einer nicht von Menschen erbauten Stadt, ebenso die Statue im Osten hundert Meter hoch. Bronzefarben erhob sie sich aus der Ebene und zeigte mehrere Gestalten, keine Menschen, aber menschenähnliche Wesen, in ihren krallenartigen Händen schwert- und knüppelähnliche Waffen, mit denen sie aufeinander einschlugen. Die Gesichter waren schwer zu deuten, aber Floyd glaubte, Zorn und Schmerz darin zu erkennen.

Er hielt an dem Gedanken fest, dass der Planet vielleicht nicht leer und verlassen war, dass es irgendwo irgendjemanden gab, der ihm helfen konnte. Dieser Gedanke, so verzweifelt er auch sein mochte, spendete ihm Trost und Hoffnung.

Er kehrte ins Schiff zurück, als es zu kalt wurde, in die kleine Kombüse, wo bereits das Abendessen auf ihn wartete. Müdigkeit erfasste ihn, wie jeden Abend um diese Zeit. Vielleicht hatte es etwas mit dem Essen zu tun. Oder mit dem Schiff. Oder mit ihm selbst, mit der Leere in ihm, wenn *es* nicht da war.

Es fehlte immer öfter. Zu Anfang war *es* jede Nacht zu ihm gekommen, was dazu geführt hatte, dass er morgens erschöpft und wie ausgelaugt erwacht war, weil *es* ihn stundenlang dazu benutzt hatte, im Innern des Schiffs Geräte zu demontieren und neu zusammenzusetzen, damit sie anders funktionierten. *Es* wollte fort, *es* wollte zurückkehren zum Kosmikum. Doch das Raumschiff gehorchte nicht, es weigerte sich zu starten und setzte seine Energiereserven einzig und allein dafür ein, Floyd zu ernähren und an Bord für sein Überleben notwendige ambientale Bedingungen zu schaffen.

Morgen, dachte Floyd, als er etwas später in seinem schmalen Bett lag und ihm die Augen zufielen. Morgen breche ich auf und finde heraus, was jenseits von See und Ruinen liegt, am Ende des Flusses und auf der anderen Seite der Berge.

Mit diesem Gedanken schlief er jeden Abend ein, aber diesmal erinnerte er sich am Morgen daran und stellte fest, dass seine Gedanken außergewöhnlich klar waren.

Es hatte ihn verlassen.

Das Wesen, fast so alt wie der Bote und das Kosmikum, lebte und dachte vor allem mit geliehenen Gedanken. Es war das Produkt einer besonderen Evolution, ein mentaler Parasit, der fremde Gehirne und Bewusstseinssphären brauchte, um zu wachsen und sich weiterzuentwickeln. Der Mensch namens Effraim Floyd hatte ihm zunächst gute Dienste geleistet. Nicht zuletzt mit seiner Hilfe war es dem Wesen gelungen, Kern und Konsens des Boten zu erreichen. Seine Wurzeln hatten sogar den Letzten erreicht, den Hüter und Wächter, und ihm Schlaf und Träume gebracht, aus denen das Wesen Wissen bezog.

Doch das Kosmikum, Sprungbrett zu Millionen Welten, blieb unerreichbar.

Was genau geschehen war, wusste es nicht mehr, denn ihm fehlte ein organisches Gedächtnis, mit dem es sich erinnern konnte. Deshalb waren auch Analysen der Ereignisse und des Fehlschlags unmöglich. Es wusste nur, dass der Mensch, in dem es sich niedergelassen hatte, nicht mehr helfen konnte.

Unmittelbar nach der Verbannung auf den primordialen Planeten im Orbit eines Roten Zwergs hatte das Wesen den Menschen veranlasst, Geräte neu zu konfigurieren, um die Hauptsysteme des kleinen Raumschiffs in Betrieb zu nehmen, vor allem das Triebwerk. Aber es gelang nicht. Entweder waren die Kenntnisse des Menschen zu begrenzt, oder Konsens und Kosmikum hatten dafür gesorgt, dass sich die Raumschiffsysteme nicht rekonfigurieren ließen.

Mit reduzierter Intelligenz und beschränkter Kognition unternahm das Wesen erste Streifzüge und erkundete den Planeten. Ihm war klar, was Evolution bedeutete. Es erkannte sich selbst als Produkt einer biologischen Entwicklung und wusste daher, dass einfache Organismen oft zu komplexen Lebewesen heranreiften, mit Denkorganen, in denen es sich niederlassen und abwarten konnte, bis sich eine Gelegenheit bot.

Das Wesen begriff nach und nach, dass es langfristig planen musste. Die Lebenserwartung des Menschen war nur gering. Es gab genug Nahrungsmittel für ihn, genug Luft und Wasser, aber er würde altern und sterben und stand dann nicht mehr als Wirt zur Verfügung.

Immer öfter ließ das Wesen den Menschen namens Floyd allein, um alle Regionen des Planeten zu erforschen. Es fand Mikroorganismen in Flüssen und Seen, die meisten von ihnen primitive Einzeller. In den etwas wärmeren Bereichen am Äquator entdeckte es Protophyten, aus denen sich einmal Pflanzen entwickeln mochten. Nichts erschien ihm geeignet. Nicht eine der entdeckten Lebensformen versprach das Potenzial, den Planeten eines fernen Tages verlassen zu können.

Doch dann machte das Wesen eine überraschende Entdeckung. Verborgen vor Augen und Sensoren erstreckte sich im Boden des Planeten ein Geflecht aus dünnen Fäden, lebendig und vital, immer auf der Suche nach Nährstoffen und der Möglichkeit zur Ausbreitung. Behutsam legte das Wesen eine sondierende Wurzel in den subplanetaren Organismus, um mehr über ihn herauszufinden.

Es stellte fest, dass es sich um einen Schleimpilz handelte, der schon jetzt das Gros der Biomasse des gesamten Planeten bildete. Er war die dominante Lebensform, obwohl man an der Oberfläche nichts von ihm sah. Eines Tages, befand das Wesen, konnte er sogar zu einer globalen Intelligenz heranwachsen.

Wenn er in seiner Evolution die richtige Richtung einschlug.

Das Wesen zog sich ganz aus dem Menschen zurück, legte all seine Wurzeln in den Schleimpilz und begann damit, behutsam

Einfluss auf Wachstum und Entwicklung zu nehmen. Es musste nur geduldig sein und lange genug warten. Vielleicht ergab sich irgendwann die Möglichkeit, den Planeten zu verlassen. Die Aussichten waren gar nicht schlecht.

EPILOG

Akono Dayo Abukabar,
Erde
»Wann werden sie hier sein?«, fragte Abukabar. »Wie viel Zeit bleibt uns noch?«
Man hörte nicht viel in der Technischen Zentrale, nur gelegentlich ein Grollen, wenn an einem der Zugänge eine weitere Sprengladung explodierte. Bildschirme an den Wänden und Holos in der Mitte des Kontrollraums zeigten, was draußen geschah. Weitere Helikopter erreichten Maldivia, die zweihundert Quadratkilometer große schwimmende Stadt im Indischen Ozean südwestlich von Indien. Einige von ihnen flogen zum Stadtrand, wo es immer noch Verteidiger gab, die sich zur Wehr setzten. Die anderen landeten auf dem großen Platz im Stadtzentrum. Abukabar beobachtete, wie bewaffnete Männer und Frauen aus den offenen Schotts der Helikopter sprangen, die meisten von ihnen jung, hundertdreißig oder gar hundertvierzig Jahre jünger als er.
»Zeit wofür?«, fragte Thea ernst. Die Norwegerin mit dem hüftlangen blonden Haar, langlebiges Mitglied des Gremiums wie er, saß neben ihm am Aufsichtstisch der Technischen Zentrale.

Abukabar ergriff ihre Hand, drückte kurz zu und ließ sie wieder los. »In wenigen Monaten werde ich hundertzweiundsechzig Jahre alt. Ich bin der älteste lebende Mensch auf der Erde. Ich habe das ganze Jahrhundert der Unvernunft miterlebt und hätte es nicht für möglich gehalten, dass sich so etwas wiederholen könnte.«

Drei Techniker versuchten, Maldivias Systeme zu stabilisieren. Im Norden und Osten waren einige Schwimmkörper beschädigt worden und mussten ersetzt werden – Reparaturtrupps hatten bereits mit der Arbeit begonnen. Einige Bezirke im Süden waren ohne Elektrizität. Dort befanden sich wichtige Meerwasser-Entsalzungsanlagen, was bedeutete, dass die Versorgung mit Trinkwasser gefährdet war.

»Die Verkehrsleitsysteme sind offline«, meldete der erste Techniker.

»Weitere Helikopter und Drohnen im Anflug«, fügte der zweite hinzu.

Der dritte drehte sich halb zum Aufsichtstisch um. »Die Satellitenlinks sind noch intakt. Kommunikation ist online, Sir.«

»Wir könnten uns an die Weltbevölkerung wenden«, sagte Thea. »Sie könnten zu ihr sprechen.«

In ihren Worten verbarg sich mehr, wusste Abukabar. Als Vorsitzendem des Gremiums und des Inneren Zirkels gab ihm die Verfassung das Recht, bei einem globalen Notfall allein zu entscheiden.

»Wir dürfen es nicht zulassen«, sagte Thea. Sie war gerade mal zwanzig Jahre jünger als er und hatte ebenfalls viel gesehen.

»Noch zehn Minuten!«, rief der erste Techniker. »Länger halten die Barrieren nicht mehr stand. In zehn Minuten sind die Angreifer hier.«

»Maldivia hat keine strategische Bedeutung«, stellte Thea fast. »Zumindest nicht in militärischer Hinsicht. Diese Stadt war immer ein Ort des Friedens, ohne Streitkräfte.«

»Jetzt sind wir hier.« Abukabars Blick galt wieder den Bildschirmen und Holos. Im Norden erreichten mehrere große Boote einen Hafen mit Dutzenden von Bewaffneten. »Darum geht es den Angreifern. Um uns.«

»Terra Solar«, sagte Thea. »Skarabi. Wo ist er? Wo steckt die verdammte Ratte?«

Abukabar wandte den Kopf und hob erstaunt die Brauen. »Das sind sehr deutliche Worte.«

»Und der Situation angemessen. Wir hätten viel eher zu noch deutlicheren Worten greifen sollen. Dann wäre uns das hier vielleicht erspart geblieben.«

Abukabar senkte den Blick und betrachtete seine Hände. Dünne Linien zeigten sich in ihnen. Bei Theas hellen Händen fielen sie noch mehr auf als bei seinen. Er spürte nichts und hoffte, dass es so blieb.

»Was ist mit der Irregularität?«, fragte er laut.

»Sie breitet sich weiter aus und gewinnt an Intensität«, antwortete einer der Techniker. »Die Orbitalwerft Neil Armstrong ist zerstört, ebenso die beiden Schiffe *Sirius* und *Antares*.«

»Die ersten Opfer«, sagte Thea. »Die Ratte war dort oben. Ich hoffe, es hat sie erwischt.«

»Skarabi kann unmöglich überlebt haben«, brummte Abukabar.

»Es gibt zwei Tschirnow-Epizentren«, fügte der Techniker hinzu. »Eins im Orbit und das andere in der Sahara.«

Abukabar nickte. »Beim Projekt ›Grüne Erneuerung‹. Das war Skarabis Projekt.« Er sah Thea an. »Vielleicht spielt es gar keine Rolle, was hier geschieht.«

»Weil nichts von uns übrig bleiben wird?« Die Norwegerin

hob ihre helle rechte, von Linien durchzogene Hand. »Weil die Irregularität uns alle umbringt?«

»Was sagt das Strategische Einsatzkommando?«, fragte Abukabar die drei Männer an den Konsolen. »Kann die Irregularität eingedämmt werden?«

Er kannte die Antwort bereits. Die dünnen Linien in seiner Hand wiesen deutlich genug darauf hin: Sie wären längst verschwunden, wäre eine Eindämmung möglich.

»Wir haben keinen Kontakt mehr mit dem StEK, Sir.«

Wieder zog ein dumpfes Grollen durch die Technische Zentrale, und diesmal fühlte Abukabar eine deutliche Vibration des Tisches.

Thea sah ihn an. »Solange wir leben, haben wir die Pflicht, für das einzutreten, was wir für richtig halten.«

Abukabar nickte und stand auf. Die Klimaanlage funktionierte nicht mehr. Es war heiß geworden in dem großen Raum mit den vielen Bildschirmen und Holos, aber er fröstelte trotzdem.

»Ich spreche zur Welt.« Dafür wurde es höchste Zeit, begriff Abukabar. Er hatte viel zu lange gezögert.

Thea begleitete ihn zur Kommunikationskonsole. »Wenn ich etwas vorschlagen darf ...«

»Natürlich, Thea. Ich nehme Ihren Rat gern entgegen, das wissen Sie.«

»Widerstand«, sagte die Norwegerin. »Rufen Sie die Welt zum Widerstand auf.«

»Dann wird es Tote geben. Viele Tote, Thea. Vielleicht Hunderttausende und mehr. Es könnte zu einem Bürgerkrieg auf der Erde kommen.«

»Mit Terra Solar würde ein dunkles Zeitalter beginnen, vielleicht noch schlimmer als das Jahrhundert der Unvernunft. Unter der Herrschaft der Extremisten von Terra Solar gäbe es weder Pluralismus noch Demokratie. Es könnte sogar zu einem *interplanetaren* Krieg kommen, zwischen Erde und Mars ...«

Das Bild auf den Schirmen direkt vor ihnen wechselte. Datenkolonnen erschienen, daneben schematische Darstellungen verschiedener Raumschiffe. In einem Holo auf der linken Seite leuchtete der Schriftzug **BREAKING NEWS**, gefolgt von **ANGRIFF DER MARSIANISCHEN REPUBLIK AUF DIE ERDE!**

Abukabar las den Text der Eilmeldungen. »Auf dem Mars hält man die Irregularität für einen Angriff der Erde. Eine Flotte wurde entsandt ...«

»Sieben Schiffe«, sagte Thea, »in aller Eile zu Kriegsschiffen umgerüstet. Und dennoch, dass es so schnell gehen konnte, weist darauf hin, dass man vorbereitet war.«

»So wie die *Sirius* und *Antares*.«

»Ja. Hier haben wir ihn, den Krieg zwischen zwei Planeten. Zwischen Erde und Mars.«

Die drei Techniker saßen an ihren Konsolen und warteten auf Anweisungen. Abukabar konnte ihre Blicke regelrecht spüren.

»Auf dem Mars hat man entschieden, zuerst zuzuschlagen, solange man noch zuschlagen kann«, sagte Abukabar.

»Und Terra Solar wird der Meinung sein, dass man zurückschlagen muss, solange man noch kann«, fügte Thea hinzu. »Selbst wenn es unseren Physikern und Spezialisten für Konversionsenergie gelingt, die Irregularität irgendwie zu neutralisieren, werden wir uns als Menschheit selbst ausrotten.«

Das muss aufhören, dachte Abukabar. Jetzt, sofort.

Er trat zur Kommunikationskonsole. Der dort sitzende Techniker machte ihm Platz.

Abukabar ließ sich vor der Konsole nieder und streckte die Hände nach den Kontrollen aus, um alle Kommunikationskanäle zu öffnen und zu synchronisieren. Man sollte ihn überall auf der Welt hören. Und auch auf Mond und Mars. Und einige Stunden später in den Raumstationen und Siedlungen bei Jupiter und Saturn sowie in den Autarkien von Uranus und Neptun.

Wieder ließ ein Grollen den Kontrollraum erzittern, doch diesmal wurde es lauter, zu einem Donnern und Bersten. Die verriegelte Sicherheitstür sprang auf, und eine Druckwelle fegte durch die Technische Zentrale, stark genug, um einen der drei Techniker von den Beinen zu reißen. Theas langes blondes Haar flog.

Ein Mann kam herein, hochgewachsen und schlank, nicht älter als vierzig Jahre, gekleidet in einen Chamäleonanzug, dessen Pigmente sich den Umgebungsfarben anpassten und ihn bis zum Hals nahezu unsichtbar machten. Zwei Frauen in schwarzen Uniformen ohne Rangabzeichen folgten ihm mit schussbereiten Waffen.

Der Mann blieb in der Mitte des Raums stehen, sah sich kurz um und schaltete den Chamäleoneffekt seines Einsatzanzugs aus. Seine Waffe steckte im Gürtelhalfter, er zog sie nicht. Hinter ihm und den beiden Frauen trieben dichte Rauchschwaden durch den Flur. Für einen Moment glaubte Abukabar, dünne Linien darin zu erkennen, wie Sprünge in zerbrechendem Glas.

»Sie werden von Ihrem Amt als Vorsitzender des Gremiums zurücktreten.« Der Mann schenkte Thea keine Beachtung. Sein Blick blieb auf Abukabar gerichtet. »Sie werden mich zu Ihrem Nachfolger erklären.«

»Wie soll ich das bewerkstelligen, wenn ich nicht einmal Ihren Namen kenne?«, erwiderte Abukabar.

Der Mann trat näher. »Ich bin Pretorius«, erklärte er. »Ich werde Ihren Platz einnehmen.«

»Als Vorsitzender des Gremiums?«, fragte Abukabar ironisch.

»Wir werden die Erde in eine neue Ära führen«, verkündete Pretorius.
»Terra Solar«, sagte Thea.
Der große Mann im deaktivierten Chamäleonanzug beachtete sie noch immer nicht. Er deutete auf die Kommunikationskontrollen. »Wie ich sehe, ist alles vorbereitet. Sprechen Sie zur Welt. Teilen Sie ihr mit, dass die Erde von jetzt an das Zentrum des Sonnensystems sein wird.«
»Die Erde und Terra Solar über alles«, kommentierte Thea bissig.
Eine der beiden Frauen trat vor und hielt ihr die Mündung eines Hochenergie-Lasers an den Kopf. Die Norwegerin erstarrte.
»O nein, nein«, sagte Abukabar. »So funktioniert das nicht. Wenn Sie Thea auch nur ein Haar krümmen, werde ich nicht ein einziges Wort an die Weltöffentlichkeit richten.«
Pretorius nickte der Frau mit dem Laser zu, die daraufhin ihre Waffe sinken ließ und zurückwich. Thea saß noch immer reglos.
Die Bildschirme und Holos zeigten Brände im Zentrum von Maldivia. Flammenzungen leckten aus weißen Gebäuden. Rauch stieg auf.
»Sie setzen die Stadt in Brand«, sagte Abukabar.
»Helfen Sie mir dabei, Schlimmeres zu verhindern«, entgegnete Pretorius. »Sie sind ein Mann der Vernunft. Also seien Sie vernünftig. Weisen Sie die Streitkräfte und Anhänger des Gremiums an, keinen Widerstand zu leisten. Dann können wir Blutvergießen vermeiden. Es liegt ganz bei Ihnen.«
»Darf ich etwas sagen?«, fragte Thea.
»Nein«, sagte Pretorius.
»Ja«, sagte Abukabar und nickte ihr zu.
Thea wandte sich an ihn. »Rufen Sie alle Bürger dieses

Planeten auf, die Arbeit niederzulegen und gegen Terra Solar auf die Straßen zu gehen. Wir dürfen nicht zulassen, dass eine neue Diktatur all das zunichtemacht, was wir in den vergangenen Jahrzehnten aufgebaut haben.«

Pretorius zog seine Pistole aus dem Gürtelhalfter.

»Nein«, sagte Abukabar erneut. »Wenn Sie Thea erschießen, müssen Sie auch mich umbringen. Und dann *wird* es überall auf der Erde zu Demonstrationen und Aufständen kommen.«

Der Mann von Terra Solar hatte die Waffe auf Thea gerichtet, schoss aber nicht.

Um ihn abzulenken, deutete Abukabar auf einen großen Schirm, der noch immer Datenfelder und schematische Übersichten der marsianischen Schiffe zeigte. »Sie haben ein Problem. Eine Flotte der Marsianischen Republik ist unterwegs.«

»Es ist unser aller Problem«, entgegnete Pretorius. »Der Mars greift die Erde an. Es passiert genau das, was wir vorhergesagt haben.«

»Es passiert, weil Sie nach der Macht greifen«, erklärte Thea. »Und der Mars ist nicht das einzige Problem. Sehen Sie nur, was mit Ihrer Pistole passiert.«

Abukabar betrachtete sie. Die Risse, die sie durchzogen, waren deutlich erkennbar. Sie wuchsen und trafen sich am Ende des Laufs – ein Teil davon löste sich und fiel zu Boden.

Pretorius starrte auf seine Waffe. Die Bruchlinien wurden breiter, zu Löchern.

Wie erschrocken ließ er die Pistole los. Sie verwandelte sich in Staub, bevor sie fallen konnte.

»Die Irregularität.« Thea stand langsam auf, das blasse Gesicht von dunklen Linien durchzogen. »Was wir hier tun oder nicht, spielt keine Rolle mehr. Die Irregularität, für die Sie die Verantwortung tragen, ist unser *aller* Ende.«

Plötzlich verschwanden die Bilder von den Schirmen, und die Holos wurden dunkel. Düsternis breitete sich aus. Nur etwas Licht fiel durch den aufgesprengten Zugang.

Eine Stimme erklang, nicht nur im Kontrollraum der Technischen Zentrale, sondern überall in Maldivia und auch in den anderen Städten der Erde. Jeder Mensch hörte sie.

»Wir sind zurück!«

Das neue Wir,
Sol-System
Der Bote kroch aus dem Quantenspalt zwischen den Dimensionen und wurde langsamer, weil er wieder den Gesetzen der gewöhnlichen Raum-Zeit gehorchen musste. Seine Systeme und zahlreichen Subprozeduren begannen sofort mit einer Analyse.

Das neue Wir, zu dem auch die Erinnerungen von Nightingale, Chen, Hannibal, Roxa, Nora und Eusebius gehörten, wusste nur einige winzige Zeitintervalle später, wie die Situation in dem Sternsystem beschaffen war, dem sie sich von oberhalb der Ekliptik näherten.

Kritische Situation, befanden die Analysatoren, die Nightingales Erinnerungen mit Chens Plus verglichen. Sofortiges Handeln erforderlich.

Das Wir sah die Tschirnow-Irregularität im Sonnensystem mit den Augen des Boten: ein Netz aus Störungen in Raum und Zeit, ein Geflecht aus Verzerrungen in der vierdimensionalen Struktur des Kontinuums. Dem Wir standen auch Krysals Erinnerungen zur Verfügung. Innerhalb weniger Mikrointervalle erfuhr es von seinem dreiundsechzigsten Leben, vom »Bruch« im Zentrum eines Kugelsternhaufens, verursacht von einer jungen, sich schnell entwickelnden Zivilisation, die an einem »Großen Filter« gescheitert war: ihrem Energieproblem.

Um es zu lösen, hatte sie erst mit Fusions- und dann auch mit Konversionsenergie experimentiert. Dabei war es zum »Bruch« gekommen, zu einer katastrophalen Irregularität, die das Ende für jene Spezies bedeutet hatte.

Ähnliches bahnte sich im Sol-System an, mit einem wichtigen Unterschied. Auslöser der Irregularität war kein gefährliches, außer Kontrolle geratenes energetisches Experiment, sondern Artefakte aus dem Kosmikum und verschiedenen Niederlassungen der Ihala in den Spiralarmen der Galaxis, transportiert von einer Verbindung durch Raum und Zeit, die im Jahr 2092 von der Tschirnow-Irregularität auf dem Mond, im Mare Imbrium, geschaffen worden war. Floyd und Letho, ein Mensch in zwei Realitäten, zwischen ihnen ein Tunnel, durch den kleine Geräte und Teile größerer Aggregate zur Erde gelangt waren.

Letztendlich war es die Technologie der Ihala gewesen, die die Irregularität im Sol-System geschaffen hatte. Das neue Wir kannte die Hintergründe, es wusste, was geschehen war und wie. Und es wusste auch, wie es vorzugehen galt, um die sich ausbreitende Anomalie einzudämmen, ihre destabilisierende, entartete Energie zu neutralisieren und abzuleiten. Seit dem Besuch im Kosmikum stand es in permanentem Kontakt mit den dortigen Bibliotheken, die Mittel und Wege für nahezu alles kannten.

Der Bote, geschaffen vor mehreren Millionen Jahren, streifte seine Kruste aus Felsgestein ab und verwandelte sie in Energie. Einige seiner Segmente erhielten Autonomie, trennten sich von Rumpf und Kern und übernahmen die Aufgabe, mit der zur Verfügung stehenden Mantel-Energie kleine Strukturlücken in der Raum-Zeit zu schaffen, als Senken für die vielen Brüche und ihre Bruchlinien.

Der Heilungsprozess für den Raum und auch die Zeit begann.

Vielleicht war noch mehr Energie nötig, als der Gesteinsmantel zur Verfügung stellen konnte, den der Bote so lange getragen hatte. Aber im Sol-System herrschte kein Mangel an Materie, die sich von den Aufbereitern in Energie verwandeln ließ. Es gab zahlreiche Asteroiden zwischen Mars und Jupiter, und sollte das nicht genügen, konnte auf die Ressourcen von Kuipergürtel oder der Oortschen Wolke zurückgegriffen werden.

Wir sind noch rechtzeitig gekommen, stellten die vielen Stimmen des Konsens zufrieden fest. Der Schaden hält sich in Grenzen.

Es würden Narben in der Raum-Zeit zurückbleiben, tote Zonen ohne das unentwegte Brodeln und Wabern der Vakuumenergie, tiefe, leere Spalten in der Quantenwelt, in denen sich Raumschiffe verlieren konnten, wenn ihre Piloten und Navigatoren nicht aufpassten.

Aber hier gab es keine überlichtschnellen Schiffe, hier gab es nur den Boten: nackt ohne sein Felsengewand, die glatte, spiegelnde Außenhülle aus Permian, für die Ewigkeit geschaffen, alle Triebwerksschächte geöffnet, die Signaltürme ausgefahren.

Das ist noch nicht alles, stellte das neue Wir fest. Es gibt noch etwas zu tun.

Der Konsens signalisierte Bereitschaft und Zustimmung.

Bringt uns zur Erde, wandte sich das neue Wir an die Systeme und Subprozeduren des Boten. Lasst uns zu den Menschen sprechen. Sie sollen vom Kosmikum erfahren, vom Erbe der Ihala.

Beschleunigendes Licht leuchtete in den Triebwerksschächten des geschrumpften Boten. Er wurde schneller und nahm Kurs auf die Erde.

Akono Dayo Abukabar,
Erde

Wind war aufgekommen, vielleicht durch das riesige Raumschiff, das über Maldivia schwebte wie ein von unsichtbaren Händen gehaltener Berg. Letzte Rauchwolken lösten sich auf. Eine seltsame Stille herrschte in der Stadt. Die Waffen schwiegen ebenso wie die Menschen, die sie benutzt hatten.

Tausende standen am Rand des zentralen Platzes von Maldivia, Männer, Frauen und Kinder, die ihre Häuser verlassen hatten, als das riesige Schiff über der Stadt erschienen war. Zwischen ihnen standen die Soldaten von Terra Solar, viele von ihnen in Chamäleonanzügen, die sie mit der Umgebung verschmelzen ließen. Ihre Blicke galten nicht dem Koloss über der Stadt, sondern der silbernen Gestalt, die wie ein Engel vom Himmel gekommen war, gehüllt in eine Wolke aus Licht.

Abukabar vermutete Absicht hinter diesem Sinnbild, es vermittelte eine wortlose Botschaft. Für einen Moment sah er nach oben, zum dunklen Riesen, hinter dem gerade die Sonne verschwand. Mit dem vermeintlichen Asteroiden Zeta hatte das Schiff nicht die geringste Ähnlichkeit, aber von Satelliten übertragene Bilder hatten gezeigt, dass Zeta seine aus Felsgestein bestehende Hülle abgestreift und anschließend Kurs auf die Erde genommen hatte. Es musste sich um eben jenes Schiff handeln.

Wir sind zurück, dachte Abukabar und ahnte, wer damit gemeint war.

Er spürte eine Veränderung, und die hatte nicht nur mit dem Schiff über der Stadt und den silbernen Humanoiden in der Mitte des Platzes zu tun, sondern betraf ganz Maldivia und vielleicht sogar den gesamten Planeten. Etwas in der Luft schien anders zu sein, als hätte sie verborgene Kanten verloren.

Abukabar hob seine Hände. Sie waren von Falten durchzogen,

das Alter ließ sich nicht leugnen und hatte trotz der Langlebigkeitsbehandlungen deutliche Spuren hinterlassen. Aber das Geflecht aus dünnen Linien war verschwunden.

Er setzte sich in Bewegung und trat der silbernen Gestalt entgegen. Thea folgte ihm. Pretorius und die beiden schwarz gekleideten Soldatinnen, die das Oberhaupt von Terra Solar in den Kontrollraum der Technischen Zentrale begleitet hatten, versuchten nicht, sie aufzuhalten. Ein kurzer Blick über die Schulter verriet Abukabar, dass sich ihm Pretorius sogar anschloss.

Einige Meter vor dem silbernen Humanoiden blieb er stehen und versuchte zu erkennen, ob es sich um eine Projektion, eine besondere Art von Roboter oder ein lebendes Wesen handelte.

Die Gestalt war zart gebaut und größer als er, mit einer Haut wie aus Quecksilber und Haar wie aus Gold. Im ovalen Gesicht dominierten zwei große türkisfarbene Augen, ein schmaler Schlitz bildete den Mund, und als er sich öffnete, erklangen Worte, die überall auf der Erde vernommen werden konnten, wie Abukabar später erfuhr. Alle Menschen verstanden sie, ganz gleich, mit welcher Sprache sie aufgewachsen waren.

»Wir sind zurück«, sagte der silberne Humanoide. »Wir sind im Kosmikum gewesen, wir haben die Stimmen der Vergangenheit gehört. Wir bringen das Erbe der Ihala.«

Es klang seltsam, fand Abukabar. Worte wie aus musikalischen Tönen, Sätze wie eine sanfte Melodie, begleitet von Bildern, die Sterne und Planeten zeigten. Und etwas, das aussah wie eine Stadt über der Milchstraße.

Abukabar begriff, dass er den silbernen Humanoiden nicht nur mit den Ohren vernahm, sondern ebenso im Innern seines Kopfes. Die singende Stimme erklang auch inmitten seiner überraschten Gedanken.

»Sind Sie ... Nightingale Loi von der *Excelsior*?«, fragte er.

»Wir sind NightingaleHannibalRoxaNoraEusebiusChen«, antwortete die glänzende Gestalt. »Wir sind wir und noch viel mehr. Wir sind Kern und Konsens, wir sind das Kosmikum und seine Bibliotheken. Wir sind ein viele Millionen Jahre altes Vermächtnis.«

Abukabar hob erneut die Hände und drehte sie. »Eine Irregularität hat uns alle bedroht ...«

»Verursacht von Terra Solar«, warf Thea ein.

»Aber sie scheint nicht mehr zu existieren«, schloss Abukabar.

»Wir haben sie neutralisiert«, verkündete der silberne Humanoide. »Wir haben die Risse geschlossen.«

»Dafür danke ich Ihnen ausdrücklich«, sagte Abukabar. »Im Namen der Erde.«

»Betroffen war das ganze Sonnensystem«, fuhr der silberne Humanoide fort. »Und die Irregularität hätte sich noch weiter ausgedehnt. Es hätte sogar zu einer Kettenreaktion über interstellare und intergalaktische Entfernungen hinweg kommen können.«

»Umso größer ist meine Dankbarkeit und die aller ...«

»Das genügt nicht«, unterbrach der silberne Humanoide. »Wir werden verhindern, dass so etwas noch einmal geschieht. Von der Menschheit darf keine Gefahr für anderes Leben im Universum ausgehen.«

»Ich versichere Ihnen ...«, begann Abukabar.

Die glänzende Gestalt vor ihm unterbrach ihn erneut. »Wir sind Garanten des Lebens und des Friedens. Es wird keine Waffen mehr geben, die töten und den Frieden gefährden.«

Lichtfinger gingen vom Schiff über der Stadt aus. Einige von ihnen leuchteten weit übers Meer hinweg, bis zum Horizont und darüber hinaus. Andere trafen Maldivia, tasteten am Rand des Platzes nach den Waffen der Soldaten von Terra Solar und ließen sie in kurzen Blitzen verschwinden.

Überraschte Rufe erklangen.

»Wir sind Wächter«, proklamierte der silberne Humanoide. »Wir wachen über den Frieden und bestrafen jeden, der ihn bricht. Wir sind Hüter. Wir hüten die Menschheit und zeigen ihr den Weg in die Zukunft.«

»Und wenn wir unterschiedlicher Meinung darüber sind, welchen Weg in die Zukunft es zu beschreiten gilt?«, fragte Pretorius herausfordernd. »Wer entscheidet dann?«

»Wir entscheiden«, antwortete der Silberne, den das Schiff geschickt hatte. »Wir sind die letzte Instanz. Unser Wort ist Gesetz.«

Ein Raunen ging durch die Menge.

»Das ist Diktatur!«, rief Pretorius und reckte die Faust, als wollte er damit Zeta vom Himmel stoßen.

»Ein Möchtegerndiktator, der sich über Diktatur beschwert«, spottete Thea. »Das gefällt mir.«

Abukabar trat näher zur humanoiden Gestalt und musterte sie. »Sind Sie da drin Nightingale? Hören Sie mich?«

»Wir erinnern uns an uns«, lautete die Antwort. »Wir erinnern uns auch an all das Elend und Blutvergießen in der Vergangenheit des Homo sapiens. Die Geschichte der Menschheit ist voller Kriege, Massen- und Völkermord und Zerstörung. Das alles hat nun ein Ende. Wir bringen Technologie, die Wunder bewirken kann. Wir bringen wissenschaftliche Erkenntnisse, die das Universum erklären. Wir bringen den Menschen die Möglichkeit, fremde Sternsysteme zu erreichen, sogar fremde Galaxien. Nichts wird mehr so sein wie zuvor. Niemand wird hungern, niemand wird leiden.«

»Was ist mit unserer Freiheit?«, rief Pretorius; er ließ die Faust sinken, doch seine Miene, zuvor voller Autorität und Siegesgewissheit, zeigte unverhohlen seinen Zorn.

»Die Freiheit, das Falsche zu tun und andere Menschen ins

Elend zu stürzen, ist endgültig vorbei«, stellte der silberne Humanoide klar. »Dafür geben wir allen Menschen die Freiheit, ihr Leben zu leben, ohne befürchten zu müssen, auf Schlachtfelder geschickt zu werden. Ihnen allen öffnen wir die Tür zur Zukunft.«

Die silberne Gestalt hob die Arme. Das Licht kehrte zurück, erfasste den Humanoiden und hob ihn an. Langsam stieg er auf, dem Schiff entgegen.

»Wir wachen, wir hüten.« Die melodische Stimme hallte über den Platz, über die Stadt, über die ganze Erde. »Wir sind zurück und begleiten euch in die Zukunft.«

Abukabar sah der Gestalt nach, bis sie in einer Öffnung des riesigen Schiffs verschwand.

Für einige Sekunden herrschte Stille in Maldivia. Doch dann ...

... dann klatschten die ersten Menschen am Rand des Platzes, und bald rollte donnernder Applaus durch die ganze Stadt.

»Sie feiern eine Diktatur!«, fauchte Pretorius. Die beiden in schwarze Uniformen gekleideten Frauen neben ihm wirkten hilflos ohne ihre Waffen.

»Nein«, widersprach Thea. »Sie feiern den Umstand, dass ihnen ein Diktator von Terra Solar erspart blieb.«

Pretorius drehte sich abrupt um und stapfte davon, gefolgt von den beiden waffenlosen Soldatinnen.

Über Maldivia stieg das Schiff auf und flog in einer Höhe von mehreren Kilometern nach Westen, in Richtung des afrikanischen Kontinents. Die Sonne kam wieder zum Vorschein, ihr warmes Licht strömte auf die Stadt herab.

Abukabar blinzelte, beschattete sich die Augen und sah Zeta nach.

»Der Putsch von Terra Solar ist gescheitert«, sagte Thea erleichtert. »Aber was erwartet uns jetzt?«

Abukabar ergriff ihre Hand. »Unser langes Leben ist noch nicht zu Ende. Wir werden die ersten Jahre und vielleicht sogar Jahrzehnte der neuen Ära erleben. Ich bin gespannt.«

*
**
**
**
**

Ein Erwachen

Das Schaukeln weckte ihn. Stimmen erklangen in der Nähe, und als er sich auf sie konzentrierte, konnte er sie verstehen.

»Er hat sich bewegt!«
»Unmöglich! Wir haben ihn tot aus dem Wasser gezogen!«
»Sieh nur, er schlägt die Augen auf!«

Er lag in einem Boot, in einem kleinen Fischerboot, das auf den Wellen tanzte. Blasser Sonnenschein fiel durch einen hohen Wolkenschleier. Er versuchte festzustellen, ob ihm warm oder kalt war. Mit seinen Empfindungen schien etwas nicht zu stimmen.

Er hob den Kopf.

»Jetzt hebt er sogar den Kopf!«, ertönte eine der Stimmen.
»Können Tote etwa den Kopf heben? Er lebt, Pablo!«

Das Boot schaukelte noch etwas mehr, und ein bärtiges Gesicht erschien über dem Erwachten.

»Hier, trinken Sie, Señor.« Eine Hand setzte ihm eine Wasserflasche an die Lippen.

Er trank. Es fühlte sich seltsam an, aber er trank trotzdem.

»Sie können von Glück sagen, dass Sie noch leben, Señor. Wenn wir Sie nicht aus dem Wasser gezogen hätten ...«

»Er war tot«, beharrte die andere Stimme. »Wir haben keinen Puls gefühlt, erinnerst du dich? Er war tot!«

Er hatte einen Namen, erinnerte sich der Mann: Elroy Emmon Skarabi. Aber aus irgendeinem Grund spielte der Name keine Rolle.

Er hob eine Hand vors Gesicht. Sie war heil und ganz, stellte er fest, nicht von Bruchlinien durchzogen.

Unter seinem Gesicht bewegte sich etwas. Er fühlte, wie es in ihm aufstieg und unter die Wangen kroch, wie es sich dort streckte und wölbte.

»Hast du *das* gesehen, Pablo? Sein Gesicht!«

Das Fremde wich zurück, um sich nicht zu verraten.

»Es ist das erschöpfte Gesicht eines Mannes, der fast gestorben wäre! Kehren wir heim. Bringen wir ihn ins Krankenhaus.«

Der Mann, der einmal Skarabi gewesen war, ließ den Kopf sinken. Ich brauche eine Maske, dachte er, schlief müde ein und träumte fremde Träume.

ANHANG

PERSONENVERZEICHNIS

BESATZUNGSMITGLIEDER DER EXCELSIOR (VON DER ERDE ENTSANDT):

- **Nightingale Loi**: 42 Jahre alt, Astrobiologin aus Manila, Philippinen, Erde. Wurde zwölf Jahre lang für den ersten interstellaren Flug der Menschheit ausgebildet. Stattdessen bekommt sie den Auftrag, das fremde Objekt namens Zeta zu untersuchen.
- **Chen**: 27 Jahre alt, ein genetisch veränderter und optimierter Mensch (Enhu, »enhanced human«) und guter Freund von Nightingale Loi. Während der Genetischen Konflikte rettete sie ihm das Leben.
- **Amaranth Newton**: 19 Jahre alt, ebenso ein Enhu wie Chen, doch noch leistungsfähiger. Neigt dazu, sich für überlegen zu halten.
- **Effraim Floyd**: Etwa 50 Jahre alt. Ein geheimnisvoller Mann mit einer eigenen Agenda.

BESATZUNGSMITGLIEDER DER AONIA (VOM MARS ENTSANDT):

- **Hannibal Laurentis**: 49 Jahre alt, auf dem Mars geboren, gilt als vernünftig und rational. Ein Befürworter von Zusammenarbeit und Kooperation.

- **Roxa Mahwe**: 37 Jahre alt, auf dem Mars geboren. Anhängerin und Mitglied von MaRe, der »Marsianischen Republik«. Um die Unabhängigkeit des Mars zu erringen, hält sie eine militärische Auseinandersetzung mit der Erde für unausweichlich. In Zeta sieht sie eine Chance für MaRe, technologische Überlegenheit der Erde gegenüber zu erlangen.

VOM SATURNMOND TITAN AUFGEBROCHEN:

- **Nora Van Dyke**: 54 Jahre alt, Erste Administratorin des Saturnmondes Titan und in dieser Rolle ruhig und diszipliniert, auf Ausgleich bedacht. Aber in ihr steckt auch eine Abenteurerin, die mit Synth-Flügeln über den Methanseen des Titan fliegt. Als Zeta erscheint, bekommt sie von der Erde die Anweisung, abzuwarten und nichts zu unternehmen. Doch die Versuchung ist zu groß. Sie bricht mit einem kleinen Schiff auf, angelockt von den Geheimnissen des interstellaren Besuchers.
- **Rebecca DeSantis**: 38 Jahre alt, Exogeologin auf Titan. Leitet dort Bohrungen zum glazialen Ozean unter Titans Eiskruste. Sie ist vom Rätselhaften fasziniert und neigt dazu, sehr schnell zu sprechen, wenn sie aufgeregt ist.
- **Conrad Conradis**: 28 Jahre alt, auf der Erde geboren und erst seit kurzer Zeit auf Titan.
- **Eusebius**: 35 Jahre alt, in einem Neptun-Habitat geboren, Verbindungsmann der Autarkien auf Titan, kräftig gebaut für einen Autarken, mit langem pechschwarzem Haar, das bis auf die Schultern reicht. Trägt häufig uniformartige Kleidung mit seltsamen Abzeichen. Eusebius steht der Erde und ihrem dominanten Einfluss im Sonnensystem sehr skeptisch gegenüber, teilt aber nicht den Fanatismus der Marsianischen Republik. Er sieht die Zukunft der Menschheit jenseits der Grenzen des Sonnensystems.

AUF DER ERDE:

- **Elroy Emmon Skarabi**: 112 Jahre alt, ein langlebiger Ehrenwerter. Gesandter des Gremiums. Ein Mann mit eigenen Plänen.
- **Letho**: Der Mann mit der Maske.
- **Akono Dayo Abukabar**, 161 Jahre alt, langlebiger Vorsitzender des Gremiums und seines Inneren Zirkels.
- **Pretorius**, Oberhaupt von Terra Solar.

ZETA:

- **Krysal**: Der Schläfer erwacht.

HISTORISCHE ÜBERSICHT

2020–2131: Das Jahrhundert der Unvernunft. Es beginnt mit der Pandemie in den 2020er-Jahren des 21. Jahrhunderts und zeichnet sich aus durch eine Abkehr von Wissenschaft und Rationalität sowie die Verbreitung von Verschwörungstheorien aller Art. Fakten werden geleugnet, die Plausibilität von Wissenschaft offen infrage gestellt. Psychologen und Soziologen erklären die »esoterische Flucht ins Absurde« damit, dass viele Menschen von den überraschenden Ereignissen in einer immer komplexer werdenden Welt überfordert sind und dadurch den Kontakt zur Realität verlieren.

2029–2048: Die Welt rüstet gegen den Klimawandel auf. Zahlreiche Länder konstruieren Kohlendioxidsenken der einen oder anderen Art, um der Atmosphäre Treibhausgase zu entziehen.

2049: Erste leistungsfähige Fusionsreaktoren werden in Betrieb genommen. Das Energieproblem der Menschheit scheint gelöst.

2050–2068: Es steht immer mehr emissionsfreie Fusionsenergie zur Verfügung. Ein Teil davon wird für Anlagen und

Verfahren verwendet, die die schlimmsten Auswirkungen des Klimawandels beseitigen sollen.

2051: Noch leistungsfähigere Teleskope treten die Nachfolge des James-Webb-Teleskops am Lagrange-Punkt L2 an. Sie entdecken Biosignaturen in den Atmosphären von Exoplaneten. Leben scheint im Universum weit verbreitet, darauf deutet alles hin, aber Hinweise auf fremde Zivilisationen finden die neuen Teleskope nicht.

2053: Beginn der Besiedelung des Mars.

2056: Gründung des Space Consortium (SC), einer privaten Dachgesellschaft für die Erforschung und Besiedelung des äußeren Sonnensystems. Beteiligt sind unter anderem SpaceX, Blue Origin, Virgin Galactic, Earth Lab und New Relativity.

2059: Nach den Kriegen in Europa, Asien und Südamerika weicht die UNO dem »Gremium«, einer globalen administrativen Instanz mit den Befugnissen einer Weltregierung.

2060: Das Space Consortium präsentiert Pläne für Raumstationen und Habitate in den Umlaufbahnen von Uranus und Neptun. Die Kampagne »Wir suchen Menschen für die Sterne« beginnt.

2061: Sonden entdecken einfache Lebensformen im subglazialen Ozean des Jupitermonds Europa.

2065: Es werden auch Organismen unter den Eiskrusten der Jupitermonde Ganymed und Kallisto entdeckt.

2065–2085: In den subglazialen Meeren weiterer Eismonde von Jupiter und Saturn werden Lebensformen gefunden.

2066: Die aus Künstlicher Intelligenz hervorgegangene Quantenintelligenz erlangt Eigenbewusstsein.

2069: Der erste Konverter wird entwickelt. Er verwandelt Phantomenergie, ein Derivat der Dunklen Energie, in *Konversionsenergie*, die sich für leistungsstarke Triebwerke und Gravitatoren für künstliche Schwerkraft verwenden lässt. Konversionsenergie ist weitaus ergiebiger als Fusionsenergie, birgt aber auch das Risiko von Tschirnow-Irregularitäten, von unkontrollierten Veränderungen der Raum-Zeit. Deshalb müssen Konverter gut abgeschirmt sein.

2070: Konversionsenergie erlaubt noch wirkungsvollere Anlagen und Maßnahmen gegen den Klimawandel auf der Erde.

2070–2072: QI-Krise. Quantenintelligenz durchdringt die digitalen Systeme von Erde und Mars. Eindämmungsversuche werden unternommen, scheitern jedoch.

2072–2085: Aus den ersten kleinen Siedlungen auf dem Mars werden Städte. Die Bewegung »Marsianische Republik« (MaRe) entsteht und strebt Unabhängigkeit von der Erde an. MaRe findet nur wenige Anhänger, denn der Mars bleibt auf Versorgungsmaterial von der Erde angewiesen.

2083: Friedliche Koexistenz zwischen Quantenintelligenz und Menschen. Es werden keine Versuche mehr unternommen, die weitere Ausbreitung von QI zu verhindern. Das Potenzial von Zusammenarbeit wird erkannt.

2085: Gewissermaßen als Reaktion auf die »Marsianische Republik« entsteht »Terra Solar«, ein Geheimbund, der die Vormachtstellung der Erde sichern will.

2088: Die erste Forschungsstation auf dem Saturnmond Titan entsteht. Im Verlauf der nächsten 60 Jahre wächst sie zur Stadt »Jothos« mit etwa 50 000 Einwohnern heran.

2090–2092: Das Space Consortium schickt die ersten Habitate mit zehntausend Bewohnern auf die Reise zu Uranus und Neptun.

2092: Im Mare Imbrium auf Luna kommt es zu einem Tschirnow-Zwischenfall, der zur Katastrophe für den ganzen Mond und auch die Erde hätte werden können. Die Schilde eines experimentellen Konverters werden instabil, und eine Irregularität entsteht. Sie kann im letzten Moment abgeschirmt werden, gerade noch rechtzeitig vor dem Kollaps der lokalen Raum-Zeit. Quantenintelligenz leistet dabei wertvolle Hilfe.

2098: Der Mars gewährt den Quantenintelligenzen volles Personenrecht.

2099: Quantenintelligenzen verbessern die Konversionstechnik. Konverter werden sicherer.

2101: Die Erde und alle ihre Kolonien im Sonnensystem gewähren den Quantenintelligenzen uneingeschränktes Personenrecht.

2102–2140: Die Habitate bei Uranus und Neptun werden ausgebaut. Ihre Bevölkerung wächst auf mehrere Millionen Menschen, die ihre Bestimmung jenseits der Grenzen des Sonnensystems sehen. Man arbeitet an einem Auswanderungsplan, der es den Nachkommen gestatten soll, eines Tages die Planeten anderer Sternsysteme zu besiedeln.

2104: Vertrag von Kuala Lumpur. Menschen und Quantenintelligenzen vereinbaren Zusammenarbeit und garantieren sich gegenseitig Hilfe und ungestörte Entwicklung.

2107 bis 2130: Genetische Konflikte. Im Jahr 2101 werden die ersten gentechnisch veränderten und optimierten Menschen geboren, die »enhanced humans« bzw. verbesserten Menschen, umgangssprachlich »Enhus« genannt. Innerhalb weniger Jahre entsteht daraufhin die globale Bewegung der Puristen, die sich für die »Reinheit der menschlichen Spezies« einsetzt und ein Verbot der Enhus fordert. Als dem nicht nachgegeben wird, greifen die Puristen zur Gewalt. Es kommt zu Terroranschlägen und gezielten Attentaten auf die »Unreinen«, wie Puristen die Enhus nennen. Zahlreiche genetisch Veränderte fallen »Säuberungen« zum Opfer, Laboratorien und Geburtsstätten werden zerstört.

2110: Die globale Klimakrise auf der Erde ist dank Fusions- und Konversionsenergie endgültig überwunden.

2118: Erste Quantenintelligenzen schließen sich zu Kollektiven zusammen, auch »Denksphären« genannt. Bei den Menschen munkelt man, dass die QI-Kollektive zu Schöpfern komplexer virtueller Welten werden, die für die menschliche Kognition nicht von der Realität zu unterscheiden sind.

2125: Es gibt erste Seedlinge, gewissermaßen »Kinder« der älteren hoch entwickelten Quantenintelligenzen. Sie lassen sich in den Computersystemen von Forschungsstationen, wissenschaftlichen Instituten und Raumschiffen nieder.

2127: Erste Spannungen zwischen dem Space Consortium auf der Erde und den Habitaten bei Uranus und Neptun.

2131: Beginn der »neuen Vernunft«. Enhus werden in jeder Beziehung als gleichberechtigte Menschen anerkannt.

2132: Gründung von »Genesis«, der Gemeinschaft aller Enhus.

2133: Zwei in der Umlaufbahn des Neptunmonds Triton ohne Mitwirkung des Space Consortiums gebaute Habitate brechen zum Zwergplaneten Pluto auf – die Besiedelung des äußeren Sonnensystems schreitet voran.

2135: Der Mars erreicht wirtschaftliche und technologische Unabhängigkeit von der Erde, doch die Erde weigert sich, dem Roten Planeten die politische Autonomie zu gewähren. MaRe gewinnt immer mehr Anhänger. Die Bewohner der Erde werden von ihnen oft abfällig »Terraner« genannt.

2136: Auf der Erde nimmt hinter den Kulissen der Einfluss von Terra Solar zu. Die politische Unabhängigkeit des Mars soll um jeden Preis verhindert werden.

2137: Auf der Erde beginnt das Projekt *Excelsior*, das Menschen in ein anderes Sonnensystem bringen soll, nach Proxima Centauri.

2138: Beginn der Ausbildung von Nightingale Loi, der für das interstellare Raumschiff *Excelsior* vorgesehenen Expeditionsdirektorin.

2139: Die Habitate von Uranus und Neptun lösen sich gänzlich vom Space Consortium und erklären sich als autark. Damit entstehen die Autarkien.

2145: Pläne für einen von der Erde organisierten Putsch auf dem Mars geraten an die Öffentlichkeit. Terra Solar beteuert, nichts damit zu tun zu haben. Angeblich handelt es sich um eine Verleumdungskampagne marsfreundlicher Kreise auf der Erde.

2150: Zeta erscheint im Sonnensystem, das Artefakt einer fremden Zivilisation.

GLOSSAR

Abkehrer und Leugner: Menschen, die Wissenschaft und moderner Technik ablehnend gegenüberstehen. Sie sind Überbleibsel aus der *Epoche der Irrationalität*.

Alin: So heißt die *Quantenintelligenz* der *Excelsior*. Alin ist ein *Seedling*.

Allianz: Bündnis aller Städte und Siedlungen auf dem Mars.

Antares: Eins von zwei neuen Fernraumschiffen der Erde, mit 700 Metern Länge ebenso groß wie die *Excelsior*, aber viel schneller.

Aonia: Name des marsianischen Schiffs, das zum Saturn fliegt, um *Zeta* zu untersuchen. Benannt nach der Region »Aonia Terra« auf der Südhalbkugel des Mars.

Arcadia: Stadt auf dem Mars, in der Ebene namens Arcadia Planitia auf der Nordhalbkugel gelegen.

Aristo, Radko: Ehemaliger Koordinator von *Jothos*. Bei einem tragischen Unfall ums Leben gekommen.

Armstrong: Werft im Orbit der Erde, benannt nach Neil Armstrong, dem Mann, der als erster Mensch den Mond betrat.

Autarke: Bewohner der *Autarkien*.

Autarkien: Unabhängige menschliche Habitate in der Nähe des Asteroidengürtels und bei Uranus, Neptun und Pluto.

Betasa: Ein marsianisches Schiff der Kooperativen von *Chrysia* wie auch die *Aonia*.

Chen: Ein *Enhu*, Besatzungsmitglied der *Excelsior*, enger Freund von *Nightingale Loi*.

Chrysia: Stadt auf dem Mars in einer ausgedehnten Ebene namens Chryse Planitia.

Claim: Besitzanspruch auf einen Asteroiden als neue Rohstoffquelle, insbesondere im Innern des Asteroidengürtels.

Coin: Globale Währung auf der Erde, begleitet von *Meriten*. Es gibt regional noch andere Währungen, die aber an den Coin oder Meriten gebunden sind.

Conradis, Conrad: Bewohner von *Jothos* auf dem Saturnmond Titan. Geochemiker. Nachfolger des Koordinators *Rado Mardi*, der bei einem tragischen Unglück ums Leben kam.

Cora: Bewohnerin von *Jothos*, Mitglied der *Koordinationsgruppe*. Zuständig für die Kommunikation.

Curl, Korwain: Bewohner von *Jothos*, Mitglied der *Koordinationsgruppe*.

DeSantis, Rebecca: Exogeologin in *Jothos* auf dem Saturnmond Titan.

Ehrenwerter: Ein Mensch, der genug *Meriten* für eine *Langlebigkeitsbehandlung* gesammelt hat.

Einsatzanzug: Ein *Schutzanzug* für längere Einsätze im Weltraum oder auf Himmelskörpern mit für Menschen ungeeigneten oder gefährlichen Umweltbedingungen. Einsatzanzüge sind leistungsfähiger als gewöhnliche Schutzanzüge und mit zusätzlichen Instrumenten und Geräten ausgestattet.

Emblem des Gremiums: Eine stilisierte Darstellung der Erde, umrahmt vom Schriftzug *Pax et Libertas*, Frieden und Freiheit.

Enhus: »Enhanced Humans«, gentechnisch veränderte und optimierte Menschen, die physisch und psychisch weitaus leistungsfähiger sind als der gewöhnliche Homo sapiens. Die Enhus entwickeln sich nach und nach zu einer eigenen Spezies.

Erica: Name der *QI* von *Jothos*.

Erkunder: Bezeichnung für einen kleinen marsianischen Schiffstyp, der vor allem von Mining-Basen im Asteroidengürtel eingesetzt wird.

Eusebius: In *Jothos* auf dem Saturnmond Titan Verbindungsmann der *Autarkien*.

Excelsior: Von der Erde gebautes erstes interstellares Raumschiff. Ziel der *Excelsior* ist *Proxima Centauri*.

Exotischer Raum: Eine Art Hyperraum, durch den sich von Tschirnow-Irregularitäten geschaffene Verbindungen erstrecken.

Explorer-Klasse: Raumschifftyp, bis zu 60 Meter groß. Die marsianische *Aonia* ist ein Schiff der Explorer-Klasse.

Flexhelm: Ein Helm, zum Beispiel eines Raumanzugs, aus flexiblem Material, das sich verfestigen kann.

Florence: Bewohnerin von *Jothos*, Mitglied der *Koordinationsgruppe*.

Floyd, Effraim: Besatzungsmitglied der *Excelsior*.

Fusionskern: Ein Fusionsreaktor, der Energie aus der Verschmelzung von Wasserstoffatomen zu Helium gewinnt.

Genesis: So nennt sich die Gemeinschaft der *Enhus* auf der Erde.

Genetische Konflikte: Von 2107 bis 2130 stattfindende Auseinandersetzungen um die *Enhus*. Die *Puristen* setzten sich für die »genetische Reinheit« der Spezies Mensch ein und verfolgten ihre Ziele auch mit Gewalt. Zahlreiche Enhus fielen »genetischen Säuberungen« zum Opfer, viele Laboratorien und Geburtsstätten wurden zerstört.

Gewöhnliche: So nennt der *Enhu Amaranth Newton* nicht genetisch optimierte Menschen.

Gravitator: Ein Gerät, das mit *Konversionsenergie* künstliche Gravitation erzeugt.

Gremium, das: Nachfolger der UNO, eine Art Weltregierung. Das Gremium wird bei seiner administrativen Arbeit von den *QIs* unterstützt. Es besteht aus dem *Inneren Zirkel* und 140 weiteren Delegierten der 7 Kontinente Asien, Nordamerika, Südamerika, Europa, Asien, Afrika, Antarktika und Australien.

Große Wirren: Sammelbezeichnung für die vielen Krisen, mit denen es die Menschheit im 21. Jahrhundert zu tun bekam.

Grüne Erneuerung: Ein Projekt auf der Erde. Sein Ziel besteht in der Urbarmachung von Wüsten wie der Sahara.

Imbria: Drittgrößte Stadt auf Luna, im Mare Imbrium gelegen.

Innerer Zirkel: Rat des *Gremiums*, bestehend aus sieben Personen von den sieben Kontinenten Asien, Nordamerika, Südamerika, Europa, Asien, Afrika, Antarktika und Australien.

Irregularität: *Konverter* benötigen ab einer bestimmten Energiemenge spezielle Schilde zur Abschirmung der Tschirnow-Irregularität, einer Strahlung, die das lokale Raum-Zeit-Gefüge destabilisiert und für Menschen tödlich sein kann.

Isotextil: Ein Gewebe, das gute isolierende Eigenschaften aufweist und unter anderem bei Raumanzügen verwendet wird.

Jahrhundert der Unvernunft: Bezeichnung für einen Zeitraum, der etwa hundert Jahre umfasst und mit der Pandemie in den 2020er-Jahren des einundzwanzigsten Jahrhunderts begann.

Das Jahrhundert der Unvernunft zeichnet sich aus durch eine Abkehr von Wissenschaft und Rationalität sowie die Verbreitung von Verschwörungstheorien aller Art.

Jothos: Name einer ehemaligen Forschungsstation auf dem Saturnmond Titan, die sich zu einer Stadt entwickelte.

Kaia: Obfrau der Kooperativen von *Chrysia*, der größten Stadt auf dem Mars.

Kern: Zentrale oder »Brücke« des Raumschiffs *Excelsior*.

Konsens: Das Zentrum von *Zeta*.

Konversionsabschirmung: Siehe Tschirnow-Irregularität.

Konversionsenergie: Gewonnen aus Phantomenergie, einem Derivat der Dunklen Energie, die eine beschleunigte Expansion des Universums bewirkt.

Konverter: Ein Reaktor für *Konversionsenergie*.

Koordinationsgruppe: Der Führungsstab von *Jothos*. Seine Mitglieder werden alle drei Jahre gewählt.

Krar: So nennt *Nora Van Dyke* eine *Mantide* im Innern von *Zeta*.

Krir: So nennt *Nora Van Dyke* eine *Mantide* im Innern von *Zeta*.

Lagrange-Teleskope: Gemeint sind insbesondere Teleskope am Lagrange-Punkt L2, eins Komma fünf Millionen Kilometer von der Erde entfernt. An dieser Stelle herrscht ein gravitatives Gleichgewicht zwischen Erde und Sonne. Dort platzierte Teleskope verharren scheinbar an dieser Stelle an einer Position, von der aus gesehen Sonne und Erde hintereinander stehen und immer in der gleichen Richtung. Das erste leistungsfähige Teleskop wurde 2022 am Lagrange-Punkt L2 stationiert: das James-Webb-Teleskop.

Langlebigkeitsbehandlung: Eine medizinische Behandlung auf der Erde, die das Leben um 50 bis 70 Jahre verlängern kann. Eine solche Behandlung erfordert besonders viele *Meriten*.

Laurentis, Hannibal: Besatzungsmitglieder der *Aonia*, auf dem Mars geboren. Er gilt als vernünftig und rational.

Letho: Ein geheimnisvoller Mann, der eine Maske trägt.

Ligeia Mare: Ein Meer auf dem Saturnmond Titan, bestehend aus Methan und Ethan.

Linraki, Lukas: Leitender Konstrukteur der Werft *Luna Drei*.

Loi, Nightingale: Astrobiologin von den Philippinen, 42 Jahre alt. Expeditionsdirektorin der *Excelsior*.

Lorean, Francis: Obmann von *Luna Drei*, einer Werft in der Umlaufbahn des Erdmonds. In der dritten Generation auf Luna geboren.

Luna Drei: Werft in einer 1000 Kilometer hohen Umlaufbahn um den Mond der Erde. Die *Excelsior* wurde dort gebaut.

Lunaner: Bezeichnung für auf dem Mond der Erde geborene Menschen.

Magellan Einundzwanzig: Eine Beobachtungs- und Messstation in einer Umlaufbahn zwei Millionen Kilometer über dem Saturn.

Mantiden: So nennt *Nora Van Dyke* eine insektoide, Gottesanbeterinnen ähnelnde Spezies, die im Innern von *Zeta* lebt. Offenbar handelt es sich um Nachkommen der Überlebenden eines Raumschiffabsturzes, die in Zeta eine geeignete ökologische Nische gefunden und sich fortgepflanzt haben.

MaRe: *Marsianische Republik*, Unabhängigkeitsbewegung des Mars.

Marsianische Republik: Abkürzung *MaRe*. So nennt sich die Unabhängigkeitsbewegung des Mars.

Maya: Bewohnerin von *Jothos*, Mitglied der *Koordinationsgruppe*.

Meriten: Bonuspunkte für die Verwendung öffentlicher Ressourcen, erworben durch besondere Arbeiten und Verdienste an der Allgemeinheit.

Morgenröte: Ein geheimes Projekt auf der Erde.

Neue Freisinnige: Liberal gesinnte Mitglieder des Gremiums, die den *Autarkien* im äußeren Sonnensystem und insbesondere dem Mars Unabhängigkeit gewähren wollen.

Newton, Amaranth: Ein *Enhu*, Besatzungsmitglied der *Excelsior*.

Olympus Mons: Ein Vulkan auf dem Mars, am Rande der Tharsis-Region. Er ragt 26 Kilometer weit aus der umliegenden Tiefebene und hat einen Durchmesser von fast 600 Kilometern. Größter Vulkan und Berg des ganzen Sonnensystems.

Orbitalspringer: Ein mit vielfacher Überschallgeschwindigkeit fliegendes Raketenflugzeug, dessen Flugbahn, eine Parabel, durch den Weltraum führt.

Panoramazimmer: Ein besonderer Raum in einer unterirdischen Anlage auf der Erde, unter den Gebäuden der *Grünen Erneuerung* in der Sahara gelegen. Von diesem Raum aus kann sich *Letho* mit Zeta in Verbindung setzen.

Personenrecht: Vollständiges Personenrecht insbesondere bei *Enhus* garantiert Anerkennung als gleichberechtigter Mensch. Bei *Quantenintelligenzen* ist mit Personenrecht der Status eines unabhängigen, mit allen Rechten ausgestatteten Individuums gemeint.

Phantomenergie: Siehe *Konversionsenergie*.

Plus: Zusätzliches Hirngewebe mit hoher Neuronendichte bei *Enhus*.

Proxima Centauri: Mit nur 4,2 Lichtjahren Entfernung der sonnennächste Stern. Ein Roter Zwerg.

Pseudomaterie: Daraus besteht die Irregularität bei der Konverterruine auf dem Mond der Erde, etwa 30 Kilometer von *Imbria* entfernt.

Puristen: Während der *Genetischen Konflikte* Gegner der *Enhus*.

QI-Kollektiv: Ein Zusammenschluss von *Quantenintelligenzen* insbesondere auf der Erde.

QI: Abkürzung für *Quantenintelligenz*.

Quantenintelligenz: Weiterentwicklung von Künstlicher Intelligenz zu Maschinenintelligenz. *Enhus* können sich direkt mit einer QI verbinden und weitaus schneller mit ihr kommunizieren als gewöhnliche Menschen.

Receiver: Ein spezieller Raum in einer unterirdischen Anlage auf der Erde, unter den Gebäuden der *Grünen Erneuerung* in der Sahara gelegen. Dort werden fremde Objekte empfangen, und zwar alle 97 Tage, 4 Stunden, 13 Minuten und 9 Sekunden.

Riege: Führungsstab von *Terra Solar*.

Rosswitt-Schneise: Ein Bereich jenseits des Asteroidengürtels, in dem es aufgrund von Jupiters Schwerefeld kaum Mikrometeoriten gibt.

Roxa Mahwe: Besatzungsmitglied der *Aonia*, Navigatorin und Schürferin, Mitglied von *MaRe*.

Schutzanzug: Schutzkleidung für den Einsatz im All oder auf Himmelskörpern mit für Menschen ungünstigen oder gefährlichen Umweltbedingungen.

Seedling: Eine junge Quantenintelligenz, die sich noch entwickelt. Verfügt bereits über uneingeschränktes Personenrecht.

Servo: siehe *Servomechanismus*.

Servomechanismus: Roboterartige Maschinen, die von Menschen oder *Quantenintelligenzen* gesteuert Arbeiten aller Art erledigen können.

Shuttle: Ein eigenständiges kleines Raumschiff, allerdings mit beschränkter Reichweite.

Sirenia: Stadt auf dem Mars, in einer Region der südlichen Hemisphäre namens Terra Sirenum gelegen.

Sirius: Eins von zwei neuen Fernraumschiffen der Erde, mit 700 Metern Länge ebenso groß wie die *Excelsior*, aber viel schneller.

Skarabi, Elroy Emmon: Mitglied des *Gremiums* und ein *Ehrenwerter*.

Space Consortium: Internationale Raumfahrtbehörde der Erde.

Space Utilities & Equipment: Ein Unternehmen in Wellington, Neuseeland, das Werkzeuge und Ausrüstungen für den Einsatz im Weltraum herstellt.

Stahlkeramik: Ein superfestes Material.

SUE: Siehe *Space Utilities & Equipment*.

Synth: Synthetisches Material, Kunststoff.

Synth-Keramik: Synthetische Keramik.

Tempia: Stadt auf dem Mars, im Hochland namens Tempe Terra auf der nördlichen Halbkugel.

Terra Solar: Eine terranische Geheimorganisation, die absolute Dominanz der Erde im Sonnensystem anstrebt.

Terraner: Manchmal abfällig gemeinte Bezeichnung für die Bewohner des Planeten Erde.

Thyrria: Stadt auf dem Mars, in einer Region namens Terra Tyrrhena gelegen, südlich des Marsäquators und nördlich der Ebene namens Hellas Planitia.

Tiber: Bewohner von *Jothos*, Mitglied der *Koordinationsgruppe*.

Titan: Mit 5150 Kilometern Durchmesser der größte Mond des Planeten Saturn und der einzige Mond im Sonnensystem mit einer dichten Atmosphäre, die zu 95 Prozent aus Stickstoff und zu etwa 5 Prozent aus Methan besteht. Die ursprünglich von der Erde eingerichtete Forschungsstation auf Titan ist zu einer Stadt namens *Jothos* mit mehr als fünfzigtausend Einwohnern geworden.

Titanier: So nennt die Erde die Bewohner des Saturnmonds *Titan*.

Tschirnow-Aureole: Ein Energiefeld aus degenerierter *Konversionsenergie*, einem Strahlenkranz ähnelnd.

Tschirnow-Irregularität: Siehe *Irregularität*.

Übersichtsraum: Einsatzzentrale, Kontrollraum.

Unvernunft, Jahrhundert der: Siehe *Jahrhundert der Unvernunft*.

Van Dyke, Nora: Erste Administratorin von *Jothos* auf dem Saturnmond Titan.

Zeta: So nennt die *Quantenintelligenz Erica* das fremde Objekt, das aus dem interstellaren Raum kommend in eine Umlaufbahn des Saturn steuert.

KONTAKT MIT DEM AUTOR

Das Schreiben ist einsam. Oder auch nicht, wie man's nimmt: Als Autor taucht man ein in andere Welten, schlüpft in die Haut anderer Personen, agiert und spricht mit ihnen. Man freut sich mit den Romanfiguren und leidet manchmal auch mit ihnen, man nimmt teil an ihrem (fiktiven) Leben.

Ihr Leben, liebe Leserinnen und Leser, ist real. Lassen Sie mich ein klitzekleines Stück an Ihrem Leben teilhaben, indem Sie mir schreiben, wie Ihnen der Roman gefallen hat.

- Schreiben Sie eine E-Mail an autor@andreasbrandhorst.de
- Besuchen Sie meine Webseite: www.andreasbrandhorst.de
- Besuchen Sie mich bei Facebook. Meine Autorenseite bei Facebook ist auch für diejenigen unter Ihnen zugänglich, die keinen eigenen FB-Account haben: www.facebook.com/andreas.brandhorst.autor/
- Bei Instagram erreichen Sie mich unter: www.instagram.com/andreas.brandhorst/
- Bei Twitter bin ich hier zu finden: https://twitter.com/andbrandhorst
- Und bei MeWe: https://mewe.com/p/andreasbrandhorst

Ich würde mich freuen, von Ihnen zu hören.

SCHON GEHÖRT?

Das Weltraumabenteuer gibt es auch als Hörbuchreihe zum Download!

Dieser Science-Thriller von Andreas Brandhorst sprengt die Grenzen unserer Realität

Leben wir in einer Computersimulation? Flynn Darkster, der beste Hacker der Welt, kommt einem unfassbaren Geheimnis auf die Spur ...

HEYNE ‹